Gisa Klönne
Die Wahrscheinlichkeit des Glücks

PIPER

Zu diesem Buch

Frieda Telling ist solide verheiratet, Mutter einer erwachsenen Tochter und mit 49 Jahren auf dem Höhepunkt ihrer Karriere als Astronomin. Ihre Leidenschaft gilt der Suche nach einer zweiten Erde. Doch am Tag der Verlobung ihrer Tochter ändert sich alles, denn Aline läuft vor ein Auto und fällt ins Koma. Offenbar hat das Geschenk von Friedas Mutter Aline völlig verstört: ein zerrissenes rotes Halstuch. Kann ein Stück Stoff so viel Macht haben? Gab es eine geheime Liebe im Leben von Friedas Mutter? Friedas Suche nach der anderen Hälfte des Halstuchs und seinem Besitzer führt sie in die Vergangenheit und schließlich nach Siebenbürgen. Doch die Spur verliert sich im Jahr 1948 in einem sowjetischen Gefangenenlager. Und der Mann, der Frieda helfen kann, berührt sie viel mehr, als ihr lieb ist.

Gisa Klönne, geboren 1964, ist die Autorin von mittlerweile sechs erfolgreichen Kriminalromanen um die Kommissarin Judith Krieger. Daneben legte die unter anderem mit dem Friedrich-Glauser-Preis ausgezeichnete Autorin mit »Das Lied der Stare nach dem Frost« und »Die Wahscheinlichkeit des Glücks« aber auch zwei Familienromane vor. Gisa Klönnes Romane sind Bestseller und wurden in mehrere Sprachen übersetzt. Sie lebt als freie Schriftstellerin in Köln.

Mehr zur Autorin und ihren Büchern unter www.gisa-kloenne.de

Gisa Klönne

Die Wahrscheinlichkeit des Glücks

Roman

PIPER
München Berlin Zürich

Mehr über unsere Autoren und Bücher:
www.piper.de
Aktuelle Neuigkeiten finden Sie auch auf Facebook, Twitter und YouTube.

Von Gisa Klönne liegen im Piper Verlag vor:
Das Lied der Stare nach dem Frost
Die Wahrscheinlichkeit des Glücks

MIX
Papier aus verantwortungsvollen Quellen
FSC® C083411

Ungekürzte Taschenbuchausgabe
März 2016

erschienen im Verlagsprogramm Pendo
Umschlaggestaltung: Mediabureau Di Stefano, Berlin
Umschlagabbildung: Robert Jones/Arcangel (Bäume, Frau); Yolande de Kort/Arcangel (Tor); Stacy Yu/EyeEm/Getty Images (Himmel mit Zweigen)
Satz: Satz für Satz, Wangen im Allgäu
Gesetzt aus der Adobe Garamond
Druck und Bindung: CPI books GmbH, Leck
Printed in Germany ISBN 978-3-492-30821-2

Für meinen Cousin Tilman, den Hüter unserer Geschichten und Vorfahren.

Und für Michael, ohne den es diesen Roman so nicht gäbe.

»Es gibt kein fremdes Land, der Reisende ist es nur, der fremd ist.«

Robert Louis Stevenson

Henny

In dieser Nacht kommt er zu ihr und er sagt ihren Namen und sie fühlt die Kälte nicht mehr, den Hunger, auch nicht die Angst. Alles, was sie fühlt, ist ihre Hand in der seinen und wie sein Daumen das Grübchen neben ihrem Zeigefinger findet und streichelt, sachte, ganz sachte, damit es nicht kitzelt, also ist er es wirklich und ihre Freude ist unbeschreiblich.

Sie liegt sehr still, wagt kaum zu atmen, lauscht seiner Stimme. *Ich liebe dich, du bist mein Leben, mein Alles. Du darfst jetzt nicht aufgeben, Liebste, du musst an uns glauben, es gibt eine Zukunft für uns, ich weiß es.*

»Ich liebe dich auch! Ich warte auf dich!«

Henny erstarrt. Wie laut sie gesprochen hat, das darf sie doch nicht. Sie schlägt sich die Hand vor den Mund und blinzelt. Kommt da wer, sind das schon Schritte dort draußen? Hat sie ihn verraten?

Unter der Tür kriecht ein Lichtfaden hindurch, zitternd wie Espenlaub. Neben ihr auf dem Kissen glimmt ein rotes Auge. Sie wagt nicht mehr, sich zu rühren, wartet mit rasendem Herzschlag. Wo sind die anderen? Wo sind die Wachen? Haben die sie gehört, werden sie ihn jetzt holen?

Du musst an uns glauben, es gibt eine Zukunft. Atem rasselt, es ist ihr eigener, begreift sie nach einer zeitlosen Weile, sie ist alleine. *Wenn du Angst hast, kannst du nichts werden. Wenn du Angst hast, bist du verraten.* Wer hat das gesagt, der Vater, die Mutter? Nein, er. Diese unerschütterliche Zuversicht, sein Vertrauen in sie und in sich selbst. Ins Schicksal.

Sie setzt sich auf und tastet mit dem Zeigefinger der linken Hand behutsam nach dem Grübchen. Wie sie gelacht hat, als sein warmer Daumen das entdeckte. Wie er plötzlich ganz ernst wurde und ihre Hand hob, sie küsste.

Warum ist sie allein, sind die anderen tot? Und er, wo ist er? Sie steht auf, vorsichtig, stützt sich mit einer Hand auf die Bettkante. Der Boden ist tückisch, das weiß sie, er foppt sie und buckelt gern wie ein störrisches Pferdchen. Sie zwingt sich, stehen zu bleiben, und fixiert den Lichtstreif so lange, bis er nicht mehr zittert. Das ist gar kein Stein unter ihren Füßen, kein krustiger Lehm, sondern etwas Glattes, Warmes. Linoleum heißt das, plötzlich fällt ihr das ein. Gelbes Linoleum, das sie ihr ins Zimmer geklebt haben, weil es freundlich ausssieht und praktisch ist, einfach durchwischen und fertig, nach jedem Malheur, aber sie fand den Perserteppich trotzdem viel schöner.

Du darfst jetzt nicht aufgeben, Liebste. Wieder sein süßer Bariton in ihrem Ohr. Er hat recht, sie muss diesen Schrank finden und das, was sie darin verborgen hat, ihr süßes Geheimnis, ganz hinten, wo sonst keiner hinschaut.

Morgen, hat Frieda gesagt. Morgen ist es so weit. Oder nicht?

Was ist heute und wann ist morgen?

Sie muss das herausfinden, jetzt, unbedingt, sie muss wissen, ob es nicht vielleicht schon zu spät ist. Das rote Auge ist der Rufknopf, auch das fällt ihr jetzt wieder ein. Und hier auf dem Nachttisch steht dieser Kasten, aus dem manchmal Musik kommt. Sie neigt den Kopf. Radio. Wecker. An der Vorderseite leuchten Zeichen. Das erste ist ein Kreis. Daneben ist eine Schlange, was mag die bedeuten? Früher hat sie das gewusst. Früher war wann? Aufpassen, Henny, du musst achtgeben auf dich. Nicht den Rufknopf berühren, nur das Licht. Denn wenn nicht die nette Pflegerin kommt, hast du verloren.

Sie schaltet das Licht ein und zuckt zusammen. Möbel und Bilder springen sie an. Der Wandbehang. Sessel und Tisch vor dem Fenster. Die alte Kommode, über die sie sich immer ärgert, weil sie so schwer aufgeht. Jemand hat ihr ein komisches Ding mit Rädern in den Weg gestellt. Ein schwarzer Stock lehnt daran. Sie schiebt sich vorbei, Zentimeter für Zentimeter. Ihre Fußsohlen schaben. Rtsch. Rtsch. Lustig klingt das. Wenn sie keine Angst hätte, würde sie lachen.

Den Schrank kennt sie nicht, aber das, was darin ist, ist wohl doch ihres, denn es kommt ihr bekannt vor. Sie sinkt auf die Knie und langt hinein. Ein Stapel Tischwäsche quillt in ihren Schoß. Dicker Leinenstoff mit Fransen und schön geklöppelten Borten. Aber das ist nicht, was sie sucht. Sondern was? Es ist da, irgendwo hier ganz in ihrer Nähe, sie weiß es. Es muss einfach da sein. Sie muss es nur finden.

Brottücher sind das, was da vor ihr liegt, die breitet man über den Korb, wenn man die Jause hinaus auf die Felder trägt oder zum Kirchfest. Und hier sind auch die größeren Tücher, die über die Türen gelegt werden und über die Spiegel und Möbel. Wann macht man das noch? Wenn jemand gestorben ist. Alles weiß, alles verhängt, nicht nur in der guten Stube, das ist sehr wichtig.

›*Wasch dich oft und kalt, bleibst gesund, wirst alt.*‹ Sie kichert, das ist lustig und es reimt sich sogar. Bei einer Hochzeit dürfen die Schmucktücher auch bunt sein. Eine Hochzeit, genau, darum geht es. Eine Hochzeit, eine Liebe. Nur eine große in jedem Leben. *Du bist mein Leben, mein Alles.* Aline. Aline wird heiraten.

›*Wer in Frieden sterben will, der dulde viel und schweige still.*‹ Noch so ein Reim, woher ist der gekommen? Buchstaben tanzen vor ihren Augen, während sie weitere Fächer durchwühlt. Was war es gleich, was sie sucht, was war so wichtig? Wenn sie sich nur erinnern würde. Wenn nicht diese grausige Macht jeden Tag etwas anderes verschwinden ließe. Dinge und Zeiten und Menschen.

Du darfst jetzt nicht aufgeben, Liebste. Sie nickt, heftig, ein stummes Versprechen, und dann, endlich, findet sie die Schachtel aus Spanholz, und sie weiß, dass es das ist, was sie gesucht hat, und dass nun alles gut wird.

1.

Frieda

Die Illusion war perfekt, im Nachhinein konnte Frieda nicht mehr sagen, wann genau oder wie ihre Tochter überhaupt auf die Bühne gekommen war. Als habe Aline sich aus dem Nichts materialisiert, schritt sie in einer Wolke silbrigen Nebels die Treppe hinab, schmolz in eine Arabesque und sprang im nächsten Moment in einen aberwitzigen und dennoch völlig schwerelosen Luftspagat. Als gäbe es weder physikalische Grenzen noch Gravitation für sie, als wäre sie überhaupt nicht von dieser Welt und könnte tatsächlich fliegen.

Niemand klatschte jetzt noch, niemand hustete mehr. Knapp 2000 Zuschauer waren von einer Sekunde auf die andere völlig in Alines Bann geraten. Doch sie blieb nicht allein, ein weiterer Tänzer erschien, verharrte, glitt näher. Jan, das also musste er sein, dachte Frieda. Ihr künftiger Schwiegersohn, von dem sie vor zwei Wochen noch nicht einmal etwas gewusst hatte. Auch er war barfuß und seine Haut schimmerte so hell wie Alines. Trotzdem wirkte er keineswegs verletzlich, und seine Sprünge und Pirouetten hatten nichts Selbstvergessenes an sich, sie hatten ein Ziel: Aline zu beeindrucken und zu erobern.

Langsam, unendlich langsam wandte sich Aline zu ihm um und streckte die Arme aus, jede Faser ihres Körpers war nun Verlangen, schien ihrem Partner förmlich entgegenzufließen. Und dann griff er zu, ließ sie an seiner Hand Pirouetten drehen, wirbelte sie auf seine Schulter und zurück auf den Boden, und schon flogen die beiden ein paar schnelle Schrittfolgen lang in vollkommener Harmonie über die Bühne.

Liebe – das große Thema eines jeden Balletts, das einzige vielleicht. Das Werben, die Sehnsucht, die Hoffnung. Etwas stach in Friedas Brust, drückte ihr in die Kehle. Weil dieser Tanz zu zweit so perfekt war? Weil ihre Tochter ihn tanzte, so zuversichtlich und voller Hingabe? Oder weil sein Ende unweigerlich nahte?

In unserer neuen Show prallen Vergangenheit und Gegenwart aufeinander und buhlen darum, wer der Stärkere ist, hatte Aline am Telefon geschwärmt. *Und Jan und ich, wir haben diesen Auftritt im Gestern, ganz puristisch, fast klassisch. Das ist ein solcher Glücksfall, Mama, dass gerade Jan und ich dieses wichtige Pas de deux tanzen dürfen. Du musst unbedingt zur Premiere kommen, ich hab dir ein Ticket in der besten Reihe reserviert. Jans Eltern sind auch da. Und im Anschluss feiern wir unsere Verlobung.*

Wieder hob Jan Aline auf seine Schultern, noch einmal wirbelten die beiden wie ein einziger Körper über die Bühne. Aber etwas in ihrer Energie begann sich zu verändern, ganz allmählich zunächst, nicht dramatisch. Wie in einer in die Jahre gekommenen Ehe wurden die Soli länger und intensiver und den Zusammentreffen danach fehlte die Leidenschaft und die Freude, es ging eher ums Festhalten. Was war das für ein Quatsch, warum dachte sie das? Vielleicht weil Paul in Amerika war. Und weil sie ihn bestärkt hatte dortzubleiben. Und das war auch gut so. Vernünftig. Alles andere wäre Irrsinn. Sie steckte ja selbst mitten in den letzten Vorbereitungen für die Reise nach Chile.

Floh Aline jetzt vor Jan? Fast wirkte es so. In drei langen Sätzen eilte sie ihm voraus, aber er war doch schneller, holte sie wieder ein. So viel blindwütiges Verlangen. So viel Sehnsucht. Einmal vielleicht hatte sie das so erlebt, nicht mit Paul, sondern ganz am Anfang mit Graham. Aber Graham war ihr nicht gefolgt, als sie gehen musste. Sie hatte Aline bekommen, allein, ohne ihn, ihre Tochter, die sich nun ein weiteres Mal aus Jans Armen befreite und lossprang. Und diesmal landete Aline nicht wieder auf den Füßen, sondern flog in die Höhe, stetig und unaufhaltsam. Fort von Jan, immer höher und höher. Ein Stahlseil, das beinahe perfekt kaschiert war, zog sie empor, erkannte Frieda. Aber genau in dem Moment, in dem ihre Tochter im Dunkel verschwand, kam es ihr plötzlich so vor, als habe es diese Hilfskonstruktion vielleicht doch nicht gegeben, ja, als habe sie eben überhaupt nicht die erwachsene Aline bewundert, sondern das Mädchen, das sie einmal gewesen war. Ihre kleine, vollkommene Tochter, wie sie in diesen glückstaumeligen Sommernächten im kretischen Idagebirge barfuß um die Kuppel des Skinakas-Observatoriums gehüpft war, mit weit ausgebreiteten Armen und leuchtenden Augen. *Ich fliege, Mama! Ich fliege direkt in den Himmel zu deinen Sternen! Ich kann das wirklich! Siehst du? Siehst du?*

Der Applaus riss Frieda zurück in die Gegenwart, wummernde Beats und Lichtorgeln leiteten die nächste Shownummer ein, 20, nein, mehr Tänzer und Tänzerinnen stürmten auf die Bühne. Frieda schloss die Augen, versuchte noch einmal Alines Tanz heraufzubeschwören, die Leichtigkeit ihrer Sprünge und ihre Pirouetten, die sich mit jeder Umdrehung mehr nach innen konzentrierten und beschleunigten. Ein junger Stern leuchtet heller und rotiert schneller als ein alter. Für Astronomen ist ein junger Stern deshalb leichter zu beobachten, denn er überstrahlt viele andere. Doch je heller und heißer ein Stern brennt, desto früher vergeht er auch wieder, er zerfrisst sich quasi selbst, seine Energie verpufft vorschnell.

Frieda öffnete die Augen wieder und versuchte sich auf das Bühnengeschehen zu konzentrieren. Hier im Friedrichstadt-Palast strebte man nach immer neuen Rekorden und Superlativen. Aline war Teil einer riesigen Maschinerie im Dienste der Illusion, mit jährlich Hunderttausenden Zuschauern. *Wir sind die größte Showtheater-Bühne der Welt* – immer wieder hatte Aline das betont, und wie stolz sie darauf war, dazuzugehören. Tänzer von den renommiertesten Ballettschulen und Bühnen der Welt bewarben sich schließlich um einen der Plätze im Ensemble. Und nun, mit dem Pas de deux der heutigen Premiere, war Aline endgültig am Ziel ihrer Träume angekommen, und mit Jan hatte sie einen ebenbürtigen Partner gefunden. Aber musste sie ihn deshalb wirklich gleich heiraten?

Ich fliege, Mama, ich fliege direkt in den Himmel. Wie alt war Aline in jenem ersten Sommer auf Kreta gewesen? Gerade einmal fünf, noch nicht in der Schule. 1995 war das, Frieda hatte ihre Doktorarbeit vollendet, sich habilitiert und die Chance erhalten, beim Aufbau des Skinakas-Observatoriums mitzuwirken. Und dann hatten Mayor und Queloz den ersten Planeten außerhalb des Sonnensystems entdeckt: 51 Pegasi b – ein Meilenstein in der Astronomie, Frieda war elektrisiert gewesen. Denn dieser Gasball, der etwa 50 Millionen Lichtjahre von der Erde entfernt stoisch um seinen Stern kreiste, gab der uralten Suche nach fremdem Leben im All neuen Auftrieb. Fortan galten Forscher, die daran glaubten, dass sich irgendwo in den unendlichen Tiefen des Universums der Schlüssel zum Leben, ja womöglich sogar ganze Planetenverbände wie das Sonnensystem und eine zweite Erde verbargen, nicht mehr als von Science-Fiction-Fantasien verblendete Spinner.

Natürlich war das Teleskop auf Kreta zu schwach gewesen,

um die Beobachtung der beiden Schweizer Astronomen nachzuvollziehen. Aber sie konnte das Sternbild des Pegasus klar erkennen, sogar mit bloßen Augen, und den Stern 51 Pegasi, um den der neu entdeckte Planet seine Bahn zog. Und mit jeder Stunde in der sie den Nachthimmel studierte, wuchs ihre Überzeugung, dass 51 Pegasi b unmöglich der einzige extrasolare Planet sein konnte, und dass sie dazu beitragen würde, weitere zu finden.

Sommer 1995: Eine wilde Zeit war das gewesen, eine Art Taumel. Sie war – wie damals fast immer – die einzige Frau im Forschungsteam und die einzige Deutsche und sie brachte Aline mit, aber nach ein paar Tagen beruhigten sich die Gemüter. Denn sie konnte schneller programmieren als die anderen, und ihre Berechnungen und Theorien stimmten. Außerdem erlagen die Kollegen allesamt Alines Charme, was Aline hemmungslos ausnutzte. Nie fehlte es ihr an Gesellschaft zum Spielen und Malen, wenn Frieda selbst keine Zeit dafür hatte. Außerdem wich die struppige grau-bunte Katze Kassiopeia, die sich eines Tages zum Forschungsteam gesellt hatte und Dosensardinen und Vanillewaffeln der Marke Papadopoulos fraß, nur selten von Alines Seite.

Sie lebten leicht in diesem ersten Sommer, nach ihren eigenen Regeln. Sie machten die Nächte zum Tag und verschliefen die Mittagshitze in den Steinbaracken, die ihnen als Unterkunft dienten, den Geschmack von Schafskäse, Oliven und süßen, überreifen Tomaten auf der Zunge. Wenn die Hitze unerträglich wurde, fuhren sie in dem klapprigen R4 der Forschungsstation ans Meer und kehrten erfrischt zum Observatorium zurück, wo der Wind manchmal wie ein heißer Föhn blies. Doch in den Nächten vergaßen sie das, dann wandten sie kaum den Blick von den Monitoren ihrer Computer, in denen sich die Bilddaten des Teleskops in Myriaden von Zahlenkolonnen verwandelten. Und Aline schlief unterdessen. Oder sie stand wieder auf und tanzte ihre selbstvergessenen Choreografien, den Blick wie in Trance auf die Sterne gerichtet. Ein exotisches Leben war das gewesen, wohl nicht optimal für ein kleines Mädchen. Aber Aline hatte es nichts ausgemacht, zumindest nicht in diesem ersten Sommer.

Der Rest der Show flog an Frieda vorbei, ein diffuser Rausch aus Licht, Klang und Bewegung. Frieda wusste, dass Aline noch in anderen Nummern auftrat, wie alle Ensemblemitglieder, doch in den nächsten Nummern trugen die Mädchen alle identische Kostüme und Perücken, waren gleich geschminkt und gleich perfekt und beinahe gleich groß, erst beim Schlussapplaus konnte sie ihre Tochter wieder eindeutig identifizieren, weil sie winkte.

Die Saalbeleuchtung ging an, ein Schock, der den letzten Zauber vertrieb. Warme Körper streiften Frieda, drückten, schubsten, automatisch umfasste sie ihre Umhängetasche mit dem Laptop fester, trieb im Pulk zur Garderobe. Es war warm, stickig, Tunika und Hose klebten ihr am Körper, und als habe die Klimaanlage nun, da die Show vorüber war, mit einem Schlag den Betrieb eingestellt, schien sich die Wolke aus Parfum, Alkoholatem, Pfefferminz und fremdem Schweiß mit jeder Sekunde zu verdichten. Oder bildete sie sich das nur ein, lag es an der Bewegung? Die menschliche Wahrnehmungskraft war keineswegs verlässlich, sondern im Gegenteil leicht manipulierbar. Ständig lief man Gefahr, der eigenen Voreingenommenheit und seinen Erwartungen auf den Leim zu gehen, ob in der Wissenschaft oder im Leben.

Die Umhängetasche schnitt Frieda in die Schulter. Die Rosen, die sie erst in Berlin gekauft hatte, um ihnen die lange Zugfahrt von Heidelberg zu ersparen, sahen entgegen den

Versprechungen des Händlers überhaupt nicht mehr frisch aus. Vielleicht würden sie sich erholen, wenn Aline sie anschnitt, in jedem Fall aber war es zu spät, neue zu besorgen. Frieda ließ sich ihre Reisetasche aushändigen und nestelte nach einem schnellen Kontrollblick in den Spiegel ein paar besonders widerspenstige Haarsträhnen zurück in die Spange. Unter ihren Augen lagen Schatten und die Fältchen in ihren Mundwinkeln wirkten tiefer als am Morgen. Zu wenig Schlaf und zu viel Arbeit, kurz vor dem Abflug nach Chile gab es einfach zu viel zu koordinieren. Sechs Monate hatten sie diesmal auf einen Messtermin auf dem Cerro Paranal warten müssen. Die Jagd nach Exoplaneten war in Mode gekommen, niemand bezeichnete Frieda noch als Fantastin. Doch zugleich stieg der Konkurrenzdruck unter den Forschungsteams, und es wurde von Mal zu Mal aufwendiger, Zeit am größten Teleskop der Welt zu ergattern.

Sie überlegte, ob sie ihr Make-up auffrischen sollte, entschied sich aber dagegen, weil es nicht viel helfen würde. Wann hatte sie zuletzt jemand für Alines ältere Schwester gehalten? Vor fünf Jahren, oder war das noch länger her? Frieda konnte den Zeitpunkt im Nachhinein nicht mehr exakt benennen. Irgendwann nach ihrem 40. Geburtstag war ihr bewusst geworden, dass es einfach nicht mehr vorkam und dass sie auch an der Uni niemand mehr duzte, selbst dann nicht, wenn sie an einem freien Tag in Jeans und Jesuslatschen im Campusladen einen Kaffee oder Schokoriegel kaufte, genau wie die Studenten.

Sie wandte der Spiegelfront den Rücken zu und bahnte sich einen Weg zum Ausgang. Eines der Räder ihrer Reisetasche eierte, mit einem geübten Ruck brachte Frieda die Tasche dennoch auf Kurs. Vielleicht sollte sie sich doch eine neue kaufen. Andererseits hatte sie sich an die kleine Macke gewöhnt. Und etwas Neues war nicht ungedingt besser. Ging es jetzt eigentlich klar, dass Kate aus Boston noch zu ihnen stoßen konnte? Die Glastür ins Freie schwang auf, und Frieda stemmte sich mit dem Ellbogen gegen die Scheibe, damit die Blumen nicht zerquetscht wurden. Zartrosa Freilandrosen mit verkrümmten, stachligen Stielen wie aus dem Garten ihrer Mutter.

Draußen war es inzwischen zwar dunkel geworden, aber kein bisschen kühler. Im Gegenteil: Die Juninacht umfing Frieda mit einer fiebrigen Umarmung, als sei sie unverhofft in die Karibik geraten. Sie zerrte ihre Reisetasche die Stufen hinunter und blieb stehen. Autos mit weit geöffneten Fenstern zogen Licht- und Musikfetzen über die Friedrichstraße. Theaterbesucher flatterten in unsteten Trauben auf dem Gehsteig umher, gestikulierten und lachten und entledigten sich ihrer Jacken. Der Winter war lang gewesen, der Frühling nasskalt. Nun war also Hochsommer und keiner wusste wohin mit sich und seiner wiedererwachenden Sehnsucht.

Sie musste ihre Mails checken, und Paul musste sie auch anrufen, auf einmal bedauerte sie wirklich, dass er nicht hier war. Wie spät war es jetzt in Berkeley? Schweiß lief ihr über den Rücken, ein juckendes Rinnsal. Sie wischte mit dem Handgelenk eine feuchte Haarsträhne aus dem Gesicht, glaubte einen Hauch Rosenduft wahrzunehmen, was das Gefühl von Unwirklichkeit noch verstärkte.

Sie wählte Pauls Nummer, lauschte dem fernen, doppelten Tuten und kurz darauf der Ansage seiner Mobilbox.

»Aline war toll, wirklich großartig, zum Niederknien. Cool, wird sie selbst bestimmt gleich sagen.«

Es war laut, zu laut, selbst die eigenen Worte konnte sie kaum hören. Sie wandte sich von der Straße ab und presste das Handy fester ans Ohr. Wo war Paul jetzt gerade? Schlief er noch, stand er unter der Dusche oder schon im Hörsaal? Sein Terminplan in den USA war eng getaktet, es wäre wirklich absurd gewesen, den Forschungsaufenthalt für diesen einzigen Abend zu unterbrechen, und außerdem war er nicht Alines Vater, obgleich er sich immer um sie bemüht hatte, viel mehr als Graham.

Der Friedrichstadt-Palast thronte über ihr, von farbigen Lichtlinien konturiert. Nichts war so von seiner DDR-Betonplattenarchitektur zu bemerken. Illusion – selbst hier draußen. Auf einem überlebensgroßen Werbeplakat prangten Aline und Jan in schwebender Umarmung. Ein junger Stern am Tanzhimmel. Ein Star, ihre Tochter, mit gerade einmal 23 Jahren.

»Ich hab keine Ahnung, ob du mich verstehst, hier ist es schrecklich laut«, rief Frieda in ihr Handy. »Ich melde mich später noch mal, oder ruf du an – vor allem auch Aline.«

Sie beendete die einseitige Kommunikation mit ihrem Ehemann, rief stattdessen ihre Mails ab. Keine Nachricht von Kate – war das gut oder schlecht? Richard immerhin war bereits in Santiago und schickte neue Daten. Aber um die konnte sie sich jetzt nicht kümmern, die mussten warten.

Frieda schob ihr Mobiltelefon wieder an seinen Platz im Außenfach der Umhängetasche und setzte sich in Bewegung. Links und rechts am Theater entlang führten Stichstraßen zu seiner Hinterseite. Sie entschied sich für die rechte und atmete auf, als das hysterische Samstagabendgetöse der Friedrichstraße hinter ihr zurückblieb und sie schneller vorankam. Der Curryduft eines indischen Restaurants stieg ihr in die Nase und erinnerte sie daran, dass der Speisewagen im Zug defekt gewesen war. Auch der Orangensaft, den sie in der Vorstellungspause getrunken hatte, um ihren knurrenden

Magen zu besänftigen, war wohl keine gute Idee gewesen, die Säure brannte in ihrer Kehle. Ein Abendessen allein wäre jetzt schön. Und ein paar Stunden Schlaf in einem klimatisierten Hotelzimmer. Doch daran war vorerst nicht zu denken, ein Umtrunk mit Jans Eltern stand an, Small Talk mit einem wildfremden holländischen Ehepaar, das in einem Ferienort an der Nordsee eine Pension samt Café und Souvenirladen betrieb und qua Beschluss ihrer Tochter auf einmal zur Familie gehörte.

Frieda überholte drei junge Frauen, die stehen geblieben waren, um Zigaretten anzuzünden, und eifrig debattierten, welcher der Tänzer den knackigsten Po hätte. Jan van Veen, sagte eine, aber eine ihrer Freundinnen bevorzugte den Brasilianer, der in der Poledance-Nummer brillierte. Und dann war da noch dieser süße Russe. Sie kicherten selig über ihre eigene Unentschlossenheit, rissen Schoten und konnten sich nicht einigen. *Eine Verlobung ist noch keine Hochzeit*, hatte Paul bei jedem Telefonat der letzten Tage wiederholt. *Aline weiß schon, was sie tut, und sie ist noch immer auf die Füße gefallen. Oder etwa nicht? Und außerdem, Liebling, wenn ich recht informiert bin, warst du auch nicht viel älter als Aline jetzt, als du mit ihr schwanger wurdest.*

Auf der Betonrampe, die zum Bühneneingang führte, gab es ein paar klobige Holzbänke und Aschenbecher, manchmal hatte Frieda dort schon gesessen und auf Aline gewartet. Heute Abend jedoch verschwanden die Bänke hinter den Ensemblemitgliedern, Maskenbildnern, Bühnenarbeitern und ersten Angehörigen und Fans, die herbeigeströmt waren, um zu gratulieren.

»Mamafrieda, da bist du!« Aline löste sich aus dem Gewühl und eilte leichtfüßig auf Frieda zu, mit weich schwingenden

Hüften über schier endlosen Beinen. Sie trug noch immer den roten Lackbikini der letzten Shownummer und die High-Heel-Sandalen, in denen sie erstaunlicherweise hatte tanzen können und Frieda um beinahe Haupteslänge überragte.

»Du warst umwerfend. Hinreißend.« Frieda zog ihre Tochter an sich. Alines Haut fühlte sich kühl an, auf ihrem schmalen Rücken spielten Muskeln. Doch ihr Haar, das mit unzähligen Klammern in winzigen Schnecken auf ihrer Kopfhaut festgesteckt war, damit es den Perücken nicht in die Quere kam, roch ein winziges bisschen nach Kindheit.

»Ich musste an Kreta denken«, sagte Frieda ihr ins Ohr.

»Ich wusste es, ja, ich natürlich auch!«

Schwang da Kritik mit, war das ein Vorwurf? Frieda versuchte in Alines Augen zu lesen. Sie gaben nichts preis, aber Aline lächelte. Vielleicht hatte Paul wirklich recht, und sie mutierte allmählich zur Glucke – jetzt, da es zu spät war. Vielleicht war sie wirklich zu empfindlich.

»Ich bin total verschwitzt.« Aline löste sich von ihr. Eine geschmeidige, minimale Bewegung, die sie dennoch in Sekundenbruchteilen um mehr als ein paar Zentimeter von Frieda entfernte.

»Verschwitzt bin ich auch.« Frieda zwang sich zu Gelassenheit. »Dabei habe ich in den letzten zwei Stunden im Gegensatz zu dir rein gar nichts geleistet.«

»Beschwer dich bloß nicht, das Wetter ist doch himmlisch. Endlich Sommer! Wir haben umdisponiert und einen Tisch draußen reserviert.«

»Das ist toll.«

»Ja.«

Small Talk, schon jetzt. Mit ihrer Tochter. Ein Eiertanz, um nicht an alte Wunden zu rühren, den sie im Laufe der Jahre beide perfektioniert hatten. Und das war erst der Anfang, der Abend hatte noch nicht einmal richtig begonnen. War es das, was sie so mit Unruhe erfüllte, das Wissen, dass sie zum Austausch von Belanglosigkeiten einfach nicht taugte? Das war doch albern. Kindisch. Sie würde diesen Abend schon durchstehen, auch ohne Paul, obwohl es mit ihm natürlich leichter gewesen wäre. Denn Paul war ein Meister der Konversation. Wäre er hier, würde er die Tischgesellschaft ohne die leiseste Anstrengung mit Anekdoten über den Weltraum unterhalten. Selbst wenn ihm Jans Mutter dann irgendwann ihr Sternzeichen zuflüstern würde, weil sie zwischen Astronomie und Astrologie keinen Unterschied machte, würde Paul charmant bleiben. Der ruhende Pol in ihrem Leben, das war er tatsächlich. Der Anker, der Aline und ihr in den Jahren allein gefehlt hatte.

»Warst du noch gar nicht im Hotel?« Alines Blick glitt zu Friedas Koffer.

»Mein Zug hatte leider Verspätung.«

»Über drei Stunden?«

»Ich bin später losgekommen als geplant.«

»Aber du solltest dich doch mit Jans Eltern in der Lobby treffen und mit ihnen zusammen …«

»Ich habe natürlich eine Nachricht für sie hinterlassen.«

»Aber …«

»Es ging nicht anders, Aline, wirklich nicht. Ich musste heute Morgen noch mal ins Institut und dann rief auch noch eine von Hennys Pflegerinnen an, weil sie letzte Nacht …« Frieda brach ab. Das war jetzt zu kompliziert. »Es ist alles in Ordnung mit ihr, mach dir keine Sorgen.« Sie zwang sich zu einem Lächeln und drückte Aline die Rosen in die Hand, sah, wie sich die Gesichtszüge ihrer Tochter wieder entspannten, als sie die Nase in den Blüten versenkte und genießerisch schnupperte.

»Aus Omas Garten. Die duften sogar!« Aline sprach mit geschlossenen Augen.

»Nein, die habe ich hier in Berlin gekauft, die fünf Stunden Zugfahrt hätten sie nur schlecht …« Frieda biss sich auf die Unterlippe. Warum hielt sie nicht einfach den Mund, war das wirklich so wichtig?

»Ich wünschte, sie wäre hier«, sagte Aline leise.

»Henny?«

»Ja.«

»Du weißt, dass das nicht geht, Süße.«

»Aber am Telefon sagt sie mir jedes Mal, dass sie zugucken möchte.«

»Hast du das letzte Mal schon vergessen? Sie fürchtet sich, wenn alles fremd ist. Sie verkraftet das nicht mehr. Und dann die lange Reise.«

Aline nickte, zögernd.

»Sie ist trotzdem wahnsinnig stolz auf dich und sie war heute Abend in Gedanken ganz sicher bei dir. Sie hat mir sogar ein Geschenk für dich mitgegeben.«

Nun war es gesagt, obwohl irgendetwas Irrationales in Frieda sich dagegen sträubte. Aber was hätte sie tun sollen? Den Wunsch ihrer Mutter übergehen, ihre Tochter belügen? Die ganze Nacht hatte Henny in ihrem Zimmer alles durchwühlt, sie sei völlig außer sich gewesen, hatte die Pflegerin berichtet. Erst als Frieda kam und das Geschenk für Aline in Empfang nahm, hatte sie sich beschwichtigen lassen.

Frieda ging in die Hocke und fischte die morsche Spanschachtel aus ihrer Reisetasche, um die die arthritischen Finger ihrer Mutter in Stunden mühevoller Kleinarbeit ein Geflecht aus Bindfäden gesponnen hatten. Ein Relikt aus der Vorzeit. Ein Heiligtum, das Frieda als Kind niemals hatte anfassen dürfen. Was hatte Henny jetzt darin verborgen?

Das hatte sie nicht verraten, aber es wog so gut wie nichts und verriet sich nicht durch das leiseste Klappern. Womöglich war die Schachtel also leer oder sie enthielt nur ein Bonbonpapier, weil die Demenz Henny mal wieder einen Streich gespielt hatte.

»Oh, die kenne ich doch von früher!« Aline kniete sich neben Frieda und nahm ihr Hennys Gabe aus den Händen, als sei sie aus Gold. Vorsichtig strichen ihre schlanken Finger über die Knoten und Fäden. Wenn man genau hinsah, ließen sich darunter die Umrisse von Schmetterlingen erahnen, die irgendwann einmal jemand auf den Deckel gemalt hatte.

»Sie hat die Schachtel ganz allein zurechtgemacht. Nur für dich«, sagte Frieda. »Aber du weißt ja, wie es mit ihr ist, sei bitte nicht enttäuscht, wenn …«

»Schon gut, Mamafrieda, ich bin keine drei mehr.«

Aline sprang auf, wippte auf die Zehenspitzen und winkte jemandem mit ihrem Blumenstrauß, wem genau, konnte Frieda nicht erkennen.

»Willst du nicht auspacken?«

»Doch nicht hier auf der Straße.«

Aline stand wieder still und sah Frieda an. »Ich geh mich jetzt duschen und umziehen und so. Jans Eltern und seine Schwester haben direkt ein Taxi ins Restaurant genommen, weil sein Vater erst vor Kurzem eine Hüft-OP hatte. Es ist aber nicht weit, nur zehn Minuten zu Fuß. Du hast die Adresse.«

»Ich dachte, ich könnte vielleicht erst …«

»Mensch, Frieda, die sind echt total nett, richtig niedlich. Jans Ma ist ein bisschen überdreht, aber das gibt sich nach einer Weile, das wirst du schon merken.«

»Du kennst sie also schon länger?«

»Sie sind seit vorgestern hier in Berlin.«

Eine heile Familie. Eltern, die Zeit hatten. Als kleines Mädchen hatte Aline sich das gewünscht. Als sie dann endlich in Heidelberg mit Paul sesshaft geworden waren, noch dazu in unmittelbarer Nähe zu Alines geliebter Oma Henny, bewarb Aline sich an der John-Cranko-Schule des Stuttgarter Staatsballetts und zog nach dem glanzvoll bestandenen Aufnahmetest ins Internat, und damit waren Familienleben und Kindheit im Alter von gerade einmal zwölf Jahren für sie beendet. Vielleicht war sie also nun, mit 23, tatsächlich lebenserfahren genug, um zu heiraten. Vielleicht würde sie sogar glücklich, entgegen aller Statistiken. Zwei von vier Ehen wurden in Deutschland wieder geschieden. Oder eine von drei? Nach wie vielen Jahren? Aus welchen Gründen? Lag die Wahrscheinlichkeit einer Scheidung nach überstürzt und zu jung geschlossenen Hochzeiten höher? Vermutlich ja. Aber wie sollte man die Erfolgschancen einer Liebe auch nur halbwegs verlässlich prognostizieren, wenn man die Faktoren, die über Glück oder Unglück entschieden, im Vorhinein nicht kannte?

»Frieda, hallo? Erde an Frieda, ist alles in Ordnung?«

Frieda zuckte zusammen, nickte, zwang sich zu einem Lächeln.

»Wo ist eigentlich dein Jan?«

Aline drehte eine Pirouette. Lachte. Ein helles Glucksen, das nicht zu ihren hochhackigen Lacksandaletten passte. »Jan muss noch ein bisschen seinen PR-Pflichten nachgehen. Seitdem er in dieser Wasserballettnummer mitmacht, sind seine Aktien bei unseren Groupies radikal gestiegen.«

Groupies. Frieda folgte Alines Blick und entdeckte die drei jungen Frauen, die sie vorhin überholt hatte. Handykameras blitzten. Eine der drei kreischte gespielt hysterisch, als Jan den Arm um sie legte. Der mit dem knackigsten Po, dachte Frieda und versuchte im Gesicht ihres künftigen Schwiegersohns zu lesen. Aber er war geschminkt und grinste, als ob er dafür bezahlt würde, was wohl gewissermaßen auch stimmte.

»Es gibt da diesen Wettstreit unter den Tänzern«, raunte Aline ihr ins Ohr. »Wer am Ende der Saison am meisten Fan-Telefonnummern gesammelt hat, ist Sieger.«

»Sieger.«

»Als Preis kriegt er dann das verschwitzte Höschen der ersten Solistin. Oder des Solisten, falls er schwul ist.«

»Aha.«

Aline musterte sie und prustete los. »Das war ein Scherz, liebe Frieda, jetzt entspann dich mal wieder.«

Ein in bonbonrosa Rüschen gekleidetes Mädchen trat zu ihnen und sah mit großen Augen zu Aline auf. Sie war höchstens zehn. Vor ihren Bauch hielt sie das Programmheft der Show, als wäre es ein Schutzschild.

»Soll ich dir das signieren?« Aline federte in die Knie und zauberte von irgendwoher einen Filzstift. Die Kleine nickte in sprachloser Ehrfurcht. Im Hintergrund strahlten die stolzen Eltern und fotografierten.

»Wir sehen uns gleich«, sagte Aline zu Frieda, stülpte ihre Perücke wieder über und lotste ihren kleinen Fan ins Gewühl auf der Rampe.

Ein Taxi hielt direkt vor Friedas Füßen und entlud seinen Fahrgast: einen grauhaarigen Mann in dunklem Anzug mit einem Strauß tiefroter, langstieliger Rosen.

Paul – schon wieder musste sie an ihn denken. Und an Alines Gesicht, dieses winzige Grübchen im linken Mundwinkel und die Lichtpunkte in ihren Augen, bevor sie losprustete. Frieda lächelte. Alines Pokerface hatte sich nicht verändert, doch sie war ihr trotzdem auf den Leim gegangen. Genauso wie früher, wenn Aline das Blaue vom Himmel fabulierte oder zu Friedas Verzweiflung ihre heilige Ordnung torpedierte, indem sie Sachen von ihrem angestammten Platz verschwinden ließ: die Gartenschere, die Lieblingstasse mit dem Rotkehlchen, einen Hausschuh. Einmal sogar die Maus von Friedas Computer.

»Wollen Sie mit?« Der Taxifahrer war ausgestiegen und deutete auf Friedas Reisetasche.

»Ja, gut.« Sie setzte sich auf die Rückbank, sah, wie der Grauhaarige, dessen noch warmen Platz sie nun einnahm, mitsamt seiner Rosen vom Gewimmel verschluckt wurde und wie Aline und Jan Arm in Arm mit dem Rüschenmädchen für ein weiteres Foto vor dessen gerührten Eltern posierten.

Jetzt entspann dich mal wieder … Aline hatte recht. Frieda beschloss, ihre Tochter beim Wort zu nehmen und einen Abstecher ins Hotel zu riskieren. Ein Katzensprung sei das, versprach der Taxifahrer, ein winziger Umweg, kaum fünf Minuten.

Lichter zogen vorbei. Menschen in Sommerkleidung, schlendernd, lachend, erneut dachte Frieda an Jan und die Groupies. Kein bisschen besorgt hatte Aline gewirkt, vielleicht war dieses seltsame Gefühl in Friedas Magen also tatsächlich nur die Folge ihrer Erschöpfung? Aline liebte Geschichten, immer schon war das so gewesen, sie liebte ihre eigenen Märchen wie die von anderen, und am allerliebsten mochte sie die ihrer Oma. ›Ein fantasievolles Kind‹ stand in beinahe jedem ihrer Zeugnisse. *Vielleicht ist über Nacht eine Sternschnuppe vom Himmel gefallen und hat deine Gartenschere zu einem Krümel geschmolzen, Mama. Vielleicht ist dein Hausschuh ja einfach in einem schwarzen Loch verschwunden.*

»Da sind wir.« Der Taxifahrer bremste und gab Frieda seine Visitenkarte, augenblicklich wären er oder ein Kollege wieder zur Stelle, sobald Frieda anriefe, versprach er.

Das Hotel gehörte zu einer dieser Ketten, deren Häuser für jede Stadt geklont wurden. Frieda mochte das eigentlich nicht, sie bevorzugte die privat geführten, individuellen Boutiquehotels. Aber sie hatte nicht mit Aline streiten wollen, die beseelt von der Idee gewesen war, dass Frieda mit Jans Eltern frühstücken würde, und es war nur für eine Nacht, also nicht weiter wichtig.

Die Lobby war türkisblau gestrichen und heruntergekühlt, als betrete man einen Eisschrank. Auf einem Flachbildschirm schwammen exotische Fische. Junge Leute in Shorts und Flip-Flops, mit ihren Notebooks und Smartphones verdrahtet, fläzten in Ledersesseln neben Steckdosenleisten und morsten ihre manischen Botschaften in die virtuelle Weltgemeinschaft. Frieda checkte ein und kaufte eine große Flasche Wasser. Ihr Zimmer war klein, aber sauber, und es lag nach hinten raus, so wie sie das gewünscht hatte. Sie streifte sich die Schuhe von den Füßen und trank das Wasser direkt aus der Flasche, barfuß am Fenster. Fernsehlicht flackerte in den wenigen erleuchteten Fenstern des Altbau-Mietshauses gegenüber. Irgendwo weinte ein Baby.

Frieda gab sich einen Ruck und zog den Vorhang zu, riss sich die verschwitzte Kleidung vom Körper und duschte lauwarm. Als sie wenig später frische Kleidung anzog, fühlte sie sich beinahe wie neugeboren. Sie tippte die Nummer des Taxirufs in ihr Handy, sah, dass der Akku auf Rot stand, dabei hatte es im Zug stundenlang an der Steckdose gehangen. Offenbar war die defekt gewesen. Oder der Stecker war rausgerutscht, was auch immer. Frieda steckte das Ladekabel in ihre Handtasche und – sicher war sicher – noch den Paschminaschal, ihre Allzweckwaffe gegen unverhoffte Temperaturstürze und Klimaanlagen, bevor sie sich auf den Weg in die Hotellobby machte. Paul hatte sich noch nicht gemeldet, auch von Aline gab es keine Nachricht. Und warum auch, es war ja kaum Zeit vergangen, aller Voraussicht nach würden sie nahezu zeitgleich im Restaurant ankommen, so sehr wie Frieda sich beeilt hatte. Sie sah auf ihre Armbanduhr. Eine halbe Stunde, länger hatte sie tatsächlich nicht gebraucht, eine halbe gestohlene Stunde, das war fast gar nichts.

Das Taxi fuhr bereits vor, als Frieda aus dem Aufzug trat. Sie beschleunigte ihre Schritte, fühlte die kühle Luft der Lobby auf ihrer Haut, dann die Sommernacht, die ihr nun, da sie ein Kleid trug, nicht mehr so drückend vorkam, eher im Gegenteil wie eine Verheißung.

Ihr Handy begann zu fiepen, das war wohl Paul. Frieda stieg ins Taxi und nannte dem Fahrer das Restaurant, in dem Jans Eltern schon warteten, dann sah sie aufs Display: nicht Paul, sondern Aline.

»Ich bin gleich da, Süße, maximal zehn Minuten!« Ihre Stimme klang hell, registrierte Frieda. Was so eine kleine Auszeit doch alles bewirkte.

Doch der Anrufer war nicht ihre Tochter, statt Aline redete eine Männerstimme auf sie ein, eine fremde Stimme mit niederländischem Akzent, die seltsam gebrochen klang und ihre Botschaft viel zu schnell hervorschleuderte, nein schrie, immer wieder dieselben Worte, und noch bevor Frieda irgendetwas verstand, fühlte etwas tief in ihr bereits, welch furchtbarer, grausamer, nicht wiedergutzumachender Fehler ihre gestohlene halbe Stunde gewesen war.

»Aline!«, schrie der Anrufer. »Schrecklich … Unfall … Auto … Notarzt … sofort kommen.«

»Was? Wo?« Auch Frieda glaubte zu schreien, doch aus ihrem Mund drang nicht mehr als ein heiseres Flüstern.

Arno

Menschen sterben, jeden Tag, jede Minute: Väter, Mütter, Partner, Freunde, Kinder. Menschen sterben und die Welt dreht sich weiter, hält nicht einmal einen Wimpernschlag lang inne. Der Gedanke war auf einmal da, hatte sich in ihm eingenistet, obwohl er das nicht wollte. Weil sein Vater im letzten Monat gestorben war. Weil Onkel Egon seitdem zum Stalker mutierte. Inzwischen schickte der Alte seine Jammer- und Drohbotschaften sogar schon per SMS – allein der Himmel wusste, wer ihm diesen Trick gezeigt hatte.

Arno rief seine Gedanken zur Ordnung und überflog den zuletzt getippten Satz seines Romanmanuskripts, las ihn dann gleich noch einmal, halblaut:

»Die Welt seiner Kindheit, dieser so verbissen in der Vergangenheit verhaftete, von ihm mit leidenschaftlicher Inbrunst gehasste, gefürchtete Landstrich jenseits der Karpaten, war nun tatsächlich unerreichbar geworden, doch die neue, fremde Welt, dieses gelobte, goldene Land …«

Er brach ab und schüttelte den Kopf, den Zeigefinger über der Löschtaste. Bullshit war dieser Satz, oder etwa nicht? Doch, Bullshit, eindeutig. Zu gestelzt, zu gewollt, übertrieben sentimental. Kein Lektor, der etwas auf sich hielt, kein Kritiker und kein Leser, würde ihm diese schwurbelige Anhäufung von Adjektiven durchgehen lassen. Am schlimmsten natürlich das ›fremd‹ – so subtil wie ein Vorschlaghammer. Arno sprang auf und drehte eine Runde durchs Arbeitszimmer: am Regal entlang, ohne die Titel auf den Rücken der darin dicht an dicht aufgereihten Bücher zu beachten, am Sofa vorbei, an der Tür zum Flur, an den weit geöffneten Glasflügeltüren des Balkons und wieder zum Schreibtisch. Ein Wunder eigentlich, dass er nicht schon längst eine Spur ins Parkett geschliffen hatte, so oft wie er hier in letzter Zeit entlanglatschte. Wie ein Zootier mit Lagerkoller, wie Rilkes Panther.

Er drehte ab und ging aufs Klo, schlenderte in die Küche, öffnete den Kühlschrank, ließ ihn gleich wieder zufallen. Er wollte jetzt kein Bier trinken und Hunger hatte er auch nicht. Wahrscheinlich sollte er für heute ganz einfach Feierabend machen, immerhin saß er seit morgens um elf am Rechner. Er ging zurück ins Arbeitszimmer, löschte den unseligen letzten Satz, rief ihn doch wieder zurück auf den Bildschirm und speicherte. Inzwischen war dieses Manuskript, das sein Entree in die Feuilletonwelt werden sollte, mit Ach und Krach auf 53 Seiten angewachsen. 53 – nach fünf Monaten knallharter Arbeit, das war gar nichts. Sein Alter Ego Luna Wilde schaffte zehn Seiten an einem einzigen Tag, und das locker. Oft sogar mehr. Auch heute war sie wieder äußerst produktiv gewesen. Die Exposition war vollendet, nun ging es zur Sache. Rebekka, die verruchte Magd, war eben im Begriff, ihre Unschuld an Viktor, den Sohn des Landgrafen, zu verlieren. *Viktors warme, kräftige Hand stahl sich unter ihr Kleid und liebkoste spielerisch ihre mädchenhaft straffen Schenkel. Ein Stöhnen entwand sich Rebekkas Lippen, so leise und süß wie das Knistern, mit dem sich im Rosengarten des Parks die jungen Knospen dem Morgenlicht öffneten …* Und so weiter und so fort, das uralte Spiel, wenn Mann und Frau aufeinandertrafen und die Hüllen fallen ließen: reinraus, vor-zurück, ja-nein, ich lieb dich, ich lieb dich nicht – Illusionen, Tränen, Dramen und gebrochene Herzen. Arno startete den Druckvorgang und trat auf den Balkon, während der Printer sich aus dem Standby-Modus zurück ins Leben kämpfte und ratternd Seiten ausspuckte. Er hatte seinen Vater nicht mehr gesehen, bevor er gestorben war, nur am offenen Sarg. Er hätte bei diesem Anblick wohl etwas fühlen müssen, müsste auch jetzt etwas fühlen, irgendwas, und wenn es nur Erleichterung wäre, doch da war nichts.

Es war warm hier draußen, wärmer als in der Wohnung, der Altbau hatte noch immer einen Rest des Winters in seinen Wänden gespeichert, ein paar Tage lang würde der daraus resultierende Gratis-Kühlservice fürs Arbeitszimmer noch vorhalten. Arno stützte die Arme aufs Geländer. Der Himmel hing tief und glomm in einem ungesunden Rostton, aufgedunsen von der Hitze des Tages, zu schlapp, um richtig dunkel zu werden, als sei der Nacht gleich zu Anfang die Luft ausgegangen.

War es so ähnlich für seinen Vater gewesen? Arno Rether der Ältere war 86 geworden, das war ein gesegnetes Alter für einen Mann, der sich zu Lebzeiten kaum je entspannt hatte und nie auch nur um einen Millimeter von seinen Prinzipien abgewichen war, jeden Kampf bis zum bitteren Ende geführt hatte, koste es, was es wolle. Jeden Kampf bis auf den letzten, wenn es denn stimmte, dass er so friedlich und leise gestorben war, wie sie bei der Trauerfeier behauptet hatten. Schlafanzug an, ein Glas warme Milch, ab ins Bett, Augen zu, Herzstillstand, fertig. Vielleicht war das ja wahr und sein Vater hatte das Herannahen des Todes nicht einmal bemerkt. Vielleicht war das Sterben nicht anders als Einschlafen, mal davon abgesehen, dass man nicht mehr erwachte.

Der Drucker verstummte, dafür begann das Telefon zu klingeln. Der 15. Juni. Der Tag, an dem Onkel Egons Ultimatum auslief, diese völlig willkürlich gesetzte, absurde Frist für diesen noch viel absurderen, ja geradezu hirnlos grotesken Plan, den in die Tat umzusetzen der Familienrat für seine, Arnos, unumstößliche, ja geradezu heilige Sohnespflicht hielt. Wieder und wieder hatte er in den letzten Wochen erklärt, dass sie da die Rechnung ohne den Wirt gemacht hatten, dass er nicht mitspielen wollte und konnte und also würde, weder jetzt noch später. Doch der Alte war stur geblieben, ein echter Rether, weder für Argumente noch für gutes Zureden zeigte er sich empfänglich, jedes Nein schien ihn nur noch mehr anzuspornen. Und nun, da ihm dämmerte, dass er diesmal nicht als Sieger vom Platz gehen würde, lief er regelrecht Amok.

Arno stand reglos und hörte zu, wie sein Anrufbeantworter ansprang und wieder verstummte, weil keine Nachricht darauf hinterlassen wurde, wie als Nächstes das Dschungelgetrommel seines Handys ertönte und aufhörte. Danach blieb es still, wenn man vom Soundtrack der Stadt einmal absah, der über die Dächer der umliegenden Mietshäuser bis in den Hinterhof wallte. Berlin fieberte sich in den Wochenendgroove, ein konstantes Brodeln und Summen war die Folge, ein Gemisch aus Polizeisirenen, hochgetunten Automotoren, Musikfetzen und Menschen in Feierlaune – komme, was wolle.

Das Arbeitszimmer lag nun völlig im Dunkeln, die einzige Lichtquelle war der Bildschirmschoner des Computers, flirrende weiße Leuchtpunkte, die durch eine psychedelischviolette Kunstgalaxie schossen, ein Silicon-Valley-Traum der Unendlichkeit, den vermutlich irgendein hipper Designer programmiert hatte, ohne sich die Zeit zu nehmen, den tatsächlichen Himmel zu betrachten. Arno ging wieder nach drinnen und ließ sich auf seinen Schreibtischstuhl fallen. Unmöglich zu entscheiden, ob das All auf einen zuflog oder ob man eher hineingesogen wurde. In jedem Fall lauerte in den Tiefen der Festplatte dahinter seine Arbeit.

Der Anrufer hatte keine Nachricht hinterlassen, natürlich nicht. Eine Nummer mit Hofer Vorwahl, die Nummer von Onkel Egon. Arno rief seine E-Mails ab: zwei Werbemails für Druckerpatronen, eine für Penisvergrößerungen, eine für Liebesromane von Luna Wilde, und einer dieser afrikanischen Scherzkekse hatte mal wieder ein kleines Vermögen gefunden und brauchte angeblich Arnos Hilfe und Bankdaten, um es nach Europa zu transferieren. Nichts von seiner Lektorin, nichts von seinem Agenten oder Verleger, dabei hatten die das gewünschte Konzept für die neue Serie jetzt schon seit über drei Wochen. Die letzte Mail stammte von Onkel Egon, gespickt mit Großbuchstaben, er musste sie gerade erst abgeschickt haben, Arno überflog sie: »… es gibt unumstößliche PRIORITÄTEN im Leben, werter Neffe. … die Angelegenheit Deines VATERS ist eine von GRÖSSTER DRINGLICHKEIT … wir haben eine VERABREDUNG und können KEINEN AUFSCHUB hinnehmen!! Informiere uns UMGEHEND, sollten sich Deine PLÄNE geändert haben …«

Arno schaltete den Computer aus und stapelte die ausgedruckten Seiten mit den verbotenen Leidenschaften der verruchten (und im Herzen natürlich dennoch reinen) Magd Rebekka ordentlich im dafür vorgesehenen Ablagekorb, rechts neben dem Monitor. Was den Rest seiner Wohnung betraf, ließ er durchaus auch mal fünfe gerade sein, aber die morgendliche Rückkehr an einen vollgemüllten Schreibtisch war deprimierend und trug nicht dazu bei, die ohnehin äußerst launische Madame Muse zu einem Besuch zu motivieren, das wusste er aus Erfahrung. Sein Rennrad hing an der Wand im Flur, einsatzbereit. Er steckte Geld, Handy und Schlüssel ein, außerdem ein Handtuch, schwang das Rad auf die Schulter.

Im Treppenhaus roch es nach feuchtem Mörtel und Fußschweiß. Vor dem Fenster zum Innenhof harrten die halb mumifizierten Topfpflanzen seines Nachbarn darauf, dass dieser sich endlich ein Herz fasste und sie entsorgte. Das Mietshaus war alt, aus der Gründerzeit, zum Jahresbeginn war es verkauft worden, die neuen Besitzer hatten angekündigt, demnächst zu sanieren, was nichts Gutes erwarten ließ, nur höhere Mieten. Sogar einen Aufzug wollten sie angeblich einbauen, den bislang keiner der Mieter vermisst hatte, aber noch herrschte Frieden, und man konnte nur hoffen, dass es so bliebe. Arno nahm die Stufen vom vierten Stock ins Erdgeschoss im Laufschritt, das Rad auf der linken Schulter. Manchmal half Bewegung, wenn beim Schreiben gar nichts mehr ging. Oft sogar. Am besten war Schwimmen. Wasser, das ihn umschloss, die Gleichförmigkeit seiner Bewegungen, der Blick durch die Schwimmbrille, konzentriert auf die Kachellinie am Boden des Beckens, um nicht von der Bahn abzukommen. Im Wasser war alles möglich. Im Wasser flogen ihm nach einer Weile die richtigen Worte zu. Perfekte Worte und Sätze, die er stumm im Takt seiner Kraulzüge wiederholte und die mit etwas Glück nicht mehr verschwanden, bis er sie in der Umkleide auf sein Handy diktierte. Arno sah auf seine Armbanduhr: 22:05 Uhr. Ein Schwimmbad mit Nachtöffnungszeiten würde Deutschlands Hauptstadt durchaus gut zu Gesicht stehen, aber Berlin war so großmäulig wie chronisch pleite. Wer hier nachts Sport treiben wollte, musste sich mit den Managern und Werbeassistentinnen auf den Laufbändern der privat betriebenen 24-Stunden-Fitnesspaläste abhetzen oder sich auf Outdooraktivitäten verlegen.

Er stieß die Haustür auf und trat auf den Bürgersteig. Es war relativ ruhig, denn die Ausgehmeilen und Schickimickizonen Charlottenburgs begannen erst ein paar Straßenzüge weiter. Arno schwang sich aufs Rad und schlängelte sich im Zickzackkurs Richtung Spree. Auf der Otto-Suhr-Allee raste ein Krankenwagen mit rotierendem Blaulicht an ihm vorbei, dicht gefolgt von einem Polizeiauto. Für irgendein armes Schwein war die lauschige Sommernacht gerade jäh zu Ende gegangen.

Arno trat fester in die Pedale. Die Bewegung tat gut, sogar die Hitze. Er stand unter Druck, und zwar schon seit Längerem, nicht erst seitdem Onkel Egon ihn terrorisierte, jetzt, hier draußen, allein auf dem Rad, gestand er sich das ein. Irgendetwas an seinem Leben stimmte nicht mehr, irgendwas Ungutes, noch Undefinierbares braute sich zusammen und ließ den Motor, der jahrelang reibungslos funktioniert hatte, stottern und stocken, als sei plötzlich Sand ins Getriebe geraten, dabei hatte sich rein äußerlich betrachtet nichts verändert, er lebte genau so, wie er es gewollt hatte.

Die Luft vibrierte, statisch aufgeladen wie vor einem Gewitter. Er schaltete in den nächsthöheren Gang und fand seinen Rhythmus. Vielleicht sollte er diesen Roman, von dem er sich einbildete ihn unbedingt schreiben zu müssen, einfach in die Tonne treten und das Projekt ernsthafte Literatur ein für alle Male beenden. Er verdiente auch so gut und die neue Serie würde ihn durchaus auslasten. Oder war es mal wieder an der Zeit, die Zelte abzubrechen und mehr zu verändern? Doch ihm fehlte die Lust dazu und die Inspiration.

Zu viel erlebt und ausprobiert und nichts mehr, was fesselt – vielleicht war das also die Midlife-Crisis, von der alle sprachen. Er hatte das Alter dazu mit 52.

Eine knappe Stunde später war Arnos Körper wohlig müde und sein Hirn hatte aufgehört, Unsinn zu funken. Er beschloss, seine nächtliche Spritztour am Halensee ausklingen zu lassen. Der war zwar nur klein und nicht offiziell zum Baden freigegeben, dafür lag er direkt am Ende des Kudamms, also nur einen Katzensprung entfernt vom heimischen Schlafzimmer. Arno kettete sein Rad an einen Laternenpfosten und ließ Restaurant und Biergarten links liegen. Der Halensee speiste sich aus den Abwässern der nahe gelegenen Straßen und Autobahn, vor ein paar Jahren war das Wasser gekippt, eine einzige Kloake. Aber dann hatte die Sanierung begonnen, sie hatten tonnenweise Schlick ausgebaggert und die Wasserzuführungen durch ein neues Klärwerk geleitet. Seitdem war die Keimbelastung rapide gesunken, genau genommen war sie inzwischen völlig unbedenklich, wie die akribischen Messungen der zuständigen Behörde bewiesen. Dennoch zögerten sie mit der Freigabe, auch in diesem Sommer sollte man sich wieder nur aufs Sonnenbaden beschränken. Aber ihm war schon im letzten Jahr nichts passiert, wenn er sich über dieses Verbot hinweggesetzt hatte, und nun war die Wasserqualität sogar noch besser.

Eine schmale Mondsichel hing im noch immer nicht vollständig dunklen Himmel, exakt mittig über dem See, aber ein wenig schräg, wie von einem Kind gemalt. A – abnehmend, automatisch vollendete Arnos inneres Auge die Biegung zu einem Buchstaben, nur noch wenige Tage bis Neumond. Er zog sich aus, stapelte die Klamotten neben einem Baumstumpf, trat nackt ans Ufer.

Das Wasser war überraschend kühl und schwarz wie Tinte, augenblicklich schien es seine Füße und Beine zu verschlucken. In einiger Entfernung trieben die Lichter des Biergartens auf der Oberfläche, gesplitterte Träume. Gläsergeklirr und das perlende Lachen einer Frau wehten zu ihm herüber. Arno tauchte unter und schwamm ein paar Züge mit geschlossenen Augen, kraulte dann einmal quer durch den See und zurück zur Mitte und ließ sich treiben. Bei abnehmendem Mond muss man säen, was nach unten wächst, bei zunehmendem alles andere. Zu Neumond selbst muss man die Feldarbeit einstellen. Die Gerste, die man am dritten Tag nach Neumond ausbringt, wird nach drei Monaten reif sein.

Bauernregeln. Aus welchen Tiefen seines Gedächtnisses waren die auf einmal gekommen und warum gerade jetzt, wegen Onkel Egon? Einen Augenblick lang sah Arno die Knechte und Mägde auf dem Weg zum Feld fast zum Greifen nah vor sich. Die Körbe mit den Brottüchern, die die Vesper vor den Fliegen schützte, an den Armen der Frauen. Die Grabgabeln und Sensen der Männer. Ihre riesigen Hüte und bestickten Schürzen. Er hörte sogar ihre Schritte im Staub – gleichförmig, dumpf, nie brach einer aus – und ihre Lieder.

Er tauchte erneut unter, lange, bis seine Lunge fast platzte. Jäten und Säen. Pflanzen und Ernten. Vieh, das gehegt und gehütet wurde, um es später zu schlachten. Die Sonntage waren am schlimmsten gewesen. Eintönigkeit, auf die Spitze getrieben. Die Frauen in ihrer Tracht mit dem Borten auf dem Kopf und dem schwarzen Mantel, steif und reglos wie Schaufensterpuppen auf den Kirchenbänken ohne Lehne. Vorn die Frauen, hinten die Männer, die Ranghöchsten vorn, die konfirmierten Burschen auf der Empore. Jede Familie hatte ihre angestammte Bankreihe. Wenn eine Frau heiratete, musste sie fortan neben ihrer Schwiegermutter sitzen, bis ans Lebensende. Egal was in dieser Ehe geschah, ob sie wollte oder nicht. Es gab kein Entrinnen, für keinen der Partner, auch nicht für die Kinder.

Ein paar energische Kraulzüge trugen Arno zurück ans Ufer. Er trocknete sich ab und zog Shorts, Shirt und Sneakers an, schlenderte rüber zum Biergarten. Vielleicht waren diese Erinnerungsbilder ja der Durchbruch, den er brauchte, und es gab Worte und Sätze, sie ein für alle Mal zu bannen. Er setzte sich an einen freien Tisch direkt am Wasser, streckte die Beine aus und bestellte ein Weizen. Der Trick beim Schreiben war, dass man dranbleiben und Durststrecken überwinden musste, auch dann, wenn es wehtat. Selbst Tage, deren Resultat direkt im Altpapier landete, gehörten zum Schriftstellerdasein. Und hin und wieder, gerade dann, wenn man aufgab, kam von irgendwoher ein Lichtlein.

Am Nebentisch saßen drei Ladys im besten Alter und nippten an bonbonfarbenen Cocktails. Er fühlte ihre Blicke auf sich, abwägend, nicht uninteressiert. Lange her, dass er spontan mit einer Zufallsbekanntschaft in den Federn gelandet war. Lange her, dass ihn das gereizt hatte. Sie hoben die Gläser, tuschelten, grinsten. Nicht unsympathisch so weit, und auch nicht hässlich, nein, ganz und gar nicht.

»He, schöner Mann, so allein?«

Den Kopf frei machen, sich entspannen. Loslassen. Jeder musste mal Pause machen, zumal am Samstag. Er prostete ihnen zu. Entschied sich für die Dunkle.

»Wer sagt denn, dass ich allein bin?«

Ihr Handy war tot – kein Empfang, kein Ton, nichts mehr. In ihrem Ohr gellten noch immer die schrecklichen Worte. *Unfall. Notarzt. Sofort kommen.* Aber wohin? Die Panik riss Frieda in einen rot glühenden Nebel. Sie hatte das Ladekabel des Handys doch eingesteckt, vielleicht konnte man es im Auto … Ihre Hände zitterten so stark, dass sie kaum die Handtasche öffnen konnte. Sie riss an der Lasche, kippte den Inhalt neben sich auf die Rückbank. Das Kabel musste hier irgendwo sein – Aline! Bitte! –, ja, endlich, da war es.

»Können Sie bitte mein Telefon anschließen? Mein Akku ist leer und ich muss dringend …«

Die Augen des Taxifahrers im Rückspiegel, zwei dunkle Abgründe. Er fuhr rechts ran, drehte sich zu Frieda um. Ein schönes Gesicht. Ernst. Persisch. In einem früheren Leben war er sicher kein Taxifahrer gewesen, vielleicht Philosoph oder Arzt oder Dichter. Irrsinnig, was ein Gehirn alles denkt, all diese Splitter und Fetzen, ein gewaltiges Informationschaos, sinnloses Wissen, Bilderstürme, Assoziationen, die einfach nicht abreißen wollen, noch in höchster Panik.

»Bitte ich muss, meine Tochter ist –« Sie hielt dem Fahrer Handy und Kabel hin. Er betrachtete beides, dann Frieda, schüttelte den Kopf.

»Es tut mir leid.« Sein Deutsch war präzise, beinahe akzentfrei. Er zeigte auf die Konsole aus blank poliertem Holzimitat. Ein altes Taxi, begriff Frieda, ohne Navi und MP3-Anschluss, es gab nicht mal ein Radio.

Ihr Herz raste, hinter ihrer Stirn summte ein Heer Hornissen. Hornissen aus Angst. Sie versuchte, draußen auf dem Bürgersteig etwas zu erkennen. Wo genau war sie? Gab es in Berlin noch Telefonzellen, und wenn ja, wo und wie konnte man die benutzen, mit Münzen, mit Kreditkarten? 20 Pfennig pro Einheit, Ortstarif, das war lange her.

Ein junger Mann riss die Tür auf und machte Anstalten, sich auf den Beifahrersitz zu schwingen.

»Ich muss telefonieren!« Frieda schrie.

»Blöde Kuh!« Der Mann sprang zurück, als ob er sich verbrannt hätte, und knallte die Tür zu.

»Hier, bitte.« Der Taxifahrer hielt Frieda sein Handy hin, abgegriffen und winzig wie ein Spielzeug.

»Danke, das ist …« Frieda lehnte sich unter den trüben Lichtspot, den der Fahrer angeschaltet hatte. Nokia. Blau. Das Display halb blind von den Jahren in einer Hosentasche, die Zahlen auf den Gumminoppen kaum noch lesbar. Sie drückte die ersten Tasten, zögerte, schloss die Augen. 0-1-6-2 – oder 0-1-6-3? Und dann? Konzentrier dich, Frieda, konzentrier dich, du weißt das.

Sie begann noch einmal mit der Eingabe, hielt abermals inne. Verfluchte Technik, verfluchtes Smartphone, das alles, wirklich alles in seinen nimmersatten Datenpool saugt, sodass man nie mehr irgendeine Telefonnummer oder Adresse auswendig wissen und von Hand eingeben muss, sondern immer nur Namen und Kürzel und Bilder. Aber sie kannte Alines Handynummer doch. Zumindest war sie bis zu dieser Sekunde überzeugt davon gewesen, dass sie Alines Nummer jederzeit auswendig herunterbeten könnte, selbst wenn man sie aus dem Tiefschlaf reißen würde. Alines Nummer und die von Paul und von Henny und den wichtigsten Kollegen und Mitarbeitern. Sie war immer gut mit Zahlen gewesen, Zahlen waren ihre Verbündeten, schon mit neun hatte sie zum ersten Mal die Mathematikolympiade in der Schule gewonnen, später dann auch ein paar Landes- und Bundeswettbewerbe, ohne sich besonders anzustrengen.

0-1-6-2 oder 0-1-5-2? Konzentrier dich, Frieda, um Himmels willen, du kennst Alines Nummer, die Nummer deiner Tochter!

Nichts. Gar nichts. Nicht einmal ihre eigene Telefonnummer fiel Frieda mehr ein oder Pauls oder die der Auskunft. Falls es die überhaupt noch gab, die mit dem Blub und dem falschen Deutsch, wie lange war das her, zehn, fünfzehn Jahre? Egal, völlig irrelevant, die Auskunft würde ohnehin nichts nützen, weil Aline sich gar nicht erst ins Telefonverzeichnis eintragen ließ. Ihre WG besaß auch keinen Festnetzanschluss – *so was braucht doch heute kein Mensch mehr, Mama, das kostet nur unnötig Geld.*

Das Handy zitterte in Friedas Hand, so sehr, dass sie weder Display noch Tastatur erkennen konnte. Sie schloss die Augen und versuchte sich das Tastenfeld ihres Smartphones vor Augen zu rufen. Ihren Zeigefinger, wie er über die Ziffern tappte und Alines Nummer eingab. Vergebens.

Unfall. Schrecklich. Ein Geräusch drang aus Friedas Mund, eine Art wundes Raspeln. Das alles musste ein Irrtum sein, ein Albtraum. Sie musste aufwachen, nein, sie musste handeln, sie hätte direkt in dieses Restaurant gehen müssen, oder noch besser hätte sie am Friedrichstadt-Palast auf Aline gewartet, wie diese Groupiemädchen mit den Zigaretten. Sie hätte Aline nicht aus den Augen lassen dürfen. Ihren Augapfel. Ihre Tochter. Ihr kleines, perfektes Mädchen.

»Madame? Madame!« Eine warme, weiche Hand legte sich auf Friedas, die, wie sie mit distanziertem Erstaunen registrierte, eiskalt war. Der Taxifahrer hatte bereits eine ganze Weile auf sie eingesprochen, wurde ihr im selben Moment bewusst. Ein dunkelkehliger Singsang, der sie wohl hatte beruhigen sollen und das nicht vermochte.

»Meine Tochter hatte einen Unfall. Sie ist verletzt, aber ich weiß nicht – ich weiß ihre Nummer nicht mehr.« War das tatsächlich ihre Stimme? Sie klang so dünn und viel zu hoch. Das Flehen eines Kindes.

»Wo war das, Madame?«

Die Friedrichstraße mit den Lichtspuren und Reklamen. Die fiebernden Menschen. Die Straßenbahnen, die Autos.

»Friedrichstadt-Palast.« Friedas Kehle war zugeschnürt, jedes Wort ein Kraftakt. »Fahren Sie mich dorthin.«

Irrational, das war irrational. Aber vielleicht auch nicht, vielleicht war dort noch jemand, der ihr weiterhelfen konnte, zumindest würde es eine Steckdose geben. Oder sollte sie einfach aus dem Taxi springen und mit Handy und Ladekabel ins nächstbeste Restaurant rennen? Immer, immer, immer hatte sie ein Gedächtnis für Zahlen gehabt, immer hatten sie ihr geholfen, Situationen zu analysieren und Entscheidungen zu treffen, auch wenn es schnell gehen musste, selbst unter Höchstdruck, nur jetzt, da es wirklich drauf ankam, war ihr Kopf eine graue, schwammige Masse, wie Hennys.

Der Fahrer startete den Motor und sprach in sein Funkgerät, nicht mehr auf Deutsch jetzt. Fiepen war die Antwort. Stimmengewirr und sphärisches Krächzen. Frieda begegnete seinen Augen im Rückspiegel. Redete er über sie, versuchte ihr zu helfen? Verlorene Gewissheiten. Verlorener Frieden. Gedanken, die sich jagten, blindwütig und sinnlos. Alles ist relativ, nicht nur die Zeit. Ein Stern dreht sich rasend schnell, wenn er noch sehr jung ist oder wenn er kurz davor ist zu verglühen. Auf den ersten Blick ist das eine vom anderen nicht zu unterscheiden. Selbst ein Blinken, das man von der Erde aus wahrnimmt, kann sich als optische Täuschung erweisen. Nebel kann die Ursache sein. Lichtverschmutzung oder ein Sturm in der Erdatmosphäre. Ein defektes Teleskop.

Kaum etwas in der Astronomie ist jemals unumstößlich sicher. Man ist zu weit fort, nimmt überhaupt nur das wahr, was mithilfe der gerade zur Verfügung stehenden Hilfsmittel sichtbar gemacht werden kann: einen Miniatursplitter der Unendlichkeit, auch wenn sich die technischen Möglichkeiten täglich weiterentwickeln. Jedoch zu langsam, viel zu langsam. Immer hinkt man der Zeit hinterher. Ein Stern, dessen Licht man empfängt und analysiert, kann in Wirklichkeit schon längst erloschen sein, Jahrtausende schon, Jahrmillionen.

»Madame! Madame!« Der Taxifahrer nuschelte jetzt nicht mehr in sein Funkgerät, sondern sprach laut und auf Deutsch. »Es hat einen Autounfall in der Nähe des Friedrichstadt-Palasts gegeben. Eine Fußgängerin ist verletzt worden. Man hat sie in die Charité gebracht.«

Er gab Gas und zog auf die linke Spur, die abrupte Beschleunigung presste Frieda in den Sitz.

»Warten Sie, halt!«

Er antwortete nicht, beschleunigte noch mehr. Die Polizei würde ihr helfen, warum war sie nicht schon längst darauf gekommen? Frieda tippte die 1-1-0 in das Handy des Fahrers. Endlose Sekunden vergingen, bis sich die Einsatzzentrale meldete und Frieda erklärt hatte, was sie wollte. Draußen wischte eine Farbschliere vorbei, die Fassade des Friedrichstadt-Palasts, auf den Werbeplakaten an der Fassade schwebte Aline noch immer schwerelos in Jans Armen.

Das Taxi bog ab, ließ das Bild wieder verschwinden, schon war sich Frieda nicht mehr sicher, ob sie es gerade wirklich gesehen hatte.

»Wir müssen in den Wedding.« Sie lehnte sich vor und wiederholte die Adresse, die die geschult emotionslose Stimme der zuständigen Polizeibeamtin ihr nach einigem Hin und

Her genannt hatte. Die Anschrift der Notaufnahme für Schwerverletzte, nicht der Zentrale der Charité in Mitte, auf die das Taxi zuhielt. Der Fahrer bremste und wendete. Frieda warf sein Handy nach vorn auf den Beifahrersitz und begann damit, ihre Siebensachen wieder in die Handtasche zu schaufeln, ungelenk, tapsig. Ihre Hände ließen sich nicht beruhigen, zitterten und zitterten. Ihr Herz jagte in schmerzhaften Stößen, ihr war heiß und eiskalt. Schwer verletzt, was hieß schwer? Was war eigentlich passiert? Eine halbe Stunde. Eine halbe gestohlene Stunde – in astronomischen Maßstäben war das ein Nichts, und doch konnte eine einzige Sekunde alles für immer verändern.

Das Klinikgelände war riesig, ein Moloch aus Gassen, Schildern, Gebäuden und huschenden Schatten. Aus einigen Fenstern drang trotz der späten Stunde noch Licht, doch es hatte nichts Anheimelndes an sich, nichts Willkommenheißendes – ein sezierender Blick aus kaltgelben Augen. ERSTE HILFE CHIR. RETTUNGSSTELLE. Die roten Großbuchstaben leuchteten über einer Front aus Glastüren mit hässlichen Metallrahmen.

»Danke, wirklich danke.« Frieda drückte dem Taxifahrer zwei 20-Euro-Scheine in die Hand und hastete los, ohne sich um seinen Protest darüber zu kümmern, dass das viel zu viel sei. Beton unter ihren Füßen, ein Abfalleimer mit schwarzer Mülltüte, Verbotsschilder: Nicht rauchen, kein Handy. LIEGENDANFAHRT. Bahren auf Rädern – nein, Tragen, musste man sagen, Bahren waren für die Toten – standen in Reihe, ein Wäschewagen in Schweinchenrosa, ein zweiter in OP-Grün. Frieda rannte weiter, durch die Tür nach innen. Das Neonlicht blendete sie. Am Ende des Flurs erkannte sie die Umrisse einer Empfangstheke.

»Sie dürfen hier nicht einfach rein!« Ein Mann in weißer Kluft trat ihr entgegen, seine Gummisohlen quietschten.

»Telling, Frieda Telling, ich muss zu meiner Tochter, Aline Telling. Sie muss hier sein, sie hatte einen Unfall, wo ist sie?«

»Telling.« Er fasste Frieda am Arm und zog sie mit sich. »Wir haben schon versucht, Sie zu erreichen. Ihre Tochter ist im Schockraum. Die Ärzte sind bei ihr.«

Schockraum – das Wort fuhr Frieda wie ein Messerstich in den Magen und ließ das letzte Fitzelchen Hoffnung auf einen Irrtum, das sie wider alle Lebenserfahrung und böse Ahnungen irgendwo tief in sich gehegt hatte, verpuffen.

»Es wird alles getan, sie zu stabilisieren.«

Der Griff des Pflegers wurde fester. Warten sollte sie. Warten worauf? Eine unbeleuchtete Glastür spiegelte im Vorübereilen für Sekundenbruchteile Friedas Kleid. Violette Blumen und Ranken, ein heiteres indisches Muster. Sie hatte es für Aline gewählt. Ein Kleid für einen Abend, der ein Freudenfest hatte sein sollen.

In dem Glaskasten, der wohl der Empfang der Notaufnahme war, vielleicht auch ihr Zentrum, blätterte eine junge Frau mit blondem Pferdeschwanz und müden Augen in Patientenkarteien. Eine halb ausgetrunkene Flasche Cola, eine Packung Marlboro und eine Tüte Pfefferminzdrops lagen neben dem PC-Monitor. Formularstapel. Kulis und gelbe Haftnotizzettel. Ein Kaffeebecher mit einem Smiley.

Frieda stützte sich auf den Tresen. *Gib ihnen deine Visitenkarte, damit sie gleich sehen, dass wir nicht irgendwer sind. Sag ihnen, dass wir privat versichert sind und notfalls alles, was nötig ist, um Aline zu helfen, aus eigener Tasche bezahlen werden.* Pauls Stimme in ihrem Kopf. Frieda protzte nicht gern, das wusste er, aber jetzt musste es sein, für Aline, da gab es nichts zu überlegen. Frieda tastete nach ihrer Brieftasche, nahm aus den Augenwinkeln schräg hinter sich eine Bewegung wahr.

Jan in weißen Jeans, Flip-Flops und einem eng auf Taille geschnittenen orangefarbenen Seidenhemd. Er hatte auf einer der Holzbänke gesessen, den Kopf in den Händen vergraben, einer von mehreren Wartenden, die im Neonlicht bleich und verloren wirkten, wie Marionetten mit gekappten Fäden. Aber Jan war keine Puppe, er erhob sich mit einer taumelnden Bewegung, der nichts mehr von der Leichtigkeit des Pas de deux anhaftete.

»Frau Telling. Frieda. Gott sei Dank.«

Er hatte nicht laut gesprochen, doch seine Worte hallten und sprangen Frieda an, als würden die Wände sie verstärken und zurückkatapultieren, als wären inmitten dieser auf Effizienz getrimmten Nüchternheit der Unfallstation alle menschlichen Regungen Fremdkörper.

Frieda hob die Hand, um Jan zu signalisieren, dass sie ihn gesehen hatte, und legte ihre Visitenkarte auf den Tresen.

»Privat versichert. Nur das Beste …« Sie brachte kaum mehr als ein Flüstern zustande.

Das blonde Empfangsmädchen studierte die Karte und musterte Frieda. »Verena Rappe, AiP«, stand auf dem Schild am Revers ihres steif gebügelten Kittels. Arzt im Praktikum hieß das wohl, also war sie gar keine Pflegerin oder Praktikantin und musste älter sein, als Frieda geschätzt hatte.

»Die Ärzte kümmern sich um Ihre Tochter, Frau Doktor Telling. Sie tun alles, was in ihrer Macht steht. Sobald die ersten Untersuchungen abgeschlossen sind, wird jemand zu Ihnen kommen.«

»Ich will meine Tochter sehen!« Sehen, ob sie noch lebt, ihre Hand halten und nicht mehr loslassen.

»Das geht im Augenblick leider nicht. Wir rufen Sie dann.«

Schreien. Toben. Das Schicksal anklagen, seine grausamen Launen. Frieda zwang sich zur Ruhe und wandte sich zu Jan um. Er hatte ein paar hölzerne Schritte in ihre Richtung gemacht und war wieder stehen geblieben, leicht schwankend, den Blick unverwandt auf Frieda geheftet. Auch die drei anderen Personen, die neben ihm auf der Bank gesessen hatten, erhoben sich jetzt. Vater, Mutter, Schwester. Jans Familie.

»Was ist passiert?« Friedas Frage klang wie ein Schrei und zugleich seltsam gedämpft, als spräche sie durch Watte. Irgendwo in den Tiefen der Klinik klappte eine Tür zu und jemand eilte über den Flur. Ein Stakkato, das sogleich vom Linoleum geschluckt wurde, sodass es hohl klang wie die Schritte auf Friedas alten Märchenschallplatten, die auch Aline als Kind so gern gehört hatte. Desinfektionsmittelgeruch wehte heran, das penetrante elektronische Piepen medizinischer Geräte.

»Aline ist einfach losgerannt, ich wollte sie noch einholen und bin ihr hinterher …« Jans Stimme brach, seine Familie schloss zu ihm auf. Eine mollige Blondine mit Pferdegebiss, ein Mann mit grauem Seebärbart und Krücke, die kleine Schwester im Minikleid, ihr pinkfarbenes Smartphone fest umklammernd.

»Losgerannt, warum losgerannt?«

Jan schüttelte den Kopf. Er zitterte, registrierte Frieda auf einmal. Genau wie sie. Er konnte sich kaum auf den Beinen halten.

Jans Mutter hakte ihren Sohn unter und streckte die andere Hand aus, um Frieda in den Wartebereich zu lotsen. Ein Stuhl kam von irgendwoher und wurde so platziert, dass Frieda gegenüber von Jan sitzen konnte. Er selbst sank erneut auf die Holzbank.

»Aline ist schon vor in die Garderobe gegangen, die Mädchen brauchen da ja immer etwas länger«, sagte Jan. »Ich war noch unten.«

Unten bei den Groupies, dachte Frieda. Aber das sagte Jan nicht, natürlich nicht. Vielleicht war Alines Lachen doch nicht echt gewesen, vielleicht war sie eifersüchtig gewesen und die beiden hatten gestritten.

Jan hob den Kopf, als habe sie das laut ausgesprochen. Hatte sie das? Einen Moment war sie unsicher, aber Jan hatte nur eine Pause gemacht, jetzt sprach er weiter.

»Ich bin dann nach ein paar Minuten auch rein und habe mich umgezogen. Und als ich Aline abholen will, kommt sie mir entgegen.« Er holte Luft, ein zittriges Rasseln. »Hey, schöne Frau, sage ich, wohin denn so eilig? Wir sind doch verabredet. Aber sie hat sich einfach an mir vorbeigedrängt, irgendwie völlig panisch. Sie müsse mit dir reden, sofort, dich unbedingt etwas fragen.«

»Mich?«

Jan nickte, die Augen in weite Ferne gerichtet. »Ich war total perplex, hab nicht gleich geschaltet. Und ich dachte, du stehst noch da unten auf der Straße, bei den anderen.«

Aber da war ich nicht mehr, dachte Frieda bitter. Weil ich in dieses verdammte Taxi gestiegen bin. Und das musste Aline doch eigentlich wissen, das hatte sie doch gesehen. Oder nicht? Frieda schloss für einen Moment die Augen. Aline in diesem albernen roten Lackbikini, ihre endlosen schlanken Beine, die die Treppe erklommen, ihre Grazie, ihr Lachen. Sie war mit dem Rüschenmädchen beschäftigt gewesen. Sie hatte die Kleine an der Hand ins Gedränge ihrer Kollegen geführt, zu Jan und seinen Groupies. Und dann war das Taxi losgefahren, und was auch immer danach geschehen war, wussten nur Jan und Aline.

»Ich dachte also, ich mach mal langsam und lass euch zwei Frauen erst mal reden«, sagte Jan. »Ich konnte ja nicht wissen, dass …« Er schluchzte auf, verbarg sein Gesicht in den Händen, fing sich dann doch wieder und redete weiter. »Und als ich unten beim Pförtner ankomme, seh ich gerade noch, wie Aline die Straße langrennt. Wie eine Besessene, als wär der Teufel hinter ihr her. Da wusste ich endgültig, dass was nicht stimmte. Also bin ich auch los, aber da biegt Aline schon ab, Richtung Friedrichstraße, und ich schreie noch, dass sie aufpassen soll, auf mich warten, und versuche, sie einzuholen, aber sie hat mich gar nicht gehört, sie ist einfach weitergerannt, direkt vor dieses Auto …«

Wieder begann Jan zu weinen, in langen, krampfhaften Stößen. Seine Mutter rückte ein bisschen näher an ihn heran, sein Vater klopfte ihm unbeholfen auf den Rücken und sprach auf ihn ein. Ist ja gut, mein Sohn, mach dir keine Vorwürfe, du konntest nichts tun, du hast keine Schuld, das verstand Frieda, obwohl sie kein Niederländisch konnte.

Jan hob den Kopf, ein Blick von weit her. Rot geränderte Augen. *Himmelblau*, hatte Aline vor ein paar Wochen am Telefon geschwärmt. *Jans Augen sind so wahnsinnig himmelblau, Mama, das kann man gar nicht glauben. Wie der allerallerschönste Hochsommertag.* »Der Fahrer hat noch versucht zu bremsen, und ich denk, der schafft es, aber da fliegt Aline schon über die Kühlerhaube, es sah irrsinnig aus, als wär das einer ihrer Tricks, aber dann, als sie aufkam …« Jan schüttelte den Kopf, den Blick auf Friedas Gesicht geheftet, doch ohne sie wirklich zu sehen, das war offensichtlich, er sprach nur in ihre Richtung, weil sie Alines Mutter war, oder weil er unter Schock stand und überhaupt nichts von dem wahrnahm, was um ihn geschah, sondern immer noch im Unfallgeschehen gefangen war, wie in einer Zeitschleife. »Es war so laut, als sie auf der Straße aufschlug«, flüsterte er heiser. »Ein so schreckliches Geräusch. Ich hätte nie gedacht, dass das möglich ist, wo sie doch so leicht ist.«

Was hatte Aline von ihr gewollt? Warum hatte sie ihre Mutter so dringend sprechen wollen? Friedas Zähne klapperten. Alines Panik musste etwas mit der Verlobung zu tun haben. Mit Jan. Alles andere hätte doch Zeit gehabt, bis sie sich alle zusammen in diesem Restaurant trafen.

Eine Hand legte sich auf Friedas und tätschelte sie. Eine weitere fremde Hand, die sie einfach berührte, ohne dass sie darum gebeten hatte. Weich und weiblich diesmal, mit goldenen Ringen und rosa lackierten Nägeln. Die Hand von Jans Mutter. Es war unerträglich.

»Frau Doktor Telling?« Die junge Ärztin vom Empfang lief auf sie zu. »Kommen Sie bitte mit, Sie können jetzt zu ihr. Aber nur kurz, weil sie gleich operiert wird.«

Schritte wie gebrochenes Glas. Warum Glas?, dachte Frieda, das ist doch Unsinn. Doch es fühlte sich so an, genau so. Als ob etwas tief in ihr gesprungen wäre und mit jeder Sekunde und jeder Bewegung weiter zersplittern würde. Aber das war nicht wichtig, das konnte sie aushalten. Wenn nur Aline wieder gesund würde. Wenn sie wieder tanzen könnte. Lachen. Leben.

»Ihre Tochter wird schon für die Operation vorbereitet, ziehen Sie den besser über«, sagte die junge Ärztin und reichte Frieda einen grünen Kittel, als sie den Schockraum erreicht hatten. Frieda nickte mechanisch und streifte ihn über. Der Stoff war kühl auf ihrer Haut und tat nichts, sie zu wärmen.

Ein Arzt mit Mundschutz trat auf sie zu, drückte ihre Hand und sprach auf Frieda ein. Sie hörte ihn wie durch

Nebel, doch ihr Hirn begann endlich wieder zu funktionieren und speicherte jedes Detail seiner Diagnose, gewichtete sie, zog Schlussfolgerungen, formulierte Fragen und kalkulierte mögliche Optionen, was wann und in welcher Reihenfolge zu tun war. Polytraumatisiert. Hoher Blutverlust. Schädel-Hirn-Trauma 1. Grades, vielleicht schwerer. Lungenquetschung. Gebrochene Rippen und Rückenwirbel. Angebrochenes Becken. Offene Fraktur des rechten Schienbeins. Der Arzt holte Luft und musterte Frieda.

»Wir haben Ihre Tochter für den Moment stabilisiert. Aber wir bereiten die Narkose vor, wahrscheinlich werden wir sie ein paar Tage lang schlafen lassen und künstlich beatmen, denn sie hat große Schmerzen.«

»Gebrochene Wirbel – heißt das, dass sie gelähmt ist?« Frieda wunderte sich, wie fest ihre Stimme klang, wie nüchtern. Vielleicht gab es nur ein bestimmtes Maß an Entsetzen, das man fühlen konnte, und danach fiel man in eine Art Kältestarre, in einen emotionalen Winterschlaf sozusagen, und wahrscheinlich war das gut so, die einzige Chance, diese jähe Zerstörung seines Lebens zu ertragen.

»Wir können noch nichts mit Gewissheit sagen. Ihre Tochter war kurz ansprechbar und sagte, sie könne ihre Beine nicht richtig spüren. Aber es besteht eine Chance …« Der Arzt holte Luft, setzte noch einmal an. »Es sind insgesamt drei Wirbel angebrochen, im Brustbereich. Es besteht dennoch die Möglichkeit, dass das Rückenmark nicht beschädigt wurde, weil die Hinterkante der Wirbelkörper offenbar nicht betroffen ist. Das gibt uns ein wenig Anlass zu dieser Hoffnung. Aber zunächst müssen wir die Kopf- und Lungenverletzungen näher untersuchen und behandeln.«

Eine Möglichkeit, eine Chance. Wie hoch war die? Zehn Prozent? Fünfzig? Mehr? Der Arzt wollte sich nicht festlegen.

»Sie muss wieder tanzen können!«

Der Arzt starrte Frieda an, als habe sie von ihm verlangt, Tote zum Leben zu erwecken oder nackt über Wasser zu laufen. »Wir tun alles, was wir können, aber …«

»Sie müssen das schaffen.«

»Es wäre unseriös, im Moment eine verlässliche Prognose abzugeben. Wir tun wirklich, war wir können, aber …«

»Sie müssen sie gesund machen.« Frieda hielt seinen Blick, registrierte nebenbei auf eine fast wissenschaftlich distanzierte Weise, dass sie aufgehört hatte zu zittern und dass auch der Arzt dies bemerkt hatte und nun abzuschätzen versuchte, ob sie mächtig oder entschlossen genug war, ihn zu verklagen, sollte er ihrer Forderung nicht genügen.

»Wir sind unter Zeitdruck«, sagte er nach einem kaum merklichen Zögern. »Der Gesamtzustand Ihrer Tochter ist äußerst kritisch, sie hat multiple Verletzungen erlitten.«

»Das verstehe ich. Ja. Und trotzdem …«

Der Arzt öffnete die Tür des Schockraums und schob Frieda hinein. Der Anblick, der sich ihr eröffnete, ließ sie augenblicklich verstummen. Der Raum hätte auch die Führungskabine eines Raumschiffs sein können, dem Fiebertraum eines Science-Fiction-Autors entsprungen, denn das unbarmherzige Kunstlicht der OP-Strahler machte Tag und Nacht und jede Art von Natürlichkeit sofort vergessen. Vermummte grüne und blaue Gestalten folgten einer Choreografie, die für Außenstehende keinen Sinn ergab. Es brummte und piepste, blinkte und summte aus unzähligen Geräten, Computern und Monitoren. Eine schmale Liege auf Rädern bildete das Zentrum dieses Maschinenparks, eingesponnen in ein Gewirr aus Kabeln und Schläuchen, verloren in all dieser Technik. Am Kopfende leuchtete Alines rotblonder Haarschopf, ihr Gesicht war von dem Laken, das den Rest ihres Körpers bedeckte, kaum zu unterscheiden. Milchig weiß sah es aus, wie hauchdünnes Porzellan. Doch die rechte Schläfe war blutverkrustet und Alines Lippen schimmerten bläulich. Sie hatte die Bühnenschminke entfernt und dann nicht einmal mehr Lippenstift aufgetragen, obwohl sie das sonst immer tat, so sehr hatte sie sich beeilt, Frieda zu erreichen.

»Vorsicht, hier entlang.« Eine der Vermummten zupfte an Friedas Kittel und deutete auf den Fußboden. Schwarzgelbe Klebebandstreifen markierten ganz offenbar die Positionen des Maschinenparks und wohl auch die erlaubten Bewegungskorridore für die Menschen, wie bei den Stellproben eines Balletts. Rettungswege, dachte Frieda, während sie auf ihre Tochter zutappte, wenn es denn nur eine Rettung gäbe.

»Aline, Mädchen!« Frieda streckte die Hand aus, berührte ganz vorsichtig Alines Wange, die kühl und sehr weich war. Frieda zwang ihre Tränen zurück, hier war jetzt kein Platz dafür. Zuversicht musste sie verströmen. Hoffnung. An das kleine Mädchen glauben, das auf Kreta getanzt hatte, das immer getanzt und sich trotz einiger Rückschläge und Widerstände bis ins Rampenlicht vorgekämpft hatte, bis in die erste Reihe. Das mit seiner Kunst noch vor wenigen Stunden das Publikum im Friedrichstadt-Palast verzaubert hatte. *Ich fliege, Mama, ich fliege, ich kann das wirklich.*

»Es wird alles wieder gut, das verspreche ich dir, Liebling. Ich bin bei dir, ich passe auf.«

Konnte Aline sie hören? Glaubte sie ihr? Sie hörte sich ja selbst kaum, bei all diesem Gepiepe und Gesumme. Wieder streichelte Frieda Alines Wange, glaubte zu sehen, wie die Augenlider ihrer Tochter ein ganz klein wenig flatterten. Überleben sollte sie, leben. Vielleicht war das tatsächlich alles, was sie verlangen konnte. Vielleicht war sie wahnsinnig, sich in die Behandlungsmethoden der Ärzte einzumischen und auch noch Forderungen zu stellen, und sie würde diese Entscheidung schon bald bitterlich bereuen, so wie diese gestohlene und für immer verfluchte, nicht mehr rückgängig zu machende halbe Stunde, in der sie in ihr Hotel gefahren war, um zu duschen.

»Sie müssen uns jetzt hier allein lassen, Frau Telling. Wir leiten die Narkose ein und operieren dann.« Eine Ärztin drängte sich neben Frieda und zog Alines Arm unter dem Laken hervor. Ein Mann machte sich zugleich an einem der Schläuche zu schaffen. Aline stöhnte auf und öffnete die Augen.

»Aline, Mädchen. Ich bin hier, du musst keine Angst haben!«

Alines Lider zuckten, doch ihr Blick fokussierte sich auf Frieda. Bernsteinaugen mit goldenen Sprengseln. Hennys Augen. Schon oft hatte Frieda gerätselt, wie es sein konnte, dass diese Tochter, die in ihr entstanden und gewachsen war, ihr oder dem Mann, der sie gezeugt hatte, so wenig ähnelte.

»Alles wird wieder gut.« Wie falsch das klang. Wie verlogen. Auch Aline schien das zu empfinden, denn sie versuchte mit großer Anstrengung etwas zu sagen, vielleicht auch zu widersprechen. Frieda beugte sich näher zu ihr.

»Ruhig, Liebling, ganz ruhig. Du darfst dich nicht anstrengen.«

Aber Aline gehorchte nicht, auch wenn ihr das Sprechen ganz offenbar große Schmerzen bereitete.

»No – a«, flüsterte sie. »Wa – u – no – a?«

2.

Arno

Im Endeffekt war er doch nicht mit der Dunkelhaarigen in den Federn gelandet, sondern mit der Blonden, die eindeutig den meisten Witz der drei Freundinnen hatte – und die wenigsten Skrupel, ihn in seine Wohnung zu begleiten. Sie war schön auf eine jung gebliebene Art und experimentierfreudig. Sie hegte dieselben Absichten wie er und verfügte über die Kondition eines Marathonläufers und die Stahlseilgelenkigkeit eines Ringers. Liane hieß sie, ein Name, der vage Assoziationen von im Halbdämmer eines Dschungels wuchernden Schlingpflanzen evozierte und somit zweifellos auch der Heldin in einem Luna-Wilde-Roman gut zu Gesicht gestanden hätte. Doch Liane war keine Fiktion, sondern echt, obwohl auch die Ausdauer und Raffinesse, mit der sie sich ihm widmete, an jenes vom Feuilleton diskret übersehene literarische Genre gemahnte, mit dem er seit einigen Jahren sein Geld verdiente.

Arno entsorgte das Kondom im Badezimmermülleimer. Natürlich war nichts je perfekt, auch nicht Liane. Über seinen Rücken und die Schultern zogen sich – soweit er das ohne größere akrobatische Verrenkungen beurteilen konnte – blutige Kratzer, die das Handtuch und zuvor vermutlich auch das Bettzeug versaut hatten. An seinem Hals schillerte ein auberginefarbener Knutschfleck, als wäre er das Opfer einer aus dem Ruder gelaufenen Achtklässlerparty mit Flaschendrehen geworden. Sie käme nie beim Sex mit einem Mann, hatte Liane ihm eröffnet, als sie noch beim Vorgeplänkel mit Rotwein und Erdnüssen gewesen waren. Aber das dürfe Arno nicht persönlich nehmen, und es hieße nicht, dass ihr

Sex keinen Spaß mache. Es ginge beim Vögeln ja, wie überhaupt im ganzen Leben, nicht nur um das Ergebnis. Der Weg sei das Ziel, der Akt an sich zähle. *Ja, na klar, wenn du meinst*, hatte er erwidert und ihr kein Wort geglaubt, weil im nächsten Moment schon ihre Zunge in seinen Mund wieselte.

Und dann hatten sie losgelegt und er hatte buchstäblich alles gegeben, sie vom Gegenteil zu überzeugen und – ja, auch das – von seinen Qualitäten als Liebhaber. Nur gebracht hatte das nichts, wie er nun, eine gefühlte Ewigkeit später, endlich einsehen musste. Liane ließ sich nicht erweichen, sie behielt die Kontrolle. Überhaupt schien sie Sex generell für eine Art Kampfsport zu halten, mit dem klaren Ziel, erst dann wieder von ihrem Partner abzulassen, wenn dieser halb tot am Boden lag, unfähig, auch nur mit dem kleinen Finger zu zucken. Mit Kompromisslösungen oder einer vorzeitigen Kapitulation gab sie sich nicht zufrieden.

Arno schaufelte sich kaltes Wasser ins Gesicht. Es gab schlimmere Schicksale, die einem Mann widerfahren konnten, fürwahr. Er schlang sich das Handtuch um die Hüften, löschte das Licht, stutzte. Da lag etwas auf dem Badewannenrand. Etwas, das dort nicht hingehörte. Das Gebiss seines Großvaters. Nein, ausgeschlossen.

Er schaltete das Licht wieder an und erkannte eine Cremedose – rosa mit gelben Lettern –, die wohl Liane gehörte. Gleitgel, na toll. Er stellte den Tiegel wieder zurück. Dachte an Lianes Eifer, ihre Witze und ihre Brüste, die im Rhythmus ihrer Bewegungen hüpften und schlenkerten wie zwei übermütige Kinder, wenn sie den Argusaugen ihrer Eltern entwischten. Er löschte das Licht wieder, stand einen Moment lang reglos und dachte an den Halensee und an die kühle schwarze Stille des Wassers, das seinen Körper trug und alles verschluckte.

Draußen wurde es schon hell, graues Licht sickerte durch die Fenster und verwandelte sein Spiegelbild in einen Schatten. Nie, niemals würde er ein Gebiss tragen, hatte er sich in jenen letzten Sommerferien, die er bei seinen Großeltern verbracht hatte, allabendlich beim Anblick des rosafarbenen Kunstgaumens und der auf dem weißen Porzellan schwefelgelb leuchtenden Großvaterzähne geschworen. Nie würde er ein Gebiss tragen, und falls doch, würde er es jedenfalls abends nicht für alle sichtbar auf dem Waschbeckenrand liegen lassen und zahnlos zu seiner Frau ins Bett kriechen. Dreizehn war er da gewesen. Ein sehniger Bursche mit ersten Pickeln am Kinn und einer nicht näher erklärbaren grollenden Wut im Bauch – und zugleich voller hochfliegender Pläne für die bevorstehende Übersiedlung nach Deutschland, diesem Land der Wunder, nach dem sich alle verzehrten.

Er wandte sich ab und trat in den Flur, erkannte an dessen anderem Ende Lianes Silhouette.

»Kommst du jetzt wieder ins Bett, oder was?«

»Lass einem alten Mann eine Pause.«

»Armer alter Mann.« Sie lachte und hauchte ihm eine Kusshand zu, tänzelte nackt und mit übertrieben aufreizendem Hüftschwung an ihm vorbei Richtung Bad. Er sah ihr nach, bog dann ab in die Küche. Er war müde, fertig. Eigentlich war dies der perfekte Moment, sich zu verabschieden. Doch das Ende eines One-Night-Stands war eine Kunst, noch schwieriger als der Anfang oder die Zeit dazwischen. Die wenigsten Frauen goutierten einen Rauswurf direkt nach dem Sex. Ein paar Stunden Schlaf und vielleicht noch ein morgenträger Nachschlag beim Aufwachen, ein paar Illusionen und halbherzige Versprechen, dann ein Kaffee und Adieu war die beste Methode, tränenrührige Szenen zu vermeiden. Traf das auch auf Liane zu oder war sie zu cool für eine solche Scharade? Und was war mit ihm, wollte er jetzt allein sein?

Er langte sich eine Flasche Apfelschorle aus dem Kühlschrank und ging auf den Balkon. Ein- oder zweimal war in Lianes Gesicht etwas aufgeschienen, das nicht recht zu der Rolle des Berliner Vamps, dem es nur um ein bisschen Spaß ging, gepasst hatte. Es war nicht wirklich greifbar gewesen, hatte ihn aber trotzdem mehr angerührt, als ihm lieb war. Was brachte ihr Sex, wenn sie dabei nicht kam? Das Gefühl, begehrt zu sein, vielleicht. Macht. Ein paar Stunden Auszeit von welchen Gespenstern auch immer.

Arno drehte die Flasche auf und trank in langen Schlucken. Tag zwei nach Onkel Egons absurdem Ultimatum brach soeben an, fiel ihm plötzlich ein. Mehr als fünf Wochen war sein Vater jetzt schon tot, und die Welt drehte sich weiter und immer weiter.

Der Himmel war blassgrün mit einem kränklichen Stich ins Gelbe. Die Luft barg schon die Schwüle des neuen Tages. Irgendwann heute Nacht, kurz nachdem er Liane vom Sofa ins Schlafzimmer dirigiert hatte, hatte jemand im Hinterhof *Ruhe, verdammt!* und *Fickt gefälligst leise!* gebrüllt, und schließlich *Ich ruf die Bullen!*, und sie hatten beide gekichert wie Teenager und sich kaum wieder eingekriegt, und nach etlichen wilden Verrenkungen war es ihm gelungen, das Fenster zu schließen, ohne dass Liane sich von ihm löste. Aber jetzt war es still hier draußen, so still, wie in Berlin überhaupt möglich. Nur ein paar Tauben waren schon auf, gurrten und beglotzten ihn aus rot geränderten Augen.

Arno stützte die Ellbogen aufs Balkongeländer. Schräg über der Satellitenschüssel von dem Alten, der seine Leidenschaft für Florian Silbereisen immer so großzügig mit der

Nachbarschaft teilte, funkelte ein einzelner Stern, so hell, dass er surreal wirkte. Der Morgenstern wohl. Die Venus. Venus und Mars. Vor ein paar Jahren hatte mal so ein alberner Ratgeber mit diesem Titel die Bestsellerlisten erklommen, weil er angeblich Kniffe und Tricks verriet, wie Männer und Frauen allen Widrigkeiten und Wahrscheinlichkeiten zum Trotz miteinander klarkommen konnten.

Er dachte an das Gebiss seines Großvaters und das Lächeln der Großmutter, sobald dessen Pergamentlippen ihre faltigen Wangen berührten, und an die Leidenschaft, mit der er selbst sich damals geschworen hatte, nicht zu altern, und falls doch, zumindest einen zahnlosen Kuss nie, wirklich niemals zu erdulden oder gar als Glück zu empfinden. Er dachte an die Schlafzimmertür seiner Eltern, die seine Mutter in jedem Sommer aufs Neue lackierte, und wie seine schwitzigen Jungenfinger daran abglitten, wenn er nachts aus seinem Bett schlich und sie berührte. Nie hatte er es gewagt, zu klopfen oder diese Tür auch nur einen Spaltbreit zu öffnen, wenn die Eltern sich dahinter zur Ruhe begeben hatten, nicht nach dem ersten Mal. Weil der Vater nicht geweckt werden durfte, wenn er denn einmal schlief, schon gar nicht von einem Sohn, der es doch gut hatte, viel besser als die Erwachsenen früher, und also die Zähne zusammenbeißen musste und dankbar sein und parieren, statt seine Eltern in ihrem wohlverdienten und dringend benötigten Nachtschlaf mit hysterischen Albträumen zu tyrannisieren.

»Hey, alter Mann, ich warte!« Liane trat zu ihm, nackt wie sie war. Die Tauben plusterten sich auf und glubschten. Liane parodierte sie mit abgespreizten Ellbogen und lachte.

»Wirst du nie müde?« Arno legte den Arm um sie.

»Du kannst noch, das weiß ich.«

»Ach ja? Tatsächlich?«

Sie lächelte sphinxisch und presste sich an ihn, schickte ihre Finger erneut auf die Reise. Und sie hatte recht, er wollte sie noch einmal, dringender als zuvor, so dringend, dass es schon wehtat, und ohne Rücksicht, in seinem eigenen Tempo.

Liane atmete ein, scharf, als sie die Veränderung an ihm bemerkte. Doch sie schreckte nicht zurück und sie neckte ihn auch nicht mehr, zog ihn nur stumm an der Hand zurück ins Schlafzimmer. Weich war sie jetzt auf einmal, so unendlich weich und bereit für ihn, aber kaum war er in ihr, hebelte sie ihn mit überraschender Kraft zur Seite und kniete sich auf ihn.

Über ihren linken Unterarm zog sich ein Geäst feiner Linien, nun, da es hell wurde, sah Arno die plötzlich, oder war das nur Einbildung? Im nächsten Moment vermochte er das schon nicht mehr zu sagen, und selbst wenn es tatsächlich Narben waren, waren sie alt und nicht mehr zu revidieren, schon gar nicht von ihm, und Liane ritt ihn jetzt mit geschlossenen Augen und fliegendem Haar, schneller, immer schneller.

Vögeln gegen die Krise. Vögeln, um zu vergessen. Was war das nun schon wieder für blöddepressiver Bockmist, aus welcher Untiefe seines Hirns kam der? Er fühlte Lianes Fingernägel in seinen Schultern, fühlte ihre Hitze, ihren Atem, griff nach ihren Brüsten und ließ sich in ihren Rhythmus reißen, ging darin unter, hörte sich schreien.

Schwärze danach. Vergessen. Irgendwo darin verborgen eine Hand, die über seine Stirn streicht, und der Duft frischer Äpfel. Manchmal hatte er etwas gehört, wenn er vor der Schlafzimmertür seiner Eltern auf dem Boden kauerte und das Ohr daranpresste. Das Quietschen der Bettfedern, wenn sie sich bewegten. Leises Stöhnen. Und dieses tonlose Flüstern, das ihn so verstörte, das vielleicht nur ein Traum war.

Wir können doch nicht –.
Aber ich will es so sehr.
Du darfst Gott nicht herausfordern.
Ach bitte, bitte!
Nun nimm doch Vernunft an.

Ein Geräusch riss Arno zurück in die Gegenwart, ein schrillender Misston. Er wälzte sich auf die Seite und tastete nach dem Wecker. 8:32 Uhr, Sonntagmorgen, ein einzelner Sonnenstrahl stahl sich durch die Gardinen. Doch die Albtraumbilder aus Siebenbürgen waren noch nicht fern: die Kälte der Dielen an seinen nackten Füßen. Seine verzweifelte Sehnsucht. Die geflüsterten Botschaften hinter der Tür, deren Sinn er nicht verstand, nur die Angst darin und die Dringlichkeit. Die Mutter hatte gefleht, der Vater blieb hart, auch wenn er nicht schrie, sondern mit dieser tonlosen Nachtstimme wisperte, ja hin und wieder sogar ebenfalls flehte. Einmal war Arno sogar ins Studierzimmer geschlichen, weil er plötzlich sicher war, den Vater dort über den Büchern zu finden, während irgendein weinerlicher Fremder aus den nebelverhangenen Feldern gestiegen und an seiner statt bei der Mutter lag. Aber das war natürlich nicht der Fall gewesen, konnte nicht sein, war schlicht undenkbar. Nie hätte die Mutter das zugelassen, nie hätte sie das gewagt. Sie hatte geheiratet und so gab es für sie keinen anderen, nie, egal wie ihr Mann sich auch verhielt und ob er überhaupt dazu fähig war, sie zu lieben.

Wieder dieses Geräusch, noch lauter jetzt und länger. Die Türklingel war das. Arno stemmte sich hoch. Das Bett neben ihm war leer, das Bettzeug war dank diverser blutiger Striemen ein klarer Fall für den Müll. Über den Boden zog sich eine Spur der Verwüstung aus Erdnüssen, Gläsern, leeren Weinflaschen und seinen Klamotten. Doch Lianes Kleid, ihre Sandalen und ihre Handtasche waren verschwunden. Einzig ihr signalroter BH hing noch am Bettpfosten, schlapp wie das Zielfähnchen auf einer Rennbahn bei Flaute.

Die Klingel gellte erneut und nun fiepte auch noch sein Handy. Kurz darauf hörte er im Treppenhaus Schritte und Kindergetöse und eine Frauenstimme, die sie zur Ruhe mahnte, weil es noch früh war und in diesem Haus bestimmt noch alle schliefen.

Valerie und die Kinder! Scheiße, verdammte. Babysitterzeit für ihn, ein Ausflug zum Wannsee, weil Valerie dolmetschen musste. Eine einmalige Chance sei dieser Auftrag für sie, hatte sie erklärt, als sie das vereinbarten. Ein Kongress mit taiwanesischen Industriellen und deutschen Regierungsbeamten, der phänomenal gut bezahlt war. Arno hastete in den Flur, zerrte sich im Laufen die Boxershorts über die Hüften und riss die Tür auf. Zum Dank dafür spielte im Gesicht seiner Exfreundin ganz großes Gefühlskino.

»Sag jetzt nicht, dass du keine Zeit hast!«

»Ich hab bloß verschlafen.«

Die Mienen der Zwillinge, die in einem Wust bunter Rucksäcke, Strandmatten, Sonnenschirme und aufblasbarer Gummitiere an Valeries Beinen klebten und zu ihm emporstarrten, spiegelten unübersehbar die Skepsis ihrer Mutter, ob er der Verantwortung, die er für diesen Sonntag übernehmen sollte, wohl gewachsen wäre.

Er grinste beruhigend und winkte sie rein, fühlte Valeries Blicke auf sich. Blitzschnell. Messerscharf. Sie trug volles Ornat: Kostüm, Perlonstrümpfe, Pumps und eine tipptopp gebügelte Bluse, obwohl sie Hausarbeit hasste. Und das Parfum von damals. Noch immer. Ein ganz leichtes Eau de Toilette, das nach Sommerwiesen duftete.

Er zog im Vorbeigehen die Schlafzimmertür zu und hoffte inständig, dass als Krönung des Ganzen nicht gleich noch Liane splitternackt aus dem Bad sprang und nach einem Morgenquickie verlangte. Doch offenbar war sie tatsächlich fort, denn auf dem Garderobenspiegel prangten ein feister roter Lippenstift-Kussmund, ein Herz und eine Handynummer.

Sie hatte wirklich kein Klischee ausgelassen. Und er wohl auch nicht. Wie ein Luna-Wilde-Verführer hatte er sich abgestrampelt, beseelt von einem affigen und vermutlich typisch männlichen Ehrgeiz, ihr seine Qualitäten zu beweisen.

»Du hast dir wehgetan!« Ronja sah zu ihm auf, eine Miniaturausgabe ihrer Mutter: Nicht lange drumrumreden, immer direkt aufs Ziel los. In ihren Armen hielt sie ein giftgrünes Aufblaskrokodil, das etwa doppelt so groß wie sie war und herausfordernd grinste.

»Das sind nur ein paar Kratzer, nicht weiter schlimm. Wollt ihr Frühstück?«

Lukas schnaubte verächtlich. »Wir wollen schwimmen gehen!«

»Ein bisschen Geduld müsst ihr wohl noch haben.« Valerie schob die beiden mit energischem Griff in die Küche und deutete auf die Stühle. Sie zogen Grimassen und murrten, ließen sich aber mit einer Tüte Milch und Kakaopulver bestechen.

Arno füllte die Kaffeemaschine und fand eine angebrochene Packung Kekse, die er den Zwillingen hinwarf. Hinter seiner Stirn stach etwas und pulsierte, das kam wohl vom Rotwein. Seine Zunge klebte am Gaumen wie ein scheintoter Biber. Er wurde allmählich zu alt für solche Nächte, keine Frage. Und wie lange war es her, dass er zuletzt von

Siebenbürgen geträumt hatte? Ewigkeiten. Warum also jetzt plötzlich, doch wohl kaum wegen Liane?

»Ich hab euch ein Picknick eingepackt.« Valerie wollte keinen Kaffee, sie hatte es eilig und zog ihn in den Flur, um letzte Anweisungen für seine Dienste abzuspulen. Ein Alphatier, das Familie und Karriere im Griff hatte und jede Minute des Tages routiniert durchplante. »Achte darauf, dass sie genug trinken und auch mal Pause machen. Eingecremt sind sie schon, aber du musst immer mal nachlegen. Und den Sonnenschirm aufspannen. Und wenn sie am Wasser spielen, sollen sie die Schirmmützen aufsetzen. Am besten auch beim Schwimmen.«

»Das krieg ich schon hin.«

»Ich notier dir noch die Adresse vom Kongresscenter. Und die Telefonnummer des Sekretariats, für alle Fälle. Hast du was zu schreiben?«

Er lotste sie ins Arbeitszimmer, das sich in einem für Kleinkinder und Exfreundinnen durchaus präsentablen Zustand befand, wenn man von Lianes Stringtanga auf dem Sofa mal absah. In Ermangelung einer besseren Lösung warf er ihn in den Papierkorb und versuchte die Vorstellung einer Liane, die ohne Unterwäsche in Minikleid und High Heels durch Berlin stöckelte, zu verdrängen.

»Ich wusste gar nicht, dass du auf so was stehst«, sagte Valerie leise, ohne näher zu definieren, ob sie damit die Spuren meinte, die seine nächtliche Besucherin in seiner Wohnung hinterlassen hatte, oder – was wahrscheinlicher war – die auf seiner Haut.

»War ein Ausrutscher.«

Die Andeutung eines Lächelns umspielte Valeries dezent konturierte Lippen. »Isst du mit uns zu Abend? Max ist nicht da.«

»Wenn ich bis dann überlebt habe.«

Er schob Valerie einen Post-it-Zettelblock hin und einen Filzstift. Die Ablagekörbe mit seinen Manuskripten standen leicht schräg, die Seiten darin lagen nicht mehr so akkurat in Linie wie am Abend zuvor. Oder doch nicht? Er schickte einen schnellen Kontrollblick über das Regal. Auch etliche der Bücher wirkten derangiert – dabei schob seine Putzperle die immer hübsch ordentlich auf Kante.

»Ich wünsch euch viel Spaß!« Valerie drückte ihm den Notizzettel in die Hand und wandte sich ab.

Er blieb, wo er war, und hörte zu, wie sie Ronja und Lukas einschärfte, ihm keinen Ärger zu machen, und sich verabschiedete. Ein Moment tiefer Stille folgte, wie ein Atemholen. Dann stürmten die Zwillinge mit Indianergeheul auf ihn zu: zwei rothaarige Viereinhalbjährige, die, wenn es nach ihrer Mutter gegangen wäre, eigentlich seine Kinder hätten sein sollen und die ihn aus irgendeinem Grund liebten, ihren etwas seltsamen, aber doch ziemlich lustigen Patenonkel, den ihre Mutter für sie erwählt hatte.

Arno ging in die Hocke und breitete die Arme aus.

»Ich denke, wir machen gleich mal eine Luftmatratzen-Ralley«, verkündete er, sobald er zu Wort kam.

Frieda

No – a. Wa – u – no – a. Was sollte das heißen? Die Nacht war vergangen, irgendwie vergangen. Eine Melange aus Warten und Angst, während Aline operiert und auf die Intensivstation verlegt wurde. Sie hatten ihr Bein mit Schrauben und Drähten durchbohrt und, wie sie sagten, auf diese Weise optimal fixiert, sodass es wieder heilen konnte. Die Lungenquetschung war erheblicher als zunächst diagnostiziert, also hatten sie beschlossen, Aline für ein paar Tage in ein künstliches Koma zu versetzen und zu beatmen. Ein Luftröhrenschnitt war dazu erforderlich gewesen, und aus irgendeinem Grund fand Frieda gerade den Anblick der Beatmungsmaschine, deren Schlauch in Alines Kehle verschwand, ganz besonders unerträglich.

Frieda streichelte die eiskalten Fingerspitzen ihrer Tochter und versuchte ihre gestammelten Worte noch einmal heraufzubeschwören, ihren Blick, die Intonation, jedes kleinste Detail. *Wa – u – no – a. Wa – u – no – a.* Aline hatte kaum Stimme gehabt, jeder Laut war ihr unendlich schwergefallen. Aber die letzte Silbe hatte ein winziges bisschen heller geklungen, als versuche sie eine Frage zu stellen, und da war dieser Ausdruck in ihren Augen gewesen. Drängend. Flehend. Sie hatte Frieda erkannt und sie hatte etwas wissen wollen. Von ihr, ihrer Mutter. Was war das gewesen? Frieda wusste es nicht, würde es vielleicht auch nie erfahren. Aber so dufte sie nicht denken. Sie musste hoffen und darauf vertrauen, dass Aline überleben würde, nein, mehr, viel, viel mehr: dass sie aufwachen und sich erklären können würde, dass sie wieder gesund würde.

Nahm Aline überhaupt etwas wahr? Spürte sie, dass Frieda und Jan an ihrem Bett wachten, war das in ihrem Sinne? Aline war an Jan vorbeigerannt, ohne ihn zu beachten, sie hatte nicht mit ihm sprechen wollen, ihm nichts erklären – wenn es denn stimmte, was er Frieda erzählt hatte. Aline war weggelaufen und er hatte ihr nicht schnell genug folgen können. Aber nun hatte er sie doch noch eingeholt und ließ sich nicht mehr abschütteln.

Friedas Augen brannten, ihr Körper war taub, gefangen

in einem Korsett, das sie aufrecht hielt und funktionieren ließ: aufstehen und den Ärzten und Pflegern Platz machen, die herbeieilten, sobald einer der Monitore Alarm schlug. Auf dem Flur auf- und abgehen und beten, zu welchem Gott auch immer. Fragen stellen. Fragen beantworten. Unterschriften leisten. Wieder auf einen der Stühle sinken, die man für Jan und sie neben Alines Bett gestellt hatte, und nach ihrer Hand tasten.

Sie sah auf ihre Uhr. Noch nicht einmal acht. Ein Sonntag. Aber Zeit war eine Dimension, die hier in dieser blinkenden, piependen Krankenhausneonlichtwelt nicht mehr von Bedeutung war, nichts von dem, was Friedas normales Leben ausmachte, zählte hier noch. Ja, es sei möglich, dass Aline überlebe, sagten die Ärzte. Alles sei möglich. Leben und Tod. Bleibende Schäden oder – denn es gebe in der Intensivmedizin hin und wieder auch Wunder – eine vollständige Genesung. Doch für jede halbwegs verlässliche Prognose sei es viel zu früh. Man denke von Stunde zu Stunde. Setze auf Alines Kondition und Jugend. Der Kopf sei nahezu unversehrt, das sei genaugenommen ein Wunder. Die Rückenwirbel waren ein anderes Thema. Der spinale Schock sei erheblich, doch vielleicht würden die Schwellungen zurückgehen, ohne das Rückenmark zu schädigen.

Auf Alines Zeigefingernagel klebten hellrote Nagellacksplitter. Ihre Finger sahen fremd aus, wächsern. Die winzigen warmen Würmchen, die einst so vertrauensvoll in Friedas Hand gekrabbelt waren, gab es schon lange nicht mehr, Friedas eigene Hand war nun kleiner als die Alines.

Wa – u – no – a. Wa – u – no – a? Frieda schloss die Augen und versuchte die Geräusche der Maschinen auszublenden, deren konstantes Piepen und Rauschen um sie herumströmte. Das Sprechen ist ein komplexer Prozess, hatte eine der Schwestern erklärt. Es sei höchst bemerkenswert, dass Aline überhaupt noch etwas artikuliert habe, vielleicht ein Zeichen der Hoffnung. Doch gerade Konsonanten würden von schwer verletzten Patienten oft verschluckt, weil sie von Zunge und Lippen viel Beweglichkeit erforderten. Das T zum Beispiel. Das K. Auch das R. Frieda saß reglos und formte im Mund stumme Laute, schob sie prüfend zwischen Alines vier Silben. Wie viele Konsonanten gab es im Alphabet? Sie begann zu zählen und kam durcheinander. Begann noch einmal von vorn und verhedderte sich wieder. Aufstehen sollte sie und sich etwas zu schreiben besorgen, die Suche nach Alines verlorenen Konsonanten systematisieren. Aber ihr fehlte die Kraft, vielleicht auch der Mut, sich von ihrer Tochter zu trennen, obwohl ihr zugleich überdeutlich bewusst war, dass nichts von dem, was sie tat oder nicht tat, für Aline im Augenblick noch relevant war.

»Frau Doktor Telling? Hallo?«

Frieda hob den Kopf und nickte, blickte direkt in die dunklen Augen einer Ärztin. Die wievielte in wie vielen Stunden? Jans Stuhl war leer, registrierte sie plötzlich. Wie lange schon? Wieso war er verschwunden?

»Sie müssen uns jetzt bitte auch allein lassen, Frau Doktor Telling«, sagte die Ärztin und begann das Beatmungsgerät zu überprüfen.

»Sie hat noch etwas gesagt, und ich habe sie nicht verstanden.«

Die Handschuhhand der Ärztin legte sich einen Moment lang auf Friedas Schulter. Zumindest sah es so aus, dachte Frieda, doch sie konnte die Berührung nicht spüren, als sei auch ihr Körper erfroren, so wie Alines.

Gummischritte quietschten, weitere Ärzte und Schwestern in OP-Kitteln mit Mundschutz kamen. Jemand zog

Frieda zur Tür und schob sie auf den Flur. Kurz bevor die Glastür hinter ihr zuschnappte, erhaschte sie einen letzten Blick auf ihre Tochter, die totenstill lag. Ungerührt von der Hektik um sie herum, unerreichbar.

»Meine Eltern haben dein Hotelzimmer verlängert, das war hoffentlich in Ordnung.« Jan trat auf Frieda zu, in jeder Hand hielt er einen dampfenden Styroporbecher.

Das Zimmer, ihr Gepäck, ihr Laptop mit den Nachrichten, die darauf eingegangen sein würden. Die Reise nach Chile. Heidelberg. Ihr Leben, das jetzt nichts mehr zählte.

»Danke.« Frieda zwang sich zum Sprechen. Zwang sich, den Kaffeebecher, den Jan ihr hinhielt, nicht aus seiner Hand zu schlagen und nicht zu schreien. Er konnte doch nichts für Alines Unfall. Zumindest hatte er ihn nicht gewollt. Der Mann, den Aline heiraten wollte. Der Mann, mit dem Aline in perfekter Harmonie getanzt hatte. Ein neuer Stern am Tanzhimmel. Ein Star – ihre Tochter. Aber Sterne verglühen und die Bühne war nicht das richtige Leben, das war komplizierter und die Liebe war kopflos.

»Ich möchte keinen Kaffee.«

Wie Aline gefeixt hatte, als sie Frieda mit den Groupies foppte. Wie lebendig sie gewesen war. Wie strahlend. *Nun sei doch mal locker, Mamafrieda. Jan ist der Richtige für mich. Wir lieben uns wirklich.* Hatte Jan Aline den Heiratsantrag gemacht oder sie ihm? Und warum so schnell? Sie konnten doch auch ohne Trauschein zusammen tanzen und ins Bett gehen.

»Die Ärzte wollen aber, dass du etwas trinkst und am besten auch isst. Sie sagen, es dauert mindestens eine Stunde, bis wir wieder rein dürfen. Ich kann dir auch etwas anderes besorgen. Einen Tee oder Saft? Die Cafeteria unten hat schon auf …«

»Danke, schon gut, ich gehe lieber selber.«

Frieda wandte sich ab, ließ Jan einfach stehen. Nachgetragene Liebe, das klang furchtbar, warum musste sie das dauernd denken? Weil sie Aline im Stich gelassen hatte, deshalb. Mehr vielleicht sogar als Jan. Weil es nun zu spät war, das noch zu ändern.

Ein Pfleger schob einen Wagen mit Teekannen an ihr vorbei. Aus dem Aufzug traten zwei Frauen mit Putzeimern. Die Welt war ein Nichts, eine von Abermillionen stoisch um ihren Stern rotierenden Felskugeln in der Unendlichkeit des Universums. Ein Zwergplanet, der zu Staub zerfallen würde, sobald seine Sonne eines Tages explodierte. Es hatte Frieda immer beruhigt, sich das zu vergegenwärtigen, weil die Gesetze des Kosmos viele der irdischen Angelegenheiten in die richtige Dimension rückten und als menschliche Eitelkeiten entlarvten. Aber nun halfen ihr solche Theorien nicht weiter. Im Gegenteil. Sie fühlten sich plötzlich hohl an, grotesk, die Gedankenspiele einer Närrin.

Die Aufzugkabine war groß genug, um zwei OP-Betten nebeneinander zu transportieren. Allein darin wirkte Frieda verloren, ein violett geblümter Winzling mit grün schimmernder Haut und wirren Haarsträhnen, die ihr in die Augen fielen. *Wa – u – no – a.* Sie starrte in den Spiegel und bog die Zunge zum Gaumen, verzerrte die Lippen. Das U und das O liegen nah beieinander, sind oft gar nicht genau voneinander zu unterscheiden. Konsonanten sind schwer zu artikulieren, schwerer als Vokale, das stimmte wirklich. Das T zum Beispiel erforderte einiges Geschick, wenn man sich das erst einmal bewusst machte. Das K. Auch das R. Ein W oder A hingegen waren leichter. *Wa – u.* Warum? Hieß das warum? Das R ist ein komplizierter Laut, die Zunge muss sich Richtung Rachen krümmen, der Gaumen muss flattern.

Der Aufzug kam mit einem Ruck zum Halten, die Tür schnarrte zur Seite. Irgendein Impuls in ihrem Inneren sorgte dafür, dass Friedas Körper sich in Bewegung setzte und den Hinweisschildern zum Geschirrgeklapper der Cafeteria folgte. Einer der Köche pfiff einen Schlager. Frieda packte ihre Handtasche fester, fühlte unter den Fingerkuppen die Vibration ihres Handys, das sie irgendwann in dieser Nacht an der Steckdose des Wartebereichs wieder aufgeladen hatte, um mit Paul zu telefonieren. Sie betrachtete die Auslage in der Kühltheke: Käse- und Wurstsemmeln, Croissants, Fruchtsalat, Butter und Marmelade. Der Geruch von Gebratenem stieg ihr in die Nase, Schinken und Eier. Ihr Magen krampfte sich zusammen. Unmöglich zu essen. Undenkbar. Nach langem Zögern entschied sie sich für grünen Tee und Milchreis, zahlte und trug beides zu einem Tisch am Fenster.

Draußen war Tag. Zu hell und zu schön und viel zu friedlich. Die ersten Patienten schleppten sich in den Klinikgarten, um zu rauchen. Frieda selbst hatte nie geraucht, sie hatte nie das Bedürfnis verspürt, es auch nur zu versuchen. Jetzt aber erschien ihr die Vorstellung, ein Nervengift zu inhalieren, verlockend, in jedem Fall hätte sie so eine Beschäftigung, die ihr sehr viel angemessener vorkam als essen. Sie griff nach dem Löffel und polierte ihn mit der Serviette. Jan hatte recht, sie musste vernünftig sein und bei Kräften bleiben, stark sein, sie durfte jetzt nicht zusammenbrechen, das war sie Aline schuldig. Sie stippte den Löffel in den Milchreis. Führte ihn zum Mund. Zwang sich, die Lippen darum zu schließen und den kühlen süßen Brei zu schlucken. Milchreis – das Trostessen ihrer Kindheit, das Henny für sie und später auch für Aline gekocht hatte. Noch ein Löffel, Frieda, na los, du schaffst das. Fang jetzt nicht an zu weinen.

Ein Ritual war die Milchreiszubereitung bei Henny gewesen. Eines der wenigen, bei dem Henny uneingeschränkt glücklich zu sein schien. Der Reis wurde lange gerührt und schließlich in einem Kranz auf dem Teller garniert. In die Mitte kam ein Klecks Kompott von den Äpfeln aus dem Garten. Als Nächstes gab Henny die flüssige Butter darüber, die sie feierlich in dem roten Emailletöpfchen mit den Fliegenpilzpunkten erwärmt hatte: warme, schäumende Butter, die die Reiskörner in goldenen Rinnsalen umschmeichelte. Und zuletzt noch Zimt und Zucker aus dem mintgrünen Porzellanschälchen.

Noch ein Löffel, Frieda, für Aline, nun mach schon. Sie zwang sich, den Mund zu öffnen und zu schlucken, wieder und wieder, versuchte die Kunstaromasüße zu ignorieren. Windpocken und Scharlach. Ein gebrochener Arm oder Grippe. Hennys Milchreis war eine Allzweckwaffe gewesen. Wenn Frieda mit Aline allein war, kochte sie ihr den Milchreis nach Hennys Rezept und gab sich alle Mühe, ihn zu kopieren. Doch er war nie perfekt und das Apfelmus war gekauft, und einen Kochtopf mit Fliegenpilzpunkten besaß Frieda auch nicht, jedenfalls keinen, der heilig wie der ihrer Mutter war, mit all seinen Dellen und abgeschlagenen Kanten.

Warum? Warum No – a? Frieda schob die halb leer gegessene Schüssel beiseite und suchte in ihrer Handtasche nach einem Stift und einem Notizzettel. Ihr Handy vibrierte noch immer. Paul, verriet ihr das Display, vier entgangene Anrufe. Sie rief ihn zurück und diesmal meldete er sich selbst, nicht seine Mobilbox.

»Was ist mit Aline, Frieda, wie geht es ihr, warum gehst du nicht ans Telefon? Herrgott noch mal, ich versuche seit Stunden, dich zu erreichen!«

»Man darf auf der Intensivstation keine Handys benutzen und ich habe es nicht geschafft … ich meine, ich habe mich

nicht getraut, rauszugehen und Aline allein zu lassen …«
Jetzt, da sie Pauls Stimme hörte, merkte Frieda auf einmal, wie müde sie war, bleiern, und zugleich war sie sicher, nie wieder schlafen zu können.

»Schon gut, ist ja jetzt auch egal. Wie ist der Stand? Hast du inzwischen mit dem Chefarzt gesprochen? Kümmert er sich persönlich? Mein Schulfreund Walter Koch ist Neurochirurg in München, ein sehr renommierter sogar, eine Koryphäe, ich habe ihn schon kontaktiert, aber er ist natürlich nicht vor Ort in Berlin und braucht auf alle Fälle erst einmal die Eckdaten der Anamnese, besser noch eine Kopie der Krankenakte …«

Draußen lief eine Frau vorbei, ihr langes Haar wehte hinter ihr her. Goldene Wellen. Aline hatte sich abgeschminkt und die Haarklemmen gelöst und ihr Haar ausgekämmt, bis es glänzte. Sie hatte den roten Lackbikini aus- und das Sommerkleid angezogen, das sie für diesen Tag gekauft hatte: weiß mit orangen und grünen Blumen, die wie die Prilblumen aussahen, die Henny in den 70er-Jahren von den Spülmittelflaschen gelöst und auf die graumelierten Fliesen über dem Abwaschbecken geklebt hatte – in zwei akkuarten Reihen in exakt gleichem Abstand voneinander, eine Anordnung, die an den Aufmarsch einer Militäreinheit erinnerte, nicht an eine Sommerwiese. Die aber dennoch zuerst Frieda und später Aline bewunderten.

Bestimmt hatte Aline an Hennys Prilblumen gedacht, als sie dieses Kleid in einem Secondhandladen entdeckte. Und an Hennys Milchreis und an ihre Küche, in der Aline auf der Arbeitsfläche hatte sitzen dürfen und immer etwas zu naschen bekam, wenn Henny Plätzchen backte oder kochte. Und an Hennys Geschichten. Sie hatte Frieda einen Schnappschuss von sich in diesem Kleid gemailt. Es war perfekt für sie gewesen: tailliert und vorn durchgeknöpft, mit einem kleinen Stehkragen. Sie hatten für Jan das passende Hemd und die passenden Flip-Flops gewählt – orange und grün – und eine weiße Hose. Am Abend der Verlobungsfeier sollte wirklich alles stimmen.

»Hörst du mir überhaupt zu, Frieda? Walter wird sich bei dir melden. Wie wirst du jetzt weiter vorgehen?«

»Sie hat mich vor der Operation noch etwas gefragt, aber ich habe sie nicht verstanden.«

Sie hörte Pauls Atem und noch etwas anderes im Hintergrund, das sie nicht identifizieren konnte. Wind vielleicht, war er draußen?

»Wo bist du eigentlich, am Flughafen?«

»Ich stehe auf Stand-by bei mehreren Fluglinien. Ich geb dir Bescheid, sobald etwas geklappt hat.«

»Gut, das ist gut.«

Er war nicht am Flughafen, vielleicht nicht einmal auf dem Weg dorthin. Oder doch? Nichts schien mehr sicher. Sie wollte ihr Leben zurückhaben, einfach ihr Leben.

»Hast du Graham schon informiert?«, fragte Paul.

»Seit wann fragst du nach Graham?«

»Er ist Alines Vater, meinst du nicht, er hat ein Recht …«

»Zu erfahren, dass sie stirbt? Ist es das, was du denkst, dass es sich nicht mehr lohnt, darauf zu hoffen, dass Aline überlebt, und …« Frieda schluckte hart, die falsche Süße des Milchreises brannte in ihrer Kehle. Die Angst. All die Dinge, die Paul und sie sich nie gesagt hatten.

»Tut mir leid, Paul, ich wollte nicht …«

»Ich weiß, Frieda, ich weiß ja. Es tut mir leid.«

Der Tee war inzwischen kalt geworden und schmeckte bitter. Frieda schob die Tasse zur Seite und sah aus dem Fenster. Die

Sonne hatte an Kraft gewonnen und brannte. Die Sonne, die in einer Wolke aus Gas- und Staubpartikeln explodieren würde, sobald ihre Energiereserven verbraucht waren.

Lichtpunkte tanzten vor Friedas Augen, es tat weh, aber das war egal, denn sie sah Aline jetzt vor sich, sah sie als Mädchen im Nachthemd im Idagebirge herumhüpfen, im Glitzertrikot in den Bühnenhimmel des Friedrichstadt-Palasts fliegen und in ihrem Prilblumenkleid vor dem Garderobenspiegel sitzen und ihr Gesicht mustern. Aline war nie sehr sorgsam mit Make-up gewesen; ein paar Lippenstifte, Haargummis, Wimperntusche und Puderquasten flogen in ihrem abgeschabten, mit bunten Plastikperlen besetzten Kosmetiktäschchen munter durcheinander. Sie würde diese Utensilien ungeduldig vor sich ausgekippt haben, um einen Lippenstift in genau dem richtigen Orange zu finden. Vielleicht hatte auch eine der Maskenbildnerinnen angeboten, sie zu schminken, weil dieser Abend etwas Besonderes war.

Und dann hatte etwas die freudige Unschuld der Vorbereitungen und das Glück über den Applaus zerstört und Aline war aufgesprungen und losgerannt, um ihre Mutter etwas zu fragen. Und obwohl ihre Mutter diesmal nicht in einer anderen Stadt weilte oder gar auf einem anderen Kontinent, war sie doch unerreichbar gewesen.

Wa – u – no – a? Warum no – a? Frieda wandte den Blick vom Fenster und skizzierte eine Tabelle. Sie spielte die Konsonanten durch. Systematisch, in alphabetischer Reihenfolge, blieb schließlich wieder beim R hängen. Setzte man es ein, wurde ein Name aus den letzten zwei Silben. Ein Frauenname. Nora.

Warum Nora? War das Alines Frage gewesen? War Nora eines der Groupiemädchen, die Aline einfach nicht hatte ernst nehmen wollen? Oder eine der Tänzerinnen? Eine Maskenbildnerin? So viele Frauen, so viele Möglichkeiten für einen Betrug. *Vertrauen ist gut, Kontrolle ist besser.* Manchmal hatte Friedas Vater das gesagt, wenn er sich noch einmal vergewisserte, ob die Haustür auch wirklich abgeschlossen war und das Licht ausgeschaltet. Aber nicht, wenn es um Friedas Erziehung ging, was die betraf, war er wesentlich toleranter als Henny, und er glaubte an das Gute, zumindest in seiner Frau und seiner Tochter. Aber Henny hatte trotzdem geschnaubt und die Augen verdreht und diese Redensart kommentiert, als ob er gar nicht da wäre oder taub oder dumm: *Kontrollieren, das kann er.* Und ja, er war umständlich gewesen. Übervorsichtig. Übergenau. Auch Frieda fand die bedächtige Art, mit der ihr Vater jeden seiner Handgriffe und jede Einstellung des Teleskops und schließlich dessen exakte Ausrichtung auf den Nachthimmel mehrmals überprüfte, bevor sie endlich selbst hindurchschauen durfte, oft unerträglich. Später erst hatte sie begriffen, wie wesentlich diese Sorgfalt in der Wissenschaft war, weil man immer aufs Neue dazu bereit sein musste, seine Beobachtungen, Thesen und die daraus folgenden Entscheidungen zu hinterfragen und notfalls zu verwerfen. Sie hatte versucht, dieses Wissen auch an ihre Tochter weiterzugeben, aber Aline war wie Henny, sie wollte das nicht akzeptieren. *Ich fühle doch, was richtig ist, Mama, tief in meinem Bauch.* Und so war Aline nicht gewappnet gewesen, nicht gewarnt, sondern blind. Sie hatte nicht einmal in Betracht gezogen, dass Jan sie hintergehen könnte.

Friedas Handy brummte. Die Textnachrichten, Mails und Anrufe schienen immer schneller zu kommen, je länger sie sich in Schweigen hüllte. Nachrichten vom anderen Ende der Welt. Vom Institut. Von ihren Mitarbeitern. Aus dem Kosmos. Eine Supernova ist der ultimative Kollaps. Eine gigantische Explosion, die den Stern am Ende seines Lebens noch einmal aufleuchten lässt, heller als je zuvor, hell wie eine ganze Galaxie, und ihn zugleich vernichtet. Werden und Vergehen, immer und immer. Alles verändert sich, in jeder Sekunde. Wie entsetzlich banal das war. Wie unerträglich.

Frieda schob das Telefon in ihre Handtasche und stand auf. Ihr Mund war sehr trocken, hinter ihrer Stirn war ein weißes Summen und einen Moment lang geriet die Cafeteria ins Schwanken. Frieda suchte sich einen Fixpunkt – die Ausgangstür – und hielt darauf zu. Sie sollte sich wohl eine Flasche Wasser kaufen, aber sie brachte die Kraft nicht auf und es ging ja auch so, ins Foyer wehte frische Luft und dann stand sie im Aufzug.

Jan schien sich nicht von der Stelle bewegt zu haben, er lehnte an der Wand gegenüber der Eingangstür zur Intensivstation. Einzig die Kaffeebecher hielt er nicht mehr in den Händen, sie standen nun leer und ineinandergestülpt neben seinen nackten Fersen. Das Orange seines Hemds biss in Friedas Augen und ließ sie blinzeln. Links von Jan hing ein schlecht gerahmter Kunstdruck. Frauen und Kinder mit Hut auf einer Mohnblumenwiese. Monet. Eines der Standardmotive, mit denen Kliniken und drittklassige Hotels ihren Besuchern vorzugaukeln versuchten, dass das, was sie bei einem Aufenthalt erwartete, nicht so schlimm sei.

»Wer ist Nora?«

»Nora?«

»Nora.«

»Ich weiß es nicht. Niemand. Wer soll das denn sein?«

»Der Grund für Alines Panik und für ihren Unfall. *Warum Nora?*, hat sie mich gefragt, bevor sie sie operiert haben.«

Jan schüttelte den Kopf, langsam, als koste ihn das unendliche Mühe. Seine Augen lagen tief in den Höhlen. Sein Blick war auf etwas in weiter Ferne gerichtet gewesen, jetzt aber starrte er Frieda an, als erwarte er, dass sie ihm die Antwort auf ihre Frage souffliere.

»Du hast sie betrogen.«

»Was? Nein! Spinnst du?«

»Sie hat es herausgefunden, hat dich vielleicht sogar erwischt. Mit einer Kollegin, einer Freundin, einer von den Groupies. Nora.«

Jan schwieg. Nur ein kaum merkliches Zittern in seiner Wangenmuskulatur verriet, dass ihn das, was sie sagte, nicht kaltließ.

Eine Krankenschwester hastete an ihnen vorbei. Irgendwo klingelte ein Telefon und es roch plötzlich nach verkochtem Gemüse. Lebenszeichen aus einer Parallelwelt, doch Jan und sie waren in ihrer eigenen Wirklichkeit gefangen.

Jan hob den Kopf, ruckartig. »Du glaubst, ich betrüge Aline am Abend unserer Verlobung und lasse sie dann vor ein Auto rennen, ja? Du hältst mich für ein solches Arschloch!«

»Ich versuche lediglich zu verstehen, was geschehen ist. Ganz rational.«

»Rational.« Jan starrte sie an. Sein Gesicht war nicht so werbeplakatglatt, wie sie gedacht hatte. Er war älter als Aline, fiel Frieda ein, er wurde bald 30.

»Ich habe immer gedacht, dass Aline übertreibt, wenn sie von dir erzählt«, sagte er. »Aber das war wohl ein Irrtum. Aline hatte recht: Du warst von Anfang an gegen uns, genauso, wie du gegen das Tanzen warst. Weil das alles nicht in dein Weltbild passt – Träume. Romantik. Liebe. Die Einzige, die Aline wirklich liebt und immer unterstützt hat, war ihre Oma.«

»So hat Aline dir das erzählt?« Friedas Stimme klang heiser, das hörte sie selbst. Der Milchreis klumpte und kratzte und zwängte sich aus dem Magen zurück in ihre Kehle. Falsche Süße. Vielleicht war er verdorben gewesen. Man sollte im Krankenhaus ja auch nichts essen, alles war voller Keime.

Die Mohnwiese schwankte. Jan schien sich wohl zu sorgen, dass die Mutter seiner Verlobten umkippte, denn er fasste nach ihrer Schulter. Frieda schlug seine Hand weg und wich zurück. Einatmen, Frieda, und ausatmen. Gut so. Na komm schon. Hier ist eine Wand, da kannst du dich anlehnen.

»Ich habe vorhin endlich die Kollegin von der Maske erreicht, die gestern Abend für Aline zuständig war«, sagte Jan. »Sie hat gesagt, alles sei in bester Ordnung gewesen, bis Aline dein Päckchen ausgepackt hat.«

»Mein Päckchen?«

»Diese Spanschachtel mit den Schmetterlingen, die du ihr gegeben hast.«

Hennys Geschenk. Etwas zog sich in Frieda zusammen, als habe ein Faustschlag ihr Innerstes getroffen, doch sie schaffte es, stehen zu bleiben, würgte am Milchreis. Die Wand war kalt in ihrem Rücken, das war gut, denn es half, die Besinnung zu behalten. Der Monet schwankte gar nicht, er hing einfach schief. Mutter und Kind eng nebeneinander. Die Selbstverständlichkeit ihrer Nähe. Vertrauen. Aber so war es nicht gewesen. Nicht mit Henny und ihr, nicht mit ihr und Aline.

Später konnte Frieda nicht mehr rekonstruieren, wie sie auf diese Bank im Krankenhauspark gekommen war. Irgendein Arzt hatte plötzlich auf sie eingeredet, ihren Puls gemessen und ihr Wasser und eine Tablette gegeben. Dann saß sie auf einmal draußen im Schatten, der allmählich schrumpfte und schließlich fort war.

Die Sonne war heiß, der Himmel so makellos, wie man es in einer deutschen Großstadt aufgrund von Luftfeuchtigkeit und Smog nur selten erlebte. Frieda versuchte, für ihre Tochter zu beten. Aber sie hatte keine Übung darin, und statt an Gott dachte sie an die leblosen roten Gebirge der chilenischen Atacama-Wüste, in der die gigantischen Teleskope der europäischen Südsternwarte auf einem Gipfel thronten, als wären sie aus einer fremden Galaxie auf die Erde gefallen, und an den Geier, der sich jedes Mal wie aus dem Nichts materialisierte und hoch oben in der unfassbaren Leere des Firmaments seine Bahn zog, sobald sich ein Mensch aus der Messstation in die Gesteinswüste vorwagte.

Die Station lag hoch, 2600 Meter über dem Meeresspiegel. Die Atacamawüste war einer der lebensfeindlichsten Orte der Erde, so trocken, dass einem die Hände rissig wurden und die Augen brannten, wenn man sich hier ohne Schutzkleidung aufhielt. Aber dafür bestand auch keine Notwendigkeit, alles auf dem Cerro Paranal war im Dienste der Astronomie auf Effizienz getrimmt, man arbeitete durch, schlief ein paar Stunden, wenn der Tag hereinbrach, um sogleich die nächste Beobachtungsnacht vorzubereiten, ein klimatisierter Tunnel verband Teleskope und Unterkünfte. Aber manchmal war Frieda doch ausgebrochen und in die rote Hitze der Hügel gekraxelt, um allein zu sein und sich zu sammeln und das, was sie in der Nacht im Teleskop gesehen hatte, zu überdenken. Und sobald sie sich hinsetzte und nicht mehr rührte, erschien über ihr der Geier.

Es war ihr nie gelungen, herauszufinden, woher er eigentlich kam, allein die Tatsache, dass er inmitten dieser toten Geröllwüste überhaupt existieren konnte, glich einem Wunder. Aber er kam, jedes einzelne Mal, wie aus dem Nichts und zog hoch über ihr abwartend seine stummen Kreise.

Wie hatte er sie entdeckt? Woran erkannte er, dass sie noch lebte, obwohl sie sich minutenlang nicht bewegte? Es war ein Mysterium, aber Frieda war überzeugt, in dem Augenblick, in dem sie aufhören würde zu atmen, würde der Geier auch das wissen und augenblicklich seine Artgenossen herbeirufen, und sie würden sich auf sie stürzen und sie zerfleischen.

Sie träumte, verlor sich. Lag das an der Tablette? Wie lange saß sie hier schon? Was war mit Aline? Frieda sprang auf und hastete zurück zum Eingang des Krankenhaustrakts, in dem sich die Intensivstation befand. Ihr Herz raste wild, der Kies unter ihren Schritten knirschte. Der Geier war ein Todesbote, der Tod war sein Leben.

Der Fahrstuhl trug sie wieder nach oben. Vertraut jetzt schon. Wie schnell man sich selbst an die schrecklichsten Dinge gewöhnte. Eine Ärztin trat ihr entgegen, sobald sie den Eingang der Intensivstation erreichte.

»Ach, Frau Telling, da sind Sie ja, gut. Hat Ihr Schwiegersohn Sie gefunden?«

»Mein Schwiegersohn?«

»Na ja, Beinaheschwiegersohn.« Die Andeutung eines schnellen, rein professionellen Lächelns zuckte über das Gesicht der Ärztin. »Ich hatte ihn jedenfalls gebeten, Sie zu holen, da haben Sie sich wohl gerade verpasst.«

»Warum sollte er mich holen? Was ist mit meiner Tochter?« Frieda versuchte, sich an der Ärztin vorbeizudrängen, die jedoch hartnäckig den Eingang zur Intensivstation blockierte.

»Der Zustand Ihrer Tochter ist unverändert, beruhigen Sie sich bitte! Hören Sie mir zu, ich bin Psychologin, ich möchte …«

»Ich brauche keine Psychologin, ich will zu meiner Tochter, und zwar auf der Stelle!«

Warum glaubten auf einmal eigentlich alle, sie dürften sie anfassen und herumschubsen? Aus dem Augenwinkel nahm Frieda eine Bewegung wahr. Ein weiterer Weißkittel kam auf sie zu. Und eine Polizistin. Steckten die sie jetzt etwa in die Klappse, weil ihre Tochter schwer verletzt war? Das konnten sie ja wohl nicht machen, sie würde das nicht zulassen, sie würde kämpfen, für Aline.

»Es ist reine Routine, Frau Doktor Telling. Die Polizei muss den Unfallhergang untersuchen und deshalb auch Ihnen einige Fragen stellen.«

»Aber ich habe nichts gesehen, ich war gar nicht dabei.«

Wer war Nora? Diese Frage war noch immer unbeantwortet. Jan war ihr ausgewichen. *Die Einzige, die Aline wirklich liebt und immer unterstützt hat, war ihre Oma*, hatte er gesagt und von Hennys Geschenk gesprochen. Ein Stück Stoff mit altmodischen Stickereien sei in der Spanholzschachtel gewesen. Ein Stück Stoff, nur ein Stück Stoff. Es konnte nicht sein, dass das so viel Unheil anrichtete, das war völlig unmöglich.

»Wir wissen, dass Sie nicht dabei waren.« Die Ärztin schob Frieda mit sanftem Druck von der Tür weg, vor den Monet, der noch immer schief hing. Die Polizistin sah wahnsinnig jung aus, kaum älter als Aline, aber sie hielt Friedas Blick und straffte die Schultern.

»Es tut mir leid, dass ich Sie in dieser für Sie so belastenden Situation befragen muss, Frau Telling«, sagte sie. »Ich versuche es auch wirklich kurz zu machen, aber wir haben eine Zeugenaussage, die uns ein wenig beunruhigt. Wir müssen dem nachgehen.«

Beunruhigt. Frieda nickte mechanisch. Gegenüber dem Monet hing ein Macke, natürlich, so war es ja immer.

»Die beiden Zeugen haben unabhängig voneinander ausgesagt, dass Ihre Tochter das Auto gesehen haben muss«, sagte die Polizistin sehr leise. »Hatte Ihre Tochter Probleme, Frau Telling? Wollte sie sich womöglich umbringen?«

Arno

Die Bilanz dieses Badeausflugs zum Wannsee konnte sich trotz des eher suboptimalen Starts am Morgen durchaus sehen lassen, befand Arno, als die Sonne doch noch ein Quäntchen Erbarmen entwickelte und sich in einen zeitlupenartigen Sinkflug begab, der das Chaos aus Liegen, Handtüchern, Schirmen, Kühltaschen und Menschen in Badebekleidung um ihn herum in ein mildes, fast zärtliches goldenes Licht tauchte. Gefühlte vier Stunden Wassertreten in Ausübung seiner Aufsichtspflichten lagen hinter ihm. Eine Stunde Vorlesen. Zwei Stunden Schaukeln, Ballspielen und Rutschen. Zwischendurch diverse Sonnencremeorgien, Saftschorlen, Klogänge, geschnittene Äpfel, Möhrchen, Reiswaffeln und Eishörnchen und als Höhepunkt des Ganzen ein zwar der biodynamisch-korrekten Ernährungsphilosophie Valeries nicht hundertprozentig entsprechendes, dafür aber von Ronja und Lukas mit einer Mischung aus stummer Ehrfurcht und Wonne heruntergeschlungenes Mittagsmahl aus Pommes, Ketchup und Bratwurst. Arno scheuchte einen Trupp Ameisen vom Strandlaken und mühte sich, seine Beine in eine bequemere Sitzposition zu sortieren. Ein vergebliches Unterfangen, die Nacht mit Liane hatte ihre Spuren hinterlassen, nicht nur auf seinem Rücken. Inzwischen plagte ihn Muskelkater an Stellen, deren Training er beim Sport offenbar sträflich vernachlässigte, weil ihm ihre Existenz überhaupt nicht bewusst war.

Arno fischte sein Handy aus dem Rucksack und rief seine Mails ab. Ein leises Pling offenbarte, dass sich diese Mühe auszahlte: Sein Verlag hatte geschrieben, Oberboss Beste persönlich, und das am heiligen Sonntag. Arno warf einen schnellen Kontrollblick zu Ronja und Lukas. Sie matschten im Schatten eines Sonnensegels Schlick, Gras, Gänseblümchen und Papierschnipsel in quietschbunte Plastikförmchen und schienen zum ersten Mal seit Stunden weder etwas von ihm zu wollen, noch Gefahr zu laufen, sich im nächsten Moment zu ertränken. Sogar die Schirmmützen saßen einigermaßen korrekt auf ihren Köpfen.

von: verleger@beste-buchverlage.de
Betreff: Serienkonzept RUCHBAR
Datum: 16.06.2013 14:23:05 MEZ
an: autor@luna-wilde.com

Lieber Arno Rether,
Dein Exposé haben wir hier im Hause natürlich mit großem Interesse gelesen und eingehend diskutiert. Leider muss ich Dir aber mitteilen, dass wir keine Möglichkeit sehen, eine Erotikserie, die sich um die insgesamt doch recht handzahmen sexuellen Abenteuerchen einer in einen Harem verschleppten 18-jährigen Kammerzofe dreht, in nächster Zeit mit einem für uns alle auch nur annähernd zufriedenstellenden Resultat zu veröffentlichen.
Wir arbeiten sehr gern mit Dir zusammen, das weißt Du, und Deine Luna-Wilde-Titel waren lange Zeit ein Verkaufsgarant. Aber die Zeiten ändern sich. Unsere

Leser und vor allem unsere Leserinnen(!) haben, wie uns eine ganz frische Marktanalyse bestätigt, die 40 (!!) deutlich überschritten und bevorzugen eine explizitere, gegenwärtigere und ja, auch härtere Spielart. Das kann man persönlich finden, wie man will, aber gemäß unserem Motto NUR BESTE BÜCHER dürfen wir uns dieser wichtigen Zielgruppe nicht verschließen.
Wir haben im Haus deshalb ein paar recht konkrete Vorstellungen entwickelt, welche Titel wir uns in nächster Zeit von unseren Erotikautoren wünschen. Katja wird sich deshalb bald bei Dir melden, und bestimmt kommt Ihr zwei zu einem guten Ergebnis. Du weißt, sie ist eine Toplektorin und in der Vergangenheit war euer Zusammenspiel ja immer fruchtbar.
Ich freue mich auf das Ergebnis und sende aus Elba
BESTE Grüße
Dein Volker M. Beste

»Ich hab Kuchen!«

Arno schreckte hoch. Ronja hatte sich angepirscht und hielt ihm ein mit Matschpampe gefülltes rosa Förmchen vor die Nase, in dem ein paar Gänseblümchen zu ertrinken drohten. Die Kreation dieses kulinarischen Highlights hatte Ganzkörpereinsatz erfordert und unübersehbare Spuren auf Haut, Badeanzug und Haaren hinterlassen. Arno schob sein Handy aus der Gefahrenzone und tat so, als ob er kostete.

»Hmmm, Wannseesandkuchen! Lecker!«

Sie legte den Kopf schief und musterte ihn. »Ja?«

»Ganz köstlich.« Er nahm noch einen Luftbissen, kaute und schluckte.

»Kroko mochte den Kuchen nicht. Ich hab ihm aber gesagt, er muss trotzdem aufessen. Jetzt hat er Bauchweh.«

»Kroko ist ja auch ein Krokodil und Krokodile vertragen keinen Kuchen.« Arno warf einen weiteren Kontrollblick zum Sandkasten. Lukas lebte noch, gut. Er hatte Anschluss gefunden und zankte mit einem Jungen um eine Schaufel. Oder spielten sie Tauziehen?

»Es ist Schildkrötenkuchen«, erklärte Ronja.

»Ach so. Dann hat Kroko vielleicht einfach zu viel davon gegessen.«

»Es war nur ein ganz kleines Stück.«

»Tja dann …«

»Man darf nicht lügen, sagt Mama.«

»Da hat sie recht.«

»Du isst gar nicht richtig.«

»Das ist etwas anderes. Das ist ja ein Spiel.«

»Und da darf man lügen?«

»Nicht lügen, nein. Aber wenn man spielt, tut man so, als ob etwas wirklich geschieht. Man stellt sich das vor. Wie in den Geschichten, weißt du? In Büchern oder im Fernsehen.«

Ronja musterte ihn, ohne mit der Wimper zu zucken, sie schien seine Argumentation zu überdenken. Handzahm. Hatte Beste sein Serienkonzept tatsächlich handzahm geschimpft? Überheblicher Mistkerl! Bloß weil diese englische Hausfrau mit ihren Midlife-Crisis-Sadomaso-Ergüssen im letzten Jahr die Bestsellerlisten gekapert hatte, wurde Beste gleich ausfallend und verlangte allen Ernstes, dass sein einstiger Lieblingsautor ins selbe Horn tuten sollte. Dabei war dieser Trend sicher bald wieder vorbei, denn jeder, wirklich jeder Verlag schoss inzwischen blindlings Nachahmer-Softpornos mit Blümchencovern in die Buchläden. Gleich am Eingang sprangen sie einen als Stapelware an. Brauchte denn heutzutage wirklich jeder Handschellen und Peitsche? Was, verdammt noch mal, war eigentlich mit der guten alten Romantik passiert? Wollte die gar niemand mehr?

»Habt ihr euch deshalb nicht mehr lieb, Mama und du?«

»Was? Wie?«

»Weil du immer Geschichten erfindest.«

»Sagt eure Mama das?«

Ronja antwortete nicht. Aus ihrem Förmchen tropfte Schlamm auf sein Knie. Ein knallrosa Schildkrötenförmchen, erkannte Arno verspätet. Vielleicht war sein Fehler also gewesen, den Inhalt zu kosten und zu loben, obwohl es sich um Futter für ein Aufblaskrokodil handelte. Doch vermutlich waren die Ursachen dieser Inquisition komplexer. Irgendetwas hatte Ronja zu Hause wohl aufgeschnappt, wahrscheinlich hatten Valerie und Max sich in letzter Zeit einmal zu oft darüber ausgelassen, wie rücksichtslos es von ihm war, sie mit der Wohnung so lange hinzuhalten. Sein Zögern in dieser Angelegenheit konterkarierte den Masterplan, den sie für ihr Leben erstellt hatten, und der für Unwägbarkeiten und Kapriolen nur wenig Platz ließ.

Er strich Ronja über die Wange und sah ihr in die Augen. »Es kommt manchmal vor, dass Erwachsene sich trennen, weißt du. Und dafür gibt es viele Gründe. Aber wichtig ist, was dann weiter passiert und was man daraus macht. Und für uns alle war das doch eigentlich ziemlich gut. Denn so hat deine Mama deinen Papa kennengelernt, und du und Lukas, ihr seid geboren worden und ich bin euer Patenonkel und – Shit!« Er sprang auf und sprintete zum Sandareal, wo Lukas im Kampf um die Schaufel den Kürzeren gezogen hatte und soeben anhob, sein verlorenes Hab und Gut mithilfe eines Holzpflocks zurückzuerobern. Arno warf sich dazwischen und entwand Lukas die Waffe, bevor sie auf dem Kopf seines Gegners ernsthaften Schaden anrichten konnte.

Ein Klacks von einem Gegner eigentlich, kleiner als Lukas. Ein fettleibiger Gnom mit Frettchenzähnen, der zum Dank für Arnos Intervention eine Beckerfaust ballte und feixte.

»Das ist MEINE Schaufel!« Lukas heulte auf und grapschte nach dem Pflock. Der hatte ordentlich Gewicht und noch dazu ein spitzes Ende – wo hatte Lukas den überhaupt gefunden? Arno rammte ihn in den Sand, griff noch einmal zu und entriss dem siegestrunkenen Frettchen die Schaufel. Bingo! Jetzt brüllten beide Kombattanten, als würden sie geschlachtet, und stürzten sich auf ihn, aber irgendwie gelang es ihm, sie von seinen Beinen zu pflücken und zu trennen und Lukas samt seinem Grabinstrument zu Ronja zu bugsieren. Die hatte den Inhalt ihres Schildkrötenförmchens inzwischen großzügig auf der Liegedecke verteilt und klammerte sich mit tränenblanken Augen an ihr Krokodil – völlig im Bann des Kampfes, in dem ihr Zwillingsbruder nicht gerade brilliert hatte.

Zeit zu gehen, ganz eindeutig, und zwar ohne weiteren Aufschub. Zeit für ein kühles Bier und Feierabend allein, nichts weiter. Arno lotste die Zwillinge zu den Duschen und befreite sie, so gut es ging, von den Sandkrusten. Auch er selbst fühlte sich wie ein frisch paniertes, halbgares Schnitzel. Ein alter Witz fiel ihm ein, als er im Spiegel einen flüchtigen Blick auf sein Alter Ego erhaschte: Ich kenne dich nicht, wasche dich aber trotzdem.

Erotikautor, hatte Beste ihn tatsächlich so bezeichnet, obwohl er doch von seinen anderen Plänen und seiner journalistischen Vergangenheit wusste? Na, herzlichen Glückwunsch. Doch vielleicht erwies sich dieser Arschtritt sogar als entscheidender Kick. Wut war ein Antrieb, wenn es um Kreativität ging, effektiv wie frische Hefe, Zucker und ein Schuss lauwarmer Milch in einem Mehltopf. Der Wermutstropfen war natürlich das liebe Geld. Denn kein neuer Vertrag hieß leider auch: kein neuer Vorschuss.

Im Auto ließ Arno die Fenster herunter und schaltete Musik an. Augenblicklich verlangten die Zwillinge lautstark nach ihren Hörspiel-CDs, aber er hatte keine Lust, noch einmal anzuhalten und im Kofferraum die mühsam zusammengepackten Siebensachen wieder auseinanderzureißen, und so mussten sie sich mit Nick Cave anfreunden, der eine milde Phase hatte und von Liebe sang, *I Let Love In,* und nach kaum zwei Minuten herrschte auf der Rückbank himmlische Ruhe: Die Zwillinge schliefen, rotwangig und erschöpft von den Abenteuern des Tages.

Arno lehnte sich zurück und hängte den Ellbogen in die Abendsonne. Stadtsommerluft strömte herein: Benzin und Staub und sonnendurchglühter Asphalt, ein Hauch Zigarettenqualm aus dem Cabrio, das neben ihm im Stau stand. Der Fahrer und er musterten sich, grinsten, nickten. Zwei im selben Boot, vereint in sinnloser Warterei, zu der man durch die Macht des Faktischen verdammt war, obwohl man doch längst irgendwo hätte ankommen können und wollen. Immer war Stau in Berlin, egal wann und wohin man auch fuhr, selbst am Sonntagabend.

Er würde die Kinder einfach nur abliefern und auf das gemeinsame Abendessen verzichten, beschloss Arno in just dem Moment, in dem Valerie anrief. Sie sprach schnell, ohne Luft zu holen, im Hintergrund hörte er Gläsergeklirr und das angeregte Geplapper von Menschen, die nach einem langen Arbeitstag den ersten Drink runterstürzten und zu entscheiden versuchten, mit wem sie anbandeln sollten, mit wem sich das lohnen würde, wer von den Umstehenden wohl die Verlierer waren und wer die Gewinner.

»Ich bin noch im Congresscenter«, erläuterte Valerie unnötigerweise. »Ich weiß, das ist viel verlangt, aber kannst du Ronja und Lukas noch mit zu dir nehmen? Hier ist jetzt ein Empfang im exklusiveren Kreis, zu dem ich überraschend eingeladen worden bin, das ist eine ziemliche Ehre und eine Chance – na ja, du weißt ja, wir können im Augenblick jede Extraeinnahme gebrauchen.«

Extraeinnahmen, weil du uns mit der Wohnung hinhältst! Das sagte Valerie nicht, das erwähnte auch er nicht, stattdessen handelten sie die Konditionen für das Abendessen aus: Nudeln mit Ketchup, notfalls auch Pizza und Fernsehen, und Valerie versprach, sich mit der Abholung ihrer Kinder selbstverständlich zu beeilen. Doch natürlich war das Thema Wohnung damit nicht vom Tisch. Sie würde nicht lockerlassen, denn es war ihr wirklich ernst mit dem Häuschen im Grünen, so viel hatte er begriffen. Die Zwillinge würden im nächsten Sommer eingeschult werden, das war ihr Hauptargument für den Umzug. Sie sollten sich fortan in solider Distanz von Hundescheiße und Müll auf den Gehsteigen und Graffitis und Asozialen bewegen dürfen. Und ohne den wohlstandsverwahrlosten Nachwuchs von Lattemacchiato-Eltern, mit dem sie jetzt auf dem Spielplatz zusammentrafen.

Vor ihm kam die Ursache des Staus in Sicht: drei ineinander verkeilte Autos, Blechschaden nur, aber ein Hindernis, der Verkehr wurde einspurig. Arno gab Gas, als er die Unfallstelle passiert hatte. Bewegung, dem Sonnenuntergang entgegen – einen Moment lang fühlte er sich wie in einem Western. Und der Fahrtwind war heiß, unwirklich beinahe, Wüstenluft in Berlin, passend dazu sang Nick Cave jetzt nicht mehr von Liebe, sondern von Einsamkeit, von Abschied. *Your Funeral is My Trial.* Vielleicht war es tatsächlich an der Zeit, den letzten Akt zu vollziehen und die Wohnung, in der Valerie seit nunmehr fünf Jahren mit seinem Nachfolger Max und den Kindern lebte, zu verkaufen. Vielleicht war das die Freiheit, die er brauchte. Auch der Finanzengpass durch Bestes Absage wäre damit beseitigt.

Was ließ ihn überhaupt zögern? Nostalgie oder der verspätete Versuch, das Familienglück, das er selbst nicht gewollt hatte, aus Eifersucht zu torpedieren, wie Valerie vermutete? Aber er wollte Valerie nicht zurück, denn die Frau, in die er sich vor zehn Jahren Hals über Kopf verliebt und mit der er sogar eine Wohnung gekauft hatte, gab es nicht mehr. Wahrscheinlich hatte es sie auch nie gegeben, nur in seiner Vorstellung. Zwei Freiberufler im besten Alter waren sie, als sie die Wohnung suchten und schließlich auch fanden: 130 Quadratmeter unsanierter Altbau mit Parkett und Balkon und Stuck und Potenzial, mitten in Prenzlauerberg, dem hippsten, brummenden Szeneviertel des neuen Berlin, umgeben von anderen Kreativen und Bars und Cafés und coolen Läden, und das ganze auch noch finanzierbar. Sie hatten selbst renoviert, monatelang, und waren in ihren Jobs trotzdem so produktiv wie selten, als ob sie der Bankkredit, den sie gemeinsam aufgenommen hatten, beflügele. Das war auch die Zeit gewesen, in der er vom Journalismus endgültig ins Romanfach wechselte und nach zwei nur mäßig erfolgreichen Politkrimis schreibend zu Luna Wilde mutierte. Vorübergehend, weil es Geld brachte und schnell ging und sogar Spaß machte. Manchmal, nachts, las er Valerie ein paar besonders deftige Szenen vor und sie amüsierten sich gemeinsam, nutzten sie kichernd als erweitertes Vorspiel. Und zum Dessert, wenn der Kühlschrank mal wieder leer war, machten sie sich über die eigenartigen kulinarischen Präsente aus Hongkong und Taiwan her, die Valerie von ihren

Kunden erhielt. Sie wurden regelrecht süchtig nach den sowohl semantisch als auch grammatikalisch hanebüchenen Prophezeiungen, die sie aus den zerbröselnden Glückskeksen hervorpulten.

Natürlich war dennoch nicht alles rosarot, auch nicht am Anfang. Sie schlossen Kompromisse, was die Tagesgestaltung anging, jeder bekam sein eigenes Arbeitszimmer. Doch es holperte trotzdem, sobald die Anfangseuphorie sich gelegt hatte. Wenn er schrieb, wollte er allein sein. Selbst für einen literarisch nicht wahnsinnig anspruchsvollen Luna-Wilde-Roman musste er sich ohne Unterbrechung versenken können, um die fiktive Welt heraufzubeschwören. Insofern hatte Ronja also vorhin durchaus recht gehabt: Seine Geschichten waren einer der Gründe gewesen, weswegen die Beziehung mit Valerie scheiterte. Denn Valerie brauchte in regelmäßigen Abständen Pausen, wenn sie übersetzte, und dann wollte sie reden, zum Lunch ausgehen, etwas kochen. Und weil das mit ihm nicht machbar war, glich die Wohnung schon bald einem Taubenschlag. Ständig trank jemand Tee auf der Wohnzimmercouch, lieh etwas aus, parkte für ein Stündchen seine Kinder in Valeries Obhut und belagerte die Küche. Der Traum vom geteilten Leben erwies sich als Flop, sie feilschten, sie stritten. Doch der schwerwiegendere Trennungsgrund war natürlich seine Sterilisation gewesen und die Tatsache, dass er die weder vorab mit Valerie besprochen noch hinterher erwähnt hatte – so lange nicht, bis es zu spät war.

Denn Valerie hatte Kinder gewollt. Dringend. Wie dringend, wurde ihm erst klar, als sie die Wohnung fertig renoviert hatten und ihren Einzug mit Champagner begossen. Ein ungewöhnlich lauer Märzabend war das gewesen, klischeehaft geradezu: das erste zaghafte Grün im Geäst, sich in Frühlingsbalz verausgabende Amseln. Aber das störte ihn nicht, er hatte sogar einen Ring in der Hosentasche, doch Valerie war wieder einmal schneller. Ich denke, ich setze die Pille ab, sagte sie und tippte ihr Glas gegen seines. Und sie war so beseelt von ihrem Plan, dass sie nicht einmal bemerkte, dass er nicht antwortete.

Warum hatte er geschwiegen? Er hätte ehrlich sein müssen, natürlich. Doch stattdessen hatte er am nächsten Tag einen Termin beim Urologen vereinbart und sich eingeredet, dass Valeries plötzlicher Kinderwunsch nur eine Laune wäre, die schnell wieder vorbei gehen würde, wenn sich das gewünschte Ergebnis nicht einstellte. Ein fataler Irrtum, wie sich bald zeigte. Es war einfach nicht Valeries Art, aufzugeben, bevor sie nicht alles versucht hatte. Zuerst stellte sie nur die Ernährung um. Als es dann immer noch nicht klappte – nicht klappen konnte, wie Arno sehr wohl wusste –, begann ihre Odyssee durchs Gesundheitssystem, sie schluckte Mönchspfefferpräparate in jeglicher Form und diverse Kräutertinkturen und Pillen. Sie konsultierte ominöse Quacksalber mit noch ominöseren Behandlungsmethoden und Heilsversprechen, begab sich in psychotherapeutische Behandlung und wachte wie ein Feldwebel über ihre fruchtbaren Tage. Und er hielt den Mund und hoffte wider besseres Wissen immer noch, dass dieser Spuk wieder aufhörte, und tat sein Bestes, sie davon zu überzeugen, dass ein Kind nicht automatisch mehr Glück bedeutete, er fand sogar Statistiken, die das bestätigten. Aber Valerie blieb stur und mit jedem minutiös geplanten und mit Militärdisziplin durchexerzierten Geschlechtsakt und jeder weiteren Regelblutung, die unweigerlich folgte, wurde es schwerer, ihr zu eröffnen, dass all ihre Mühen und Kosten umsonst waren. Und dann gab es für ihn schließlich keine Ausrede mehr, die von der Fruchtbarkeitsklinik dringend angeforderte Spermaprobe noch länger zu verweigern, keine Ausflüchte mehr, nur die Wahrheit.

Der Parkplatzgott erwies sich als gnädig und bescherte ihm eine Nische direkt vor der Haustür. Die Zwillinge waren erfrischt und schienen sich über zusätzliche Zeit in der Obhut ihres Patenonkels ehrlich zu freuen, doch vermutlich spielte dabei die Aussicht auf weitere verbotene Genüsse keine unerhebliche Rolle. Jedenfalls stürmten sie ihm voran die Treppe hoch, lautstark ihre Ideen für den Rest dieses Tages diskutierend – Pizza oder Nudeln, Fernsehen oder Vorlesen oder doch lieber was spielen … Er hätte gewarnt sein müssen, als sie abrupt verstummten und haltmachten. Tatsächlich jedoch fühlte er sich von dem Besucher, der vor seiner Wohnungstür saß, vollkommen überrumpelt.

Ein kleiner alter Mann in Schlips und Kragen und gelbem Wams, der eine antik anmutende Lederreisetasche auf den Knien balancierte. Ein Gespenst, eine Erscheinung, herbeigebeamt aus einem anderen Zeitalter, eine optische Täuschung. Nein, Egon Rether. Durchaus würdevoll, wenn auch steifbeinig und ohne die Finger vom Griff seiner Tasche zu lösen, erhob er sich von den Stufen und begutachtete Arno und die Zwillinge mit dem Blick eines Feldwebels, der nach Drückebergern fahndet.

»Ich wusste gar nicht, dass du Kinder …« – »Was machst du hier …?« – »Unsere Vereinbarung duldet …« – »Ich habe keine Zeit, ich muss …«

Sie hatten gleichzeitig gesprochen und verstummten im selben Moment. Der Alte räusperte sich, ein umständlicher Vorgang, bei dem sich sein Adamsapfel hinter dem Hemdkragen hervorlupfte wie der Kopf eines Vögelchens, um sich sogleich wieder in pergamentartigen Hautfalten zu verkriechen.

Noch ein Räuspern, kürzer jetzt, ein trockenes Bellen. Arno hatte vergessen, wie sehr sich die beiden Brüder ähnelten, auch wenn sein Onkel der Jüngere war und beinahe einen Kopf kleiner als sein Vater. Doch die Augenpartie und das Kinn und Nasenlöcher sowie die selbst im hohen Alter noch vollen, mit Glyzerin in Form geklebten Locken wirkten so, als habe die Natur im Falle der Rether-Brüder einfach zweimal dasselbe Muster ausgespuckt. Sie benutzten sogar das gleiche Rasierwasser, eines der unteren Preisklasse aus dem Drogeriemarkt, das man nicht wegen seines Geruchs wählte, sondern als notwendiges Übel, um die Haut nach der Nassrasur zu desinfizieren.

Zwei Brüder aus einem Holz – wann war ihm zum ersten Mal bewusst geworden, dass sich dies auch in ihrem Äußeren manifestierte? Als Kind hatte ihm der Blick dafür gefehlt. Vielleicht war diese Ähnlichkeit aber auch erst im Alter zutage getreten, obwohl sie von Anfang an da gewesen sein musste, eine Prägung, der sie nicht entrinnen konnten, nicht durch verschiedene Lebenswege, nicht einmal im Tod.

»Ein Glas Wasser wäre angenehm.« Der Händedruck Egon Rethers war noch immer fest, beinahe schmerzhaft. Er war der Handwerker in der Familie, der Schreiner, ein Mann der Tat, nicht des Wortes. Er gab Arnos Hand frei und wandte sich an die Zwillinge. »Und wer seid ihr?«

Sichtlich beeindruckt vom unverhofften Verlauf dieses Abends, traten sie vor, grüßten artig und nannten ihm ihre Namen. Ein Onkel ihres Onkels war für sie etwas Exotisches, erst recht, weil dieser Onkelonkel eine lustige gelbe Weste trug und Deutsch in einem ebenso lustigen Singsang sprach. So wie in den alten Märchenfilmen, dachte Arno. Aber die konnten Ronja und Lukas ja unmöglich kennen.

Er schloss seine Wohnung auf, nahm sofort einen fremden

Geruch wahr. Parfum und schaler Wein. Am Garderobenspiegel prangten noch immer Lianes blutrote Lippenstiftziffern. Der Blick seines Onkels geisterte darauf und huschte zu den Kindern, heftete sich dann erneut für Sekundenbruchteile auf den Abdruck von Lianes Lippen. Wie ein Spukbild erschien Arno im Vorbeigehen sein eigenes Gesicht dahinter. Ein weiterer Rether-Klon, nur 30 Jahre jünger, nicht vollständig ergraut, und ohne Haaröl. Immerhin hatte sein Onkel die Größe, das, was er sah und daraus folgerte, nicht lautstark zum Besten zu geben. Arno scheuchte Ronja und Lukas ins Wohnzimmer – wenigstens fünf Minuten! – und bat seinen Onkel in die Küche. Egon Rether zögerte und folgte dann doch, nur die Reisetasche ließ er sich nicht aus der Hand nehmen.

»Hier, bitte, setz dich.« Arno räumte die Kakaobecher der Kinder in den Abwasch und füllte ein Glas mit Leitungswasser. Die Tischplatte klebte. Milchränder, Kekskrümel und Schokolade. Er wischte sie notdürftig sauber, gab seinem Onkel das Glas. »Ich habe auch Apfelschorle oder ein Bier. Mit dem Essen wird es allerdings schwierig. Wir müssten in ein Restaurant gehen.«

»Nicht nötig. Danke.« Der Alte sank auf den Stuhl und trank. Wie alt war er jetzt? 82? Er sah blass aus, müde, als würde er rapide an Substanz verlieren, schien seit der Trauerfeier gealtert.

»Wie lange hast du hier gewartet?«

»Um kurz nach zwölf war ich da.«

»Um kurz nach zwölf? Also sieben Stunden?«

Sein Onkel trank aus und hielt ihm stumm das Glas hin. Arno füllte es auf und für sich selbst auch eines, lehnte sich an die Spüle, sah den Alten einen flüchtigen Moment lang als Mann im besten Alter vor sich, wie er in seiner Werkstatt in Alzen an einem Möbelstück herumschliff, in fließenden, liebkosenden Bögen, bis das Holz glatt wie Haut war. *Dein Vater meint es nicht so*, hatte er ein ums andere Mal behauptet, wenn die Mutter Arno zu ihm herübergeschickt hatte, weil es nicht mehr ging, wie sie das ausdrückte. *Ihr müsst zusammenstehen, du bist der Sohn, du bist noch jung. Du musst ihm die Hand reichen, musst deinen Zorn zügeln.*

Der Onkel trank aus und setzte sein Wasserglas auf den Tisch, strich umständlich über das Schnappschloss seiner Reisetasche, ließ es aufspringen und griff hinein. Ein Einweckglas, dessen Deckel mit einem weißen Spitzenpapier und bunten Wollfäden verziert war, kam zum Vorschein. »Ja, also, das soll ich dir von Marianne geben, mit sehr herzlichen Grüßen, selbst gemacht natürlich. Und das hier …« Er räusperte sich und stand auf, langte noch einmal in die Tasche und förderte ein dunkelgrünes Gefäß mit Goldkreuz aus ihren Tiefen. Eine Urne. Die Asche von Martin Arno Rether stand nun Seite an Seite mit einem Glas Auberginenpaprikapaste auf Arnos Küchentisch – das konnte ja wohl nicht wahr sein.

»Was ist das?«, fragte Lukas.

Arno zuckte zusammen. Die Zwillinge hatte er beinahe vergessen.

Der hornige Zeigefingernagel seines Onkels tippte auf das weiße Spitzenlätzchen des Einweckglases.

»Das ist eine Sakuska, kennt ihr die denn nicht?«

Die Zwillinge schüttelten die Köpfe und traten näher, den Blick inquisitorisch auf die Urne gerichtet. Sie war schlicht. Durchaus geschmackvoll. Wie viel Gramm Asche blieben von einem Menschen? Nur Asche oder auch verkohlte Knochen? Konnte man den Deckel einfach aufschrauben? Wahrscheinlich, ja, es gab doch diese Seebestattungen, wenn liebende Angehörige ihre Verstorbenen über die Reling kippten. Oder gab es dafür Spezialurnen mit Schraubdeckel? Arno wollte es nicht wissen, wollte nicht mal darüber nachdenken.

»Und was ist in der Dose?«

»Nichts zu essen.« Arno riss die Urne vom Tisch und stellte sie hinter sich auf die Fensterbank, außer Reichweite der Kinder. Sie war schwerer, als er gedacht hätte.

»Eine Sakuska schmeckt herrlich auf Brot oder auch mit Nudeln«, erklärte sein Onkel.

»Sakuska.« Die Zwillinge wiederholten den seltsamen Namen mit unüberhörbarer Skepsis. Die verbotene grüne Dose war definitiv interessanter.

Doch der Alte ließ sich nicht beirren. Eine Sakuska koche man in Rumänien, genauer gesagt in Siebenbürgen, einem Land hinter vielen Bergen, die hießen Karpaten, erklärte er mit Märchenonkelstimme. Aber das habe ihnen ihr Vater doch sicher erzählt, er stamme ja von dort, er sei doch dort geboren.

Die Zwillinge starrten ihn an. Ihr Vater kam aus einem Land, das nach den sieben Zwergen klang? Gab es das wirklich? Und woher wollte dieser Fremde das überhaupt wissen?

»Ich bin nicht ihr Vater«, erklärte Arno.

»Nein? Nicht? Aber sie sind Valerie wie aus dem Gesicht geschnitten.«

»Valerie, ja.«

Sein Onkel musterte ihn und schien noch etwas sagen zu wollen, überlegte es sich aber doch wieder anders und ließ seine Reisetasche zuschnappen. »Nun, wie auch immer, es ist spät, ich muss los. Der letzte Zug wird nicht auf mich warten.«

»Das kannst du nicht machen!« Arno packte ihn am Arm.

»Willst du mich daran hindern?« Egon Rether stand auf.

»Du kannst gerne gehen. Aber du nimmst ihn wieder mit.« Arno langte nach der Urne.

Sein Onkel schüttelte den Kopf und löste sich mit erstaunlicher Kraft aus Arnos Griff.

»Du nimmst ihn wieder mit!«

Der Onkel trat den Rückzug an. Arno folgte ihm in den Flur, die Urne vor sich ausgestreckt, eine Mischung aus Opfergabe und Rammbock.

»Nimm ihn wieder mit, ich verscharre ihn sonst irgendwo, das kannst du doch nicht wollen!«

Sein Onkel sah zu ihm auf. Ein winziges Lächeln zuckte um seine Lippen, wie früher in der Tischlerei, wenn Arno sich über etwas ereifert oder beklagt hatte.

»Warum bist du so böse?« Jemand zupfte an Arnos Hose – Ronja. Mit großen Augen sah sie zu ihm auf, und Lukas pirschte sich auch an, den Blick auf die mysteriöse Dose geheftet, als erwarte er, dass sie sich jeden Moment öffne und mit einem grollenden Abrakadabra ein Gespenst herausfahre. Ein Urnengeist sozusagen. Arno lächelte grimmig. Vielleicht sollte er das riskieren und es tatsächlich auf einen Ringkampf mit seinem Onkel ankommen lassen, vielleicht würde das diesen Spuk ein für alle Mal beenden. Andererseits war ein unverhoffter Ascheregen aus einer vermeintlichen Bonbondose mit Goldkreuz wohl nicht unbedingt für zarte Kinderpsychen geeignet.

Sein Onkel schob sich aus der Tür und nickte, als habe Arno dies laut ausgesprochen. »Bring ihn heim«, sagte er leise, bevor er sich ins Treppenhaus schob. »Gib ihm seine Ruhe. Wenn du es nicht für ihn tun kannst, tu es wenigstens für deine Mutter. Ich bin sicher, sie wartet.«

Wann hatte sie zum letzten Mal geweint? Sie konnte sich nicht daran erinnern, nicht genau jedenfalls. Bestimmt manchmal als Kind, wenn sie hingefallen war und sich wehgetan hatte oder wenn Henny ihr etwas verboten oder mit ihr geschimpft hatte. Sie hatte vor Wut geweint, als die Absage für den schon sicher geglaubten Traumjob am LBT in Arizona gekommen war. Und vor Glück nach Alines Geburt. Vor Glück und Erschöpfung, und weil sie instinktiv gewusst hatte, dass sie nun nie mehr frei von der Angst sein würde, dieses winzige, schrumpelige, blutverschmierte Wesen, mit dessen ungeplanter Existenz in ihrem Leben sie zunächst gehadert und das sie nach neun langen Monaten nun unter solchen Schmerzen aus sich herausgepresst hatte, wieder zu verlieren. Aber das waren immer nur ein paar Tränen gewesen, nicht vergleichbar mit dem, was mit ihr in den letzten Stunden geschehen war. Sie erkannte sich nicht wieder. Sie war vollkommen machtlos. Gefangen in einem Kokon aus Schmerz und verzerrten, fremden, fast tierisch anmutenden Geräuschen, die offenbar aus ihrer Kehle drangen, aus ihrer Brust, aus ihrem tiefsten Inneren. Sie weinte und weinte, als wären sämtliche Dämme gebrochen.

Danach lag sie eine Weile einfach da, zusammengekrümmt auf einer Untersuchungspritsche in einem schmalen Nebenzimmer der Intensivstation, in das eine Ärztin – oder war es diese Psychologin gewesen? – sie gebracht hatte. Dämmrig war es inzwischen geworden. Vom Flur drangen die gedämpften Schritte von Gummisohlen zu ihr herein, Stimmengemurmel, etwas fiepte. Ihr Handy, bemerkte sie verspätet. Es lag neben ihr auf dem Papierlaken, kreiselte, summte.

»Wie geht es ihr, Frieda, gibt es etwas Neues?« Pauls

Stimme klang hohl und hallte. Zu viel leerer Raum um ihn, aber kein Himmel, sondern Wände, vielleicht war er inzwischen am Flughafen.

Sie war zu müde, ihn danach zu fragen. Sie wusste nicht einmal, was es eigentlich bringen sollte, wenn er herkam. Was konnte er schon tun? Ihre Hand halten, ja. Aber das half Aline nichts, konnte nichts ändern.

»Frieda, hallo? Bist du noch dran?«

Sie brachte ein Krächzen zustande, das ihrem Mann offenbar genügte, denn er redete weiter, von Zuversicht und Kontakten und moderner Medizin und dass er leider noch immer nicht wisse, wann er denn nun bei ihr sein könnte, er warte noch immer auf eine Nachricht der Fluggesellschaft. *Sie glauben, Aline wollte sich umbringen.* Sie schaffte es nicht, das laut auszusprechen, konnte selbst den Gedanken kaum ertragen. Aline war 23 und ganz am Anfang. Sie war panisch gewesen und vor ein Auto gerannt – aber doch nicht mit Absicht.

Es klopfte, und bevor Frieda reagieren konnte, trat eine Schwester ein und stellte einen Becher Tee und eine Untertasse, auf der drei Schokoladenplätzchen und eine Tablette lagen, neben Frieda auf die Pritsche.

»Ein leichtes Beruhigungsmittel, wenn Sie wollen. Und etwas für den Blutzuckerspiegel. Sie dürfen uns hier nicht völlig zusammenklappen, Frau Doktor Telling. Ihre Tochter braucht Sie.«

»Wie geht es ihr?«

»Ihr Zustand ist unverändert. Wir müssen Geduld haben.«

Der Tee war gesüßt und rot und verbrannte Frieda die Zunge. Sie trank ihn trotzdem, rückte sich so zurecht, dass sie sitzend an der Wand lehnte, ignorierte die Tablette, aß eines der Plätzchen.

Sie war 26 gewesen, als sie bemerkte, dass ihre Regel ausblieb, nur drei Jahre älter als Aline jetzt. Sommer 1989, die Zeit vor der Wiedervereinigung. In der deutschen Botschaft in Prag sprach Außenminister Genscher von Freiheit, Sonderzüge mit ausreisewütigen DDR-Bürgern rollten nach langen diplomatischen Verhandlungen in die Bundesrepublik, wo die überwältigten Neubürger mit den seltsamen Frisuren frenetisch bejubelt wurden, dann plötzlich war die Grenze zwischen Österreich und Ungarn geöffnet: ein historischer Moment, das Ende des Kalten Kriegs und des Eisernen Vorhangs. Im amerikanischen Frühstücksfernsehen hatte Frieda davon erfahren, während sie und Graham auf dem 4200 Meter hohen Gipfel eines erloschenen hawaiianischen Vulkans nach einer durchwachten Nacht am Großteleskop Toast, Rührei und Baked Beans aßen.

Graham – sollte sie ihn vielleicht doch verständigen? War das ihre Pflicht? Würde Aline das wollen? Er war Friedas Doktorvater gewesen, einer der wenigen Astronomen, der damals nicht lachte, als sie ihm ihre Überzeugung gestand, dass es in den Weiten des Alls ein Sonnensystem wie das ihre geben müsste, ja sogar eine zweite Erde, und dass man die eines Tages finden könnte, wenn man nur auf die richtige Art und Weise danach forschte. Er hatte sich für Frieda eingesetzt und sie nach Harvard geholt, sie zum Querdenken ermutigt und dafür gesorgt, dass sie mehr Zeit am Mauna-Kea-Observatorium auf Hawaii erhielt, als einer Doktorandin eigentlich zustand. Und wie sie hielt auch Graham es für wichtig, hin und wieder den Blick von den Monitoren des Teleskopsteuerungsraums zu lösen und nach draußen zu treten und den Nachthimmel mit bloßen Augen zu betrachten, um den Sinn für die Dimensionen nicht zu verlieren: die eigene Winzigkeit und die Unendlichkeit des Universums. Seine erhabene Schönheit.

Und eines Nachts hatte er dann den Arm um sie gelegt und sie an sich gezogen und sie hatten sich zum ersten Mal geküsst, hoch über dem Meer, von allem entrückt, unter Myriaden von Sternen, und natürlich hätte sie wissen müssen, dass er verheiratet war oder das zumindest vermuten können, ihn danach fragen, ein bisschen recherchieren. Es lag schließlich nahe, er war zwölf Jahre älter als Frieda, sah gut aus, war charmant, etabliert. Aber es hatte sie nicht interessiert. Sie hatte nicht einmal daran gedacht, dass es im fernen Boston eine andere Frau in seinem Leben geben könnte, eine andere Existenz, ein Eigenheim, Kinder, weil seine Hände und seine Lippen sich so richtig anfühlten, so unglaublich gut auf ihrer Haut, als wären sie ausschließlich für sie geschaffen.

Sex, Männer, Lust, Liebe – all das hatte Frieda zuvor nie wirklich interessiert, sie war schon 21 gewesen, als sie ihre Entjungferung organisiert hatte – mehr aus Neugier und weil es offenbar zum Erwachsensein dazugehörte, als aus einem ernsthaften Bedürfnis oder gar Verliebtheit. Sie hatte eine Weile überlegt, wie sie vorgehen würde, weil sie keinesfalls vorhatte, wie ihre Kommilitoninnen zu einem Anhängsel zu mutieren, einem breiigen *Wir*, oder irgendeinen Möchtegerntarzan anzuschmachten und sich von ihm das Herz brechen zu lassen. Sie hatte sich schließlich für Sebastian Haselmayer entschieden, einen intelligenten, jedoch weder sonderlich hübschen noch beliebten Studenten aus ihrer Physik-Lerngruppe, und das war exakt die richtige Wahl gewesen, denn er erwies sich als überaus dankbar und mühte sich redlich, die Aufgabe, die sie ihm zugedacht hatte, zu erfüllen. Selbst als sie ihm wieder den Laufpass gab, machte er keinen Ärger, sie konnten sogar noch zusammen für Prüfungen büffeln. Und auch in den Folgejahren war sie mit ihren strikt der Logik geschuldeten Auswahlkriterien immer sehr gut gefahren, wenn sie – äußerst selten – doch einmal das Bedürfnis verspürte, ihr schmales Bett im Studentenwohnheim für eine Nacht mit jemandem zu teilen.

Nur mit Graham war es anders gewesen. Mit ihm hatte sie zum ersten Mal in ihrem Leben alle Vorsicht außer Acht gelassen, von ihm war sie schier überwältigt. Selbst als ihre monatlichen Blutungen ausblieben, war sie zunächst nicht besonders beunruhigt, dachte nicht einmal drüber nach. Aber aus einem Monat wurden zwei und schließlich drei, und während im fernen Europa die letzten Tage der DDR anbrachen, eröffnete ihr eine Frauenärztin auf dem Universitätscampus von Harvard, dass sie schwanger war, und weil Graham an diesem Tag nicht an der Universität unterrichtete, machte sich Frieda auf den Weg zu seiner Privatadresse. Eine weiße Villa mit Kinderspielzeug, Rutsche und Schaukel im Garten, wie sich herausstellte, ein Szenario wie aus einer amerikanischen Kinoschmonzette. *My husband's not here,* sagte die perfekt frisierte und geschminkte Frau, die Frieda öffnete, und hob die zu zwei dünnen Bögen gezupften Brauen.

Zwei Tage später war Frieda zurück nach Deutschland geflogen, ohne sich von Graham zu verabschieden oder ihm irgendetwas zu erklären, jedoch mit einem Berg Disketten mit den Messdaten im Handgepäck, die sie auf Hawaii generiert hatte. Als sie in Frankfurt landete, tanzten glückstaumelnde Bürger auf der bröckelnden Berliner Mauer, und so war der Beginn von Alines Existenz in Friedas Erinnerung auf immer mit der deutschen Wiedervereinigung verbunden. Zwei Nächte lang hatte sie in einer grausigen Bahnhofsabsteige vor dem Fernsehapparat gesessen und versucht, Jetlag und Trennungsschmerz mit den irreal anmutenden

TV-Jubelbildern zu betäuben und sich nach dem jähen Abbruch ihres amerikanischen Traums für eine Perspektive in Deutschland zu erwärmen. Und dann hatte sie sich zusammengerissen und ihr Leben reorganisiert: einen neuen Doktorvater gesucht und gefunden, in Tübingen diesmal. Die Geburt Alines in Heidelberg vorbereitet, was ganz und gar nicht ihr Wunschtraum gewesen war, aber vernünftig, denn sie brauchte die Unterstützung ihrer Eltern. Und diese Kalkulation ging auf: Beide schlossen ihre Enkeltochter augenblicklich ins Herz, was Frieda erlaubte, ohne wesentlichen Zeitverlust ihre Dissertation zu vollenden. Erst als Aline schon auf der Welt war, hatte sie Graham darüber informiert, dass er ein weiteres Kind gezeugt hatte. Sie sollte zurückkommen und ihm eine Chance geben, sie könnten doch immer noch gemeinsam glücklich werden, hatte er sie beschworen. Bis heute war ihr ein Rätsel geblieben, warum ein brillanter Astrophysiker und Analytiker wie er, der sich im Gegensatz zu manchen seiner Kollegen niemals zu vorschnellen Schlüssen über die Beschaffenheit des Universums hinreißen ließ, die Gesetzmäßigkeiten seiner irdischen Existenz so vollständig ignorierte.

Blaulicht irrlichterte von draußen herein und huschte über die Decke. Frieda zuckte zusammen. Was tat sie hier eigentlich? Sie verlor sich in sinnlosen Reminiszenzen. Vielleicht war das immer noch die Folge der Tablette, die sie ihr am Mittag verabreicht hatten. Sie musste sich zusammenreißen. Handeln. Sie würde den Teufel tun, noch eine zu schlucken.

Links neben der Tür befand sich ein Waschbecken, flankiert von zwei Plastikspendern mit Flüssigseife und Desinfektionsmittel. Frieda setzte die Füße auf den Boden und hielt darauf zu. Ihre Knie waren zittrig, ihr Gesicht verquollen und fleckig, die Augen nur Schlitze. Sie würde Graham heute nicht mehr anrufen, morgen reichte auch noch. Sie schöpfte sich kaltes Wasser ins Gesicht. Das Kleid klebte und juckte auf ihrer Haut, synthetisch und wie statisch aufgeladen. Sie roch. Sie musste ins Hotel, duschen, sich umziehen. Sie schob ihr Handy in die Handtasche und trat in die neonkalte Zeitlosigkeit des Krankenhausflurs, machte sich auf den Weg zu der Raumstation, in der ihre Tochter noch immer von Maschinen und Monitoren umstellt war. Jemand hatte die Stühle weggeräumt, auf denen Jan und sie die vergangene Nacht verbracht hatten. Jan war nicht mehr da. Er habe zur Arbeit gehen müssen, erklärte ein Pfleger im Vorbeigehen.

Frieda stand eine Weile an Alines Bett und hielt ihre kalte Hand. Konnte sie das fühlen? Litt sie unter dieser Atemmaske? Was ging in ihr vor? Hatte Jan ihr gesagt, dass er schon wieder tanzte? Der Pfleger kam zurück, überprüfte den Tropf und versicherte, dass Aline gut versorgt und überwacht sei, dass Frieda hier nun über Nacht nichts für sie tun könne und ja, selbstverständlich, man werde sie augenblicklich verständigen, sollte sich irgendetwas am Gesundheitszustand ihrer Tochter verändern.

»Ich komme bald wieder.« Frieda beugte sich zu Aline herunter und küsste ihre kühle Wange. *Wa – u – no – a?* Gab es eine Nora oder hatte Jan recht und Hennys Geschenk war der Grund für Alines Unfall? Denn es war ein Unfall gewesen, eine tragische Unachtsamkeit, kein Selbstmordversuch. Aline war impulsiv, ihre Stimmungen wechselten schnell. Himmelhochjauchzend – zu Tode betrübt. Aber sie war zäh, sie gab nicht auf, niemals, sie war die perfekte Ballerina, sie tanzte auch mit Fieber noch und mit blutenden Zehen.

Der Taxifahrer musterte Frieda zweifelnd, als sie ihm ihr Fahrtziel nannte. Sie setzte sich auf die Rückbank und sah aus dem Fenster, wiederholte die Adresse noch einmal. Die Klimaanlage blies eisige Luft zu ihr. Das Gelände der Klinik blieb zurück, Berlin glitt vorbei, Häuser und Autos, sommertrunkene Menschen und schließlich der Friedrichstadt-Palast. Frieda verschränkte die Arme vor der Brust und dirigierte den Fahrer zum Hinterausgang, vorbei an den Plakaten mit ihrer fliegenden Tochter.

Von herumlungernden Groupies war an diesem Abend nichts zu sehen, es war wohl zu früh für sie, die Vorstellung lief noch. Der Pförtner saß einsam vor seinem Glaskasten auf einer Bank, rauchte und sah zu, wie der Himmel an Farbe verlor. Eine weitere Nacht senkte sich auf die Dächer.

»Entschuldigen Sie bitte, arbeitet hier eine Nora?« Friedas Kehle war wund vom Weinen und sie hatte auf einmal Mühe, sich aufrecht zu halten. Sie umfasste das Stahlgeländer der Treppe, um sich zu stabilisieren. Sie musste bald etwas essen und wohl auch schlafen, ihre Knie zitterten noch immer.

Der Pförtner schüttelte den Kopf und stieß Rauch aus den Nasenlöchern wie ein griesgrämiger Drache. Offenbar hielt er Frieda für eine potenzielle Stalkerin. Sie erklärte ihm, wer sie war. Die Erwähnung Alines machte seine Gesichtszüge weicher. Er stand auf und telefonierte, ein paar Minuten darauf wieselte ein Kaugummi kauendes Mädchen in Shorts und Tanktop heran, die sich als »Nadine von der Maske« vorstellte und Frieda um den Hals fiel und unaufhörlich plapperte. Es täte ihr so wahnsinnig leid, es sei so schrecklich, so schockierend, doch bestimmt würde Aline ganz schnell wieder gesund werden, das hofften hier alle.

Frieda folgte Nadine durch ein Labyrinth funzelig beleuchteter Gänge und Treppen in die Tiefen des Backstage-

Bereichs. Nichts wirkte hier glamourös, alles war nüchtern und wie ausgestorben, erst auf dem Flur mit den Künstlergarderoben drang ihnen Stimmengewirr und Gelächter entgegen, Lautsprecher übertrugen das Bühnengeschehen, halb nackte Tänzerinnen saßen in Reihen vor den wandfüllenden Spiegeln und ließen sich schminken und neu kostümieren.

»Hier ist Alines Platz.« Friedas Führerin zog sie weiter den Gang entlang und öffnete an dessen Ende die Tür zu einer etwas kleineren Garderobe, die still und leer war. Auch hier gab es einen großen Spiegel und einen höhenverstellbaren Stuhl davor, eine Ablage und Schubladenelemente mit Schminksachen. An einem Haken an der Wand hing ein flauschiger rosafarbener Bademantel. Links davon in einem Metallregal reihten sich Styroporköpfe mit Perücken und Schuhen und Ballettschläppchen in allen Farben des Regenbogens, an Kleiderständern auf Rollen hingen Alines Kostüme: der Lackbikini, ein grünes Charlestonkleidchen mit schwarzen Fransen, ein goldener Rokokorock, ein Catsuit in Lila, das Glitzertrikot für das Pas de deux. Frieda wandte sich ab und konzentrierte sich auf die Ablage vor dem Spiegel. Die Rosen, die sie Aline geschenkt hatte, ließen die Köpfe hängen, obwohl sie in einer Vase standen. Daneben lagen Alines perlenverziertes Kosmetiktäschchen und Hennys Geschenk ordentlich nebeneinander.

Nadine war Friedas Blick gefolgt.

»Sie hat sich total gefreut über diese Schachtel«, erklärte sie. »Die kenne sie noch aus ihrer Kindheit, die sei von ihrer Oma. In Heidelberg wohnt die, nicht wahr? Aline hat gesagt, dass sie krank sei, deshalb konnte sie nicht kommen.«

Frieda nickte. »Und dann?«

»Ich hab Aline die Haare gemacht und sie abgeschminkt

und sie hat sich echt total gemüht, diese ganzen Knoten zu lösen, da war ja meterlang Bindfaden drumgebunden. Ohne Schere, hat sie gesagt. Schere gilt nicht.«

Ohne Schere – ein Ritual, das jeden Kindergeburtstag begleitet hatte. Hennys Credo. Ohne Schere und ohne Tesafilm – dann kann man das Geschenkpapier und die Schleifen aufbügeln und noch ein weiteres Mal verwenden.

»Wir haben die ganze Zeit gequatscht, wie alles gelaufen ist, denn natürlich war Aline total high, wegen der tollen Resonanz. Sie hat auch erzählt, dass Sie eigentlich gar keine Zeit gehabt hätten, sondern auf dem Weg nach Chile seien und trotzdem gekommen sind, und dass Sie sich gleich in den Hackeschen Höfen treffen wollten, um richtig zu feiern.«

»Alines Verlobung.«

»Echt? Mit Jan? Wow! Wie süß! Das hat sie gar nicht erzählt.«

»Nein?«

»Nein.« Nadine schob ihren Kaugummi mit der Zunge in die linke Backentasche. »Aber wundern tut mich das nicht, die beiden sind echt schwer verknallt. Und ein Traum auf der Bühne.«

»Und mit wem tanzt Jan jetzt das Pas de deux?«

»Das weiß ich nicht, das müssen Sie die Ballettleute fragen.«

»Mit Nora vielleicht?«

»Nora? Wer soll das sein?«

»Gibt es nicht eine Tänzerin im Ensemble, die so heißt?«

»Nein.« Nadine runzelte die Stirn. »Wie kommen Sie denn darauf?«

»Ich dachte, Aline hätte den Namen mal erwähnt.«

Aus dem Lautsprecher drang Musik, dann ein Gong und

eine Durchsage: Umbau zur Pause. Nadine sah auf ihre Armbanduhr. »Oh, Shit, ich muss wieder rüber.«

Frieda berührte ihren Arm. »Erzählen Sie mir bitte noch schnell, was weiter passiert ist. Aline hat die Bindfäden gelöst. Und dann?«

»Sie ist ganz still gewesen, als sie die Schachtel geöffnet hat, regelrecht andächtig. Sie hat gelächelt und dieses Tuch rausgezogen und angeguckt und dann war sie wie verwandelt. Das kann nicht sein, hat sie geflüstert. Das kann einfach nicht wahr sein.«

»Nicht wahr sein – wie hat sie das gemeint?«

»Keine Ahnung.« Nadine zog die Schultern hoch. »Ich wollte sie das ja fragen, aber Aline ist aufgesprungen und hat die Schachtel und das Tuch richtiggehend von sich weggeschleudert. Das muss ein Irrtum sein, hat sie geflüstert. Sie müsse Sie fragen.«

»Mich. Und Jan?«

»Der war nicht hier.« Wieder sah Nadine auf ihre Uhr. »Hören Sie, es tut mir leid, ich kann echt nicht mehr dazu sagen und ich muss jetzt wirklich …«

»Natürlich, ja.«

Frieda sank auf den Stuhl, sobald sie allein war. Auf Alines Stuhl, korrigierte sie sich gedanklich und strich mit dem Zeigefinger ganz sacht über die Armlehne.

Die Rosen waren nicht mehr zu retten, das Wasser begann schon zu stinken. Die Spanholzschachtel mit den Schmetterlingen war vergilbt und morsch und leicht wie ein Stück Treibholz, dem das Mark fehlt. Die Umrisse der Schmetterlinge waren gestanzt, Reihen winziger Pünktchen. Kohlweißlinge. Zwei saßen auf Blüten, nur einer breitete die Flügel aus und flog. Frieda streichelte ihn mit dem Zeigefinger und das fühlte sich auf obskure Art vertraut an, doch bestimt war das eine Täuschung.

Die Schachtel war stets ein Geheimnis gewesen, tabu, eingeschlossen im untersten Schubfach von Hennys Kosmetikkommode. Frieda konnte sich nicht daran erinnern, dass ihre Mutter sie in ihrer Gegenwart jemals auch nur berührt hätte, und doch hatte Frieda immer gewusst, dass sie dort war. Sie hob den Deckel ab. Er war zerbrechlich und dünn, kein guter Schutz. Das Tuch im Inneren der Schachtel hatte jemand sorgsam zusammengefaltet, wahrscheinlich Jan oder Nadine. Ein Tuch in verblichenem Rot, das irgendwann sicher einmal geleuchtet hatte. Ein fließender, ganz fein gewirkter Wollstoff. Seidige Fransen und winzige handgestickte Blüten und Ranken säumten seine Kante. Frieda zog das Tuch heraus und stutzte. Es war einmal schön gewesen, ohne Frage, mit Liebe gefertigt, jetzt aber war es zerrissen.

Ein halbes, kaputtes Kopftuch. Ein morscher Stofffetzen in einer alten Schachtel. Frieda saß sehr still und versuchte, zu begreifen. Was hatte sich ihre Mutter dabei gedacht, es Aline zu schenken? Und was um Himmels willen fand ihre Tochter daran erschreckend?

Aline

Was hat Oma Henny gesagt? Sie muss sich daran erinnern, muss das verstehen, das ist sehr wichtig. Aber die Dunkelheit ist zu groß, allumfassend. Eine Kuppel aus Schwärze, ein Himmelszelt ohne Sterne, in dem sie dahindriftet wie ein verlorener Satellit, den eine willfährige Macht aus seiner Umlaufbahn katapultiert hat. Sie kann nicht dagegen ankämpfen und das korrigieren, sie kann sich nicht bewegen, sie hat den Kontakt zur Basis verloren, zu allem, dabei muss sie doch wissen, was eigentlich geschehen ist, sie muss das verstehen, und sie will nicht so wahnsinnig, schrecklich allein sein.

Etwas brummt, jemand weint. Wer ist das, sie selbst? Nicht einmal das weiß sie sicher.

Eine Hand schließt sich um ihre Finger, ganz zart. Seine Hand, das kann sie spüren. Aber er hält sie nicht fest, er lässt sie wieder los. Andere Hände berühren sie plötzlich und krabbeln über ihren Körper, warm und fremd wie kleine Tiere. Dann, endlich, wieder eine Hand, die sie kennt, die erste von allen. Mama. Frieda.

Leere danach, nur rasende Schwärze. Aline versucht sich dagegenzustemmen. Irgendwo in diesem Nichts scheint sogar eine Antwort auf ihre Fragen zu schwingen. Sie ist beinahe sicher, dass es so ist. Aber das, was sie zu hören glaubt, ist seltsam verzerrt und verliert sich in einem Rauschen. Wie die Musik, wenn sie früher zu schnell an den Knöpfen von Oma Hennys Grundig gedreht hat, diesem hölzernen Radioungetüm mit der Stofffront.

Das Röhrenradio, das Sofa, die Kerze, der Garten. Auf einmal kann Aline all das erkennen und fliegt darauf zu. Und Oma Henny ist auch da und zieht sie an sich, wie früher im Wohnzimmer, wenn die Dämmerung kam und sie beide allein waren und sich auf dem Sofa zusammengekuschelt haben, um Kakao zu trinken und zu besprechen, was sonst niemand wissen darf, nur sie beide.

Namen flüstert Oma Henny ihr jetzt zu. Ihre Stimme so leise wie ein zärtlicher Windhauch. Aber Aline hört sie doch, die

Orte in dieser Welt, die alle seit Langem vergessen zu haben scheinen, obwohl es sie immer noch gibt. Sie sieht sie sogar vor sich, ganz deutlich: das Kokelgebiet und den Unterwald. Das Harbachtal. Das Burzenland. Und das Repser Ländchen.

Noch ein Bild flimmert auf: Hennys runzlige Finger, die durch ein blassrotes Stück Stoff gleiten und darin verschwinden. Sie gibt dieses Tuch niemals aus der Hand, genauso wenig wie die Spanschachtel, in der sie es aufbewahrt. Aber manchmal darf Aline den Schmetterlingen darauf zum Gruß auf die Fühler tupfen und ihre Flügel streicheln. Und ganz selten darf sie sogar selbst den Deckel von der Schachtel lüpfen, und dann muss sie die Augen schließen und Oma Henny führt ihre Finger hinein in die weiche Kostbarkeit, und sie kann die winzigen Knubbel und Dellen der gestickten Blumen und Ranken ertasten und die seidigen Fransen kitzeln sie so sacht, als wären sie gar nicht aus Stoff, sondern noch viel, viel weicher, wie der Watteflaum einer Pusteblume.

Die Schachtel. Das Tuch. Das sind ihre Antworten. Das Tuch ist Liebe, man darf es nie verlieren. Wo ist es und wo ist Jan? Sie fühlt seine Hand nicht mehr, fühlt auch das Tuch nicht mehr. Schwärze stülpt sich wieder über sie und verschlingt sie.

3.

Frieda

Alines WG lag nur ein paar Straßenzüge vom Friedrichstadt-Palast entfernt. Zusammen mit zwei Kolleginnen des Ensembles hatte sie lange gesucht, um in der Nähe ihres Arbeitsplatzes in Berlin-Mitte eine bezahlbare Unterkunft zu ergattern. Das Resultat war eine Altbauwohnung in einem unsanierten Hinterhof-Mietshaus, das den tristgrauen Charme der Vorwendezeit versprühte. Frieda glaubte sogar einen Hauch Braunkohle zu riechen, als die Haustür hinter ihr zufiel, aber das bildete sie sich vermutlich nur ein. Die abgetretenen Holzstufen des Treppenhauses knarrten unter ihren Schritten, durch ein offenes Fenster drang Vogelgezwitscher. Ein weiterer perfekter Sommertag war angebrochen, ein Montag, Tag zwei nach Alines Unfall. Wohl aus purer Erschöpfung hatte Frieda in der zurückliegenden Nacht tatsächlich tief und traumlos geschlafen. Ihr Körper funktionierte wieder, sie hatte geduscht und gefrühstückt, telefoniert, sich vom Hotel ein weiteres Mal zum Friedrichstadt-Palast bewegt und schließlich hierher, auch ihr Verstand arbeitete auf Hochtouren. Und dennoch fühlte sich all das so an, als geschähe es gar nicht wirklich, jedenfalls nicht ihr, sondern so, als säße die richtige Frieda in diesem Moment wie geplant in einem Flugzeug auf dem Weg nach Santiago de Chile, um mit ihrem Team das Universum zu erkunden, ruhig und konzentriert, weil sie sicher sein konnte, dass ihre Tochter im Ballettsaal des Friedrichstadt-Palasts mit Jan oder wem auch immer im Morgentraining Pirouetten und Hebefiguren übte.

Vierter Stock – hier war es. Ein windschiefes Regal, das

eine wüste Mischung hochhackiger Schuhe, Stiefel und Sandalen beherbergte, und eine müffelnde Mülltüte empfingen Frieda auf dem Treppenabsatz. Statt eines Namensschilds klebte ein Foto der Bewohnerinnen an der Wohnungstür, ein vergrößerter Ausschnitt aus der *girl line*, dem finalen Höhepunkt jeder Tanzshow im Friedrichstadt-Palast, wenn alle Tänzerinnen noch einmal zusammen die Bühne betraten und im Gleichtakt ihre endlosen Beine hochschwangen. Arm in Arm lachten die drei jungen Frauen in die Kamera und wirkten, als ob sie das kein bisschen anstrengte. *Welcome to Ally's, Olga's & Sam's Place*, stand in Alines schön geschwungener Handschrift am unteren Bildrand.

Frieda schloss die Wohnungstür auf und zog sie, innen angekommen, sogleich hinter sich zu, wie Alines Mitbewohnerinnen ihr das eingeschärft hatten. Ein leises Miau war ihr Lohn, ein schwarz-weißer Kater lief herbei und beäugte sie prüfend. Nurejew oder Baryshnikov? Nurejew vielleicht, den Aline am Telefon einmal als Rebell mit sehr seelenvollen Augen beschrieben hatte. Der Kater machte kehrt und stolzierte mit steil aufgerichtetem Schwanz durch die angelehnte Tür eines Zimmers. Alines Reich lag weiter hinten, am Ende des Flurs. Einmal nur war Frieda hier zu Besuch gewesen, vor anderthalb Jahren, kurz nach Alines Einzug, die Male danach waren sie immer shoppen oder in Restaurants gegangen, weil Aline das so arrangiert hatte. Warum?, fragte sich Frieda jetzt nicht zum ersten Mal. Weil ihre Tochter die Anwesenheit ihrer Mutter in ihrem Privatleben zu intim fand?

Die Tür zur Küche stand offen, Sonnenlicht flutete durch die Fenster, im Abwasch stapelten sich ungespülte Teller und Tassen, auf dem Tisch standen eine Schale Obst, Weingläser und eine Tonschüssel mit Spaghettiresten. Der nächste Raum war das Bad, ordentlich und sauber, aber auf jeder verfügbaren Fläche reihten sich Shampoos, Cremes, Deos, Lotionen, Nagellacke, Tamponpäckchen und Parfums in dichten Rabatten. Frieda wandte sich ab. Auch wenn es einen vollkommen berechtigten Grund für ihre Anwesenheit in dieser Wohnung gab, nämlich Nachthemden und Wäsche für Aline zu holen, und sie dies gerade erst mit Alines Mitbewohnerinnen abgesprochen hatte, kam sie sich auf einmal wie eine Voyeurin im Leben ihrer Tochter vor, als sei sie mit jedem Schritt und jedem Blick im Begriff, sie noch mehr zu verletzen.

Hatte ihre Tochter Probleme, Frau Telling? Kann es sein, dass sie mit Absicht vor das Auto gerannt ist? Frieda versuchte, sich zu wappnen, und betrat Alines Zimmer. Es war noch genauso spartanisch möbliert wie in ihrer Erinnerung. Ein paar Flohmarktsessel und ein kleiner Holztisch mit dem Apple-Notebook, das sie Aline zu Weihnachten geschenkt hatte, weil sie geglaubt hatte, dass Aline eines brauchte, das ihre Tochter nach eigenem Bekunden dann aber kaum benutzt hatte, ein weißer Ikea-Schrank, ein knallroter flauschiger Kunstfaserteppich, heruntergebrannte Kerzen. Die teuersten Einrichtungsgegenstände waren der sicherlich zwei mal zwei Meter messende Spiegel mit dem silbernen Holzrahmen und das breite Bett mit der lila gepolsterten Rückfront. Das Werbeposter mit Jan und der fliegenden Aline zierte die Wand darüber, das einzige Bild im Zimmer, mit Reißzwecken befestigt. Auf dem Bett ruhte ein grauer Kater und musterte Frieda aus kühlgrünen Augen, als wäre dies eine Audition und er würde Luftsprünge von ihr erwarten. Baryshnikow, ganz eindeutig, ein bisschen struppig und hager. Sie ging in die Hocke und hielt ihm die Hand vor die Nase. Er schnupperte lässig, entspannte sich wieder. Frieda strich über sein Fell, dann über Alines Kopfkissen und wandte den Blick von den Kondomen, die auf dem indisch anmutenden Nachtschränkchen bereitlagen.

Die einzige Nora des Friedrichstadt-Palasts arbeitete als Assistentin der Beleuchtung und hatte Hasenzähne und Pausbacken. Sie habe nie auch nur ein Wort mit Jan gewechselt, hatte sie Frieda überzeugend versichert. Alle, mit denen Frieda inzwischen gesprochen hatte, beteuerten, wie hingebungsvoll Jan und Aline einander liebten. Das konnte sich ändern, natürlich, schloss nicht einmal Verrat aus und gebrochene Herzen. Doch die Nora-Hypothese war nicht mehr haltbar, war von vornherein völlig unlogisch gewesen, nicht zu Ende gedacht, ein vorschneller Trugschluss. *Wa – u – no – a?,* was auch immer das heißen mochte, es war eine Frage an sie gewesen, Frieda, und es ging um Hennys Geschenk, das Aline offenbar verstört, ja entsetzt hatte. Ein zerrissenes rotes Halstuch in einer morschen, mit Schmetterlingen verzierten Schachtel.

Unter Alines Kopfkissen lugte der Zipfel eines Nachthemds hervor. Frieda zog es heraus und vergrub ihr Gesicht darin. GLAMOURQUEEN – die Pailletten des Schriftzugs kitzelten sie, was sie roch, war Parfum, nicht die Haut ihrer Tochter. Sie strich das Hemd glatt und schob es zurück an seinen Platz. Glamourqueen – das Faible für Zierrat und ausgefallene Mode hatte Aline, wie so vieles, von ihrer Großmutter. Stundenlang harrte Aline, die sonst kaum je still sitzen konnte, andächtig und mucksmäuschenstill zwischen den Stoff- und Tüllbahnen und den Dosen mit den Knöpfen, Pailletten, Troddeln, Spitzenlitzen und Garnen aus, wenn Henny ihr etwas nähte.

Zwei aus demselben Holz, so sagte man wohl. Frieda stand auf, ging zu Alines Schrank und begann zu packen. Unterhosen und auch zwei BHs als Zeichen der Hoffnung, dass Aline bald wieder aufstehen konnte, außerdem T-Shirts, Nachthemden, Trainingshosen, Shorts, Socken, Sweatshirts und eine leichte Strickjacke. Im untersten Schrankfach verbargen sich ein paar Schätze aus Alines Kindheit. Die Schneekugel mit der Ballerina. Ein von Henny genähtes Tutu für eine Puppe. Muscheln von einer Nordseereise. Briefe. Eine Kiste mit Fotos und Herr Mikesch, der grellblaue Plüschkater mit den langen, schlenkernden Beinen und Armen. Frieda legte ihn zuoberst in die Tasche und verbot sich zu weinen. Die Vergangenheit war vorbei, Souvenirs konnten sie nicht zurückbringen. Auch Hennys Tuchfetzen und die Schachtel waren wohl nur Erinnerungsstücke. Doch Erinnerungen an was? Und was wusste Aline davon, was hatte sie so verängstigt?

Frieda schloss den Schrank und ließ ihren Blick noch einmal durch das Zimmer schweifen. Aline sah so glücklich aus auf diesem Poster, sie flog voller Zuversicht in Jans Arme. *Wir warten auf sie, wir werden ihren Platz im Ensemble nicht neu besetzen, solange es die Chance gibt, dass sie zu uns zurückkehrt,* hatte die Ballettchefin Frieda versichert. *Sie hat eine Bühnenpräsenz, die nur ganz wenige Tänzerinnen je erreichen, dieses innere Leuchten.*

Frieda wandte sich ab, konnte das Plakat plötzlich nicht mehr ertragen. Das Plakat nicht und die Erinnerung an das Pas de deux, unter der Sternenkulisse, das Jan nun mit einem anderen Mädchen trainierte. *Aline und Jan – das war vom ersten Moment an Magie, wie eine Explosion,* hatte die Ballettmeisterin erklärt und Frieda sanft, aber bestimmt aus dem Ballettsaal geschoben. *Es ist nicht dasselbe ohne sie, kann nicht dasselbe sein. Aber die Aufführungen gehen weiter. Machen Sie es sich und Jan nicht noch schwerer.*

Im Krankenhaus händigte Frieda der Stationsschwester die Tasche mit frischer Wäsche aus, küsste die Stirn ihrer Tochter und platzierte den blauen Mikesch vorsichtig in ihre Armbeuge.

»Hallo, Liebling, wie geht es dir heute?«

Kein Zucken, nichts. Nur das Piepen und Zischen der Maschinen, der Schlauch in Alines Kehle, eine durchsichtige Flüssigkeit, die in ihren Arm rann. Weit entfernt, wie aus einer anderen Welt, vernahm Frieda das gedämpfte Gemurmel zweier Pfleger, die von ihren Wochenenderlebnissen sprachen.

»Ich soll dich von Nurejew und Baryshnikow grüßen. Und von Olga und Sam. Und von deiner Chefin. Von allen.«

Hörte Aline sie? Frieda wusste es nicht. Alines Haut war fast durchscheinend, einzig der Maschinenpark um sie herum verriet, dass sie überhaupt lebte. Sie streichelte Alines Hand, die sich noch zerbrechlicher anfühlte als am Vortag. Als löste sich Aline Stück für Stück auf und verschwände.

»Alle warten auf dich und freuen sich auf den Tag, wenn du wieder bei ihnen bist …« Frieda brach ab. Ihre Stimme klang fürchterlich. Dabei musste sie doch Zuversicht ausstrahlen und stark sein. Sie durfte um Himmels willen nicht schon wieder weinen.

Es war warm auf der Intensivstation und die Luft kam ihr heute noch schlechter vor, unecht, als stamme sie aus einer Konserve mit längst abgelaufenem Verfallsdatum. Die Zeit schlich dahin, eine klebrige Masse, die allen Versuchen, ihren Lauf zu beschleunigen, trotzte. Frieda zwang sich zu atmen, im Takt mit dem Fauchen der Beatmungsmaschine. Ein. Aus. Ein. Aus. Sie war eine Fremde in Alines Leben geworden, war das vielleicht schon immer gewesen, seit Alines Geburt, sie waren wie Erde und Mond, aus derselben Substanz, aber dennoch in ihren Umlaufbahnen gefangen. Die Gesetze der Gravitation waren stärker als sie. Sie konnten sich weder annähern noch voneinander lösen, solange ihr Sonnensystem Bestand hatte.

Ein Arzt kam und verschwand wieder. Ein anderer Arzt sprach von Geduld und von vorsichtigem Optimismus, weil das Rückenmark wohl tatsächlich intakt war. Ein Pfleger brachte ihr einen Stuhl, den Frieda neben Alines Kopfende rückte. Dann geschah eine Weile nichts und sie saß einfach da und betrachtete ihre Tochter.

Warten, nur warten. Immer schon hatte sie das schwer ertragen. Aber nie zuvor war sie so hilflos gewesen wie jetzt, und sie wollte sich keine Handlungsoptionen für den Fall ausdenken, dass Aline nicht wieder gesund würde, keine Konsequenzen, die sich daraus ergaben.

Sie schloss die Augen. Atmete im Takt mit Alines Maschinen. Morgen früh würde Paul hier sein, er hatte endlich einen Flug bekommen, das war gut, ein Halt, doch absurderweise sehnte sie sich vor allem nach ihrem Vater, der jetzt seit über zehn Jahren tot war.

Einatmen. Ausatmen. Ein. Aus. Ein Bild geisterte heran, unscharf und schemenhaft, ließ sich nicht richtig fassen und doch nicht vertreiben: Es ist Nacht und sie ist noch sehr klein. Sie wacht auf und hat Angst und begibt sich auf die Suche nach ihrem Vater. Das Haus ist dunkel und leer, nur im Schlafzimmer der Eltern brennt Licht und die Tür steht halb offen. Doch der Vater ist auch hier nicht, nur Henny sitzt schluchzend vor dem Frisierspiegel und vergräbt ihr Gesicht in einem roten Stück Stoff, immer wieder und wieder.

War dies das Tuch gewesen, das Aline so erschreckt hatte? Frieda öffnete die Augen wieder. Sie wusste es nicht, nicht mit Sicherheit. Sie konnte sich nicht einmal daran erinnern, was in jener Nacht weiter geschehen war. Sie zog die Schmetterlingsschachtel aus der Handtasche. In ihrer Erinnerung an jene Nacht spielte die keine Rolle, aber sie musste dennoch im Schlafzimmer gewesen sein, weggeschlossen in dem unteren Schubfach der Kommode, zusammen mit Hennys Schmuck und einigen anderen Schätzen, die geheim waren, streng verboten für Frieda. Unberührbar.

Frieda drehte die Schmetterlingsschachtel herum. WEIHNACHTEN 1948, hatte jemand in den Boden geritzt. In Großbuchstaben. War dieses Halstuch ein Geschenk gewesen? Steckte es damals schon in dieser Schachtel? Frieda stand auf und setzte sich gleich wieder hin. Das Jahr 1948 fiel in die Unzeit, jene Jahre, in denen ihre Eltern im ehemaligen KZ Sachsenhausen gefangen gehalten wurden. Als russische Willkür hatte ihr Vater die Verurteilung zur Lagerhaft immer bezeichnet, eine Laune des Schicksals. Unabhängig voneinander und ohne sich damals schon zu kennen, waren Henny und Oswald Telling kurz nach Kriegsende von einem russischen Militärschnellgericht des Landesverrats beschuldigt und zu Lagerhaft verurteilt worden. Erst im dritten Jahr ihrer Gefangenschaft waren sie sich dort begegnet, ausgerechnet in der Krankenbaracke. *Und so ist aus diesen dunklen, gestohlenen Jahren doch noch etwas Gutes erwachsen*, hatte Friedas Vater jedes Mal gesagt, wenn sie darauf zu sprechen kamen. Und Henny hatte die Lippen zusammengekniffen und geschnaubt, als wüsste sie es besser.

Du musst deine Mutter verstehen, Frieda, sie meint das nicht so. Sie hat ihre Eltern und zugleich ihre siebenbürgische Heimat verloren. Sie war ja noch ein halbes Kind damals, gerade erst 19.

Frieda stopfte das Tuch und die Schachtel zurück in ihre Handtasche. Ihr Vater war ein unerschütterlicher Romantiker gewesen. Henny war ein Jahr vor ihm aus dem Lager entlassen worden, im Frühjahr 1949. Allein und völlig mittellos hatte sie sich nach Westdeutschland durchgeschlagen und in Heidelberg Arbeit in einer Änderungsschneiderei gefunden. Jahrelang hatte Oswald Telling nach ihr gesucht. Ein Optimist, der nicht aufgab. Er hatte Pharmazie studiert, weil er durch die Jahre im Lager an die heilenden Kräfte von Tabletten glaubte, und er hielt an der Liebe zu seiner Frau fest, egal wie oft Henny ihn auch abwies.

Vielleicht hatte sie ihn ja trotzdem geliebt. Aber wenn es so war, hatte sie das nicht gezeigt. Niemanden hatte sie an sich herangelassen, nur Aline.

»Frieda, hallo.« Jan stürmte herein und brachte den Geruch von Sommer und Duschgel mit. Sein Haar war noch feucht, er kam direkt vom Training.

»Jan.« Frieda stand auf und streckte die Hand aus, auf einmal verlegen.

Er ließ seine Sporttasche fallen und streifte Friedas ausgestreckte Rechte. Eine flüchtige Geste, eigentlich nur die Imitation eines Händedrucks, die gerade eben die Höflichkeit wahrte. Auch er hatte letzte Nacht geweint, wurde ihr plötzlich klar, oder jedenfalls kaum geschlafen. Seine Augen waren gerötet, die Haut darunter brüchig, Pergament, das zerbröselt. Frieda senkte den Blick. Jans Hemd leuchtete bonbonrosa, die Sonnenbrille im Kragen reflektierte das unbarmherzige Kaltlicht der Deckenstrahler. Seit wann trugen Männer eigentlich Pink? Vielleicht hatte er das Hemd ja extra für Aline angezogen, in der Hoffnung, dass sie sich darüber freute.

»Es macht mir keinen Spaß ohne deine Tochter, weißt du«, sagte Jan rau. »Aber das hilft nichts. Wir haben im Palast keine B-Mannschaft auf der Ersatzbank.«

Frieda nickte und suchte nach Worten. »Der Unfall, Jan. Ich wollte dich fragen … Glaubst du, dass Aline mit Absicht … Die Polizei sagt, das wäre möglich, es gebe einen Zeugen …«

»Das ist Quatsch! Aline ist doch nicht der Typ, der sich umbringt. Sie war panisch wegen diesem Geschenk und ist blindlings losgerannt. Sie hat dieses Auto erst bemerkt, als es schon zu spät war.«

In Friedas Brust stach etwas. Erleichterung war das vielleicht, sie wollte Jan so wahnsinnig gerne glauben. Und sie wünschte sich, er würde seine Worte von gestern zurücknehmen und ihr versichern, dass Aline sich von ihr nicht im Stich gelassen gefühlt hatte, niemals. Dass sie sich nah gewesen waren, innig verbunden. Dass sich die Distanz zu ihrer eigenen Mutter nicht auch auf die Beziehung zu ihrer Tochter übertragen hatte und wohl auch auf die zu ihrem Ehemann. Dass sie überhaupt irgendjemandem nah wäre und sich zu ihm flüchten konnte, Trost schöpfen aus einer Umarmung, der bloßen Anwesenheit eines zweiten Körpers.

Jan fuhr sich mit der Hand durchs Gesicht und presste die Fingerknöchel in seine Augenwinkel. »Ich war zu weit weg«, flüsterte er, in seinem eigenen Drama gefangen. »Ich hab noch gerufen, aber die Friedrichstraße ist scheißelaut …«

»Aber ihr hattet keinen Streit? Ganz bestimmt nicht?«

»Nein, verdammt, nein!«

»Und warum wusste niemand von eurer Verlobung?«

»Warum? Das war doch unsere Sache. Privat. Ein Geheimnis. Die Hochzeit wollten wir dann größer feiern.« Er lachte auf. Bitter. »Aber dank deiner Hilfe weiß es jetzt wirklich jeder.«

»Es tut mir leid, Jan, ich wollte nicht …«

Jan winkte ab und federte neben dem Kopfende von Alines Bett in die Knie. »Hey, Ally. Da bin ich schon wieder.«

Frieda rückte den Stuhl zu ihm. »Hier, setz dich doch richtig hin.«

Jan antwortete nicht und blieb, wo er war. Frieda berührte seine Schulter und spürte, wie er sich versteifte.

»Ich muss für ein paar Stunden weg. Ich komme später noch mal.«

Jan nickte, ohne den Blick von Aline zu wenden. Frieda drehte sich um und verließ die Intensivstation, schnell, bevor sie es sich wieder anders überlegte.

Arno

Viktors Zeigefinger stahl sich unter den Bund von Rebekkas Höschen. Sie versuchte, sich ihm zu entwinden, aber er zog sie nur noch fester an sich. Er hatte sie überrumpelt, sie hatte ihn zu so früher Stunde nicht erwartet, und das erregte ihn noch stärker.

»Bitte, Herr, wir dürfen doch nicht hier …«

Sie stöhnte auf, als sein Finger durch den seidigen Flaum in ihre Feuchtigkeit glitt.

Viktor lächelte. »Wir dürfen nicht aufhören, meinst du wohl. Und wenn wir leise sind, wird uns niemand bemerken …«

Arno lehnte sich zurück und gähnte, ohne die Hände von der Computertastatur zu lösen. Seite 113, dieser Morgen war so weit recht produktiv gewesen: Viktor, der Sohn des Landgrafen, und die dank Viktors Verführungskünsten inzwischen in erotischen Dingen nicht mehr gar so unbeleckte Küchenmagd Rebekka hangelten sich einem weiteren gemeinsamen Höhepunkt entgegen. Was jetzt noch fehlte, war der Break. Ein Widersacher, der das junge Glück auseinandertrieb. Vielleicht Viktors Vater oder eine Verlobte. Ein Betrug. Drama. Kollaps. Bis sie sich am Ende doch noch in die Arme sinken würden. Etwa hundert weitere Manuskriptseiten würde das noch dauern, zwei Wochen Arbeit. Das war ein Klacks, er wusste schließlich, was Luna Wildes Leserinnen erwarteten: Die schüchterne, verklemmte Heldin musste zum Höhepunkt kommen und dennoch ihr reines Herz bewahren. Ihr böser Verführer stellte sich als Mr Right heraus, der von einer großen Enttäuschung gezeichnet war und nur noch ein einziges Mal lieben konnte, die Richtige nämlich, die Einzige. Rebekka, die trotz aller Standesunterschiede für ihn bestimmt war. Und dann Hochzeit, Vorhang, rosa Himmel und Geigen. Wenn alles so berechenbar wäre wie ein Luna-Wilde-Roman, wäre sein Leben eine einzige Party. Das Problem waren nur die stetig sinkenden Verkaufszahlen. Mal davon abgesehen, dass er sich beim Schreiben nach gut 25 Romanen mehr oder weniger gleicher Bauart einfach nur noch langweilte.

Doch Vertrag war Vertrag, *Die verruchte Magd* immerhin hatte Beste bereits mit einem anständigen Vorschuss honoriert, der Abgabetermin nahte, aber jetzt machte er erst einmal Mittag. Arno speicherte das Manuskript und wandte sich seinem blinkenden Anrufbeantworter zu. Drei neue Nachrichten waren eingegangen, während er brav getippt hatte: Liane wollte am Nachmittag einen Kaffee mit ihm trinken, rein zufällig habe sie einen Termin bei ihm in der Nähe. Sein Kumpel Dieter fragte an, ob sie am nächsten Wochenende eine Tour radeln sollten. Und seine Agentin hatte inzwischen noch einmal persönlich mit Beste über die Absage an Arnos Serienkonzept gesprochen, aber da war nichts zu machen. Wie es denn eigentlich um dieses literarische Projekt von ihm stünde, das er vor ein paar Monaten mal erwähnt hatte, wollte sie von ihm wissen. Er sollte sich mit neuen Vorschlägen melden, jederzeit, und sich bloß nicht entmutigen lassen und ciao, ciao.

Arno löschte die Nachrichten und saß einen Augenblick einfach nur da, den Blick auf den Monitor des iMacs gerichtet. Sein Roman war dort drin, auf der Festplatte. Bruchstücke davon jedenfalls. 53 Seiten, die trotz aller Mühen doch nicht das ausdrückten, was er verdammt noch mal ausdrücken wollte. *Die Welt seiner Kindheit, dieser so verbissen in der Vergangenheit verhaftete, von ihm mit leidenschaftlicher Inbrunst gehasste, gefürchtete Landstrich jenseits der Karpaten* … Arno sprang auf und begab sich auf seine Denkstrecke zwischen Balkontür und Sofa. Seine Agentin hatte einen untrüglichen Instinkt für Stoffe, sie war eines der Trüffelschweine in der Branche, aber er verspürte keinerlei Bedürfnis, von ihr eine Abfuhr zu kassieren, zumal sein Stern sich in ihrer Wahrnehmung wohl ohnehin schon im Sinkflug befand. Wie es denn eigentlich um sein Privatleben stünde, hatte sie ihn am Morgen allen Ernstes gefragt und dabei beinahe wie Valerie geklungen, die auch immer so tat, als ob er ohne eine neue Lebensgefährtin verloren wäre und demnächst vereinsamte.

Liebe – das war, wonach sich alle verzehrten und wofür sie sich zum Affen machten, und was in der praktischen Umsetzung dann doch immer in Dauerdiskussionen und zähneknirschenden Kompromissen über häusliche Ordnung, Küchendienste und gemeinsame Freizeitunternehmungen erstickte. Der Tiger sprang los und endete als Bettvorleger, Leidenschaft, Hoffnungen und hehre Vorsätze blieben auf der Strecke. Hatte er jemals daran geglaubt, dass das anders ein könnte? Es musste so gewesen sein, damals, als er mit Valerie die Wohnung gekauft hatte. Doch im Nachhinein kam ihm das abstrakt vor, naiv, nicht mehr erklärbar.

Vielleicht sollte er seine literarischen Ambitionen begraben und lieber das Erotikgenre neu aufmischen und sich beim Entwurf seiner Hauptfigur von Liane inspirieren lassen. Ein Großstadtvamp mit nymphomanischen Zügen, der es nicht um Liebe ging, sondern tatsächlich nur ums Vögeln. Doch das war vermutlich auch wieder nichts, was die weibliche Leserschaft über 40 vom Hocker reißen würde, und die Herren der Schöpfung guckten sowieso lieber Pornos. Ganz davon abgesehen, dass ihn selbst schon beim bloßen Gedanken an diesen Roman eine große Müdigkeit übermannte, und natürlich ging es auch einer Liane nicht nur ums Vögeln, er witterte die Abgründe hinter ihrer Fassade, dieselbe alte Sehnsucht wie bei allen anderen.

Arno ging in die Küche, wo das zweite Problem, das ihm in den letzten 24 Stunden beschert worden war, immer noch auf der Fensterbank thronte, exakt dort, wo er es nach dem verlorenen Kampf mit Onkel Egon wieder abgestellt hatte: die Urne. *Ich bin sicher, deine Mutter wartet.* Ja, von wegen! Wenn Lieselotte Rether unter ihrer Grabplatte oder im Himmel oder wo auch immer ein Rest ihrer Persönlichkeit noch herumdümpeln mochte, tatsächlich etwas fühlte – was Arno stark bezweifelte –, dann war das mit Sicherheit keine Sehnsucht nach dem Alten.

Wie sie gefleht hatte in diesen Nächten, die Arno als Kind

mit so großer Furcht erfüllt hatten. Und immer vergebens, denn ein paar Wochen oder Monate später begann sie doch wieder zu bluten, weil der Alte sich nicht beherrscht hatte, sodass sie noch eine Fehlgeburt erlitt, und noch eine, und noch eine. Bis sie schließlich so ausgelaugt war, dass gar nichts mehr ging und sie kaum mehr das Bett verlassen konnte. Und dann, statt sie endlich in Ruhe zu lassen, hieß es auf einmal, jetzt müssen wir auswandern. Zwei nervenaufreibende Jahre Bangen und Warten und Ringen mit Ceauşescus Behörden hatte das bedeutet. Zwei Jahre Abschied auf Raten, die das Familienvermögen und die letzten Lebenskräfte Lieselotte Rethers verbrauchten.

Sie war nie mehr gesund geworden. Auch die Wunderärzte im gelobten Deutschland konnten nur noch ihr Sterben begleiten. Doch selbst nach ihrem Tod gab der Alte keine Ruhe. Kaum war sie unter der Erde, fing das Gejammer an. Siebenbürgen so fern, seine Frau allein in der Fremde statt im Schoß ihrer Vorfahren begraben. Sobald Ceauşescu gestürzt war, ließ der Vater sie exhumieren und schaffte sie zurück nach Alzen. Doch ihn selbst hielt es dort dann doch nicht mehr. Falls er also tatsächlich darauf spekuliert hatte, dass sein Sohn, den er nicht mal gemocht hatte, nun für eine Wiedervereinigung im Grab sorgen würde, hatte er sich geschnitten.

Arno hob die Urne vom Fensterbrett. Etwa zwei bis drei Kilogramm Asche waren von dem Alten geblieben, mehr nicht, und trotzdem machte er noch Probleme. Wohin mit der Urne? Das war die Frage. Der Keller wäre natürlich eine Möglichkeit, dann hätte er sie aus den Augen. Aber sein Kellerabteil war latent feucht, außerdem wurde da ständig eingebrochen. Einen Garten hatte er auch nicht. Langsam, die Urne noch immer festhaltend, lief Arno durch seine

Wohnung. Das Abstellkabuff nutzte er als Speisekammer, das ging also auch nicht. Das Schlafzimmer war sowieso tabu, und seinen Vater neben dem Mülleimer unter dem Abwasch zu parken war wohl suboptimal für sein eigenes Karma. Blieben das Arbeitszimmer und der Flur. Grün vor Wut würde der Alte werden, wenn er wüsste, dass sein Versagersohn ihn als Buchstütze für seine Schundliteratur missbrauchte.

War es eigentlich legal, die Gebeine seiner lieben Verstorbenen daheim aufzubewahren? Vermutlich nicht, denn Onkel Egon hatte irgendetwas von *Überführungskosten sparen und dem deutschen Bestattungsgesetz ein Schnippchen schlagen* gefaselt. Die Urne sei nach Holland verschickt, für eine Seebestattung registriert, versiegelt und dann wieder nach Deutschland eingeführt worden. Warum, verdammt noch mal, hatte man sie dann nicht direkt nach Siebenbürgen geschickt?

In Ermangelung einer besseren Idee entschied Arno sich dafür, die Urne vorerst im Schuhregal im Flur zu verstauen, direkt gegenüber von Lianes Botschaft. Sein Magen knurrte, es war spät geworden, schon bald 14 Uhr. Doch sein Kühlschrank war leer und der Gedanke an die Sakuska seines Onkels brachte die Erinnerung an das warme Halbdunkel der Küche in Alzen zurück, den Holzofenqualm und an die schnellen, präzisen Handgriffe seiner Mutter. Wutzerl hatte sie zur Sakuska bereitet – ein Gemisch aus gestampften Kartoffeln und Mehl, in der Pfanne gebraten. Sie schmeckten gut mit Sakuska, keine Frage. Doch noch besser waren sie als Dessert, mit Staubzucker und Hagebuttenmarmelade.

Arno warf das Einweckglas seines Onkels in den Mülleimer, packte seine Schwimmsachen und das Notebook in den Rucksack und schulterte sein Fahrrad. Die Urne musste weg, raus aus seiner Wohnung, das stand außer Frage. Nur wohin sollte er die bringen, wenn nicht nach Siebenbürgen?

Frieda

Draußen im Klinikpark flirrte die Luft, ein Schock auf Friedas Haut, zu viel Licht, zu viel Hitze, zu viel von allem. Im Vergleich zur Erde war die Sonne ein Gigant, sie besaß etwa 330 000-mal mehr Masse. Ein kosmisches Kraftwerk in beständigem Wandel, die Voraussetzung irdischen Lebens, sein Zentrum. Doch vom All aus gesehen war die Sonne nur ein winziger heller Lichtpunkt in der Unendlichkeit der Galaxien, ein Stern unter vielen, der eines Tages genauso verglühen würde wie alle anderen.

Frieda griff nach ihrem Handy. Mails trudelten ein, aber die interessierten sie nicht. Sie tippte KZ SACHSENHAUSEN ins Suchfenster des Browsers. Sie erinnerte sich richtig, es lag vor den Toren Berlins, am Stadtrand Oranienburgs, mit der S-Bahn erreichbar. Der Ausguck auf dem Dach ihres Elternhauses in Heidelberg fiel ihr plötzlich ein. Eine hölzerne Plattform, die ihr Vater zu ihrem elften Geburtstag für sie gebaut hatte. Die Luft war kalt und sehr klar gewesen, als sie zum ersten Mal zusammen hinaufkletterten. Eine Nacht im Oktober, der Geruch nach Pilzen und welkem Laub kitzelte sie in der Nase. Sie war felsenfest davon überzeugt gewesen, alle Sterne hätten dieselbe Farbe. Aber nun zeigte ihr Vater auf Beteigeuze, den roten Riesenstern an der Schulter des Orion, und tatsächlich schimmerte er rötlich. Sogar ohne Teleskop konnte sie das erkennen. Ihr Vater hatte den

Arm um sie gelegt und sie an sich gezogen, sie spürte sein Lächeln. *Wenn man erst einmal etwas gesehen und verstanden hat, kann man nicht wieder in den Zustand des Nichtwissens zurückkehren. Das Wissen ist stärker. Die Macht der Erkenntnis. Aber man muss trotzdem vorsichtig bleiben. Man darf sich nicht täuschen lassen von dem, was man erwartet.*

Sie hatten über die Beschaffenheit des Himmels philosophiert und über die Wissenschaft. Sie hatten über so vieles gesprochen, nur nicht über die Jahre im Lager. Warum hatte sie nie danach gefragt, selbst als Erwachsene nicht? Jetzt, im Nachhinein, kam ihr das völlig absurd vor, als habe sie sich, was die Vergangenheit ihrer Eltern anging, immer nur mit dem Anblick einer Karikatur zufriedengegeben statt mit einem Farbfilm.

Frieda steckte ihr Handy ein und lief los. Weihnachten 1948. Eine selbst gebastelte Spanschachtel. Ein zerrissenes rotes Kopftuch. Henny, ihre Mutter, die weint und es festhält. Aline, ihre Tochter, die davor wegrennt. Warum? Das musste sie herausfinden, sie musste endlich die Augen öffnen und hinsehen. Und wenn sie dieses Rätsel lösen konnte, dann würde sie vielleicht auch verstehen, was Aline gefragt hatte, und sie könnte ihr antworten und Aline würde gesund werden.

Die S-Bahn war halb leer, staubige Hitze wehte durch die Fenster. Frieda trank Wasser und aß ein belegtes Brötchen. Nachdem die letzten Ausläufer Berlins zurückgeblieben waren, weitete sich die Landschaft: Kiefern und Eichen krallten sich in preußischen Sandboden, beim Anblick der schnurgeraden Landstraßen fiel ihr unwillkürlich das Wort Chaussee ein. Wie viele Armeen waren hier schon marschiert und gescheitert? In Friedas kindlicher Vorstellung hatten Sachsenhausen und die Siebenbürger Sachsen untrennbar zusammengehört. Erst später begriff sie, dass diese Namensübereinstimmung Zufall war, obwohl beide Orte Henny auf mysteriöse Weise geprägt hatten. Zwei versunkene Welten, die aber noch immer Macht über sie ausübten.

Am Bahnhof Oranienburg lief Frieda entlang beige gekachelter Wände auf den Vorplatz, ein Taxi brachte sie in kaum fünf Minuten zu dem ehemaligen KZ-Gelände, das direkt an ein Wohngebiet anschloss. War das schon immer so gewesen? Häftlinge und Bürger, unmittelbar benachbart? Sachsenhausen war als erstes Konzentrationslager auf preußischem Boden entstanden, strategisch wichtig und von der Reichshauptstadt aus leicht erreichbar. Wohl aufgrund dieser Lage machte es auch der sowjetische Geheimdienst drei Monate nach Kriegsende zum Speziallager für politische Häftlinge.

Das Taxi hielt am Rand eines gekiesten Platzes. Frieda bezahlte und stieg aus. Ein erster Wachturm erhob sich vor ihr, Betonmauern. Laubwald. Die Hitze stand, brütete auf den Steinen, der Himmel war tiefblau. Sie würde einen Sonnenbrand bekommen, wenn sie nicht aufpasste – was für ein eitler, alberner, völlig unpassender Gedanke.

Splitt knirschte unter Friedas Schritten. Das Besucherinformationszentrum war hell getüncht, ein Haus mit Walmdach. Innendrin gab es einen Empfangstresen und einen Museumsshop, auf dessen Verkaufstischen sich Dokumentationen, politische Sachbücher und Biografien ehemaliger Häftlinge stapelten. In einer Vitrine kündeten ein grüner, verbeulter Blechnapf, ein Silberlöffel und ein selbst gebastelter Kamm mit krummen Zinken vom Überleben in einem System, in dem nichts mehr selbstverständlich gewesen war, nicht einmal das Essen oder das Schlafen, überhaupt nichts.

Eine junge Frau saß hinter der Infotheke und lächelte Frieda aufmunternd entgegen.

»Meine Eltern sind hier inhaftiert gewesen. Nach 1945.« Frieda tastete nach der Spanschachtel in ihrer Handtasche. Sollte sie die zeigen? Diese ganze Exkursion erschien ihr plötzlich sinnlos. 200 000 Menschen waren unter Hitler in diesem Konzentrationslager gefangen gewesen. Zehntausende von ihnen waren hier erschossen, vergast, gehängt worden oder an Entkräftung gestorben. Und auch von den insgesamt 60 000 Gefangenen unter sowjetischer Herrschaft hatten 12 000 nicht überlebt. Was waren zwei einzelne Leben dagegen? Ein Windhauch. Ein Nichts. Sie konnten unmöglich Spuren hinterlassen haben.

»Es gibt seit dem Jahr 2001 ein eigenes Museum zur Geschichte des Sowjetischen Speziallagers.« Die Museumsmitarbeiterin entfaltete einen Lageplan auf der Theke und malte einen Kringel um eines der Gebäude. »Der Eintritt ist kostenlos. Sie können auch in unserem Archiv nachfragen, allerdings erst morgen, denn montags ist das geschlossen.«

»Und Sie meinen, das lohnt sich?«

»Nicht alles ist erhalten, aber vieles.«

Zum eigentlichen Lagergelände führte eine Betonpiste entlang einer mit rostigem Stacheldraht bewährten Mauer. Irgendwo gurrten Tauben. Nachdem Frieda einige Hundert Meter gelaufen war, kamen Schautafeln mit Fotos und Zitaten von Häftlingen in Sicht. »Das kann man gar nicht begreifen, dass man plötzlich frei ist«, sagte einer über den Moment der Entlassung. Frieda blieb stehen und betrachtete sein Gesicht. Es verriet nichts von dem, was er im Lager erlebt hatte, um seinen Mund spielte sogar die Andeutung eines Lächelns. Sie dachte an Henny im Heim, wie sie in den ersten Monaten gefleht hattee, dass sie gehen will, *nach Hause, bitte, bitte nach Hause*, ohne erklären zu können, wo das denn sein sollte. Mühsam musste man sie jedes Mal wieder beruhigen und sie ganz behutsam zu ihrem Schrank mit der Tischwäsche führen, ihr den Wandbehang mit der Burg zeigen, die Kommode und den grünen Sessel, ihr erklären, dass sie schon zu Hause war. Auf keinen Fall durfte man versuchen sie festzuhalten oder gar einschließen, dann geriet sie in blinde Panik.

Ich hatte im Wald eine Wehrmachtspistole gefunden und mit nach Hause genommen, weil ich dachte, vielleicht könnte man die gegen etwas zu essen eintauschen, Frieda. Und deine Mutter war als Schulmädchen beim BDM gewesen. Aber da waren wir ja beileibe nicht die Einzigen, nur dass wir eben das Pech hatten, dass uns irgendjemand denunziert hatte, als angebliche Feinde der Russen und Mitglieder beim Werwolf. Und dann haben sie uns einfach weggesperrt, ohne Prozess, ohne Anwalt, ohne Kontaktmöglichkeit zur Außenwelt oder unseren Familien. Zehn Jahre Lagerhaft, hieß es einfach, und jeden Tag fürchteten wir uns davor, dass sie uns nach Sibirien in den Gulag abtransportierten. Wir wussten nicht, ob wir je wieder freikommen würden, wir wussten gar nichts.

Frieda lief weiter. Sie schwitzte und fühlte sich plötzlich zum Umfallen müde, jeder Schritt war ein Kraftakt. Sie zwang sich vorwärts, an der von malerischen Kiefern umrahmten einstigen Kommandantur vorbei, zum zweistöckigen Eingangsportal des Hauptlagers mit dem eisernen Tor. Frei – schon wieder dieses Wort, pervertiert vom menschenverachtenden Zynismus der Nationalsozialisten. Frieda starrte die geschmiedeten Lettern an: ARBEIT MACHT FREI. Ihr war nicht bewusst gewesen, dass das auch hier zu lesen war, nicht nur in Auschwitz.

Sie stellte sich ihre 19-jährige Mutter vor, ihren ebenso jungen Vater, wie sie 1945 auf dieses Tor zugetrieben worden waren, nach damaligem Recht noch nicht einmal volljährig. Hatten sie um die grauenvolle Vorgeschichte dieses Konzentrationslagers gewusst? Ahnten sie, dass jeder fünfte ihrer Mitgefangenen hier nicht wieder lebend herauskommen würde?

Ich habe mich sofort in deine Mutter verliebt, gleich im ersten Moment, als ich sie auf dieser Pritsche im hintersten Winkel der Krankenbaracke entdeckte… Frieda trat durch das Tor. Das Gelände, das sich vor ihr erstreckte, war riesig und schien in der Nachmittagshitze zu flimmern. Ein Dreieck zwischen Stadt und Waldrand, auf dem Reißbrett geplant, insgesamt 40 Hektar. Idealtypisch hatte es sein sollen, dieses Konzentrationslager der Reichshauptstadt, auf äußerste Effizienz getrimmt. In unmittelbarer Nähe befand sich die Verwaltungszentrale des gesamten KZ-Systems, in der über Haftbedingungen, Massentötungen und Zwangsarbeit bestimmt wurde. In den Krankenbaracken machten die SS-Ärzte Menschenversuche und päppelten ihre Folteropfer wieder auf, damit sie die nächsten Verhöre überstanden oder zumindest aufrecht zu ihrer Hinrichtung gehen konnten.

Die meisten der Baracken hatte man zu DDR-Zeiten abgerissen, geschotterte Rechtecke markierten ihre einstigen Standorte. Man hatte nicht an das Unrecht erinnern wollen, das hier auch in den Nachkriegsjahren noch begangen worden war – diesmal jedoch unter der Regie des sowjetischen Geheimdiensts, denn es passte nicht zum Image einer aufstrebenden sozialistischen Republik. Und wie hätte man dem Volk erklären können, dass die politischen Gefangenen aus den sozialistischen Bruderstaaten, aus der Ukraine, aus

Polen und Russland unter sowjetischer Lagerleitung noch schlechter behandelt wurden als die Deutschen und schließlich in russischen Gulags verschwanden?

Frieda ließ ihre Blicke über das Gelände schweifen, betrachtete die Wachttürme in den Mauern, die langen, ordentlichen Reihen der Unterkünfte, die sich um den Appellplatz gruppierten, in dessen Mitte einst der Galgen aufragte. Sie stellte sich die Gefangenen beim Appell vor. Bei Regen. Bei Frost. Bei glühender Hitze. Nicht wissend, wie lange sie noch ausharren mussten. Nicht wissend, wer diesmal gehängt oder einfach tot umkippen würde. Vielleicht war die Flucht in die Liebe die einzige Möglichkeit gewesen, das zu überstehen, sowohl vor als auch nach dem Krieg. Ein Anflug von Normalität. Eine Hoffnung. Vielleicht waren ihre Eltern beim Weihnachtsfest 1948 glücklich verliebt gewesen und später an der Freiheit gescheitert. Die alten Gespenster hatten sie eingeholt und doch noch gesiegt, ließen sich nicht mehr abschütteln.

Eine Gruppe Eis essender Touristen schloss zu Frieda auf. Sie trat zur Seite und studierte den Lageplan, entschied sich für den kürzesten Weg zum Museum für die Opfer des sowjetischen Speziallagers. Sie durfte sich nicht verlieren, sie konnte sich jetzt nicht mit dem Elend, das die jüngere Geschichte für Millionen Menschen bedeutet hatte, beschäftigen, nicht heute.

Das Museum lag am anderen Ende des Lagers, ein hermetischer dunkler Quader, dessen Erscheinungsbild wohl an die Häftlingsbaracken erinnern sollte. Dämmerlicht empfing sie in seinem Inneren. Stille. Sie war völlig allein hier, und obwohl der Boden gedämpft war, schien jeder ihrer Schritte überlaut zu hallen. Das Ausstellungskonzept war genauso schlicht wie die Architektur des Gebäudes: Lange Reihen etwa hüfthoher Vitrinentische standen hintereinander, nichts lenkte ab, alle Exponate lagen auf grauem Filz und waren mit kurzen Erklärungen auf Deutsch und Englisch versehen, kein Häftlingsschicksal wurde gesondert herausgehoben.

Langsam schritt Frieda durch die Reihen. Einige persönliche Gegenstände waren ausgestellt. Zeichnungen vom Lageralltag. Passdokumente und Fragebögen. Schwarz-Weiß-Fotos. Bastelarbeiten, die mit primitivsten Mitteln gefertigt worden waren. War die Schmetterlingsschachtel tatsächlich ein Produkt dieses Lagers? Ein selbst gebasteltes Weihnachtsgeschenk aus dem Jahr 1948? Es schien möglich zu sein, mithilfe einer Nadel oder einer Glasscherbe hatten einige Häftlinge wahre Kunstwerke gefertigt. Aber wer hatte die Schmetterlinge gezeichnet? Nicht ihr Vater, der keinerlei künstlerisches Talent gehabt hatte. Also Henny?

Frieda ging weiter, betrachtete Essbestecke, Kämme, Talismane. Zu viel, viel zu viel, um das alles gebührend zu würdigen, und diese Exponate hier waren ja nur ein Bruchteil der Habseligkeiten von 60 000 Menschen.

Was genau suchte sie hier eigentlich? Sie wusste es nicht, nichts wusste sie, und sie würde hier auch nichts finden, die Gesetze der Wahrscheinlichkeitsrechnung, ja selbst gesunder Menschenverstand sprachen dagegen. Wenn überhaupt würde man ihr vielleicht im Archiv weiterhelfen können, und zwar nicht heute, sondern morgen. Sie blieb stehen und starrte auf die mühevoll mit verschiedenen Garnen gestickte Botschaft auf einem Stück Leinen: »Mein Herz schrie nach Liebe in manch einer Nacht, es hat nur an Euch und die Heimat gedacht.« Heimat, immer Heimat – das Tuch hätte von Henny sein können, sie liebte bestickte Küchenhandtücher, Tischdecken, Platzdeckchen, Servietten und Kissenbezüge mit solchen Botschaften. Selbst ins Heim hatte sie ihre Sammlung mitgenommen. Manchmal nahm sie ein Stück nach dem anderen aus dem Schrank, faltete es auseinander und wieder zusammen und summte ihre wackligen Liedchen.

Frieda lief durch die nächste Reihe mit Exponaten, dann die übernächste, stockte. HENNY WAGNER. Der Mädchenname ihrer Mutter stand neben einem Schwarz-Weiß-Foto. Es war Teil einer kleinen Sonderausstellung, die die Geschichte Siebenbürgischer Lagerhäftlinge dokumentierte. Frieda beugte sich näher. Ungläubig. Sprachlos. Aber es stimmt. Dieses blonde Mädchen, das gemeinsam mit einem weiteren Mädchen und zwei jungen Männern in siebenbürgischer Tracht Arm in Arm strammstand und in die Kamera lachte, als wollte es die ganze Welt umarmen, war ganz ohne Zweifel ihre Mutter, sie sah aus wie Aline mit 15. »Es gab im Lager eine kleine Gruppe Häftlinge aus Siebenbürgen«, stand auf der Erklärungstafel neben dem Foto. »Eine davon war Henny Wagner (2. v. l.), die in ihrer Schulzeit in Hermannstadt zum BDM gehört hatte. Im September 1945 wurde sie deshalb in Leipzig verhaftet, im Juli 1949 schwer krank entlassen. Das Foto zeigt sie in ihrer Heimatstadt im Jahr 1941, im Kreis von Freunden.«

Sie musste dieses Foto haben. Jetzt. Sofort. Sie wollte es anfassen und seine Rückseite studieren, es fotografieren und jedes Detail analysieren. Aber die Vitrine ließ sich natürlich nicht öffnen, Frieda fühlte nur kühles Glas unter ihren Händen. Exponat Nummer C47. Sie fotografierte es mit dem Handy und fluchte, weil der Blitz reflektierte. *Henny Wagner … im Kreis von Freunden … schwer krank entlassen.* Wieso schwer krank? Davon hatte Henny nie etwas gesagt.

Wer waren diese Freunde? Und vielleicht am wichtigsten: War dieses Halstuch, das Henny in einem lockeren Knoten im Ausschnitt ihrer Bluse trug, das rote Tuch aus der Schmetterlingsschachtel?

Frieda schaltete den Kamerablitz aus und fotografierte das Foto noch einmal. Nun war es zu dunkel geraten, aber am Computer konnte man vielleicht etwas retten, es aufhellen. Der Empfang hier drinnen war zu schlecht, zum Telefonieren musste sie nach draußen. Sie setzte sich auf die Eingangsstufen des Gebäudes in den Schatten. Das Gras war staubig und beinahe farblos, nur neben Friedas rechtem Fuß leuchtete eine blaue Blume. Sie wählte die Nummer von Hennys Pflegeheim, erklärte, was sie wollte, wartete, während sie weiterverbunden wurde, erklärte einer zweiten Pflegerin ihr Anliegen, wartete weiter. Das blau blühende Gewächs war wohl Unkraut. Wegwarte vielleicht. Henny hatte Mohn geliebt, am meisten den einfachen Klatschmohn vom Feldrand.

»Alinchen?« Hennys Stimme klang dünn und irritiert, wie immer, wenn sie in einen Telefonhörer sprach.

»Nein, ich bin's, Frieda, deine Tochter. Hallo, Mama!«

Mama. Frieda stellte sich vor, wie Hennys helle Augen sich weiteten und ihre Blicke durchs Zimmer jagten, auf der Suche nach der Person, die zu dieser Stimme gehörte. Wie Hennys Blicke schließlich am Gesicht der Pflegerin hängen blieben, die ihr den Telefonhörer angereicht hatte. Wie Henny versuchte, in deren Gesicht zu ergründen, was nun von ihr erwartet wurde, was eine angemessene Reaktion war.

»Alinchen?«

»Nein, ich bin's, deine Tochter. Frieda.«

Ein Laut, den Frieda nicht deuten konnte, war die Antwort. Eine Art Schnalzen. War das Zustimmung?

»Ihre Mutter nickt, sie erkennt Sie«, sagte die Stimme der

Pflegerin aus dem Hintergrund. »Sprechen Sie einfach weiter, Frau Telling, manchmal ist das das Beste.«

Einfache Sätze, auf die Kernbotschaft reduziert. Frieda versuchte, sich zu konzentrieren. »Ich habe dich auf einem Foto gesehen, Mama. Als junges Mädchen. Mit einem Halstuch.«

»Ja?«

Ihre Mutter verstand sie nicht, vermutlich begriff sie nicht einmal, dass sie nicht mit ihrer Enkelin telefonierte, sondern mit ihrer Tochter. Vor einem Jahr hatte Henny noch telefonieren können, nun ging auch das immer seltener. Nicht nur Namen und Erinnerungen gingen ihr verloren, sondern auch ganz alltägliche Handgriffe. Am Ende ihrer Demenz würde sie auch vergessen haben, wie man läuft. Und sie würde niemanden mehr erkennen. Selbst das Essen, Schlucken und Atmen konnte man wieder verlernen. Aber niemand wusste, wann das so weit sein würde.

»Du hast Aline ein rotes Halstuch geschenkt, Mama. Zur Verlobung. In dieser Schachtel mit den Schmetterlingen auf dem Deckel. Erinnerst du dich?«

»Ich weiß nicht.«

Angst schwang jetzt in Hennys Stimme. Wahrscheinlich spürte sie, dass etwas nicht stimmte. Das Fühlen ging nicht so schnell verloren wie das Denken. Frieda gab sich Mühe, Zuversicht in ihre Stimme zu legen. Beruhigung.

»Es ist alles in Ordnung, Mama. Ich habe dich nur auf diesem Foto gesehen, einem Foto von früher, mit einem Halstuch. Ich möchte gern wissen, ob es dasselbe ist, das du Aline geschenkt hast.«

»Das Tuch.«

»Ja, das Tuch, Mama. Das rote Halstuch in der Schmetterlingsschachtel. Du hast es Aline geschenkt. Zur Verlobung. Aber es ist zerrissen.«

»Nein, nein!« Ein klackerndes Geräusch folgte. Rascheln. Ein Wimmern. Dann die gedämpfte Stimme der Pflegerin, die beruhigend auf Henny einsprach.

»Es hat keinen Sinn mehr«, sagte die Pflegerin nach einer Weile zu Frieda. »Ihre Mutter schlägt jetzt nach dem Hörer. Das ist wohl kein so guter Tag heute. Es tut mir leid, Frau Doktor Telling.«

»Schon gut. Trotzdem danke, dass Sie es versucht haben.«

»Im persönlichen Gespräch ist es meistens leichter.«

»Ich weiß, aber ich kann im Moment nicht kommen. Ich bin in Berlin …« Frieda brach ab. Aline, der Unfall – das wollte sie jetzt nicht auch noch erklären. »Ich melde mich wieder«, sagte sie hastig. »Vielen Dank trotzdem.«

Sie hatte Durst, merkte sie plötzlich und ihre Bluse klebte an ihrem Rücken. Sie trank den Rest Wasser aus der Flasche, die sie vor der S-Bahn-Fahrt gekauft hatte, und betrachtete abwechselnd die blaue Blume und ihre glückliche Mutter auf der Fotografie der Fotografie, die sich nun in ihrem Handy befand. Die Luft schien zu stehen wie die Zeit, nur die Schatten waren ein winziges bisschen länger geworden. Vielleicht hatte ihre Mutter einmal genau hier gestanden und dasselbe gedacht und jeden Glauben daran, dass sie je wieder hier herauskommen würde, verloren.

Wie war dieses Foto aus Siebenbürgen hier ins Museum gelangt? Wer waren die anderen drei lachenden jungen Leute an Hennys Seite? Frieda steckte ihr Handy ein und stand auf. Sie hatte Fragen. Noch mehr Fragen als vor zwei Stunden. Irgendjemand aus der Verwaltung der Gedenkstätte musste ihr die jetzt beantworten.

Arno

Im ersten Moment hatte er die Mail für einen weiteren Manipulationsversuch von Onkel Egon gehalten, aber das, was die Redaktion der *Siebenbürger Heimat* in sein elektronisches Postfach gespuckt hatte, ging nicht auf das Konto des Alten. Arno schlug am Beckenrand an und rollte in eine Wende. 40 Bahnen hatte er schon hinter sich. Zwei Kilometer. Halbzeit. Im Sommer war das Charlottenburger Hallenbad wunderbar leer, denn all die Pseudoschwimmer, die letztendlich nur schwatzend am Beckenrand rumhingen oder wassertretend die Bahnen blockierten, schleppten ihre Leiber in die Seen und Freibäder. Bahn 41. Sein Körper war jetzt im Rhythmus, der Gedankenmüll dividierte sich auseinander und zerfetzte in wohltuende Leere, nur die Mail mit dem Foto erwies sich als hartnäckig. Arno zog das Tempo an. Das völlige Fehlen von Reizen war der Trick, um sich mental in andere Sphären zu beamen. Die Verengung des Blicks durch die Schwimmbrille auf türkisblau gekachelte Gleichförmigkeit, die unter ihm entlangwischte. Chlorgeruch, der sich allmählich der Wahrnehmung entzog. Leises Blubbern. Zerstiebende Luftblasen. Die Reduktion auf Bewegung.

Als er das erste Mal wirklich gekrault war, als er das endlich beherrschte, ohne nach ein paar Metern oder spätestens zwei bis drei Bahnen zu Tode erschöpft zu sein, war ihm das wie eine erneute Geburt vorgekommen, eine Initiation, die ihn in einen Zustand der Schwerelosigkeit hob und zugleich in sich selbst verankerte, wie guter Sex, nur dass er diesen Vergleich mit 15 noch nicht hatte ziehen können. Der Nerd war er damals gewesen, der mit den immer falschen Klamotten und Gesten und Worten, der zwar Deutsch sprach wie alle anderen, sogar von Geburt an, der aber dennoch nichts raffte und nicht einmal ABBA von den Bay City Rollers unterscheiden konnte. Höllenzeit, nannte er diesen Anfang in Deutschland bei sich. Jahrelang hatte er sich aus Siebenbürgen weggesehnt und sich dort nicht dazugehörig gefühlt. Aber das war nur Koketterie gewesen, verstand er im Rückblick, denn in der Welt seiner Kindheit hatte er die Codes gekannt, die Rituale. Er hatte dieselben schäbigen Hosen und Holzgaloschen und selbst gestrickten Pullover getragen wie alle anderen, und sonntags dieselbe Tracht in der Kirche.

Bahn 47. Arnos Armmuskeln brannten. In Siebenbürgen war nie jemand schwimmen gegangen, weil es in erreichbarer Nähe keinen See gab, keinen Fluss, kein Meer und erst recht kein Schwimmbad. Wie ein paralysiertes Karnickel hatte er beim ersten Schulschwimmen in Deutschland am Beckenrand gestanden, von Chlordämpfen benebelt und dem Transparentblau geblendet, in dem seine Klassenkameraden sich untertunkten und prustend wieder emportauchten. Er hatte versucht, sich unauffällig zu verdrücken, doch sein Sportlehrer war einer vom alten Schlag, mit Kasernenton und Trillerpfeife und dem watschelnden Adilettengang eines Exleistungsschwimmers, der mit Adlerblick jeden Drückeberger identifizierte. Zum Glück hatte er dennoch recht schnell begriffen, was mit Arno los war, und ihn diskret an den Schwimmverein überwiesen.

Bahn 54. Jetzt brannten auch seine Lungen. Das Schwimmen war Reinigung. Leichtigkeit. Freiheit. Aber die Mail und ihr Fotoanhang begleiteten ihn heute dennoch, foppten ihn, lauerten. Wie er diese Trachtenaufläufe gehasst hatte, die sein Vater in Deutschland organisierte, das ewig Rückwärtsgewandte, die Blasmusik und die Krokodiltränen über die zu Unrecht verlorene Heimat. Dabei war Siebenbürgen bis 1944 Hitlerland gewesen. In den Schulbüchern hatte das

Horst-Wessel-Lied direkt neben der Hymne auf den rumänischen König gestanden. Die Jugendorganisationen der Siebenbürger Sachsen schlossen sich ohne Protest der HJ an. Wie die Lemminge waren sie dem großen Führer im fernen Reich hinterhergetappt. 70 000 rumäniendeutsche Männer folgten sogar dem Aufruf, sich freiwillig in die deutsche Waffen-SS einzureihen. Die Russen und Ceauşescus Mannen hatten sie dafür abgestraft, sobald sie an die Macht kamen. Man konnte es ihnen nicht ernstlich verdenken.

Aber natürlich war das nur ein Teil der Geschichte, die offizielle Version für die Lehrbücher. Doch das Foto verbarg noch eine andere Wahrheit, die ihn mehr anrührte, als ihm lieb war. Irgendetwas in den Gesichtern der vier Porträtierten war dafür verantwortlich. Diese Unschuld vielleicht, nicht so sehr in sexueller Hinsicht, sondern in Bezug auf die Geschichtsschreibung, die im Jahr 1941 bereits ihren fatalen und unumkehrbaren Lauf genommen hatte. Die Welt, in der sie sich an jenem Tag so sicher und felsenfest geborgen gewähnt hatten, würde schon bald verloren sein. Nie mehr zurückzuholen. Eine Geisterwelt. Ein Ort der Sehnsucht. Sie tanzten auf dem Vulkan – obwohl keiner von ihnen das auch nur ahnte.

Sehnsucht. Einmal gedacht, ließ sich dieses Wort nicht mehr vertreiben, begleitete ihn auf den letzten Bahnen, unter die Dusche, aufs Rad und in das Gartencafé des Literaturhauses. Vögelchen piepten im Geäst, als er sein Fahrrad abschloss. Hier in der Fasanenstraße mit ihren weiß herausgeputzten Gründerzeithäusern präsentierte sich Berlin sauber, von der Hektik des nahen Kudamms war nichts zu spüren. Arno setzte sich an einen freien Tisch im Schatten, bestellte das Tagesgericht und eine große Apfelsaftschorle. Die Mail war eigentlich an seinen Vater gerichtet und an die Redaktion der *Siebenbürger Heimat* geschickt worden. Der Nachfolgechef hatte sie an Arno weitergeleitet, mit freundlichen Grüßen und Bitte um Beachtung, denn Rether senior konnte ja nun leider nicht mehr darauf antworten. Arno klappte sein Notebook auf:

von: telling@mpia.de
Betreff: DRINGEND! Auskunft über ein Foto von 1941
Datum: 17.06.2013 15:18:17 MEZ
an: chefredaktion@siebenbuerger-heimat.de

Sehr geehrte Redaktion, sehr geehrter Herr Rether,
wie von Ihrem Sekretariat gewünscht, schildere ich Ihnen mein Anliegen hiermit noch einmal per Mail, in der Hoffnung, dass Sie mir helfen.
Ich benötige eine Auskunft zu einem Foto, das Sie, Herr Rether, der Gedenkstätte des Konzentrationslagers Sachsenhausen anlässlich der Eröffnung des Museums zum Sowjetischen Speziallager im Dezember 2001 übergeben haben. Im Museum konnte man mir zu den näheren Umständen leider keine Auskunft geben. Ebenso wenig zu dem Foto selbst. Bekannt – und wohl von Ihnen im Jahr 2001 so angegeben – ist lediglich, dass dieses Foto im Jahr 1941 in Hermannstadt/Siebenbürgen aufgenommen wurde, und dass eine der vier Personen (die 2. von links) meine Mutter, Henny Wagner, ist. Von 1945–1949 war diese in Sachsenhausen inhaftiert.
Ich weiß, dass dies alles sehr lange her ist und dass meine Anfrage sicherlich überraschend kommt. Für mich ist es aus privaten Gründen (mit denen ich Sie hier nicht weiter behelligen möchte) essenziell wichtig, so viel wie möglich über dieses Foto zu erfahren: Wer sind die anderen

Personen darauf? Kannten Sie meine Mutter persönlich oder wie sonst ist dieses Foto in Ihren Besitz gelangt? Warum haben Sie es dem Museum übergeben?
Ich füge eine Abfotografie des Fotos bei, eine qualitativ bessere Aufnahme folgt so bald wie möglich. Die Angelegenheit ist für mich wirklich äußerst eilig. Sie können mich jederzeit per E-Mail kontaktieren und auch unter meiner unten stehenden Mobilnummer.
Ich bedanke mich im Voraus für Ihre Hilfe und verbleibe mit freundlichen Grüßen
Prof. Dr. Frieda Telling
Senior Researcher Superearths
Max-Planck-Institut für Astronomie
Königstuhl 17, 69117 Heidelberg Germany

Arno klickte auf das Foto. Es war schwarz-weiß, unscharf und körnig, aber ganz ohne Zweifel in Hermannstadt aufgenommen worden, auf dem Vorplatz des Gymnasiums, direkt vor der Teutsch-Statue. Er hatte da selbst schon gestanden, oft sogar, fast jeden Tag nach der Schule. Er zog das Foto größer. Sein Vater stand außen links, direkt neben der blonden Henny Wagner, das hatte man in der Redaktion der *Siebenbürger Heimat* offenbar nicht bemerkt und also auch nicht verraten. Arno betrachtete die Frau an seiner Seite. Sie war attraktiv gewesen, ein echter Hingucker, selbst in Tracht, und sie hatte ein schönes Lachen. Und auch sein Vater sah fröhlich aus, gelöst auf eine Weise, die Arno von ihm nicht kannte. Sein Arm ruhte locker auf ihrer Schulter. Die anderen beiden Personen auf dem Foto sagten Arno nichts. Das Mädel sah ein bisschen hausbacken aus und hielt mehr Abstand – sowohl von der schönen Henny als auch von dem Kerl mit den Pudellocken an ihrer anderen Seite.

Hatte sein Vater was mit dieser Blonden gehabt? Unwahrscheinlich. Die 40er-Jahre waren in Siebenbürgen ganz sicher keine Zeit für flotte Affären gewesen und der Name Henny Wagner sagte ihm gar nichts. Arno zog das Foto noch etwas größer, aber die Qualität war zu schlecht, die Gesichtszüge verschwammen. Ein Zufallsschnappschuss, einer von vermutlich mehreren, von denen die meisten verloren gegangen waren. Aber seltsam war es schon – ein Jugendfoto seines Vaters hing seit über einem Jahrzehnt im KZ-Museum Sachsenhausen.

Arnos Essen kam, Lasagne, er aß, ohne den Blick vom Monitor seines Notebooks zu wenden, auf dem die Ergebnisse seiner Suchanfrage für Frau Professor Frieda Telling erschienen. Sie sah ihrer Mutter nicht ähnlich. Ein herber Typ. Dunkler. Apart durchaus, aber mit Haarknoten und so einem Zug um den Mund, der erahnen ließ, dass das Thema Spaß auf ihrer persönlichen Prioritätenliste nicht sehr weit oben rangierte. Dafür galt sie mit ihren 49 Jahren in der Astrophysik offenbar als Koryphäe. Arno scrollte durch die Trefferliste. Es gab Interviews mit ihr, ihre berufliche Biografie in mehreren Sprachen, ellenlange Publikationslisten, Universitäts-, und Forschungswebsites, die auf sie verwiesen, einen Wikipedia-Eintrag und sogar Videos einiger ihrer Vorträge und Vorlesungen auf YouTube. Er klickte auf einen und sah ihr dabei zu, wie sie anhand komplexer Grafiken, Formeln und Fotos erklärte, mit welchen Methoden sie und ihr Forschungsteam in den Weiten des Weltalls nach einer zweiten Erde suchten. Offenbar war das in der modernen Astronomie tatsächlich eine ernst zu nehmende Disziplin, keine Science-Fiction. Und Frau Professor glaubte an ihre Mission, das kam deutlich rüber, sie brannte dafür, sie leuchtete richtig.

»Echt cooles Büro!«

Arno zuckte zusammen. Eine Frau in hellem Hosenanzug war an seinen Tisch getreten und sank mit einem Seufzer in den Korbsessel ihm gegenüber. Liane im Businessoutfit mit Aktentasche, Goldkettchen und dezentem Make-up. Wo war der wäschelose Vamp geblieben, der im roten Minikleid durch die Straßen stöckelte? Liane lächelte wie eine Katze, die ihre Beute gestellt hat. »Da du mich nicht zurückrufst und auch nicht zu Hause bist …«

»Woher wusstest du, dass ich hier bin?«

»War nur ein Versuch.« Sie lächelte noch breiter. »Du hattest gesagt, dass du gern auch mal im Literaturhauscafé arbeitest.«

Hatte er das? Seine Erinnerung an ihre Gespräche war äußerst vage. Zu viel Weizen und zu viel Rotwein. Hatte Liane nicht genauso viel getrunken?

Sie streifte einen ihrer Pumps ab und krabbelte mit den Zehen über sein Schienbein.

Arno bewegte sein Bein aus ihrer Reichweite.

»Ups! Nicht anfassen heute?« Sie zog einen Schmollmund und winkte nach dem Kellner, bestellte ein Mineralwasser mit viel Eis und Zitrone.

»Heiß heute, oder? Aber hier ist es wirklich herrlich.«

»Waren wir uns nicht eigentlich einig, dass es bei einer Nacht bleibt?«

»Vielleicht hab ich meine Meinung ja geändert.«

»Du warst an meinen Büchern.«

»Ich wollte halt wissen, woher deine Liebhaberqualitäten rühren. Luna Wilde!« Sie grinste ohne das geringste Schuldbewusstsein.

»Ich mag es nicht, wenn man bei mir herumschnüffelt, okay? Und ich bin definitiv nicht für eine Beziehung zu haben.«

»Ich auch nicht.« Liane hielt seinen Blick. »Und ich bin auch keine Stalkerin, falls du das befürchtest.«

»Und was machst du dann hier?«

»Eine Pause, das hab ich doch gesagt. Ich hatte einen Termin in der Nähe. Und wir wollen doch jetzt nicht einfach so tun, als wären wir uns niemals begegnet?« Sie langte in ihre Jacketttasche und schnipste eine Visitenkarte auf den Tisch. »Hier, damit du dich wieder abregst.« *Holden und Partner Immobiliengesellschaft. Liane Holden – Geschäftsführung.* Arno hob die Augenbrauen. Die Holden-Gesellschaft war einer der größeren Haie im Berliner Spekulationssumpf. Für eine halbe Million könnten sie ihre Wohnung in Prenzlauer Berg verkaufen, schätzte Valerie. Vielleicht sogar für mehr. Aber das war nichts, was er von Liane regeln lassen würde. Wenn er dem Verkauf denn überhaupt zustimmte.

Liane stand auf. »Wir vertagen uns wohl besser auf ein anderes Mal.«

»Hör mal, ich meine …«

»Schon gut. Ich habe verstanden. Du willst nicht. Aber meinen BH hätte ich schon noch gern wieder, und falls du mal eine Wohnung brauchst … Deine ist ja – mit Verlaub – nicht so richtig der Knaller.«

Sie warf ihm eine Kusshand zu und strebte mit wiegenden Hüften zum Ausgang, wo sie um ein Haar mit dem milchgesichtigen Feuilletonliebling zusammenprallte, der gerade ankam. Wie hieß der noch gleich? Sebastian, nein Simon von Irgendwas. Jedenfalls war er für sein Debüt hysterisch bejubelt worden, hatte Preise eingeheimst und ein renommiertes Stipendium. Sie nickten sich zu, mehr die Andeutung eines Nickens als ein richtiger Gruß, nur die Bestätigung, dass sie einander wahrnahmen.

Sehnsucht. Immer noch spukte ihm dieses Wort durch

den Kopf. Er mochte es nicht. Es war ein Klischee. Kitsch. Genau wie Verzweiflung. Der neue Stern am Literaturhimmel senkte seinen mageren, in Existenzialistenschwarz gekleideten Popo auf eine Gartenbank, öffnete seinen Laptop und begann beseelt zu tippen. Der Erwartungsdruck, der einem Hype unweigerlich folgte, schien ihn nicht zu belasten.

Arno klappte sein eigenes Notebook wieder auf. Sein Vater lachte noch immer. Neue Mails waren eingegangen, der übliche Schrott. Arno löschte sie, las die Mail der Astronomin noch einmal, schrieb seine Antwort und drückte auf Senden.

Henny

Etwas ist kaputt. Aline ist in Gefahr. Wer hat das gesagt? Frieda. Die Tochter. Frieda hat geweint, sie braucht ihre Hilfe. Oder nicht? Und wann ist das gewesen?

»Henny? Hallo? Hören Sie mich? Frau Telling?« Hände greifen nach ihr und machen sich an ihrem Kopfkissen zu schaffen. Das Bett bewegt sich und beginnt zu schweben, nein, doch nicht, nicht ganz jedenfalls, nur das Kopfteil.

»Es ist alles in Ordnung, Frau Telling, Sie haben nur schlecht geträumt.«

Alinchen! Frieda. Frieda hat geweint und ihre Angst ist durch die Nacht geflogen, ihre traurige Tochter.

»… sie hat so laut geschrien … ja, ganz schrecklich …«

Wer sagt das zu wem? Was sind das für Stimmen? Frieda will etwas wissen von ihr, plötzlich fällt ihr das ein. Sie soll ihr helfen und sie will ihr auch helfen, aber sie weiß nicht, wie, obwohl sie sich furchtbar anstrengt. Aber das genügt nicht und die anderen Stimmen sind lauter.

»… hat sie heute eigentlich genug getrunken? … bei dieser Hitze … das Trinkprotokoll … aber sie will ja auch nicht … man muss besser aufpassen …«

Eine Hand streicht über Hennys Stirn, dann plötzlich schiebt sich etwas in ihren Mund. Etwas Hartes, aus Kunststoff.

»So, Frau Telling, so ist es gut. Ich habe Apfelsaft für Sie, den mögen Sie doch. Na kommen Sie, schön saugen und schlucken. Ja, genau, nicht zu hastig. Ein Schluck nach dem anderen. So ist es richtig. Schön schlucken. Schlucken.«

Apfelsaft, Apfel, der Duft frischer Äpfel an den Marktständen, wenn der Herbst kam. Die aus ihrem Garten in Heidelberg waren auch gut, aber nie so wie die aus Hermannstadt. Wie die geschmeckt haben, und erst der Most! Diese Süße mit dem genau richtigen Hauch von Erde und Säure. Das war etwas anderes als das, was ihr jetzt in den Mund rinnt.

»So, alles ausgetrunken, sehr gut. Jetzt noch die Tablette und dann können Sie wieder schlafen.«

Keine Tablette, nein. Warum hören die nicht, was sie sagt? Warum greifen Finger in ihren Mund und öffnen ihn trotzdem? Sie tastet mit der Zunge nach dem runden Bröckchen und schiebt es in die Backentasche. Es ist nur am Anfang süß und dann plötzlich bitter. Es schmeckt falsch, wie der Apfelsaft. Aber sie muss vorsichtig sein und warten. Sie darf die Tablette erst ausspucken, wenn sie allein ist.

Das Kopfteil bewegt sich wieder, ihr Oberkörper sinkt nach unten. Dann streichelt ihr jemand über die Stirn wie früher die Mutter. *Schlaf, Kindchen, schlaf.* Wie schön das immer war. Die Mutter hat gern gesungen, sogar noch in Leipzig, aber dann fielen die Bomben. Vorbei, alle tot. Die Mutter. Der Vater. Die große Schwester. Die Heimat verraten. Nur die Lieder sind ihr noch geblieben und das, was die Mutter gelehrt hat, das Nähen und Sticken.

Das Tuch! Das rote Halstuch! Danach hat Frieda gefragt, deshalb hat sie geweint. Das Tuch ist kaputt. Jemand hat es zerrissen.

Bitterkeit in ihrem Mund. Tablettenschleim. Sie fühlt mit dem Finger danach, versucht ihn hervorzuklauben. *Aufpassen, du musst aufpassen, Liebste.* Seine Stimme auf einmal, ganz nah, so voller Wärme. Henny versucht, sich daran festzuhalten und diese Schwärze damit zu bekämpfen, die in ihr emporkriecht. Etwas ist mit dem Tuch. Sie muss sich erinnern, Frieda hat recht, das ist wirklich sehr wichtig.

Das Tuch darf nicht zerrissen sein, das muss sie Frieda sagen. Sie hat doch darauf aufgepasst, immer und immer, es steckt in der Schachtel in der Kommode. Wie sie sich gefreut hat, als er ihr dieses Schatzkästlein geschenkt hat. Von Hand bemalt, nur für sie. So etwas Schönes. Den Hunger hat sie da vergessen und die Wanzen. Sogar die Kälte. *Du wirst eines Tages so frei wie die Schmetterlinge sein, Liebste*, hat er geflüstert. *Du wirst deine Flügel ausbreiten und davonfliegen, das weiß ich.*

4.

Frieda

Neben ihr war die Ladeanzeige des Laptops schon lange von Rot auf Grün umgesprungen, durch den Spalt der Schiebegardinen kroch ein schmaler Lichtstreif. Frieda lag reglos auf dem Rücken und beobachtete, wie die helle Linie an der Zimmerdecke an Kraft gewann. Tag fünf nach Alines Unfall brach an. Der 20. Juni, ein Donnerstag. Sie hatte die Juninächte immer gemocht, ihr Zwielicht, das etwas zu verbergen und zugleich zu verheißen schien, auch wenn es für astronomische Beobachtungen nicht taugte. Manchmal hatte sie eine der Juninächte sogar durchwacht – auf der Aussichtsplattform des Max-Planck-Instituts, oben auf dem Königstuhl. Sie war tatsächlich glücklich gewesen in ihrem Leben, glücklich und frei – wie sehr, begriff sie erst im Rückblick.

Frieda tastete nach ihrem Handy. Die Zeit schien zu stehen, es war noch nicht einmal vier. Sie dachte an das Foto aus dem Lager, ihre glückliche, junge Mutter in Siebenbürgen. Sie dachte an die Mail, die ihr dieser Arno Rether geschickt hatte. Sie hatte ihm sofort zurückgeschrieben. Argumentiert. Widersprochen. Sie hatte in einer weiteren Mail sogar von Alines Unfall berichtet. Er aber hatte es bei seiner ersten Antwort belassen.

Paul seufzte im Schlaf und wälzte sich auf die Seite. Die Klimaanlage summte. Frieda lag wieder still und versuchte den Morgenhimmel über dem Königstuhl heraufzubeschwören, Dunstrosa, das aus der Dämmerung stieg. Sie sah das ganz deutlich vor sich, sie konnte sogar die metallische Kühle der Banklehne in ihrem Rücken spüren, jeden einzelnen Stab und die rauen Betonplatten unter ihren bloßen Füßen.

Es half ihr immer, dort oben zu sitzen, auf dem Flachdach des Instituts hatte sie sogar schon Probleme gelöst, wenn sie zwei Stockwerke tiefer am Computer nicht weitergekommen war. Selbst wenn die Kuppeln der alten Sternwarten von den Herbstnebeln verschluckt wurden und die Lichter von Mannheim und Heidelberg zu vage fluoreszierenden Schemen verschwammen, saß sie manchmal dort oben. Aber jetzt war ihr der Gedanke daran kein Trost, er half überhaupt nichts.

Paul begann leise zu schnarchen, er kämpfte noch immer mit seinem Jetlag. Die Wände des Hotelzimmers schienen sich auszudehnen und auf sie zuzurücken, drohten, sie zu ersticken. Sie wollte raus hier, weg. Aber sie wusste nicht, wohin, es gab nichts, was sie tun konnte, keinen Fluchtort, sie konnte nur abwarten, bis es wieder Tag wurde. Der 20. Juni. Der Tag, an dem die Ärzte damit beginnen wollten, Aline in den Aufwachprozess zu führen, was zunächst einmal hieß, die Betäubungsmitteldosis herabzusetzen. Würde Aline tatsächlich erwachen? Oder würde sie für immer im Halbdämmer dahinvegetieren? Und hieß aufwachen, dass sie auch wieder gesund würde?

Vielleicht stand es 50 zu 50 für Aline oder sogar 60 zu 40. Aber selbst eine 80-Prozent-Chance auf Heilung besagte letztendlich gar nichts. Es war wie beim allersimpelsten Zufallsexperiment in der Wahrscheinlichkeitsrechnung, dem Würfeln mit einem Würfel. Die Wahrscheinlichkeit, eine Sechs zu würfeln, betrug ein Sechstel, 16,666667 Prozent, sofern der Würfel nicht gezinkt, sondern ideal war. Aber das hieß noch lange nicht, dass man auch tatsächlich bei jedem sechsten Wurf eine Sechs hatte. Man konnte auch zehnmal würfeln, sogar öfter, ohne das gewünschte Ergebnis zu erhalten. Erst wenn man die Versuchsreihe ausweitete und hundertmal, oder noch besser tausendmal würfelte, relativierte sich das. Von 6000 Würfen werden ungefähr tausend die Augenzahl Sechs zeigen – das war die deutlich verlässlichere Prognose. Aber sie hatte nur einen Versuch. Eine Tochter mit einem einzigen Leben. Frieda wünschte sich auf einmal, beten zu können. Sie sehnte sich mit einer Macht nach Erlösung, dass es körperlich wehtat.

»Du schläfst wieder nicht.«

Frieda zuckte zusammen. Paul war jetzt wach und tappte zur Toilette, und als er wieder ins Bett kroch, zog er sie an sich und ihr Kopf fand einen halbwegs bequemen Platz in seiner Armbeuge.

»Geht es so besser?«

»Ich weiß nicht.«

Paul rückte noch näher und streichelte ihren Rücken. Er roch nach dem Aftershave, das sie ihm zu Ostern geschenkt hatte. Sie fühlte den Stoff seiner Schlafanzughose an ihrem Oberschenkel, seinen Körper, den Penis. *Nicht Paul, ich kann nicht* – sie war zu erschöpft, das zu sagen, aber kurz darauf verriet ihr Pauls Atem, dass er schon wieder einschlief, und sie versuchte, ihren Atem mit seinem zu synchronisieren, und dann war es auf einmal hell und neben ihr fiepte ihr Handy.

Frieda taumelte hoch. Wo war sie? Warum? Das Bett neben ihr war leer. Ihr Herzschlag beschleunigte sich, ein wildes Stakkato. Berlin, das Hotel, das Aline gebucht hatte. Aline! Sie riss ihr Handy ans Ohr.

»Ja, hallo? Telling.«

»Wir machen uns ein wenig Sorgen um Ihre Mutter.«

Hennys Heim rief sie an, nicht das Krankenhaus. Die Stimme der Pflegerin klang sachlich. »Sie wirkt seit ein paar

Tagen sehr beunruhigt. Heute Nacht ist sie sogar aufgestanden und hat ihren Schrank und die Kommode durchwühlt und alles auf dem Boden verstreut – ein Heidenchaos.«

»Das tut mir leid, aber ich kann im Augenblick nicht …«

»Ja.« Die Pflegerin atmete aus, schien auf etwas zu warten.

»Sagt meine Mutter denn irgendetwas?«, fragte Frieda.

»Nein. Aber ich habe den Eindruck, dass sie etwas sucht. Und sie will sich nicht anfassen lassen. Sie wimmert sofort los – als wollten wir ihr wehtun.«

»Ich komme so bald wie möglich. Versprochen.«

»Ja, das wäre gut.«

Frieda legte auf. Kurz nach sieben, aus dem Bad drang gedämpftes Plätschern, Paul stand also schon unter der Dusche. Sie zwang sich aus dem Bett, schob Pauls Koffer beiseite und öffnete das Fenster. Der Himmel war lichtblau, wie aquarelliert. Im Hinterhofgarten des Mietshauses gegenüber trainierte ein muskelbepackter Glatzkopf mit Ganzkörpertätowierungen Sit-ups an einer offenbar selbst gebauten Hantelbank.

Frieda stützte sich auf die Fensterbank. Ihr Kopf dröhnte, als hätte sie die Nacht durchgezecht, wahrscheinlich wäre das sogar eine gute Idee gewesen. Sie war schuld daran, dass ihre Mutter so verstört war, ihre Frage nach dem Tuch. Aber Henny selbst hatte Aline das geschenkt. Und nun suchte sie danach, weil sie das schon wieder vergessen hatte. Oder suchte sie nach der zweiten Hälfte? Wieso überhaupt konnte ein Fetzen Stoff so viel Macht haben?

Der Glatzkopf wischte sich Schweiß von der Stirn und wechselte in die Bauchlage, ohne sich an den Fahrradleichen, Mülltonnen und leeren Getränkekisten, die einige seiner Mietbewohner im Unkraut um ihn herumdrapiert hatten, zu stören. Am anderen Ende des Gartens hatte irgendwer ein paar gammelige Plastikstühle um einen Schwenkgrill drapiert. Mit wie wenig sich die Menschen doch zufriedengaben. Was sie alles für Glück hielten.

Mein Vater war der Gründer der ›Siebenbürger Heimat‹, hatte dieser Arno Rether gemailt, inzwischen kannte sie seine mageren Zeilen schon auswendig. *Mit hoher Wahrscheinlichkeit hat mein Vater das Foto, auf das Sie sich beziehen, in seiner Eigenschaft als dessen Chefredakteur erhalten und an das KZ-Museum weitergegeben. Ich selbst weiß davon leider nichts und ich kann meinen Vater auch nicht mehr fragen, denn er ist vor sechs Wochen verstorben.* Frieda stand reglos und starrte in den Himmel, wie früher als Kind, wenn Henny darauf bestanden hatte, dass sie drinnen blieb. Sechs Wochen – sollte ihre Suche nach den Menschen auf diesem Foto wirklich an diesen sechs Wochen scheitern? Das konnte nicht wahr sein. Es musste doch trotzdem noch eine Spur geben. Irgendjemanden, der ihr helfen konnte, irgendeine Erklärung. Diese Nachfolgeredakteure und zumindest dieser Arno Rether mussten doch mehr wissen, als sie preisgaben.

Vielleicht sollte sie wirklich nach Heidelberg fahren. Vielleicht würde das Foto bei Henny ja einen Erinnerungsschub auslösen. Oder die Schmetterlingsschachtel und das Halstuch. Oder sie fände zwischen Hennys Sachen die Antwort auf ihre Frage. Doch wahrscheinlich würde ihr Besuch Henny nur noch mehr verstören. Wenn Aline fahren könnte, das wäre etwas anderes.

»Frieda, was ist mit dir, du weinst ja. Ist etwas passiert? Ist etwas mit Aline?« Paul kam aus dem Bad, stolperte über den Koffer, fluchte.

Sie wandte sich zu ihm um. »Hennys Heim hat gerade angerufen.«

»Und?«

»Sie sucht etwas. Sie ist verzweifelt. Sie lässt sich nicht anfassen.«

Frieda wischte ihre Tränen ab und zwängte sich an Paul und dem Koffer und dem für dieses Zimmer viel zu großen Bett vorbei ins Bad, das einer Dampfsauna glich und überhaupt viel zu klein war, die reinste Nasszelle, zumal die Tür immer zuschnappte, und es gab kein Fenster, man konnte nicht richtig lüften, und der Wegwerfbecher aus dünnem Plastik war auch eine Zumutung, er kippte sofort um, wenn man seine Zahnbürste hineinstellte, wieso sparte das Hotel eigentlich an solchem Kleinkram?

Die wenigen noch erhaltenen Unterkünfte des Sowjetischen Speziallagers Sachsenhausen waren so wahnsinnig eng gewesen. Eine Reihe gedrungener, fensterloser Baracken aus dunklem Stein. Das Schlimmste sei gewesen, dass man nichts tun durfte, nichts arbeiten, sich kaum bewegen, sondern dort drinnen Stunde um Stunde um Tag um Woche mit wildfremden Menschen zusammengepfercht wurde, hatte einer der ehemaligen Häftlinge in seinen Erinnerungen notiert. Dass man einfach nur warten konnte: auf die nächste Portion dünne Suppe. Auf den Moment, wenn der Blecheimer mit den Notdürften wieder einmal geleert wurde. Auf die Erlaubnis, sich an den Zisternen ein bisschen zu waschen. Auf den Herbst, den Winter, den Frühling, den Sommer. Darauf, dass man doch noch den Grund erfuhr, warum man hier eigentlich eingesperrt worden war und wie lange noch. Aber man wusste nichts, gar nichts, man war einfach vom Lagerbetrieb verschluckt worden, völlig abgeschnitten von allem. Man wusste nicht einmal, ob die Welt außerhalb des Lagers noch existierte und ob die Familie noch lebte und um einen kämpfte. Oder ob sie einen schon begraben und aufgegeben hatten, vergessen.

Frieda drehte die Dusche auf und stellte sich unter den warmen Wasserstrahl, der Impuls, einfach auf den Boden zu sinken und dort sitzen zu bleiben, war einen Moment fast übermächtig. Sie seifte sich ein und drehte den Temperaturregler auf kalt. In Heidelberg hatten sie ein Bad mit Fenstern und frei stehender Wanne und Dusche und Sauna und noch ein zweites, kleineres Bad für die Gäste. Sie hatten auch jeder ein eigenes Arbeitszimmer. Ein breites Bett mit zwei Bettdecken und das Gästezimmer als Ausweichquartier. Und das Wohnzimmer und die riesige Küche mit Pauls Kochinsel und dem langen Eichentisch, an dem sie manchmal arbeitete, während er ein neues Rezept aus einem seiner unzähligen Kochbücher ausprobierte. Und natürlich gab es auch für Aline ein eigenes Zimmer, auch wenn sie das so gut wie niemals benutzt hatte.

Beim Anblick ihres Spiegelbildes im Aufzug erschrak Frieda. War sie das wirklich, diese Frau neben dem attraktiven Mann mit den eisgrauen Haaren, der sie um mehr als einen Kopf überragte? Sie sah so unversehrt aus mit ihrem Pferdeschwanz, den neuen hellen Sachen und der meertürkisfarbenen Viskosestrickjacke, die sie auf Pauls Drängen hin gestern gekauft hatte. *Das ist nicht dekadent, Frieda,* hatte er gesagt. *Du brauchst frische Sachen zum Anziehen und diese Leder-Flip-Flops hier, die nimmst du auch noch.*

Die Aufzugtür schwang auf und entließ sie in die Hotellobby. In stiller Eintracht bahnten sie sich ihren Weg zum Frühstücksbuffet und weiter zu einem freien Tisch am Fenster.

»Lass uns in ein besseres Hotel wechseln. Bitte.« Paul musterte die bleichen Käsescheiben auf seinem Teller mit Todesverachtung.

Frieda schüttelte den Kopf und rührte in ihrem Earl-Grey-Tee. Man musste den Käse ja nicht essen, es gab auch Wurst und Marmelade und Obstsalat und Joghurt. Und außerdem war das Essen egal, völlig nebensächlich. Dieses Hotel hatte Aline für sie gebucht, hier würde sie bleiben.

Paul seufzte und vertiefte sich in die Zeitung. Zwei Tische weiter hielt ein rundliches spanisches Ehepaar, das die 50 sicher schon vor einigen Jahren hinter sich gelassen hatte, selig lächelnd Händchen. So waren Paul und sie nie gewesen, nicht einmal am Anfang. Besser gesagt sie, Frieda, war nicht so gewesen, mit niemandem, außer vielleicht im allerersten Hormonrausch mit Graham. Graham, Alines Vater, den sie immer noch nicht über den Gesundheitszustand seiner Tochter informiert hatte. Und Paul hatte nicht mehr nach ihm gefragt, obwohl er mit Sicherheit an ihn dachte und sich wunderte, warum Frieda Graham nicht anrief.

Frieda lehnte sich vor und strich ihm über den Arm. Paul blickte von seiner Zeitung auf, lächelte und drückte ihre Hand. Sie zog ihre wieder zurück und trank einen Schluck Tee. Es war nicht Pauls Fehler, dass sie so lebten, wie sie lebten. Er hatte mehr gewollt, mehr Nähe, und sie hatte ihm die nicht geben können. Er hatte es auch völlig unnötig gefunden, dass sie erst von der Universität ans Max-Planck-Institut wechselte, um ihre Arbeitsbereiche zu trennen, bevor sie seinem Heiratsantrag zustimmte.

»Quäl dich jetzt nicht auch noch mit deiner Mutter, Frieda. Sie ist dement. Dein Anruf von neulich muss nichts mit ihrem aktuellen Zustand zu tun haben.«

»Ich weiß eigentlich überhaupt nichts von ihr.«

»Das ist doch Unsinn.«

»Nein, es stimmt. Ich kenne allenfalls Eckdaten. Ich weiß so gut wie nichts von meiner eigenen Mutter.«

Konnte sich Distanz vererben wie ein böser Fluch, von Generation zu Generation? Möglicherweise. Wahrscheinlich. Vielleicht war Aline deshalb mit zwölf ins Ballettinternat gezogen, ohne je auch nur einen Anflug von Heimweh zu zeigen. Vielleicht war die überstürzte Verlobung mit Jan ein Versuch, diesen Fluch endlich abzuschütteln.

Am Nebentisch löffelten jetzt zwei amerikanische Collegejungen Cornflakes und buhlten um die Aufmerksamkeit dreier Asiatinnen, die akzentfreies Englisch sprachen und also vielleicht gar nicht aus Asien kamen. Die Menschen suchten Anerkennung, Anschluss, Verständnis, Liebe. Sie wollten nicht allein sein. Immer ging es darum. Frieda trank ihren Tee aus und zwang sich, etwas zu essen. Als Kind hatte sie gehofft, dass ihre Eltern sich liebten, auch wenn sie sich nicht so verhielten. Sie hatte versucht, ihrem Vater zu glauben, wenn er behauptete, dass Hennys Traurigkeit nichts mit ihm zu tun habe oder gar mit Frieda, dieser einzigen Tochter, die ihnen das Schicksal nach Jahren des Wartens schließlich doch noch bescherte.

Vielleicht hatte er ja tatsächlich recht gehabt. Vielleicht hatte Henny nach der Zeit im Lager einfach keine Nähe mehr ertragen und ihren Mann und ihre Tochter trotzdem geliebt, so gut sie es eben vermochte. Und dann, Jahrzehnte später, war doch noch Schorf über die eiternde Wunde gewachsen. Als Aline geboren wurde, diese Enkelin, die Henny so ähnlich sah. Vielleicht war die kleine Aline ihrer Großmutter wie eine Wiedergeburt vorgekommen. Ein zweites, helleres Ich, so wie sie selbst eigentlich gemeint und tatsächlich auch einmal gewesen war: vor dem Krieg und vor dem Lager, an einem Sommertag in Siebenbürgen. Eine strahlend schöne Frau, die mit ihrem dunkel gelockten Jugendfreund Arm in Arm in die Kamera lachte, davon überzeugt, die Welt stünde ihr offen. So wie auf diesem Foto aus dem Jahr 1941.

»Paul?«

»Ja?«

»Mein Vater konnte nicht malen. Ich glaube nicht, dass diese Schmetterlingsschachtel von ihm ist.«

Paul ließ seine Zeitung sinken. »Du denkst immer noch an dieses Foto.«

»Wie könnte ich nicht?«

»Das Foto ist ein Schnappschuss. Dass du es jetzt im Museum entdeckt hast, ist nur Zufall.«

»Aber das Halstuch, das Henny auf dem Foto trägt, könnte tatsächlich genau dieses Halstuch sein, das sie Aline geschenkt hat. Es hat die gleichen Fransen. Und die Laborvergrößerung zeigt, dass es am Saum ganz ähnlich bestickt ist.«

»Das andere Mädchen auf dem Foto trägt aber auch so ein Halstuch. Das gehörte wohl einfach zur Tracht.«

»Warum haben meine Eltern geheiratet?«

»Warum? Was ist das denn jetzt für eine Frage? Sie haben das Lager zusammen überlebt. Das hat sie zusammengeschweißt und sie lernten sich lieben.«

»Mein Vater hat meine Mutter geliebt, ja. Aber sie auch ihn? Daran habe ich schon als Dreijährige gezweifelt.«

»Vielleicht hatte ja deine Mutter selbst diese Schachtel bemalt. Hast du daran gedacht?«

»Ja, natürlich. Sie konnte nähen und sticken. Sie hatte tatsächlich eine künstlerische Ader.«

»Aber du glaubst trotzdem nicht, dass sie diese Schmetterlinge gemalt hat.«

»Die Schachtel war ihr immer so heilig.«

»Okay, also gut. Mal angenommen, der Junge von dem Foto war mit Henny im Lager und er war Maler. Und dann?«

»Er könnte gestorben sein. Oder sie sind aus einem anderen Grund getrennt worden.«

»Und deshalb stürzt sich deine Tochter Jahrzehnte später vor ein Auto?«

»Es gibt einen Zusammenhang. Es muss einen geben.«

»Du willst, dass es den gibt, Frieda. Du willst eine Erklärung für Alines Unfall. Natürlich willst du das, das ist absolut verständlich.«

»Aber?«

»Du bist doch sonst immer die Erste, die darauf hinweist, wie Erwartungen den Blick vernebeln können und die Wahrnehmung verzerren.«

»Ich kann doch nicht einfach nur untätig rumsitzen.«

»Du sitzt nicht untätig herum, Frieda. Es hilft Aline, dass du bei ihr bist. Sie spürt das. Ganz sicher. Das ist das Allerbeste, was du für sie tun kannst.«

Aber es half nicht. Jedenfalls nicht spürbar. Obwohl nun die Betäubungsmittel reduziert worden waren, ruhte Aline auch an diesem fünften Tag blass und reglos im Spinnennetz ihrer Schläuche und Drähte. Ärzte kamen und gingen und sprachen von Geduld. Paul fand auf dem Flur eine Nische und hämmerte in seinen Laptop. Um 13 Uhr stürmte Jan von der Probe herein und Frieda aß Rührei und Spinat in der Krankenhauscafeteria und trottete mit ihrem Mann eine Runde durch den Park. Um 16 Uhr machte sich Paul auf den Weg zur Humboldt-Universität. Um 18 Uhr verschwand Jan in den Friedrichstadt-Palast, um eine weitere Vorstellung ohne Aline zu absolvieren. Frieda folgte ihm auf den Flur und lief vorbei an Monets Mohnblumenfeld zur Toilette. Die Frau, die ihr aus dem Spiegel entgegenblickte, sah nicht wesentlich anders aus als die Frieda von vor einer Woche. Aber die hatte jetzt in Chile sein wollen und war davon überzeugt gewesen, dass das ihre Aufgabe sei, ihre Bestimmung, und dass sie ihr Leben im Griff habe. Auf einmal überkam Frieda der schier übermächtige Drang, zu schreien und etwas zu zertrümmern.

Sie zwang sich zu atmen, drehte den Wasserhahn auf und hielt ihr Gesicht in den eisigen Strahl. Das Gespräch mit Paul geisterte immer noch durch ihren Kopf. Statistiken zu Komapatienten. Die Informationen von Pauls Schulfreund, dem Neurologen. Die Bilder aus dem Lager. Die fruchtlosen Telefonate mit der *Siebenbürger Heimat* und der Museumsverwaltung des KZ Sachsenhausen. Das Foto. Die Antwortmail dieses Arno Rether. *Mein Vater ist leider vor sechs Wochen gestorben. Ich kann Ihnen nicht helfen.* Was, wenn das nicht stimmte? Irgendwie musste sein Vater Henny auf dem Foto doch identifiziert haben. Wie konnte er das bewerkstelligen, wenn er sie nicht näher gekannt hatte?

Frieda drehte den Wasserhahn zu. Die Redaktion der *Siebenbürger Heimat* befand sich in Dortmund. Arno Rether selbst hatte ihr keine Postanschrift und keine Telefonnummer gemailt und in der *Siebenbürger Heimat* wollte man die nicht herausrücken. Aber das Internet vergaß niemanden. Schon nach kurzer Zeit fand Frieda einen nicht öffentlich einsehbaren LinkedIn-Account auf Arno Rethers Namen, außerdem ein paar Artikel in Zeitungen, die er vor etlichen Jahren verfasst hatte, und ein digitalisiertes Telefonbuch, das sogar seine Postanschrift zeigte. Er lebte in Berlin und würde sich über Besuch von ihr vermutlich nicht freuen, doch wenn sie ihm erst einmal gegenüberstand, konnte er sie nicht mehr ganz so leicht abwimmeln.

Sie nahm sich ein Taxi, die Fahrt nach Charlottenburg dauerte nicht einmal zehn Minuten. Die wievielte Taxifahrt in wie vielen Tagen? Sie hatte längst aufgehört zu zählen. Sie verlangte nicht einmal mehr eine Quittung.

»Soll ich warten?«

»Nein.«

Frieda stieg aus und sah sich um. Das Pflaster war typisch Berlin, Betonplatten im Wechsel mit herunter gekommenen Mosaiken, es gab eine Eckkneipe und ein paar Bäume mit schlappem Laub und den obligatorischen Fahrradleichen an ihren Begrenzungen. Charlottenburg hatte also auch weniger schöne Straßen als die, die Frieda kannte. Sie wandte sich zu dem Haus mit der Nummer 42 um. Ein Altbau aus der Gründerzeit. Graffitis und Tags verunzierten seinen Sockel. Sinnfreies Gekritzel, ein Smiley, ein missratener Frosch und ein dilettantisch stilisierter Penis. Frieda studierte die Namensschilder neben den Klingeln. Rether, da stand es. Sie fühlte ihren Herzschlag auf der Zunge, als ob sie sehr lange gerannt wäre. Irgendwo gurrten Tauben. Unwillkürlich blickte sie nach oben. Der Himmel war milchweiß, ausgelaugt von der Hitze des Tages. Frieda warf einen Blick auf ihre Armbanduhr. Genau acht, Zeit für die Tagesschau, allerdings erweckte dieses Haus nicht den Eindruck, als würde es Menschen beherbergen, die auf solch bürgerliche Rituale Wert legten.

Die Klingel schien irgendwo in den Tiefen des Gebäudes ein schwaches Echo zu erzeugen, das jedoch verhallte, ohne dass etwas geschah. Frieda klingelte noch einmal. Nichts rührte sich. Sie rüttelte an der Eingangstür, die zu ihrer Überraschung augenblicklich nachgab und aufschwang. Sie trat hastig ein, damit sie es sich nicht wieder anders überlegte, und blinzelte, um in dem Halbdunkel etwas zu erkennen. Der muffige Geruch feuchter Wände stieg ihr in die Nase. Der Terrazzoboden war sicherlich einmal prachtvoll gewesen, jetzt hatte er Risse, und auf die Reste der moosgrünen Jugendstil-Wandkacheln hatte irgendein Banause eine Leiste mit Blechbriefkästen gedübelt. Frieda drückte auf den Lichtschalter. *A. Rether/L. Wilde* stand über einem der Briefkastenschlitze. Die Glühbirne über ihrem Kopf flackerte, hatte dann aber doch ein Einsehen und verströmte weiterhin ihr trübes Fahlgelb. Sehr anheimelnd, aber sie wollte hier ja nicht einziehen, sie brauchte nur eine Auskunft.

Die Holzstufen knarrten unter Friedas Schritten, auf dem Treppenabsatz im ersten Stock musste sie sich den Weg durch ein Sammelsurium von Kinderspielzeug bahnen, eine Etage höher passierte sie eine Rabatte offenbar lange vergessener Topfpflanzen. Arno Rether wohnte im dritten Stock, durch seine Wohnungstür drang Musik, eine einzelne Gitarre begleitete eine Männerstimme, die etwas sang, das nach einer kruden Mischung aus Zigeunerweisen und Blues klang. Frieda klingelte. Lange. Das Gitarrenspiel verstummte, Schritte näherten sich, dann flog die Tür auf.

»Herrgott, Liane, verdammt noch mal, ich hab doch gesagt …« Der Sprecher verstummte. Er trug nur eine fransige Jeansshorts und starrte sie an, als ob Frieda ein Geist wäre.

»Sie haben mich angelogen.« Ihre Stimme klang ruhig, registrierte sie erstaunt. Der Zorn, den Rethers Anblick in ihr auslöste, saß tiefer, ein Klumpen glühenden Bleis, der sich langsam, aber unaufhaltsam voranfraß und alles andere wegbrannte. Selbst die Tatsache, dass sie offenbar mitten in einen Beziehungskleinkrieg platzte, den dieser halb nackte Kerl mit seiner Lebensgefährtin oder Gespielin oder wer auch immer diese Liane nun sein mochte, führte, war ihr egal. Frieda trat einen Schritt vor, damit er erst gar nicht auf die Idee kam, seine Wohnungstür wieder zuzuschlagen, bevor sie mit ihm fertig war.

»Okay. Also gut.« Er wich zurück, hob die Hände in gespielter Kapitulation und grinste, was seine Ähnlichkeit mit dem jungen Mann, der Jahrzehnte zuvor neben ihrer strahlenden Mutter in die Kamera gelacht hatte, noch verstärkte. Dieselbe Gesichtsform, dieselbe Augenpartie und die dunklen Locken – niemand konnte das übersehen haben, nicht er, nicht diese Heuchler von der Redaktion der *Siebenbürger Heimat*, auch wenn Arno Rethers Haar bereits grau meliert war. Wie alt mochte er sein? Über 40 auf jeden Fall, vermutlich sogar über 50. Ein in die Jahre kommender Dandy, der gedacht hatte, er könnte sie verschaukeln.

»Der Mann auf dem Foto ist Ihr Vater.«

»Vielleicht sollten Sie erst einmal richtig reinkommen.«

»Ja oder nein?«

»Ja, verdammt.«

»Und warum lügen Sie mich dann an?«

»Ich habe geschrieben: Ich kann Ihnen nicht helfen.«

»Noch eine Lüge.«

»Ah ja?«

»Etwa nicht?«

Er hob die Schultern, eine geschmeidige, flüchtige Bewegung, als versuche er etwas abzustreifen, das vielleicht keine echte Gefahr darstellte, aber dennoch störte. Pferde zuckten auf diese Weise mit der Haut, um Stechfliegen zu verscheuchen.

Er war nur wenige Zentimeter größer als sie, viel kleiner als Paul, aber mit dem kompakten Körperbau eines Sportlers. Warum verglich sie die beiden? Weil Rether halb nackt war, natürlich, zu plakativ männlich und auf seinem Hals prangte auch noch ein Knutschfleck. Frieda wandte den Blick ab, auf einmal verlegen. Schräg über ihm hing ein Rennrad an der Wand. An einem Haken seiner Garderobe baumelte die Trophäe eines nächtlichen Beutezugs: ein durchsichtiger roter BH und ein Nichts von einem Tangaslip, die an die Auslagen billiger Bahnhof-Sexshops erinnerten.

»Also, was ist jetzt, wollen Sie reinkommen oder schlagen Sie hier Wurzeln?«

Sie folgte ihm durch den Flur in ein Zimmer mit Schreibtisch und Bücherregalen und Sofa und überraschend geschmackvollen Schwarz-Weiß-Fotografien an den Wänden. Keine Frauenakte, sondern schroffe Klippen in silbrigem Wasser, die Sonne ein diffuser Lichtpunkt. Hatte sie eben an der Flurgarderobe im Vorbeigehen tatsächlich eine Friedhofsurne wahrgenommen – zwischen seinen Stiefeln und Sportschuhen, schräg unter diesem BH? Das Zimmer, in das Arno Rether sie geführt hatte, konnte mit derlei Kuriositäten, zumindest auf den ersten Blick, nicht aufwarten. Das Sofa war aus Leder, dunkelgrün gediegen, die Gitarre, die er vermutlich vor allem dazu benutzte, die Damenwelt zu bezirzen, lehnte in der einen Ecke wie eine Geliebte. Sein Schreibtisch war aufgeräumt, in den Ablagekörbchen stapelten sich bedruckte A4-Seiten, mehr konnte Frieda nicht erkennen. Der Monitor seines Rechners befand sich im Ruhemodus, ein verkitschtes Sternpanorama flirrte darauf herum, das sie vage an den Pulsar im Zentrum des Krebsnebels erinnerte.

»Also?« Arno Rether drehte sich zu ihr herum und musterte sie, als sähe er Frieda hier im Inneren seines Reichs plötzlich mit neuen Augen.

Ihre Mutter hatte seinen Vater gekannt, jetzt erst, verspätet, wurde ihr das richtig bewusst. Henny und sein Vater waren an einem Sommertag 1941 tatsächlich zusammen fotografiert worden. Sie hatten gelacht in diesem Moment und sich berührt, sich vielleicht sogar ineinander verliebt. Dieser wildfremde Mann, dem sie hier in Berlin zum ersten Mal in ihrem Leben gegenüberstand, hätte ihr Bruder sein können. Vielleicht hatte er das in Hennys Träumen sogar sein sollen. Vielleicht wollte sein Vater ihre Mutter einst heiraten.

Dachte er dasselbe? Berührte es ihn? Vielleicht, denn er wandte sich ab, griff zu dem Hemd, das neben der Gitarre auf dem Sofa lag, und streifte es über. Als sei ihm erst in diesem Augenblick bewusst geworden, dass er beinahe nackt war. Als bräuchte er einen Schutzschild.

Arno

Ohne auch nur *Guten Abend* zu sagen oder sich ihm vorzustellen, hatte sie seine Wohnung geentert, eine schlecht gelaunte Jeanne d'Arc ohne Gefolge. Und er hatte sich von ihr überrumpeln lassen und jetzt stand sie mitten in seinem Wohnzimmer und ihr Blick huschte über die Wände, an die Zimmerdecke, zum Balkon, über seine Bücherregale, und verankerte sich schließlich auf dem Monitor des Computers, der außer irrlichternden Sternen dankenswerterweise nichts preisgab. Oder guckte sie gar nicht auf den Bildschirm? Draußen wurde es zwar schon dämmrig und er hatte kein Licht eingeschaltet, aber die Titel seiner Präsenzbibliothek über dem Schreibtisch waren durchaus noch zu entziffern und eine nicht unerhebliche Anzahl der Buchrücken war mit Bildmotiven veredelt: barbrüstige Jünglinge, die sich in die ihnen willig entgegengehobenen Dekolletés ihrer wallemähnigen Gespielinnen vergruben. *Sklavin der Lust. Leidenschaft nach Mitternacht. Verbotene Knospen. Verruchte Rosanna …* Die Gestaltungsmöglichkeiten der modernen Drucktechnik waren nicht immer ein Segen. Die Dominanz der Pastellfarben und die immer gleichen Motive auf den Luna-Wilde-Covern auch nicht.

Frieda Telling wandte sich zu ihm um. Sie sah anders aus als auf den Fotos. Verletzlicher. Jünger. Vielleicht lag es an der hellen Tunika und den Flip-Flops. Oder an ihren Haaren, die sich in wirren Strähnen um ihr Gesicht schlängelten. Und trotzdem hatte sie etwas an sich, das ihr Gegenüber auf Distanz hielt. Eine Rühr-mich-nicht-an-Aura hüllte sie ein. Ein Kokon aus Stahlseil, unsichtbar zwar, aber dennoch vorhanden.

»Warum haben Sie mich angelogen?«

»Ich habe gesagt: Ich kann Ihnen nicht helfen, und das stimmt auch. Mein Vater ist tot und wir standen uns auch nicht sehr nah. Ich weiß wirklich nichts über dieses Foto.«

Sie bedachte ihn mit einem Blick, den sie sonst sicherlich für Studenten reservierte, die in Prüfungen oder Semesterarbeiten weit unter ihren Möglichkeiten geblieben waren, was sowohl sie als auch diese Sünderlein sehr genau wussten, ohne dass einer von ihnen das offen aussprach. *Sie ist super, aber wehe, wenn du nicht 200 Prozent gibst*, hatte einer ihrer ehemaligen Diplomanden in einem Webforum über sie geschrieben. Aber das hier war keine Vorlesung und er war ihr nichts schuldig.

Sie sah ihn immer noch an. Unverwandt. Forschend. Sie hatte seltsame Augen. Grasgrün und alterslos, ohne erkennbare Marmorierung. Hatte sie die von ihrer Mutter? War seinem Vater das auch aufgefallen? Frieda Telling zog einen A4-Ausdruck des Fotos hervor und hielt ihm den hin.

»Sie sehen glücklich aus, oder?«, sagte sie überraschend

sanft. »Alle vier. Aber ganz besonders Ihr Vater und meine Mutter.«

»Sie waren jung. Es war Sommer.«

»Und wenn sie ein Paar waren?«

»Mein Vater war 1941 gerade mal 15.«

»Meine Mutter auch.«

»Sehen Sie.«

»Sehen Sie was?«

»Sie waren Kinder.«

»Teenager.«

»Ja, von mir aus.«

»Können Teenager nicht lieben?«

»Was meinen Sie?«

Ihr Blick floh auf das Bild, sprang von dort zu seinen Büchern.

»Luna Wilde, Liane, ist das eigentlich Ihre Lebensgefährtin?«

»Ich lebe allein.« Warum gab er das preis? Das ging sie nichts an. Überhaupt war ihre Anwesenheit zu intim, auf eine Art, die er nicht näher beschreiben konnte und auch nicht beschreiben wollte. Er musste sie loswerden. Dringend.

Ihr Blick flog zu den Rissen an der Stuckdecke, zu dem Foto. Und wieder zu ihm. Sie sah zu viel, wusste zu viel und sie war gut im Schweigen.

»Luna Wilde bin ich. Also gewissermaßen. Ich übersetze … manchmal kommt Post vom Verlag …«

»Sie übersetzen diese – Romane?«

»Irgendjemand muss das tun.«

»Im Internet steht, dass Sie Journalist sind.«

»Mein Profil ist veraltet. Ich entwickle mich weiter.«

Sehnsucht war der Stoff, nach dem Luna-Wilde-Fans sich verzehrten. Sehnsucht nach ewiger Liebe und dem Füreinander-Bestimmt-Sein, was sich auf dem Gipfel der Lust offenbarte. Hatte sein Vater an jenem Sommertag 41 an Sex gedacht? Wahrscheinlich nicht. Doch vielleicht war er tatsächlich glücklich gewesen und verliebt in das blonde Mädchen an seiner Seite. Nicht in seinen schlimmsten Albträumen hätte er sich ausmalen können, dass er seine spätere Frau einmal so lange tyrannisieren würde, bis sie ihm wegstarb.

Er war vor dem Krieg wohl tatsächlich ein anderer Mann gewesen als der, mit dem Arno zwei Jahrzehnte später zu tun hatte. Aber aus all seinen einst so zuversichtlich gefassten Plänen, den Hoffnungen und großen Erwartungen war nichts geworden, selbst seine geliebte Heimat war schließlich den Bach runtergegangen, und jetzt war er nur noch ein Aschehaufen in einer Urne.

»Das Foto ist 70 Jahre alt«, sagte Arno. »Ein Schnappschuss von irgendeinem beschissenen Trachtenfest in Siebenbürgen.«

Frieda Tellings Blick flog von seinen Büchern zu ihm zurück, der Blick einer Jägerin wieder. Madame d'Arc blies zum Angriff.

»Man schoss in den 40er-Jahren keine sinnlosen Schnappschüsse.«

»Tja.«

»Und außerdem hat Ihr Vater dieses Foto aufbewahrt und Jahrzehnte später dem KZ-Museum übergeben. Er kannte den Namen meiner Mutter und er wusste von ihrem Schicksal.«

»Er war Chef der *Siebenbürger Heimat*. Er sammelte solche Infos. Die waren sein Lebensinhalt, um genau zu sein. Das muss alles nichts heißen.«

»Kann ich seine Informationssammlung einsehen?«

»Fragen Sie die Redaktion.«

»Das habe ich schon. Die sagen, es gibt nichts.«
»Dann wird es wohl stimmen.«
»Er war Ihr Vater!«
»Na und?«

Sie schüttelte den Kopf, stur wie ein Dackel, den man von seinem Lieblingsbaum wegzuzerren versucht, bevor er auch nur damit begonnen hat, seine Duftmarke zu setzen. Katharina. Seine Schwester. Katharina könnte ihr wohl helfen. Für Sekundenbruchteile sah Arno sie ganz deutlich vor sich. Nicht die erwachsene Frau, sondern die Zweitklässlerin mit den dünnen Zöpfen, die in der Dorfschule wie von Sinnen mit dem Finger geschnipst hatte, damit sie endlich drankam und ihr Wissen herausposaunen durfte. Manchmal heulte sie sogar los, wenn man ihr das verwehrte. War Frieda Telling früher genauso gewesen? Wohl eher nicht, sie war zwar ebenfalls hartnäckig, aber keine, die sich anbiederte. Seine Schwester hingegen lebte für das Lob ihrer Mitmenschen, vor ein paar Jahren war sie sogar wieder nach Siebenbürgen gezogen, um dem Alten zu gefallen. Die brave Rina. Das Rinchen. Der Liebling. Die Gute. Er hatte sie eigentlich nie sehr gemocht und sich trotzdem für sie verprügeln lassen, wenn sie doch einmal etwas ausfraß. Vielleicht war das der Grund dafür, dass es ihn nie wieder heimgezogen hatte, nachdem er erst einmal weg war. Nicht das ewige Geflenne des Alten nach der verlorenen Heimat und der toten Frau, sondern diese Affenliebe zwischen ihm und Katharina.

»Hören Sie, Frau Telling.«

»Nein, bitte, ich – meine Tochter …«

Wieder griff sie in ihre Handtasche und förderte ein Stück Papier hervor. Einen Flyer vom Friedrichstadt-Palast. Was wurde das jetzt?

»Die Tänzerin auf der Titelseite ist meine Tochter. Aline.«

Arno betrachtete den Prospekt genauer. Die Tochter war schon erwachsen und kam auf die Großmutter, jedenfalls hatte sie die gleichen blonden Haare. Wie alt mochte sie sein? Anfang oder Mitte 20? Frieda Telling musste noch studiert haben, als sie sie zur Welt brachte. Schwer überhaupt, sie sich mit Fläschchen und Töpfchen und vollgekackten Windeln hantierend vorzustellen, sie wirkte nicht so, als habe sie für Körperausscheidungen und andere Niederungen der menschlichen Existenz sehr viel übrig. Aber sie hatte eine Tochter, sie musste also Sex haben oder zumindest einmal gehabt haben. Vielleicht war Aline das Resultat eines Unfalls, Frieda Telling war schließlich mit einem gut zehn Jahre älteren Professor verheiratet, wenn das Internet recht hatte. Mentor schwängert Studentin, alte Herren und junge Dinger, so war das nun mal, nur das mit dem Happy End klappte längst nicht immer.

»Aline hatte einen Unfall, wie ich Ihnen schon gemailt habe. Nach der Premiere. Sie ist vor ein Auto gelaufen und liegt seitdem im Koma und ich weiß nicht, ob sie jemals wieder aufwacht.« Frieda Telling wandte sich von ihm ab, ihre Stimme erstickte. Und jetzt – sollte er sie in den Arm nehmen?

»Es tut mir leid«, flüsterte sie nach einer Weile und straffte die Schultern. »Ich will Sie damit eigentlich gar nicht belasten, aber … Hätten Sie wohl ein Glas Wasser für mich? Dieser Tag war sehr lang. Könnten wir uns bitte setzen?«

Er ging ihr voran in die Küche und füllte ein Glas mit Leitungswasser für sie. Eine Wiederholung, wurde ihm schlagartig klar. Erst hatte er Onkel Egon auf diese Weise bewirtet und jetzt sie. Und beiden ging es um seinen Vater. Wer, bitteschön, käme als Nächstes?

Er schaltete das Licht an. Frieda Telling trank ihr Wasser

aus und sank auf den Stuhl, auf dem er meistens saß. Mit dem Rücken zur Wand, die Tür im Blick, die Wahl eines Cowboys. Aber sie sah nicht zur Tür, sie betrachtete die Äpfel, die er am Morgen gekauft und auf dem Tisch liegen gelassen hatte. Sie war ungeschminkt und sie hatte in letzter Zeit viel geweint und wahrscheinlich kaum geschlafen, hier im Lampenlicht sah er das plötzlich. Ihr Gesicht sah völlig nackt aus.

»Tut mir wirklich leid, das mit Ihrer Tochter.«

»Sie versuchen seit heute Morgen, sie aus dem Koma zurückzuholen. Vielleicht wacht sie ja auf und wird wieder gesund.« Sie hielt ihm ihr Wasserglas hin und er füllte es nochmals. Erneut eine Wiederholung des Besuchs seines Onkels. Sie trank einen Schluck. Langsamer jetzt, wie ein Atemschöpfen, heftete den Blick wieder auf seine Äpfel.

»Dürfte ich wohl einen essen? Ich glaube, ich esse seit Tagen nur Junkfood.«

»Bedienen Sie sich.«

»Haben Sie auch ein Messer und einen Teller?«

»Ich habe auch Wein.«

Sie nickte, was offenbar als Zustimmung gemeint war, weil sie augenblicklich nach dem Glas griff, das er ihr einschenkte. Sie prosteten sich zu, ohne die Gläser aneinanderzustoßen, und tranken. Bordeaux aus dem Supermarkt. Falls sie etwas Teureres gewöhnt war, ließ sie es sich nicht anmerken.

Arno langte hinter sich in die Schublade und gab ihr ein Messer. Sie legte es neben sich, schloss die Finger um einen der Äpfel, als wolle sie sich daran wärmen, und saß vollkommen reglos. Der Teller – wartete sie darauf? Er stand wieder auf und stellte ihr einen hin. Öffnete das Fenster und setzte sich wieder. Er wartete auch, wurde ihm plötzlich klar. Er wartete auf etwas, das er nicht benennen konnte und nach dem er kein Verlangen verspürte, nicht ein Fünkchen, aber nun gab es dennoch kein Zurück mehr, und paradoxerweise fühlte sich das sogar gut an, oder zumindest richtig. Eine Erleichterung, wie sie sich einstellte, wenn man aus dem Wartezimmer einer Zahnarztpraxis endlich zur Wurzelbehandlung aufgerufen wurde.

Er leerte sein Weinglas und goss sich nach. Die Nachtluft, die von draußen hereindrang, war zäh und sehr still, vollgesogen mit dem Dreck des Tages, auf der Kippe zur Schwüle. Sogar die Tauben hatten es für heute drangegeben. Nicht mal der Kühlschrank brummte, als Frieda Telling das Messer nahm und den Apfel mit einer äußerst behutsamen, beinahe zärtlichen und doch präzisen Bewegung halbierte.

Sie legte die eine Hälfte auf den Teller, hob die andere vor ihre Nase und schnupperte.

»Beste Bioqualität.« Seine Stimme kam ihm zu laut vor, fast obszön. »Wegen des Geschmacks.« Er rang sich ein Lächeln ab. »Keine Sorge, ich bin Hedonist und kein Gutmensch.«

Sie hob die Augenbrauen, ihr rechter Mundwinkel zuckte. War das ein Lächeln? Er war nicht sicher. Sie schnitt die Apfelhälfte in zwei exakt gleich große Viertel. Langsam. Fast lautlos. Legte eines davon auf den Teller. Säbelte von dem anderen einen dünnen Schlitz ab und fuhr mit der Messerschneide so präzise am Kerngehäuse entlang, dass sich ein minimal winziges Halbrund Abfall daraus löste, das sie an den rechten Tellerrand streifte. *Ein Mäuseeckchen*, hatte seine Mutter das genannt. *Ein Tribut für die Ärmsten.* Arno starrte auf die glitzernde, harte Haut des Apfelinneren und den darin festklemmenden Mahagonikern, starrte auf Frieda

Tellings Hand, die den fertig gesäuberten Apfelschnitz auf die andere Tellerseite schob, bevor sie dazu anhob, die nächste, ebenso dünne Scheibe abzuschneiden. Er schloss die Augen, konzentrierte sich, horchte. Ja, ohne Zweifel. Es war nicht möglich, aber da war es: dieses Geräusch, das es eigentlich gar nicht mehr geben konnte. Dieses Geräusch, das kaum hörbar war und doch vorhanden. Ein Knistern eher denn ein Knarzen, wie ein Graupelkorn, das auf Schnee trifft.

»Reden Sie jetzt also mit mir?«, fragte Frieda Telling.

Arno öffnete die Augen wieder und merkte, dass sie ihn ansah. Aufmerksam. Forschend.

»Warum schneiden Sie den Apfel auf diese Weise? Wo haben Sie das gelernt?«

Eine müßige Frage, er kannte die Antwort. Ihre Mutter habe ihr das beigebracht. Sie erzählte das achtlos, *die siebenbürgische Art, vielleicht auch die Art der Kriegsgeneration, man war eben sparsam.* Aber er wusste, dass das nicht stimmte. Das Geräusch war privat, nein, intim. Ein Geheimnis. Es gehörte allein in die Küche in Alzen mit den Zwiebelketten und rot-weißen Vorhängen vor dem Fenster und der Eckbank an dem dunklen Holztisch mit dem bestickten Läufer.

Frieda Telling schob den Apfelteller einladend in die Mitte. Er nahm einen der Schlitze, kaute und schluckte. Die fruchtige Säure besiegte den Rotwein und explodierte an seinem Gaumen. Hatten sein Alter und ihre Mutter auch einmal so miteinander an einem Tisch gesessen? Hatte sie einen Apfel für ihn geschnitten oder er für sie, auf genau diese Weise?

»Aline hatte sich erschreckt«, sagte Frieda Telling sehr leise. »Durch ein Geschenk meiner Mutter.«

»Ihre Mutter lebt noch? Warum fragen Sie die nicht?«

»Sie lebt in einem Pflegeheim. Sie ist dement.«

»Aber sie macht noch Geschenke.«

»Aline war immer ihr Ein und Alles und sie hatten telefoniert. Das Verlobungsgeschenk war ein altes Kopftuch.«

»Was ist daran so erschreckend?«

»Ich weiß es nicht. Aber ich glaube, dass meine Mutter dieses Tuch auf diesem Foto getragen hat.«

»Und wenn Sie herausfinden, was es damit auf sich hat, helfen Sie Ihrer Tochter?«

»Das hoffe ich.«

»Aber das ist …«

»Irrational? Ja. Wahrscheinlich sogar dumm.« Wieder zuckte Frieda Tellings rechter Mundwinkel, das war wohl tatsächlich ihre Art zu lächeln. Oder war das Verzweiflung? »Ich bin Wissenschaftlerin«, sagte sie. »Ich sollte es eigentlich besser wissen, aber ich forsche ja auch nach Exoplaneten, und die Chance, tatsächlich einen zu entdecken, beträgt ungefähr eins zu einer Milliarde.«

»Klingt nicht sehr Erfolg versprechend.«

»Aber es ist möglich. Und wir kommen immer weiter. Die Technik entwickelt sich. Ein einziger Spiegel eines Großteleskops ist heute bereits so lichtstark, dass man damit den Scheinwerfer eines Autos auf dem Mond aufspüren könnte. Also, theoretisch gesprochen.« Sie trank einen Schluck Wein. »Denn auf dem Mond fährt natürlich kein Auto.«

»Wenn Sie das sagen.«

Sie warf ihm einen Gouvernantenblick zu, wurde gleich wieder ernst.

»Konnte Ihr Vater malen?«

»Malen?«

Sie nickte.

»Er wollte eigentlich mal Architekt werden.«

Der erste Rether, der es aufs Gymnasium geschafft hatte. Sein Stolz darauf hatte den Krieg überdauert. Und die Liebe zu Büchern. Hoch hinaus hatte der Alte gewollt und war schließlich doch als Dorflehrer in seinem Geburtsort gelandet, und seine Nächsten und Liebsten mussten das ausbaden. Die Frau in der Nacht, die Kinder am Tag. Besser als alle anderen sollten sie sein. Gehorsamer. Stiller. Die Guten. Die Braven. Die Vorzeigekinder. Die Nachbarschaftsstützen. Wie Tanzbären zog er sie hinter sich her, egal, wie die Ketten auch schmerzten. Und jeden Sonntag die Blasmusik in der Kirche und die immer gleichen Lieder, die beschworen, was längst nicht mehr existierte. *Siebenbürgen, süße Heimat, bist die schönste auf der Welt.* Die Schwester hatte sich gefügt, sie brauchte das Lob, vielleicht war es auch einfach Kapitulation. Aber er, Arno, war das Schattenkind, er gab den Versager, denn das hieß, dass er frei war. Er würde nicht mehr zurückkehren.

»Könnte Ihr Vater das hier gemalt haben?« Frieda zog eine Spanschachtel aus ihrer Handtasche und schob sie über den Tisch.

»Schmetterlinge?«

Sie nickte.

»Schwer vorstellbar.« Arno schob die Schachtel zu ihr zurück.

»Aber es wäre denkbar.«

»Theoretisch. Falls er jemals auf Dope war. Was ich stark bezweifle.«

»Das Tuch ist innen drin.« Nun, da sie Morgenluft witterte, weil er sich auf ihr Anliegen einließ, klang Frieda Tellings Stimme weicher. Ein melodischer Alt. Angenehm eigentlich. Vielleicht hatte ihre Mutter genauso gesprochen.

Die Schmetterlinge wirkten naturgetreu bis ins Detail

und zugleich auf fast kindliche Weise fröhlich. Arno legte den Deckel beiseite. Ein fadenscheiniger, blassroter Fetzen Stoff kam zum Vorschein. Ein zerrissenes Tuch. Es wog fast nichts in seiner Hand, die Fransen kitzelten ihn und die Stickereien am Saum fühlten sich eigentümlich vertraut an. Seine Mutter hätte die anfertigen können. Seine Großmutter. Seine Schwester. Oder zigtausend andere Frauen aus Siebenbürgen, die gesamte Welt seiner Kindheit ertrank förmlich in einer Flut bestickter Tücher und Schürzen und Hemden und Kleider.

Arno legte das Tuch auf den Tisch. »Woher weißt du, dass deine Mutter auf dem Foto genau dieses Tuch getragen hat? Hat sie dir das gesagt?«

»Ich weiß es nicht sicher. Noch nicht. Es ist eine Vermutung.« Frieda Telling wurde rot. Weil er sie geduzt hatte oder weil sie sich ertappt fühlte? Schwer zu entscheiden.

Und wenn sie recht hatte, was wäre dann? 15 war ihre strahlende Mutter auf diesem Foto gewesen, also bereits konfirmiert. Beim Kirchgang musste sie statt eines Tuchs den schwarzen Borten auf dem Kopf tragen, wie alle unverheirateten Frauen. Die Konfirmation war ein großer Moment im Leben eines Siebenbürger Mädchens. Wer konfirmiert war, durfte schon eine Patenschaft übernehmen und mit Einwilligung der Eltern sogar heiraten. Fast andächtig hatte seine Mutter am Vorabend Katharinas Kopftuch gewaschen und gebügelt und ordentlich zusammengefaltet und mit einem Säckchen getrockneter Wiesenkräuter in die Wäschekommode gebettet. Vielleicht hob seine Schwester es immer noch irgendwo auf, bestimmt sogar. Vielleicht hatte Frieda Tellings blonde Mutter das genauso gehalten und an jenem Tag vor über 70 Jahren, als das Foto entstanden war, ihr altes Kopftuch noch einmal um den Hals gebunden, weil der

Sommer noch jung und der Wind also kühl war, oder einfach, weil es so herrlich rot leuchtete. Und dann hätte sein Vater es damals gesehen und womöglich berührt. Genau dieses Tuch, das jetzt hier auf dem Tisch lag. Aber selbst wenn das stimmte – was sollte es ändern?

»Waren deine Eltern glücklich?«, fragte Frieda Telling leise.

Das nächtliche Flüstern hinter verschlossenen Türen. Körperlos. Stimmlos. Dringlicher, wenn die Mutter wieder lange geblutet hatte. Eigentlich waren die beiden Nachtstimmen gar nicht wirklich voneinander zu unterscheiden.

Wir sollten nicht mehr.

Aber ich will doch.

Ich habe Angst.

Nur noch einmal.

Und dann die Stille und kurz darauf das Quietschen der Bettfedern, das Rascheln der Laken. Das Stöhnen. »Sie waren nicht glücklich«, sagte Arno rau.

Frieda Telling nickte und studierte die Reste des Apfelkerngehäuses auf ihrem Teller. Sie war ihm vertraut, nein, das war Bockmist, romantischer Schwachsinn, der Stoff für Romane. Selbst wenn sein Vater und ihre Mutter sich tatsächlich einmal geliebt hätten, würde sich das nicht vererben.

»Ich weiß so gut wie nichts von meiner Mutter.« Sie sprach das wie ein Geständnis, beinahe flüsternd. »Ich bin nur ziemlich sicher, dass sie meinen Vater nie richtig geliebt hat.«

»Vielleicht war er einfach der Falsche für sie.«

»Er war wunderbar. Unglaublich sanftmütig.« Sie hob den Kopf und sah ihn an. »Ich habe meine Mutter gehasst, weil sie immer so hart zu ihm war. Ich fand sie so unfair.«

»Und jetzt fragst du dich auf einmal, warum sie so hart war.«

»Das ist albern, ich weiß. Und viel zu spät.«

»Aber du fragst dich das trotzdem.«

»Ja.«

Was wäre, wenn – genau so fingen Geschichten an. Die Jagd nach dem Drachen, der Liebe, dem Schatz, der Erlösung. Vielleicht waren dieses Foto und das Halstuch ja genau die Inspiration, die er brauchte. Er könnte es in einem Roman verwenden. In einem mit wenig Sex, dafür aber mit einem ganz großen Schicksalsbogen und Drama und Herzschmerz. Eine Story für Frauen ab 40, wie sie sogar seiner ewig skeptischen Agentin gefallen würde. Mit einer Heldin wie Frieda Telling.

»Meine Mutter wurde 1926 in Hermannstadt geboren, die jüngere von zwei Töchtern. Ihr Vater war Musiklehrer. Josef Wagner. Das immerhin weiß ich.«

»Mein Vater ist auch Jahrgang 26. Martin Arno Rether. Er stammte aus Alzen. Aber er hat in Hermannstadt das Gymnasium besucht und in dieser Zeit im dortigen Internat gewohnt.«

»Vielleicht war mein Großvater also sein Lehrer.«

»Möglich.«

»Und deshalb hätten sich meine Mutter und dein Vater kennengelernt.«

»Wiederum möglich.«

»Und dann, 1944, zog die Familie meiner Mutter nach Leipzig, also verloren die beiden sich aus den Augen. Aber«, sie hielt kurz inne und strich mit dem Zeigefinger über die Schachtel. »Weihnachten 1948 in Sachsenhausen …«

»Dort ist diese Schachtel bemalt worden?«

»Zumindest steht dieses Datum auf dem Boden.«

»Dann war das definitiv nicht mein Vater.«

»Aber …«

»1948 war er im Straflager in Russland, die meiste Zeit wohl in der heutigen Ukraine. So wie sein älterer Bruder und mein Großvater, die von dort nie mehr zurückgekommen sind. So wie fast alle deutschstämmigen Siebenbürger Männer und Frauen im besten Alter, die die Russen erwischt haben.«

»Und wenn er von dort nach Sachsenhausen geschickt worden wäre?«

»Ausgeschlossen. Keine Chance. Man überlebte in der Ukraine und kam zurück nach Siebenbürgen. Oder man starb.«

Etwas in Frieda Tellings Gesicht erlosch. Ein Fünkchen Hoffnung.

»Es war brutal, aber doch auch gerecht.« Arno tippte auf das Foto. »Selbst an jenem schönen Sommertag 1941 wehte in Hermannstadt todsicher irgendwo ganz in der Nähe unserer beiden Turteltäubchen die Hakenkreuzfahne.«

Glaubte er das wirklich oder war das nur das, was er in der Schule gelernt hatte? Frieda Telling verzog jedenfalls keine Miene und unterbrach ihn nicht, während er die historischen Eckdaten der jüngeren Geschichte Siebenbürgens herunterbetete, doch vermutlich fragte sie sich dasselbe. Er hatte ihr nichts von seiner Schwester gesagt. Und nichts von seiner Mutter. Und auch nicht, dass er selbst bis 1975 in Siebenbürgen gelebt hatte. Auf einmal kam er sich saublöd vor und hielt lieber die Klappe. Für ein oder zwei Minuten saßen sie sich stumm gegenüber und tranken ihren Wein aus und dann klingelte plötzlich Frieda Tellings Handy.

Sie sprang auf und wühlte hektisch in ihrer Tasche. »Paul, ja. Ist etwas mit Aline? … Nein … Ja … Nein, ich bin auf dem Weg … Ja, ins Hotel. Wir sehen uns dort.«

Ihr Mann war das also, Herr Professor Paul Seibold. Interessant, dass sie dem offenbar nicht verriet, wo sie war, vielleicht waren ihre Recherche und der damit verbundene Besuch in der Wohnung eines fremden Mannes also so etwas wie ihr schmutziges kleines Geheimnis.

Eine einzelne Kamikazemotte schoss von draußen herein und stürzte sich zielsicher auf die Lampe. Arno versuchte sie zu retten, aber sie taumelte ihm mit samtweichen Flügeln durch die Finger, knallte ein letztes Mal an die Glühbirne und verbrannte.

»Sprichst du mit der *Siebenbürger Heimat* oder mit wem auch immer, der vielleicht etwas weiß? Wirst du mir helfen?«

»Ich kann dir nicht viel Hoffnung machen.«

»Versuch einfach, was möglich ist. Ich wäre dir sehr dankbar.«

Dankbar und dann? Bekäme er zur Belohnung einen Scheck oder eine Einladung zum Essen? Er fragte sich, wie es wohl wäre, sie zu küssen, und wie sie aussah, wenn sie sich vergaß. Ob sie je richtig lachte, von ganzem Herzen. Ob sich dann ihr Kokon lösen konnte, sodass sie kicherte, prustete, japste.

»Ich muss dann los«, sagte sie und packte ihre Siebensachen ein.

»Ja, klar.«

Er folgte ihr in den Flur, vorbei an Lianes BH. Aber den ignorierte sie, obwohl er bereit war zu schwören, dass sie ihn wahrnahm.

»Was ist da eigentlich drin?« Sie wandte sich um und deutete auf die Urne.

»Schuhcreme.«

»Schuhcreme?«

»Ist doch praktisch.«

Ihr Mundwinkel zuckte. »Na dann. Danke für den Apfel. Und für den Wein.«

Sie gaben sich die Hand, ihre war überraschend klein und warm, wie ein neugeborenes Kätzchen. Er schloss die Wohnungstür hinter ihr, lehnte sich an die Wand und hörte zu, wie sie die Treppe herunterlief, wie es einen Moment still wurde, wie die Schritte wieder zurückkamen.

Er öffnete die Tür, fühlte sich auf eine absurde, lächerliche Art und Weise erleichtert.

»Das ist ja mal ein Empfang, hallo, Süßer!«

Vor ihm stand nicht Frieda Telling, sondern Liane.

5.

Frieda

Paul drehte sich zu ihr herum und zog sie an sich. Sie hörte seinen Atem in ihrem Ohr, fühlte seine Hand auf ihrer Taille. Dasselbe Ritual wie an jedem Morgen, dieselbe stumme Frage. Aber Sex war undenkbar, solange Aline nicht wenigstens aufwachte. Pauls Atem beschleunigte sich, er robbte näher. Die letzte Gelegenheit. Heute Abend würde er wieder abreisen. Aber vielleicht hatte Paul ja recht und die stumme Vereinigung zweier Körper war die einzig mögliche Reaktion auf diese Katastrophe, zu der sich ihr Leben entwickelt hatte, vielleicht würde das ja auf irgendeine Weise helfen.

Auf einmal hoffte sie, dass es so war, sehnte sich mit einer Vehemenz danach, zumindest vorübergehend zu vergessen, die sie überraschte. Sie streifte ihr Nachthemd über den Kopf und drehte sich auf den Rücken, fühlte, wie Paul reagierte, zog ihn auf sich. War das tatsächlich sie, diese nicht mehr junge Frau, die auf einmal nicht mehr warten wollte, nicht mehr überlegen, keine Sekunde länger? Die die Augen schloss und sich an ihren Mann presste, sobald er in sie eindrang, die nach ihrer Klitoris tastete und nicht mehr losließ, bis sie schließlich kam, ein langes, fast schmerzhaftes Beben? Paul stöhnte auf und steigerte das Tempo seiner Bewegungen, wurde lauter und heftiger als zu Hause, ein Fremder in einem fremden Zimmer mit einer Fremden, der keine Rücksicht mehr nimmt, nicht einmal auf die Zimmermädchen, die draußen auf dem Korridor in Position gingen. Er schrie auf, als er kam, er schrie ihren Namen, und Frieda glaubte, seinen Herzschlag zu hören, aber vielleicht war es auch nur ihr eigener. Sie öffnete die Augen wieder und versuchte Pauls Gesicht zu erkennen, aber da er nur im Dunkeln schlafen konnte und also am Abend die Jalousien heruntergelassen hatte, blieben sie füreinander nur Schemen, obwohl draußen sicherlich schon heller Tag war. Wie zwei erschöpfte Tiere verstecken wir uns in unserer Höhle, dachte Frieda. Aber die Welt draußen ist, wie sie ist. Das wird uns nichts helfen.

»Was war das denn?« Paul rollte von ihr herunter und schmiegte sich an ihre Seite.

»Ich weiß nicht.«

»Das war gut.«

»Ja.«

»Anders als sonst.«

»Ja.«

»Ich liebe dich, Frieda. Das weißt du.«

Sie nickte und streichelte seinen Rücken. Lag neben ihm und versuchte, nichts zu denken und stattdessen diese Leere zu bewahren, einfach nur diese köstliche Leere nach einem Orgasmus.

Aber es war sinnlos, völlig sinnlos, ihre Gedanken begannen schon wieder zu rasen. Zwei Tage waren seit ihrem Besuch bei Arno Rether vergangen. Oder waren es schon drei? Nein, zwei. Zwei Tage und zwei weitere, schier endlose Nächte, in denen Aline nicht erwacht war. Und Arno Rether rührte sich nicht, ließ sogar ihre Nachfragemail ins Leere laufen. Was hatte sie auch erwartet? Bloß weil sie ein paar Sekunden lang mit ihm geschwiegen und in dieser Stille auf einmal eine Verbindung zu ihm zu fühlen geglaubt hatte, die sich rational nicht erklären ließ, blieb er doch, wer er war: ein Mann, der offenbar mehr auf seine Verführungskünste setzte als auf die Wahrheit. Ein Windhund.

Hatte er recht, war sein Vater tatsächlich in der Ukraine

und niemals in Sachsenhausen gewesen – oder war das eine weitere Lüge, die er ihr aufgetischt hatte? Würde er ihr zumindest einen Ansprechpartner bei der *Siebenbürger Heimat* vermitteln, der ihr half, die beiden anderen jungen Leute auf dem Foto zu identifizieren? Und was überhaupt sollte das bringen? Nichts vermutlich, überhaupt nichts, genau wie Paul sagte. Am Ende war alles nur Einbildung und es ging überhaupt nicht um dieses Halstuch oder um das Foto und eine eventuelle Jugendliebe ihrer Mutter. Am Ende gab es sogar doch noch irgendwo eine Nora, nach der Aline gefragt hatte.

Sie strich durch Pauls Haar, die kurzen grauen Stoppeln, fühlte die feinen Wülste hinter seinen Ohren, die Narbe am Scheitel, die er sich mit elf beim Eishockeyspielen zugezogen hatte. Früher war er blond gewesen, aber das wusste sie nur aus seinen Erzählungen und von alten Fotos. Am Anfang seines Studiums hatte er sogar eine Weile einen Pferdeschwanz getragen und war mit seiner Freundin und zwei Kumpels in einem R4 nach Spanien gefahren, nach Torremolinos und von dort weiter nach Marokko.

Aline hatte solche Freiheiten nicht erlebt, sie hatte sie auch nicht gewollt, sie wollte immer nur tanzen. Und obwohl Paul sich um sie bemüht hatte, blieb Aline zu ihm auf Distanz, als ob sie ihm nicht recht traue. Oder stimmte das gar nicht? Existierte selbst die Innigkeit zwischen Aline und Henny, die sie, Frieda, ausgeschlossen hatte, nur in ihrer Einbildung? Nein, die hatte es wirklich gegeben, sie hielt sogar jetzt noch.

Und auch Aline und sie waren einmal eins gewesen. *Mein Sternenkind*, hatte sie Aline genannt, damals im Idagebirge auf Kreta. Und alle Mitarbeiter des Observatoriums hatten

Aline bewundert, dieses zierliche, selbstbewusste, überraschend autarke Persönchen, das lieber Schafskäse und Oliven aß als Schokolade, im Rekordtempo Englisch und Griechisch lernte und unter dem Nachthimmel für die grünäugige Katze Kassiopeia seine Pirouetten aufführte. Woher hatte Aline diesen unbedingten Drang nach Bewegung – von Henny? Falls es so war, dann nicht von der Henny, die Frieda kannte.

»Ich muss heute noch nicht zurückfliegen, das weißt du«, sagte Paul in ihr Haar.

»Aber dann würdest du deinen Messtermin verpassen. Das wäre Wahnsinn.«

»Aber wenn du mich brauchst.«

»Du kannst hier doch nichts machen.«

»Ich kann bei dir sein. Dich unterstützen.«

Wollte sie das? Sie wusste es nicht. Aus irgendeinem Grund wollte sie Pauls Hand auf einmal von ihrer Brust fegen und sie wollte auch nicht mehr mit ihm reden, sie wollte am liebsten allein sein mit ihrer stummen, schlafenden Tochter, als könnte sie dadurch etwas wiedergutmachen, ohne überhaupt sagen zu können, was genau das wäre.

Sie hatte Paul nicht erzählt, dass sie Arno Rether aufgesucht hatte, war es das? Aber er hätte sie nicht verstanden, vielleicht sogar gelacht. Und er hatte ja recht. Sie musste sich auf die Gegenwart konzentrieren, auf Alines medizinische Versorgung. Und sie musste außerdem eine Entscheidung treffen, wie es mit ihrer Arbeit weitergehen sollte. Sie konnte ihr Team und die Institutsleitung nicht ewig hinhalten.

Paul küsste ihren Hals. »Ich weiß wirklich nicht, ob ich dich hier allein lassen kann. Und dann fliege ich auch noch ausgerechnet nach Arizona.«

»Mach dir darum keine Sorgen.«

»Aber Arizona war mal dein Traum.«

»War, nicht ist.«

»Bist du sicher?«

»Du hattest doch recht damals: Ich hätte in Arizona nie so viel erreichen können, wie ich mir erträumt hatte. Heidelberg war genau die richtige Entscheidung.«

Sie wand sich aus Pauls Umarmung.

Er knurrte Protest.

Sie stand trotzdem auf.

Er knurrte lauter.

Routinen. Spielereien. Oder waren genau solche Rituale, die man in blindem Pingpong miteinander abspulte, die eigentliche Substanz einer Ehe? Frieda bahnte sich einen Weg um Pauls Koffer herum zum Bad. Vielleicht war es Wahnsinn, ihm zuzureden, zurück nach Amerika zu fliegen. Vielleicht würde sie das schon am Abend bereuen. Aber was wäre gewonnen, wenn nicht nur sie, sondern auch noch Paul seine Arbeit vernachlässigte? Das konnte Aline nicht helfen.

Sie musste sich zusammenreißen. Sie musste ihr Leben in Ordnung bringen, das festhalten zumindest, was noch nicht völlig zerstört war. Sie stellte sich unter die Dusche, machte nach exakt sieben Minuten das Bad für Paul frei. Auch das war Routine, sie war immer schneller im Bad als er und sie duschte am liebsten als Erste, weil sie aus irgendeinem albernen Grund die beschlagenen, nassen Fliesen nicht mochte. Sie hatten sich nach den Anlaufschwierigkeiten in der Enge dieses Hotelzimmers miteinander arrangiert. Sogar ein Glas für die Zahnbürsten hatte Paul aus der Bar mitgehen lassen. Er hatte für sie getan, was im Augenblick möglich war. Mehr konnte sie nicht erwarten. Jetzt musste sie wieder allein klarkommen und sie würde das schaffen.

Ihr Frühstücksstammplatz am Fenster war noch frei, doch die Hotelgäste an den umliegenden Tischen waren schon wieder andere. Niemand blieb länger als ein paar Tage, nur sie. Frieda aß ein Croissant, holte sich frischen Tee und lehnte sich zurück. Paul aß sein zweites Brötchen mit Frischkäse und Salami, ignorierte die Zeitung und versuchte sie in ein Gespräch über die Oort'sche Wolke zu ziehen, in der Trujillo und Sheppard eben erst zwei neue Miniplaneten entdeckt hatten, die sich vielleicht bald als Supererden erweisen würden. Frieda schloss die Augen, sah die beiden Planetenkandidaten einen Augenblick lang fast plastisch vor sich: zwei Gesteinskugeln, die in der eisigen Schwärze am äußersten Rand des Sonnensystems scheinbar haltlos dahintrudelten, so weit von der Gravitationskraft der Sonne entfernt wie nur möglich und doch von einer magisch anmutenden Anziehung aneinander und an ihren Leitstern gebunden. Es war faszinierend. Noch vor einer Woche hätte sie dieses Bild nicht mehr losgelassen. Jetzt aber verlor es sich so schnell, wie es aufgeblitzt war. Das Foto ihrer Mutter schob sich davor, lachend und jung neben Arno Rethers Vater.

Ein *moment in time*, ein Moment der Unschuld. Der Hoffnung. Der Freude. Aber das Weltgeschehen nahm keine Rücksicht auf persönliche Wünsche und Befindlichkeiten. Hennys Familie war 1944 nach Leipzig gezogen, um den Repressalien der neuen Herrscher in Siebenbürgen zu entkommen. Ein fataler Entschluss, denn das gelobte Hitlerdeutschland erwies sich als Todesfalle, Hennys Eltern und ihre Schwester starben bei einem Bombenangriff, sie selbst wurde in Sachsenhausen inhaftiert, für welche Sünden auch immer.

Frieda fischte den Teebeutel aus ihrer Tasse. Die Eckdaten von Hennys Geschichte waren ihr nicht neu, ihre Eltern hatten die nie verheimlicht. Nur gefühlt, was das eigentlich bedeutete, hatte sie nicht, und ihre Eltern hatten sie auch nicht dazu ermutigt oder die eher nüchterne Aufzählung von Fakten um eine andere, farbigere Dimension erweitert. Man hatte ihrer Mutter die Freiheit gestohlen, die Jugend. Auch wenn Hennys Familie in Siebenbürgen geblieben wäre, hätte man Henny in ein Lager gesperrt, nur eben nicht in Deutschland, sondern in der Ukraine. Sie hatte keine Chance gehabt. Das Lager war ihr Schicksal gewesen.

Hennys Pflegeheim hatte sich heute noch nicht gemeldet, plötzlich fiel Frieda das auf. War das ein gutes oder ein schlechtes Zeichen? Und was war mit Aline, würde sie heute aufwachen, vielleicht gerade jetzt, in dieser Minute?

»Frieda, hallo? Bist du eigentlich noch da?«

»Entschuldige bitte. Nicht wirklich.«

Paul lächelte resigniert und rührte Zucker in seinen Kaffee.

»Meinst du, sie hat eine Chance?«, fragte Frieda nach einer kleinen Pause.

»Aline?«

»Ja.«

»Sie atmet seit gestern wieder selbstständig, das ist doch ein Fortschritt.«

»Ja.«

»Wir müssen Geduld haben.«

»Ja.«

Paul seufzte und griff nun doch noch zu seiner Zeitung. Frieda sah aus dem Fenster. Kurz nach acht am Morgen, so früh kamen eigentlich noch keine neuen Gäste. Trotzdem stieg draußen soeben ein silberhaariger Mann mit silbernem Rollkoffer aus einem Taxi. Ein Mann mit Geld, in Windjacke, Jeans und Sneakers, jede seiner Bewegungen signalisierte die Selbstsicherheit des erfahrenen Jetsetters.

Das Taxi fuhr fort. Der Mann betrat die Lobby und strebte zur Rezeption, sein Trolley folgte ihm lautlos wie ein perfekt trainierter Wachhund.

Friedas Tasse klirrte und zerbrach. Tee ergoss sich auf Pauls Teller und tropfte auf seine Hose.

Er sprang auf. »Frieda! Verdammt!«

Sie hörte ihn wie durch Watte, sie konnte ihn nicht mal ansehen. Eine optische Täuschung war das, ganz sicher. Ein böser Spuk, ein Gespenst, das ihr Hirn ihr aufgrund einer Fehlschaltung vorgaukelte, aber ganz sicher nicht Graham Willow, Alines Vater, den sie immer noch nicht über Alines Unfall informiert hatte. Und außerdem stimmte die Haarfarbe nicht, Graham war doch braunhaarig? Aber es war über zehn Jahre her, dass sie ihn zum letzten Mal gesehen hatte. Und seine Stimme war immer noch seine Stimme, dunkler als Pauls, und er sprach unverkennbar mit dem nasalen Tonfall der Bostoner.

Frieda stand auf. Langsam. In Zeitlupe. Sein Zimmer sei leider noch nicht bereit, erklärte der Rezeptionsmitarbeiter auf Englisch. Ob *Mister Willow* wohl warten würde, eine halbe Stunde vielleicht, er könne gern erst einmal frühstücken.

»Yes, no problem. That's fine.« Graham kehrte der Rezeption den Rücken, sah sich um, entdeckte Frieda und stutzte. Aber er fing sich schneller als sie und breitete lächelnd die Arme aus. Eilte zu ihr hinüber.

»Are you real? Is that you? Didn't Aline tell me you'd be in Chile?«

Aline hatte mit ihm gesprochen, Aline hatte ihn zu ihrer Show eingeladen und ihn in dasselbe Hotel eingebucht wie zur Premiere ihre Mutter. Aline war in Kontakt mit Graham, das wusste Frieda. Doch wie eng dieser Kontakt war, das hatte Aline für sich behalten, und sie hatte das in den letzten Jahren auch gar nicht mehr wissen wollen, schließlich war Aline erwachsen.

Frieda streckte die Hand aus. Steif. Wie ein Roboter. Graham lachte und küsste sie auf die Wangen, bevor er auch Paul mit einem Handschlag und einem Klaps auf die Schulter begrüßte. Die beiden kannten sich von Kongressen, waren sich erst vor einem halben Jahr zum letzten Mal begegnet. Nur sie hatte es geschafft, ein Treffen mit Graham zu vermeiden, seit Aline ins Ballettinternat gezogen war.

Vor elf Jahren war das gewesen, aber nun stand Graham wieder vor ihr, ein Springteufel aus den Untiefen ihrer Vergangenheit, der enthusiastisch erklärte, wie sehr er sich über diese *familiy reuninon* freue und auf Alines *new performance*. Dass er ja eigentlich diesmal wirklich hätte zur Premiere kommen wollen, aber leider erst das Semesterende abwarten hatte müssen. Dass er schon gedacht hätte, alles sei wie immer: Er käme, wenn Frieda schon wieder weg sei. Und jetzt: *What a great surprise*.

»Graham, ich – ich weiß nicht, was ich sagen soll.« Ihre Stimme funktionierte, registrierte Frieda wie aus weiter Ferne, und ihr Englisch ebenfalls. »Ich wollte dich schon seit Tagen kontaktieren, aber ich wusste nicht, wie … Aline, sie ist, sie wird heute nicht tanzen. Sie kann nicht. Noch lange nicht. Sie ist im Krankenhaus. Sie hatte einen Unfall …«

Das Croissant war ein Klumpen in ihrem Magen, Zement, der sich ausbreitete. Paul würde eine frische Hose brauchen, registrierte sie plötzlich. Mit dem Teefleck im Schoß konnte er unmöglich abreisen, das ging überhaupt nicht, und die Tasse, die ihr aus der Hand gefallen war, war auch kaputt, warum kam eigentlich niemand vom Personal und kümmerte sich darum? Zwei Hände legten sich auf ihre

Schultern, Grahams Hände, und drückten sie sanft in ihren Sessel. Er zog sich einen Stuhl heran, setzte sich, hielt ihre Hand fest.

Paul stand noch immer und sog scharf die Luft ein, hatte jedoch die Größe, sich zu beherrschen.

»Tell me about it, Frieda. Tell me everything. Now«, befahl Graham.

Hatte er immer schon so steingraue Augen gehabt? Das hier war ein Film, ein ganz schlechter Film. Der Film zum Muttertag, Privatfernsehen, unterste Schublade, irgendetwas ganz unsäglich Seichtes. Frieda betrachtete die Sessellehne, auf der ihre Hand unter Grahams begraben war. Eben noch hatte sie mit ihrem Ehemann geschlafen und nun hielt sie hier mit dem einzigen Mann auf der Welt Händchen, mit dem sie sich und alles andere je vollkommen vergessen und das Bett stundenlang, ach was, tagelang nicht mehr verlassen hatte. Sogar die Verhütung hatte sie vergessen, und jetzt, fast ein Vierteljahrhundert später, kam er ihr schon wieder viel zu nah, dieser Vater ihrer Tochter, für den sie einmal alles gegeben hätte, und ihre Hand in der seinen fühlte sich noch genauso wie früher an, als hätten sie sich niemals losgelassen, jede einzelne Schwiele seiner Hand kannte sie, jedes Härchen, und er trug schon wieder keinen Ehering, so wie damals.

»Will jemand Kaffee? Oder Tee? Oder vielleicht ein Wasser?«, fragte Paul, ausgesucht höflich.

»Not for me, thank's, Paul. What about you, Frieda?« Die beiden Männer maßen sich mit Blicken, konzentrierten ihre Aufmerksamkeit dann wieder auf Frieda. Sie zog ihre Hand zurück, die zitterte und brannte. Sie bettete sie auf ihren Oberschenkel, ein verwundetes Tierchen, das sich so schnell nicht erholen würde, aber vielleicht, wenn sie alles richtig machte und sofort Erste Hilfe leistete, konnte sie es noch retten.

Frieda holte Luft und begann zu reden. Der Schock, die Ungewissheit, die seelischen Qualen, das Warten … Sie stammelte sich durch einen Mischmasch aus Entschuldigungen und Bestandsaufnahme, sie erzählte sogar von dem roten Halstuch und dem Foto und dem KZ Sachsenhausen, wenn auch nicht von ihrem missglückten Besuch bei Arno Rether. Ein paarmal versuchte Graham, sie zu unterbrechen, aber jetzt, da sie erst einmal mit dem Reden angefangen hatte, konnte sie offenbar nicht mehr aufhören. Sie plapperte Unsinn, das merkte sie selbst, aber sie machte dennoch immer weiter, erst als ihr Handy fiepte, kam sie wieder zur Besinnung, und dann dauerte es noch einmal schier endlose Sekunden, bis sie begriff, wer da anrief und was ihr da gerade mitgeteilt wurde: Aline war ansprechbar. Frieda sollte schnell kommen.

Erneut fuhr sie im Taxi durch Berlin, nur war sie diesmal nicht allein mit dem Fahrer, denn auf der Rückbank saßen ihr Ehemann und Alines Vater, zwei zumindest vorübergehend befriedete Kontrahenten. Friedas Herz hämmerte und raste. Aline war bei Bewusstsein – was genau hieß das? Würde ihre Tochter sie erkennen, konnte sie sprechen, konnte sie sich bewegen, würde nun alles gut werden?

Das Eingangsportal der Klinik kam in Sicht, dann die Schwingtür und der helle Steinboden, dann stand sie endlich im Aufzug, der unerträglich lange brauchte, bis er auf Alines Station hielt. Frieda rannte über den Flur und klingelte an der Intensivstation. Der Monet hing noch da. Die Mohnwiese mit den Müttern und Kindern. Henny liebte

Mohnblumen. Die Mohnblumen waren so rot wie das Halstuch.

»Ich habe Ihrer Tochter gesagt, dass Sie gleich bei ihr sein werden«, sagte die Oberärztin, die Frieda in Empfang nahm.

»Und das hat sie verstanden.«

»Oh, ja.« Ein schnelles Lächeln, das erste in all diesen Tagen. Wieder einmal tätschelte eine Hand Friedas Schulter. »Aber seien Sie behutsam mit ihr. Überfordern Sie sie nicht. Und die beiden Herren bleiben am besten erst einmal draußen.«

Sie folgte der Ärztin in Alines Raumschiff. Sie zwang sich, zu atmen und nicht zu weinen.

»Aline. Liebling.«

»Mama.«

Zwei winzige, hauchzarte Silben. Frieda sank auf den Boden, kniete neben dem Kopfende, strich Aline über die Wange. Diese wunder-wunder-wunderschönen Goldaugen, die sie ansahen. Die sie erkannten. Ihre unendlich kostbare Tochter. Wieso hatte sie keine Blumen dabei, wie sah das denn aus, sie kam mit leeren Händen und war völlig sprachlos.

»Hast du Schmerzen, Liebling?«

»Wa is passier?«

»Du bist im Krankenhaus. Du hattest einen Unfall. Sie haben dich operiert. Dein Bein ist gebrochen und auch ein paar Rippen. Du hast lange geschlafen.«

Aline nickte, mühsam. Ihr Blick schweifte in die Ferne, schien etwas zu suchen. Ohne die Sauerstoffmaske sah ihr Gesicht noch schmaler aus, verloren, und dieses Metallgestänge, das ihr Bein fixierte, wirkte monströs. Für die Rippen gab es keine Schienen, genauso wenig wie für die angebrochenen Wirbel, aber davon musste Aline im Augenblick noch nichts wissen. Was hatten die Ärzte gesagt? Wenn sie nicht mehr narkotisiert war, konnte man allmählich daran denken, ihre Reflexe zu überprüfen und herauszufinden, ob ihre Beine taub waren oder sich bewegten.

»Mama?«

»Ja?«

»Wa is passier?«

Frieda zögerte. Was sollte sie sagen? Wie viel? Warum gab es keine passenden Worte, wenn man so dringend welche brauchte?

»Du hast getanzt, Liebling. Und dann wollten wir in ein Restaurant gehen, um zu feiern.«

»Die Show!« Alines Augen glänzten.

»Ja, die Premiere.« Frieda nickte. »Du warst wunderbar, und dann auf der Straße – da kam dieses Auto.«

Wollte Ihre Tochter sich umbringen, Frau Telling? Nein. Nein! Auf gar keinen Fall. Sie wollte leben. Feiern. Lieben. Tanzen. Sie wollte heiraten.

Frieda versuchte ein Lächeln und streichelte Alines Finger. Es sei sehr wahrscheinlich, dass Aline Gedächtnislücken haben würde, hatten die Ärzte gewarnt. Große Lücken sogar, vielleicht unüberbrückbare. Aber so war es gar nicht, denn Aline schien sich jetzt an den Abend der Premiere zu erinnern.

»Jan«, flüsterte sie und versuchte sogar, sich aufzusetzen, aber das war nur ein Zucken und tat offensichtlich weh, denn sie stieß einen hilflosen kleinen Laut aus, das Jammern eines Kätzchens.

»Ruhig, mein Schatz, ruhig, alles wird wieder gut!«

Entsprach das der Wahrheit? Aline schien das nicht zu glauben, im Gegenteil. Ihre Augen flehten und sie begann wieder zu flüstern.

»Das Tuu«, verstand Frieda. »Warum no halb?«

Hennys Geschenk. Das zerrissene Halstuch. Es gab keine Nora, tatsächlich nicht. Friedas Suche in der Vergangenheit war also keineswegs irrsinnig. Hennys Tuch war es, was Aline verängstigt hatte.

Alines Augen jagten durchs Zimmer und zurück zu Frieda, sie verkrampfte sich noch mehr. »Warum nu halb?«, wiederholte sie mühsam.

»Du darfst dich nicht aufregen, Liebling.« Frieda versuchte, Zuversicht in ihre Stimme zu legen. »Henny hat es ganz bestimmt gut gemeint. Sie liebt dich.«

Aline begann zu weinen. Stille Tränen, die einfach aus ihr herausströmten.

»Dein Vater ist da«, flüsterte Frieda hilflos. »Graham, aus Amerika. Und Paul ist auch hier. Jan kommt sicher gleich. Und Henny denkt auch an dich und will, dass du gesund wirst.«

Aber Aline schien sie nicht zu hören, ihre Blicke jagten erneut durchs Zimmer und ihre Hand ballte sich unter Friedas zu einem harten Knoten. Erst als Jan hereinhastete und in drei langen Sätzen an ihr Bett sprang, ließ sich Aline ein wenig beruhigen.

Arno

Ein Widersacher war gefragt. Einer, der unverhofft auftauchen und die zu sexueller Leidenschaft erwachte Rebekka und ihre Zuneigung zum ruchlosen Viktor im letzten Romandrittel noch einmal gehörig aufmischen würde. Wer könnte dieser Störenfried sein? Jemand aus Viktors Umfeld. Oder vielleicht noch besser jemand aus Rebekkas Vergangenheit. Einer, der sie mit ihrer Affäre zum Landgrafensprössling erpressen könnte. Und natürlich musste er auch Zweifel an Viktors Absichten säen, ja am besten gleich einen scheinbar hieb- und stichfesten Beweis dafür liefern, dass Viktor die arme Rebekka nur benutzt hatte. Und dann würde Viktor verreisen und Rebekka musste allein mit dem Intriganten zurückbleiben. Ein gefallenes Mädchen, das vielleicht auch noch schwanger geworden war – und erst im allerletzten Moment, im Keller der tiefsten Verzweiflung, durfte sich das Blatt doch noch einmal zugunsten der ungleichen Liebenden wenden …

Arnos Finger flogen über die Tasten. Er war in Topform. Noch drei, maximal vier Vormittage und ein Korrekturdurchgang – dann wäre sein 23. und vorläufig letzter Erotikroman vollendet und sein literarisches Alter Ego Luna Wilde durfte sich erstmal ausruhen. Und dann gab es nur noch seinen Roman – und den musste er noch einmal grundlegend überdenken. Arno tippte weiter, drängte diese Überlegungen beiseite. Immer eins nach dem anderen. Erst als das zehnte und vorletzte Kapitel geschafft war, entschied er, dass es mit Rebekka und Viktor für heute reichte, lehnte sich zurück und gab den Befehl zum Drucken.

Arno gähnte und sah auf seine Armbanduhr. Kurz nach drei, das hieß, er war vorbildlich fleißig gewesen. Sechs Stunden am Schreibtisch, ohne jegliche Pause. Und das war nur gut so, denn die neue Romanidee spukte in seinem Kopf herum und buhlte um seine Aufmerksamkeit. Natürlich war es unmöglich, dass sein Vater je nach Sachsenhausen gelangt war. Aber Fiktion und Realität waren zwei Paar Schuhe und die Fantasie kannte keine Grenzen. Was wäre gewesen, wenn? Was würde daraus folgen? Nein, das war Irrsinn. Er musste diese neue Idee augenblicklich begraben. Es konnte ja wohl nicht sein Ernst sein, dass er sich nun auch noch literarisch mit seinem Alten herumschlagen sollte. Und außerdem war das Gras jenseits des Zauns immer grüner und jede neue Idee schien unendlich verführerisch, solange man sie nicht ernsthaft umsetzen musste.

Er sprang auf und drehte eine Denkrunde durchs Zimmer, schwang sich rittlings auf seinen Schreibtischstuhl und öffnete das Romanmanuskript, das er in den letzten Monaten neben der Erotikschreiberei zustande gebracht hatte. Er scrollte über den Bildschirm. Langsam zunächst, dann immer schneller. 53 Seiten. Hinzu kam ein Schattendokument mit gelöschten, dann aber doch nicht endgültig verworfenen Sätzen und Kapiteln, das inzwischen locker acht mal so lang war.

Taugten diese 53 Seiten nun was, oder waren die hoffnungslos seicht? Als Journalist war er durch eine harte Schule gegangen, hatte von der Pike auf gelernt, sich von seinen Texten zu distanzieren. Er hatte mit Herzblut und Finesse erstellte Reportagen radikal eingekürzt oder entsprechend den teils hanebüchenen Anweisungen aus der Chefetage und der Anzeigenabteilung umgeschrieben. Er roch förmlich, woran ein Text krankte, immer und überall, egal, ob er ihn selbst verfasst hatte oder jemand anders. Nur bei diesem Roman, der ihm so wichtig war, stocherte er im Nebel wie ein blutiger Anfänger.

Er wollte zu viel, so etwas hemmte, vielleicht lag es daran. Vielleicht hatte er die Erzählfigur trotz aller Bemühungen, nicht in diese Falle zu tappen, zu nah an sich selbst angelehnt. Oder es verhielt sich genau umgekehrt und er musste noch dichter ran, ja sogar in der Ichperspektive schreiben.

Er schloss das Dokument wieder und lief in die Küche. In einer knappen Stunde war er mit Valerie verabredet, auch das versprach ungemütlich zu werden. Er könnte schon jetzt ins Literaturhauscafé radeln und dort etwas essen oder auf dem Weg dorthin bei einem Imbiss einkehren. Aber ihm fehlte der Antrieb, obwohl sein Magen ganz eindeutig für Nahrungsaufnahme votierte. Er kippte den letzten Rest kalten Kaffee in seine Tasse und setzte sich auf den Stuhl, den sein blödes Hirn seit zwei Tagen nicht mehr einfach als Stuhl wahrnahm, sondern als den Platz, den auch Frieda Telling gewählt hatte. Frau Professor mit dem spöttelnden Mundwinkel und den Grasaugen. Selbst ihre Wut hatte kalt gewirkt, kalkuliert, sie war nicht laut geworden. Ließ sie sich je richtig gehen? Im Bett? Unwahrscheinlich, dass in ihr ein Vulkan loderte. Andererseits hatte sie sich für seinen Lieblingsplatz in dieser Küche entschieden und Äpfel geschnitten wie seine Mutter.

Lieselotte Rether. Geboren 1934 in Hermannstadt, gestorben in Nürnberg 1978. Ein unnötiger Tod, verfrüht, sie hatte noch nicht einmal graue Haare gehabt. Lieselotte. Er hatte diesen Doppelnamen immer gemocht, schon als ganz kleiner Junge. Er vereinte perfekt ihre beiden Gesichter. Es lag etwas Weiches darin und etwas Gewitztes, etwas Leises und etwas Lautes, das ein bisschen nach Händeklatschen klang. Die Flotte Lotte. Manchmal, ganz selten, nannte der Vater sie so. Und dann lachte sie immer, *ach Martin*, und die Art, wie sie das sagte, klang neckend, als könnten sie sich jeden Moment alle an den Händen fassen und in ein Zauberland flüchten, in dem niemand schimpfte, auch nicht der Vater.

Die Flotte Lotte. So hieß auch das Küchengerät mit der Metallkurbel, mit der die Mutter das Gemüse für die Sakuska pürierte, in den ihr eigenen, schnellen, fast fliegenden Gesten. Ritsch-ratsch-plitsch-platsch. Sie hatte gern gekocht und sie war effizient gewesen. Sie hatte nie etwas anderes sein wollen als Mutter und Hausfrau. Und doch lebte in ihr auch noch eine verborgene Seite. Die Lieseseite. Sie verkörperte das Sanfte und Stille an ihr, die nie artikulierten Träume, war das Geräusch, wenn ihr Obstmesser mit der von den vielen Jahren des Gebrauchs papierdünnen Stahlklinge in einen frischen Septemberapfel glitt. Dieses eigentlich unhörbare Knispeln, an das er bis vor zwei Tagen nicht einmal mehr gedacht hatte.

Arno stand auf und holte sich ein Messer. Setzte sich wieder hin und wählte einen Apfel. Sie schneide Äpfel wohl so, wie sie es von ihrer Mutter gelernt habe, hatte Frieda Telling erklärt. Auf die altmodische Art: Man war früher eben behutsamer und wollte nichts vergeuden. Hatte sie recht? War ihre Art, Äpfel zu zerteilen, nichts Besonderes und erst recht kein Indiz einer tiefer gehenden Verbindung? Es musste so sein, und in jedem Fall war sein Vater 1948 nicht in Sachsenhausen gewesen, sondern im Straflager in der Ukraine. Und von dort war er zurück nach Siebenbürgen gekehrt, hatte mit seinem Bruder Egon darum gekämpft, dass sie wieder zurück in das Haus in Alzen durften, in dem inzwischen Rumänen wohnten. Und als das gelungen war, wurde er Dorflehrer und suchte sich eine junge Frau zum Heiraten. Er brauchte zehn Jahre, eine zu finden.

Arno saß reglos, seine Finger umschlossen den Apfel. Zehn lange Jahre. Von 1950 bis 1960. Warum eigentlich so lange? Weil dem Alten die Frauen seiner Generation zu bitter gewesen waren, zu alt? Weil sie ihn nicht wollten? Oder weil er tatsächlich einmal in Frieda Tellings Mutter verliebt gewesen war und auf sie wartete? Hatte er deshalb dieses Foto aufbewahrt und schließlich, Jahrzehnte später, ans KZ Sachsenhausen gegeben? Bei der *Siebenbürger Heimat* konnte man das nicht erklären. Zwar gab es ein Archiv, aber Martin Arno Rether hatte immer noch ein bisschen mehr gewusst, als dort dokumentiert wurde. Eventuell fände sich ein Hinweis in seinen privaten Notizen, hatte sein Nachfolger erklärt. Aber die lagerten inzwischen wohl bei Onkel Egon oder – noch wahrscheinlicher – in Siebenbürgen bei Katharina.

Arno drückte die Messerspitze in den Apfel, die Haut riss, das Fruchtfleisch knarzte, das Kerngehäuse knackte. Er legte die eine Hälfte auf die Tischplatte, viertelte die andere, trennte eine Scheibe ab, ganz langsam, entfernte das harte Innere. Es klappte nicht. Er warf das Messer auf den Tisch und aß die Reste des Apfels in wütenden Bissen, harte Fasern und Bittermandelgeschmack kitzelten seine Zunge.

Manchmal war es in der Küche in Alzen nicht still genug gewesen, um das Apfelknispeln seiner Mutter zu hören. Weil das Feuer zu laut loderte oder der Wind draußen heulte. Manchmal hatten sie auch gesungen, sogar die Lieder, die er bei seinen Streifzügen zu den Zigeunerlagern am Dorfrand aufschnappte. Sie passten zur Lotteseite seiner Mutter, denn sie klangen nach etwas Verwegenem, das Arno damals nicht näher hätte definieren können und seine Mutter vermutlich auch nicht. Ihre Augen hatten geleuchtet und ihr Fuß zuckte im Rhythmus, und trotzdem blieb sie auf der Hut und vergewisserte sich, dass der Vater auch tatsächlich fort war, bevor sie sangen.

Warum hatte sie seinen Vater geheiratet? Sie hatte nie etwas anderes gesagt, als dass sie ihn liebte. Nie, niemals kam ein böses Wort über ihn über ihre Lippen. Sie hatte sich in ihr Leben gefügt, in ihre Rolle und in die Wünsche ihres Mannes. Kinder hatte er gewollt. Sich verewigen. Vermehren. Koste es, was es wolle. Dabei liebte er die beiden Kinder, die er gezeugt hatte, nicht einmal wirklich, oder falls doch, vermochte er das nicht zu zeigen.

Blut, wochenlang Blut und diese Blässe im Gesicht der Mutter. Ihre matten Bewegungen, aus denen der Schmerz sprach. Und kaum, dass sie wieder aufstehen und laufen konnte, erneut dieses Flüstern im nächtlichen Schlafzimmer.

Wir dürfen doch nicht.

Ach, nur noch einmal.

Katharina war als Erstes zur Welt gekommen, eine leichte Geburt, nur neun Monate nach der Hochzeit. Er, Arno, folgte elf Monate später und danach ging nichts mehr, nie wieder konnte die Mutter ein Kind in sich behalten. Vielleicht war es ja das, was der Alte ihm niemals verziehen hatte. Dass er, Arno, nicht nur als Stammhalter enttäuschte, sondern der Mutter auch noch die Gebärfähigkeit ruiniert hatte.

15:50 Uhr, höchste Zeit für das Date mit seiner Exfreundin. Er kam besser pünktlich, um nicht noch mehr Öl ins Feuer zu gießen, denn Valerie hatte das Warten schon immer gehasst, und seitdem sie Mutter war, gab es in ihrem Leben erst recht keinen Platz mehr für vertrödelte Minuten.

Die Luft draußen stand, die Stadtbäume schienen bereits zu kapitulieren und warfen die ersten Blätter ab, obwohl der Sommer gerade erst anfing. Arno schlängelte sein Rennrad im Zickzackkurs um einen Lieferwagen und den Autorückstau vor einer Ampel. Sie sprang auf Rot, kaum dass er sie erreicht hatte. Neben ihm auf dem Gehweg wühlte eine hutzelige, schwarz gekleidete Oma in einer Mülltonne. Sie blickte auf und musterte ihn aus lichtblauen Augen, die schon lange nichts Gutes mehr von der Welt und deren Bewohnern erwarteten. Arno pulte zwei Zweieuromünzen aus seiner Hosentasche und hielt sie ihr hin. Ihre Hand schnellte vor, eine dunkel geränderte, von Arthritis oder Gicht verkrümmte Klaue, die erstaunlich präzise zupackte. Die Ampel schaltete auf Grün, er nickte der Alten zu und fuhr weiter. Die Hand der Rether-Oma war genauso gewesen. Er hatte sie gefürchtet: die Kopfnüsse und mehr noch die als Zuneigungsäußerung gemeinten Kniffe in seine Wangen. Krähenoma hatte er sie insgeheim genannt, weil sie immer Schwarz trug und auf allen herumhackte und sich von den Toten nährte, ihrem Mann und dem ältesten Sohn, die nach dem Krieg nicht mehr aus dem Lager zurückgekehrt waren.

Die Eltern seiner Mutter waren anders gewesen – Großeltern, wie Kinder sie sich wünschten. Aber die wohnten nicht in Alzen. Die Krähenoma hingegen lauerte wie ein Schatten in ihrer Nähe und schien aus allen Poren Bitterkeit und Missgunst zu verströmen. *Das ist ihre Trauer, sie kann eben nicht anders*, erklärte die Mutter. Klaglos und stumm saß sie jeden Sonntag wieder in der Kirche neben ihrer Schwiegermutter, die sie offenkundig dafür hasste, dass sie ihren Sohn geheiratet hatte. Klaglos führte sie sie anschließend am Arm in die heimische Wohnstube auf den Ehrenplatz neben dem Vater und servierte das Mittagsmahl, das diese dann doch wieder kritisierte.

Im Literaturhauscafé malträtierte der Feuilletonliebling schon wieder seinen Laptop und gab heute offenbar den jungen Sartre, denn er paffte an einer Pfeife. Arno vergewisserte sich mit einem schnellen Blick, dass er heute Nachmittag zumindest von Liane verschont blieb. Was das anging, war die Luft rein. Und Valerie hatte bereits Position auf einem Schattenplatz bezogen, entdeckte ihn und winkte. Arno küsste sie auf die Wangen und fühlte, wie sehr sie unter Strom stand. Sie versuchten es etwa eine halbe Minute lang mit Small Talk, verstummten dann gleichzeitig und grinsten.

»Ich hoffe, ich höre jetzt eine Entscheidung.« Valerie rührte zwar in ihrem Espresso, sah ihm jedoch geradewegs in die Augen.

»Ehrlich gesagt …« Arno zögerte. *Bist du hundertprozentig sicher, dass du deine Meinung nicht doch irgendwann änderst?*, hatte sie gefragt, nachdem er endlich mit der Wahrheit über seine Sterilisation herausgerückt war. *Willst du nie, wirklich niemals eigene Kinder?* Und er hatte verneint und versucht, es ihr zu erklären, und gesehen, wie sich der letzte, ob seines Verrats ohnehin völlig absurde Rest Hoffnung aus ihrem Gesicht verabschiedete. *Geh jetzt, verdammt noch mal, und komm nie wieder. Verschwinde aus meinem Leben!*, hatte sie geschrien. Und das war, soweit er das beurteilen konnte, ihre einzige Lüge geblieben. Denn ein Jahr später überraschte sie ihn mit der Nachricht, dass sie schwanger sei und den Kindsvater Max zu heiraten gedenke. Es tue ihr leid, dass sie ihn mit ihrer Biouhr so unter Druck gesetzt habe, hatte sie erklärt. Und dass sie sich ihn nun zumindest als Patenonkel für die Zwillinge wünsche. Denn es habe ja nicht nur das Ende gegeben, sondern auch den Anfang, all die guten Jahre, die sie zusammen verbracht hätten.

»Ehrlich gesagt – was?«

»… ich würde gern noch ein paar Tage nachdenken. Was durchrechnen. Ob ich die Wohnung doch übernehme.«

Valerie schüttelte den Kopf. »Das ist nicht dein Ernst!«

»Nur ein paar Tage, Val. Ich hab gerade einiges auf dem Tisch. Das ist alles nicht so einfach.«

»Doch, es ist einfach. Sehr einfach sogar. Sagt jedenfalls unser Anwalt.«

»Ein paar Tage mehr, Val. Höchstens eine Woche. Maximal zwei. Deshalb werdet ihr doch wohl nicht vor Gericht ziehen.«

Sie sprang auf und riss ihre Handtasche von der Stuhllehne. Schleuderte einen Fünfeuroschein auf den Tisch. Atmete durch, hielt noch einmal kurz inne.

»Weißt du, was ich so beschissen und unfair finde? Du beschwerst dich die ganze Zeit über deinen Vater, wie du unter ihm gelitten hast. Wie schrecklich er war, dieses ewige Jammern nach der verlorenen Heimat.«

»Das ist doch jetzt –«

Sie unterbrach ihn mit einer unwirschen Geste. »Aber du bist genauso wie er, Arno«, flüsterte sie. »Ganz genauso. Erst bist du abgehauen, und dann willst du nicht loslassen!«

Frieda

Sie wollte ihr Leben zurückhaben. Sie wollte wieder die Frieda Telling sein, die sie kannte. Eine Wissenschaftlerin mit Leidenschaft für ihre Arbeit und einem geordneten Tagesablauf. Eine verheiratete Frau mit einer erwachsenen, gesunden, glücklichen Tochter. Frieda stützte die Ellbogen auf den Hotelschreibtisch und starrte auf die Daten, die ihr Team aus Chile gemailt hatte. Es gab verschiedene Möglichkeiten, einen Exoplaneten aufzuspüren, sie selbst hatte sich auf die Transitmethode spezialisiert: Sie analysierte das Licht eines Sterns, rasterte es mithilfe der Teleskopkamera in Millionen Photonen und überprüfte, ob deren Helligkeitswerte im Verlauf einer Nacht womöglich schwankten. Sanken sie in periodisch wiederkehrenden Intervallen, konnte dies ein erster Hinweis darauf sein, dass dieser Stern nicht allein war, sondern von einem Planeten umkreist wurde. Theoretisch zumindest und wenn dessen Umlaufbahn überhaupt die Sichtachse zur Erde kreuzte. Man benötigte eine Fülle von Aufnahmen unter exakt gleichen Bedingungen, um so einen Transit tatsächlich nachzuweisen. GJ 1214b, den sie vor drei Jahren entdeckt hatte, verdunkelte seine Sonne zum Beispiel nur alle 38 Stunden für gerade einmal 52 Minuten. Und natürlich war die Lichtschwankung, die ein Planet verursachte, eigentlich gar nicht wahrnehmbar. Das Kunststück, diese dennoch zu finden, glich in etwa dem, von Berlin aus nachzuweisen, dass um einen Leuchtturm im fernen Athen ein Glühwürmchen fliegt.

Sie öffnete das nächste Dokument und scrollte durch die neuesten Aufnahmen. Ihr Team hatte ein bisschen Pech gehabt und anfangs gleich zwei bewölkte Nächte in Folge überbrücken müssen. Aber die Aufnahmen der darauffolgenden Nächte waren vielversprechend, und wenn alles nach Plan lief, würden sie in drei Tagen fertig sein und zurückkehren und sie könnte sich wieder einklinken und in den nächsten sechs Monaten vollauf damit beschäftigt sein, die Messdaten auszuwerten und ihre These zu belegen, dass in 22 Lichtjahren Entfernung um den roten Zwerg Gliese im Sternbild Skorpion nicht nur einer, sondern sogar mehrere Planeten kreisten – und womöglich sogar eine Supererde.

Friedas Augen brannten, der Laptopmonitor war zu klein und der Hocker vor dem Hotelarbeitstischchen hatte nicht einmal eine Lehne. Und doch war sie überzeugt von dieser Mission, so unwahrscheinlich ihr Erfolg Außenstehenden auch erscheinen mochte. Warum gelang es ihr nicht, mit derselben Zuversicht daran zu glauben, dass Aline wieder gesund würde, nun, da sie immerhin erwacht war? Weil die Distanz fehlte. Weil all das Wissen um die Gesetzmäßigkeiten der Natur, dieses ewige Werden und Vergehen, sei es auf der Erde oder im Kosmos, nichts als graue Theorie war. Sie wusste um den Urknall, sie wusste, dass aus Zerstörung neues Leben erwuchs, sie konnte berechnen, wann die Sonne explodieren und die Erde zerstören würde. Sie wusste, dass Aline und sie selbst und alle anderen Menschen genau genommen aus dem Sternenstaub des Urknalls hervorgegangen waren – aber was half das?

Sie stand auf und trat ans Fenster. Es war noch hell, früher Abend. In Chile brach gerade erst der Nachmittag an, ihr Team würde jetzt allmählich aufstehen und frühstücken. Sie stellte sich vor, wie sie in die Kantine schlurften, sich Kaffee und Obst vom Buffet nahmen und Enchiladas aßen, während sich draußen die Dämmerung auf die Geröllwüste senkte. Sie stellte sich vor, wie sie später durch den unterirdischen Gang hinauf ins Rechenzentrum stiegen oder noch kurz nach draußen traten, um zu beobachten, wie die Kuppeln über den Teleskopen aufschwangen und die gigantischen Spiegel in Position fuhren. Lautlos und wie von Geisterhand gesteuert, ein Maschinenballett unter dem Sternenhimmel. Und vielleicht würde der eine oder andere Teamkollege auch einen Moment lang den Kopf heben und in die Richtung schauen, in der sich die vergleichsweise winzige Zone befand, die für diese Messnacht aktuell interessant war. Ein paar winzige Pünktchen inmitten der Myriaden von Sternen, mit bloßem Auge kaum zu erkennen.

Und dann würden sie sich abwenden und den Himmel mit bloßem Auge für den Rest dieser Nacht nicht mehr betrachten, denn die Astronomie war eine Disziplin voller Widersprüche und Paradoxien: Einerseits gelang es, ein von Jahr zu Jahr immer präziseres Bild von immer entfernteren Galaxien zu zeichnen und deren Geheimnisse zu analysieren, weil sich die Leistungsfähigkeit der Messgeräte und Computer in schier atemberaubendem Tempo verbesserte. Andererseits war der Preis für die Arbeit mit Hochleistungstechnologien eine schleichende Entfremdung. Man verbrachte seine Beobachtungnächte nicht mehr draußen unter freiem Himmel, ja nicht einmal mehr direkt am Teleskop, weil die Anwesenheit eines Menschen dessen fein justierte Präzision nur gestört hätten. Statt direkt durchs Teleskop zu schauen, saß man in einem fensterlosen Rechenzentrum und heftete seinen Blick auf die Monitore der Computer, die mit der Kamera des Teleskops verbunden waren. Und was sich dann auf den Bildschirmen entfaltete, verglich man nicht zuerst mit dem Himmel, sondern mit den Abbildern davon, die bereits bekannt und ebenfalls im Computer gespeichert waren.

Frieda presste die Stirn an die Fensterscheibe. Was war mit ihr los, Aline war aufgewacht, das war doch immerhin ein Grund zur Freude? Im Garten des Mietshauses war der Glatzkopf wieder auf seiner Hantelbank zugange, seine Armmuskeln pumpten. Eine türkische Großfamilie fachte den Schwenkgrill an, trotz der Hitze trugen die Frauen lange Gewänder und Kopftücher, doch sie lachten und schwatzten und wirkten glücklich, als ob sie die klar definierten Grenzen, in denen ihr Dasein verlief, gar nicht bemerkten oder akzeptierten, vielleicht sogar guthießen. Frieda wandte sich ab. Pauls Koffer war fort, auf den Bügeln hingen nur noch ihre eigenen Sachen. Auch das Bett war frisch bezogen und im Bad hatten die Zimmermädchen neue Handtücher aufgehängt und das Glas für die Zahnbürsten mitgenommen, als ob sie das nur für Paul stehen gelassen hatten und davon ausgingen, dass Frieda allein solchen Luxus nicht brauchte.

Hennys Schmetterlingsschachtel mit dem Tuch stand auf

dem Nachttisch. Dieses fadenscheinige rote Tuch, nach dem Aline sofort gefragt hatte, obwohl Frieda es nicht einmal dabeigehabt oder erwähnt hatte. Wofür hatte das in Hennys Leben gestanden? Warum war es zerrissen? Wie konnte es sein, dass es Aline so ängstigte? Nur Jan hatte sie schließlich beruhigen können, alle anderen mussten sich verabschieden, kaum dass sie Aline begrüßt hatten. Und dabei wusste Aline noch nicht einmal, wie schwer ihre Verletzungen womöglich waren. Dass sie vielleicht nie wieder aufstehen würde, geschweige denn tanzen. Oder spürte sie das bereits, tief in ihrem Unbewussten, rührte ihre Verzweiflung auch daher?

Frieda hob den Deckel ab. Das Tuch quoll hervor und umschmeichelte ihre Finger, leicht wie ein Windhauch. Sie hatte es als Kind niemals anfassen dürfen, sie hatte immer nur gewusst, dass es da war, an seinem Platz im hintersten Winkel von Hennys Kommode. Und Aline? Mit ihr hatte Henny geschmust und getuschelt und gescherzt, mehr als jemals mit Frieda. Ganze Tage hatten Großmutter und Enkelin in seliger Symbiose verbracht, während Frieda gearbeitet hatte. Mit Aline hatte Henny sogar gelacht, wenn auch vielleicht nicht so ausgelassen wie als junge Frau auf dem Foto aus Hermannstadt. *Die kenne ich doch noch von früher!*, hatte Aline beim Anblick der Schmetterlingsschachtel gerufen. Vielleicht galt das Tabu für sie also nicht, vielleicht hatte sie damit spielen dürfen – sogar mit diesem Kopftuch.

Henny allein in dem blauen, seidigen Morgenmantel vor dem Spiegel der Frisierkommode im Schlafzimmer. Ein rotes Stück Stoff in ihren Händen. Ihr verzweifeltes Schluchzen. Oder war das gar nicht passiert, war das nur ein kindlicher Angsttraum? Frieda ließ das Tuch durch ihre Hand gleiten, sah ihr kindliches Ich aus dem Bett klettern und sich auf den Weg zum Elternschlafzimmer machen. Eine unbestimmte

Ahnung hatte sie aus dem Schlaf gerissen. Die Angst, dass ein Unheil geschehen war. Welches Unheil, was war das? Sie hatte ihren Vater gesucht, gar nicht ihre Mutter. Sie war überrascht gewesen, als sie ihre weinende Mutter entdeckte. Und dann? Nichts. Schwärze. Irgendwann hatte Henny sie bemerkt, weil Friedas Zähne laut aufeinanderschlugen, und hatte sie ins Bett geschickt. Erst war ihre Mutter ein paar Tage lang verschwunden gewesen und nun plötzlich der Vater. Auch beim Frühstück am nächsten Morgen blieb sein Platz leer und am folgenden Tag. Und dann kam er doch wieder heim, mit einem großen Strauß roter Rosen, über die Henny sich nicht freute. War das tatsächlich genau so geschehen? Unmöglich, das jetzt noch exakt zu rekonstruieren, Frieda war damals höchstens vier Jahre gewesen, vermutlich noch jünger. Und doch geisterte dieses Bild seit ein paar Tagen hartnäckig in ihrem Kopf herum, wie die Photonen eines schon lange erloschenen Sterns im Weltraum.

Frieda schleuderte das Tuch von sich. Sie wurde verrückt, wenn sie so weitermachte. Sie musste damit aufhören. Paul hatte recht gehabt, er hätte doch hierbleiben sollen, er hätte ihr helfen können, hätte sie an das erinnert, was wirklich zählte. Aber jetzt war es zu spät, jetzt saß er im Flugzeug. Dabei hatte er selbst am Gate nochmals angeboten, das Ticket verfallen zu lassen. Es war ja auch nur allzu offensichtlich gewesen, wie sehr sie unter Alines Zurückweisung litt und wie sehr Grahams plötzliches Auftauchen sie aus der Bahn warf.

Irgendetwas zerschlagen können. Treten. Boxen. Schreien. Sie hieb mit der Faust auf das Tuch. Lächerlich. Sie warf sich aufs Bett und vergrub ihr Gesicht in dem Kopfkissen, das nicht mehr nach Paul roch. Und sie selbst roch auch falsch, ihr Haar jedenfalls. Nach einem synthetischen Pfirsicharomashampoo, nach Haarfärbemittel und Schaumfestiger, weil sie, kaum dass sie ihren Ehemann am Gate aus den Augen verloren hatte, schnurstracks in den nächsten Friseursalon gerannt war, bloß weil sich an ihren Schläfen und in ein paar Strähnen das erste Grau zeigte.

Ihr Handy fiepte. Graham. Er warte an der Rezeption, ob sie denn nun mitkäme. Und obwohl sie bis zu diesem Moment fest davon überzeugt gewesen war, dass sie seiner Einladung unmöglich folgen können würde, hörte sie sich Ja sagen, und kurz darauf liefen sie zur Haltestelle der S-Bahn.

Der Himmel war bleich, als ob er hier in der Stadt keine Kraft für einen farbigen Abschied vom Tag hätte, die heranbrechende Nacht war noch kaum mehr als eine Ahnung. Der Fußgängerweg schwenkte zum Kanal und auf eine Brücke. Ein Ausflugsschiff mit bunten Glühbirnengirlanden glitt heran. Passagiere in heller, festlicher Kleidung standen an Stehtischen und an der Reling, redeten und lachten, zwei Kinder hüpften auf und ab und winkten, aus den Lautsprechern wehte Barjazz.

»Come on, Frieda. Try to relax. Let's get a drink«, sagte Graham, als sie das Foyer des Friedrichstadt-Palasts betraten und im Pulk erwartungsfroher Gäste die Treppen erklommen.

»Da drüben ist die Bar.« Frieda zwängte sich in eine Lücke zwischen einen Trupp parfümierter Russen und zwei knutschende Teenager, Graham folgte ihr, klebte förmlich an ihrem Rücken.

»Gin Tonic?«

»Gin Tonic.«

Wie leicht alles wiederkam, alles von damals. Als habe es irgendwo überdauert, wie diese Insekten in Bernstein. Es gab sogar Mücken, die mitten in ihrem Hochzeitsflug gemeinsam von einem Baumharztropfen überrascht worden waren und nun, Jahrmillionen später, noch immer im Harz miteinander vereint waren, ohne die Chance, jemals wieder voneinander zu lassen oder aber sich auch nur einen Millimeter näher zu kommen. Die Skelette zweier Liebender, die man im Naturkundemuseum betrachten konnte, erforschen, wenn auch nicht reanimieren.

Sie stießen ihre Gläser aneinander. Tranken. Rührten. Die Eiswürfel klirrten.

»Und, bist du glücklich, Frieda?«

»Glücklich?«

»Mit Paul, meine ich.«

Frieda. *Free.* So wie Graham ihren Namen aussprach, klang es so, als wäre sie immer noch frei.

»Wir sind seit zehn Jahren verheiratet.«

»Und ist das Glück?«

»Und du, Graham? Wie geht es deiner Frau und den Kindern?«

»Wir haben uns scheiden lassen, vor sechs Jahren.« Er lachte. »Beverly lebt jetzt mit einem Kollegen. Die Kinder sind auf dem College.«

»Oh, tut mir leid. Also, deine Scheidung.«

»Ich hätte damals nicht auf dich hören sollen, Frieda, ich hätte dir hinterherreisen und Beverly verlassen sollen. Unsere Ehe war damals schon tot. Eigentlich war sie von Anfang an ein Fehler gewesen, eine Illusion. Aber noch bevor wir überhaupt begonnen hatten, uns richtig kennenzulernen, wurde Beverly schon schwanger und dann dachte ich eben immer, sie braucht mich und die Kinder – *Christ*!«

Graham verstummte und verzog das Gesicht zu einer schuldbewussten Grimasse, weil ihm klar wurde, was er da gerade gesagt hatte. Frieda lachte, was er offenbar als Aufforderung begriff, sein Glas erneut an ihres zu tippen und etwas näher an sie heranzurücken.

»Es ist gut, dich zu sehen. Ich wusste gar nicht, wie sehr ich dich vermisst habe.«

»Ich bin verheiratet, Graham. Und ich habe vor, das auch zu bleiben. Und außerdem …«

»Aline.«

»Ja.«

»Ich hätte zur Premiere kommen müssen. Aline ist wichtiger als die Studenten.«

»Du hättest nichts tun können, das Unglück zu verhindern.«

Oder doch? Hätte Aline Hennys Geschenk womöglich nicht allein ausgepackt, wenn ihr Vater dabei gewesen wäre? Oder hätte sie, Frieda, es Aline dann gar nicht erst ausgehändigt? Wieso hatte sie das überhaupt getan, auf der Straße, mitten im Trubel? Bloß wegen dieser Rosen, weil Aline so enttäuscht war, dass die nicht aus Hennys Garten stammten, sondern nur gekauft waren. Und weil Henny in einem scheinbar klaren Moment Frieda angefleht hatte, Aline ihr Geschenk auch ja sofort zu überreichen. Frieda stürzte den Rest ihres Drinks herunter. Auf nüchternen Magen, sie fühlte den Alkohol schon, eine heiße Welle. So durfte sie nicht weitermachen, das konnte nicht gut gehen.

Graham musterte sie und schien auf etwas zu warten. Dass sie ihm um den Hals fiel? *Und, bist du glücklich?* Sie bezwang den Impuls, ihr leeres Glas einfach auf den Boden zu schmettern, und stellte es auf einen Bartisch. Die Eiswürfel hüpften.

»Es ist okay, dass wir hier sind«, sagte Graham. »Wirklich. Jan hat mit Aline darüber gesprochen. Sie findet das richtig.«

Die stolzen Eltern gemeinsam bei der Vorstellung ihrer

Tochter. Jetzt, wo es zu spät war, brachten sie das auf einmal fertig. War es das, was sich Aline insgeheim immer gewünscht hatte, obwohl sie Frieda und Graham niemals gemeinsam erlebt hatte? Vielleicht war sie selbst, Frieda, damals gar nicht vor Grahams Ehe weggerannt, sondern vor genau solchen Träumen, weil sie wusste, dass sie der Wirklichkeit nicht standhalten würden. Denn sie wären gescheitert, Graham und sie und Aline. Es gab sie nämlich nicht, diese schicksalhafte, ewig glückliche, leidenschaftliche Liebe. Sie waren besessen voneinander gewesen, unersättlich, aber das hieß noch lange nicht, dass sie für einen Alltag miteinander taugten.

Jan hatte das Einzelticket, das Aline für Graham gebucht hatte, gegen zwei Sitze im Pressebereich eingetauscht, mit bestem Blick auf die Bühne, fast exakt in der Mitte. Frieda versuchte, sich zu entspannen, aber die Show, die sich nun zum zweiten Mal vor ihr abspulte, erschien ihr in der Wiederholung zu nah und zu bunt, und der Gin machte etwas mit ihren Gedanken, ließ sie kreiseln und kreiseln. Ein Hollywoodfilm fiel ihr ein, der mit diesem Murmeltier und dem zynischen Journalisten, der in dieser Zeitschleife festhing, wer hatte den noch gleich gespielt, Bill Murray? Acht Uhr jeden Abend und los ging die Show, die Tänzer erwachten und sprangen auf die Bühne, jeder an seinen Platz, alle lächelnd im Gleichtakt. War das Jan in dem Neonanzug dort links? Einen Moment lang war Frieda davon überzeugt, ihn einwandfrei identifiziert zu haben, dann verschmolz er schon wieder mit der Masse. Aline musste am Premierenabend ebenfalls bei dieser Hip-Hop-Nummer mitgewirkt haben, das Kostüm hatte in ihrer Garderobe gehangen. Trug das jetzt eines der anderen Mädchen? Sie hatte ihre Tochter nicht erkannt, sie hatte sie nicht gewürdigt, sondern sich über den verspäteten Zug geärgert, über das Wetter und über die überstürzte Verlobung.

»Are you okay?« Grahams Atem streifte Friedas Ohr. Sie nickte und versuchte, von ihm abzurücken, doch der Saal war zu eng bestuhlt, das ging nicht.

Die nächsten Nummern flogen vorüber. Tanz, Akrobatik, Gesang im Wechsel, dann plötzlich Dunkelheit und ein Moment der Stille. Und dann blitzten Sterne, und ein blondes Mädchen in schwarzem Glitzertrikot schritt wie aus dem Nichts auf Jan zu, diesen milchblauen Jüngling mit nacktem Oberkörper, aus dem Frieda nicht schlau wurde, der aber ihr Schwiegersohn werden sollte. Er hatte kein einziges Brust- oder Achselhaar, Körperbehaarung war aus der Mode gekommen, nicht nur bei Tänzern, galt schon lange nicht mehr als Signal für Geschlechtsreife. Eine Frage der Generation. Arno Rether hatte seine Brustbehaarung hingegen völlig ungeniert präsentiert. Seidige Haare, die nicht grau wie Pauls und inzwischen wohl auch Grahams waren, sondern dunkel.

Das Mädchen auf der Bühne sank in Jans Arme, er nahm Schwung und hob sie über den Kopf, trug sie auf Händen, wirbelte sie wieder auf den Boden. War da weniger Sehnsucht und weniger Harmonie zwischen ihnen als zwischen Jan und Aline? Hatte man die Choreografie vereinfacht? Je länger Frieda zusah, desto unsicherer wurde sie, und wie sollte man den Unterschied ohne direkten Vergleich überhaupt feststellen? Alines und Jans Pas de deux war vergangen, es gab keinen Film davon, sie konnten es nicht wiederholen. Eine Supernova, die verpufft war. Und so war die Illusion perfekt, nicht einmal das Plakat musste man verändern, denn wer würde Alines Lächeln darauf schon mit dem der Ersatztänzerin vergleichen? Dieses Lächeln, das so entrückt gewesen war, so voller Hingabe und Vertrauen?

Graham schob ein Papiertaschentuch in Friedas Hand, sie weinte also schon wieder, dieselben lautlosen Tränen wie am Morgen ihre Tochter. *Nur eine von Tausenden Tänzerinnen hat diese Bühnenpräsenz, dieses Leuchten,* hatte die Ballettmeisterin gesagt. *Und Aline und Jan zusammen, das war Magie, wie eine Explosion.* Die Erinnerung daran rieb wie Splitt in einer frischen Wunde. Vielleicht sah die Ballettmeisterin ja gerade zu und dachte an ihre Worte. Oder kam sie zu dem Schluss, dass dieses Pas de deux gar kein schlechter Ersatz war. Und Jan? Zumindest für ihn musste doch jeder Schritt eine Qual sein. Wie brachte er das fertig, Abend für Abend?

Fragen, immer nur Fragen und keine Antwort. Wie wäre ihr Leben verlaufen, wenn sie Graham geheiratet hätte, nicht Paul? Was, wenn Henny mit Arnos Vater zusammengeblieben wäre? Angenommen, Arno Rether würde ihre alte, verwirrte Mutter heute im Pflegeheim besuchen – würde diese in ihm seinen Vater erkennen und womöglich zu reden beginnen –, würde dann etwas in ihr heilen? Unfug, Frieda, das ist Unfug.

Die falsche Aline entschwebte hinter die Kulissen, das immerhin war eine klar sichtbare Änderung der Choreografie, sie flog nicht in den Bühnenhimmel wie Aline, sondern blieb auf dem Boden. Frieda tupfte ihre Tränen ab, das Tuch war ein Heer zarter Tippelschritte auf ihren Wangen, lauter Ameisenfüße auf Socken.

Nach dem Ende der Vorstellung floh Frieda zur Toilette und saß mehrere Minuten reglos in einer der Kabinen auf dem heruntergeklappten WC-Deckel und bemühte sich, weitere Tränenfluten zu unterdrücken. Türen klappten neben ihr, Wasser rauschte, Frauen redeten und lachten und hantierten mit Bürsten, Lippenstiften, Puder. Parfumgeruch stieg Frieda in die Nase. Desinfektionsmittel und Urindampf. In Hennys Lagerjahren hatte es kein Parfum gegeben, keinen WC-Reiniger, nicht mal eine Kabine, nur einen stinkenden offenen Eimer für alle Barackeninsassen gemeinsam. Friedas Herz hämmerte, ihr war schwindelig, sie schwitzte. Sie straffte die Schultern, putzte sich die Nase und rief ihre Mails ab, konzentrierte sich auf die virtuellen Untiefen ihres Smartphones, diese handtellergroße Ersatzwelt, die man nach Gutdünken ein- oder ausschalten konnte und also weitgehend unter Kontrolle hatte, wenn auch nicht unbedingt ihren Inhalt.

Keine Nachricht von Paul, aber der saß ja auch noch im Flugzeug. Nichts von Arno Rether. Was hatte sie auch erwartet, ein Wunder? Frieda betätigte die WC-Spülung und verließ die Kabine. Sie wusch sich die Hände und legte frisches Make-up auf – eine Besucherin wie alle anderen, eine Frau in einem schicken, neuen Kleid, mit glänzenden schulterlangen Haaren. Ein einziger Schwindel.

Draußen war das schmutzige Zwielicht zu einer weiteren Tropennacht ohne Sterne geschmolzen, der Himmel sah bräunlich aus. Graham hakte sie unter und ließ gleich wieder los, denn bis zu dem indischen Restaurant, in dem Jan einen Tisch für sie reserviert hatte, lief man vom Friedrichstadt-Palast kaum eine Minute. Sie setzten sich einander gegenüber, von ihrem Platz blickte Frieda direkt auf die leuchtenden Werbeplakate mit ihrer Tochter.

»Gin Tonic?«

»Gin Tonic.«

Frieda stürzte die Hälfte ihres Drinks herunter wie eine Verdurstende. Er war stärker als der im Palast, dekoriert mit kandierten Früchten und gelbem Papierschirm. Früher hatte Aline diese Schirmchen gesammelt und damit gespielt, vielleicht sollte sie den für sie aufheben und dann würde

Aline lachen. Die Luft roch nach Curry, staubigem Asphalt und frischem grünem Koriander. Der Alkohol schoss ihr offenbar direkt ins Hirn, denn auf einmal schien die Werbeplakat-Aline nicht mehr Jan anzuschauen, sondern Graham und sie.

Frieda trank noch einen Schluck und versuchte nicht daran zu denken, was Paul sagen würde, wenn er sie so sehen könnte.

»So here we are«, sagte Graham.

»Ja, sieht so aus.«

Wann kam endlich Jan? War sie glücklich mit Paul? Bevor sie seinen Antrag damals annahm, hatte sie die Pro- und Kontra-Argumente einander gegenübergestellt, und tatsächlich hatten die Pro-Argumente überwogen: Paul war ein intelligenter Gesprächspartner, er war loyal und betrachtete Frieda nicht als Konkurrentin. Aus dieser Stabilität erwuchs für sie die Freiheit, sich auf ihre Forschung zu konzentrieren und nur darauf. Die Frage nach weiteren Kindern hatte sich nicht gestellt, weil Paul bereits zwei erwachsene Kinder aus erster Ehe hatte und sie Aline. Sie waren ein Team, sie verstanden einander als Kollegen und Freunde. Und als Zugabe erwies sich Paul auch noch als exzellenter Koch, und er hatte das Haus am Berg für sie gekauft, auf halbem Weg zwischen Heidelberg und dem Königstuhl, mit seinen Glasfronten zum Neckar hin und dem stillen Garten.

War das Glück? Ja, das war Glück, dachte Frieda wild. Ein erwachsenes Glück. Leiser. Gereift. Nicht vergleichbar natürlich mit dieser blindwütigen Überzeugung, füreinander bestimmt, ja sogar geschaffen zu sein, die sie damals mit Graham empfunden hatte. Aber dafür auch ohne tiefen Fall und böses Erwachen.

»Another Gin Tonic?«

Sie schüttelte den Kopf. »Wasser. Und was zu essen.«

Graham nickte und winkte dem Keller, bestellte außerdem eine Flasche Weißwein. Jan kam, küsste Frieda auf die Wangen und setzte sich auf den Stuhl neben Graham. Sie sahen in die Karte, entschieden sich für eine gemischte Reistafel sowie heißes Nanbrot mit Butter und Knoblauch. War Jan der richtige Mann für Aline? Was würde er tun, wenn Aline nicht wieder aufstehen könnte, nicht wieder tanzen? Unmöglich, ihn das zu fragen. Frieda wollte plötzlich ganz dringend erfahren, was die beiden vorhin im Krankenhaus miteinander besprochen hatten, doch stattdessen betrieben sie Konversation über das Wetter und die indische Küche und versicherten sich, wie gut es sei, dass Aline erwacht war. *So ein Glück*, sagte Jan mehrmals, *so ein Glück, ich bin so froh, auch das Tanzen fällt mir jetzt ein wenig leichter.*

Das Essen kam und sie stürzten sich alle drei darauf, prosteten sich zu und aßen und mühten sich um weitere Sätze und Themen, die niemanden verletzten. Wir tasten uns ab, dachte Frieda. Wir umkreisen uns wie Sumoringer. Und sie wünschte sich, sie könnte sich in der Gegenwart dieser beiden Männer, die so eng mit ihrer Tochter verbunden waren, entspannen.

Aber das ging nicht. Alines Angst sprach dagegen. Ihre Verletzung. Ihre noch immer unbeantwortete Frage. *Warum nur halb?* Warum war das Halstuch zerrissen?

Frieda legte ihr Besteck zur Seite und räusperte sich. Jan reagierte sofort, sie sah, wie er sich anspannte.

»Hat Aline noch etwas gesagt? Zu diesem Tuch?«

Ihre Stimme krächzte. Das Essen hatte seine Wirkung verfehlt, es tat nichts, um sie nüchtern zu machen, im Gegenteil. Nun war ihr Körper auch noch mit der Verdauung beschäftigt, nicht nur mit dem Abbau der Gin-Überdosis, und das Glas Wein, das sie zum Essen getrunken hatte, machte die Sache nicht besser.

»Ally schwört, dass das Tuch früher immer ganz war«, sagte Jan.

War es das? Frieda versuchte das Bild ihrer weinenden Kindheitsmutter noch einmal heraufzubeschwören, die ihr Gesicht in ein rotes Stück Stoff presst. Frieda hatte gefroren, während sie das beobachtete, ihre Zähne hatten geklappert, war also Winter gewesen? Nicht einmal das konnte sie mit Sicherheit sagen.

»Ich weiß nicht, ob das stimmt«, sagte Frieda. »Vielleicht ja. Vielleicht hat sie es aber auch erst vor Kurzem zerrissen.«

»Ally sagt, dieses Tuch war ihr immer heilig.«

»Heilig?«

»Ja, heilig. Es gibt da doch diesen Glauben, dort wo Henny herstammt. Wie heißt das noch?«

»Rumänien. Siebenbürgen. Was für ein Glaube?«

»Du weißt davon nichts?«

»Nein, verdammt.«

»Ein halbes Kopftuch bringt Unglück.«

»Und deshalb rennt meine Tochter vor ein Auto?«

»Nicht mit Absicht. Aber sie stand unter Schock und sie wollte dich noch einholen.«

»Aber ich weiß nichts von diesem Glauben! Und ich weiß schon lange nicht mehr, was im Kopf meiner Mutter vorgeht, das ist doch alles Wahnsinn.«

»Ally vertraut Henny. Sie glaubt ihr.«

»Henny ist dement.«

»Trotzdem. *Wir verstehen uns blind, meine Oma und ich*, das hat sie mir immer gesagt. *Ohne meine Oma wäre ich in meinem Leben nie so weit gekommen.*«

»Was soll das denn bitte schön heißen? Aline ist niemals vernachlässigt worden, ich habe immer …«

»Sie meinte das Ballett, Frieda. Henny hat an Alines Talent geglaubt. Sie stand als junge Frau doch selbst auf der Bühne.«

»Wie bitte? Was ist denn das für ein Quatsch?«

»Das hat Ally gesagt.«

»Meine Mutter saß bis 1948 im Lager und danach hat sie sich als Näherin durchgeschlagen, bis mein Vater sie geheiratet hat!«

»Aber …«

»Und von wegen Unterstützung: Ja, von mir aus, ich war nicht von ganzem Herzen von Alines Berufswahl begeistert. Aber rate mal, wer ihr das Internat bezahlt hat? Und all die Trikots und durchgetanzten Schuhe? Und die ganzen Reisen?«

Sie war laut geworden und ins Deutsche zurückgefallen. Graham verstand nichts mehr, sein Blick sprang zwischen Jan und ihr hin und her, bemüht, zu ergründen, was das Problem war.

Jan hob die Hände. Eine Geste, die wohl beschwichtigend sein sollte, Frieda jedoch nur noch mehr aufregte, weil sie ungewollt Arno Rethers Reaktion auf ihren Überraschungsbesuch kopierte. Und was hatte der gebracht? Nichts. Gar nichts. Nur weitere Fragen über das Vorleben ihrer Mutter. Dieser Frau, die Frieda nicht geliebt hatte und ihren Vater auch nicht. Die ihr schließlich auch noch die Tochter abspenstig gemacht und ins Unglück gejagt hatte, mit ihren kruden Geschichten und Geschenken.

»Meine Mutter war keine Tänzerin«, sagte Frieda.

Jan nickte. Zögernd. Er glaubte ihr nicht, wollte aber offenbar nicht noch mehr Öl ins Feuer gießen. Frieda trank einen Schluck Wasser. Sie musste sich zusammenreißen, sich beruhigen. Es brachte doch nichts, mit Jan über Dinge zu streiten, die er nur vom Hörensagen kannte.

»Jedenfalls ist deine Mutter enorm wichtig für Ally«, sagte Jan. »Und sie hat ihr dieses Tuch geschenkt.«

»Ja, das weiß ich.«

»Warum ist es zerrissen?«

»Ich habe nicht die leiseste Ahnung. Das Tuch ist alt, meine Mutter ist leider wirr. Sie wollte Aline eine Freude machen, da bin ich sicher.«

»Ally sagt, ein halbes Kopftuch ist ein böser Fluch. Das ist wie eine Scheidung.«

»Ein Fluch, eine Scheidung – das ist doch Irrsinn!«

Sie sahen sich an. Jans Augen waren tatsächlich genau so, wie Aline geschwärmt hatte. *So wahnsinnig himmelblau, Mama, das kann man gar nicht glauben.*

»Du musst mit deiner Mutter sprechen«, sagte Jan.

»Das habe ich doch schon probiert, das ist völlig sinnlos.«

»Aber Ally ist total verzweifelt. Sie muss wissen, was mit dem Tuch geschehen ist. Bitte, Frieda. Für sie ist das wirklich wichtig.«

Aline

Die Milchstraße ist keine richtige Straße, hat Frieda auf Kreta immer gesagt, wenn sie zusammen den Himmel betrachteten. Engel fliegen dort oben vielleicht umher, aber wir Menschen könnten im Weltall gar nicht atmen und es ist auch sehr kalt dort, wir würden erfrieren. Doch im Traum ist es wundervoll, im Traum tanzt Aline mit fliegendem Haar und weit offenen Augen über die Sterne. Sie lacht auf, hebt die Arme und stößt sich ab, springt eine vollkommen mühelose Serie Flickflacks, wirbelt in eine Pirouette. Ihr Körper ist anders hier, schwerelos, biegsamer, weicher. Sie bekommt keinen Muskelkater, keine blutigen Blasen, sie fühlt überhaupt keine Schmerzen, und sie wird niemals müde.

Wo ist Jan, warum kommt er nicht, er muss doch hier sein, es ist so wunderschön hier, sie müssen das teilen. Aline hebt sich auf die Zehenspitzen, schaut nach links, schaut nach rechts. Sie ruft ihn und erhält keine Antwort.

Nicht denken jetzt, nicht aufwachen müssen. Hier oben ist sie in Sicherheit, sie ist nicht verloren.

»Jan? Jan?«

Sein Name fliegt von ihren Lippen und verklingt. Die Sterne verschlucken ihn einfach, nein, diese Schwärze. Aber auch die ist ganz anders, als Frieda das immer gesagt hat. Sie ist kein leeres Nichts, ganz im Gegenteil. Etwas verbirgt sich darin. Eine Wahrheit, die alles zerstört: Jan und sie selbst, ihren fliegenden Tanz, ihre Pläne, ihr Leben.

Aline wendet sich um. Sie muss fort von hier, muss an den Anfang zurückkehren, ganz dringend. An diesen Punkt, an dem noch alles gut war. Aber ihre Beine gehorchen ihr nicht und die Sterne erlöschen und sie fällt jetzt und fällt, fällt immer tiefer und dann gibt es kein Entkommen mehr und sie weiß, dass sie wach ist, allein auf der Erde.

Piepen neben ihrem Kopf. Blinken. Wellenlinien auf einem nachtschwarzen Display. Ihr Herz zuckt im Takt der Monitorkurven – nein, so ein Unsinn, es ist ja umgekehrt. Aline wendet den Kopf ab, kann diese tänzelnden Lichtlinien nicht ertragen. Warum liegt sie eigentlich auf dem Rücken, das ist schrecklich unbequem. Mit Jan liegt sie immer in Löffelchenhaltung, er hinter ihr, sein Arm, der über ihre Schulter greift und ihre Hand hält. Auf dem Rücken kann sie doch gar nicht schlafen.

Sie versucht, sich zur Seite zu drehen, und sofort ist der Schmerz da, ein heißes Messer in ihrem Brustkorb. Was, wenn sie nie wieder tanzen kann, was wird dann aus ihr? Und Jan, was wird er tun, wird er sie verlassen?

Ich musste tanzen, weißt du. Es war so wichtig, dass sie mich nicht aus der Kompanie warfen. Alles habe ich beim Tanzen vergessen. Und dann stand er auf einmal vor mir. So eine Freude.

Wer hat das gesagt? Ihre Großmutter. Henny. Sie ist jetzt ganz nah, Aline hört sie flüstern wie früher in Heidelberg auf dem Sofa.

Wenn ein Mädchen konfirmiert war und zur Frau wurde, bewahrte sie ihr gutes Kopftuch dennoch sorgfältig auf. Und wenn sie einen jungen Mann sehr, sehr lieb gewann und das Schicksal die beiden auseinanderzureißen drohte, schnitt sie ihr Kopftuch entzwei – einmal diagonal durch die Mitte. Meinte ihr Liebster es ernst mit ihr, nahm er diese Gabe an, und fortan trug jeder der beiden seine Tuchhälfte um den Hals, und sie versprachen sich, sich immer treu zu bleiben und sich wiederzufinden. Und wenn sie dann eines Tages tatsächlich Hochzeit feiern durften, nähte das Mädchen die beiden Hälften des Kopftuchs wieder aneinander und nichts konnte die zwei Liebenden dann je wieder trennen.

Ein Schatten schwebt heran und beugt sich über Alines Gesicht. »Sie schlafen ja gar nicht, haben Sie Schmerzen?«

Eine Nachtschwester – wo ist die plötzlich hergekommen?

»Ich will auf die Seite.« Alines Stimme klingt seltsam. Fremd und zu leise. So wie sie nuschelt, wird die Seite zur Seide.

Die Schwester streicht ihr eine Haarsträhne aus der Stirn, wie früher Frieda. »Das geht leider nicht. Sie haben doch den Fixateur.«

Die Beinschine, die hat sie wieder vergessen. Sie fühlt ihn nicht einmal. Warum nicht? Doch die Schwester scheint das nicht zu wundern, denn sie drückt den blauen Plüschkater Mikesch in Alines Armbeuge, steckt einen Strohhalm in den Trinkbecher und führt ihn an Alines Lippen. Apfelsaft ist das. Er schmeckt schal und zu süß, aber sie ist wirklich durstig, sie zwingt sich zu schlucken.

Ein Kopftuch kann man nur ein einziges Mal teilen und wieder zusammenfügen, für eine Liebe. Bleibt es halb, hat man für immer verloren.

Aline schreckt hoch. Die Schwester ist fort, sie weiß nicht, seit wann. Sie ist wieder allein mit dem Piepen und Blinken und mit Hennys schrecklichen Worten.

Sie schließt die Augen und bemüht sich, die Milchstraße noch einmal herbeizubeschwören, ihren fliegenden Tanz, ihre Freude. Aber Jan kommt noch immer nicht und die Schwärze hat ihre Unschuld verloren und die Sterne sind Eissplitter.

6.

Frieda

Arno Rether rief an, als sie endgültig aufgegeben hatte, damit zu rechnen. Sogar den vagen Plan, ihm zumindest noch einmal sehr deutlich mitzuteilen, wie mies seine Lügen und leeren Versprechungen waren, hatte sie fallen gelassen – denn was sollte das bringen?

»Telling.« Sie meldete sich förmlich, um ihm nicht zu offenbaren, dass ihr zahlenversessenes Hirn seine Mobiltelefonnummer längst memoriert hatte.

»Frieda, hallo. Hier ist Arno.«

»Hallo.«

Sie verschluckte das »und weiter?«, das ihr schon auf der Zunge gelegen hatte, ein Akt großer Selbstbeherrschung. Warum rief er sie jetzt an, was war das für eine Masche? Zählte er die ins Leere laufenden Mails und Anrufe seiner Frauen mit und ließ sie auf eine Mindestmaß von fünf Bittgesuchen anschwellen, bevor er sich dazu bequemte, die beharrlichste Anruferin mit einem Lebenszeichen zu beglücken? Und nun wurde er direkt wieder plump vertraulich und duzte sie und dabei klang seine Stimme wie dunkler Honig.

»Es freut mich, dass es deiner Tochter besser geht. Das freut mich wirklich.«

Woher wusste er das? Weil sie ihm das letzte Nacht gemailt und nach dem Brauch mit dem geteilten Kopftuch gefragt hatte, halb betrunken von zu vielen Gin Tonics mit Graham an der Hotelbar. Ein letzter Versuch, so hatte sie sich diese Mail schön geredet. Weil sie anders nicht weiterkam. Nicht im Internet und nicht bei der *Siebenbürger Hei-*

mat, deren Redaktion offenbar am Wochenende nicht einmal besetzt war. Und auch nicht am Krankenbett ihrer Tochter, die stur darauf beharrte, dass Hennys Kopftuch früher nicht zerrissen gewesen sei, sondern ganz – zusammengefügt von Henny und Oswald, ihren liebenden Großeltern. Und dass ein halbes Tuch ein böser Fluch sei.

»Es gibt keinen Hochzeitsbrauch mit geteilten Kopftüchern in Siebenbürgen«, sagte Arno Rether.

»Und wieso sollte ich dir das glauben?«

»Weil ich …« Knistern. Tuten. Die Leitung brach zusammen. Frieda fluchte: Kein Empfang mehr, nicht der winzigste Balken, dabei schlich der Zug wie eine Schnecke.

Ein paar Schrebergärten krochen im Zeitlupentempo vorbei, dann ein reizloses Kaff mit schnurgeraden, menschenleeren Straßen, kurz darauf wieder sandige Felder ohne die leiseste Erhebung – die typische Szenerie der Rhein-Main-Ebene hinter Frankfurt.

Ihr Handy hatte ein Einsehen und erwachte erneut zum Leben.

»Wo bist du?«, fragte Arno Rether, sobald Frieda sich meldete.

»Im Zug, ich fahre nach Heidelberg.«

»Zu deiner Mutter.«

Das wusste er also auch schon. Woher? Hatte sie ihm das etwa ebenfalls geschrieben? Nein, ganz bestimmt nicht, diese Reise war der spontane Entschluss einer weiteren schlaflosen Nacht, geboren aus einer unguten Mischung von Wut und Verzweiflung. Aber Arno Rether wusste, dass sie in Heidelberg lebte und arbeitete, er wusste von Henny, und er war nicht dumm, er kombinierte.

»Du behauptest also, der Brauch vom geteilten Kopftuch existiert nicht«, sagte Frieda und merkte, dass es ihr immer noch seltsam vorkam, ihn zu duzen, sie kannten sich doch gar nicht. Andererseits schien ein Zurück zum förmlichen ›Sie‹ nach dem Abend in seiner Küche genauso ungelenk. Frieda holte Luft. »Warum bist du so sicher?«

»Ich bin da aufgewachsen«, sagte er.

»Du bist was?«

»Ich habe bis 1975 in Siebenbürgen gelebt. In Alzen. Dann sind wir ausgewandert. Also, genau genommen sind wir vom deutschen Staat gekauft worden. Heim ins Reich.« Sie konnte förmlich hören, wie er das Gesicht verzog. »Gegen harte Devisen entließ Ceauşescu einige seiner deutschstämmigen Schäfchen gnädig in die goldene Freiheit des Kapitalismus.«

»Und das sagst du mir jetzt erst?«

»Im Schnitt zahlte die Bundesrepublik 8000 Mark pro Kopf.«

»Aha.«

»Ist das ein Problem?«

»Die Tatsache, dass du mir diesen Teil deiner Biografie erst jetzt erzählst, wirft zumindest ein interessantes Licht auf das, was du angeblich alles nicht weißt und nicht herausfinden kannst.«

»Ich war 14, als wir weggezogen sind, Frau Professor. Und ich rufe gerade an und gestehe alles, oder?«

»Ach, tatsächlich? Alles?«

Er lachte. »Jedenfalls wäre mir als Teenager ein Brauch, der mit der Gunst junger Mädchen für junge Männer zu tun hatte, sicherlich nicht entgangen.«

»Ja, das klingt einleuchtend.«

Er lachte wieder, eitel war er offenbar nicht, er konnte was einstecken. Frieda biss sich auf die Lippe. Und jetzt? Wenn er recht hatte, hieß das, dass Henny gelogen hätte. Aber aus welchem Grund hätte sie das tun sollen? Und Aline war sich ihrer Sache felsenfest sicher. Auf gar keinen Fall habe sie Henny falsch verstanden.

Sie presste ihr Handy fester ans Ohr, spielte Optionen durch. Denk nach, Frieda, konzentrier dich. »Könnte es sein, dass es diesen Brauch nur in einer Region gegeben hat?«

»Deine Mutter stammt doch aus Hermannstadt.«

»Ja.«

»Das ist, wie der Name schon sagt, eine Stadt. So etwas wie die Kulturmetropole Siebenbürgens.«

»Und also nicht der Nährboden für bäuerliches Brauchtum und Aberglauben.«

»Du sagst es.«

Der Zug nahm wieder Fahrt auf. Die Telefonleitung bitzelte, blieb aber gnädigerweise bestehen, wenn auch unterlegt von einem Rauschen. Draußen faltete sich die Rhein-Main-Ebene in die ersten sattgrünen Hügel der Bergstraße, an deren fruchtbaren Südhängen schon die Römer Wein angebaut hatten. Heidelberg war nah. Das Lieblingsausflugsziel aller Amerikaner. Die Stadt, in der Frieda geboren und aufgewachsen war, weil ihre Eltern sich hier niedergelassen hatten. Die Stadt, von der sie sich nach dem Abitur zügigst verabschiedet hatte. Für immer, wie sie dachte, aber dann war sie doch zurückgekehrt, sogar zweimal. Erst für Alines Geburt und dann, zehn Jahre später noch einmal, als sie Paul kennengelernt hatte und mit ihrer Bewerbung am BLT in Arizona gescheitert war.

Warum war Henny nach ihrer Entlassung aus dem Gefangenenlager ausgerechnet in Heidelberg gelandet? Hatte sie sich in die heile Welt der Altstadt-Souvenirläden, die rund ums Jahr Weihnachtspyramiden und Kuckucksuhren verkauften, verguckt oder in das Schloss? Erinnerte Heidelberg sie an Hermannstadt? Frieda wusste es nicht, Siebenbürgen war eine Welt gewesen, über die man nicht sprach, und nun war es zu spät, jetzt konnte ihre Mutter ihr nicht mehr helfen, und also stocherte sie in dichtem Nebel und der Kater, den sie sich bei ihrem nächtlichen Exzess an der Hotelbar eingefangen hatte, half auch nicht, die Dinge mit klarem Verstand zu betrachten. Nur ein Glas auf unser Wiedersehen und den Abschied, weil ich weiter nach Garmisch fahren muss, hatte Graham gebeten. Aber bei einem Glas war es nicht geblieben, weil ihr Körper mit jedem Drink näher zu Grahams gerutscht war, immer näher und näher. Und für ein paar Minuten, bevor sie in ihr Zimmer geflüchtet war, hatte sie das sogar genossen und sich in eine zwar nicht mehr junge, aber wohl doch noch einigermaßen begehrenswerte und sorglose Frau in einer coolen Hotelbar verwandelt, der ein attraktiver Amerikaner den Hof machte. Die Vorboten einer saftigen Midlifecrisis waren das wohl. Ein letztes Aufbäumen der Hormone. Kaum war ihr Ehemann weg, lief sie aus dem Ruder. Überhaupt ließ sie sich mit Paul niemals so gehen, mit niemandem, nur mit Graham.

»Was ist eigentlich mit Alines Beinen?«, fragte Arno Rether. »Kann sie die wieder bewegen?«

»Die Ärzte sagen, der spinale Schock sei zwar erheblich, aber das Rückenmark nicht verletzt. Sie selbst sagt, sie könnte ihre Beine wieder fühlen, aber nicht bewegen.«

»Also gibt es Hoffnung.«

»Ja. Vielleicht. Ich weiß nicht.«

Ich muss wieder tanzen. Ich muss!, hatte Aline geflüstert und sich an Friedas Hand geklammert. *Sag mir, dass ich das schaffe, Mama, sag es!* Und Frieda hatte versucht, diplomatisch zu bleiben und von Liebe zu sprechen und nicht an

Alines Irrglauben zu rühren, dass auch ihre geliebte Großmutter einmal Ballett getanzt hatte, und war grandios gescheitert.

Der Klumpen in ihrem Magen schien sich zu verhärten, ihr Kopf hämmerte und pochte. Sie glaubte, Arno Rethers Atem zu hören, vielleicht war das aber auch ihr eigener oder nur dieses Rauschen hinter ihrer Stirn oder die schlechte Verbindung. *Man darf sich nicht täuschen lassen von dem, was man erwartet* – die Worte ihres Vaters, spätnachts auf dem Ausguck. Eine Lehre fürs Leben. Die Grundregel jeder wissenschaftlichen Untersuchung. Frieda presste ihre Hand an die Stirn. Denk neu, mach es besser. Lass dich nicht entmutigen. Du brauchst eine Formel und du kennst bereits das Ergebnis dieser Gleichung, Alines Unfall. Der zumindest ist real und kein Hirngespinst, damit musst du beginnen und von dort Schritt für Schritt zurückgehen, bis zum Anfang.

Aber was genau war dieser Anfang? Das rote Kopftuch? Siebenbürgen? Die glückliche Henny Arm in Arm mit Arno Rethers Vater? Das Jahr 1948? Das Lager?

»Vielleicht hat meine Mutter ihr Kopftuch ja trotzdem mit deinem Vater geteilt …«, sagte Frieda.

»Und dann?«, fragte Arno Rether.

Ja, und dann was? Martin Rether war in die Ukraine deportiert worden, nicht nach Sachsenhausen, und selbst wenn er und Henny sich in Siebenbürgen ineinander verliebt und als Zeichen ihrer Treue Hennys Kopftuch geteilt hätten – von wem stammte dann die Schmetterlingsdose? Auf einmal fiel Frieda ein, wie Arno Rether versucht hatte, diese Motte zu fangen, um sie vor der Glühbirne zu bewahren. Er hatte schöne, kräftige Hände, die sich dennoch sehr sanft und überraschend schnell und zielgerichtet um das flatternde Insekt gelegt hatten, so als läge ihm wirklich daran, dass es lebte. Und dann hatte er die Finger nur einen winzigen Spaltbreit geöffnet, und schon war die Motte entkommen, um zu verbrennen. Verdammt, Frieda, was ist eigentlich los mit dir? Dieser Arno Rether ist ein noch viel größerer Schwindler als Graham, ein Schwindler und Schürzenjäger, jetzt reiß dich zusammen und denk nicht an seine Hände.

Sie räusperte sich. »Die beiden anderen jungen Leute auf diesem Foto – kann man die irgendwie finden?«

»Ich wüsste nicht, wie.«

»Heißt das, du wirst es versuchen?«

»Als Staatsanwältin wärst du perfekt. Absolut überzeugend.«

»Das ist keine Antwort.«

Er lachte schon wieder, als ob sie ein Spiel spielten, versprach aber, sich ein bisschen umzuhören, ohne etwas garantieren zu wollen. Ein uralter Trick: Ich melde mich wieder. Der Wurstzipfel in der Mausefalle, bevor diese zuschnappte.

Sie legten auf. Frieda sah aus dem Fenster. Die Hügel der Bergstraße waren inzwischen näher gerückt, der Neckar kam in Sicht, dann die ersten Ausläufer Heidelbergs. Hutzelige Häuser mit Erkern und Gesimsen aus rotem Sandstein.

Manchmal hatte Henny nach einer Liebeserklärung ihres Mannes genickt. Manchmal hatte sie auch geschnaubt, als wisse sie das besser. Und Oswald Telling war mit der ihm eigenen Freundlichkeit darüber hinweggegangen und Henny hatte es bei diesem einen Seufzer belassen. Sie schrie nicht, sie stritt nicht, sie feindete ihren Ehemann auch nicht an, aber es war offensichtlich, dass sich ein Teil von ihr immer weit fort wünschte. Warum? Wonach sehnte Henny sich in diesen Momenten? Nach Siebenbürgen? Nach dem Mann, den sie eigentlich hatte heiraten wollen? Aber wer war das?

Oma war nicht so schrecklich, wie du immer sagst, hatte

Aline geflüstert. *Sie hat Opa geliebt.* Und aus ihrer Perspektive betrachtet war das völlig verständlich. Die Ferien bei ihren Großeltern waren Alines Anker gewesen. Der Gegenpol zum Vagabundenleben im Schatten diverser Großteleskope, das sie mit ihrer Mutter geführt hatte. Doch Aline konnte nicht beschwören, dass ihre Großeltern Hennys Kopftuch bei der Hochzeit tatsächlich wieder zusammengefügt hatten, das hatte sie schließlich zugeben müssen. Denn als Kind durfte sie das Kopftuch immer nur ansehen oder allenfalls einmal berühren, denn Henny hatte es nie aus der Hand gegeben.

Der Zug fuhr in Heidelberg ein und Frieda stieg aus. Die Luft flirrte in der Nachmittagssonne, ein Bild trägen Friedens. Frieda machte sich auf den Weg in die Bahnhofshalle. Die Umhängetasche mit ihrem Laptop wippte im Takt ihrer Schritte, ihre Reisetasche eierte, aber mit einem routinierten Ruck ließ sich das defekte Rad wieder in die Spur bringen. *Wir sind nicht von hier*, hatte Henny manchmal gesagt. *Nicht wirklich.* Frieda beschleunigte ihre Schritte. Sie kannte hier jeden Stein. Sie war in dieser Stadt zur Welt gekommen und zur Schule gegangen. Alles, was sie besaß, befand sich in dieser Stadt. Ihr Vater war hier begraben, ihr Elternhaus stand noch. Und trotzdem fühlte sie sich plötzlich, als wäre sie hier noch nie gewesen.

Sie stieg die Treppen hoch und merkte, dass sie schwitzte. Ein einsamer Blumenhändler döste in der Bahnhofshalle hinter seinen Eimern und aus einem Implus heraus kaufte Frieda einen Strauß Mohnblumen. Die Blüten waren riesig, wie aus hauchdünnem Seidenpapier gefältelt. Eine Züchtung, kein Feldmohn, den Henny eigentlich liebte, aber vielleicht freute sie sich ja dennoch.

Das Heim, in dem sie Henny nach langem Zögern und vielen gescheiterten Versuchen mit häuslicher Pflege schließlich untergebracht hatte, lag in einer ruhigen Seitenstraße im Stadtteil Rohrbach. Ein modernes und persönlich geführtes Haus mit großem Garten und einem eigenen Bereich für demente Bewohner.

»Frau Doktor Telling, das ist ja eine Überraschung«, sagte die Pflegerin an der Empfangstheke.

»Wie geht es meiner Mutter?«

»Na ja – aber jetzt, wo Sie da sind ...«

Das verhieß nichts Gutes, aber Frieda versuchte ein Lächeln und nahm den Aufzug in die zweite Etage. Der Linoleumboden des Demenz-Wohnbereichs war hellgrün, vielleicht sollte das an Wiesen erinnern. An den Wänden hingen Kunstdrucke, die üblichen Verdächtigen: Macke, Monet und van Gogh, genau wie im Krankenhaus. Aber die Holzgeländer darunter gab es nur hier und den mobilen Toilettenstuhl auch. Und die Biedermeier-Wohnzimmerschränke, Vitrinen, Sessel und Lampen, die ein Gefühl von Behaglichkeit vermitteln sollten. Eine Illusion natürlich, die allenfalls punktuell funktionierte. Auf jeder der Zimmertüren klebte ein Foto des jeweiligen Bewohners und ein Symbol, Hennys war ein Hase mit leichtem Silberblick, der grinste, als ob er gekifft hätte.

Nach Hause, ich will nach Hause. Immer wieder hatte Henny das in den letzten Jahren gesagt, nicht erst, seitdem sie hier in diesem Heim lebte. Wo war zu Hause, wenn mit dem Verstand auch die Erinnerungen zerfetzten? Wenn man auch all jene vergaß, die man einmal geliebt hatte? Frieda bog in die Teeküche ab und arrangierte die Mohnblumen in einer Vase. Es roch nach Blumenkohlsuppe und Früchtetee und kaum wahrnehmbar nach den Ausscheidungen alter Menschen. Frieda wusch sich die Hände und nahm ein Paracetamol, schluckte es mit Leitungswasser. Es schmeckte bitter. Sie konnte nur hoffen, dass es wenigstens wirkte und ihre Kopfschmerzen endlich nachließen.

Ein hinkendes Schlurfen näherte sich – Herr Steeger aus dem Marienkäferzimmer. Ihr war nichts mehr fremd hier, sie wusste sogar, wo die Bettpfannen und Windeln verwahrt wurden. Frieda trat auf den Flur. Herr Steeger musterte sie aus wasserhellen Augen und mahnte nach ein paar Augenblicken stummer Kontemplation wie jedes Mal, dass sie zu spät ins Theater kommen würden, und sie tätschelte seinen Arm und gab ihm die einzige Antwort, die er hören wollte und die ihn beruhigte: *Wir schaffen das schon, keine Sorge. Wir nehmen einfach ein Taxi.*

Hennys Zimmertür war nur angelehnt, aber Frieda klopfte trotzdem, erst als beim zweiten Mal keine Antwort kam, ging sie hinein und war einen Moment lang überzeugt, sich im Zimmer geirrt zu haben, denn diese in sich zusammengesunkene Greisin im Rollstuhl konnte unmöglich ihre Mutter sein. Außerdem trug sie ein Oberteil, das Frieda nicht kannte, grün-gelb gestreift und viel zu groß, dabei waren die Namensetiketten doch in jedes Kleidungsstück eingenäht worden.

»Mama?« Friedas Stimme klang brüchig, es war, als sei sie in ein Vakuum getreten, als ob alle Zeit, alle Angst, alle Wut mit diesen zwei schwachen Silben von ihr abfielen.

Die Greisin hob den Kopf, unendlich langsam, und musterte Frieda mit Alines alterslosen, bernsteingolden leuchtenden Augen.

»Liebling, da bist du.«

»Ich habe dir Blumen mitgebracht. Mohnblumen. Schau mal.« Frieda stellte die Vase auf den Tisch und ging vor ihrer Mutter in die Hocke.

Henny lächelte. »Wie schön, wie wunderschön.«

Erkannte sie sie? Sprach sie tatsächlich zu ihr, ihrer Tochter? Sie sahen sich an, blickten einander direkt in die Augen.

»Frieda«, sagte Henny und lächelte noch immer, als habe sie gewusst, dass ihre Tochter heute zu Besuch kommen würde, und auf sie gewartet.

Frieda rührte sich nicht, wagte kaum zu atmen. Fühlte, wie sich die Hand ihrer Mutter auf ihre Hand legte, trocken und warm und sehr zärtlich.

Wann waren sie sich zum letzten Mal so nah gewesen? Das musste Jahrzehnte zurückliegen. Vielleicht als sie Scharlach bekommen hatte und für Wochen das Bett hüten musste, damals mit dreizehn?

Oma ist nicht so schrecklich, wie du immer sagst. Womöglich hatte Aline recht und Henny hatte gar nicht jede Liebesbeteuerung ihres Mannes zurückgewiesen. Nicht einmal die Distanz zu ihr, die Frieda immer wahrzunehmen geglaubt hatte, musste etwas bedeuten. Denn Henny hatte sie ja nicht vernachlässigt oder misshandelt, sie hatte nur immer so gewirkt, als sei ein Teil von ihr ganz woanders. Und so hatte Frieda die Tage in ihrem Baumhaus verträumt und die Nächte auf dem Dach mit ihrem Vater. Sie verschlang alle Sachbücher in der Kinderbibliothek, dann die für Erwachsene. Und sie konnte sich stundenlang mit den chemischen Experimenten beschäftigen, die ihr Vater an den Wochenenden mit ihr im Keller aufbaute. Einen faszinierenden Kosmos aus gläsernen Tiegeln, Schläuchen, Pipetten, Brennern und allerlei Substanzen, aus denen, wenn man sie nur in der richtigen Mischung zusammenfügte, etwas Drittes, ganz anderes entstehen konnte.

Eine glückliche Kindheit, wild und frei. Erst als Aline auf der Welt war, wurde Frieda wirklich bewusst, was ihr an ihrer

Mutter womöglich doch gefehlt hatte. Und jetzt, hier, mit beinahe 50, glaubte sie plötzlich zu spüren, dass ihre Mutter ihr dennoch immer nah gewesen war und sie weit mehr beeinflusst hatte, als sie das jemals bemerkt hatte.

Sie fühlte sich wie in einem Mobile, dessen Fäden und Elemente sich verheddert hatten. Und dennoch schien sich seit Alines Unfall und auch mit jedem Atemzug, in dem Henny stumm ihre Hand hielt, etwas in ihr zu verändern und zu lösen.

Die Sonne stand schon tief. Ein Lichtstrahl brach durch den Spalt zwischen den Gardinen und zog eine helle Linie auf den Wandbehang, den Henny einst gestickt hatte. Eine Burg über Weinhängen. Ein Motiv von der Bergstraße, hatte Frieda immer gedacht. Aber selbst das war ein Trugschluss gewesen, begriff sie auf einmal, denn dieses Gebäude, das aus dem gemauerten Schutzwall herausragte, war überhaupt keine Burg, sondern eine Kirche. Eine Kirchenburg aus Siebenbürgen.

»Dein Wandbehang ist so schön, Mama. Ich weiß noch genau, wie du den bestickt hast, das war so eine Arbeit.«

Garne in allen Farben, der Stickrahmen, das Nadelkissen, der Nähkasten – immer hatte Henny etwas gehandarbeitet, unzählige Tischtücher und Handtücher hatte sie bestickt und auf dem Weihnachtsbasar der Kirche feilgeboten. Aber dieser Wandbehang war etwas Besonderes gewesen – ein Projekt, das Monate in Anspruch nahm. Wann genau hatte Henny damit begonnen und aus welchem Anlass? Vor oder nach dieser Nacht, als sie weinend vor ihrer Frisierkommode gesessen und das rote Tuch gehalten hatte?

Aufpassen, du musst aufpassen, Frieda. Erinnerungen sind willkürlich, sie trügen. Du darfst keine voreiligen Schlüsse daraus ziehen, sie überhaupt nicht wahllos miteinander verknüpfen. Und vor allem darfst du dieses dünne Band zwischen Henny und dir nicht gleich wieder zerreißen.

Henny lächelte noch immer. Ihre Hand auf Friedas war so warm, so lebendig. Sie wäre nie auf die Welt gekommen ohne ihre Mutter. Ohne ihre Hilfe hätte sie ihre Dissertation nicht so schnell vollenden, geschweige denn gleich wieder arbeiten können, noch während sie Aline gestillt hatte. Die Nähe der beiden war einfach der Preis, den sie dafür bezahlt hatte.

Die gestickten Hügel des Wandbehangs schimmerten. Dunkelgrün. Blaugrün. Maigrün. Violett. Die Mauern hatte Henny in verschiedenen Sand- und Beigetönen dargestellt, sie besaßen Zinnen und Schießscharten und Wachtürme. Und aus ihrer Mitte ragte ein Kirchturm. Frieda konnte sich nicht entsinnen, dass Henny für diese Stickerei eine Vorlage verwendet hatte, aber das musste nichts heißen. Jedenfalls war dies definitiv keine Burg von der Bergstraße und auch keine Darstellung Hermannstadts, denn dort stand die Kirche frei auf dem Marktplatz.

»Mama? Das ist eine Kirchenburg auf deinem Wandbehang, oder? Wo ist die?«

Nichts, keine Antwort, nur Hennys Augen, die sie ansahen, und ihre Hand.

»Danke, dass du auf mich aufgepasst hast, Mama. Und auf Aline.« Die Worte taten weh und entfachten Friedas Wut über Hennys unseliges Verlobungsgeschenk aufs Neue. Und offenbar fühlte Henny ihre Unruhe, denn ihr Blick glitt ins Leere und sie ließ Friedas Hand los.

»Möchtest du etwas trinken? Einen Saft vielleicht, Wasser, oder soll ich dir einen Tee holen?«

Nahrung, Versorgung, die Urform menschlicher Zuwendung, am Anfang wie am Ende. Aber Henny reagierte nicht mehr, als sei Friedas Besuch für sie nun beendet.

»Bitte, Mama!« Frieda zog die Schmetterlingsschachtel aus ihrer Handtasche und legte sie in Hennys Schoß.

Henny zögerte, schien auf etwas zu warten.

»Du hast deine Schmetterlingsschachtel Aline geschenkt, nicht wahr? Und früher hattest du die immer in deiner Kommode.«

»Ja?«

Eine Reaktion, immerhin. Aber verstand Henny, was sie da sagte? Fast war Frieda davon überzeugt, denn Hennys Blick senkte sich auf die Schachtel und sie hob den Deckel und zog das Tuch hervor, mit einer einzigen, routinierten Bewegung.

»Erinnerst du dich, Mama?«, flüsterte Frieda. »Das ist dein Tuch. Du hast es schon früher getragen, als junges Mädchen in Siebenbürgen.«

»Ja?«

»Ja, schau hier auf diesem Foto.«

Henny nickte. Langsam.

»Wer ist das auf diesem Foto?«

Schweigen.

»Der junge Mann neben dir, das ist Martin Rether.«

Betrachtete ihre Mutter das Foto überhaupt? Und wenn ja, konnte sie ohne Brille noch gut genug sehen, um die Gesichter zu erkennen?

»Du hast dieses Kopftuch Aline geschenkt. Zur Verlobung.«

Wieder ein Nicken, oder war das nur Wunschdenken?

»Aber das Tuch ist zerrissen, Mama. Es ist nur halb, und …«

»Nein. Nein!« Mit überraschender Kraft fegte Henny Tuch, Foto und Schachtel von ihrem Schoß auf den Boden.

Arno

An dem Tag, als seine Eltern entschieden, nach Deutschland auszuwandern, änderte sich ihr Leben von Grund auf. Die Selbstverständlichkeit, mit der sie sich zuvor durch ihren Alltag bewegt hatten, war verloren gegangen. Das Klappern des Schürhakens in der Küche klang seltsam hohl. Das staubige Abendrot der Sonne hinter dem Hühnerstall schien ferner. Der Geruch nach Metall und vergorenem Käse in dem Milchwagen, der sie nach den Ferien zur Schule nach Hermannstadt brachte, war nicht mehr so eklig. Alles erschien plötzlich neu, bedeutsamer als zuvor, durchtränkt von Wehmut. Dabei blieb es lange Zeit ungewiss, ob Ceaușescus Mannen sie überhaupt ziehen lassen würden. Harte Westwährung war für die Ausreise vonnöten. D-Mark. Nicht nur die Bundesrepublik musste ein Kopfgeld für sie bereitstellen. Auch sie selbst mussten in Rumänien Schmiergeld bezahlen, ebenfalls in D-Mark. Doch sie hatten keine Verwandten in Deutschland.

Monate vergingen, bis scheinbar aus heiterem Himmel ein Besucher an ihre Tür klopfte: Der Schwager eines Freundes, dem es gelungen war, 3000 D-Mark aus der Bundesrepublik zu ihnen nach Alzen zu schmuggeln. Ein Privatdarlehen, das der Vater in den folgenden Jahren in Minibeträgen abstottern würde, auf Heller und Pfennig, zuzüglich einem saftigen Zinssatz

3000 Mark – das war 1975 in Siebenbürgen ein Vermögen unvorstellbaren Ausmaßes –, ob es jedoch zum gewünschten Ergebnis führen würde, blieb fraglich. Aber eines Nachts kam ein weiterer unangemeldeter Gast über die Felder. Ein Mann aus dem Nachbardorf, von dem man munkelte, er gehöre zur Securitate. Schweren Schritts stapfte er durch alle

Zimmer, aß Kartoffelknödel mit Gulasch, trank Schnaps mit dem Vater und verschwand mit dem Geld, ohne dafür eine Quittung zu hinterlassen oder etwas zu versprechen. Der nächste Schritt war getan, nicht mehr zu revidieren. Nun waren sie endgültig aus der Deckung getreten und zählten für Ceauşescus Gefolgsmänner zum Aussatz.

Die Mutter weinte stumme Tränen, sobald sie sich allein wähnte. Der Vater schwieg mehr als sonst und herrschte sogar seinen Liebling Katharina an, sich am Tage nichts, aber auch wirklich gar nichts mehr zuschulden kommen zu lassen und mit niemandem über ihre Pläne zu sprechen. Doch es geschah nichts und sie konnten nichts tun als das aushalten.

Ein weiterer Tag verging. Noch einer. Ein Wochenende. Eine Woche. Abschied sprang sie an, von überallher, selbst dort, wo sie das am wenigsten erwarteten, und das Geraune im Dorf wurde zum Soundtrack ihrer Tage und noch mehr ihrer Nächte, in denen sie in ihren Betten ausharrten und sich darin übten, nicht bei jedem Geräusch im Hof zu versteinern. Und jedes Mal, wenn sie dachten, sie könnten die Ungewissheit nicht eine Minute länger ertragen, schafften sie es doch noch, weil sie keine andere Wahl hatten.

Die zweite Woche brach an. Die Eltern beschlossen zu hoffen, weil sie bislang immerhin nicht verhaftet oder enteignet worden waren. Sie hoben die Köpfe und begannen zu packen. Vier Holzkisten – mickrig im Vergleich zu dem, was sie besaßen und eigentlich brauchten und mitnehmen wollten. Jedes einzelne Stück würde das Zollamt begutachten, um sicherzustellen, dass nichts außer Landes gebracht würde, was der rumänische Staat vielleicht noch brauchte.

Die geforderten Packlisten für diese Prozedur waren die nächste Herausforderung. Vollständig mussten sie natürlich sein, und getippt, eine akribische Auflistung des Inhalts jeder

Kiste. In ganz Alzen gab es exakt zwei Schreibmaschinen, eine davon thronte normalerweise im Büro des Schuldirektors auf einem extra für dieses technische Wunderwerk angefertigten Beistelltisch, ein schwarzes Ungetüm der Marke Triumph Adler. Die schleppte der Vater eines Abends in die Wohnstube, und dann saß er mehrere Nächte lang mit gebeugtem Rücken und tippte, und die Mutter zählte und packte ein und wieder aus, und immer wieder hielten die beiden inne und entschieden sich um und begannen noch einmal von Neuem. Das Teeservice – ja oder nein? Wie viele Tassen genau, wie viele Untersetzer, alle zwölf oder nur sechs, und war das Tee-Ei nicht doch entbehrlich? Zuerst alles, was auf jeden Fall mitmuss: das gute Geschirr mit dem Goldrand. Das Tafelsilber. Die allernötigste Kleidung und Wäsche. Die Tracht. Die Trompete. Die Zeugnisse. Die Bibel und das Gesangbuch. Jedes Porzellanteil schlug die Mutter in ein Stück Tischwäsche und bettete es so sanft in die Kiste, als sei die ein Sarg. Aber es fehlte an Platz, sosehr sie sich auch mühte. *Man packt ein Stück Seele ein*, sagte sie. *Und mit allem, das zurückbleiben muss, stirbt ein bisschen Freude.*

Vier Kisten nur für ein ganzes Leben. Eine Unmöglichkeit, aber schließlich waren sie doch einigermaßen zufrieden und da erst kamen Arno und Katharina an die Reihe. Ein einziges Lieblingsspielzeug sollte jeder von ihnen aussuchen, entschied der Vater. Eines, das möglichst klein war. Arno hatte gelacht und den Kopf geschüttelt. Von seinem kostbarsten Schatz wusste der Vater nicht einmal: die Gitarre, die zu kaufen Arno zwei Sommer lang Vieh gehütet und Ställe gemistet und in Hermannstadt unzählige Deutsch-Nachhilfestunden erteilt hatte, er versteckte sie in einem Winkel des Heuschobers. Doch seine Schwester traf es nicht besser, vielleicht sogar härter. Denn obwohl Katharina mit fünfzehn

Jahren nicht mehr mit ihrer Puppenstube spielte, hing sie doch an dieser komplexen Miniaturwelt mit ihrem Völkchen und all den mühevoll selbst gefertigten Kleidern und Möbeln. Wie konnte sie eine einzige Puppe auf immer daraus entfernen und die anderen schmählich zurücklassen? Es ging nicht, und so landeten noch zwei Bücher mehr in den Kisten, und der Vater war einmal zufrieden und lobte seine beiden Kinder für ihre Umsicht.

Danach geschah wieder nichts, nur die gepackten Kisten standen im Wohnzimmer wie die Vorhut einer Besatzungsarmee, die nicht vorhatte, jemals wieder zu weichen. Sie hatten den Mann aus dem Nachbardorf vergebens geschmiert, er war über alle Berge, dachten sie. *Vielleicht bleiben wir ja doch hier*, wisperte Katharina Arno ins Ohr und klang zum ersten Mal seit Langem beinahe fröhlich. Aber eines Nachts schlich der Securitate-Mann doch wieder über die Felder und trank noch einmal Schnaps und brachte die Papiere, und nun musste es auf einmal schnell gehen. Zwei Tage noch, beschied er ihnen, und schlagartig verwandelte sich Alzen in einen Bienenkorb, in dem es überall summte und brummte. Und schon am folgenden Nachmittag schwärmte die Nachbarschaft in ihre Küche und brachte Holzbretter mit Kuchen, deren Süße sie nicht schmeckten, und der Posaunenchor bezog Stellung im Garten und spielte ein letztes Mal unter der Leitung des Vaters die Siebenbürgische Hymne. Als auch das überstanden war, holte Arno seine Gitarre aus dem Versteck und stahl sich an den Dorfrand zu den Zigeunern. Sie schauten ihn an, als ob er irre geworden sei, wollten sein Geschenk erst gar nicht annehmen. Einer akzeptierte die Gitarre schließlich doch und steckte Arno im Gegenzug ein Klappmesser zu. Der Horngriff war glatt wie ein Handschmeichler aus Treibholz, die Klinge stahlscharf und kein bisschen rostig. Arno schob das Messer in seine Hosentasche, wo es erstaunlicherweise ohne Beanstandung die Zollprüfung überdauerte. Ein Talisman, den er noch immer benutzte.

Der Geruch ihres Abschieds war das gemähte Heu auf den Feldern und der Dung von den Kuhweiden. Der Tag lag als Ahnung über den Karpaten, ein grünlicher Lichtstreif. Doch sie sahen nicht lange hin, sondern luden stumm ihre Kisten auf den Leiterwagen. Sie wussten noch immer nicht, ob dies der Weg in die Freiheit war oder nur eine Finte, der Anfang vom Ende. Sie wussten jedoch, dass sie nicht mehr zurückkonnten. Abgebrochene Brücken. Angst wie ein stinkender Pelz auf ihren Zungen. Würden sie je bis nach Bukarest zum Zoll kommen? Der Fremde auf dem Kutschbock versprach es und mahnte zur Eile. Im Saum des Jacketts vom Vater steckten noch immer 500 kostbare D-Mark. Die Mutter hatte den Schmuck im Mieder: Ein Armband, zwei Ringe, das Medaillon und die Brosche mit den Smaragden.

Das Pferd war milchweiß. Die Eltern kletterten neben den Wagenlenker auf den Bock, Arno und Katharina kauerten auf dem Hänger bei den Kisten. Das Pferd zog an. Dumpfer Hufschlag auf Sand, als irrte der Schimmelreiter über brechende Deiche. Der Vater saß reglos, den Blick starr nach vorn gerichtet, sein Arm hielt die Schulter der Mutter. *Schaut nicht zurück* war das Einzige, was er noch sagte, und Katharina schlang die Arme um die Knie und krümmte sich zusammen und schloss die Augen. Sie wollte nicht weinen, sie gab sich alle Mühe, aber das misslang gründlich und Arno musste an das Igeljunge denken, das sie vor langer Zeit einmal im Garten gefunden hatten. Es war allein gewesen und sehr klein. Verwaist, hatte die Mutter gesagt, und sie betteten es im Stall auf Stroh und sammelten Schnecken und schütteten melkwarme Ziegenmilch auf eine Untertasse. Doch der kleine Igel starb trotzdem, er tauchte die Nase zu tief in die Flüssigkeit und fuhr jedes Mal wieder hoch, ohne getrunken zu haben, und das Geräusch, das er dabei ausstieß, klang genauso wie Katharinas hektisches Schniefen, während sie zum letzten Mal über die Dorfstraße rumpelten.

Vielleicht war sie Jahrzehnte später überhaupt nur deshalb zurückgekehrt, weil sie im Moment des Abschieds nicht hingesehen hatte, dachte Arno, und fragte sich plötzlich, wie es wohl gewesen war, als seine Schwester als erwachsene Frau die Tür ihres Elternhauses aufgeschlossen hatte. Bestimmt würden die Scharniere noch genauso gequietscht haben wie früher. Und den Hühnerstall und die Apfelbäume gab es vielleicht auch noch. Aber das Haus wäre dennoch leer gewesen, ein Geisterhaus in einem Dorf, in dem ebenfalls alles fehlte, was einst ihre Kindertage bestimmt hatte, ihr ganzes, einstmals so gewöhnliches Leben mit all den vertrauten Menschen und Dingen und Ritualen.

Arno stand auf. Er musste mit solchen Gedanken aufhören. Jetzt. Sofort. Woher war diese Erinnerungsflut überhaupt gekommen? Er hatte gearbeitet, nachdem er mit Frieda Telling telefoniert hatte, weitere 20 Seiten der »Verruchten Magd« waren fertig. Etwas trieb ihn vorwärts, ein innerer Drang, dieses Manuskript so schnell als irgend möglich zu vollenden. Er verstand nicht, woher diese Dringlichkeit rührte, bis zum Abgabeschluss war noch lange Zeit, aber er würde einen Teufel tun, damit zu hadern, denn der Flow war perfekt, es galt, ihn zu nutzen. Und während der Drucker zu rattern begonnen hatte, waren seine Gedanken abgedriftet, und nun ließen sich die aus der Versenkung ans Licht beförderten Bilder nicht mehr im Zaum halten.

Sein Magen knurrte. Er ging in die Küche, schaltete den Backofen ein und pulte eine Tiefkühlpizza aus dem Gefrierfach, lief weiter ins Bad, zog sich aus und stellte sich unter die Dusche. Feierabend für heute, und das wurde auch Zeit. Er war den ganzen Tag nicht vor die Tür gekommen, hatte mehr als neun Stunden am Stück geschrieben, wie besessen.

Das Gesicht, das ihm aus dem Badezimmerspiegel entgegenblickte, hatte trotz der Bräune unübersehbare Falten und Andeutungen von Tränensäcken unter den Augen. Arno rasierte sich und gönnte seiner Haut nicht nur Aftershave, sondern auch eine Portion Lotion. Noch war er einigermaßen in Form, doch die Haut wurde unleugbar schlaffer, auch an Armen und Bauch, egal wie viele Trainingseinheiten er absolvierte. Er drehte dem Spiegel den Rücken zu und tappte nackt zurück in die Küche, schob die Pizza in den Ofen, holte ein Bier aus dem Kühlschrank und trank zwei lange Schlucke aus der Flasche, bevor er im Schlafzimmer zehn halbherzige Liegestütze machte und frische Klamotten anzog.

Sein Vater war 48 gewesen, als sie auswanderten, vier Jahre jünger als er jetzt, und seine Mutter gerade einmal 38. Noch jung eigentlich, in der Blüte ihres Lebens. Aber sie hatten nicht jung gewirkt, sondern in Anzug, Schürze und Tracht auf eine altmodische, abziehbildhafte Art und Weise erwachsen, die es nur in einer Gesellschaft geben konnte, in der individuelle Bedürfnisse und Neigungen sehr viel weniger zählten als Tradition und Gemeinschaft. Und obwohl es in Alzen damals kein anderes Lebensmodell gab, hatte Arno seine Eltern schon vor der Übersiedlung nach Deutschland als fleischgewordene Warnungen empfunden und sich geschworen, nie in ihre Fußstapfen zu treten, wirklich niemals.

Und dann waren sie auf einmal in der Neuzeit gelandet, im gelobten Deutschland der 70er-Jahre, und an seiner neuen Schule trugen sogar manche Lehrer Turnschuhe und Schlagjeans und es gab Rock, Jazz und Reggae und Partys und Sex ohne Verpflichtungen und nächtelange Diskussionen darüber, wie man sich fühlte, was man wollte und nicht wollte und wie man die Welt retten konnte, all die hochfliegenden Träume.

Und was war daraus geworden? Nichts, oder jedenfalls nicht das, was er damals erhofft hatte. Etwas war leergelaufen, eine Art Batterie in seinem Inneren, unmerklich fast, ganz langsam und zuletzt immer schneller. Und die Urne mit seinem Alten, die ihm im Flur direkt wieder ins Auge sprang, hob seine Stimmung auch nicht, im Gegenteil, die verströmte definitiv ein ganz mieses Karma. Arno riss sie aus dem Schuhregal, trug sie Richtung Balkon, machte direkt wieder kehrt. Der Balkon war definitiv keine gute Option, denn hier trank er morgens seinen Kaffee, und falls irgendein psychopathischer Spanner die Urne erspähte, rief der am Ende noch die Bullen. Wohin also damit, hinter den Karton mit dem Altpapier oder auf Augenhöhe ins Bücherregal? Sein Alter als Stütze der Schundliteratur? *Luna Wilde bin ich, also gewissermaßen. Ich übersetze diese Bücher. – In der Urne ist Schuhcreme.* Frieda Tellings Mundwinkel hatte gezuckt, auf diese für sie offenbar typische Art, wenn sie sich amüsierte. Nicht sehr wahrscheinlich, dass sie ihm diese Schwachsinnsausreden geglaubt hatte.

Arno bugsierte die Urne wieder neben seine Laufschuhe. Auch das war auf Dauer keine Lösung, sondern allenfalls das kleinste Übel, er musste sich wirklich was einfallen lassen und seinen Alten wieder loswerden. Was hatte Martin Rether letztendlich dazu bewogen, dem Dorf seiner Väter den Rücken zu kehren? Zum zweiten Mal nach der Deportation 1945 – und diesmal freiwillig und für immer? Und wenn ihm die Heimat doch so sehr am Herzen lag, warum war er nicht zu Lebzeiten dorthin zurückgekehrt, im Schlepptau seiner Tochter, ans Grab seiner Frau, die er angeblich so sehr geliebt hatte? Sie müssten zum Wohle der Mutter auswandern, hatte er damals behauptet. Weil sie immer so viel blutete und die rumänischen Kurpfuscher ihr nicht halfen. Aber die Mutter hatte nicht fortgewollt, genauso wenig wie Katharina. Und jetzt, da alles zu spät war, wollte der Alte doch noch zurücktransportiert werden und sie wieder heimsuchen, wenn auch nur als ein Haufen Asche.

Die Pizza war fertig, Arno zerrte sie auf einen Teller, schnitt sie in Achtel und trug seine Abendmahlzeit mit der Bierflasche vor die Glotze. Sonntagabend, das hieß, nach der Tagesschau kam der Tatort. Er warf sich aufs Sofa, legte die Füße hoch und aß die dampfenden Pizzastücke aus der Hand, während eine adrette Nachrichtensprecherin die Katastrophen des Tages für ihn abspulte. Der Wetteronkel verkündete mit Enthusiasmus, dass es zunehmend schwüler werden würde, als sei das tatsächlich schön. Seit wie vielen Wochen hatte es schon nicht mehr geregnet? Das erwähnte niemand, alle laberten nur vom Jahrhundertsommer. Offenbar war die globale Erderwärmung so weit fortgeschritten, dass man die einfach hinnahm.

Arno trug seinen leer gegessenen Teller zurück in die Küche, öffnete ein neues Bier und nahm wieder Kurs aufs Sofa. Der Tatort begann: rennende Füße, das Fadenkreuz, die Augen. Doch sobald er sich zurückgelehnt hatte, dudelte das Telefon und das Display zeigte eine Nummer, die mit 0040 begann. Rumänien. Seine Schwester. Die Reaktion auf die

Mail, die er vorhin geschickt hatte. Arno schaltete die Glotze auf stumm und meldete sich, bevor der Anrufbeantworter ansprang.

»Katharina. Hallo!«

»Das wurde aber auch Zeit, dass du dich meldest. Ich hatte die Hoffnung schon beinahe aufgegeben.«

»Ich finde es auch sehr schön, von dir zu hören.«

»Charmeur!«

»Also bitte!«

Sie lachte und klang tatsächlich so, als ob ihr das Geplänkel Spaß machte.

»Wo bist du gerade?«, fragte Arno. »In der Küche?«

»Erraten. Und die Sonne geht immer noch hinter dem Hühnerstall unter.«

»Das ist gut.«

»Ja. Und warum bist du auf einmal so nostalgisch und interessierst dich brennend für die Jugendzeit unseres Vaters?«

Ja, warum? Weil sein Alter auf diesem Foto gelacht und das Kinn in die Kamera gereckt hatte, als sei die Welt ein Abenteuerspielplatz und er dazu auserkoren, seinen fairen Anteil daran zu genießen, ganz ähnlich wie er, Arno, das selbst einmal getan hatte? Weil ihm Frieda Telling nicht aus dem Kopf ging und Äpfel schnitt wie seine Mutter? Wegen der blonden Henny im Arm seines Vaters, die an diesem Frühsommertag 1941 so gewirkt hatte, als ob sie an dessen Seite gehöre?

Im Fernseher knallte die erste Leiche des Abends aufs Pflaster, kurz danach traf der kullerbäuchige Prollkommissar mit dem Sankt-Pauli-T-Shirt am Tatort ein, um die Misere zu begutachten. Die Kasper aus Münster waren also dran, das quotenmäßige Topteam, so die Mediakontrollzahlen denn stimmten. Fehlte noch der Herr Professor mit dem Sezierkoffer und da war er auch schon.

Arno trank einen Schluck Bier. Zwei Liebende, die füreinander bestimmt sind und dennoch getrennt werden. Die sich niemals vergessen und bis an ihr Lebensende darauf hoffen, die beiden Hälften des Kopftuchs, das sie einst als Zeichen ihrer Liebe zerschnitten haben, wieder zusammenzufügen. Schwer vorstellbar, dass sein Alter jemals zu solcher Romantik fähig gewesen sein sollte, ja dass seine unerfüllte Jugendliebe sogar der Grund für all das Leid gewesen war, das er über die Seinen gebracht hatte. Aber rein literarisch wäre so eine Geschichte faszinierend. Sogar ein Happy End könnte man dafür erfinden.

»Es gibt in Siebenbürgen keinen Brauch mit geteilten Kopftüchern«, sagte Katharina.

»Bist du sicher?«

»Es würde mich jedenfalls wirklich wundern. Und ich habe in den letzten Jahren eigentlich einen recht guten Überblick gewonnen.«

»Eigentlich recht gut« war natürlich stark untertrieben. Soweit Arno wusste, wirkte seine Schwester beim Aufbau diverser Museen und Archive mit, gab Festschriften und Jahresbücher heraus, sammelte und katalogisierte, was sie nur finden konnte, um die Vergangenheit Siebenbürgens zu konservieren. Sein Kontrapunkt von Geburt an, ganz im Sinne des Alten. Die Hüterin aller Kirchenburgen und Traditionen. Absurd eigentlich, ein Treppenwitz des Schicksals, dass sie tatsächlich von denselben Eltern gezeugt und großgezogen worden waren.

Er lehnte sich zurück und starrte an die Decke. Liane war er nach einigem Hin und Her doch noch losgeworden, aber sie hatte schon recht, die Risse im Stuck sahen nicht sonderlich schick aus. Er wollte, dass seine Schwester sich dieses eine Mal irrte, wurde ihm schlagartig klar. Er wollte an diese Kopftuchgeschichte glauben, warum auch immer.

»Wenn du meinem Urteil nicht traust, kannst du dich gerne selber umhören und in Hermannstadt im Archiv nachfragen«, sagte seine Schwester.

»Und was ist mit dem Foto? Unser Vater mit dieser Blonden?«

»Du fängst doch jetzt nicht wieder damit an, dass er Mutti misshandelt hat?«

»Die Fakten haben sich mit seinem Tod nicht verändert.«

»Er hat sie geliebt, Arno! Er hat sie auf Händen getragen.«

»Das glaubst du doch selbst nicht.«

»Das glaube ich nicht, das weiß ich.«

»Und der Terror im Schlafzimmer?«

»Was für ein Terror? Er konnte doch nichts dafür, dass Mutti so krank wurde.«

»Du träumst!«

»Oh nein, ich halte mich nur an die Tatsachen.«

»Du biegst sie dir so zurecht, dass sie passen.«

»Du bist doch derjenige, der immer wegläuft.«

Ein paar Sekunden lang schwiegen sie beide, und Arno sah wieder auf die Mattscheibe, wo der tonlos vor sich hin klugscheißernde Leichenprofessor inzwischen das erste Mordopfer des Abends sezierte.

Er schaltete die Glotze aus und stand auf. Es war aussichtslos, mit seiner Schwester zu reden. Sie war, wie sie war, sie brauchte ihr Weltbild, sie brach sonst zusammen. Damals auf dem Leiterwagen hatte er den Arm um sie gelegt und gefühlt, wie ihr Körper im Takt ihrer stimmlosen Schluchzer vibrierte. Er hatte sich inständig gewünscht, er könnte irgendetwas tun, ihre Verzweiflung zu lindern, aber er war nicht einmal sicher gewesen, ob sie seine Nähe überhaupt spürte.

Er trank noch einen Schluck Bier und kämpfte den Impuls nieder, einfach auszuholen und die halb volle Flasche ans Bücherregal zu schmettern. Liebe und Herzschmerz, wieso, verdammt noch mal, war er ausgerechnet in diesem Kitschsektor gelandet?

Er stellte die Flasche auf den Schreibtisch. »Denkst du noch manchmal daran, wie es war, als wir weggingen?«

»Natürlich, ja.«

»Du hast so geweint.«

»Es war ja auch furchtbar.«

»Bist du deshalb wieder nach Alzen gezogen?«

»Um die Zeit zurückzudrehen, meinst du? Weil ich das alles verklärt habe? Nein! Spinnst du?«

»Und warum dann?«

»Es ist schön hier. Wirklich. Ich kann als Lehrerin was bewirken, viel mehr als in Deutschland. Und Olafs Tischlerei läuft jetzt auch gut, er kann sich vor Aufträgen kaum retten. Und die Kinder haben sich eingelebt. Also – wann kommst du?«

Sie glaubte tatsächlich, er würde kommen. Sie glaubte, seine Fragen nach dem Kopftuchbrauch und dem Foto wären nur eine Art Vorspiel zur gemeinsamen tränenreichen Beisetzung des Alten.

»Arno?«

»Ja?«

»Lass uns nicht streiten, schon gar nicht am Telefon. Sag mir jetzt bitte einfach, für wann du deinen Flug gebucht hast.«

»Was ist mit dem Foto?«

Sie seufzte. »Was soll damit sein?«

»Unser Vater und diese Blonde?«

»Frag Onkel Egon. Der hat die Alben von früher. Da gibt es noch mehr solcher Fotos.«

»Fotos von dieser Blonden?«

»Fotos von solchen Festen.«

»Sie heißt Henny Wagner. Die beiden sahen glücklich aus miteinander, oder?«

»Es war Kronenfest, Arno. Sie waren jung. Vater hat sicher nur mit ihr getanzt.«

»Getanzt.«

»Ja, getanzt. Weißt du das denn nicht? Er hat doch sogar im Krieg noch Tanztrupps geleitet. Er war richtig gut, bis sie ihn ins Lager geschleppt haben und er die Arthritis bekam. Aber davor? Er war so ein leidenschaftlicher Tänzer.«

Frieda

Die Stille im Haus war beinahe vollkommen und schien jedes Geräusch, das von Frieda ausging, zu verstärken. Wie ein Eindringling kam sie sich plötzlich vor, als würde sie stören, dabei lebte sie hier seit über zwölf Jahren. *Nach Hause, ich will nach Hause.* Wohin sehnte sich ihre Mutter, wenn sie das sagte? Frieda warf ihren Schlüsselbund in die Schale auf der Kommode, lehnte sich an die Tür und verharrte einen Augenblick mit geschlossenen Augen. Nachdem Henny die Schmetterlingsschachtel, das Foto und das Kopftuch von ihrem Schoß gefegt hatte, war sie von einer Sekunde auf die andere nicht mehr ansprechbar gewesen. Sie weinte und tobte, ohne erklären zu können, was sie so verstört hatte, und jeder Versuch, sie zu beschwichtigen, steigerte Hennys Verzweiflung nur weiter, am Ende hatte sie sogar nach Frieda und den Pflegern geschlagen. Und genau in diesem aller ungünstigsten aller Momente rief Jan an und berichtete euphorisch, dass Aline ihre Beine nicht nur wieder spüren könne, sondern sogar schon die Zehen bewegt habe. *Gut*, hatte Frieda hervorgestoßen, ein einziges, mageres Wort als Antwort auf dieses Wunder. Aber bevor sie noch mehr sagen konnte, hatte Henny sich plötzlich an sie geklammert und geschrien, dass sie aufpassen und still sein müsse, ganz, ganz still, und nach einigen vergeblichen Versuchen, ihren Arm aus dem überraschend kraftvollen Klammergriff ihrer Mutter zu lösen, hatte Frieda aufgegeben und Jan versprochen, ihn schnellstens zurückzurufen. Eine voreilige Zusage, wie sich herausstellte. Es dauerte fast eine halbe Stunde, bis die Pfleger Henny endlich mithilfe eines Beruhigungsmittels sediert hatten. Und so erreichte Frieda nur noch Jans Mobilbox und in der Klinik hieß es, er sei in den Friedrichstadt-Palast gefahren und Aline schlafe bereits, erschöpft von den Fortschritten dieses Tages.

Zu viel, es war einfach alles zu viel: zu viel Angst, zu viele Fragen, zu viel Chaos. Frieda kickte die Flip-Flops von den Füßen. Ihre Beine fühlten sich schwer an, kraftlos, als hätte sie versucht, einen Marathon zu absolvieren, was ja gewissermaßen auch stimmte. Immerhin fühlten sich die Schieferplatten unter ihren nackten Sohlen vertraut an, rau und angenehm kühl, sie selbst hatte sie mit Paul ausgesucht, weil sie gern barfuß lief und die Struktur mochte.

Frieda bewegte die Zehen, ganz langsam, betrachtete ihre Füße. Unmöglich, nur einen einzelnen Zeh zu bewegen, nur die großen Zehen konnte sie isoliert anheben. War das bei Aline genauso oder lernte sie im Balletttraining auch diese anatomische Grenze zu überwinden? Der schilfgrüne Nagellack ließ ihre Füße fremd wirken. Gleich nach dem Friseurbesuch hatte sie den gekauft. Warum? Um wen zu beeindrucken? Ihre Tochter, die Nagellack in allen Regenbogenfarben liebte? Oder Graham?

Du hast dich verändert, hatte er gesagt. *Paul hat dich verändert.* Aber das war natürlich Quatsch, so viel Macht hatte Paul nicht, niemand hatte das. Man veränderte sich durch sich selbst. Durch Willenskraft und Erfahrung und die Entscheidungen, die man traf. Durch die Wagnisse, die man einging oder versäumte. Und hinzu kamen jene Faktoren, die man selbst nicht in der Hand hatte. Krankheiten und Schicksalsschläge, Kriege und Todesfälle, die den einen all das, was sie für unumstößlich gehalten hatten, von einer Sekunde auf die andere für immer zerstören konnten, während sie andere auf mysteriöse Weise verschonten.

Frieda gab sich einen Ruck und lief Richtung Küche. Sie musste etwas essen, auch wenn sie keinerlei Appetit spürte, im Gefrierfach steckten bestimmt noch ein paar Reste der letzten Menüs, die Paul vor seiner USA-Reise gekocht hatte. Sie ließ ihrer Reisetasche vor dem Bad stehen, auspacken konnte sie später. Die Küche schloss offen ans Wohnzimmer an und war normalerweise das Zentrum ihres Alltagsdaseins. Jetzt war alles tadellos aufgeräumt und sauber. Die Stühle standen exakt auf Kante um den Eichenholzesstisch, der den Übergang zwischen Wohn- und Küchenbereich bildete. Die Obstschale war leer bis auf ein paar Walnüsse, daneben hatte ihre Zugehfrau Elvira Dimari die Post gestapelt, zwei akkurate Haufen, einer für Paul und einer für Frieda.

Pauls Küche – warum dachte sie das plötzlich wieder? Weil ohne Paul alles so leer war. Weil Tisch, Schränke und Kochinsel nach seinen Vorstellungen konzipiert worden waren. Weil er dieses Haus gefunden und bezahlt hatte, genau wie den Architekten, der den 70er-Jahre-Winkelbungalow in ein gläsernes L verwandelte. Luftig und hell sollte alles sein, hatten sie sich gewünscht, von Licht durchflutet. Mit genug Platz für zwei separate Arbeitszimmer und einem eigenen Reich für Aline und mit einem Anbau für die Gäste – Pauls schon erwachsene Söhne und die Wissenschaftler aus aller Welt, die zu Paul nach Heidelberg kamen, damit sie an der Universität ihre Vorträge hielten. Und auch der Wohnbereich ließ sich im Nu zu einem Vortragsraum umgestalten, ein Beamer war fest installiert und direkt gegenüber der Sitzecke entrollte sich per Knopfdruck eine Leinwand.

Frieda öffnete den Gefrierschrank und griff wahllos nach einer der von ihr selbst ordentlich beschrifteten Tupperware-Dosen. Paella mit Meeresfrüchten, warum nicht? Sie stülpte den Inhalt des Plastikcontainers auf einen Teller, schob ihn in die Mikrowelle und trat auf die Terrasse. Die Luft war anders als in Berlin, erdig, fast wie ein Streicheln. Der Tag neigte sich seinem Ende zu, über der Bambushecke färbte sich der Himmel lila.

Die Vogeltränke war leer, sie aufzufüllen war das Einzige, was Frau Dimari immer wieder vergaß, vermutlich weil sie es für unnötig hielt. Frieda goss Wasser hinein und warf sicherheitshalber ein paar Handvoll Fischfutter in das rechteckige Betonbecken, in dem Goldfische und ein paar Frösche ein verborgenes Dasein unter Seerosenblättern führten, keine Kois, wie Paul ursprünglich geplant hatte, die Frieda jedoch zu dekadent fand, selbst wenn dieser Garten mit seiner strengen Symmetrie aus Kies, Gräsern, Bambus und Zierahorn einen asiatischen Touch hatte.

Sie holte ihren Teller aus der Küche und setzte sich mit

Blick aufs Wasser an den Gartentisch. In einem der Nachbargärten sang eine Amsel und hin und wieder zeugte ein leises Plätschern davon, dass sich die Goldfische um ihr Abendbrot stritten. Aber davon abgesehen war es still, und die Bambushecken verdeckten den Blick zu den Nachbargrundstücken vollkommen, auch die Altstadt, die sich unter ihnen erstreckte, war nicht einmal zu erahnen. In ihrem ersten Herbst in diesem Haus waren jede Nacht Nebelbänke aus dem Neckartal gestiegen. Frieda hatte stundenlang im Dunkeln am Fenster gesessen und zugeschaut, wie sie sich im Zeitlupentempo verformten, eine Herde träger, silbriger Fabelgestalten. Und obwohl sie wusste, wie irrational das war, hatte sie sich davor gefürchtet, dass die Nebel nie wieder weichen, sondern dieses Haus und sie selbst und Paul für immer einhüllen würden, immer dichter und dichter, wie in einem bösen Märchen.

Sie hatte versucht, mit Paul darüber zu reden, und vorgeschlagen, eine Sichtschneise zum Tal anzulegen. *Wir haben ein Haus mit durchsichtigen Wänden, aber alles, was wir sehen, ist Bambus*, hatte sie gesagt. Und Paul hatte gelacht. *Aber das war doch das Ziel, oder? Hier wollen wir uns doch entspannen. Das hier ist doch unsere Privatsphäre.*

Hatte er Privatsphäre gesagt oder Zuhause? Je länger Frieda jetzt darüber nachdachte, desto unsicherer wurde sie. Bevor sie Paul kennenlernte, hatte sie sich jedenfalls nicht mit Design oder Architektur beschäftigt, sie investierte ihr Geld lieber in Kinderbetreuung und in Alines Ausbildung, in leistungsstarke Computer und Reisen. *Du lebst wie eine Vagabundin*, hatte Paul konstatiert, *als wärst du immer noch Studentin.* Und Aline hatte ihr das Gleiche vorgeworfen. Sie wollte nicht mehr dauernd neu anfangen und die Schule wechseln, sie wollte in einer Stadt leben, in Deutschland, am liebsten in der Nähe ihrer Großeltern, nicht auf einem Berg oder in einer Wüste im Nirgendwo, bloß weil sich dort ein Großteleskop oder ein ominöses Forschungsinstitut befand, das ihre Mutter tage- und nächtelang verschluckte. *Ich habe Paul auch für dich geheiratet* – beinahe hätte Frieda das geschrien, als Aline erklärte, sie würde ins Ballettinternat nach Stuttgart ziehen und nicht in Pauls Glashaus. Nur mit äußerster Selbstbeherrschung war es ihr gelungen, diese Worte zurückzuhalten. Denn Aline hätte sie ausgelacht, schon damals mit zwölf. Sie hätte sich rigoros geweigert, die Verantwortung für das Leben ihrer Mutter zu übernehmen, so hatte Frieda sie schließlich erzogen.

Sie trug ihren leeren Teller wieder in die Küche und blätterte durch ihre Post. Rechnungen und Fachzeitschriften. Der Katalog eines Versandhauses, in dem sie vor Jahren einmal einen Blazer bestellt und direkt wieder zurückgeschickt hatte, weil der Stoff sich synthetisch anfühlte. Und trotzdem belästigten die sie seitdem mit ihren Prospekten, ungeachtet der Verschwendung von Ressourcen und Kosten, die das bedeutete.

Sie warf den Prospekt in den Müll, ließ die restlichen Umschläge in einem unordentlichen Haufen auf dem Esstisch zurück, ging in ihr Arbeitszimmer und schaltete den Computer an. Mails trudelten ein. Noch mehr Werbung. Arbeit. Graham schrieb, wie sehr er sich über Alines Fortschritte freue – offenbar hatte Jan auch ihn angerufen – und dass er in Konferenzen stecke, sich aber baldmöglichst bei Frieda melden würde, um alles Weitere zu besprechen. Paul fragte, wie es ihr gehe. Nur Arno Rether hüllte sich in Schweigen, dabei waren inzwischen mehr als drei Stunden vergangen, seit sie ihm den Schnappschuss von Hennys Wandbehang gemailt hatte.

Frieda vergrößerte das Foto auf dem Monitor und starrte auf all die stecknadelkopfgroßen, von ihrer Mutter einst mühevoll gestickten farbigen Garnpünktchen. Sollte das tatsächlich eine Kirchenburg darstellen? Womöglich hatte Henny ihr das damals sogar einmal erzählt und sie hatte nicht richtig zugehört oder es gleich wieder vergessen. Am Wandbehang selbst befand sich jedenfalls kein Hinweis auf das Motiv, das hatte Frieda überprüft, nachdem Henny eingeschlafen war. Sie hatte auch ihre Schränke durchsucht, jedoch nichts anderes darin gefunden als das, was sie selbst vor zwei Jahren in Umzugskartons verpackt hatte. Falsch war ihr das damals vorgekommen, ein rigider und unentschuldbarer Eingriff in Hennys Privatsphäre, obwohl sie wusste, dass der unvermeidbar war, die Folge von Hennys Krankheit. Sie hatte sogar die Schmetterlingsschachtel in der Hand gehalten und dann doch nicht geöffnet. Aus Trotz, weil sie das ja auch früher nicht gedurft hatte und weil die Vergangenheit vorbei war. Sie wollte ihr keine Macht mehr geben, wollte einfach nach vorn blicken. Ein Fehler war das gewesen, wie sie inzwischen wusste, aber nicht mehr zu ändern.

Draußen verblasste der Himmel, aus den Bambushecken kroch der Abend. Frieda senkte den Blick auf ihren Bildschirm. Sie musste sich zusammenreißen und zumindest die wichtigsten Mails lesen und beantworten, die ihre Arbeit betrafen. Sie musste entscheiden, ob sie sich beurlauben lassen sollte. Ja oder nein? Was genau konnte sie hier eigentlich noch bewirken? Die Tuchhälfte war verloren, vermutlich seit Jahrzehnten. Unmöglich, sie noch zu finden. Ihre Mutter war dement und konnte nicht helfen. Und kaum war Aline wieder ansprechbar gewesen, hatten sie wieder zu streiten begonnen.

Sie klickte den Wandbehang weg und schrieb an Graham, dass sie sich auch freue. Dann an Paul, dass Aline die Zehen bewegt hatte und im Haus alles in Ordnung sei und sie selbst jetzt ins Bett gehe. Eine Lüge, aber sie wollte nicht mit ihm sprechen und erklären müssen, wie sie sich in Heidelberg ohne ihn fühlte.

Das Haus war zu still und zu groß und zu leer. Auf einmal vermisste Frieda Berlin, die Enge des Hotelzimmers und die Geräusche vom Flur, selbst den Blick auf den Glatzkopf mit seinen Hanteln. Sie stellte sich Paul in Arizona vor, am LBT auf dem Mount Graham, dem heiligen Berg der Apachen. Sie war nie mehr dort gewesen, seit ihre Bewerbung im dortigen Forschungszentrum gescheitert war. Albern eigentlich, geradezu kindisch.

Sie löschte das Licht und stand auf. Sie konnte hier nicht bleiben, sie hielt das nicht aus, nicht jetzt, nicht heute. *Meine Frau hat ein Fluchtgen.* Jedes Mal, wenn Paul sie so foppte, verdrehte sie die Augen und bestand darauf, dass sie einfach nur hin und wieder die Aussicht von ihrem Arbeitszimmer im Königstuhl zur Inspiration brauchte und die Reisetasche mit dem Schlafsack allein für den Fall im Kofferraum ihres Kombis aufbewahrte, dass sie spätnachts noch vom Institut aus mit ihrem Team skypen musste. Aber vielleicht hatte Paul doch recht und die Übernachtungstasche war tatsächlich ein Erbe Hennys und einem inneren Drang geschuldet, gerüstet zu sein für Auswanderung oder Krieg oder eine Verhaftung.

Im CD-Player ihres Autos steckte noch eine CD, die Aline ihr im letzten Sommer gebrannt hatte. *Bat for Lashes*, ein seltsamer Name. Frieda ließ die Fenster herunter und regelte die Lautstärke höher. Alines Geschmack war exotisch, nicht all ihre musikalischen Entdeckungen gefielen Frieda, aber diese war wunderbar. Die Stimme ein wenig sphärisch, der

Rhythmus ein eigenwilliges Beben, das entfernt an den Galopp eines Pferdes erinnerte, Klatschen dazu. Vor ihrem inneren Auge sah Frieda Aline immer tanzen, wenn sie diese Musik hörte, barfuß mit offenen, fliegenden Haaren. Vielleicht war es also ein Zeichen der Hoffnung, dass sie diese CD jetzt ertragen konnte, vielleicht würde Aline tatsächlich wieder aufstehen. Aber der Unfall war nun einmal geschehen, und der Grund dafür lag im Dunkeln, offenbar in der Vergangenheit ihrer Mutter. Wie konnte sie selbst auch nur eine Sekunde lang hoffen, dass das nichts mit ihr zu tun hätte?

Sie bremste und wendete. Flucht war keine Lösung. Im Heim hatte sie keine Antwort auf ihre Fragen gefunden, aber das war von vornherein klar gewesen. Wenn Henny etwas versteckt hatte, dann in dem Haus, in dem sie bis vor zwei Jahren gelebt hatte. In dem auch Frieda selbst aufgewachsen war und später Aline die meisten ihrer Schulferien verbracht hatte. Es lag etwas höher als Pauls Villa. Frieda erreichte es in kaum drei Minuten und parkte auf dem Gehweg vor der Garage.

Die Kletterrosen blühten. Eine wild rankende Pracht, die dem Haus eine Dornröschenschloss-Anmutung verlieh. Die Holzfensterläden waren geschlossen, in den Ritzen des mit rotem Sandstein gepflasterten Fußwegs zur Eingangstür wucherte Unkraut. Im Widerschein der Straßenlaternen konnte Frieda den hölzernen Ausguck erkennen, den ihr Vater einst für sie aufs Dach gebaut hatte. Auch Aline hatte dort manchmal gesessen, aber noch lieber mochte sie Friedas Baumhaus und die Strauchrosen und Ritterspornstauden und Apfelbäume. Überhaupt den großen Garten. Vielleicht war sie ja einfach deswegen lieber hier gewesen als bei Frieda und Paul, gar nicht nur wegen Henny.

Der Rosenduft wurde intensiver, je näher Frieda dem Haus kam. Einige der Steinplatten hatten sich gelöst und wackelten. Ihr Vater hatte das Unkraut regelmäßig entfernt und einmal pro Woche den Rasen gemäht und im Herbst und Frühjahr die Bäume und Büsche beschnitten. Er handelte strikt nach Hennys Anweisungen, ohne sich auch nur einmal darüber zu beklagen. Nur die Rosen unterlagen allein Hennys Hoheit, die durfte er allenfalls gegen Mehltau und Blattläuse behandeln. Aber selbst jetzt, da sich niemand mehr um sie kümmerte, gediehen sie noch immer in überbordender Pracht und neigten die Triebe fast bis ins Gras, als wollten sie sich vor Frieda verneigen.

Frieda schloss die Haustür auf. Das Holz fühlte sich rau an, alt. In dem vergitterten Guckloch saß noch immer die Scheibe aus geriffeltem gelbem Glas, die den Blick nach draußen verwehrte. Sie hatte nie verstanden, warum ihre Eltern sie nicht durch Klarglas ersetzten. Frieda zog die Haustür hinter sich zu und schaltete das Licht an. Schon wieder war viel zu viel Zeit vergangen, seit sie hier zum letzten Mal nach dem Rechten gesehen hatte. Es roch nach Staub und alten Teppichen und ein wenig nach Abfluss. Sie musste sich endlich entscheiden, wie sie mit dem Haus und den Möbeln verfahren wollte, so ging es nicht weiter.

Sie behielt den Schlüsselbund in der Hand, während sie langsam von Raum zu Raum ging, um sich einen ersten Überblick zu verschaffen. Wo würde ihre Mutter vielleicht etwas versteckt haben? Vielleicht im Keller. Die Holzstiegen knarrten unter Friedas Schritten. Ein Geräusch, das sie früher geliebt hatte, weil es sie direkt in die Wunderwelt ihres Vaters hinableitete. Aber sein Labor war schon lange fort, denn für Aline hatte er seinen früheren Hobbyraum in einen Ballettsaal mit Spiegel und Stangen verwandelt, sogar eine kleine Garderobe mit Schminktisch gab es, einen CD-Player mit Ballettmusik und einen von Henny genähten Vorhang.

Frieda machte kehrt. Hier verbarg sich nichts außer der Erinnerung an ihre strahlende kleine Tochter, die Pirouetten drehte und vor ihrem imaginären Publikum knickste, und der zweite Kellerraum enthielt nur die abgetaute Tiefkühltruhe und das Vorratsregal mit staubigen Weinflaschen und Konservendosen und leeren Einweckgläsern. Eine Zeit lang hatte hier auch noch die Werkbank ihres Vaters Platz gefunden und die sorgsam in Kisten verpackten Überreste seines Chemielabors. Aber kaum drei Monate nach seinem Tod hatte Henny das alles vom Roten Kreuz abholen lassen, genau wie seine Schuhe und seine Kleidung.

Ein schneller Abschied nach einem schnellen Tod. Die Krebserkrankung Oswald Tellings war zu spät erkannt worden, gerade noch rechtzeitig genug, ihm Zeit zu geben, die letzten Papiere zu ordnen und *in Ruhe Auf Wiedersehen zu sagen*, wie er betont hatte, doch die gemeinsame Reise mit Frieda nach Arizona, die sie für den Sommer geplant hatten, verblasste auf immer zu einem Wunschtraum. Speiseröhrenkrebs. Vielleicht, weil er im Lauf seines Lebens zu viel geschluckt hatte, dachte Frieda nicht zum ersten Mal. Eine Laiendiagnose – geradezu himmelschreiend plakativ und melodramatisch.

Sie lief die Treppen hinauf ins Schlafzimmer und öffnete den Kleiderschrank. Die Seite ihres Vaters war leer geblieben, nachdem Henny seine Besitztümer in Rote-Kreuz-Säcke gestopft hatte. Sie hatte sich beeilt damit, als ob sie für jemanden Platz schaffen wollte, der kommen und seine Sachen hineinräumen würde. Jemand, den sie vielleicht mehr lieben könnte und auf den sie insgeheim immer gewartet hatte. Oder war die leere Schrankhälfte doch ein Zeichen dafür gewesen, dass sie ihren verstorbenen Mann vermisste und ehrlich betrauerte?

Ihr Handy klingelte, das jähe Geräusch war ein Schock, sie fuhr zusammen und ihr Puls beschleunigte.

»Das könnte tatsächlich eine Kirchenburg sein, die deine Mutter gestickt hat«, sagte Arno Rether.

»Und weißt du, welche?« Frieda ließ sich aufs Bett sinken. Staub wölkte auf und verströmte den kränklichen Geruch altersschwachen Lavendels.

»Die Weinberge weisen aufs Kokeltal hin. Die Burg könnte die von Birthälm sein – also mit Fantasie betrachtet. Der Kirchturm stimmt nämlich nicht. Die Proportionen.«

»Aber Weinberge gibt es dort.« Frieda stand wieder auf, denn der Lavendelstaub machte irgendetwas Ungutes mit ihrem Magen.

»Yep, Weinberge gibt es. Oder zumindest hat es sie früher gegeben. Eine reiche Gegend war das. Im Norden.«

Kokel. Birthälm. Sie konnte das Internet mit diesen Namen füttern und es würde ihr Antworten geben und Fotos aus seinen Untiefen hervorzaubern – nur nicht die, die sie am allerdringendsten brauchte. Sie war bereit zu schwören, dass Henny weder Birthälm noch ein Kokeltal jemals erwähnt hatte. Aber das musste nichts heißen. Vielleicht hatte Henny ja mit Aline darüber gesprochen. Sie musste sie fragen.

»Die Kokel ist ein Fluss«, sagte Arno Rether.

»Du bist gut informiert.« Was für ein saublöder Kommentar, sie klang wie eine missmutige Gouvernante. Dabei hatte Arno Rether sein Versprechen diesmal gehalten, er hatte recherchiert, er hatte sich gemeldet.

Er lachte sein kleines, amüsiertes Lachen, das ihr allmählich vertraut wurde. »Heimatkunde war in meiner Jugend ein wichtiges Schulfach. Heutzutage findet in Birthälm übrigens einmal im Jahr das Sachsentreffen statt. Alles, was Rang und Namen hat, kommt dort zusammen, von nah und von fern. Ein riesiger Auflauf.«

»Warst du mal dort?«

»Trachten und Blasmusik von frühmorgens bis nachts? Um Himmels willen! Aber mein Vater ist ein paarmal hingefahren.«

»Vielleicht haben sie sich dort verabredet.« Henny und Martin Rether. Henny und Mister X. War das wahrscheinlich oder auch nur denkbar?

»Sagtest du nicht neulich, deine Mutter sei nie wieder in Siebenbürgen gewesen?«

»Ja, schon, aber ...«

»Aber?«

»Dass ich nichts davon weiß, muss nicht unbedingt etwas heißen.«

»Aber dein Vater hätte eine solche Reise doch wohl bemerkt.«

»Mein Vater ist tot.«

»Oder deine Tochter.«

»Vielleicht, ja.«

Hätte sie das? Wusste Aline viel mehr, als sie sagte? Frieda trat wieder vor den Kleiderschrank und öffnete Hennys Seite. Lavendelgeruch wallte ihr entgegen und mischte sich mit dem von Mottenkugeln. Hennys Abendgarderobe hing hier noch. Und jene Blusen und Röcke, die sie im Pflegeheim nicht gebraucht hatte. Frieda schob Bügel um Bügel beiseite und versuchte, nicht allzu tief einzuatmen. Eine der Blusen rutschte zu Boden. Frieda bückte sich und fluchte, weil sie sich dabei den Kopf an der Tür stieß.

»Was machst du?«, erkundigte sich Arno Rether.

»Warum willst du das wissen?« Sie richtete sich wieder auf und versuchte mit nur einer Hand, die Bluse zurück auf den Bügel zu manövrieren.

»Du fragst mich doch auch dauernd was.«

»Aber nichts so Persönliches.«

Er lachte schon wieder. »Das Vorleben meines Vaters und meine Kindheit sind nicht persönlich?«

»Na ja.« Die Bluse war aus einem seidigen hellrosa Stoff mit einer großen Schleife am Halsausschnitt. Das Preisschild hing noch im Kragen, vergilbt und antiquarisch, vermutlich aus den 70er-Jahren, oder noch älter. Henny hatte diese Bluse niemals getragen.

»Also?«

»Also was?«

»Was machst du?«

»Ich suche«, antwortete Frieda widerstrebend, gerade weil sie das dringende Bedürfnis verspürte, mit Arno Rether zu sprechen – jedes Detail ihrer Familiengeschichte wollte sie mit ihm erörtern –, dabei konnte das nur ins Desaster führen, weil er ein Aufreißer war und log und das mit seinem Charme kaschierte.

Sie fegte die letzten Bügel auseinander. »Ich suche im Haus meiner Mutter.«

»Die zweite Hälfte des Kopftuchs?«

»Auch die, ja. Irgendetwas. Irgendeine Erklärung.«

»Und? Bist du erfolgreich?«

»Bis jetzt nicht.«

»Das kann ja noch werden.«

»Ja.« Was wurde das jetzt, versuchte er sie zu trösten?

»Hast du dir in diesem Lagermuseum eigentlich die Akten deiner Eltern angesehen?«

»Nein, hab ich nicht. Was soll das denn bringen? Ich weiß

ja, dass sie beide dort waren. Es geht um deinen Vater. Und um die anderen beiden Leute auf diesem Foto.«

»Ich habe mit meiner Schwester gesprochen. Es gibt in Siebenbürgen keinen Brauch mit geteilten Kopftüchern. Und mein Vater war 1948 in der Ukraine, nicht in Sachsenhausen.«

»Und wenn deine Schwester das sagt, ist das die Wahrheit?«

»Sie lebt wieder in Alzen. Sie ist so etwas wie ein wandelndes Lexikon der Geschichte Siebenbürgens.«

»Und das sagst du mir jetzt erst.«

Frieda kniete sich auf den Boden und begann die Schuhkartons zu durchsuchen, die Henny auf dem untersten Brett im Schrank aufbewahrt hatte. Aber sie enthielten lediglich Hennys gute Pumps und Absatzsandalen, die sie vor vielen Jahren liebevoll poliert und in Nester aus Seidenpapier gebettet hatte. Und zwischen den beim Umzug ins Heim zurückgelassenen Pullis und BHs und Miederhöschen verbarg sich ebenfalls kein halbes Kopftuch, kein Tagebuch, kein Bündel mit Liebesbriefen, kein Dokument aus dem Lager – und natürlich auch kein Foto aus Hennys Jugend oder das Porträt eines heimlichen Geliebten. Weil es solche Fotos nicht gab und nicht geben konnte. Weil die Familienalben, die Hennys Eltern 1944 nach Deutschland mitgenommen hatten, im Bombenhagel in Leipzig zerstört worden waren. Verbrannt und zu Asche zerfallen, genau wie Hennys Eltern und ihre ältere Schwester Rotraud.

»Es gibt zigtausend Gründe, warum dieses Kopftuch zerrissen sein könnte«, sagte Arno Rether. »Verschleiß zum Beispiel. Oder die eine Hälfte könnte als Verband gedient haben. Im Lager ist das doch gar nicht unwahrscheinlich.«

»Ich weiß, ja. Aber meine Mutter ist vorhin regelrecht panisch geworden, als sie bemerkte, dass es halbiert ist. Genau wie meine Tochter. Alle beide sind offenbar davon überzeugt, dass ein halbes Kopftuch das Symbol einer gescheiterten Liebe ist und seinen Besitzern Unglück bringt.«

»Und du, was glaubst du?«

»Ich glaube durchaus, dass mein Vater meine Mutter geliebt hat. Aber sie auch ihn? Eigentlich hatte ich immer das Gefühl, dass er permanent um ihre Gunst buhlt. Als hätte er gewusst, dass sie ihn nicht wirklich liebte, als hätte er ihre Liebe nicht verdient. Als wollte er irgendwas wiedergutmachen.«

»Klingt nicht wirklich sexy.«

»Sexy ist nicht das Adjektiv, das mir dazu als Erstes einfällt!«

»Stimmt's etwa nicht?«

Paul, den sie viel zu oft abwies, war das dasselbe? Sie hatte lange gezögert, bis sie seinen Antrag annahm. Eine rationale Entscheidung, die zu einer harmonischen Ehe geführt hatte. Insgeheim hegte sie noch immer den Verdacht, dass sie ihn nicht genug liebte, nicht so, wie er es verdiente. Was würde sie tun, wenn er stürbe? Würde sie seine Sachen kurz darauf auch einfach weggeben? Wie lange würde sie ihn betrauern?

Vielleicht waren ihre Eltern im Lager ja wirklich überschwänglich ineinander verliebt gewesen und hatten Hennys Kopftuch geteilt, als Symbol ihrer Liebe und Eheversprechen, genau so, wie Aline das sagte, und dann war ganz einfach das Leben dazwischengekommen und die Verliebtheit zum Alltag vergraut. Oder etwas war passiert, etwas, das so schrecklich war, dass erst Henny weglief und dann Friedas Vater. Aber was sollte das gewesen sein? Vielleicht war das ja auch einfach nur ein schlimmer Ehestreit, an den sie sich erinnerte. Sie war damals noch ein Kind gewesen, sie konnte nicht verstehen, was ihre Eltern für Probleme hatten, sie träumte in eigenen Welten. Und selbst jetzt als Erwachsene durfte sie sich wohl kaum ein Urteil über die Ehe ihrer Eltern erlauben. Sie trank Gin Tonic mit ihrem verheirateten Exliebhaber. Sie belog ihren Ehemann. Sie hatte sich nicht mal über die Verlobung ihrer Tochter gefreut. Was verstand sie also von Liebe oder gar Romantik?

Die Familienalben standen ordentlich aufgereiht unter dem Fernseher im Wohnzimmer. Nach Datum sortiert, beginnend mit der Hochzeit ihrer Eltern – endend mit der Beisetzung ihres Vaters. Fotos aus der Zeit vor der Hochzeit gab es nur aus seiner Familie. Die aus Hennys Kindheit und Jugend waren am 20. Februar 1944 ein Opfer der Bomben geworden, die auf Leipzig niederprasselten, zusammen mit ihren Eltern und ihrer Schwester. Nur weil Henny ein paar Tage auf dem Land bei entfernten Bekannten verbracht hatte, um sich von einer Bronchitis zu erholen, hatte sie überlebt. Mit nichts als einem kleinen Wanderrucksack, in dem ein bisschen Wäsche steckte, eine saubere Bluse und eine Strickjacke und wohl das Kopftuch. Vielleicht hatte sie das aber auch um den Hals getragen, wie auf diesem Foto aus dem Museum.

Alles verloren, in nur einer Nacht: die Eltern, die Schwester, die Kindheit und alles, was daran erinnern konnte. Ein Taumel ins Nichts in einem Land aus Schutt und Asche und Schuld und Angst musste das für ihre damals gerade 18-jährige Mutter gewesen sein. Immer schon hatte Frieda das gewusst, aber niemals wirklich gefühlt. Sie hätte sich das klarmachen müssen, bevor sie Henny so abrupt mit dem Foto aus Hermannstadt konfrontierte. Warum war sie so herzlos?

»Frieda, hallo? Bist du noch dran?«

»Ja, nein. Ich meine – ich ruf dich wieder an.« Ihre Stimme klang, als ob ihr jemand die Luft abschnürte. Arno Rether protestierte und begann etwas zu sagen, das wichtig war, aber sie legte trotzdem auf, stieß ihr Handy in die Handtasche und rannte beinahe zum Auto.

Kies spritzte zur Seite, die Reifen quietschten, als sie losfuhr, und im selben Moment fiepte auch noch ihr Handy. Sie kümmerte sich nicht darum, konzentrierte sich nur auf die Straße, erst als die letzten Häuser Heidelbergs hinter ihr zurückblieben und dunkler Wald die Serpentinenstraße säumte, drosselte sie das Tempo und begann den kühlen, würzigen Fahrtwind wahrzunehmen, der durch die Fenster hereinwehte, und die Lichtpunkte im Unterholz, die vielleicht Glühwürmchen waren oder die Augen eines auf Beute lauernden Fuchses. Sie schaltete die Stereoanlage ein. *I just want my Trophy back*, sang Bat for Lashes, es klang wütend. Aber natürlich war diese Trophäe im Endeffekt doch nur die Liebe eines Mannes. *Heaven is a feeling I get in your arms, Heaven is a feeling I get in your arms* … Frieda schlug mit der Faust aufs Lenkrad. All dieses Sehnen, all diese Schmerzen und großen Erwartungen. Es war so vorhersehbar. So unsäglich seicht. Sie verstand nicht, warum sie die CD nicht einfach ausschaltete. Sie verstand nicht, warum ihre Mutter Aline das unselige Kopftuch überhaupt geschenkt hatte und offenbar genau wie ihre Enkelin unerschütterlich davon ausging, dass es in Wirklichkeit gar nicht geteilt war, sondern ganz, ein Symbol glücklicher Liebe, zwei zusammengefügte Hälften. Und noch weniger verstand sie, warum sie plötzlich hoffte, dass Arno Rether nicht eingeschnappt war, sondern direkt wieder ans Telefon gehen und mit ihr sprechen würde, wenn sie ihn zurückrief, warum sie bei dieser absurden Suche überhaupt auf ihn setzte und warum sie der Anblick des

Max-Planck-Instituts, dessen heller Gebäudekomplex vor ihr auftauchte, nicht wie sonst immer erleichterte.

Sie parkte und schulterte die Tasche mit ihrem Schlafsack. In einigen Büros brannte noch Licht, also nahm sie den Nebeneingang. Sie wollte jetzt niemandem begegnen und sie wollte auch nicht in ihr Arbeitszimmer gehen und Entscheidungen treffen müssen, morgen war dafür noch genug Zeit, sie wollte lediglich eine Flasche Weißwein aus dem Kühlschrank der Teeküche nehmen und aufs Dach steigen.

Der Mond war inzwischen aufgegangen, fast voll. Sein kaltweißes Licht empfing sie auf der Aussichtsplattform und akzentuierte die Kuppeln der alten Teleskope, die sich aus den Baumwipfeln wölbten. Frieda kletterte aufs Flachdach, entrollte Isomatte und Schlafsack. Der Chardonnay war kühl und würzig. Wein aus der Flasche – wann hatte sie zum letzten Mal so getrunken? Sie hatte oft mit dem Gedanken gespielt, hier oben zu übernachten. Und dann hatte sie ihren Schlafsack doch im Auto gelassen.

Sie trank noch einen Schluck und rief Arno Rether zurück und er meldete sich tatsächlich schon nach dem dritten Klingeln.

»Tut mir leid, ich konnte gerade nicht mehr sprechen.«

»Was ist passiert?«

»Zu viel Staub. Zu viele Erinnerungen. Ich weiß nicht.«

»Und jetzt?«

»Jetzt sitze ich auf einem Dach.«

»Heißt das, ich muss die Bullen benachrichtigen?«

»Weil ich springen will? Nein, keine Sorge.«

»Ein Dach also. Was für ein Dach?«

»Das Dach des Max-Planck-Instituts auf dem Königstuhl. Ein Flachdach.« Sie trank noch einen Schluck Wein. Sie trank viel zu viel in letzter Zeit. Sie stellte die Flasche zur Seite und legte sich auf den Rücken. Um den Mond schwamm ein Hof, der Himmel leuchtete. Die Sterne waren dort oben, die Milchstraße, unsichtbar nur, weil das von der Mondoberfläche reflektierende Sonnenlicht sie überstrahlte. Selbst Beteigeuze pulsierte an seinem Platz, wenn auch jetzt im Sommer zu tief unter dem Horizont, als dass er von Deutschland aus gesehen werden konnte. Erst ab November würde er wieder erscheinen, ein feuerlodernder Punkt in der Nähe des eisweißen Jupiter, unter den Zwillingssternen Pollux und Castor, den beiden unzertrennlichen Brüdern, die Zeus als Lohn für ihre unverbrüchliche Treue nach ihrem Tod wieder vereint und Seite an Seite in den Himmel katapultiert hatte.

»Sie haben miteinander getanzt«, sagte Arno Rether. »Mein Vater hat Tanzgruppen geleitet.«

»Getanzt.« Henny mit fliegendem Rock und leuchtenden Augen. Aline auf Kreta. Aline und Jan, vier Arme, vier Beine – eine Einheit. Henny sei selbst Tänzerin gewesen, hatte Aline behauptet. Womöglich stimmte das also doch. Henny hatte in Siebenbürgen getanzt, und zwar nicht allein, sondern mit Arno Rethers Vater.

Was folgte daraus? Nichts. Oder alles: ein geteiltes Kopftuch. Ein Versprechen. Und danach das Schicksal, oder wie auch immer man Krieg, Auswanderung und die Jahre im Lager bezeichnen mochte. Aber wenn die beiden sich liebten, warum hatten sie sich nicht gesucht? War die Distanz von Deutschland nach Siebenbürgen in den 50er-Jahren tatsächlich unüberwindbar? Oder war etwas anderes geschehen, das sie für immer entzweite?

Frieda setzte sich auf. Der Mond war so hell, sie sah ihren eigenen Schatten. Tief unten in der Ebene glommen die Lichter der Stadt, eine zu Boden gefallene Galaxie, die am Himmel fehlte.

»Tanzt du?«, fragte sie.

»Foxtrott, Polka, Walzer?«

»Zum Beispiel.«

»Die Tanzschule hab ich geschwänzt. Und das war sicher besser für alle Beteiligten.«

»Ich auch.«

Sie lachten beide im selben Moment.

»Absurd, oder?«

»Ja. Sehr. Vor allem, weil ich meine Mutter niemals tanzen gesehen habe.«

»Ich meinen Vater auch nicht. Mir war bis vorhin nicht einmal bewusst, dass er dafür auch nur den leisesten Sinn gehabt hätte.«

»Wie war er?«

»Konservativ. Ein Dorflehrer durch und durch. Immer korrekt, gemäß den Regeln. In Alzen galt er was. Er wurde mehrfach zum Nachbarschaftsvater gewählt.«

»Das heißt, er war so eine Art Vorsteher?«

»Eher eine Vertrauensperson. Ein Richter und Schlichter, den man um Rat fragte und der die Nachbarschaftshilfe organisierte und vom Dorfobersten und dem Pfarrer als Erster über alle wichtigen Neuigkeiten und Beschlüsse informiert wurde.«

»Und in Deutschland?«

»Mein Vater hat sich nie wirklich eingelebt. Er wollte die alten Strukturen bewahren, erst recht nach dem Tod meiner Mutter, fast manisch. Aber das konnte natürlich nicht klappen, also hat er zumindest alles gesammelt, was an seine Heimat erinnerte. Deshalb hatte er wohl auch dieses Foto. Und jetzt tritt meine Schwester in seine Fußstapfen und will die Welt retten. Oder zumindest Siebenbürgen.«

»Wie du auch früher.«

»Wie bitte? Wie kommst du denn darauf?«

»Du hast doch Sozialreportagen geschrieben.«

»Aber nicht über Siebenbürgen.«

»Aber über Sinti und Roma und Auffanglager und die Ungerechtigkeiten der deutschen Asylgesetzgebung.«

»Du hast mich gegoogelt.«

»Jedenfalls findet man im Internet nichts über deine Übersetzungsaktivitäten.«

»Meine Branche setzt auf Diskretion.«

»Deine Branche. Aha.«

Ein Flugzeug durchschnitt den Himmel, ein Streifen Kunstlicht, das in fast unwirklich scheinendem Abstand Schallwellen hinter sich herzog.

»Okay, du hast recht«, sagte Arno Rether. »Ich halte den Ball flach. Die Luna-Wilde-Romane sind nichts, worauf ich wirklich stolz bin.«

»Aber du übersetzt sie.«

»Ein Brotjob. Leicht verdientes Geld.« Sie hörte, wie er etwas trank, und stellte ihn sich an seinem Küchentisch vor, den Blick auf die Äpfel gerichtet, oder flegelte er halb nackt auf seinem Sofa? Trank er Bier oder Wein? Auf was war er stolz, wenn nicht auf seine Erotikschmonzetten? Der BH an seiner Garderobe gehörte vermutlich dieser Blonden im roten Mini, die ihr neulich Nacht in seinem Treppenhaus begegnet war. Kam sie nachts öfter zu ihm? Sie und andere? Frieda wollte nicht schon wieder an seine Hände denken, aber kaum war ihr bewusst geworden, dass sie genau das tat, war es wie in diesem Spiel mit den rosa Elefanten: Man wurde sie nicht wieder los, sosehr man das auch versuchte.

»Der einzige Tanz, den ich einigermaßen beherrsche, ist Stehblues«, sagte Arno Rether. »Dabei war meine erste Konfrontation damit für mich ein echter Kulturschock.«

»Stehblues mit Barclay James Harvest statt rumänischem Volkstanz?«

»Santana.«

»Und dazu Erdnussflips und lauwarme Pepsi-Cola.«

»Und immer die Augen zu und im Kreis herum, bloß nicht vorzeitig loslassen.«

Frieda lachte.

»Stehblues war nicht zum Lachen, Frau Doktor, das war eine todernste Sache.«

»Ich weiß.« Sie lachte noch immer.

»Ich könnte das jetzt noch!«

»Das glaube ich gern.«

Flirtete er etwa mit ihr? Und sie, was tat sie? Der erste Junge, mit dem sie Blues getanzt hatte, trug ein rotes Sweatshirt, das nach Persil roch. Damals fand sie das aufregend, zumindest solange sie sich unter den Argusaugen ihrer nicht tanzenden Klassenkameraden mit ihm im Zeitlupentempo durch die schummrige Schulaula drehte. Sie räusperte sich und kreuzte die Beine zum Schneidersitz. Wie lange war sie schon nicht mehr beim Yoga gewesen? Zu lange, das rächte sich, sie spürte bereits ein Ziehen im Rücken, die Vorboten stärkerer Schmerzen. Sie durfte sich nicht so gehen lassen, sie wurde bald fünfzig. Und außerdem ging es in diesem Telefonat nicht um den Austausch nostalgischer Jugenderinnerungen oder um Arno Rethers Person, er sollte ihr einfach nur helfen.

Er könne möglicherweise weitere Fotos besorgen, stellte er ihr in Aussicht. Eventuell sogar die Namen der beiden jungen Leute herausfinden, die an jenem Sommertag 1941 neben Henny und seinem Vater gestanden hatten. Morgen oder übermorgen, nicht mehr heute. Er würde sich wieder melden.

Sie dachte an Paul, nachdem sie sich verabschiedet hatten. Sie stellte sich vor, wie er jetzt vielleicht gerade am anderen Ende der Welt Bacon und Eggs aß, ihre Lügenmail las und sich dann, ohne an seiner Ehefrau zu zweifeln, beruhigt auf die anstehende Beobachtung konzentrierte. Eine Nacht am *Large Binocular Telescope* auf dem *Mount Graham* in Arizona, der tatsächlich genauso hieß wie der Vater ihrer Tochter. Sie dachte an die Nächte auf Hawaii mit Graham im Schatten der Keck-Teleskope, an seine Küsse und sein Lachen und ihre Gespräche, und an die Nächte mit Aline auf Kreta. Sie versuchte sich vorzustellen, wie ihre Mutter in Martin Rethers Armen getanzt hatte und glücklich gewesen war, himmelhochjauchzend, unschlagbar, und wie sie sich nun schrecklich ängstigte, weil sie nicht mehr wusste, wo ihr halbes Kopftuch geblieben war, ja vielleicht nicht einmal mehr, mit wem sie es einst geteilt hatte. Die fehlende Hälfte. Aus irgendeinem Grund hoffte Frieda auf einmal, dass es doch möglich wäre, die zu finden. Für ihre Mutter. Für ihre Tochter. Vielleicht auch für sich selbst.

Müde war sie, so wahnsinnig müde. Sie kroch in ihren Schlafsack und starrte in den Himmel. Noch immer war kein einziger Stern zu erkennen, aber sie wusste, dass sie dort oben trotzdem existierten, all die vertrauten Sternbilder, unberührt von den Sorgen und Machenschaften und Verblendungen der Menschen: die aufsteigende Kassiopeia, der Große Wagen, der jetzt im Juni bereits den Zenit überschritten hatte, und im Nordwesten, knapp über dem Horizont, Löwe und Krebs und die Zwillinge mit den Leitsternen Pollux und Castor. Aber natürlich war deren Geschichte nichts als eine Legende. Es gab keinen Zeus, der zwei Liebende nach ihrem Tod in Sterne verwandelte. In Wirklichkeit war der in 50 Lichtjahren Entfernung hell leuchtende Castor nicht einmal ein Einzelstern, sondern ein Verbundsystem von mindestens sechs Sternen, wie man inzwischen wusste. Und auch Pollux war keineswegs allein, er wurde von mindestens einem Planeten umkreist, über den man noch kaum etwas herausgefunden hatte, weil die technischen Möglichkeiten noch immer beschränkt waren. Dabei besaß allein Pollux den achtfachen Radius der Sonne und das 32-fache ihrer Leuchtkraft.

So viel unnützes Wissen in ihrem Hirn. So viele Zahlen und Fakten und Erinnerungsfetzen, die wild durcheinanderwirbelten. Und so wenige Antworten auf die wirklich entscheidenden Fragen. *Man darf sich nicht täuschen lassen von seinen Erwartungen.* Die Ermahnung ihres Vaters. Er hatte sie Sorgfalt gelehrt. Wenn das Ergebnis eines Experiments Rätsel aufgab oder gar falsch schien, fanden sie den Grund dafür immer, indem sie zurückgingen, Schritt für Schritt, bis zum Anfang. Aber wie weit in die Vergangenheit musste man blicken, um das Leben zu begreifen? Eine Generation oder zwei? Jahrhunderte gar, Jahrmillionen? Wo war der Anfang?

Am Anfang von allem war der Urknall. Eine gigantische Explosion vor rund 13 Milliarden Jahren, jedenfalls ging man nach derzeitigem Erkenntnisstand davon aus, dass es sich so zugetragen haben könnte. Haltlose Atome und Sternstaubpartikel. Das sich ausdehnende Universum. Weitere Explosionen und Kollisionen, Kettenreaktionen, ein beständiges leuchtendes Wabern im Dunkeln, aus dem sich vor etwa 4,53 Milliarden Jahren schließlich Erde und Mond und die anderen Planeten des Sonnensystems materialisierten. Und danach hatte es noch einmal Äonen gedauert, bis sich die ersten Säugetiere entwickelt hatten und am Ende die Menschen. Nur wenige Millionen Jahre war das her und keine der bekannten urgeschichtlichen Höhlenmalereien älter als 30 000 Jahre.

Die Geschichte der Menschheit war ein Klacks in der kosmischen Entwicklung, vielleicht nicht einmal einzig, sondern nur ein Versuch von vielen. Warum überhaupt dieser riesige Aufwand? Warum all das Unglück? Irgendwo in der Tiefe des Universums verbarg sich womöglich die Erklärung. Eine Art innerer Zusammenhang von allem. Aber wie, verdammt noch mal, sollte sie den erkennen? Sie verstand ja noch nicht mal sich selbst. Oder die, die sie liebte.

Henny

Duda, nennt er sie. *Duda mitkommen, los*. Ihr Herz klopft sehr laut, Greta drückt ihre Hand. *Vielleicht darfst du raus!* Immer diese Hoffnung, ein beständiges Wispern in ihren Gebeten. Dass man sie gehen lässt. Dass einer nach ihnen fragt und sich für sie einsetzt, einer von draußen. Dass sie hier nicht vergessen sind, verloren für immer. Denn sie haben doch nichts verbrochen, oder wenn doch, müsste man ihnen nicht wenigstens erklären, was man ihnen vorwirft, müsste es nicht ein Gericht geben? Aber es gab keines und sie haben auch nichts erklärt. Nach der Verhaftung haben sie ihr nur immer dieselben Fragen gestellt. Tagelang. Nächtelang. Wie gut sie den gekannt hat, der die Pistole versteckt hat? Wieso sie dem geholfen hat, statt ihn anzuzeigen? Wer noch zu ihrer Bande gehört? Was sie damit bezwecken, wenn Hitler doch tot ist? Sie hat versucht, sich verständlich zu machen. Dass sie nicht zu einer Werwolfgruppe gehört hatte, sondern einfach nur froh gewesen war um die Begleitung auf dem Weg nach Westen. Dass sie die Pistole im Wald gefunden und beratschlagt hatten und die Waffe wieder loswerden wollten, dass sie sie deshalb, nur deshalb vergruben. Aber sie haben ihr nicht geglaubt und irgendwann hörten die Verhöre einfach auf und sie scheuchten sie in den Zug mit den fensterlosen Waggons. Zehn Jahre Lagerhaft, ab nach Sibirien. Angst hatten sie, tagelang Angst, wie sie da eng zusammengepfercht im Dunkel ihre Habseligkeiten umklammerten, dicht nebeneinander auf dem harten Boden. Und dann hieß es aussteigen, doch noch in Deutschland. Sachsenhausen bei Oranienburg. Berlin ist nicht weit, hat einer geflüstert. Aber in Wirklichkeit könnte dieses Gefangenenlager überall sein. Überall und nirgends. Arbeit macht frei, stand am Eingangstor. Wenn sie doch nur arbeiten dürften! Aber sie dürfen nicht raus, sie dürfen nichts machen. Sie dürfen immer nur warten, warten.

Vertane Zeit. Verlorene Leben. Wenn es dunkel wird, hören sie, wie die Leiber der Toten hinter der Krankenbaracke auf den Pritschenwagen klatschten. So viele. Jede Nacht wieder.

Duda mitkommen, los. Dawai, dawai. Sie stolpert aus der muffigen, engen Baracke hinter ihm her. Er ist jung und hat freundliche Augen. Vielleicht also hat Greta recht und jetzt wird es besser für sie. Denn sie sind nicht alle gleich. Einige haben Mitleid. Einige sehen so aus, als hätten sie ebenfalls Heimweh. Und andere spucken vor deinen Augen in deinen Blechnapf, bevor sie die Wassersuppe hineinfüllen. Aber der, der sie geholt hat, ist ein Guter, das fühlt sie.

Ein Kleid soll sie anziehen, hatte er ihr befohlen. Aber sie hat nur den einen Rock und nur eine halbwegs saubere Bluse und das rote Kopftuch, vielleicht wird das reichen.

Er führt sie in den Haupthof unter einen weißkalten Himmel, der sie blendet. Männer gaffen sie an, Augen wie Nadelstiche, sie hört ihr Raunen. Die Luft riecht bereits nach Schnee, obwohl erst Oktober ist. Ihr zweiter Winter im Lager rückt näher, wenn nicht ein Wunder geschieht und sie sie gleich entlassen. Sie friert jetzt, sie zittert, sie braucht eine Jacke oder noch besser einen Mantel. Aber woher? Sie hat doch nichts mehr zum Tauschen. Der 23. Oktober 1946 ist heute, daran hält sie sich fest. Sie ritzen Kerben in ihre Pritschen, damit sie mit der Lebenszeit nicht auch noch das Datum verlieren. Manchmal, nachts, wenn alles nur noch dunkel ist und alle anderen schlafen, tastet sie mit den Fingerkuppen über die Kerben, damit sie nicht verrückt wird.

Duda, los! Er schiebt sie in ein Gebäude, das größer ist als die Baracken. Wärme schlägt ihr entgegen. Gelächter. Die mehlige Süße gerösteter Maronen. Sie fühlt ihren Speichel im Mund und denkt an die Schule. Pawlovs Hunde. Die Maronen liegen auf dem Kohleofen. Ein großer Teekessel dampft daneben. Dürfte sie nur eine einzige kosten, sie würde ein Stückchen für Greta aufheben, die immer so gut zu ihr ist, wie eine Mutter, wie würde die staunen.

Ein Mann kommt auf sie zu, in Zivil, nicht in Uniform. Theater, das hier sei ein Theater. Ob sie singen könne, schauspielern, ein Instrument spielen, tanzen? Sie schluckt an ihrem Speichel und versucht zu lächeln. *Tanzen, ja bitte, tanzen!* Sie hat das geliebt in Hermannstadt. Sie war begabt. Beim Kronenfest durfte sie vortanzen, in der ersten Reihe. Bei manch einem Wettbewerb hat sie gewonnen. Eine Freude war das, die Musik und die schönen Gewänder und die feschen Burschen, die sie herumwirbeln. Wie seltsam, dass man beim Tanzen so eins wird mit einem Mann. Seine lachenden Augen. Seine Hände, die sie halten.

Vortreten soll sie jetzt, hoch auf die Bühne. Sich drehen und knicksen. Das linke Bein heben. Das rechte. Gehen. Hüpfen. Die Ballettmeisterin ist eine alternde Russin, die ihren ausgemergelten, dehnbaren Körper in eine violette Wollstola wickelt. Es gibt sogar ein Klavier und einen Kontrabass und ein paar Männer in lumpiger Kleidung mit Blasinstrumenten und Geigen.

Sie reckt die Arme und wirbelt in eine Pirouette. Der helle Ruf einer Trompete erklingt und fließt in eine Tonfolge, die ihr so vertraut ist, so lieb, aber hier völlig fremd und also gar nicht sein kann. Aber der Ruf erklingt noch einmal, nein, das ist keine Täuschung. *Siebenbürgen, Land des Segens, Land der Fülle und der Kraft ...* Henny hebt sich auf die Zehenspitzen, verharrt. Ihr Herz schlägt so laut, als sie den Trompetenspieler erblickt, und sie weiß, dass es doch noch ein Glück gibt, dass sie nicht mehr allein ist.

7.

Arno

Der Kontrast zu Berlin war gewaltig: Kein einziges Graffiti verunzierte die Fassaden der Wohnhäuser, das Kopfsteinpflaster war makellos sauber und in den Vorgärten strotzten Tagetes und Ringelblumen in soldatischen Reihen. Er war seit Jahrzehnten nicht hier gewesen, um genau zu sein, seit September 1977. Jetzt kam es ihm so vor, als wäre er während der Fahrt in eine Zeitmaschine geraten, die ihn unverhofft in die Kulissen einer in der bräsigen Bürgerlichkeit vergangener Zeiten erstarrten Kleinstadt gespuckt hatte. *Du bist genauso wie er. Erst haust du ab und dann willst du einfach nicht loslassen,* hatte Valerie ihm an den Kopf geschleudert. Aber das war nicht wahr, er hatte mit so vielem abgeschlossen und nach vorn geblickt, immer nach vorn. Und nun, da er doch wieder zurückkehrte, fühlte er sich wie ein Tourist, der das Land, das sich ihm präsentiert, mit den Bildern in seinem Reiseführer vergleicht und es doch nicht versteht und auch niemals begreifen kann, nicht sein Innerstes jedenfalls, seine Substanz. Doch das war natürlich keine Entschuldigung. Er war kein Tourist, dies hier war vertrautes Terrain, ein verdammter Teil seines Lebens, zumindest war es das einmal gewesen.

Arno stieg aus dem Auto und schlug die Tür zu. Der Schlag hallte wider, ein Störenfried, der zu laut war. Seine Mutter hatte noch gelebt, als sie Onkel Egon zum letzten Mal hier im fränkischen Hof besucht hatten. Ein Wochenendtrip von Nürnberg aus, zwei Stunden Fahrt, um Abschied zu nehmen, obwohl niemand das offen aussprach, am allerwenigsten die Mutter. Dennoch hatte sie ihre Entscheidung getroffen: keine Chemotherapie mehr, die sie doch nicht mehr heilen konnte, wie alle Ärzte unisono bestätigten. Auch kein Morphium, solange es irgend ging. Bewusstheit stattdessen. Konzentration auf das Gute, auf das Leben, auf das, was sie liebte. *Ich will wieder essen können, genießen.* Hatte sie ihren Entschluss wirklich so simpel begründet? Ja, genau so, die Worte hatten sich ihm eingebrannt, unmöglich, sie je zu vergessen. Und zunächst hatte es so gewirkt, als geschehe ein Wunder, denn sie bekam wieder Appetit, ihre Wangen röteten sich, sogar die Haare begannen erneut zu wachsen.

Ich kann wieder riechen! Ihr Lächeln, wenn sie sich am Arm des Vaters zum Markt mühte und danach in der engen Mietshausküche Obst und Gemüse verstaute und kochte. Für den Besuch bei Onkel Egon und Tante Marianne hatte sie einen Apfelhanklich mit extra viel Rahm gebacken und in ein sauberes Damasttuch geschlagen. Der Hefeteig war noch warm, als sie in Nürnberg aufbrachen, sein Duft zog durchs Auto, die ganze Fahrt lang. Ein Samstag Anfang September 1977. Ein goldener Tag. Weizenfelder und Sonnenblumen. Hopfen. Sattgrüne Waldhügel. Die ersten Zugvögel auf abgeernteten Maisfeldern. Indianersommer. Die Mutter und die Schwester sangen das Lied von den Astern, erst im Auto und später, während sie in Tante Mariannes Küche herumwerkelten, noch einmal dreistimmig.

Arno versuchte die Bilderflut aus der Vergangenheit zu verdrängen. Vergebens, und das Vergessen war ja auch nicht das Ziel dieses Ausflugs. Er begann zu laufen, bergauf, knapp 500 Meter trennten ihn noch von der Tischlerei seines Onkels, ein bisschen Bewegung würde ihm nach der langen Autofahrt guttun. Ein Kleinbus mit dem Firmenlogo der Tischlerei Rether fuhr an ihm vorbei, ein zweiter folgte. Das Wagnis, das sein Onkel auf sich genommen hatte, indem er die Nachfolge in einem maroden Betrieb antrat, war aufgegangen. Die Schreinerei florierte, dort, wo in den 70er-Jahren Kühe geweidet hatten, standen nun mehrere Werkhallen und ein Bürogebäude mit Ausstellungsräumen, längst waren Egons Söhne für die Firma verantwortlich, nicht mehr er selbst. Ein gelungenes Leben. Eine Familie, die an einem Strang zog.

Warum ausgerechnet hier in Hof und nicht in Nürnberg, wo die beiden Brüder Martin und Egon mit Frau und Kindern nach der Auswanderung und zähem Gerangel mit den deutschen Behörden endlich wieder vereint waren? Sogar im selben Mietshaus waren sie untergekommen, einem schäbigen 50er-Jahre-Kasten mit niedrigen Decken, pappdünnen Wänden, Fenstern wie Schießscharten und einem von Betonkantensteinen umfriedeten Rasenstück vor der Haustür, aus dem Teppichstangen und Wäscheleinen ragten, die die einzig erlaubte Nutzungsart dieses Grünstreifens vorgaben. Nicht dass Katharina oder er oder Onkel Egons Söhne mit 14 und 15 noch hätten Ball spielen wollen. Katharina blieb in der Wohnung, eine stumme Assistentin der Mutter. Arno schickten die beiden oft fort, etwas einkaufen oder erledigen, und so lernte er die Stadt kennen und ging schon bald seiner eigenen Wege.

Und Onkel Egon? Mit ein wenig Fantasie gemahnten die sanft schwingenden Hügel, die Hof umgaben, an Siebenbürgen. Vielleicht hatten also sie den Ausschlag für Egons erneuten Umzug gegeben, mehr als die Tischlerei. Ein stummes Abbild der verlorenen Heimat, das leichter zu ertragen war als Nachbarschaftsrituale mit seinem verdrießlichen Bruder und der sterbenden Schwägerin in einem Mietshaus. Die Illusion heiler Welt, die er unter allen Umständen hatte bewahren wollen, so wie Frieda Tellings Mutter die von Weinreben gesäumte Kirchenburg auf ihrem Wandbehang.

Die blonde Henny, die mit seinem Vater getanzt hatte. Getanzt und gelacht. Die ihn vielleicht geliebt hatte. Wenn Frieda Telling über ihre Mutter sprach, verdunkelte sich ihre Stimme, wie sehr, hatte er bemerkt, als sie ihre Erinnerungen an Schulpartys austauschten. Ihr Lachen war ansteckend, völlig ungekünstelt, als ob sie selbst von ihrem Übermut am allermeisten überrascht sei und diesen Gemütszustand deshalb umso entschlossener auskosten wollte, wohl wissend, dass er nur allzu schnell wieder vorbeiging. Würde Frieda Telling verstehen, warum er sich mit jedem Schritt, der ihn dem Haus seines Onkels näher brachte, mehr wie ein Wiedergänger fühlte? Aus irgendeinem Grund war Arno davon überzeugt. *Zu viel Staub, zu viele Erinnerungen.* Sie hatte sich alle Mühe gegeben, lässig zu klingen und ihre Gefühle vor ihm zu verbergen, sie hatte sogar aufgelegt. Aber ihre Stimme hatte verraten, dass sie diese Erinnerungen eigentlich gar nicht aushielt.

Arno nahm die letzten Meter zum Wohnhaus seines Onkels im Laufschritt und drückte auf die Klingel. Er wollte Antworten auf seine Fragen. Seine und Frieda Tellings. Wollte diese Antworten plötzlich sehr dringend und womöglich noch dringender doch nicht. Er spannte die Muskeln, wippte auf den Zehen wie ein unterbeschäftigter Streifenpolizist. Er musste Distanz wahren. Zumindest konnte dieser Trip wohl einem neuen Roman dienen. Das rote Kopftuch: die Geschichte einer Liebe, die ohne Klischees auskam. Die so bitter war wie das Leben und am Ende doch triumphierte. Eine Schnapsidee vielleicht, obwohl seine Agentin behauptete, das sei genau der Stoff, auf den alle Verlage und vor allem die Leserinnen sehnlichst warteten. Was wollen die Frauen? Eine uralte Frage. Das Rätsel aller Rätsel. Aber jetzt war er erst einmal hier, das schwarze Schaf der Familie Rether, ein Untoter, der ins Reich der Untoten zurückkehrte. *Mission impossible*, er würde das durchstehen.

»Arno, komm rein – welch eine Freude!« Sein Onkel wirkte geschrumpft, seine Tante schien in ihrer Küchenschürze schier zu ertrinken, fasste ihn aber energisch an den Händen und redete unaufhörlich.

»Wie lange bist du gefahren? Bei dieser Hitze! Willst du ein Bier oder eine Limonade? Selbst gemacht natürlich und schön kühl, mit echter Zitrone! Du hast ja gar kein Gepäck, das ist wohl noch im Auto. Ordentlich Hunger hast du hoffentlich mitgebracht, nach der langen Fahrt! Wir essen im Garten unter der Linde, da ist es herrlich. Wie schade, dass Harald im Urlaub ist, und Wolfgang musste auf Montage nach Dresden, aber er kommt so schnell wie möglich, noch heute Nacht, wenn es irgend geht. Sie lassen dich grüßen! Ich hab ein feines faschiertes Beefsteak zum Mittag bereitet, mit grünen Bohnen und Speckkraut und Knödeln!«

Arno ließ sich ins Haus ziehen und überreichte sein Mitbringsel, eine Packung Pralinen mit Schleife und dem Brandenburger Tor auf der Schachtel, gut, dass er daran noch gedacht hatte, denn auch wenn seine Tante behauptete, dass das völlig unnötig sei, leuchteten ihre Augen. Er ließ sich das Gäste-WC zeigen, wusch sich Gesicht und Hände, musterte sich im Spiegel. Sie freuten sich so, dass er sie besuchte, hielten ihn für den verlorenen Sohn, der zurückkehrte. Er würde sie enttäuschen müssen, einmal mehr, er würde hier nicht übernachten und auf Cousin Wolfgang warten, in ein paar Stunden würde er sich wieder verabschieden.

Ein hinter Glas gerahmtes Leintuch zierte die Wand, auf

das in Sütterlinschrift aus zartgrauen Kreuzstichen ein Sprichwort gestickt war, das hier im stillen Örtchen wohl auch als Ermahnung diente: ›Wasch dich oft und kalt, bleibst gesund, wirst alt.‹ Seine Mutter hatte ein identisches Handtuch besessen und ebenfalls für die Gäste verwendet, vielleicht war das sogar ihres. Andererseits gab es Tausende solcher Tücher mit Leitsprüchen in Siebenbürgen. Über dem Wohnzimmersofa in Alzen hatte das gestickte und in Anbetracht der Geschehnisse im Schlafzimmer zynisch anmutende Lebensmotto seines Alten gehangen, genauso wie später in Nürnberg: ›Arbeit mit Gebet verbinden, hilft den Weg zum Heiland finden.‹

Arno trat wieder in den Flur und folgte seinem Onkel in den Garten. Der Tisch war mit feinem Damast und Porzellan gedeckt wie für einen Staatsgast. Seine Tante tat ihm auf, eine große Portion, der Onkel sprach ein Tischgebet und nötigte ihn, kräftig zuzulangen.

Antworten – warum waren ihm die auf einmal so wichtig? Tante Marianne und seine Mutter hatten sich gemocht, nein, mehr als das, sie waren Freundinnen. Manchmal hatte Arno sich gefragt, ob die resolute Marianne nicht die bessere Frau für seinen Vater gewesen wäre. Und vielleicht hätte sie das ja auch werden sollen und die beiden Brüder hatten sogar um sie gebuhlt, auch wenn sie das leugneten. Jedenfalls hatte Egon, der jüngere Bruder, entgegen aller Gepflogenheiten das Rennen gemacht, und Martin, der Ältere, wurde sein Trauzeuge und ließ sich mit seiner eigenen Hochzeit danach noch drei weitere Jahre Zeit. Zehn lange Jahre insgesamt war er nach der Rückkehr aus dem Arbeitslager allein geblieben. Auch das war eine Parallele zum Leben von Frieda Tellings Mutter. Auch daraus ergaben sich Fragen.

Bienen summten in der Linde über ihren Köpfen, taumelnd vor Wonne, der Hackbraten und die grünen Bohnen schmeckten nach Kindheit. Arnos Tante schaufelte ungefragt einen stattlichen Nachschlag auf seinen Teller, der Onkel goss Bier in irdene Krüge. Essen hält Leib und Magen zusammen, die Logik der Nachkriegszeit, das war in Siebenbürgen nicht anders gewesen als in Deutschland. Aber zehn Jahre Junggesellendasein waren in den 50ern, als Selbstverwirklichung noch nicht das oberste Ziel aller Biografien darstellte, eine verdammt lange Zeit gewesen.

Wir kehrten 1949 aus den russischen Lagern zurück und hatten gar nichts, nur das nackte Leben, hatte Arnos Vater jedes Mal lamentiert, sobald er ein paar über den Durst trank. *Unser Land hatten sie enteignet, in unseren Häusern hausten Rumänen und Zigeuner, die unser Vieh längst verschachert oder geschlachtet hatten, und die Felder waren verwahrlost. Aber wir konnten nichts machen, wir mussten uns fügen und uns in den neu gegründeten staatlichen Landwirtschaftskollektiven verdingen.*

Alte Geschichten, so irrsinnig wie der Krieg. Gab es Tumulte? Mitleid? Heimliche Pakte? Oder akzeptierten alle, ohne zu murren, die Enteignung der Siebenbürger Sachsen als gerechte Strafe, weil diese mit Hitler paktiert hatten? Doch ganz Rumänien hatte jahrelang an der Seite der Nazis gekämpft, niemand war unschuldig. Vielleicht ließen die neuen kommunistischen Machthaber die Deutschstämmigen auch deshalb nach ein paar Jahren doch wieder zurück in ihre Häuser und schickten die vorübergehenden Besetzer zurück in ihre eigenen Heime. Und somit begann der Aufbau, bei den Rethers ab 1954. Der jüngere Egon kümmerte sich um die Tischlerei, der Vater beugte sich nebenbei über die Bücher und brachte es schließlich zum Dorflehrer.

»Helf Gott!« Der Onkel hob seinen Bierkrug.

»Zum Wohl.« Arno tat es ihm gleich. Das Bier schmeckte köstlich, ein bayerisches Obergäriges, aber er stellte seinen Krug trotzdem nach nur einem Schluck wieder auf den Tisch. Er wollte sich nicht einlullen lassen, sondern nüchtern bleiben, bereit für die Rückfahrt. Die letzte Nacht war nur kurz gewesen. Bis drei Uhr morgens hatte er die letzten Kapitel der verruchten Magd Rebekka vollendet, wie im Rausch, adrenalintrunken wie ein Bungeespringer im Moment des Absprungs. Was jetzt kam, war offen, ein freier Fall. Neuland.

Er dachte an Frieda Telling, fragte sich, ob sie ihr Lachen und die dunkle Stimme von ihrer Mutter geerbt hatte und sein Vater das also einmal ähnlich gehört hatte. Was wäre, wenn? Die Frage am Anfang jeder Geschichte, die Frage, mit der man sich selbst quälen konnte, bezog man sie auf sein eigenes Leben und auf all die Möglichkeiten, die man im Laufe der Jahre schon ausgeschlagen oder ignoriert oder übersehen hatte, weil man sie nicht als Chance begriffen, ja sogar lästig gefunden hatte. Was wäre, wenn? Ein Konjunktiv. Müßig, sich damit zu beschäftigen, es sei denn, es diente der Konzeption eines Romans. Und dennoch lauerten solche Gedanken in den Untiefen seines Bewusstseins, bereit, ihn schachmatt zu setzen, sollte er ihnen nachgeben. Was wäre geworden, wenn mein Vater woanders geboren worden wäre, in einer anderen Zeit? Was, wenn er und die blonde Henny sich geliebt und geheiratet hätten? Was, wenn der nächtliche Terror im Schlafzimmer meiner Eltern nicht gewesen wäre? Wenn ich Valerie geheiratet und mich nicht hätte sterilisieren lassen. Was, wenn ich liebte? Zum Henker, Arno, jetzt reiß dich am Riemen und kipp nicht aus den Latschen.

Besteck schabte auf den Porzellantellern, der Onkel kaute mit leisem Schmatzen, die gesamte Baumkrone über ihnen schien im Schlag der Insektenflügel zu summen. Hatte im Garten in Alzen auch eine Linde gestanden? Arno vermochte es plötzlich nicht mehr zu beschwören, obwohl er in seinem 53-Seiten-Romanversuch, der noch immer seiner Vollendung oder aber der Überantwortung ins Datennirwana harrte, ebenfalls eine Linde beschrieben hatte. Er trank einen zweiten Schluck Bier, dachte an seine verbotenen Streifzüge zu den Zigeunern, an seine erste Gitarre und ihr Geschenk dafür, das Messer. Abschied und Neuanfang, Vertreibung und Rückkehr – er war damit aufgewachsen, jeder Winkel im Dorf, jeder Stein, jeder Balken jedes einzelnen Gebäudes schien diese Geschichten zu atmen. Als kleiner Junge hatte er das faszinierend gefunden, ohne die Tragweite auch nur ansatzweise zu erfassen. Mit Ehrfurcht betrachtete er den Reisigbesen mit den in die Luft gekehrten Borsten, den die Krähenoma stets neben die Eingangstür lehnte, weil die Zigeuner, wie sie behauptete, sich davor fürchteten und das Haus deshalb verschonten. Manchmal, wenn er allein in der Küche war, betrachtete er den langen Holztisch und die Eckbank und versuchte sich vorzustellen, wie die Zigeunerfamilie, die hier einmal einquartiert gewesen war, sich dort versammelt und miteinander gesungen und gelacht hatte, und obwohl er sehr genau wusste, dass das nicht stimmte, schien es ihm, als ob sie auf eine Art noch immer dort wären, trotz des Besens, ein fröhliches Trüppchen wildmähniger Geister.

Was essen Zigeuner? Morgens das, was vom Abend übrig ist, mittags nichts, abends das, was Gott gegeben hat, sagte man in Alzen, sagte man noch heute. Die Ärmsten Europas, das fahrende Volk, das sich schwer damit tat, sesshaft zu werden, das seit Menschengedenken verfolgt wurde. Tigani.

Zigeuner. Roma auf Neudeutsch, Angehörige verschiedener Volksstämme, aber in Siebenbürgen blieb man bei der althergebrachten Bezeichnung und niemand schien sich daran zu stören.

»Sie waren nicht schlecht, die Zigeuner«, sagte Onkel Egon, als habe Arno laut gesprochen. »Sie taten ja auch nur, was ihnen die Rumänen befahlen.«

»Und seid ihr tatsächlich einfach brav aus eurem Haus ausgezogen? Gab es kein böses Blut?«

»Wir waren doch allein, die Großmutter, die Mutter und ich, ein schmächtiger Bub. Eines Morgens klopfte ein Zigeuner an unser Küchenfenster – immer schickten die Rumänen die Zigeuner – und sagte, dass wir uns alle im Gemeindehaus versammeln mussten. *Jetzt bringen sie uns auch noch nach Russland*, hat meine Mutter geflüstert, und die Aussicht, dort vielleicht sogar Mann und Söhne wiederzufinden, hat sie einen Augenblick lang regelrecht erleichtert.«

»Wusstet ihr denn, wo in Russland sie waren?«

»Wir wussten gar nichts, nicht einmal, ob sie noch lebten. Das war allein das Prinzip Hoffnung.«

»Aber ihr musstet nicht nach Russland.«

»Nein. Ein Kommunistenführer aus der Stadt befahl, dass wir ein paar Dinge zusammenpacken sollten, und verteilte uns in unsere neuen Quartiere. Manche hatten Glück, andere nicht. Uns wies man in eine Zigeunerhütte, die nicht einmal Fenster und Türen hatte, sondern Mehlsäcke, und durchs Dach tropfte der Regen. Meine Mutter sei lungenkrank, protestierte unser Pfarrer, und ich sei noch klein und anämisch, wie sollten wir in dieser Bleibe denn den Winter überleben? Aber der Kommunistenführer hat nur gelacht. Die frische Luft sei gesund. Die härte ab, besonders die Kinder.«

Der Onkel atmete schwer und hob seinen Krug. »Helf Gott, auf dass das vorbei ist!«

»Helf Gott.« Der Trinkspruch klang falsch und richtig zugleich. Arnos Tante streichelte seinen Arm und verschwand mit einer leeren Schüssel Richtung Haus, um Kaffee zu kochen und das Dessert zu bereiten. Eine Überraschung für Arno, wie sie mit Augenzwinkern verkündete. Die Süße des Lebens nach all dieser Bitterkeit, wenigstens auf dem Teller.

»Katharina sagt, dass mein Vater früher getanzt hat«, sagte Arno und streifte die Schuhe von den Füßen. »Tut mir leid, aber ich kann ihn mir als leidenschaftlichen Tänzer einfach schlecht vorstellen.«

Sein Onkel musterte ihn. Nachdenklich. Abwägend. »Warst du nicht auch ein ganz anderer Bursche, als du noch jung warst?«

Die Wut im Bauch, diese maßlose Wut. Die Jahre als Straßenmusiker, nirgendwo ankommend. Die Zeit als Hausbesetzer, Berlin hinter der Mauer. Eine Enklave der Träumer und Verlierer und Weltverbesserer, Politdiskussionen bis zum frühen Morgen. Arno griff nach seinem Wasserglas, trank, blinzelte in die Sonne. Grashalme kitzelten an seinen Fußsohlen, ließen das Gespräch ins Surreale kippen. Lange her, dass er so in einem Garten gesessen hatte. Lange her, dass er an die Zeit vor dem Studium überhaupt gedacht hatte. Seine Pläne und Träume.

Egon Rether räusperte sich. »In meiner Kindheitserinnerung ist mein Bruder Martin unbekümmert und fröhlich. Einer, der zupackt, dem so schnell vor nichts bange ist, fest verankert in unserem Leben. Er hat immer Späße mit mir gemacht, das weiß ich noch genau. Und er war stark wie ein Ochse, trug mich auf seinen Schultern. Für mich war er ein Held, der perfekte große Bruder.« Er nickte, wie um seine

Worte zu bekräftigen, trank einen langen Schluck Bier und wischte sich umständlich die Lippen. »Das Arbeitslager hat ihn gebrochen. Einen halbwüchsigen Burschen haben die Russen verschleppt. Ein alter Mann kam fünf Jahre später zu uns zurück. Nichts war danach jemals wieder so wie früher. Und kaum begann er sich doch ein wenig zu erholen, traf ihn das Schicksal noch einmal: mit der Erkrankung und dem frühen Tod von Lieselotte.«

»Er hat sie doch gar nicht geliebt!«

»Wie bitte, was sagst du da?« Der Onkel erstarrte.

Arno hielt seinen Blick. »Er hat sie geheiratet, ja. Er wollte Kinder, wollte sie besitzen. Seine schöne junge Frau. Aber ohne ihn …«

»Ohne ihn wäre deine Mutter nicht so früh gestorben, meinst du?« Der Onkel schüttelte den Kopf, als könne er so viel Irrsinn nicht fassen und schwanke zwischen Entsetzen und Belustigung über die Stupidität seines Neffen.

Grüße von Ödipus, dem Unglückssohn, der seine Mutter zu sehr geliebt hatte. War es das, was sein Onkel ihm unterstellte? Arno legte Frieda Tellings Foto auf den Tisch und deutete auf ihre blonde Mutter.

»Das ist Henny Wagner aus Hermannstadt im Jahr 1941. Hast du sie gekannt? Kannst du dich an sie erinnern?«

Erneut schüttelte sein Onkel den Kopf. »Ich bin ja fünf Jahre jünger als dein Vater. 1941 ging ich noch auf unsere Dorfschule in Alzen, während Martin schon das Lyzeum in Hermannstadt besuchte und dort im Schülerwohnheim logierte.«

»Aber ihr habt ihn doch sicher einmal besucht. Zumal an einem Festtag?«

»Schon, ja. Aber dann ging es nicht um junge Damen.«

»Vielleicht haben sie sich geliebt.«

»Eine Liebelei.« Onkel Egon lächelte. »Das mag sein, aber das war nichts, auf das ich geachtet hätte, und ganz sicher hat uns Martin diese junge Frau niemals vorgestellt oder sie auch nur erwähnt. Wenn die beiden also miteinander poussiert hätten, war das sicher nichts Verbindliches, das waren ja andere Zeiten als heute.«

»Du meinst, damals hat man nur brav füreinander geschwärmt und das war's? Gucken ja, aber kein Sex? Alles ohne Konsequenzen?«

»Wenn du das so drastisch ausdrücken willst.«

»Das glaubst du doch selbst nicht.«

»Du warst nicht dabei, oder?«

»Geschenkt! Man muss keinen Sex haben, um sich in jemanden zu verlieben oder sich die Ehe zu versprechen. Gerade damals musste man das nicht, das weißt du doch viel besser als ich!«

Liane, die ihm die Fingernägel in den Rücken schlägt und sich in seinen Hals verbeißt. Die auf ihn herunterlacht und nicht kommen will und trotzdem nicht von ihm ablässt – warum, bitte schön, dachte er jetzt wieder daran? Er wollte das nicht, wollte nichts mehr von ihr hören und allmählich schien sie auch tatsächlich zu akzeptieren, dass es ihm damit ernst war. Seit zwei Tagen hatte sie sich nicht mehr gemeldet, nicht einmal per SMS. Man musste dankbar sein, auch für die kleineren Freuden.

Seine Tante war mit einem frischen Krug Wasser zurückgekommen, betrachtete das Foto und lächelte. »Deine Eltern haben sich geliebt, Arno, wirklich sehr, sehr geliebt. Was auch immer davor gewesen sein mag, zählt nicht.«

Tante Marianne, hechelnd und juchzend auf den Hüften seines Onkels. Oder Henny auf seinem Vater. Oder Frieda Telling auf diesem blassen Langweiler, mit dem sie verheiratet war. Eine wilde Assoziationskette, absolut abwegig. Selbst die Erinnerung daran, wie er sich mit der an ihm krakenden, kichernden Liane aus dem Bett gehangelt hatte, um das Fenster zu schließen, kam ihm im Rückblick allein schon aus rein physischer Sicht verblüffend vor, wie ein Trick aus einem Porno. Und doch war es ihm geschehen, und aller Wahrscheinlichkeit nach war er auch nicht der erste Liebhaber der Weltgeschichte gewesen, dem das gelungen war. Klar hatte jede Zeit ihre Konventionen und Tabus, aber die wurden doch auch in schöner Regelmäßigkeit gebrochen, und ohne die Triebfeder Lust wäre die Menschheit längst ausgestorben. Genau genommen war wohl überhaupt nichts von dem, was zwei Menschen einander antun oder miteinander treiben konnten, je wirklich neu. Allenfalls das Repertoire an Hilfsmitteln wie Ganzkörpergummianzüge oder batteriebetriebene Vibratoren wurde entsprechend der technischen Möglichkeiten im Laufe der Zeit erweitert.

Himmel, was war los mit ihm, mit Rebekka und Co. war er doch gerade fertig geworden? Das hier war keine Story, das hier war das Leben. Arno tippte auf das Foto. »Mein Vater hat dieses Bild ans KZ-Museum gegeben und ihren Namen genannt, Henny Wagner, er muss also zumindest ihr Schicksal verfolgt haben.«

Seine Tante hob an, etwas zu erwidern, aber sein Onkel war schneller. »Warum willst du unbedingt, dass dein Vater diese fremde Frau geliebt hat?

»Ich will das nicht unbedingt, ich will nur …« Arno zögerte. Ja, was eigentlich? Die Wahrheit, hätte er um ein Haar geblökt. Aber welche sollte das bitte schön sein? Die seines Vaters? Seines Onkels? Das, was er selbst daraus folgerte? Die Wahrheit war ein Monster mit Hydraköpfen. Selbst die simpelsten Kindheitserinnerungen klangen aus dem Mund seiner Schwester vollkommen anders als seine, als sprächen sie über zwei verschiedene Welten. Er setzte sich aufrechter und vollendete seine Forderung trotzdem. »Ich will die Wahrheit erfahren.«

»Die Wahrheit«, sein Onkel sah ihm direkt in die Augen. »Bist du denn wirklich offen dafür? Wirst du sie ertragen?«

»Wie kann ich das beurteilen, bevor ich sie kenne?«

Onkel Egon nickte, schien dieses Argument zögernd zu akzeptieren. »Komm mit«, sagte er und stemmte sich aus seinem Stuhl, während die Tante begann, das Geschirr aufs Tablett zur räumen. Arno nahm es ihr aus der Hand und trug es für sie ins Haus. Die beiden Alten folgten ihm langsam und mit sehr aufrechten Rücken.

Das Arbeitszimmer muffte nach den Ausdünstungen von in die Jahre gekommenen Holzpaneelen und Regalen, die dem Raum etwas Höhlenartiges verliehen. Auf dem klobigen Schreibtisch lag ein in dunkles Schweinsleder gebundenes Fotoalbum bereit. Mit einer bedächtigen, fast feierlichen Bewegung schaltete sein Onkel die Schreibtischlampe an, richtete ihren Lichtkegel aus und hieß Arno mit einer Handbewegung auf dem Stuhl Platz zu nehmen. Der Ledereinband war brüchig und schwer, Seidenpapier knisterte unter Arnos Fingern, milchig von den darauf als Muster geprägten stilisierten Spinnweben.

Das erste Foto stammte aus dem Jahr 1924 und war das Hochzeitsfoto seiner Großeltern. Es folgten Fotos von der Taufe seines Vaters, der Einschulung und der Konfirmation, umringt von stolzgeschwellten Eltern und Großeltern, dem älteren Bruder Ottmar und dem kleinen Egon. Aufnahmen von Volksfesten und Trachtenumzügen klebten auf den nächsten Seiten, ein Foto zeigte Martin Rether barfuß mit Strohhut beim Viehtrieb, mehrere im Posaunenchor vor der Kirche, eines mit dem kleinen Egon auf den Schultern, außerdem gab es Fotos seiner Gymnasiumklasse in Hermannstadt: 27 ernste Buben in schwarzen Anzügen vor der Teutsch-Statue. Ein Leben im Zeitraffer, eine Chronik gegen das Vergessen, denn sämtliche Fotos waren akribisch mit Datum, Anlass und den Namen der abgebildeten Personen beschriftet, doch bislang gab keines eine Antwort auf Arnos Fragen.

Er blätterte weiter, zunehmend ungeduldig, stockte bei einem Foto aus dem Jahr 1940, das die Dorfschule in Alzen zeigte, die er selbst in seinen ersten Lebensjahren besucht hatte. Eine Winteraufnahme mit Beerdigungscharme, es lag Schnee, die Gesichter wirkten blass und verfroren, einige Schüler zogen die Schultern hoch, als ob sie den unguten Verlauf, den die siebenbürgische Geschichte fortan nehmen würde, bereits ahnten. Aber vielleicht war das auch nur seine Interpretation, weil er im Gegensatz zu ihnen darum wusste und weil über ihren Köpfen neben der Siebenbürgischen Flagge eine Hakenkreuzfahne wehte. Arno beugte sich näher, doch das Foto war klein, die Gesichtszüge verschwommen. Die Schüler standen aufgereiht wie die Orgelpfeifen, rechts die deutschstämmigen, links die rumänischen, alle in ihrer Tracht. Hinter den Sachsen erkannte er seinen Vater, der ebenfalls stramm stand. Zwischen den beiden Schülergruppen posierten der Schuldirektor und ein Wehrmachtsoffizier in SS-Mantel und Stiefeln.

»Die Soldaten sind mit Panzern gekommen, niemand hat sie aufgehalten, Deutschland und Rumänien waren ja Verbündete.« Der Onkel sprach leise, wie zu sich selbst. »Von da an hatten Hitlers Mannen das Sagen bei uns Sachsen. Unsere politische Führung wurde von Berlin aus bestimmt, all unsere alten Strukturen ab 1940 aufgelöst: Die Bruder- und Schwesternschaften und Frauenvereine. Die Konfirmanden und Burschengruppen. Wir Jugendlichen gehörten nun zu den Pimpfen, die Nachbarschaften wurden zu Blocks. Sogar unser Kirchenoberhaupt haben sie durch einen hitlergetreuen Deutschen Christen ersetzt.«

»Und kaum einer hat sich gewehrt.«

»Alle glaubten doch an die Deutsche Sache und wollten den Krieg gewinnen und hatten Angst vor den Kommunisten. Und die Buben träumten von den großen Heldentaten, die sie als Soldaten begehen würden.«

»In der SS.«

»Was wussten wir schon von der Wirklichkeit? Deutschland war weit weg. Wir waren naiv. Jung. Zu jung zum Glück, denn wären Ottmar und dein Vater nur ein wenig älter gewesen – wahrscheinlich hätten sie sich tatsächlich zur SS gemeldet.«

»Aber es gab auch ein paar Sachsen, die kritischer waren.«

»Das schon. Doch auch sie waren von Staats wegen Verbündete Deutschlands.«

Der Duft einer in Butter gebratenen Süßspeise wehte aus der Küche heran. Der Onkel übte sich in leiser Selbstkritik und Erklärungsversuchen und die Tante briet Wutzerl, Arnos Lieblingsdessert, die beiden zogen wirklich alle Register. Er blätterte weiter, landete erneut in Hermannstadt, im Mai 1941. Das Kronenfest, tatsächlich. Katharina hatte also recht gehabt – es gab von jenem Tag, an dem sein Vater und Friedas Mutter nebeneinander in die Kamera gelacht hatten, noch weitere Fotos. Arno betrachtete seinen Vater als Vortänzer mit in der Luft schwingendem Bein und weit ausgestreckten Armen auf einer Bühne, im Sprung gefangen. Fand direkt daneben ein Bild, das ihn auf ebendieser Bühne mit Frieda Tellings Mutter zeigte: Die beiden standen einander gegenüber und sahen sich in die Augen, legten sich die Hände auf die Schultern – die Pose aus einem Volkstanz.

»Ein Tänzchen in Ehren …« Die Stimme Egon Rethers erreichte Arno wie aus weiter Ferne, denn auf der nächsten Seite klebte ein ihm inzwischen übergenau bekanntes Motiv – das Foto aus dem KZ-Museum. Ein Schwarz-Weiß-Abzug mit Mausezähnchenkanten, etwa 7 x 11 Zentimeter klein. Arno las die Bildunterschrift, die sein Vater mit Bleistift in akkuraten Großbuchstaben notiert hatte: KRONENFEST 1941, NEBEN MIR V.L.N.R.: MEINE TANZPARTNERIN HENNY WAGNER AUS HERMANNSTADT (*1927, 1945–1948 KZ SACHSENHAUSEN) UND DIE ZWEITPLATZIERTEN: WALTRAUD SCHMIED AUS LESCHKIRCH (*1925 + 1947, ARBEITSLAGER DNEPROPETROWSK) UND FRIEDEL GUNTRAM AUS ROTHBERG (*1923 + 1943, STALINGRAD).

Arno blickte auf. »Woher wusste mein Vater so genau Bescheid?«

»Man hat doch jahrelang darüber gesprochen, was aus jedem geworden ist. Es gab kaum ein anderes Thema.«

»Aber er wusste sogar, dass Henny Wagner im KZ Sachsenhausen inhaftiert wurde und wie lange sie dort war. Dabei war ihre Familie bereits kurz vor dem Seitenwechsel Rumäniens nach Deutschland ausgewandert. Deutschland und Rumänien befanden sich im Krieg, da schrieb man sich doch keine Briefe.«

»Vermutlich hat er es später erfahren.«

»Also hat er sich für Henny Wagner interessiert.«

»Er fühlte sich als Chronist der Geschichte Siebenbürgens.«

»Aber er hat doch nicht über jedes einzelne Schicksal gewacht.«

»Ein Zufall vielleicht.« Der Onkel hob die Schultern.

»So, jetzt kommt wieder raus, der Kaffee ist fertig!«

Die Stimme der Tante klang angespannt oder bildete er sich das ein? Wie lange hatte sie schon an der Tür des Arbeitszimmers gestanden und zugesehen, wie er immer hektischer blätterte? Was wusste sie alles von seiner Mutter und womöglich auch über seinen Vater? Er musste auch mit ihr sprechen, nicht nur mit seinem Onkel. Vielleicht hatte seine Mutter ihrer Schwägerin etwas anvertraut, von dem die beiden Männer nichts wussten, wie Frauen das eben taten. Seine Eltern hätten sich geliebt, hatte sie vorhin behauptet. Was auch immer vor der Hochzeit gewesen sei, würde nichts zählen. Also war etwas gewesen. Arno wandte sich um und sah seiner Tante in die Augen. Sie lächelte unergründlich und verschwand Richtung Küche.

Was war geschehen an jenem Sommertag 1941? Ein Tänzchen oder ein Treueversprechen, das sein Vater und Henny Wagner in der Hoffnung auf ein glückliches Wiedersehen mit einem geteilten Kopftuch bekräftigten? Und was geschah in den Folgejahren bis zu Henny Wagners Übersiedlung nach Deutschland? Die meisten Siebenbürger Sachsen, die 1944 zu fliehen versuchten, kamen nicht einmal bis nach Österreich. Wen die Rote Armee erwischte, den schickte sie zurück. Dennoch zerstreuten sich die Deutschstämmigen in alle Richtungen, wie so viele andere Volksgruppen am Ende des Zweiten Weltkriegs. 1930 lebten in Rumänien noch 750 000 Sachsen, 1956 nur noch weniger als die Hälfte. Familien wurden zerrissen, Menschen gingen verloren. Und doch gab es immer wieder Heldengeschichten von Einzelnen, die es allein und zu Fuß über Tausende von Kilometern zurück zu den Ihren schafften. Hatten sein Vater und Henny Wagner sich noch einmal gefunden? War sein Vater entgegen aller Wahrscheinlichkeiten doch ins Gefangenenlager Sachsenhausen geraten?

Fragen, immer nur Fragen. Aber zumindest eine konnte er jetzt beantworten: Er kannte die Identitäten der beiden jungen Leute, die neben ihrer Mutter in die Kamera gelacht hatten. Sein Vater hatte ihre Namen verschwiegen, weil sie tot und also für das Lagermuseum nicht relevant waren.

Die Tante drückte ihm ein Tablett mit der dampfenden Süßspeise, Dessertschalen und Kaffeegeschirr in die Hand, trug selbst nur die Kupferkanne. Brühkaffee ohne Filter, eine weitere Sinnesattacke aus seiner Kindheit. Sein Onkel ging jetzt noch schleppender und benutzte einen Gehstock, als habe er beim Betrachten der Bilder Kraft eingebüßt, die er eigentlich gar nicht gehabt hatte. Die Tante tat so, als ob sie nichts bemerkte, teilte Geschirr, Kaffee und den Nachtisch aus, plapperte von Arnos Cousins und fragte ihn, warum er noch immer allein lebte. Arno setzte sich wieder hin und zwang sich zur Geduld. Sie brauchten eine Pause, genau genommen brauchte sogar er eine Pause. Im Kofferraum seines Autos befand sich kein Gepäck, sondern nur die Urne. Unmöglich, sie hier wieder abzuliefern, egal, welche Wahrheit sie gleich noch ans Tageslicht fördern würden, das konnte er den beiden Altchen einfach nicht antun.

Die Wutzerl waren perfekt, umhüllt mit Semmelbröseln, die Hagebuttenmarmelade, die seine Tante dazu reichte, hatte genau die richtige sämige Süße. Arno spulte die üblichen Halbwahrheiten über sein Leben und Schaffen ab und lobte die Kochkünste seiner Tante, wofür diese ihn mit einer weiteren

Riesenportion belohnte, die er weder gewollt hatte noch bewältigen würde, schon jetzt fühlte er sich wie eine Mastgans vor Weihnachten, und das ungute Ziehen in seiner Magengegend, das er bislang ignoriert hatte, wurde stärker.

Er drängte die Erinnerungen an die Küche in Alzen beiseite. An die stillen, gestohlenen Momente, wenn seine Mutter einen Apfel aufschnitt. Ihre schnellen Bewegungen, mit denen sie die kalten Kartoffeln für den Wutzerlteig zerdrückte und das Ei darüberschlug und das Mehl dazugab und rührte, ihre Lieder. Auch der Vater hatte Wutzerl geliebt, auch Katharina. Ein Familienessen war das gewesen. Das beste Dessert von allen. Was das anging, waren sie tatsächlich alle einmal einer Meinung.

»Sie kamen bei Nacht, 14. Januar 1945«, sagte Egon Rether, nachdem sie gegessen hatten. »Auch da haben sie Zigeuner geschickt, uns zusammenzutrommeln. Alle Frauen zwischen 18 und 30 und Männer zwischen 17 und 45 müssten zum Arbeitsdienst nach Russland, hieß es. Wir durften gerade noch packen.« Er seufzte. »Diese Tränen, die wir weinten, ein ganzes Dorf, völlig aufgelöst, dieser grausame Abschied, ohne zu wissen, wohin genau wir wohl kämen und für wie lange.«

Menschen in fensterlose Viehwaggons gepfercht, hilflos einem unbekannten Ziel entgegenrollend – der europäische Albtraum der 40er-Jahre. Erstaunlich eigentlich, dass die heutige Bahn so ein Sauberimage hatte. Aber wer in Deutschland hatte keinen Dreck am Stecken? Und selbst in den finstersten Zeiten gelangten ja Menschen auch gerade dank der Bahn in die Freiheit.

Arno räusperte sich. »Und ihr habt wirklich gar nichts von ihnen gehört in den folgenden Jahren?«

»Nein, nichts. Wir konnten nur beten, dass sie noch lebten. Und gewissermaßen war das ja auch eine Gnade, so blieb uns zumindest die Hoffnung. Dabei ist Ottmar ja nie mehr zurückgekommen.«

»Das ist furchtbar, ja, ich weiß.«

»Wir wissen bis heute nicht einmal, wo sein Grab ist.«

»Wie bitte?« Arno starrte ihn an. »Aber sie waren doch alle drei zusammen.«

Sein Onkel schüttelte den Kopf. »Er ist ja noch auf der Reise gestorben, an Lungenentzündung. Sie haben ihn aus dem Waggon geholt, irgendwo im Niemandsland. Nur ihn und ein paar andere Schwerkranke. Er starb wohl in einem Feldlazarett, weil es kein Penicillin gab. Aber das haben wir alle erst 1949 erfahren, als mein Vater schon wieder daheim war. Ich glaube, das hat ihn endgültig gebrochen.«

»Und mein Vater? Martin?«

»Martin kam zu spät, dabei hat unser Vater so sehr auf ihn gewartet. Aber als Martin endlich an unsere Tür klopfte, konnte er nur noch an Vaters Grab treten.«

An das Familiengrab, in dem Martin Rether nun Jahrzehnte später selbst beigesetzt werden wollte. Von seinem Sohn, der ihn immer enttäuscht hatte, auf den er aber dennoch hoffte. Das Bier war inzwischen lauwarm und schal. Arno trank es trotzdem, zumindest vertrieb es die Süße der Wutzerl, die jetzt nicht mehr appetitlich aussahen, sondern einfach nur fettig, eine klebrige Pampe. Er schob seinen Teller beiseite. Fühlte eine Art Summen hinter der Stirn, aber vielleicht war das eine Täuschung, vielleicht waren das nur die Bienen in der Linde.

»Das heißt, auch mein Vater und Großvater sind während der Deportation getrennt worden?«

»Ja.«

»Wann?«

»Gleich zu Anfang der Deportation. Sie separierten erst die Kranken. Dann die Alten.«

»Das hat so noch nie jemand gesagt.«

»Du hast ja auch nie gefragt.«

»Das heißt also, mein Vater könnte in diesen fünf Jahren überall gewesen sein. Sogar in Deutschland.«

»Nein, ausgeschlossen.«

»Warum denn nicht?«

»Die Russen ließen doch niemanden gehen!«

»Es gab hin und wieder Krankentransporte nach Deutschland, das habe ich recherchiert. Oder mein Vater ist geflohen und hat sich auf eigene Faust irgendwie durchgeschlagen.«

»Er war in Russland, Arno. In einer Kohlemine in Dnjepropetrowsk. Sein ganzer Körper war grau, als er bei uns vor der Tür stand, so tief hatte sich der Kohlestaub in die Poren gefressen.«

»Aber das ist doch kein Beweis, dass er die ganze Zeit dort war. Oder hat er das geschworen?«

»Ach, Arno. Wir haben ihn doch nicht verhört. Wir wollten nach vorn blicken, wir wollten leben und er wollte endlich darüber hinwegkommen. Ich glaube, er hat überhaupt nur ein einziges Mal von dieser schrecklichen Zeit gesprochen.«

Sein Vater hätte nach dem Krieg also überall gewesen sein können. Sogar im Gefangenenlager Sachsenhausen.

Ihre Schritte hallten auf dem Krankenhausflur, Monets Mohnwiese kam in Sicht, sie hing immer noch schief. Frieda verlangsamte ihr Tempo. Warum hatte sie nicht im Krankenhaus angerufen, bevor sie hierherkam? Es war schon Abend, Aline bestimmt müde und sie selbst erschöpft von der Zugfahrt und den letzten drei Tagen in Heidelberg, in denen sie sich wie besessen in die Arbeit vergraben hatte. Sie drückte auf die Klingel der Intensivstation, energischer als nötig. Als Mädchen hatte sie einmal auf einer Wiese einen riesigen Strauß Mohnblumen für ihre Mutter gepflückt. Sie war so sicher gewesen, Henny damit eine Freude zu bereiten, sie war immer schneller nach Hause gelaufen, konnte es plötzlich kaum noch erwarten, ihre Gabe zu überreichen. Aber schon als sie am Gartentor ankam, trudelten die ersten Blütenblätter zu Boden, und obwohl Henny den Strauß gleich in eine Vase gestellt hatte, fielen binnen Stunden auch alle anderen. *Mohnblumen sind fragil, man muss sie an ihrem Platz lassen*, hatte Henny erklärt. *Nur dort sehen sie schön aus und können gedeihen.*

Frieda klingelte noch einmal. Wahrscheinlich arbeitete bereits die dünner besetzte Nachtschicht oder inmitten des Maschinenuniversums ereignete sich gerade ein weiteres Drama. Endlich wurde ihr doch noch geöffnet und eine Ärztin mit dunklen Ringen unter den Augen, die Frieda inzwischen vage vertraut geworden war, fasste sie am Ellbogen und manövrierte sie mit sanftem Nachdruck in Richtung der Aufzüge. Man habe Aline bereits am Morgen in die Neurologie verlegt, erklärte sie, eine normale Station also. Was hieß normal in einem Krankenhaus? Was bedeutete das für Aline? Noch immer sei es zu früh für verlässliche Prognosen, erklärte die Ärztin. Aline müsse strikt liegen und sei fixiert, damit die Wirbel weiter heilten, ebenso das gesplitterte Schienbein und das Becken. Aber dennoch, ja, Aline mache Fortschritte, mehr, als man noch vor ein paar Tagen zu hoffen gewagt habe.

Treppen, Flure, Krankenbetten. Ein Rollwagen mit Teekannen und leeren Tassen. Die Neurologie befand sich in einem Nebentrakt der Klinik. Am Empfang der Station gab es Fenster, durch die fahles Abendlicht sickerte, an den Wänden hingen Berlinfotografien in Bonbonfarben. Die Quadriga, der Reichstag, der Deutsche Dom, der Lange Alex. Sie war wieder in Berlin und heute war Freitag, der 28. Juni, rief sich Frieda ins Gedächtnis. Beinahe zwei Wochen waren seit Alines Unfall vergangen. Es kam ihr länger vor, unermesslich lange. Hatte es jemals ihr ruhiges, gesichertes Leben gegeben oder war das nur eine Illusion gewesen? Die Ärztin verschwand, eine grauhaarige Stationsschwester wies Frieda den Weg zu Alines Zimmer. Ein Einzelzimmer am Ende des Gangs. Aline war wach und telefonierte und starrte Frieda an, als sei sie eine Erscheinung.

»Wait«, sagte sie in den Hörer, ohne den Blick von Frieda zu lösen. Sie benutzte ein Miettelefon des Krankenhauses. Jemand musste das für sie organisiert und bezahlt haben. Und es hatten auch bereits Menschen Blumen geschickt oder persönlich überreicht. Auf Alines Nachttisch prangte ein Strauß samtroter Rosen, auf der Fensterbank ein Sommerbouquet, das ein wenig aussah wie aus Hennys Garten. Von wem waren die? Von Jan und dem Ensemble? Oder von Graham? War er das, mit dem Aline gerade telefonierte? Warum sprach Aline mit ihm oder mit wem auch immer und nicht mit ihrer Mutter? Auf der Intensivstation waren Blumen nicht erlaubt gewesen. Schäbig kam Frieda sich auf einmal vor, ein unerwünschter Zaungast im Leben ihrer Tochter. Hier stand sie, verschwitzt und außer Atem, mit nichts als ihrer Liebe und ihrer Reisetasche und den ewigen Sorgen und Fragen.

»I'll call again later.« Aline manövrierte den Hörer mit offensichtlicher Mühe zurück in seine Halterung und wandte sich wieder an Frieda.

»Ich dachte, du kommst erst morgen?«

»Ich habe umdisponiert.«

»Das machst du doch sonst nie.«

»Sonst liegst du ja auch nicht im Krankenhaus.«

Aline musterte sie und schien etwas entgegnen zu wollen, überlegte es sich wieder anders. Warum hatte sie nicht angerufen und gesagt, dass sie sie verlegt hatten? Wenn Frieda das fragte, würden sie sofort wieder streiten. Sie fühlte, wie sie rot wurde. Wurde sie rot? Zumindest fühlte es sich so an. Hitze, die ihr ins Gesicht kroch. Fing das so an, waren das jetzt die Wechseljahre?

»Ist alles in Ordnung mit dir, Mamafrieda?«

»Ja, natürlich. Die Fahrt war nur anstrengend. Freitagabend. Der Zug war überfüllt.«

Aline hatte recht, sie stieß ihre Pläne sonst nie um. Drei Tage lang war Arno Rether wie vom Erdboden verschluckt gewesen, und kaum rief er wieder an, ließ sie wie ein verliebter Teenager alles stehen und liegen. Er habe etwas herausgefunden, hatte er erklärt. Er müsse ihr das zeigen und mit ihr sprechen. Ob sie sich treffen könnten, noch heute Abend?

Frieda blickte zum Fenster. Es ging zum Park raus. Sie konnte den Baum sehen, unter dem sie an jenem Mittag gesessen hatte, als noch nicht einmal sicher gewesen war, ob Aline je wieder aufwachen würde, und diese Polizistin gefragt hatte, ob Aline sich umbringen wollte. Inzwischen schien klar, dass die Zeugen, die dies behaupteten, sich geirrt hatten. Aline selbst hatte jede Selbstmordabsicht vehement geleugnet. Und sie lebte, sie wurde mit jedem Tag stärker. Das allein zählte. Sie musste sich freuen.

Frieda zog sich einen Stuhl ans Bett.

»Diese Rosen sind opulent. Sind die von Jan?«

»Heute ist unser Jahrestag.«

»So lange seid ihr schon zusammen?«

»Nicht offiziell. Aber vor genau einem Jahr hatten wir unseren ersten gemeinsamen Auftritt. Nur kurz, kaum zwei Minuten und im Ensemble, aber wir wussten trotzdem direkt, dass wir füreinander bestimmt waren, obwohl wir damals eigentlich beide noch mit jemand anderem liiert waren.«

Frieda nickte, weil sie nicht wusste, was sie antworten sollte. So viel romantischer Enthusiasmus. Wo war Mikesch, der blaue Plüschkater, der Trostspender aus Alines Kindheit? Vermutlich im Schrank bei der Schmutzwäsche, oder Jan hatte ihn wieder in Alines WG gebracht. Frieda hatte geglaubt, dass Aline sich über ihren alten Gefährten noch immer freuen würde, aber das war ein Irrtum gewesen. Einer von vielen. *Liiert* – das hieß wohl Sex ohne große Gefühle. Ohne Verbindlichkeit. Ohne gebrochene Herzen.

Früher, mit Sebastian Haselmeyer und seinen Nachfolgern, hatte sie das selbst auch so gehandhabt und diese nächtlichen Experimente sogar genossen. Die Macht, die damit zusammenhing: begehrt zu werden und zu begehren, einfach so, aus einer Laune heraus. Die Geheimnisse des Zusammenspiels zweier Körper. Wann hatte das aufgehört? Mit Graham? Mit Alines Geburt? Wahrscheinlich. Jedenfalls hatte sich die Frieda, für die Sex nur ein Spiel gewesen war, während der Schwangerschaft still und heimlich davongeschlichen. Und sie hatte nichts getan, sie zurückzuhalten, im Gegenteil. Sie hatte dieses jüngere Ich regelrecht fortgescheucht und den Blick auf die Sterne geheftet, und wenn ihr in den Folgejahren doch einmal ein Kollege Avancen machte, ließ sie ihn abblitzen.

Nur Paul hatte sich nicht abschütteln lassen. Genau genommen war das ein Wunder. Sie musste ihn anrufen. Gleich, sobald sie im Hotel ankam. Er wusste noch gar nicht, dass sie wieder in Berlin und Aline verlegt worden war. Aber wie sollte sie ihm erklären, dass sie in Heidelberg alles stehen und liegen gelassen hatte, bloß weil Arno sie mit einem vagen Versprechen zurück nach Berlin orderte? Sie konnte ihm das nicht erklären, sie wollte es auch nicht. Sie verstand das ja selbst nicht. Es war einfach nur peinlich.

»Du siehst gut aus, Liebling«, sagte Frieda. »Nicht mehr ganz so blass. Viel besser.«

»Du auch.«

»So ein Quatsch. Ich bin schrecklich verschwitzt – ich komme direkt vom Bahnhof.«

Sie spielten Theater. Sie umschlichen sich wie zwei Katzen, loteten ihre Terrains aus und versuchten, sich nicht zu streiten. Frieda griff nach Alines Hand. Die Finger waren fürchterlich dünn, filigran geradezu, aber sie waren warm und lebendig und verschränkten sich mit ihren.

»Wie geht's Oma Henny?«

»Nicht so gut leider.« Frieda schickte die Kuppe ihres Zeigefingers auf die Reise über die Kuhlen und Hügel von Alines Knöcheln, eine federleichte und vollkommen selbstverständliche Bewegung, genau wie früher. Ein Irrsinn war es, die Vergangenheit aufzuwühlen, ein Risiko mit unabsehbaren Konsequenzen.

»Was ist denn mit Oma? Ist sie krank?« Aline ließ nicht locker.

»Ach, ich weiß auch nicht, sie kann sich ja nicht richtig äußern. Vielleicht macht ihr einfach die Hitze zu schaffen.«

Die Hitze und das zerrissene Halstuch und dieses Foto. Oder ich selbst, meine Anwesenheit, meine Fragen, dachte Frieda bitter. Es war ihr nicht gelungen, Henny wieder zu beruhigen, im Gegenteil, jeder weitere Besuch hatte alles nur verschlimmert. Völlig in sich verkapselt war Henny nun, offensichtlich in großer Furcht vor etwas. Doch was das war, behielt sie für sich. Und in ihrem Haus, in dem Frieda inzwischen jeden Winkel durchsucht hatte, war nichts, was diese Panik erklärte oder auf eine geheime Liebe hindeutete, wenn man von einem vergilbten Rumänienreiseführer aus dem Jahr 1966 einmal absah.

Das Titelbild darauf war die Kirchenburg von Birthälm. Mit etwas Fantasie glich sie in etwa dem Motiv, das Henny einst auf den Wandbehang gestickt hatte, wenn auch, wie Arno Rether bereits gesagt hatte, mit verzerrten Proportionen. Sie musste Aline das Foto aus Hermannstadt zeigen und ihr von Arno Rether und von seinem Vater erzählen. Warum tat sie das nicht? Ihr kleines Geheimnis. Es hatte Spaß gemacht, mit ihm Reminiszenzen an 70er-Jahre-Partys auszutauschen, er machte gern Witze, sogar über seine durchaus komplexe Familiengeschichte. Vielleicht war sein Humor aber auch nur ein Schutzschild.

»Und das Tuch?« Aline zog ihre Hand zurück. »Hat Oma dazu noch was gesagt? Hast du die andere Hälfte gefunden?«

»Leider nicht.«

»Es war immer ganz! Nie, niemals hätte sie es zerschnitten und eine Hälfte verloren. Selbst jetzt nicht.«

»Du hast neulich selbst gesagt, dass Henny es nie aus der Hand gegeben hat und du es nie auseinanderfalten durftest.«

»Aber sie hat es doch mit Opa …«

»Mir ist dieser Wandbehang aufgefallen, den Henny gestickt hat, der jetzt im Heim über ihrem Bett hängt.«

»Ja, und?«

Bernsteinaugen, die Frieda unverwandt ansahen. Hennys Augen. Wie viel wissen Eltern und Kinder tatsächlich voneinander? Wie viel müssen sie wissen? Eltern hatten die Pflicht, ihre Kinder zu schützen. Doch wenn sie zu viel verschwiegen, entstand ein Kraftfeld, das mehr zerstörte und machtvoller war als jede noch so grausliche Wahrheit. Man konnte seine Kinder nicht von den Realitäten des Lebens verschonen, niemandem konnte man die ersparen, nicht auf Dauer. Und wenn Eltern zu alt oder krank wurden, um selbst zu entscheiden, wie viel sie preisgeben wollten, galten wohl wieder neue Regeln. Aber wo war die Grenze? Hatte sie das Recht, in die Intimsphäre ihrer Mutter zu dringen, um sich und ihre Tochter von einer vermeintlichen Last zu befreien?

Das Schweigen würde ihr in jedem Fall nicht weiterhelfen. Sie musste reden, obwohl ihr die Worte fehlten. Friedas Magen zog sich zusammen. Es fühlte sich an, als ob darin ein Tier mit Greifarmen wütete. Eine Art Oktopus, der sich festsaugte und zerrte und nicht mehr von ihr abließ.

Was war das nun wieder für ein völlig abstruses Bild? Natürlich war da kein Oktopus in ihrem Magen, sie war nur nervös und wahrscheinlich auch hungrig.

Frieda setzte sich aufrechter hin, zwang sich zur Konzentration. »Ich glaube, Henny hat keine Burg von der Bergstraße, sondern eine Kirchenburg aus Siebenbürgen gestickt. Es gibt dort nämlich auch eine Region mit Weinbergen.«

»Das Kokelgebiet, dort wächst alles im Überfluss. Wie im Schlaraffenland. Die süßesten Trauben.« Alines Stimme klang träumerisch, die Satzmelodie hatte sich in einen seltsamen Singsang verwandelt, wie in alten Filmen.

»Henny hat dir das erzählt«, folgerte Frieda.

Aline nickte.

»Wusstest du, welches Motiv sie auf den Wandbehang gestickt hat?«

»Sie hat's nie direkt gesagt.«

»Aber du hast dir das gedacht.«

»Sie hat die Burg halt manchmal so sinnend angeschaut und dann von Siebenbürgen erzählt. Ich mochte das gern. Das war immer so spannend.«

»Warum hast du sie nie gefragt, was auf dem Wandbehang ist?«

»Ich hab mich wohl nicht getraut. Das war immer etwas ganz Besonderes, wenn sie von Siebenbürgen erzählte, das war alles immer so heilig und irgendwie verboten.«

»Das Vorbild für diese Burg könnte in einem Ort namens Birthälm stehen. Hat Henny den je erwähnt? Weißt du, ob sie je dort war?«

»Birthälm? Ich weiß nicht.«

Hennys Tränen in jener Nacht, als Frieda sie mit dem roten Tuch gefunden hatte. Inzwischen war Frieda beinahe sicher, dass Henny zuvor verschwunden gewesen war, dass sie ihre Mutter ein paar Tage lang vermisst und gesucht hatte. Die Bluse mit dem Preisschild in Hennys Kleiderschrank fiel ihr plötzlich ein. Für wen und warum hatte sie die gekauft? Für ein heimliches Treffen mit Arnos Vater in Birthälm, von dem Arno nichts wusste, war sie deshalb so verzweifelt? War eine Reise ins kommunistische Rumänien aus der BRD damals überhaupt möglich?

Ein feiner Schweißfilm überzog Alines Stirn, sie starrte hoch konzentriert an Frieda vorbei zur Decke und presste die Lippen zusammen. Wegen Friedas Fragen und den unliebsamen Wahrheiten über ihre Großmutter, die sich daraus ergaben? Nein, sie trainierte – auf einmal sah Frieda das. Aline bewegte ihr unverletztes Bein, zog die Zehen an, streckte den Fuß, bewegte das Knie. Langsam, mühevoll, unablässig.

Mit derselben stillen Entschlossenheit hatte Henny den Wandbehang gestickt. Genauso war Oswald Telling Abend für Abend in sein Kellerlabor verschwunden und Frieda selbst in ihr Baumhaus oder auf ihren Ausguck zu den Sternen. Sie hatten im selben Haus gewohnt und sich als Familie bezeichnet und zusammen gegessen, an dem Tisch in der Küche, aber letztlich lebten sie in getrennten Welten. So wie Paul und sie. Obwohl sie sogar beide denselben Beruf ausübten. Und doch trudelte jeder allein durch seine eigene Galaxie. Sie berührten sich nicht.

Ich muss wieder tanzen. Ich muss. Alines Worte vermischten sich in Friedas Kopf mit Jans Anschuldigungen und Hennys hilflosem Schluchzen. Ich habe Angst, dachte sie. Angst vor dem, was Arno Rether herausgefunden hat und mir gleich offenbaren wird. Angst vor meiner Reaktion darauf und vor meinem Verhalten. Ich belüge meine Tochter. Ich belüge meinen Mann. Jedenfalls speise ich beide mit halb garen Andeutungen ab oder verschweige meine Gedanken. Was kommt als Nächstes? Betrug? Verrat? Die Scheidung? Ein Zerwürfnis mit meiner einzigen Tochter? Das darf ich nicht zulassen. Und trotzdem kann ich nicht zurück, ich will nicht einmal zurück. Als sei ich in einen Sog geraten. Als zähle nur noch ein rasendes Vorwärts und nicht alles andere, an das ich bislang geglaubt habe.

Immer noch bewegte Aline ihr Knie. Es musste wehtun, sehr weh, ihre Hände krampften sich um die Bettdecke.

Frieda beugte sich vor und streichelte ihre Wange. »Du darfst dich nicht überanstrengen, Liebling.«

»Das tu ich ja auch nicht.«

»Doch, das tust du.«

»Du willst ja bloß nicht, dass ich wieder tanze.«

»Das ist Unsinn, ich …«

»Du hast das noch nie gewollt. Niemals!«

»Aber das stimmt nicht, ich wollte lediglich, dass du …«

»Ja, na was denn? Nun sag schon. Spuck's endlich aus!«

»Dass du einen Plan B hast. Das Tanzen ist wunderbar, du bist großartig auf der Bühne, aber es setzt so viel voraus, so viel Kraft, so viel Jugend …«

Sie musste aufhören zu plappern. Sofort. Sie musste sich in den Griff bekommen. Und warum nickte sie eigentlich die ganze Zeit, als wäre sie einer dieser Wackeldackel, die früher die Hutablagen diverser PKW bevölkerten und nicht anders konnten?

»Der Strauß auf der Fensterbank ist von Papa!«, zischte Aline.

Papa. Graham. Also war er es gewesen, mit dem Aline gerade telefoniert hatte. Sie musste auch die Erinnerung an ihn eliminieren, an ihren Körper, diesen Verräter, der in der Hotelbar immer näher zu Graham gerückt war, obwohl sie das gar nicht gewollt hatte.

Aline musterte sie. Unverwandt. Kühl. »Er will seinen Aufenthalt in Deutschland verlängern, um mich zu unterstützen.«

»Das ist schön«, sagte Frieda und merkte, dass sie immer noch nickte, wider alle Vorsätze.

»Er sagt, er bezahlt mir die Reha.«

»Deine Krankenkasse und die teure Zusatzversicherung, die Paul und ich für dich abgeschlossen haben, werden die bezahlen.«

»Nicht das Tanztraining.«

»Aber …«

»Papa glaubt an mich. Das hat er schon immer getan. Genau wie Henny. Und Jan.«

»Ich glaube auch an dich.«

»Nein, das tust du nicht. Du glaubst, du weißt immer alles viel besser. Und jetzt nach dem Unfall witterst du Morgenluft und denkst, ich werde zur Vernunft kommen müssen und doch noch studieren und ein Klon von dir werden und vor lauter Langeweile in meinem sterilen Leben ersticken, ohne das auch nur zu merken. Aber das werde ich nicht, niemals. Das kannst du dir abschminken!«

Frieda sprang auf. »Unterstell mir nicht so was! Du weißt nichts von mir, überhaupt nichts!«

»Ich weiß genug. Ich kenne dich schon mein ganzes Leben.«

»Sie hat dich benutzt, deine Oma, wann begreifst du das endlich? Sie hat dich manipuliert. Und sie hat dich belogen!«

»Nein!«

»Oh doch. Sie hat meinen Vater niemals geliebt. Und sie hat nie getanzt. Jedenfalls nicht Ballett auf einer Bühne.«

»Du lügst!«

»Nein, das tue ich nicht. Du lebst ihren Traum, nicht deinen.«

Woher waren diese Worte gekommen? Sie hatte sie niemals sagen wollen. Sie waren unverzeihlich.

Sie starrten sich an. In Alines Augen schwammen Tränen. Sie zitterte jetzt, sie zitterten alle beide.

»Und wenn schon, jetzt ist es mein Traum«, sagte Aline nach einer schier endlosen Pause.

»Aline, bitte, es tut mir leid. Ich weiß nicht, warum ich ...«

»Hau ab! Verschwinde!« Aline schrie nicht, sie flüsterte, und aus irgendeinem Grund war gerade das unerträglich.

Draußen war die Luft zum Schneiden und der Himmel hing tief. *Ein Gewitter dräut*, hätte Henny gesagt. *Etwas braut sich zusammen.* Frieda bezahlte ihr Taxi und hastete in die herunterklimatisierte türkisblaue Kühle der Hotellobby. 20 Uhr schon, sie würde zu spät kommen, sie war viel länger im Krankenhaus geblieben, als sie eigentlich geplant hatte. Wieder eine halbe Stunde, die sie falsch genutzt hatte, ein weiteres Versagen mit unabsehbaren Folgen. Frieda zerrte ihre Reisetasche zur Rezeption. Sie zitterte noch immer, konnte das nur mühsam verbergen, die plötzliche Kälte half auch nicht.

Das Zimmer, das Aline zur Premiere für sie gebucht hatte, sei vergeben, hatte sie bereits bei der Buchung erfahren. Das Zimmer, das sie jetzt bezog, lag immerhin auch nach hinten heraus, wenn auch zwei Stockwerke tiefer und weiter rechts, und alles darin war seitenverkehrt, als habe sie sich in eine Alice im Wunderland verwandelt und trete durch einen Spiegel. Wie albern überhaupt, hier wieder einzuchecken, ein absurder Versuch, ihrer Tochter zu gefallen und nah zu sein, Paul würde sie auslachen. Frieda ließ ihre Tasche fallen und trat ans Fenster. Der Glatzkopf war noch da, nur näher jetzt. Konturierter. Er trainierte Liegestütze und die türkische Familie briet Fleischspieße, Zwiebeln und Paprikaschoten auf dem Schwenkgrill. Sie sah ihnen eine Weile zu, sie wirkten vollkommen unverändert, wie Filmdarsteller, deren Tun man durch einen Knopf auf die Pausetaste der Fernbedienung vorübergehend gestoppt hatte und nun wieder weiterlaufen ließ. Sie lebten ihr Leben in fröhlichem Gleichklang.

Was, wenn auch Graham wieder in dieses Hotel käme – wenn er sogar schon da wäre? Sie wollte ihm nicht noch einmal begegnen, auf gar keinen Fall. Sie rief Arno Rether an, entschuldigte sich, sagte, dass sie gleich da wäre. Was hatte er so Wichtiges herausgefunden? Sie hätte gern noch geduscht, beschränkte sich aber auf eine Katzenwäsche, benutzte Deo, Make-up und Parfum. Warum gab sie sich überhaupt diese Mühe?

Das Bistro, das Arno vorgeschlagen hatte, lag auf der Kastanienallee, die vom Stadtteil Mitte nach Prenzlauer Berg führte und offensichtlich eine In-Meile war. Restaurants, Bars und Cafés reihten sich aneinander, eines bunter als das andere. Japan, Österreich, Russland, Korea – nahezu jede Nation schien vertreten zu sein, junge Leute drängten sich an den Tischen auf den Bürgersteigen, ihr Lachen und ihre Gespräche vermischten sich mit Musikfetzen und den Geräuschen von Straßenbahnen und Autos. Arno Rether fläzte in einem Sessel auf dem Bürgersteig, den die Bistrobetreiber ganz offenbar aus dem Sperrmüll gefischt hatten, ebenso wie den Nierentisch und den zweiten Sessel, den er für sie frei hielt. Er sprang auf, als er Frieda entdeckte. Ungeschickt küssten sie sich auf die Wangen und wichen zurück, als ob sie sich verbrannt hätten. Der Bezugstoff ihres Sessels war rau und zu warm und kratzte an ihren bloßen Armen. Sie verschränkte die Hände im Schoß, versuchte Abstand zum Polster zu halten.

»Tut mir leid, ich war noch bei meiner Tochter in der Klinik.«

»Geht es ihr besser?«

»Wir streiten schon wieder.«

»Worüber?«

»Ach, ich weiß auch nicht. Das Tanzen. Mein Leben. Ihres. Meine Mutter. Mein Versagen. Der ganze Mutter-Tochter-Kram wohl. Das volle Programm. Das ganze beschissene Leben.«

Arno lachte. »Was trinkst du?«

»Gin Tonic. Oder halt, nein. Wie heißt noch mal dieses orange Zeug, was die da drüben bestellt haben?«

»Aperol Sprizz?«

»Ja, genau.«

»Der In-Drink der vorletzten Saison. Oder war es die vorvorletzte?«

»Das bin ich ja auch.«

»Ein In-Drink?«

Sie verdrehte die Augen, überraschte sich damit, dass sie lachte.

»Die servieren hier Eins-a-Veggie-Burger.« Arno winkte dem Kellner.

»Wenn du meinst.«

»Heißt das ja?«

Frieda nickte. Arno grinste und bestellte. Er sah gut aus. Zu gut. Auf eine lässige Art. Verwaschene Jeans, Flip-Flops, ein eng geschnittenes Baumwollhemd mit Musterung in Türkis-Blau-Schwarz, das er über der Jeans trug und das etwas Irritierendes mit seinen Augen machte, jedenfalls hatte sie nicht in Erinnerung gehabt, dass sie so intensiv dunkelblau leuchteten.

Ihre Drinks kamen. Und eine Flasche Wasser. Frieda stürzte das erste Glas herunter, bevor sie mit Arno Rether anstieß.

»Langer Tag heute?«

»Ja.«

»Wird deine Tochter wieder tanzen?«

»Sie will das, um jeden Preis. Und ich wünsche es ihr natürlich. Aber es gibt noch keine verlässlichen Prognosen und ich habe versucht, ihr zu erklären, dass es einfach nicht sinnvoll ist, sich völlig darauf zu versteifen.«

»Und das will sie nicht hören.«

»Nein, absolut nicht. Stattdessen wirft sie mir vor, dass ich schon immer gegen das Tanzen gewesen sei und sie nie unterstützt hätte.«

»Stimmt das denn?«

»Nein. Also jedenfalls nicht so.«

»Und was sagt dein Mann dazu? Kann der euch nicht helfen?«

»Paul ist in Amerika.«

»Oha. Jetzt?«

»Er arbeitet dort.«

»Er arbeitet.« Aus Arno Rethers Mund klang das, als hielte er das für eine billige Ausrede.

»Er ist nicht Alines leiblicher Vater.«

»Aha.«

Wurde sie tatsächlich schon wieder rot? Es fühlte sich so an. Ihre Wangen brannten. Sie hatte über den Streit tatsächlich völlig vergessen, Paul anzurufen. Und er meldete sich auch nicht.

»Aline ist einfach irrational. Genauso war meine Mutter auch immer. Dabei wäre es doch nur vernünftig, zumindest ein paar Alternativen aufzulisten«, sagte Frieda und merkte selbst, dass das hölzern klang. Blutleer. Oder lag das an der Art, wie Arno Rether sie ansah?

Er zog die linke Augenbraue hoch. Nicht viel, nur ein paar Millimeter. »Vernunft hilft doch nicht, wenn man Angst hat.«

»Aber Vernunft ist nötig, um wirklich alle Optionen auszuloten. Wie sonst soll man denn eine Entscheidung treffen?«

»Was ist mit dem guten alten Bauchgefühl? Instinkten?«

Er grinste. Sie lehnte sich vor, sah ihm direkt in die Augen.

»Hast du Kinder?«

Er zögerte unmerklich, rührte in seinem Drink. »Ich wollte nie welche.«

»Das ist keine Antwort.«

Wieder ein Zögern, deutlicher jetzt. Und ein langer Schluck Aperol. Aber dann überraschte er Frieda und sah ihr wieder in die Augen. »Ich habe mich sterilisieren lassen, als es meiner damaligen Freundin wirklich ernst damit wurde.« Er zog eine Grimasse. »Eine Bauchentscheidung.«

»Und hast du die je bereut?«

»Hast du je bereut, deine Tochter bekommen zu haben?«

»Nein, niemals.«

»War sie ein Wunschkind?«

»Ich war viel zu jung, um an Familiengründung zu denken, ich habe ja noch studiert.«

»Auch eine Bauchentscheidung also.«

»Eher ein Unfall. – Nein, das klingt furchtbar.« Warum sprachen sie eigentlich über solche Privatsachen und nicht über Henny und seinen Vater und dieses verdammte Kopftuch? Aus irgendeinem Grund war es ihr plötzlich essenziell wichtig, nicht die Erste zu sein, die wegschaute. Erneut maßen sie sich mit Blicken. Arno Rether schien das mittlerweile sogar zu genießen. Ganz entspannt lehnte er in seinem Omasessel und wartete auf ihre Antwort.

»Okay, du hast recht. Aline war nicht geplant, absolut nicht. Aber sobald ich schwanger war, wollte ich sie bekommen. Alles andere war undenkbar.«

»Eine Bauchentscheidung also.«

»Ja.«

Er war klug. Journalist durch und durch, er verstand es, sein Gegenüber aus der Reserve zu locken, auch wenn er seine Zeit mittlerweile mit diesen Erotikschmonzetten verplemperte. Sex, nicht Erotik, korrigierte sich Frieda stumm. Erotik war etwas anderes, ungleich Persönlicheres als diese Machwerke mit ihren zum Himmel schreienden Covern und Titeln, die das ewig gleiche Schema bedienten, als hätte es so etwas wie Emanzipation nie gegeben.

»Und Alines Vater?«, fragte Arno.

»Graham war damals bereits verheiratet.«

»Und jetzt?«

»Jetzt wechseln wir das Thema und du sagst mir, was du so Interessantes herausgefunden hast.«

»Du willst nicht über Graham sprechen.«

»Und du nicht über Liane. Oder deine Bücher.«

Arno Rether lachte und stieß sein Glas gegen Friedas. »Touché, Frau Professor. Also dann, auf all die guten Zeiten, die einmal waren und vielleicht wieder sein können.«

Eine blutjunge Kellnerin servierte ihnen ihre Burger. Zwei riesige Portionen, die beinahe in der Salatbeilage und Schälchen mit diversen Dips und Pommes frites ertranken. Junge Leute aßen so viel, Leute wie Aline und Jan. Aber die würden wohl kaum je in solchen Restaurants lümmeln; wenn alle sich ausruhten, standen sie auf der Bühne. Frieda sah sich um. Sie und Arno Rether waren mit Abstand die ältesten Gäste, aber niemanden schien das zu stören.

»Ich habe den jüngeren Bruder meines Vaters besucht. In Süddeutschland.« Arno förderte mehrere Fotos zutage. »Ich habe dort die Identität des anderen Paars auf deinem Foto gelüftet: Die beiden sind noch im Krieg gestorben, sie waren also niemals in Sachsenhausen.«

Frieda betrachtete die Fotos, las die Namen und Todesdaten. Ein Rätsel war also gelöst, aber das half nicht weiter. Sie sah Arno ins Gesicht. Da war noch mehr, etwas, das er zurückhielt, weil es ihn erschütterte. Plötzlich war sie sich dessen ganz sicher.

»Mein Vater könnte wohl doch in Sachsenhausen gewesen sein«, sagte er. Es klang seltsam abgehackt, übergenau intoniert, als koste ihn jedes einzelne Wort Überwindung.

»Wie sicher ist das?«

Er zuckte die Schultern, schien sich ein wenig zu entspannen. »Ich weiß es nicht. Ich weiß ja noch nicht einmal, ob ich mich da nicht in etwas verrenne.«

»Erzähl mal der Reihe nach. Jedes Detail.«

»Logik hilft immer, ja?«

»Meistens, ja. Morgen Mittag habe ich jedenfalls einen Termin mit dem Museumsarchivar von Sachsenhausen. Vielleicht bringt uns das Klarheit.«

Uns – es klang völlig selbstverständlich. Als ob sie eine gemeinsame Mission hätten. Gab es die tatsächlich? Arno war nach Süddeutschland gefahren, um ihr weiterzuhelfen. Nur ihr zuliebe? Nein, wohl nicht. Sie war sich ziemlich sicher, dass er noch eine eigene Rechnung mit seinem Vater offen hatte, auch wenn er die nicht erwähnte.

Sie begannen zu essen, während Arno die Gespräche mit seinem Onkel und seiner Tante für Frieda zusammenfasste. Sie hörte ihm zu, betrachtete zwischendurch noch einmal die Fotos, vor allem das, auf dem Henny und Arnos Vater zusammen tanzten. Konnte es wirklich sein? Verband die beiden mehr als ein gemeinsam verbrachter Sommernachmittag vor dem Krieg? Hatten sie Hennys Kopftuch miteinander geteilt, als Zeichen ihrer Liebe?

Die Ähnlichkeit zwischen Arno und seinem Vater war nicht zu leugnen. Dasselbe dichte Haar, die Kinnpartie, die sinnlichen Lippen. Sinnlich – war das ein Wort, das in der Gedankenwelt ihrer Mutter überhaupt vorgekommen war?

Frieda senkte den Blick auf ihren Teller, weil ihr offenkundig völlig überhitzter Verstand sie mit einer aberwitzigen Bilderschwemme überflutete, in der nicht ihre Mutter die Protagonistin war, sondern sie selbst. Eine Frieda, die ihre Brüste an Arno Rethers Brust presste, ihre Lenden an seine und mit ihren Händen in seine Locken griff und ihn küsste, um herauszufinden, wie er schmeckte. Das waren nun also tatsächlich die Wechseljahre, die sie da ereilten. Hormone, die verrückt spielten. Ein letztes Aufbäumen. Das wollte sie ja wohl nicht wirklich.

Die Luft schien zu kleben. Frieda fühlte die Noppen des Sesselbezugs am Rücken, ihren Schweiß. Sie hätte duschen sollen. Eiskalt und lange. Sie hätte sich mit einer Flasche Wein in ihrem kühlen türkisblauen Zimmer verkriechen sollen, einfach schlafen, vergessen oder ihren Laptop aufklappen und arbeiten.

Arno Rether sprach weiter, offenbar ohne zu bemerken, was in ihr vorging, und das immerhin war ein Segen. Die Frieda aus früheren Tagen war plötzlich wieder da. Sie saß mit baumelnden Beinen auf dem Catwalk einer Teleskopkuppel und feixte. Wie furchtlos die gewesen war, die hatte sich einfach genommen, was sie wollte, für eine Nacht oder ein paar Stunden. Eine blitzgescheite Studentin mit einem jungen, straffen Körper. Und jetzt? Alles noch da, es sitzt nur ein bisschen tiefer – eine Kabarettistin hatte das mal so ausgedrückt, in einem Programm über weibliche Lebenskrisen. Das Ticket zu dieser Show hatten ihr zwei Kolleginnen zum 45. Geburtstag geschenkt. Tränen hatten sie gelacht und sich anschließend in der Kneipe ein paar pikante Details aus ihren Schlafzimmern anvertraut, die sie sonst strikt für sich behielten. *Das Geheimnis meiner Ehe? Ab und an eine Affäre, diskret natürlich, einfach nur für mich, ein bisschen Salsa.* Vera hatte das gesagt, die ein Doppelkinn hatte und eindeutig viel zu viel Hüftspeck und nie etwas anderes trug als Jeans und schlabberige Pullis. Frieda hatte geglaubt, sie mache Scherze, bis sie ein paar Monate später am Rande einer Tagung zufällig mitbekam, wie Vera einem Chemiker aus Puerto Rico, der bestimmt zehn Jahre jünger als sie war, in sein Hotelzimmer folgte.

Sie hatte ihren Burger nicht einmal zur Hälfte bewältigt, trotzdem schob sie ihren Teller beiseite.

»Nicht dein Fall?« Arno sah sie an.

»Ich bin satt. Es ist sowieso viel zu heiß, um zu essen.«

Sie trank ihren Aperol aus. Das Eis war längst geschmolzen. Ungekühlt schmeckte er einfach nur süß und klebrig. Das Sesselpolster juckte und scheuerte immer stärker. Die Luft war dickflüssig, vollgesogen mit Dreck und Benzin, wie ein giftiger Schwamm, der alles erstickte.

»Ich kenne einen Platz, wo es besser ist als hier«, sagte Arno Rether. »Einen See.«

»Es wird gleich gewittern.«

»Ich fürchte, nicht. Nicht mehr heute.«

Er winkte dem Kellner und zahlte, stand auf und streckte ihr die Hand hin.

»Na los, es ist gar nicht weit bis dorthin, nur ein paar Stationen mit der S-Bahn.«

»Und was machen wir mitten in der Nacht an einem See?«

»Uns wird schon was einfallen.«

Sie musste ins Bett, in ihr kühles Hotelzimmer, damit sie morgen früh wieder fit war. In den letzten drei Tagen war es ihr mit Ach und Krach gelungen, der E-Mail-Flut einigermaßen Herr zu werden. Aber die eigentliche Arbeit fing gerade erst an: die Auswertung der Daten aus Chile, die Suche nach einem pixelgroßen Planetenschatten in einem Heer von Lichtpunkten. Sie musste sich darauf konzentrieren, auf diese Suche. Zumindest musste sie das Material einmal grob sichten und Aufgaben einteilen. Und sie musste mit Paul telefonieren. Wie spät war es jetzt in Arizona? Vermutlich war er noch nicht einmal aufgewacht oder schon wieder bei der nächsten Messung, nie fand sie den richtigen Zeitpunkt, sie lebten von Mails und Anrufbeantworternachrichten. Sie wollte nicht ins Hotel, die Stille dort war gefährlich, darin lauerten all die Fragen, die sie nicht beantworten konnte.

»Also gut.« Sie stand auf, ohne Arno Rethers Hand zu ergreifen.

»Du kommst mit?«

Seine Augen blitzten. Vor Überraschung vielleicht. Oder vor Genugtuung? Er war mit dem Fahrrad gekommen, das er nun neben sich herschob und mit in die S-Bahn nahm. Westkreuz hieß die Haltestelle, an der sie wieder ausstiegen. Autos, Gleise, Hochhäuser, das Ende des Kurfürstendamms. Aber nach nur zehn Minuten Fußweg blieb der Stadtlärm hinter ihnen zurück und die Luft wurde frischer, Gründerzeitvillen kamen in Sicht, kurz darauf ein Restaurant und ein Biergarten, der tatsächlich an einem See lag.

»Hier lang«, Arno ließ die Gaststätten links liegen und führte sie über einen unbeleuchteten Fußpfad zu einem von Büschen und Bäumen abgeschirmten Uferstück. Sand knisterte hier unter ihren Schritten. Frieda streifte die Flip-Flops ab. Der Sand umschmeichelte ihre Zehen wie kühler Samt. Wann war sie zuletzt irgendwo barfuß gelaufen, einmal abgesehen von zu Hause oder im Hotelzimmer?

Arno breitete die Arme aus, als ob er diesen Ort nicht nur gefunden, sondern geschaffen hätte. Frieda trat an die Wasserkante. Entfernt schwammen die Lichter des Biergartens, aber hier wirkte die Wasseroberfläche wie schwarzes Glas. Sie machte einen letzten Schritt vorwärts, fühlte das Wasser an ihren Knöcheln, seine köstliche Frische, ging in die Hocke und tauchte die Hände hinein, benetzte Stirn und Wangen.

»Mein Lieblingsplatz«, sagte Arno leise.

Sie nickte und wollte auf einmal nichts mehr sagen, die Stille nicht stören.

Brachte er all seine Eroberungen hierher, war dieser Ausflug so etwas wie ein Vorspiel? Sie drängte diesen Gedanken beiseite. Und wenn schon. Das hier war gerade gut. Der beste Moment seit Tagen, seitdem sie in ihrem Schlafsack auf dem Dach des Max-Planck-Instituts gelegen hatte. Frieda blickte zum Himmel. Er war bräunlich, der Mond nur ein milchiger Schimmer hinter den Wolken. Keine Sterne. Jemand im Biergarten lachte, es klang wie ein sehr fernes Echo.

»Die Wasserqualität ist hervorragend. Wir können schwimmen«, sagte Arno in ihrem Rücken.

Sie richtete sich auf und versuchte, sein Gesicht zu erkennen. Er lächelte nicht, er meinte das ernst. Er knöpfte bereits sein Hemd auf.

»Es ist stockfinster. Ich habe nicht mal ein Handtuch.«

»Du wirst auch so wieder trocken. Bei dieser Hitze.«

»Machst du das öfter?«

»Wenn ich nicht schlafen kann, ja. Oder beim Arbeiten

festhänge. Es gibt kaum etwas Besseres als schwimmen. Es macht den Kopf frei.«

Er warf sein Hemd auf einen Baumstamm, wandte Frieda den Rücken zu und zog seine Jeans aus. Eine farbige Boxershorts kam zum Vorschein, nicht ausgebeult, sondern figurbetont. Oder war das eine Badehose? Nein, wohl nicht, denn er entledigte sich auch dieses letzten Kleidungsstücks und hechtete dann ohne Zögern mit blankem Hintern an Frieda vorbei ins Wasser und begann zu kraulen. Sie sah ihm nach. Er schwamm routiniert mit gleichmäßigen Zügen, fast lautlos. Nach etwa 30 oder 40 Metern stoppte er, wandte sich wassertretend zu ihr um und winkte.

»Ich weiß nicht.« Das Wasser trug ihre Worte ins Schwarz. Arno tauchte unter und schwamm wieder in ihre Richtung. Sie kam sich dumm vor, wie sie da stand und ihn beobachtete, wie eine Gouvernante, und dieses Krakengetier in ihrem Bauch regte sich plötzlich auch wieder. Angst war das wohl, eine Angst, die sie so nicht kannte. Sie wandte sich um und betrachtete den Baumstamm. Sie könnte Arno Rethers Kleidung einfach nehmen und abhauen, dann hätte er ein Problem. Aber irgendetwas in ihr tippte darauf, dass das für ihn gar kein Weltuntergang wäre, sondern einfach eine Herausforderung.

»Hey, Frau Professor. Ich mach auch die Augen zu, wenn es das ist, was dich hindert!«

Sie antwortete nicht, entschied sich von einer Sekunde auf die andere, so schnell, dass sie sich selbst überraschte, riss sich die Kleidung vom Leib, rannte los und tauchte unter. Er hatte nicht zu viel versprochen, das Wasser roch frisch, ein wenig nach Algen, und es war herrlich kühl, mit jedem Schwimmzug schien sich eine Last von ihr zu lösen, und die Stille war wie Musik, als ob sie durchs All glitte. Frieda atmete aus, fühlte das Bitzeln der Luftblasen über ihr Gesicht streifen, fühlte die Kraft ihrer Arme, die Schwerelosigkeit, den Auftrieb. Und dann tat sie etwas, was sie noch mehr verwunderte als die Tatsache, dass sie mitten in der Nacht mit einem wildfremden Mann nackt in einem See schwamm, was vermutlich nicht einmal erlaubt war: Sie schoss an die Oberfläche, breitete die Arme aus und lachte.

Henny

Qualm aus den Öfen, ein Gemisch aus Holz und Braunkohle und Abfall. Das Knarren der Bretter, die sich unter den Schritten der Tänzerinnen bogen. Sie tanzt im Ensemble, synchron mit den anderen Mädchen, wie sie es geübt haben. Aber in Wirklichkeit tanzt sie doch allein und nur für ihn, und das weiß er, das liest sie in seinen Augen. Der Qualm beißt in der Kehle, sie schluckt hart, schmeckt noch immer die vergorene Kohlsuppe. In der Nacht hat sie wieder so furchtbar gehustet. Gretas Hände auf ihrem Rücken und ihrer Brust, die einzige Wärme. Blutgeschmack. Panik. Die Kräfte schwinden und sie muss achtgeben, dass niemand das merkt außer Greta. Der heiße Tee vor dem Auftritt hat ein wenig geholfen. Sie hat das Stück Würfelzucker nicht angerührt, sondern in die Rocktasche geschoben, für Greta. Hoffentlich werden die Wachen das nicht finden und hoffentlich schleicht niemand in die Garderobe, um nach solchen Leckerbissen zu suchen.

Greta hustet auch, und sie ist jetzt so mager, dass ihre Augen riesig aussehen, wie die eines Kindes. Sie versucht, immer etwas von den Extrarationen Eintopf, die sie hin und wieder vor den Proben erhalten, für Greta in die Baracke zu schmuggeln. Ein Stück Knochen, an dem noch ein paar Sehnen und Fleischfasern hängen, eine halbe Kartoffel. Bis jetzt ist es gut gegangen, niemand hat sie erwischt und die anderen in der Baracke halten dicht. Aber Greta wird trotzdem immer dünner, sie ist ja schon alt, 39. Du bist jetzt meine Tochter, flüstert sie manchmal und weint stille Tränen um ihre Kinder, die irgendwo sind, bei Fremden oder schon tot, die nicht wissen, dass ihre Mutter sie gar nicht verlassen hat, sondern hier gefangen ist und an sie denkt und für sie betet, jeden einzelnen Tag.

Plié, relevé, changement und *jeté.* Nicht aus dem Takt kommen jetzt und die Arme heben und die Schultern nicht hochziehen und den Kopf gerade halten. Eleganz, Daumen und Zeigefinger müssen sich berühren, weil das besonders graziös wirkt. Und bloß nicht husten, sondern lächeln.

Sie haben ihr ein Kleid aus gebrauchtem Fahnenstoff genäht, den weißen Kreis mit dem Hakenkreuz einfach herausgeschnitten. Zumindest glaubt sie, dass sie das so gemacht haben, man darf ja nicht von dem sprechen, was einmal war. Der Leinenstoff kratzt sie bei jeder Bewegung, aber er fällt gut und schwingt um ihre Knie, wenn sie springt und sich dreht, und die Schulterträger sind aus dünner Kordel, und in ihr Haar hat sie ihre Hälfte des Kopftuchs geflochten und es zu einem Dutt aufgesteckt, das leuchtet rot wie ihr Kleid, das sieht schön aus.

Sie weiß, dass auch er seine Hälfte des Tuchs trägt, um den Hals. *Nie wieder werde ich das ablegen, erst wenn wir endlich frei und vereint sind*, hat er geflüstert, als sie ihm das zusteckte. Ein einziger Kuss. Einmal nur, als sie überraschend allein waren. Zehn gestohlene Minuten in der Garderobe, verborgen hinter dem Ständer mit den Kostümen, die nach Staub und nach Schweiß riechen, und nach Hoffnung.

Und dann seine Zunge in ihrem Mund, seine Lippen, die so schrecklich rissig und geschunden aussehen und doch so weich sind. *Wenn wir uns verlieren, werde ich niemals aufhören, dich zu suchen, und ich werde dich finden.*

Seine Stimme berührt etwas in ihr, von dem niemand weiß. Bis sie ihn getroffen hat, kannte sie das ja selbst nicht. Ihr ist schwindlig. Sie schwankt. Sie bekommt keine Luft mehr. Das darf nicht sein, nicht jetzt bei der Aufführung. Jetzt kommt doch gleich der Walzer.

»Henny! Henny, hören Sie mich? Hallo?«

»Mein Gott, warum weint sie nur so, hat sie Fieber?«

»Nein.«

»Jede einzelne Nacht.«

»Vielleicht die Tabletten.«

»Henny? Henny, hallo? Aufwachen, Henny, bitte! Sie sind hier in Sicherheit. Das ist nur ein Albtraum.«

Stimmen über ihr. Fremde. Hände, die nach ihr greifen. Greta? Nicht Greta. Greta ist tot. Noch vor der Weihnachtsaufführung ist sie gestorben.

Der andere ist jetzt da. Sie schlägt nach ihm, wild. Finger, die ihr den Mund aufpressen und etwas hineintropfen, das bitter ist. Medizin gegen den Husten. *Du musst keine Angst haben, Henny, ich will dir helfen.*

Sie würgt. Schluckt. Sie hat ihn nicht gewollt. Sie hat ihm nicht vertraut. Sie hat ihm nur nachgegeben, damit sie gesund wird und tanzen kann. Damit sie sich wieder treffen können. Aber dann haben sie sie einfach fortgebracht, über Nacht, ohne jeglichen Abschied.

Wir sehen uns in Heidelberg, wir finden uns wieder, hatten sie sich versprochen. Und dass sie heiraten würden, zurückgehen in die Heimat, dorthin, wo der Wein wächst. Dass es ein Glück für sie geben würde, eine Zukunft.

Aber am Ende ist nicht ihr Liebster gekommen, sondern der andere. Sie hätte ihm niemals glauben dürfen. Sie hat doch gespürt, dass er lügt. Warum hat sie ihn nur geheiratet?

8.

Frieda

Weiße Tische und Regale auf hellgrauem Boden. Stühle mit verchromten Beinen und roten Polstern. Stille. Die Luft war geruchlos, wie gefiltert.

»Lassen sie sich Zeit.« Der Archivar der Gedenkstätte des KZ Sachsenhausen legte zwei schmale Hefter mit braunen Pappdeckeln für Frieda auf die Tischplatte und tätschelte ihre Schulter auf die gleiche Weise, wie es die Ärzte im Krankenhaus getan hatten. »Und falls Sie Fragen haben – ich bleibe in Reichweite.«

Frieda atmete aus und wartete, bis er zwischen den Regalreihen verschwunden war, wünschte sich im nächsten Moment paradoxerweise, dass sie nicht allein wäre. Aber sie war allein – die einzige Besucherin. Das Archiv der Gedenkstätte Sachsenhausen war am Wochenende offiziell geschlossen, nur unter Einsatz sämtlicher Überredungskünste und etlicher Telefonate und Mails war es ihr gelungen, einen der Archivare dazu zu bringen, ihr an diesem Samstagvormittag zu öffnen. Sie sei unter der Woche in Heidelberg unabkömmlich, hatte sie argumentiert. Ihre Anfrage sei jedoch dringend, weil ihre demente Mutter leide.

Irgendwo summte jetzt doch etwas, ein Computer vielleicht oder eine Klimaanlage, und jetzt nahm sie plötzlich auch den Geruch der Aktendeckel wahr: eine Mischung aus Staub und sich zersetzendem Papier. Sie dachte an Arno Rether, der jetzt gleich mit seiner Exfreundin und deren Ehemann den fünften Geburtstag von deren Kindern feiern würde. Sie versuchte sich ihn beim Topfschlagen vorzustellen und als Clown und im Zoo bei den Pinguinen, die diese

Kinder wohl besonders faszinierten, aber sie scheiterte und schob die Erinnerung an die letzte Nacht beiseite. Er könne diese Geburtstagsparty unmöglich absagen, hatte er behauptet, die Zwillinge seien seine Patenkinder und setzten auf ihn und das Verhältnis zu seiner Ex sei derzeit nicht ganz einfach. Immerhin hatte er Wort gehalten und dem Archivar eine Onlineanfrage zu seinem Vater gemailt sowie eine Kopie seines Personalausweises und die Bitte, man möge Frieda die Informationen aus dem Lagerarchiv über Martin Rether aushändigen, sollte es diese denn überhaupt geben.

Sie würde als Erstes Hennys Akte lesen, entschied Frieda. Henny Wagner, ihre Mutter, das ewige Rätsel. Frieda strich mit der Hand über den Pappdeckel der Akte, er fühlte sich welk an, als könnte er jeden Moment zerfallen. Hatte Henny diesen Papphefter je in den Händen gehalten und sich gefragt, wie es sein konnte, dass die vier Jahre ihrer Jugend, die man ihr gestohlen hatte, in einem so dünnen Heftchen Platz fanden?

Frieda schlug das Deckblatt zur Seite und zuckte unwillkürlich zusammen, denn eine Sekunde lang glaubte sie, nicht das Gesicht ihrer Mutter vor sich zu sehen, sondern das ihrer Tochter. Sie wandte den Blick vom Foto, überflog die Lebens- und Haftdaten: *Illegaler Waffenbesitz. Konspiration. 10 Jahre Lagerhaft. Schwer erkrankt. Lungenentzündung. TBC. Entlassung am 18. März 1949. Verbleib unbekannt.* Die Originalaufnahme- und Entlassungspapiere waren ordentlich abgeheftet, getippte Formulare ohne jegliche Kommentierung. Frieda blätterte um. *Lagertheater. Ballett.* Die Worte sprangen sie förmlich an. Sie schloss die Augen, öffnete sie wieder, las noch einmal. Dies war keine optische Täuschung. Wie in Trance stand sie auf und machte sich auf die Suche nach dem Archivar, entdeckte ihn schließlich am Ende einer Regalreihe, wo er in die Untiefen einer stählernen Hängeregistratur tauchte.

»Können Sie mir etwas zum Häftlingstheater sagen?« Ihre Stimme klang sachlich. Ruhig. Das war erstaunlich.

Der Archivar blickte auf. »Nach oder vor 1945?«

»Nach.«

»Es war letztlich das gleiche System wie in den KZs der Nazis. Musisch begabte Häftlinge wurden zur Unterhaltung des Wachpersonals und einiger ausgewählter Häftlinge abgestellt und erhielten für ihre Darbietungen hin und wieder ein paar Erleichterungen. Das bei Weitem prominenteste Ensemblemitglied im Sowjetischen Speziallager war sicherlich Heinrich George. Aber er ist bereits nach einem Jahr gestorben. Entkräftung. Hunger. Kälte. Die Bedingungen in der Anfangszeit waren grausam.« Der Archivar erhob sich. »Die Russen hatten ja selber nicht viel. Gerade mal 300 Gramm Brot gab es pro Kopf und pro Tag. Und erst 47 verteilten sie Strohsäcke und Decken.«

»Ich interessiere mich vor allem für das Ballett.«

Er nickte. »Ihre Mutter gehörte zum Ensemble.«

»Ja. Wer noch alles?«

»Wir haben eine Liste des Ensembles, die jedoch vermutlich nicht vollständig ist. Ich kann Ihnen eine Kopie davon anfertigen.«

»Und was ist mit Martin Rether?«

»Ich bin noch auf der Suche.«

Frieda ging zurück an ihren Tisch und öffnete die Akte über ihren Vater. Erneut blickte sie auf ein Schwarz-Weiß-Foto. Oswald Telling hatte jung ausgesehen im Augenblick seiner Verhaftung, nein, nicht nur jung, regelrecht kindlich. Nur seine Augen wirkten alterslos und schienen Frieda sinnend zu betrachten. Sie waren grün gewesen, genau wie ihre. Du kannst deine Tochter nicht verleugnen, hatte Henny manchmal gescherzt, aber das hatte immer eher wie ein Vorwurf geklungen. Frieda begann zu lesen, fühlte, wie etwas in ihrer Brust sich verengte. *Krankenbaracke. AUFSEHER.*

»Ist Ihnen nicht gut?« Der Archivar stand wie aus dem Boden gewachsen neben ihr und brachte die kopierte Ensembleliste.

»Mein Vater …«, Frida deutete auf den Papphefter. »Er war … Er soll … Ich kann das nicht glauben.«

»Die Lagerhaft war brutal. Entmenschlichend. Sie brachte viele über ihre Grenzen.«

Der Archivar nickte wie ein gütiger Großvater. Wieder fand seine Hand den Weg auf Friedas Schulter. Sie war bestimmt nicht die erste Angehörige, die hier um Fassung rang. Und nicht die letzte.

Sie zwang sich zu lesen, langsam und systematisch. Es gab nicht nur Formulare in diesem Hefter, sondern auch einen handschriftlichen Bericht ihres Vaters, den er im Jahr 1990 geschrieben hatte. Als Arztsohn habe er einmal Medizin studieren wollen und seinem Vater bereits assistiert, sei dann aber noch zum letzten Volkssturm eingezogen worden. Er habe niemanden verletzen wollen, niemals. Nur deshalb habe er zwei Panzerfäuste in einem Schuppen im Hinterhof der Wohnung seiner Eltern versteckt, statt sie zu benutzen. Aber die Russen glaubten ihm nicht, als sie die nach dem Krieg entdeckten. Sie behaupteten, er betreibe ein Waffenlager, und verschleppten ihn ohne Prozess nach Sachsenhausen. Er habe dann versucht, die Qualen erkrankter Mithäftlinge zu lindern. Und als die Russen das herausfanden, steckten sie ihn in die Krankenbaracke und machten ihn zum Aufseher. Trotzdem habe er auch dort noch versucht, anderen zu helfen …

»Kommen Sie, Frau Telling, trinken Sie ein Glas Wasser«, sagte der Archivar.

»Und Sie glauben, das hilft mir?«

»All dies ist lange her. Und ich muss jetzt hier schließen.«

»Und was ist mit Martin Rether?«

Der Archivar schüttelte den Kopf. »Zu ihm habe ich nichts gefunden, absolut gar nichts. Aber natürlich – das muss nichts heißen. Die Zeiten waren chaotisch. Etwa 12 000 Häftlinge überlebten das Sowjetische Speziallager nicht. Viele von ihnen wurden einfach anonym in Massengräbern neben dem Lagergelände beerdigt.«

»Martin Rether ist erst in diesem Jahr verstorben.« Frieda überflog die Namen auf der Kopie, die der Archivar für sie angefertigt hatte. Theatergruppe. Orchester. Ballett. Das Ensemble wies einen deutlichen Männerüberschuss auf. Aber das war ja nur logisch, im Lager saßen ja auch viel mehr männliche Gefangene ein. Sie scannte die Liste. Nichts. Fehlanzeige. Der einzige ihr bekannte Name darauf war der ihrer Mutter.

Blind fühlte sie sich, als sie wieder nach draußen trat. Blind und fühllos für alles. Irgendwie kam sie dennoch wieder ins Hotel, duschte heiß und kalt abwechselnd, kroch ins Bett und las die anderen Kopien, die der Archivar für sie angefertigt hatte, und die Chroniken und Erfahrungsberichte von Exhäftlingen, die sie im Museumsshop gekauft hatte, bis ihr die Zeilen vor den Augen verschwammen.

Das Nächste, was sie wieder wahrnahm, war ihr Handy. Es lag neben ihr auf dem Kopfkissen, vibrierte und fiepte. Ihr Pulsschlag beschleunigte sich. 18:07 Uhr, sie hatte geschlafen wie eine Tote, fühlte sich noch immer benommen. Nicht einmal mehr zwei Stunden, bis sie mit Arno Rether verabredet war. Sie betrachtete das Handydisplay. Der Anrufer war Paul. Sie wartete, dass der Anrufbeantworter annahm, hörte die Nachricht nicht ab, rief ihn auch nicht zurück. Ihr Herz raste immer noch, ihre Kehle war so trocken, dass sie überzeugt war, nie wieder sprechen zu können. Wasser, sie brauchte Wasser. Sie tappte ins Bad und trank aus dem Hahn, in langen Zügen, als laufe sie Gefahr zu verdursten. Sie duschte noch einmal mit viel Seife und Shampoo. Sie sah völlig unversehrt aus, wie konnte das sein? Nicht einmal zugenommen hatte sie in den letzten zwei Wochen, eher im Gegenteil, obwohl sie keinen Sport mehr trieb und ständig Alkohol trank.

Sie zog sich an: das meergrüne wadenlange Kleid mit den Spaghettiträgern, die türkisfarbene Viskosejacke. Sandalen mit Absätzen. Die Kette mit dem Mondstein. Sie schminkte sich und steckte ihr Haar hoch. *Lagerballett. Aufseher.* Wer war diese Frau, die ihr aus dem Spiegel entgegensah? Immer noch anderthalb Stunden bis zum Treffen mit Arno Rether. Warum glaubte sie, gerade er sei der Richtige, ihr Gefühlschaos zu entwirren?

Kontrollieren, das kann er. Hennys Worte, wieder und wieder, so kalt und verächtlich. Und Oswald Telling hatte das klaglos ertragen. Jede Zurückweisung Hennys, jede Häme, alles. Oswald Telling, der Lageraufseher. Der Vater, den Frieda bewundert, dem sie blind vertraut hatte. Der sie das Denken gelehrt hatte. Das Beobachten der Sterne, von denen er träumte. Der nicht Medizin studiert hatte, sondern Pharmazie, nachdem er aus dem Lager entlassen worden war. Weil er genug von den Menschen gehabt hatte, nur noch auf Tabletten vertraute? Um nicht noch weiteres Unheil anzurichten? Wie konnte sie sich so in ihm getäuscht haben? Und warum in aller Welt hatte Henny ihn nur geheiratet?

Raus, sie musste raus aus der Abgeschiedenheit dieses Zimmers. Sie steckte ihr Handy ein, warf sich die Handtasche über die Schulter, floh auf den Flur. Die Tür schnappte zu, es klang wie ein missbilligendes Schnalzen. Die Augen der Frau, die Frieda im Aufzug aus dem Spiegel entgegenblickte, schienen in einem kalten, unnatürlichen Grün zu leuchten, wie ein See, der gekippt und in Algen erstickt war. Ihre Augen. Seine. Oswald Telling. Dr. Telling. Wenn er noch leben würde, wenn sie ihn fragen könnte. Wenn ihre Mutter noch ansprechbar wäre und ihre Tochter noch mit ihr reden würde. Wenn. Wenn. Vielleicht sollte sie Paul doch anrufen und ihm alles erzählen. Warum schaffte sie das nicht? Warum glaubte sie auf einmal, seine ruhigen, sachlichen Fragen und seine Anteilnahme nicht zu ertragen?

Der Aufzug kam zum Halten, die Tür schwang zur Seite. Frieda trat in die Kühle der Lobby. Der Albtraum, in den sich ihr Leben verwandelt hatte, ging weiter. An der Bar lehnte Graham und trank Gin Tonic.

»Frieda, there you are. Aline told me …« Er sprang auf und kam auf sie zu. Sie streckte die Hand aus, ein vergeblicher Versuch, seine Umarmung zu verhindern, stattdessen landete ihre Handfläche auf seiner Brust und sie fühlte die Wölbung seiner Muskeln unter dem dünnen Hemdstoff, seine Wärme, seinen Herzschlag. Frieda zuckte zurück. Aber Graham schien das nicht zu merken oder ganz falsch zu interpretieren, denn er küsste sie enthusiastisch auf beide Wangen.

»You look marvellous, Frieda! Come on, join me for a drink. Let's go out for dinner!«

Ein Sog war das, ein Taumeln ins Unbekannte. Sie war ein Nichts im Universum. Ein Staubkörnchen. Materie, die auf ein schwarzes Loch zuraste. Unaufhaltsam. Immer schneller. Falls diese Theorie denn überhaupt stimmte. In 10, 20, 100 Jahren würden Wissenschaftler vielleicht zurückblicken und darüber lachen, wie sie selbst über die Annahme, die Erde sei eine Scheibe und den Mann im Mond gebe es wirklich. Die ganze Astronomie basierte letztlich nur auf Spekulation und dem Abwägen von Wahrscheinlichkeiten. Nichts war jemals unumstößlich beweisbar. Niemand wusste wirklich, was ein schwarzes Loch war.

Wenn man erst einmal etwas gesehen und verstanden hat, kann man nicht wieder in den Zustand des Nichtwissens zurückkehren. Das Wissen ist stärker. Die Macht der Erkenntnis. Aber man muss trotzdem vorsichtig bleiben. Man darf sich nicht täuschen lassen von dem, was man erwartet.

Frieda lachte auf, ein heiserer Bellton. Sie hatte ihrem Vater das geglaubt. Sie hatte ihm vertraut und nach diesem Motto gelebt und geforscht und das Allerwichtigste übersehen und nie hinterfragt: seine Identität. Hennys. Ihre eigene. Was für ein Wahnsinn!

»Darf ich mitlachen, Frieda?«

»Tut mir leid, ich kann nicht.« Sie befreite sich aus Grahams Umarmung, zerriss ein Band, das überhaupt nicht mehr existieren sollte und dennoch da war.

»Ein Rendezvous?«

Das war keine wirkliche Frage, es klang nur wie eine. Sie rückte von ihm ab, stieß sich das Schienbein an einem Barhocker, lehnte sich an den Tresen.

»Ich treffe mich mit einer Schulfreundin, die neuerdings in Berlin lebt.«

»Darf ich mitkommen, wenn ich bezahle?«

»Nein.«

»Und was ist mit morgen?«

Morgen – das war eine Galaxie in unerreichbarer Ferne. Wer konnte schon sagen, wie es dort aussah? War Graham bereits bei Aline in der Klinik gewesen? Aline hatte sich geweigert, mit Frieda zu sprechen, wollte sie auch nicht sehen. Was hatte sie Graham über gestern berichtet? Frieda war zu stolz, das zu fragen. Sie wollte es gar nicht wissen.

Graham musterte sie. Er war viel zu nah.

»Hast du mit Paul gesprochen?«, fragte er. »Hat er es dir schon gesagt?«

Pauls Anruf gerade. War etwas mit Aline? Aber warum hätte die Klinik Paul anrufen sollen und nicht sie oder Graham? Frieda tastete nach ihrem Handy, fühlte ihren Pulsschlag sogar auf der Zunge.

»Was soll Paul mir gesagt haben? «

»Die Stelle! Dein Job.«

»Wie bitte?«

»Also nicht.« Grahams Mund verzog sich zu einem schmalen Strich. Wie früher, wenn er sich über etwas ärgerte.

»Paul hat mit meinem Job nichts zu tun«, sagte Frieda. »Die Universität und das Max-Planck-Institut sind zwei völlig verschiedene Arbeitgeber.«

»Ich spreche nicht von Heidelberg. Ich spreche von Arizona. Die Leitung des Forschungszentrums am BLT wird neu ausgeschrieben. Im Vorstand diskutiert man derzeit über Namen. Auch über deinen.«

Ihr Traumjob, den sie damals nicht bekommen hatte. Wollte Paul ihr das mitteilen? Ging es darum in seiner Nachricht? Sie fühlte, wie die Kälte des Glastresens in ihre Haut drang. Aber ihre Haut wurde nicht kühler, sondern das Glas immer wärmer, dann heiß. Unerträglich.

»Ich bin glücklich in Heidelberg, Graham. Ich forsche in Chile. Ich will nicht mehr nach Arizona.«

»Neulich Nacht klang das aber anders.«

»Ich war übermüdet. Betrunken. Zu viel Gin Tonic.«

»Du weißt, welche Vorteile die US-Forschung bietet. Und davon abgesehen: Ich würde mich auch freuen, dich öfter zu sehen.«

»Es ist vorbei, Graham.«

»Denk wenigstens darüber nach.«

Frieda nickte und rannte aus der Lobby, vorbei an den wartenden Taxis zur S-Bahn-Station.

Die Bahn fuhr an, hielt, fuhr wieder an. Wohin? Frieda wusste es nicht. Am Bahnhof Friedrichstraße stieg sie wieder aus und ließ sich im Pulk anderer Reisender in die Bahnhofshalle schieben. Und jetzt? Sie kaufte sich einen Becher Kaffee und trank ihn schwarz an einem Stehtisch. Kaufte eine Dose Bier und schlenderte ziellos am Kanal entlang Richtung Reichstag. Vor 20 Uhr könnte er sich unmöglich loseisen, hatte Arno gesagt. Selbst das könnte knapp werden. Worüber stritt er mit seiner Exfreundin? War er tatsächlich der Patenonkel oder doch der Vater?

Es konnte ihr egal sein. Sie wollte kein Leben mit ihm. Sie wollte lediglich die Geheimnisse lüften, die ihre Mutter und seinen Vater möglicherweise miteinander verbanden. Oder wollte sie fortführen, was sie in der letzten Nacht am See letztlich doch nicht gewagt hatte? Sie wünschte, sie könnte noch einmal die Frieda von früher sein, wenigstens für ein paar Stunden. Eine Jägerin, die sich nahm, was sie wollte, und weiterzog, wenn sie genug hatte. Ohne zurückzublicken. Ohne Reue.

Sie hörte Pauls Nachricht ab. Er sagte nichts über den Job am Mount Graham, fragte nur, wie es ihr gehe, und berichtete von seinen Messungen. Sie rief ihn zurück, lauschte dem fernen Freizeichen und legte auf, als sich nach einer Weile sein Anrufbeantworter einschaltete.

Touristen schlenderten an ihr vorbei und fotografierten sich vor den Insignien der wieder erstrahlenden deutschen Hauptstadt. Der Himmel war grau und verdichtet, als wäre er im Begriff, herabzusinken und alles in feuchtschwüler Hitze zu ersticken. Frieda setzte sich auf die Stufen einer Freitreppe und öffnete die Bierdose. Schaum sprudelte heraus und lief ihr über die Hand, selbst der war schon warm.

Natürlich hatte Paul die Stelle am Mount Graham nicht erwähnt, warum hätte er das auch tun sollen? Sie selbst hatte ihm doch gerade erst versichert, dass sie an Arizona nicht mehr interessiert und in Heidelberg glücklich geworden war. Dass es ihr völlig egal sei, wer nun dort arbeitete. Natürlich hatten sie beide um das Fitzelchen Wehmut gewusst, das dennoch mitschwang. Und genau deshalb würde Paul diese Stelle nie auf ihrem Anrufbeantworter erwähnen. Er wollte keine alten Wunden aufreißen. Und außerdem: So eine Sensation war die Vakanz ja nun auch nicht.

Die Luft schien zu kleben. Ein Obdachloser plumpste neben Frieda auf die Stufen. Er roch. Sie gab ihm ihre Bierdose und ein Zweieurostück. Er freute sich wie ein Kind und blieb trotzdem neben ihr sitzen.

Sie fand einen neuen Platz, dichter am Wasser. Wasser, Wasserdampf, Eis. Ohne Wasser kein Leben. Nur ein Planet, auf dem Wasser existieren konnte, entpuppte sich womöglich als zweite Erde. Sie waren lange im Halensee geschwommen. Stumm, wie verzaubert. Sie hatten sich umarmt, als sie wieder ans Ufer traten. Zwei bleiche, tropfende Körper, die plötzlich eins waren. Sie hatte die Muskeln und Wirbelspitzen von Arno Rücken ertastet, zugleich hart und verletzlich. Sie hatte gehört, wie sich sein Atem im Takt mit ihrem beschleunigte. Und dann hatte sie Angst bekommen und sich losgerissen, weil sie auf einmal keineswegs sicher war, dass sie so schnell wieder aufstehen würde, wenn sie erst einmal mit ihm im Sand lag.

Was, wenn sie geblieben wäre, was dann? Sie zog Stift und Notizblock aus der Handtasche, schlug eine leere Seite auf, nahm sie quer und halbierte sie mit einem Kulistrich. PRO. Und KONTRA. Sie schrieb beide Wörter in Druckbuchstaben an den Anfang der Spalten.

›Spaß‹ wäre eventuell ein Argument für die Pro-Seite. Sex mit Arno Rether könnte tatsächlich Spaß machen. Aber was, wenn nicht? Und was überhaupt war ein guter Liebhaber? Letztlich war Sex doch etwas sehr Individuelles, Persönliches zwischen zwei Menschen, mit niemand anderem so wiederholbar. Frieda starrte aufs Wasser, schrieb nach einer Weile doch ›Spaß‹ auf die Pro-Seite, setzte ein Fragezeichen dahinter. Setzte das Fragezeichen wieder in Klammern.

Warum glaubte sie, dass es mit Arno Spaß machen würde? Bauchgefühl, würde er sagen. Instinkt, ihre Tochter. Frieda überlegte, ob sie auch »Bauchgefühl« auf die Pro-Seite ihrer Auflistung schreiben sollte, ließ es dann aber.

»Ablenkung« könnte ein weiteres Argument für die Pro-Seite sein. Aber das erschien ihr noch viel banaler als Spaß. Nach langem Zögern schrieb sie es trotzdem auf. Mehr Pro-Argumente gab es nicht, die Kontra-Seite war hingegen bedeutend leichter zu füllen. Arno Rether nahm es mit der Wahrheit nicht allzu genau. Er verdiente sein Brot mit der Übersetzung von Trivialliteratur, obwohl er einmal ein recht passabler Journalist gewesen war. Er präsentierte die Reizwäsche seiner Gespielinnen wie Skalps an seiner Garderobe. Er rief nicht zurück, wenn sie ihn darum bat. Er war ein

Dandy. Friedas Kuli flog. Die Kontra-Seite füllte sich, gleich müsste sie umblättern.

Das konnte ja wohl nicht wahr sein! Vor zehn Jahren hatte sie mithilfe einer solchen Tabelle entschieden, Paul ihr Jawort zu geben. Jetzt saß sie hier aufgetakelt zwischen Obdachlosen und Touristen vor dem Deutschen Reichstag und suchte mit einer weiteren Tabelle zu ergründen, ob es sich lohnen würde, ebendiesen Ehemann zu betrügen. Paul, der seit ihrer Begegnung auf einem Kongress für sie da gewesen war und sie nach Heidelberg geholt hatte. Ihre Basis. Ihre Erdung. Paul, der ihrer Forschung niemals Steine in den Weg gelegt hatte wie einige andere seiner Kollegen, obwohl sie sogar erfolgreicher war als er. Paul, der gerade erst und mehrfach angeboten hatte, nicht wieder in die USA zu reisen, obwohl er sich so auf sein Forschungssemester gefreut hatte. Aber er hätte es abgebrochen, für sie, um ihr beizustehen. Sie war es, die das nicht gewollt hatte. Und jetzt lief sie Amok.

Sie knüllte den Zettel zusammen und ließ ihn vor sich auf die Stufen fallen, riss ihr Handy aus der Tasche und wählte Pauls Nummer. Wieder nur die Mobilbox. Wahrscheinlich war er schon wieder im Messraum.

Sie hob die Liste wieder auf, strich sie glatt und las, was sie geschrieben hatte. Wenn sie schon erwog, ihren Mann zu betrügen, warum dachte sie dann nicht wenigstens an Graham? Da wusste sie wenigstens, was sie bekäme. Eine Leidenschaft, die sie mit Paul nie erlebt hatte. Vielleicht gerade deshalb.

Das Restaurant, das Arno vorgeschlagen hatte, lag in Charlottenburg, nur ein paar Straßen entfernt von seiner Wohnung. Die Tische draußen waren leer. Der Kellner deutete vielsagend zum Himmel und führte Frieda nach drinnen, an einen Tisch am Fenster. Ja, das sei der auf den Namen Rether reservierte, nein, der Herr sei bislang noch nicht eingetroffen. Frieda sah auf die Uhr – gut 20 Minuten nach der verabredeten Zeit. Ließ er sie abblitzen? Aber warum dann diese Einladung in ein piekfeines Restaurant? Sie ging zum WC, wusch sich die Hände und frischte ihr Make-up auf. Sie ließ ihr Handy eine Verbindung zu seinem Handy herstellen, lauschte der Ansage seiner Mobilbox und legte auf, ohne eine Nachricht zu hinterlassen. Sie schnitt ihrem Spiegelbild eine Grimasse. Als sie zurück in den Restaurantraum kam, war ihr Tisch immer noch leer. Was war mit diesem Mann los? Hatte er seine Meinung über Nacht geändert und fragte sich nun, was ihn eigentlich geritten hatte, als er sie an sich gezogen und geküsst hatte? Gehörte sein Zuspätkommen zu diesem Spiel, das er mit ihr spielte, genau wie die ewig verschleppten Rückrufe?

»Darf ich schon etwas bringen?« Der Kellner trug Schwarz, trotz der Hitze. An der Holzdecke eierte ein altersschwacher Ventilator, der offenbar kurz davorstand zu kapitulieren.

»Wein«, sagte Frieda. »Gewürztraminer. Trocken.«

»Ein Glas?«

»Eine Flasche, auf Eis. Und eine Flasche Wasser. Und jeweils zwei Gläser.«

Der Kellner entfernte sich und servierte mit weißer Serviette. Sie ließ ihn sein Ritual abspulen und die Flasche öffnen, kostete, nickte. Sie trank in kleinen Schlucken, kam sich von Minute zu Minute mehr wie eine Komparsin in einem Laientheater vor, aber wenigstens war der Wein gut. Der Kellner wuselte wieder herbei, schenkte ihr nach und empfahl die letzten Spargel der Saison mit neuen Kartoffeln und wahlweise Lachs, Rinderfilet oder Schinken. 20:46 Uhr. Ihr Magen knurrte, sie hatte seit dem Frühstück nichts mehr gegessen. Sie dachte an den großen Heinrich George, dessen letzte Bühne dieselbe gewesen war wie die, auf der ihre Mutter getanzt hatte, und vertiefte sich in die Speisekarte, um nicht zu schreien oder zu weinen.

»Es tut mir leid!« Arno Rether trug Jeans und die roten Converse-Chucks, die er neben weiteren Turnschuhen und der Urne mit seiner Schuhcreme verwahrte, und wieder ein lässiges Hemd, das seine Taille betonte.

»Ich wollte anrufen, um zu sagen, dass ich mich verspäte, aber ich hab mein Handy zu Hause vergessen, und es zu holen hätte noch länger gedauert.«

Besaß seine Exfreundin kein Telefon? Hätte er nicht zumindest im Restaurant eine Nachricht für sie hinterlassen können? Aber sie selbst war ja auch nicht pünktlich gewesen, ganz entgegen ihrer Gewohnheit. Er wirkte angespannt, fahrig. Vielleicht hatte er sich mit seiner Exfreundin gestritten. Oder wollte er gar nicht hier sein?

Sie gaben sich die Hand und küssten sich vorsichtig auf die Wangen, dann sank Arno auf den Stuhl gegenüber von Frieda, seufzte und fuhr sich durch die Haare.

»Mein Gott, sind Kinder in größerer Stückzahl laut und anstrengend.«

»Ich kann mich dunkel erinnern.«

Er musterte sie, schenkte ihr ein halbes Grinsen. »Und wie war dein Tag? Wie war es in Sachsenhausen?«

»Mein Vater war Aufseher in der Krankenbaracke. Dort haben meine Eltern sich vermutlich kennengelernt, als Henny an TBC erkrankt ist. Und falls dein Vater jemals in Sachsenhausen inhaftiert war, hat er dort keine Spur hinterlassen, jedenfalls nicht unter seinem Namen.«

»Haben die denn gründlich nach ihm gesucht? Haben sie meine Vollmacht erhalten?«

»Ja.«

»Vielleicht war mein Vater ja trotzdem dort.«

»Der Archivar will das nicht ausschließen, hält es aber für unwahrscheinlich.«

»Endzeitstimmung also.«

»Tja.«

»Genau wie draußen.« Arno hob sein Glas und tippte es gegen ihres. »In einem Roman wäre das jetzt zu viel des Guten, kein Lektor würde das durchgehen lassen.«

Frieda sah aus dem Fenster. Er hatte recht. Das Stück Himmel, das sie erkennen konnte, schien sich ungesund aufgebläht zu haben, während sie hier gewartet hatte, und schillerte in einem Mix aus Anthrazit und Brombeere. Offenbar kam auch Wind auf, denn eine Böe fegte Papiermüll und eine Zigarettenpackung durch den Rinnstein.

Sie wandte den Blick wieder zu Arno. »Ich dachte eigentlich, dein Genre lebt von genau solchen Klischees und Übertreibungen.«

»Ich spreche von richtiger Literatur.«

»Aha.«

»Mit den Luna-Wilde-Übersetzungen bin ich durch.«

»Tatsächlich? So plötzlich?«

»Es war eine Phase. Alles geht einmal zu Ende.« Er grinste und sah ihr direkt in die Augen. »Auf gut aussehende Protagonistinnen stehe ich aber trotzdem.«

Na großartig, plumper ging es ja kaum noch. Warum fühlte sie sich trotzdem schon wieder, als wäre sie knapp fünfzehn? Der Kellner kam zurück und rettete Frieda aus ihrer Verlegenheit, indem er nach ihren Essenswünschen fragte. Sie entschied sich für den Spargel mit Lachs, Arno schloss sich ihr an, ohne auch nur in die Karte zu schauen.

Es war absurd, hier zu sitzen. Sie hatte das Stichwort »Schürzenjäger« auf ihrer Tabelle vergessen. Es gab nichts, wirklich gar nichts, was sie mit diesem Mann verband. Vielleicht hatte Henny deshalb nicht auf dieses Foto reagiert. Oder der Anblick Martin Rethers hatte sie verärgert, weil der genauso ein Aufreißer gewesen war wie sein Sohn.

»Und deine Mutter?«, fragte Arno Rether, als habe sie Hennys Namen laut ausgesprochen.

»Sie hat tatsächlich einmal Ballett getanzt – in der Kompanie des Gefangenenlagers. Die haben aus begabten Häftlingen eine Theatergruppe, ein Orchester und ein Ballettkorps rekrutiert – um die Wärter und einige ausgewählte Gefangene zu unterhalten.«

»Weiß das deine Tochter?«

»Aline weigert sich, mit mir zu sprechen, und will nicht, dass ich sie besuche.«

»Wegen eures Streits gestern.«

»Ja.«

»Sie wird sich wieder abregen.«

»Und dann? Soll ich ihr eröffnen, wer ihr Großvater wirklich gewesen ist? Und unter welchen Bedingungen ihre geliebte Großmutter getanzt hat?«

Auf der Straße hob ein Kurzhaardackel sein Bein und pinkelte an einen Laternenpfahl, sein Herrchen trug Sakko und Fliege und einen altmodischen Strohhut. Die beiden schienen einer Illustration aus Kästners *Pünktchen und Anton* entsprungen zu sein, das Aline als Kind geliebt hatte. Vielleicht weil Frieda sie genauso oft allein ließ wie die Mütter von Pünktchen und Anton.

»Ich habe meinen Vater immer mehr geliebt als meine Mutter«, sagte Frieda, ohne den Blick von dem Duo auf dem Bürgersteig zu wenden, das nun synchron hinkend anhob, die Fahrbahn zu überqueren. »Ich war seine Tochter, ein Vaterkind von Beginn an. Er war mein Vorbild, ich habe ihm nachgeeifert. Einem Lageraufseher! Warum hat meine Mutter ihn nur geheiratet?«

»Vielleicht hat sie ihn ja trotzdem geliebt. Vielleicht haben sie sogar das Kopftuch geteilt und wieder zusammengefügt, so wie deine Tochter das behauptet.«

»Nein, ausgeschlossen. Ich weiß ganz sicher, dass mein Vater keine Schmetterlinge malen konnte und dass meine Eltern nie miteinander gelacht oder gar getanzt haben.«

»Du warst doch nicht immer dabei.«

»Trotzdem. Es kann einfach nicht sein, ich …«

Was wusste sie eigentlich wirklich, sie, die noch vor ein paar Stunden zu schwören bereit gewesen wäre, ihr Vater sei niemals Aufseher gewesen, niemals Täter, immer nur Opfer?

Sie wandte den Blick vom Fenster zu Arno. »Dein Vater ist eine Hoffnung gewesen«, sagte sie nach ein paar Sekunden des Schweigens.

»Die Hoffnung, in seinem Nachlass die zweite Hälfte des Kopftuchs zu finden.«

»Das Kopftuch und einen Beleg für ein paar geteilte Momente des Glücks, die meine Mutter erlebt hat. Dass sie nicht immer allein war.« Ihre Stimme klang heiser, wollte nicht richtig gehorchen. Frieda räusperte sich. »Das ist naiv, ist schon klar.«

»Finde ich nicht.«

Sie sahen sich an, dann wie auf Kommando aus dem Fenster. Geschirr klapperte. Jemand lachte. Gedämpft und weit entfernt. Als ob sie unter einer Glasglocke säßen.

»Mein Vater hat meine Mutter auf dem Gewissen«, sagte Arno leise und so sachlich, als berichte er von einem Volksbrauch. »Er konnte den Hals nicht vollkriegen, wollte unbedingt mehr Kinder als nur Katharina und mich. Die Ärzte haben ihn gewarnt, schon bei meiner Geburt wäre meine Mutter beinahe draufgegangen. Aber er hat sich nicht beherrschen können, hat sie immer wieder bedrängt, und zum Schluss hat sie von all den Fehlgeburten einfach nicht mehr aufgehört zu bluten.«

»Hattest du nicht gesagt, deine Mutter sei an Krebs gestorben?«

»Das war die Endphase.«

»Deshalb also hast du dich sterilisieren lassen.«

»Ich wollte kein Risiko eingehen.« Er stieß sein Glas gegen ihres. »Also noch einmal Prost. Auf einen wahrlich fröhlichen Abend.«

Der Kellner servierte die Spargel. Auf dem Gehsteig vor den Fenstern zerplatzten die ersten Tropfen. Sie begannen zu essen, jeder in seine eigenen Gedanken versunken, und zu ihrer Überraschung bemerkte Frieda, wie leicht es ihr fiel, mit Arno Rether zu schweigen, und dass sie sich aller Umstände zum Trotz zum ersten Mal an diesem Tag, nein, eigentlich seit sehr langer Zeit ein bisschen entspannte.

Der Regen draußen wurde stärker und dann von einer Sekunde auf die andere zu einer wabernden Wasserwand, die in Schwaden ans Fenster klatschte. Passanten begannen zu rennen, zu springen, gestikulierten, schrien und lachten, ein wildes und geräuschloses Schauspiel auf der anderen Seite der Glasfront.

»Und jetzt?« Arno legte das Besteck auf seinen leeren Teller.

»Jetzt können wir zahlen und gehen. Uns verabschieden.«

War das tatsächlich sie gewesen, die das gerade gesagt hatte? Es hatte falsch geklungen, ganz falsch. Das Gefühl von Entspannung verschwand, stattdessen regte sich wieder das

Krakengetier in ihrer Magengegend und langte mit seinen Tentakeln in ihren Brustkorb. Angst war das. Und noch etwas anderes. Die Liste, auf die sie solche Mühe verwendet hatte, war nicht vollständig gewesen, gestand Frieda sich ein. Zumindest einen nicht ganz unwesentlichen Aspekt hatte sie vergessen.

»Gegenvorschlag«, Arno lehnte sich vor und senkte die Stimme. »Wir könnten auch da weitermachen, wo wir gestern Nacht aufgehört haben.«

»Das tun, was dein Vater und meine Mutter nie getan haben?«

Er schüttelte den Kopf. »Die beiden sind raus, oder? Und ich steh nicht auf Blond.«

»Ach nein?« Frieda hob die Augenbrauen.

Arno lehnte sich noch näher zu ihr und zwinkerte. »Es gibt Ausrutscher.«

Ausrutscher, na wunderbar, dieses blonde Gift, das ihr neulich in seinem Treppenhaus begegnet war und vermutlich Liane hieß, die Besitzerin der Reizwäsche, bezeichnete er also inzwischen als Ausrutscher. Und was würde sie für ihn sein, wenn das hier vorbei war? Aber darum ging es ja gar nicht. Vielmehr ging es um diese Kuhle an seinem Schlüsselbein, in die sie ihre Nase gepresst hatte, nachdem sie sich geküsst hatten. Sie roch gut. Arno roch gut. Zu gut. Und er hatte sie auf eine Weise gehalten, die es schier unmöglich erschienen ließ, sich von ihm zu lösen. Sie wollte das noch einmal fühlen. Nicht für lange, nur für ein paar Stunden. Lust war der Aspekt, der auf der Pro-Seite ihrer Tabelle fehlte.

Arno Rether wurde ernst. »Man kann nichts nachholen oder die Zeit zurückdrehen. Das ist eine der Grundregeln des Lebens, die ich kapiert habe. Wir sind wir und jetzt ist jetzt.«

Ein Schritt nur, ein einziger Schritt, und dann? Sie entschied sich schnell, hob den Kopf und sah Arno in die Augen. »Also gut, worauf warten wir noch? Lass uns zahlen und abhauen!«

Arno

Er starrte sie an, zu perplex, um zu reagieren. Erst gab sie die Jungfer Rühr-mich-nicht-an und nun tat sie plötzlich, als könne sie es kaum erwarten, ihm die Kleider vom Leib zu reißen?

Sie warf einen 50-Euro-Schein auf den Tisch. Ihr Mundwinkel zuckte. »Was meinst du, reicht das?«

»Wohl nicht.« Er fing sich und winkte in Richtung Bar, aber der Kellner, der sie in den letzten zwei Stunden wie eine Schmeißfliege umkreist hatte, war jetzt, da sie ihn tatsächlich brauchten, wie vom Erdboden verschluckt und bewies damit dasselbe stark optimierungsbedürftige Gespür fürs Timing, das er mit den meisten Angehörigen seiner Zunft gemein hatte.

Frieda Telling warf einen zweiten Geldschein auf den Tisch und stand auf.

Arno deutete aufs Fenster. »Lass uns lieber ein Taxi rufen.«

»Für die paar Meter?«

»Du willst zu mir, nicht ins Hotel.«

»Ist das ein Problem?«

»Ich denke, dein Mann ist in den USA?«

»Graham ist aber da.«

»Graham?«

»Ein Kollege. Alines Vater.«

Graham. Paul. Und wen gab es noch alles? Frieda wandte sich um und lief Richtung Ausgang. Er holte sie ein, in drei langen Schritten. Sie riss die Restauranttür auf und trat unter das Vordach. Der Regen rauschte so laut, wie er es nur aus den Tropen kannte. Monsun in Berlin, das war doch mal was, und kalt war es auch nicht. Er legte den Arm um Frieda Tellings Schultern, fühlte, wie sie sich fast unmerklich versteifte und wieder lockerließ und für eine Minisekunde die Augen schloss, als ob sie auf etwas lauschte.

»Wir werden klatschnass werden«, sagte er in ihr Ohr.

Sie musterte ihn. Wieder zuckte ihr Mundwinkel. »Du hast ja wohl Handtücher.«

Handtücher, ja, und die Möglichkeit, heiß zu duschen und heißen Kakao zu trinken. Oder Wein. Oder Glühwein. Oder gar nichts, sondern die innere Heizung auf andere Weise auf Touren zu bringen. Das Chaos in seiner Wohnung hielt sich in Grenzen, er hatte aufgeräumt, nachdem er aus Hof zurückgekehrt war, auch sein Bett hatte er heute frisch bezogen. Sex mit Frieda Telling. Von dem Moment an, in dem sie in seiner Küche gesessen hatte, hatte er sich vorzustellen versucht, wie das wohl wäre, und er wollte das immer noch herausfinden. Und trotzdem nagte nun, da er tatsächlich im Begriff war, dieses Geheimnis zu lüften, etwas an ihm, das er nicht richtig zu fassen bekam, nagte und nervte wie ein Warnton.

Sie rannten los. Das Wasser peitschte auf sie ein, von allen Seiten. Frieda stolperte und fing sich wieder. Er fasste nach ihrem Ellbogen. Der Regen war gnadenlos, drang ihm im Nu bis auf die Unterhose und schmatzte in seinen Chucks, und Friedas Kleid klebte jetzt an ihrem Körper wie ein Putzlappen und wickelte sich mit jedem Schritt um ihre Waden.

Sie stolperte erneut und lehnte sich an eine Hauswand. »Warte, ich muss erst – meine Sandalen, die Absätze, ich hab keinen Halt darauf bei der Nässe.« Sie hob einen Fuß nach den anderen, löste die Riemen und setzte mit einem Seufzer die bloßen Füße aufs Pflaster. »So, besser.«

Er betrachtete sie: Frau Professor in Nass, mit blitzenden Augen, aber im Gegensatz zur letzten Nacht bekleidet. Wobei ihr durchnässtes Kleid inzwischen mehr zeigte, als es verbarg: die sanfte Wölbung ihres Bauchs, ihre Brüste mit den spitzen Erhebungen der Warzen, die Umrisse ihres BHs und die Kanten des Slips – sie war nicht der Typ für Stringtangas, natürlich nicht. Wie der Schlüpfer, den er bereits bei der nächtlichen Badezeremonie im Halensee hatte bewundern dürfen, bedeckte auch das heutige Modell ihre durchaus ansehnlichen Pobacken und war mit an Sicherheit grenzender Wahrscheinlichkeit weder rot noch aus Spitze, sondern aus schwarzem oder möglicherweise auch weißem Trikotstoff und blickdicht.

Er wollte sie jetzt, wollte sie so dringend, dass es beinahe wehtat. Er zog sie in den Schutz eines Hauseingangs, fühlte ihr nasses, kühles Gesicht an seinem Hals und den Kitzel ihres Atems am Schlüsselbein, gedämpft vom Prasseln des Regens. Ein warmer, kaum wahrnehmbarer Hauch, der seine Lust auf sie noch weiter steigerte. Und diesmal wich sie nicht zurück, sondern presste sich an ihn und ihr Atem ging schneller. Er lachte, fühlte sich absurd erleichtert. Sie schmeckte nach Wein und ganz leicht nach Minze. Er schickte seine Hände auf die Reise über ihren Rücken, den Hals, die Brüste, die Warzen, die sich durch diese Berührung noch stärker aufrichteten.

Sie atmete ein. Scharf. »Dies hier ist vielleicht nicht der beste Ort, um …«

»Du hast recht, ja.«

Er fasste nach ihrer Hand. Sie rannten wieder los, im Gleichtakt diesmal. Ein Blitz zuckte über den Himmel. Noch einer. Stroboskopartig. Gespenstisch. Dann Donner. Windböen. Und Wasser, Wasser, immer noch mehr Wasser, als entleere jemand dort oben gigantische Kübel. Dabei hatte er gerade gedacht, mehr ginge nicht.

»Waaa!« Sie schrien im Chor. Sinnlose Wortfetzen. Lachten. Patschten durch die Pfützen. Das hier war eine andere Frieda Telling als die, die er bislang erlebt und zu kennen geglaubt hatte. Dies hier war eine Frau, die nach Leben gierte. Auf einmal glaubte er eine Ahnung der Studentin in ihr zu erkennen, die sie vermutlich einmal gewesen war. Eine junge Frau, die mit einem Rucksack auf der Schulter durch die Welt getrampt war, um einen möglichst perfekten Blick auf den Nachthimmel und ihre geliebten Sterne zu erhaschen.

Sie hielt sein Tempo wie eine geübte Läuferin, sie musste also Sport treiben. Er wusste genau genommen nichts von ihr, so gut wie nichts jedenfalls. Er hatte sich keine Chance ausgerechnet, ihren Kokon jemals zu durchbrechen, es war eher ein Spiel gewesen, daran zu kratzen, Neugier, wie weit sie ihn vorlassen würde, aber ohne dass er benennen konnte, warum und wann genau, hatte sich dieses Spiel für ihn in den letzten 24 Stunden verändert. Vielleicht weil sein Alter raus war, vielleicht war es das. Oder dass Frieda Telling auf eine ganz eigene, herbe Art schön und begehrenswert war und lieber schwieg, als sich in Plattitüden zu ergehen. Und dann war da noch ihr Mundwinkel.

Sie passierten den Biokonsum, in dem er die Äpfel gekauft hatte. Vor Ewigkeiten. Als er von Frau Dr. Tellings Existenz noch nichts gewusst hatte. Es ging ihm nicht nur ums Vögeln mit ihr. Es ging um etwas anderes, das sich älter anfühlte, archaisch beinah. Himmel noch mal, das war Kitsch und wohl nicht sein Ernst? Die Luna-Wilde-Ära war beendet. Doch es fiel ihm kein besseres Wort ein.

Noch 500 Meter, dann konnten sie in seine Straße abbiegen. Ein Polizeiauto überholte sie, sein Blaulicht zerfloss auf dem Asphalt und mischte sich mit dem Widerschein einer Ampel zu psychedelischen Schlieren, als bewegten sie sich durch einen LSD-Traum.

»Hier lang, wir müssen nach links, dann haben wir's gleich geschafft.« Arno vergewisserte sich, dass die Straße frei war, und riss Frieda mit sich.

»Wir haben noch Rot. Du hast es eilig.« Sie grinste ihn an.

»Du etwa nicht?«

»Vielleicht ein ganz kleines bisschen.«

»Heuchlerin!«

Sie bogen ab, nur noch wenige Meter und dann … Arno blieb stehen, so abrupt, dass Frieda Telling gegen ihn prallte und leise aufschrie.

»Verdammt, was, zum Teufel …«

Blaulicht züngelte an den Fassaden und sprang ihnen in die Gesichter. Feuerwehrwagen und Polizeiautos blockierten Fahrbahn und Bürgersteig vor seinem Haus. Also war dies hier wirklich und wahrhaftig ein LSD-Trip, wenn auch einer von den ganz, ganz miesen, aus denen man nicht mehr aufwachte.

»Ist das bei dir?« Friedas Stimme erreichte ihn wie aus weiter Ferne. Arno lief wieder los, oder besser, sein Körper bewegte sich vorwärts, pumpende Muskeln, das Wasser quietschte in seinen Schuhen, der nasse Stoff scheuerte an den Fersen.

»Sie können hier nicht rein.« Ein Polizist verstellte ihnen den Zugang zum Treppenhaus.

Die Eingangstür stand dennoch sperrangelweit offen und oben in seiner Wohnung brannte Licht. Der Regen fiel mit unverminderter Kraft. In den Fenstern der umliegenden Mietshäuer trotzten die lieben Nachbarn der Witterung, um keine Sekunde des Schauspiels zu versäumen.

»Arno Rether. Ich wohne hier.«

»Dritter Stock?«

Arno nickte.

»Können Sie sich ausweisen?«

Seine Brieftasche war auch nass, der Brief von Valeries Rechtsverdreher klebte daran, labberig und durchweicht. Sein Name, den Valerie mit Tinte darauf geschrieben hatte, war nur noch eine undefinierbare hellblaue Schliere.

Sie waren laut geworden, nachdem Valerie ihm zum krönenden Abschluss der Geburtstagsparty den Brief überreicht hatte. Valerie hatte ihn zwar sofort ins Treppenhaus dirigiert und die Wohnungstür hinter ihnen zugezogen, aber die Antennen der Zwillinge durchdrangen solche Hindernisse problemlos, sie hatten Ohre wie Luchse. Die Konsequenz war auch Gebrüll im Inneren der Wohnung gewesen, und letztlich hatten Valerie, Max und er noch eine Dreiviertelstunde lang Heile-Welt-Theater spielen müssen und vorgeben, dass es keine Missstimmung gäbe und alle sich lieb hätten, um die tränenüberströmten Geburtstagskinder einigermaßen zu beschwichtigen. Abgenommen hatten sie ihren kapriziösen Erziehungsberechtigten diese Friede-Freude-Eierkuchen-Scharade trotzdem nicht, davon war Arno überzeugt. Sie waren nicht blöd, sie ließen sich nicht bescheißen. Nur die Aussicht, doch noch nicht ins Bett verfrachtet zu werden, sondern zum Trost einen Film gucken zu dürfen, hatte sie einigermaßen befriedet.

Arno stopfte den Brief wieder in seine Hosentasche. *Gerichtstermin.* Was für ein Irrsinn. An seinem Personalausweis haftete Lianes Visitenkarte wie ein hämisches Augenzwinkern. Wieso hatte er die nicht in den Müll gepfeffert? Er pulte sie ab und hielt dem Bullen seinen Ausweis unter die Nase.

»Ich wohne hier. Was ist eigentlich los?«

»Wasserschaden.«

»Das Gewitter? Aber meine Fenster …«

»Ein Rohrbruch in der Wohnung über Ihnen. Aber Ihre Wohnung hat's leider stärker erwischt.« Der Polizist gab ihm seinen Ausweis zurück. »Die Nachbarn von unten haben es bemerkt und versucht, Sie zu erreichen. Aber es hatte niemand einen Schlüssel, auch nicht Ihr Vermieter, und auf die Nachrichten auf Ihrem Handy haben Sie nicht reagiert. Also mussten wir leider Ihre Wohnungstür öffnen.«

Wasser, nicht Feuer. War das gut oder schlecht? Warum hatte er ausgerechnet heute das gottverdammte Scheißmobiltelefon vergessen? Weil die Zwillinge und seine Schwester ihn abwechselnd mit Anrufen bombardiert hatten, bevor er aus dem Haus gegangen war. Weil in seinem Leben seit Wochen nur noch Chaos regierte. Vielleicht waren wenigstens die Bücher und dic wichtigsten Unterlagen noch zu retten. Der Computer. Die Gitarre. Seine Gedanken jagten. Die Urne, verdammte Scheiße, die Bullen gingen bei ihm ein und aus, und was begrüßte die als Erstes: die Urne mit seinem Alten.

Hatten die sich derer schon näher angenommen? Durften die das überhaupt? Oder war es noch nicht zu spät und er konnte was retten? Arno nahm die Stufen im Laufschritt, immer zwei auf einmal, merkte wie durch Nebel, dass Frieda Telling hinter ihm zurückblieb. Und das war gut so, sehr gut, denn sie sollte bitte nicht Zeugin werden, wie die Bullen ihn zu seinem Alten verhörten oder in seinen Papieren herumwühlten.

Der Treppenabsatz vor seiner Wohnung kam in Sicht. Ein blutjunger Polizist bewachte den und zog hastig den Finger aus der Nase, als er Arno erblickte.

»Rether, ich wohn hier.« Arno wedelte mit seinem Ausweis und schob sich an ihm vorbei. Der Flur sah okay aus, wenn man von den Pfützen auf dem Parkett und den beiden Feuerwehrmännern, die darin herumwateten, mal absah. Arno schickte einen schnellen Kontrollblick zum Schuhregal. Die Urne thronte an ihrem Platz, offenbar unberührt neben seinen Laufschuhen. Die Tür zum Schlafzimmer stand offen. Parkett, Bett und Nachttisch waren mit einem weißen Zeug bestäubt, das an Tante Mariannes Puderzuckerdekor erinnerte, sonst schien hier alles in Ordnung zu sein.

»Farbe«, sagte der Babyfacebulle in Arnos Rücken und deutete Richtung Decke. »Wegen der Feuchtigkeit. Das bröckelt.« Einer der Feuerwehrmänner kam auf Arno zu. »Na, dann kommen Sie mal mit – der Hauptschaden ist hinten, im Wohnzimmer und im Bad, da sieht es ziemlich wüst aus.«

Arno trat in den Flur, rutschte aus, fing sich. Er zerrte sich das nasse Hemd vom Leib und schleuderte es aufs Schuhregal, angelte einen Kapuzenpulli von der Garderobe. Treffer, stellte er im Vorbeigehen mit einem Seitenblick fest, bevor er den Sweater über den Kopf streifte. Das Hemd war exakt auf der Urne gelandet, vielleicht würde also aller widriger Umstände zum Trotz von irgendwoher eine gut gelaunte Glücksfee herbeischweben und zumindest dafür sorgen, dass

Berlins Freunde und Helfer wieder abzogen, ohne sich näher damit zu beschäftigen.

Er hörte Frieda Tellings Stimme hinter sich, dann ihre katzenleisen Barfußschritte. Die Küche sah völlig normal aus, auf dem Tisch lag sein Handy und vibrierte unter der Last der entgangenen Anrufe. Dreimal unbekannt, einmal Frieda, einmal seine Agentin und als Gipfel vier Nachrichten von Liane. Arno folgte dem Feuerwehrmann zu jenem Raum, den er am Mittag als Wohn- und Arbeitszimmer verlassen hatte; jetzt glich das Herzstück seines Heims einer Geröllwüste. ›Sein Herz begann zu jagen‹, ›ihm stockte der Atem‹ – als Luna Wilde hatte er mit solchen Formulierungen nicht gegeizt, sie aber lediglich als Worthülsen betrachtet. Schlagartig begriff er: Die konnten tatsächlich zutreffen.

»Ihre Nachbarn von unten sind auf den Schaden aufmerksam geworden, weil es ordentlich gerumst hat, als die ersten Brocken runtergekommen sind«, erklärte der Feuerwehrmann.

Gerumst. Arno nickte und hob den Kopf zur Zimmerdecke. Dort, wo einmal Stuckrosetten gewesen waren, klafften jetzt nackte Balken, die Füllung der Zwischendecke quoll zwischen ihnen hervor: Stroh und Schutt, undefinierbares Zeug. Aus einigen Ritzen tropfte es noch immer. Er senkte den Blick, ließ ihn durch den Raum schweifen. Sein Schreibtisch, der Boden, das Sofa waren unter Stuck- und Putzbrocken begraben, das Bücherregal sah nass aus, Computer und Ablagekörbchen waren verschüttet. Unter dem Geröll auf dem Sofa lugte der Hals seiner Gitarre hervor, allerdings in einem äußerst ungesunden Winkel.

»Was, um Himmels willen?«, flüsterte Frieda Telling in seinem Rücken.

»Die Mieterin aus der Wohnung obendrüber hat die

Waschmaschine angestellt und ist zur Arbeit gegangen. Der Anschluss des Zulaufs ist abgesprungen – Kalk vermutlich, Verschleiß, aber das ist nicht das einzige Problem. Die Hausverwaltung hat sogleich einen Klempnerbetrieb organisiert, die Jungs haben auch noch ein Leck in einem Wasserrohr geortet. Der Schaden ist also schon älter. Die Wände waren vollgesogen wie ein Schwamm, auch die Zwischendecke. Haben Sie hier unten nichts bemerkt?«

Arno schüttelte den Kopf. »Ein paar Risse im Stuck vielleicht. Aber die waren schon früher da. Das ist ja nun mal ein altes Haus.« Er hatte tatsächlich überlegt, ob die Risse sich vergrößert hatten, aber sie dann nicht weiter beachtet.

»Ihr Vermieter sagt, es sollte ohnehin in Kürze saniert werden. Gleich kommt noch ein Gutachter, der …« Der ohrenbetäubende Lärm eines Stemmhammers, der sich direkt über ihren Köpfen durch Mauerwerk fräste, verschluckte den Rest dieses Satzes.

Eine Hand legte sich auf Arnos Arm. Kalt. Schmal. Frieda. Sie zitterte, aus ihren Haaren rann Wasser. »Hast du ein Handtuch?« Er las die Frage mehr oder weniger von ihren Lippen.

»Ja, klar.« Er zog sie zum Bad und stoppte. Auch das hatte sich in eine No-go-Area verwandelt. In Ermangelung einer Alternative gab er Frieda eine Trainingsjacke von der Garderobe und ein paar Geschirrtücher aus der Küche. Dort war der Lärm immerhin etwas gedämpfter. Er fasste Frieda an den Schultern.

»Ich ruf dir ein Taxi. Du musst hier weg, dich aufwärmen.«

»Ich lass dich doch jetzt nicht allein.«

»Du kannst hier nichts machen.«

»Aber …«

»Bitte. Ich melde mich, wenn ich das hier im Griff habe.«

Im Griff – das war eine weitere Luna-Wilde-verdächtige Phrase. Hier war nichts zu retten oder in den Griff zu bekommen, nicht in den nächsten Stunden oder Wochen. Trotzdem holte Arno sein Mobiltelefon aus der Küche und bestellte einen Wagen beim Taxibetrieb an der Ecke. »Die Dame kommt runter.«

Er lotste Frieda Telling mit sanftem Nachdruck in Richtung Küchentür. Sie sträubte sich und gab schließlich doch nach und eine Millisekunde lang wurde sein Bedauern schier übermächtig. Er hätte tatsächlich sehr gern die Geheimnisse ihres Körpers erkundet, aber das hatte wohl nicht sein sollen. Frieda musterte ihn forschend mit von zerlaufener Wimperntusche umflorten Grasaugen. In seiner grauen Trainingsjacke ähnelte sie einer ertrinkenden Katze, was sein Begehren absurderweise noch befeuerte.

Der Stemmhammer verstummte. Über den Flur näherte sich ein rhythmisches Klackern, das Arno erst einzuordnen vermochte, als sich dessen Verursacherin bereits in den Türrahmen lehnte. Liane in Stilettos und Anzug mit einem Aktenköfferchen unter dem Arm. Sie lächelte ein Lächeln, das Arno an einen ausgehungerten Piranha erinnerte, der sich siegesgewiss seiner vermeintlich sicheren Beute genähert hat, um kurz vor dem Zuschnappen festzustellen, dass die ihm entwischt ist.

»Uups, pardon. Ich wollte nicht stören.«

Sie wandte sich ab und verschwand aus seinem Blickfeld, ohne sich Frieda vorgestellt zu haben oder irgendetwas zu erklären. Arno löste sich aus seiner Erstarrung und setzte ihr nach. Er hatte das Tack-tack ihrer Absätze richtig interpretiert. Sie war mitnichten verschwunden, sondern stand in seinem Schlafzimmer und zückte eine Kamera.

»Kamera weg und raus hier. Sofort. Augenblicklich.« Arno packte sie am Arm.

Liane hob an, etwas zu sagen, aber der Babyfacebulle war schneller und blähte sich auf wie ein balzender Teichfrosch.

»Jetzt beruhigen Sie sich bitte wieder, Herr Rether. Frau Holden kann doch nichts für diesen Schaden, sie versucht nur zu helfen.«

Liane bedachte ihren Retter mit einem sonnigen Lächeln und sah ihm tief in die Augen. »Lassen Sie nur, das ist ja auch alles ein einziges Desaster hier und sieht wirklich schlimm aus. Herr Rether steht unter Schock, aber er ist nicht gefährlich.« Sie nickte wie zur Bekräftigung und wandte sich dann wieder Arno zu. »Deine Vermieter haben meiner Firma zum ersten Juli die Hausverwaltung für dieses Objekt übertragen. Aber weil dies ein Notfall ist, springen wir natürlich schon jetzt ein.«

»Meine Vermieter haben was?« Er verschluckte den Rest. Später, wenn die Bullen und Feuerwehrtypen sich vom Acker gemacht hatten, würden sie das klären. Unter vier Augen.

Der Babypolizist ließ Luft ab. Liane belohnte ihn, indem sie mit ihren perlmuttrosa lackierten Krallen seine Schulter tätschelte, bevor sie sich bei dem inzwischen ebenfalls herbeigeeilten Einsatzleiter unterhakte und mit ihm gen Wohnzimmer stöckelte.

»Also, dann wollen wir mal. Der Gutachter sagt, er braucht noch eine halbe Stunde. Aber wir können ja auch schon einiges besprechen.«

›Roter Nebel.‹ Noch so ein Sprachklischee. Konnte Nebel denn überhaupt rot sein? Hinter seiner Stirn fühlte es sich zumindest so an. Ein einziges großes, brüllendes Rauschen. Frieda Telling war fort, bemerkte Arno plötzlich. Ohne weiteren Abschied hatte sie sich davongeschlichen, und das konnte man ihr unter den gegebenen Umständen ja nicht verdenken.

Der Stemmhammer setzte wieder ein und übertönte für die nächsten Minuten Lianes perlendes Lachen. Die folgenden Stunden vergingen, ohne dass Arno im Nachhinein hätte erklären können, was genau er eigentlich gesagt oder getan und mit wie vielen Versicherungsheinis er telefoniert hatte.

»Du hast das inszeniert. Gib's wenigstens zu«, sagte er, als der Helfertrupp verschwunden und nur noch Liane und er übrig waren.

»Inszeniert? Wovon sprichst du? Ich versuche seit Tagen, dich zu erreichen, um dir zu sagen, dass Holden Immobilien den Auftrag erhalten hat, hier als Hausverwaltung tätig zu werden. Ich habe dich sogar auf die Risse in deiner Decke hingewiesen. Aber du gehst ja nie an dein Handy.«

»Du hast dich hier eingeschlichen!«

»Ich habe gesehen, dass hier Not am Mann ist, und lediglich ein Gespräch geführt.« Sie zuckte die Achseln. »Das ist ganz normale Akquise.«

»Akquise? Stalking ist das. Belästigung und Erpressung!«

Sie taxierte ihn kühl. »Pass auf, was du sagst. Solche Anschuldigungen sind justiziabel. Es war doch nur eine Frage der Zeit, bis die Decke runtergekommen wäre. Mit oder ohne Wasser – hier muss saniert werden.«

»Luxussaniert, lass mich raten.« Arno lachte.

»Wertig saniert. Und natürlich erhalten die Mieter ein Vorkaufsrecht. Die Holden Immobilien GmbH agiert fair und serviceorientiert. Bei der Vermittlung einer anderen Wohnung können wir dir übrigens auch behilflich sein. Und du erhältst natürlich sowieso eine Vorzugsbehandlung. Du hast ja meine Nummer. Du kannst mich jederzeit anrufen.

Oder auch in meinem Gästezimmer unterkommen, falls deine neue Freundin nicht ...«

»Raus, einfach raus.«

Arno schob sie aus der Wohnung und schlug die Tür zu. Erst jetzt fiel ihm das neue Türschloss auf. Er hatte keinen Schlüssel dafür erhalten, aber wenn er brav Männchen machte, würde Liane ihm bestimmt einen geben. Mit äußerster Selbstbeherrschung gelang es ihm, nicht hinter ihr herzurennen. Davon träumte sie sicher, aber diese Genugtuung würde er ihr nicht verschaffen.

Er zwang sich zurück in das Trümmerfeld seines Wohnzimmers und zerrte die Gitarre unter den Schuttbrocken hervor. Ihr Hals zertrümmert, der Korpus eingedrückt, da war nichts mehr zu retten. Er holte aus und knallte den Leichnam, in den sich seine treueste Wegbegleiterin verwandelt hatte, an die Wand. Splitter regneten herab. Aber das war noch nicht genug, noch lange nicht. Er schleuderte den Schreibtischstuhl in Richtung Schreibtisch. Der Monitor zerbarst. Gut so. Und jetzt die Festplatte. Arno holte Schraubenzieher und Hammer und drosch so lange auf sie ein, bis er davon überzeugt war, dass selbst der gewiefteste IT-Freak die Daten darauf nicht mehr würde rekonstruieren können. Die Mieter von unten klopften gegen die Decke. Er antwortete ihnen, indem er die durchweichten Luna-Wilde-Belegexemplare auf den Boden pfefferte.

Roter Nebel. Irgendwann lichtete der sich ein wenig und die Raserei ebbte ab, sodass Arno in der Lage war, systematischer vorzugehen und zu sortieren: das, was er bei seinem Journalistenkumpel Stefan einlagern würde – in dem Schuppen, wo seit dem Auszug bei Valerie schon seine Bibliothek lagerte. Das, was man entrümpeln konnte. Und das, was er tatsächlich brauchte und bei sich behalten würde. Es war nicht viel und passte problemlos in seinen Reiserucksack. Das war der Vorteil, wenn man sich mit leichtem Gepäck durchs Leben bewegte. Man hortete nichts. Also musste man auch nicht viel zurücklassen, wenn man sich wieder verabschiedete.

Tageslicht flutete durch die Fenster, als er fertig gepackt und die Wohnungstür hinter sich zugezogen hatte. Es regnete nicht mehr, die Sonne würde bald aufgehen. Der Himmel leuchtete grünlich. Sein Fahrrad stand noch vor dem Restaurant und da konnte es vorerst auch bleiben. Arno begann zu laufen. Vögel piepten. Sonst war es in Berlin noch frühmorgendlich still. Er hielt sich in Richtung Mitte; als die Siegessäule vor ihm in Sicht kam, warf er seinen Hausschlüssel in einen Mülleimer. Lange her, dass er das schon einmal getan hatte, nicht in Berlin, sondern in Nürnberg. Lange her, dieses plötzliche Gefühl von Freiheit.

Er schlug sich in die Büsche, stapfte durch nasses Gras und entschied sich für eine Parkbank mit Blick auf die Goldelse. Aus der Wiese stieg Feuchtigkeit in dunstigen Schleiern. Die Piepmätze legten sich noch mehr ins Zeug, sobald er die Beine ausgestreckt hatte, jedenfalls kam ihm das so vor. Als ob dies ein Freudentag wäre oder sie fürs Jubilieren bezahlt würden. Er dachte an Valerie und eine ähnliche Parkbank, auf der er an dem Morgen nach der Trennung gesessen hatte, und an die Entscheidungen, die er seitdem vertagt hatte. Ein Kaffee wäre jetzt gut. Oder ein Bier. Was zu beißen. Doch es würde auch so gehen.

Sein Laptop hatte die Katastrophe unversehrt in der Schreibtischschublade überdauert. Er schaltete ihn an und verband ihn via Handy mit dem Internet. Mails trudelten ein. Seine Agentin, gleich zweimal. Beste sei begeistert von der verruchten Magd. Er wollte nun doch noch mal über

Arnos Serienkonzept sprechen. Luna Wilde sei also bei Weitem nicht tot. Arno sollte zurückrufen. Er klickte die Mail weg und öffnete das Manuskript, das ihn ein Jahr Arbeit und unzählige schlaflose Nächte gekostet hatte, überflog die 53 Seiten noch einmal, schloss das Dokument wieder und überantwortete es dem Mülleimer. Aber das war nur der Anfang – es gab ja noch die Sicherheitskopie, die auf einer sogenannten Wolke in den Weiten des World Wide Web herumdriftete und vermutlich trotz aller Verschlüsselungen jederzeit von NSA & Co. lesbar war –, nicht, dass es die interessiert hätte. Er löschte auch die, verschob als Nächstes die Dokumente mit den vorläufig gelöschten Passagen und alle weiteren angefangenen und dann doch wieder verworfenen Romananfänge an den Ort, wo sie hingehörten. Papierkorb entleeren – sind Sie sicher? Ja, ich bin sicher. Er drückte die Entertaste und sah zu, wie sich der virtuelle Papierhaufen aus dem virtuellen Papierkorb ins Datennirwana verflüchtigte. Ein paar Jahre Arbeit. Verblendung. Er müsste was fühlen, aber da war nichts.

Der Tag gewann an Kraft, die Sonne stieg höher und begann, was sich dank des Gewitters abgekühlt hatte, wieder aufzuheizen. Zwei Krähen balgten sich um irgendeinen Abfall, pickten darin herum, spreizten die Flügel, krächzten, machten sich wichtig. Arno sah ihnen eine Weile zu, öffnete dann ein neues Dokument, legte die Finger auf die Tastatur und begann zu tippen. Er dachte an Frieda Telling dabei. An ihre blonde, schöne Mutter und das rote Kopftuch. An seine Schwester, seinen Onkel, seinen Alten. Die Wahrscheinlichkeit, dass der in Sachsenhausen gewesen war, tendierte gegen null – so wie die Chance, dass er tatsächlich fähig gewesen war, eine Frau zu lieben und glücklich zu machen. Oder nicht? Die Urne steckte zwischen Jeans und Pullis im Rucksack und harrte einer Lösung. Auch was das anging, musste er eine Entscheidung treffen, es war Zeit dafür. Zeit, Ordnung zu schaffen. Zeit für einen endgültigen Abschied.

Arno schloss das Textdokument wieder, ohne das Geschriebene noch einmal zu lesen, ging stattdessen ins Internet und öffnete ein Reiseportal. Das Design war das Grauen. Sonderangebote kreischten und blinkten. Junge, blonde, braun gebrutzelte Familien aalten sich in türkisfarbenen Wellen, um die Benutzer des Reiseportals davon zu überzeugen, dass auch sie das Familienglück finden würden, wenn sie denn, ohne zu zögern, buchten. Arno wechselte zu den Flügen und fütterte die Felder mit seinen Daten. Es gab einen Flug, der passte, schon am nächsten Morgen. Wie irreal das alles war, so anders als damals, als er Nürnberg den Rücken kehrte. Damals hatte er noch nicht mal ein Handy und keinen Plan, nur den Rucksack und die Gitarre. Die zweite Gitarre seines Lebens. Lange hatte er dafür gespart und geschuftet. Er wünschte, er hätte sie jetzt noch, sie hatte ihn immer überallhin begleitet.

Er fragte sich, was Frieda Telling jetzt gerade tat. Ob sie sich wünschte, dass er sie anriefe, oder ob sie vielmehr erleichtert wäre, ihren langweiligen Ehemann nun doch nicht betrogen zu haben. Die zweite Option war vermutlich die realistischere, erst recht nach Lianes Auftritt.

Zwei Stunden noch mindestens, bis der Sonntag so weit vorangeschritten war, dass er es wagen konnte, sich bei Stefan zu melden, um ihm zu eröffnen, dass die Bücherkisten im Schuppen Gesellschaft bekommen mussten, und zwar presto. Was leider hieß, dass er Liane doch noch einmal kontaktieren musste, um ein letztes Mal in seine Wohnung zu kommen.

Und dann? Arno fuhr sich mit der Hand über die Augen. Nun, da sein Adrenalinspiegel ganz allmählich zu sinken begann, kam die Müdigkeit, und in ihrem Schlepptau regten sich Zweifel. Er konzentrierte sich wieder auf den Bildschirm, füllte das Buchungsformular aus, fütterte es mit der Nummer seiner Kreditkarte und drückte auf Senden. Schnell, bevor er es sich wieder anders überlegte.

Aline

Sie erwacht von ihrer Sehnsucht. Der Sehnsucht nach Jan und auch nach ihrer Mutter, und das erstaunt sie. Warum vermisst sie Frieda auf einmal so sehr, dass es beinahe wehtut? Vielleicht liegt es an der Katze Kassiopeia, die auf ihren Beinen kauert und sie betrachtet. Eine grau getigerte Sphinx mit Smaragdaugen und gespitzten Ohren. Eine Katzengöttin mit einer Schwäche für Vanillewaffeln und Sardinen, die nach einem Sternbild benannt wurde, dessen fünf Hauptsterne ein W oder M bilden, je nachdem, wie herum man es betrachtet. *Die Kassiopeia ist immer zu sehen*, hat Frieda auf Kreta erklärt, *im Sommer wie im Winter, und die mittlere Spitze zeigt direkt zum Polarstern.*

Aline öffnet die Augen und tastet nach ihrem Wecker. Es gibt keine Sterne im Krankenhaus und auch keine Katzen. Es gibt nur sie selbst und ihre Angst und das Warten auf den nächsten Tag. Und auf den übernächsten und den danach. Darauf, dass sie gesund wird.

Schon nach fünf, durch die Fenster kriecht Zwielicht. Ob Frieda wohl noch einmal kommt oder anruft, bevor sie wieder nach Heidelberg fährt? Und wenn ja, werden sie sich dann versöhnen oder wieder nur streiten?

Im ersten Moment hat Frieda gestern Abend ganz anders gewirkt als sonst. Weicher irgendwie und jünger. Beinahe so wie damals auf Kreta, wenn sie ihre krummen kleinen Liedchen pfiff und Geschichten erfand und Tomaten- und Gurkenscheiben zu Sternbildern arrangierte, mit einem weißen Schafskäsemond in der Mitte. Wohin ist diese Mutter verschwunden?

Du musst die Vergangenheit ruhen lassen, sagt Jan. *Du darfst dem, was einmal gewesen ist, nicht so viel Macht geben. Ein halbes Kopftuch ist kein Omen und kein böser Fluch, es ist nur ein Stück Stoff. Wir lieben uns doch, das ist alles, was zählt.*

Und was, wenn ich nie wieder tanzen kann? Zum ersten Mal hat Aline das gestern laut ausgesprochen, nachdem Frieda fort war. Die größte Angst. Namenlos. Bodenlos.

Das darfst du nicht denken, Ally, hat Jan erwidert. *Und selbst wenn es so kommen sollte, werden wir einen Weg finden.*

Aber welcher Weg das sein wird, hat Jan nicht gesagt. Das kann er nicht sagen, das weiß er nämlich nicht. Sie will nicht im Rollstuhl sitzen und studieren. Sie will überhaupt nicht studieren, sie will tanzen. Hat Henny das auch einmal so empfunden? Diese abgrundtiefe Verzweiflung?

Der Tanz ist ihr Leben. Sie würde es nicht ertragen, Jan nur noch zuzugucken, wenn er tanzt, und er würde auf Dauer ebenfalls daran zerbrechen. Nur Frieda will das nicht einsehen und traktiert sie mit ihren Theorien und Wahrscheinlichkeitsrechnungen.

Es klopft. Eine Schwester tritt ein, noch bevor Aline *Herein* rufen konnte. Eine weitere Schwester, die ihr fremd ist und trotzdem gleich damit beginnen wird, sie auch an den intimsten Körperstellen zu waschen.

Wenn die Beinschiene abgenommen wird, sind auch die Wirbel und Rippen verheilt, sagen die Ärzte. Dann kann sie das wieder selbst tun. Und dann kann sie auch damit beginnen, das gebrochene Bein zu trainieren. Vielleicht wird sie aufstehen und laufen können, genau wie Jan das sagt. Tanzen. Und alles wird tatsächlich gut werden, selbst wenn sie die verlorene Hälfte von Hennys Halstuch nie mehr finden.

»So, dann wollen wir mal, Frau Telling. Haben Sie gut geschlafen?«

Aline nickt und beißt die Zähne zusammen. Sie würde gern schreien und noch viel lieber weglaufen. Aber sie kann nicht.

9.

Frieda

Zuletzt musste sie also doch noch eingeschlafen sein, denn als sie die Augen wieder aufschlug, flutete Tageslicht durch ihr Fenster. Frieda taumelte ins Bad. Der Spiegel reflektierte das Bild einer Frau mit wirrem Haar und verschmierter Wimperntusche. Einer Frau, die aus einer Laune heraus beinahe ihren Ehemann betrogen hätte und selbst jetzt, Stunden später und garantiert wieder nüchtern, nicht zu sagen vermochte, was sie eigentlich mehr bereute: die Absicht selbst oder die Tatsache, dass es bei dieser Absicht geblieben war. Sie schaufelte sich kaltes Wasser ins Gesicht und zog sich an. Das Bett sah beinahe unberührt aus, als wäre es gar nicht benutzt worden. Sie musste wie ein Stein geschlafen haben, völlig reglos und entgegen ihrer sonstigen Gewohnheiten auf dem Rücken. Neben dem Kopfkissen lag ihr Mobiltelefon, das ihr wohl im Schlaf irgendwann aus der Hand geglitten war.

Er hatte sie weggeschickt und sich nicht wieder gemeldet. Der Moment, in dem sie vergessen hatten, dass sie überhaupt nicht zueinander passten, war vergangen. Und nun lag auch noch seine Wohnung in Trümmern und seine Freundin, Geliebte, Exfreundin oder wer auch immer diese Liane nun eigentlich war, setzte sicher alles daran, ihn gebührend zu trösten und Kontakte mit potenziellen Nebenbuhlerinnen zu unterbinden.

Und doch war dieser Kuss im Regen nicht nur einfach ein Kuss gewesen. Sie hatte an Arno Rether eine Ernsthaftigkeit zu spüren geglaubt, die sie so nicht erwartet hatte, die sie kalt erwischte. Ein Kuss wie ein Erkennen. Nähe, die etwas linderte. Oder war das nur Einbildung?

Sie begann, ihre Sachen zu packen, ließ nur Zahnbürste und Zahnpasta noch im Bad. Ihre Arbeit wartete. Heidelberg. Ihr Mann. Ihr Leben. Gleich nach dem Frühstück würde sie noch einen Versuch unternehmen, sich mit ihrer Tochter zu vertragen, und dann zurückfahren.

Tut mir leid, Liebling, aber deine Mama ist derzeit ein bisschen durch den Wind, weil dein Opa ein Lageraufseher war und sie selbst sich danach verzehrt, deinen Stiefvater zu betrügen. Weil sie sich auf einmal fühlt, als würde sie schon sehr lange an etwas ersticken.

Grotesk! Paul hatte das nicht verdient. Ihr Leben mit ihm war gut. Erwachsen. Geerdet. Sie hatten gemeinsame Freunde, Interessen, ein Zuhause. Sie hatte doch wohl nicht im Ernst mit dem Gedanken gespielt, dies alles für ein bisschen wilden Sex und Romantik aufs Spiel zu setzen? Sie wollte doch wohl nicht wieder aus dem Koffer leben und schließlich alleine alt werden?

Sie kontrollierte ihr Handy. Es war geladen und angeschaltet und stumm. Sie steckte es in die Handtasche, machte sich auf den Weg zum Aufzug. Sie hatte noch Arnos Jacke, die könnte sie an der Rezeption für ihn deponieren. Oder sie könnte doch später nach Heidelberg fahren, sich wenigstens noch von ihm verabschieden. Aber was sollte das ändern?

Die Frühstückslobby des Hotels war noch weitgehend leer, um acht Uhr an einem Sonntag schliefen die meisten Gäste wohl noch. Nur an ihrem Lieblingstisch in der Fensternische saß ein Mann mit eisgrauem Haarschopf. Graham – den hatte sie völlig vergessen. Er hatte Pauls Sessel gewählt und lächelte ihr entgegen, was das unbehagliche Gefühl, ihr Leben sei zu einer Achterbahnfahrt geworden, verstärkte. Sie winkte Graham zu und machte kehrt zum Buffet.

Earl-Grey-Tee. Naturjoghurt fettarm. Obstsalat. Grapefruitsaft – stumm betete sie die Namen der Dinge herunter, die sie auf ihr Tablett lud, versuchte sich zu sammeln.

»Graham, hallo. Good morning.«

Er sprang auf und nahm ihr das Tablett ab, küsste sie auf die Wangen.

»Na, wie war's gestern?«

»Gestern …«

Der Kirmeswaggon, in dem sie offenbar wirklich saß, nahm weiter Fahrt auf und schlingerte Richtung Abgrund, bis ihr einfiel, dass Graham nach dem vermeintlichen Abendessen mit ihrer erfundenen Studienfreundin fragte.

»Schön. Lustig. Wir waren in einem Lokal in Prenzlauer Berg, im ehemaligen Osten. Ein Szeneviertel. Lauter junge Leute in Alines Alter. Wir haben vegetarische Hamburger gegessen.«

»Wie heißt sie eigentlich, und wo forscht sie?«

»Äh, nein, sie ist keine Kollegin, sie hat ihr Studium damals nicht beendet, sondern Kinder bekommen …«

Er glaubte ihr nicht. Natürlich glaubte er ihr nicht. Als ob sie sich je für eine solche Freundin interessiert hätte. Sie war schon immer eine grottenschlechte Lügnerin gewesen. Warum ließ sie sich von Graham überhaupt ausfragen? Sie war ihm keine Rechenschaft schuldig. Sie war ihm überhaupt nichts schuldig. Sie wollte nicht einmal mit ihm frühstücken, sondern in Ruhe ihre Wunden lecken. Und obwohl sie genau wusste, wie sinnlos das war, wartete sie immer noch auf Arnos Anruf.

Frieda fischte den Teebeutel aus ihrer Tasse und begann ihren Obstsalat zu essen. Etwa drei Löffel lang ging das gut, dann machte Graham den Anflug von Entspannung wieder zunichte.

»Ich bin nach dem Frühstück mit unserer Tochter verabredet«, sagte er. »Wir könnten zusammen fahren.«

»Ich glaube, das ist keine gute Idee. Sie will mich nicht sehen. Wir haben uns furchtbar gestritten.«

»Ich weiß, aber das war gestern. Heute tut ihr das sicher schon leid. Du weißt doch, wie sie ist.«

Aline weinte sich also bei Graham aus. Und er, dieser jahrelang abwesende Superheld-Daddy vom anderen Kontinent, maßte sich an, nun auch noch sie mit seinen Erkenntnissen zu behelligen. Frieda ließ ihren Löffel sinken.

»Warum mischst du dich ein, Graham? Was soll das auf einmal? Und dann stellst du Aline auch noch Tanztraining in Aussicht, dabei ist noch nicht einmal sicher, ob sie überhaupt je wieder …« Frieda brach ab, nein, das wollte sie nicht aussprechen, das führte nur zu weiteren Tränen.

»Aline braucht diese Hoffnung, Frieda«, sagte Graham sanft. »Jeder Mensch braucht eine Hoffnung.«

»Von Hoffnung kann man nicht leben.«

»Vielleicht doch.« Graham lächelte nicht.

Frieda senkte den Blick, merkte, wie ihre Augen trotz aller Anstrengung, sich zusammenzureißen, feucht wurden. Warum brachte sie das Wort Hoffnung so aus der Fassung? Weil ihre Mutter vor Jahrzehnten in einem Gefangenenlager ein rotes Kopftuch zerteilt hatte? Weil Henny tatsächlich davon überzeugt gewesen war, dieser Akt könnte ihrer Liebe zum Sieg verhelfen, wenn sie und ihr Liebster die beiden Hälften nur nicht verlören und eines Tages wieder zusammenfügten? Oder weil Henny die Erfüllung dieser Liebe verwehrt worden war?

Sie versuchte sich vorzustellen, wie Henny im Gefangenenlager getanzt hatte, wie viel Kraft dafür nötig gewesen war – dort, wo Elend, Hunger, Tod herrschten, Willkür und

Unrecht. Und Henny hatte es geschafft, sie hatte getanzt und geliebt und an das Gute geglaubt. An die Liebe. Vielleicht hatte sie überhaupt nur deshalb überlebt. Und dennoch war sie enttäuscht worden.

Wer war Hennys geheimer Geliebter gewesen? Mit wem hatte sie ihr Kopftuch geteilt, wenn nicht mit Arnos Vater oder ihrem Ehemann Oswald? Wen hatte sie in jener Nacht beweint, als Frieda sie überrascht hatte. Und warum überhaupt gerade in dieser Nacht? Unmöglich, das jetzt noch herauszufinden – genauso unmöglich, wie die zweite Hälfte des Kopftuchs noch aufzuspüren – oder dessen Besitzer. Und selbst wenn ihr das entgegen aller Wahrscheinlichkeit noch gelänge, würde sich daraus doch kein Happy End ergeben. Weder für Henny noch für sie selbst und wohl auch nicht für Aline.

»Da ist etwas, das ich dir sagen will«, sagte Graham.

Frieda hob den Kopf. Er fühlte sich schwer an, bleiern, zu voll von allem. Und was wollte Graham? Warum wirkte der wie das personifizierte schlechte Gewissen?

Er räusperte sich, rückte auf seinem Stuhl ein Stück nach vorn, machte Anstalten, nach ihrer Hand zu greifen, ließ es dann aber, weil sie den Kopf schüttelte.

»Mir ist absolut bewusst, dass du jetzt nicht noch mehr Stress gebrauchen kannst, Frieda, und ich habe auch die ganze Nacht überlegt – aber es gibt keinen anderen Weg. Ich finde, du musst das erfahren.«

Was um Himmels willen kam jetzt noch? Ging es um Aline? Oder rückte Graham mit einer Liebeserklärung raus?

Graham holte Luft. »Hast du inzwischen mit Paul gesprochen?«

Frieda starrte ihn an.

»Warum fragst du ständig nach Paul, meine Ehe geht dich nichts an.«

»Stimmt.« Graham nickte. »Aber ich habe dir doch von der Stelle erzählt und …«

»Ich will nicht mehr nach Arizona, verdammt noch mal! Und Paul hat – wie nebenbei bemerkt auch ich – momentan wahrlich Besseres zu tun, als jede Stellenanzeige, die ihm im Verlauf einer Arbeitswoche unterkommt, am Telefon mit mir zu erörtern.«

»Also hat er dir die Ausschreibung verschwiegen.« Graham nickte erneut. »Das würde ich auch tun, wenn ich er wäre.«

»Na, dann ist ja alles gut.«

»Eben nicht.«

»Graham, verdammt. Jetzt spuck endlich aus, was du sagen willst, oder lass mich in Ruhe!«

»Warum hast du den Job damals nicht bekommen, Frieda? Habt ihr darüber jemals gesprochen?«

»Natürlich. Oft.«

»Und was war der Grund?«

»Herrgott, sie haben sich am Ende eben einfach anders entschieden, obwohl ich lange die Favoritin war. So etwas kommt vor. Vielleicht hat letztlich statt der fachlichen Qualifikation eben doch meine mangelnde Führungserfahrung den Ausschlag gegeben. Oder die Tatsache, dass ich eine Frau bin.«

»Pauls Frau.«

»Wie bitte? Das ist Quatsch, damals waren wir noch nicht verheiratet.«

»Aber du warst schon in Heidelberg.«

»Ja, für ein paar Monate. Vorübergehend.«

»Paul hatte das arrangiert. Und er wollte gern, dass du dort bleibst.«

»Was willst du damit sagen?«

»Der Leiter des Auswahlgremiums in Arizona war ein alter Kumpel von Paul. Sie hatten, während Paul in den USA studierte, mal ein paar Semester lang ein Zimmer geteilt.«

»Aber …«

»Das hat er dir also auch nicht gesagt.«

»Nein, und das kann auch nicht stimmen, denn dann hätte Paul sich doch …«

»Für dich einsetzen können. Dich empfehlen, nicht wahr? Oder zumindest in Erfahrung bringen können, warum man sich gegen dich entschieden hat.«

Frieda nickte.

»Paul hat seinen Einfluss auch geltend gemacht, Frieda.«

»Und sie haben mich trotzdem nicht eingestellt. Shit happens.«

»Paul hat dafür gesorgt, dass sie dich abgelehnt haben. Er hat ihnen abgeraten, dich mit einer Leitungsposition zu betrauen. Nicht aus fachlichen Gründen, sondern aus persönlichen. Du würdest Unruhe ins Team bringen, weil du deine Finger nicht von deinen männlichen Mitarbeitern lassen würdest.«

»Nein!«

»Leider doch.« Graham tastete nach ihrer Hand. Seine war heiß, ihre hingegen eiskalt, registrierte Frieda wie aus weiter Ferne. Jemand lachte. Ein schriller Misston. Sie war das. Und sie war es auch, die aufstand, während Graham immer weiter auf sie einredete. Es sei ihm eben komisch vorgekommen, dass Paul die Ausschreibung verschwiegen hatte, und da habe er seine Beziehungen spielen lassen und ein bisschen nachgehakt …

»Aus vollkommen uneigennützigen Interessen, nicht wahr?« Frieda schüttelte ihn ab und hastete ins Treppenhaus. Sie stürmte die Stufen hinauf, ein Stockwerk zu viel, nein sogar zwei, und als sie wieder im zweiten Stock ankam, befand sie sich im falschen Flur, aber nach einer undefinierbaren, endlos erscheinenden Zeitspanne landete sie doch noch in ihrem Zimmer und wählte Pauls Handynummer und dann, als sich wieder nur seine Mobilbox meldete, die des astronomischen Beobachtungszentrums in Arizona.

Sie atmete aus, als sich eine amerikanisch freundliche Frauenstimme am Telefon des Messraums meldete, dessen Nummer ihr Paul für den absoluten Notfall genannt hatte. Ja, ihr sei bewusst, dass ihr Mann, Professor Paul Seibold, jetzt, während der nächtlichen Mess-Session, eigentlich unabkömmlich sei, hörte Frieda sich erklären. Aber es handle sich um eine Familienangelegenheit auf Leben und Tod. Sie müsste mit ihrem Mann sprechen. Jetzt. Auf der Stelle. Er solle sie bitte sofort auf ihrem Handy anrufen.

Wieder verstrich Zeit, die sich nicht erfassen ließ. Monströs aufgeblähte Sekunden, eine Minute, noch eine, fünf, sieben. Dann endlich fiepte ihr Telefon und sie hielt es ans Ohr und hörte Pauls Stimme.

»Was ist los, Frieda, ist etwas mit Aline?« Er klang so normal, so warm und besorgt, so wie der Ehemann, den sie zu kennen geglaubt hatte.

»Sag mir, dass Graham mich gerade angelogen hat, als er mir offenbart hat, welche Referenz du meiner Bewerbung am BLT damals gegeben hast, Paul. Sag mir, dass das nicht wahr ist!«

»Graham, warum Graham? Ich verstehe nicht …«

»Antworte einfach, Paul. Das ist doch ganz einfach. Der Leiter des Gremiums war ein alter Freund von dir – ja oder nein? Du hast ihm gesteckt, dass ich mannstoll bin und mit allen Kollegen ins Bett springe – ja oder nein?«

»Frieda – bitte. So war es nicht. Ich habe nicht mannstoll gesagt. Ich wollte doch nur …«

»Was wolltest du nur?« Jetzt schrie sie doch noch.

»Ich liebe dich, Frieda, ich habe dich immer geliebt, vom ersten Moment an. Ich hatte Angst, dass du weggehst. Ich wollte dich in Heidelberg halten …«

»Das nennst du Liebe? Das ist Rufmord! Ich fürchte, das ist schon verjährt, sonst würde ich dich anzeigen!«

»Bitte, Frieda, du darfst jetzt nicht …«

Sie legte auf, ging ins Bad und putzte sich die Zähne. Ihr Handy klingelte und verstummte. Klingelte augenblicklich noch einmal. Sie schaltete es auf stumm und verstaute ihren Kulturbeutel in der Reisetasche, checkte aus dem Hotel aus.

Graham stürmte auf sie zu und plapperte auf sie ein, sobald sie der Rezeption den Rücken zugewandt hatte. Ihr Handy vibrierte und vibrierte unter der Last von Pauls Anrufen und der überquellenden Mobilbox in ihrer Handtasche. Frieda hielt auf den Ausgang zu, dort warteten Taxis. Als sie die erreicht hatte, stoppte sie Grahams Wortschwall, indem sie stehen blieb und ihm die Hand auf den Arm legte.

»Bitte geh zu Aline und richte ihr aus, dass ich ihr nicht böse bin und sie sehr bald anrufe. Sag ihr, dass ich in einer dringenden beruflichen Angelegenheit zurück nach Heidelberg muss, das kennt sie.« Frieda lachte bitter.

»Was hast du vor?«

»Ich muss nachdenken.«

»Lass uns reden. Lass mich dir helfen.«

Sie stieg ins Taxi und schlug die Tür zu. Das Taxi fuhr an. Ein weiteres Taxi, eine weitere Fahrt durch Berlin, von der sie kaum etwas mitbekam. Dann der Hauptbahnhof. Und eine weitere Zugfahrt durch sonnige Landschaften.

Paul hatte sie verraten. Der Schmerz war lodernd, glühend und eisig zugleich. Nein, gar kein Schmerz, sondern Wut. Wenn er sie nur fachlich diskreditiert hätte, könnte sie das leichter ertragen? Ja. Nein. Es war überhaupt nicht zu ertragen. Nicht eine Sekunde, ganz egal, was Paul ihr jetzt noch auf den Anrufbeantworter stammelte. Aline hatte von Anfang an recht gehabt, wenn sie behauptete, dass Paul komisch sei und sie ihm nicht traue. Friedas eigene Berechnungen hingegen hatten kläglich versagt. Ihr Verstand. Ihre Wahrnehmung. Ihre Liste der Pro- und Kontra-Argumente, die sie vor ihrem Jawort erstellt hatte, war eine Farce gewesen, ebenso wie ihre Ehe. Sie wünschte, sie könnte weinen, und noch viel mehr wünschte sie, dass es möglich wäre, die letzten zehn Jahre einfach zu tilgen: Ein Knopfdruck und Reset, Festplatte neu einrichten und fertig.

Ihr Handy gab keine Ruhe. Nicht Arno rief an, sondern Paul, immer wieder. Ihr Ehemann, der sie anflehte, nichts Unbedachtes zu unternehmen. Der berichtete, dass er in Arizona alles stehen und liegen lasse und bereits auf dem Weg zum Flughafen sei. Dass er dort angekommen sei und einen Platz für einen Nachtflug nach Frankfurt ergattert habe, in der ersten Klasse zwar und sündhaft teuer, aber dass sei jetzt egal, alles sei egal, wenn Frieda ihm nur noch eine Chance gäbe, wenn sie ihn morgen früh nur endlich anhörte. Er musste wirklich verzweifelt sein, er klang jämmerlich. In seinem vorerst letzten Anruf bot er sogar an, bei der aktuellen Ausschreibung ihres Traumjobs in Arizona ein gutes Wort für sie einzulegen und sie zu unterstützen, wenn sie immer noch dort leben wolle und ihm verzeihe.

Frieda lachte auf. Laut offenbar und zu lange, denn die beiden Businesstypen, die auf ihren Sitzplätzen schräg gegenüber autistisch verbissen in ihre Laptops vertieft waren, hoben synchron die Köpfe und witterten in Friedas Richtung wie zwei Erdmännchen, die zu ergründen versuchen, ob diese Störung sich wohl zu einer Gefahr auswachsen würde. Frieda starrte zurück, ein stummes Duell. Sie war eine Frau in der ersten Klasse, aber nicht im Bürooutfit, sondern zu bunt und zu laut. Würde sie gleich eine Szene machen? Hysterisch werden? Sich ihnen an den Hals werfen oder gar die Hände in ihren Schritt graben? War es das, was sie überlegten?

»Buuh!«, machte Frieda und lachte noch einmal auf, als die beiden sich zu ihren Monitoren duckten. Nie, niemals wieder nach der Affäre mit Graham hatte sie je etwas mit einem Kollegen oder Vorgesetzten angefangen, obwohl es durchaus Angebote gegeben hatte. Ein gebranntes Kind scheut das Feuer. Sie hatte immer versucht, einzig und allein durch Qualifikation und Fachkompetenz und strikte Sachlichkeit zu überzeugen, um den ewigen Mann-Frau-Klischees zu entkommen. Nur für Paul war sie schließlich doch noch einmal von ihrem Schwur abgewichen, sich nie wieder zu einer Liaison mit einem Kollegen hinreißen zu lassen. Weil sie müde war und des Alleinseins überdrüssig. Weil Aline sich nach einem stabilen Zuhause in Deutschland sehnte und nach ihren Großeltern. Weil diese Großeltern alt wurden, gebrechlich. Aber den Ausschlag hatte am Ende die Absage aus Arizona gegeben.

Ein Kellner kam durch die Reihen und fragte nach ihren Wünschen. Frieda bestellte einen Becher Kaffee und ein Käsesandwich, das nach Sägemehl schmeckte. Appetit spürte sie auch nicht, sie aß eigentlich nur, weil es ihr etwas zu tun gab und sie rein theoretisch wusste, dass sie hungrig sein musste und entkräftet, dass es also vernünftig war, etwas zu essen. Das war absurd! Sie warf das angebissene Sandwich in einen Mülleimer. Vernunft war kein Argument mehr, schließlich war es ihr auch einmal vernünftig vorgekommen, Paul zu heiraten.

Sie setzte sich wieder auf ihren Platz. Der Kaffee schmeckte bitter, aber sie trank ihn trotzdem. Ihr Handy war in der letzten halben Stunde still geblieben. Warum rief Arno nicht an? Sie wollte seine Hände noch einmal fühlen, seinen Mund. Sie wollte vor allem fühlen, was sein Kuss in ihr ausgelöst hatte. Selbst die Angst, die mit diesem Gefühl verbunden gewesen war, würde sie erneut in Kauf nehmen. Weil sich diese Minuten wahrhaftig angefühlt hatten, aus der Zeit gefallen, eigen, als hätten sie tatsächlich etwas zu bedeuten.

War es Henny auch so ergangen, als sie sich dazu entschied, ihr Kopftuch mit wem auch immer zu teilen? Jetzt, plötzlich, zum ersten Mal erschien Frieda das möglich. Vielleicht hatte ihre Mutter nach ihrer Entlassung aus dem Gefangenenlager ja noch jahrelang vergebens auf ihren Liebsten gewartet und schließlich aufgegeben und sich für eine Vernunftehe entschieden – ein Schema, das ihre Tochter dann Jahrzehnte später wiederholt hatte? Und die Enkelin, die den Mut aufbrachte, dieses Muster zu durchbrechen, stürzte zur Strafe wie Ikarus aus dem Himmel. Nein. Nein! Der Gedanke war unerträglich, sie wollte so nicht denken. Aber das war keine Entschuldigung dafür, das Thema sogleich wieder zu verdrängen, sie war seit Alines Unfall schon viel zu weit gegangen, um die Augen erneut zu verschließen, sie musste das aushalten.

Die letzten zwei Stunden der Zugfahrt verbrachte Frieda damit zu überlegen, warum sie es eigentlich für wahrscheinlicher hielt, im Weltall einen Exoplaneten aufzuspüren, auf dem menschliches Leben möglich sein könnte, als die zweite

Hälfte von Hennys Kopftuch. Es erschien immer unverständlicher, je länger sie darüber nachdachte. Ihr ganzer Beruf kam ihr plötzlich grotesk vor. Denn selbst wenn sie so eine potenzielle, viele Lichtjahre entfernte zweite Erde identifizieren würde – würde sie die nie betreten können. Nicht einmal annähernd in deren Nähe könnten sie oder nachfolgende Generationen von Wissenschaftlern reisen, um die Richtigkeit ihrer Berechnungen zu beweisen. Wofür also der ganze Aufwand? Warum widmete sie dieser absurden Suche so viele kostbare Stunden, Monate, Jahre? Vielleicht, weil sie sich einfach daran gewöhnt hatte.

Die Bergstraße kam in Sicht. Weinberge. Burgen. Dann Heidelberg, die Stadt, in der sie geboren war, in der sie arbeitete und lebte. Es war vorbei. Sie würde Paul verlassen, Paul und sein Glashaus, in dem alles transparent hatte sein sollen, nur nicht der faulige Kern im tiefsten Inneren dieser Ehe. Die Lügen. *Wir sind nicht von hier.* Hennys Worte. Ein Mantra aus Friedas Kindheit, über das sie beharrlich die Augen verdreht hatte. Wie arrogant sie gewesen war, wie vernagelt. Immer hatte sie nur ihrem Vater geglaubt. Und der hatte sie sogar vor leichtsinnigen Schlüssen gewarnt und dennoch belogen.

Sie würde als Erstes zu Henny fahren, entschied Frieda, und danach in Pauls Haus, das sie nie mehr als ihr Haus bezeichnen können würde. Aber zumindest in der bevorstehenden Nacht konnte sie dort noch unterkriechen, weil Paul noch im Flugzeug saß – wenn sie das denn aushielt.

Das Pflegeheim wirkte wie immer, ein Bollwerk gediegener Ruhe. In den Betonkübeln neben dem Eingang blühten Geranien. In den Korbsesseln der Cafeteria hockten zwei tattrige Alte und spielten mit ihrem bereits ergrauten Sohn und dessen Tochter Mensch ärgere Dich nicht mit übergroßen Spielfiguren aus buntem Plastik. Sonntag, fiel Frieda ein. Besuchszeit. Sie nickte dem jungen, rastalockigen Mann an der Empfangstheke zu und nahm den Aufzug zur Demenz-Wohnstation.

»Frau Doktor Telling – das ist ja eine Überraschung!« Hennys Lieblingsschwester trat aus der Teeküche, gefolgt von zwei kleinen Mädchen mit weißen Söckchen und Zöpfen, das eine umklammerte mit todernster Miene eine Vase, das andere einen Strauß Nelken.

»Ich habe im Augenblick leider gar keine Zeit.« Heidi hieß die Pflegerin, Heidi Schäfer-Kotte. Und sie mochte Henny wirklich.

»Kein Problem.« Frieda nickte ihr zu und lief zu Hennys Zimmer.

Die Tür war geschlossen, ihr Klopfen blieb ohne Antwort. Frieda klopfte noch einmal, öffnete die Tür und stutzte. Es roch fremd, stechend. Noch nie war ihr das früher so deutlich aufgefallen. Urin war das vielleicht – ein nicht beseitigtes Malheur infolge einer unterbesetzten Wochenendschicht? Der Raum war dämmrig, abgeschottet hinter den zugezogenen Gardinen. Henny lag im Bett und starrte an die Decke, in eine eigene Welt versunken und wohl ohne Frieda zu bemerken.

Die Tür schnappte hinter Frieda ins Schloss, ihre Beklemmung wuchs. Sie stellte ihre Reisetasche ab, schlich zum Fenster und öffnete es. Sonnenlicht strömte herein, Vogelgezwitscher. Die Kirchenburg auf dem Wandbehang wirkte auf einmal wieder plastisch. Frieda zwang sich, nicht zu weinen, sondern einen Stuhl an Hennys Bett zu rücken und nach ihrer Hand zu tasten.

»Hallo, Mama, ich bin's.«

Nichts. Stille. Dann, gerade als Frieda glaubte, das nicht eine Sekunde länger ertragen zu können, drehte Henny den Kopf.

Sie musste Gewicht verloren haben, ihre Bernsteinaugen wirkten riesig. Zwei glänzende Spiegel in einem nackten Vogelgesichtchen, die Schwierigkeiten hatten zu fokussieren, aber plötzlich gelang es wohl doch und Henny schien Frieda wahrzunehmen und begann zu lächeln.

»Frieda?«

»Ja. Hallo, Mama, wie geht's dir?« Tränen, plötzlich konnte sie die nicht mehr zurückhalten, wahre Sturzbäche strömten ihr über die Wangen, mit Müh und Not gelang es ihr immerhin, nicht laut zu schluchzen, denn das würde Henny mit Sicherheit gleich wieder verstören.

»Es tut mir so leid, Mama. Ich war in Sachsenhausen. Im Lager. Ich weiß jetzt, was Papa getan hat. Er war Aufseher. Warum hast du ihn nur geheiratet?«

Verstand Henny, was sie da sagte? Versuchte sie etwas zu erwidern? Fast sah es so aus, denn sie bewegte die Lippen. Frieda beugte sich tiefer. Der Geruch, der in diesem Raum noch immer festhing, kam tatsächlich von ihrer Mutter. Aber darum ging es jetzt nicht, das musste egal sein.

»Was hast du gesagt, Mama?« Sie flüsterte, ihr Gesicht war so nah neben Hennys wie schon lange nicht mehr, näherte sich Hennys Kissen. Nachgeben. Loslassen. Nur einen Augenblick lang die Augen schließen, sie war so müde, so unendlich müde. Eine Hand legte sich auf ihre Wange, warme, trockene Finger, die sie streichelten.

»Nicht weinen, Kind, nicht weinen.«

Frieda nickte, ohne die Augen zu öffnen. Das Nächste, was sie wieder wahrnahm, war ihr Handy. Sie fuhr hoch mit rasendem Herzschlag und schmerzendem Rücken. Sie musste eingeschlafen sein. Wie lange? Auch Henny schlief, reglos auf dem Rücken mit offenem Mund, ihr Atem raspelte. Der Anrufer war nicht Paul, sondern Arno, er hatte wirklich das Talent, sich immer erst dann bei ihr zu melden, wenn sie die Hoffnung daran gerade aufgegeben hatte.

»Warte, ich kann hier nicht sprechen.« Frieda hastete auf Zehenspitzen in den Flur und zog Hennys Tür hinter sich zu. Und jetzt? Die Nachtschicht traf gerade ein und diskutierte irgendetwas, während sich die ersten Besucher verabschiedeten, auch Aufenthaltsraum und Wohnküche waren belegt, und nun trat auch noch Herr Steeger mit Hut und Spazierstock aus seinem Marienkäferzimmer und sah sich suchend nach einem Opfer um, dem er sein Leid darüber klagen konnte, dass er wieder zu spät ins Theater kommen würde. Entschlossen floh Frieda in eine Abstellkammer, lehnte sich von innen gegen die Tür und tastete nach dem Lichtschalter. Etwas fiel zu Boden und schepperte. Eine Bettpfanne, erkannte sie, als das Licht endlich anging.

»Wo bist du?«, fragte Arno.

»In Hennys Pflegeheim, in einer Abstellkammer, zwischen Regalen mit Bettpfannen, Urinflaschen, Windeln und gummierten Betteinlagen. Und du?«

Arno lachte. »Bei mir ist es nicht so romantisch. Ich sitze auf einer Parkbank.«

»Allein?«

»Ja.«

»Und deine Freundin?«

»Liane?« Das Geräusch, das Arno von sich gab, erinnerte Frieda an das Schnauben eines bis aufs Blut gereizten Stiers. »Glaub mir, die hab ich gestern Nacht nicht eingeladen.«

Das klang nicht nach einem Schäferstündchen. Frieda hob die Bettpfanne vom Boden auf und stellte sie wieder neben die anderen. Stille am anderen Ende der Leitung. Sie begann die Bettpfannen in Reihe zu rücken.

»Was machst du?«, fragte Arno nach einer Weile.

»Ich ordne die Bettpfannen.«

»Das ist nicht dein Ernst.«

»Wenn ich schon mal hier bin.«

»Okay, du hast recht. Ich hätte mich früher bei dir melden müssen. Viel früher.«

»Aber?« Frieda nahm sich das nächste Regal vor. Windelpakete, Größe XL. Auch gut.

»Ich musste nachdenken. Entscheidungen treffen. Sachen sortieren. Allein sein.«

Sie lächelte. Sie lächelte wirklich, registrierte Frieda mit Erstaunen. Das war in Anbetracht der Tatsache, dass ihr Leben im Begriff war zu kollabieren, natürlich absolut peinlich und unangemessen, aber Arno konnte sie ja nicht sehen, und selbst wenn – sie konnte es gerade nicht ändern, sie wollte das nicht einmal, sie fühlte sich wirklich und wahrhaftig erleichtert.

Sie lehnte sich an das Regal, stieß mit dem Ellbogen eine der Urinflaschen zu Boden, die klirrend zerbarst. Frieda fluchte.

»Was ist passiert?«, erkundigte sich Arno.

»Mir ist eine Urinflasche runtergefallen.«

»Voll oder leer?«

»Leer.«

»Na, das war ja Glück!«

»Wenn du meinst, dass das Glück ist.«

Er lachte schon wieder und steckte sie damit an. Es war wie eine Sucht, sie wollte gar nicht mehr aufhören, aber auf einmal schwang die Tür auf und Frieda blickte in das konsternierte Gesicht eines Pflegers.

»Entschuldigen Sie. Ich mach das gleich weg.« Frieda zeigte

auf die Scherben und straffte die Schultern. »Ich bin hier drin auch gleich fertig.«

Der Pfleger zögerte, kam aber wohl zu dem Schluss, dass Friedas Verrücktheit nicht in seinen Zuständigkeitsbereich fiel und sie hier keinen weiteren Schaden anrichten würde, und verzog sich. Frieda räusperte sich. Und jetzt? Sie wollte nicht wieder zurück zu ihrer dahinwelkenden Mutter und auch nicht in Pauls Glashaus. Sie wollte, dass dieses Lachen noch andauerte.

»Ich muss dir etwas sagen.« Der plötzliche Ernst in Arno Rethers Stimme ließ Friedas Übermut erlöschen.

»Ah ja?« Sie hob den rechten Fuß und schob Glassplitter zusammen. Sie würde sich Kehrschaufel und Besen besorgen müssen. Scherben, überall Scherben, sie war das so leid. Sie wollte nicht ständig aufräumen müssen. Und sie wollte erst recht keine weiteren Hiobsbotschaften erhalten und auf Hoffnungen setzen, die sich am Ende doch wieder in Flops wandeln würden. Aber sie schaffte es trotzdem nicht, die Verbindung zu trennen, sondern ließ Arno erläutern, was er vorhatte und was sie tun sollte, um die verschollene Hälfte des roten Kopftuchs womöglich doch noch zu finden, und er ließ ihre Einwände nicht gelten, sondern redete immer weiter und weiter.

»Du spinnst«, sagte sie, als er seine Ausführungen beendet hatte. »Ausgeschlossen. Das kann ich nicht machen.«

Wie groß war die Chance, eine Urne in Berlin-Tegel in ein Flugzeug zu schmuggeln und am Zielflughafen im Ausland unbeanstandet wieder in Empfang zu nehmen? Er hatte genau genommen keine Ahnung und auch das Internet erwies sich in dieser Angelegenheit als nutzlos. Ein Transport im Handgepäck war jedenfalls keine Option, so viel schien klar. Aber was geschah in den Katakomben des Flughafens mit dem Gepäck, das man aufgab? Angeblich wurde den Koffern und Taschen hinter den Kulissen ja dieselbe Aufmerksamkeit zuteil wie dem Handgepäck, und wenn das tatsächlich stimmte, dann würde sein Name gleich aus dem Lautsprecher schallen und diese Tour war beendet, bevor sie überhaupt richtig anfing. Aber vielleicht erregte ein zwischen Unterhosen, Jeans und Waschtasche gebettetes Gefäß ja auch keinen Verdacht oder wurde als harmlose Thermoskanne qualifiziert. Oder gerade heute schob bei der Kontrolle ein schlecht bezahlter und entsprechend unmotivierter Teilzeitjobber allein Dienst.

Arno trat ans Fenster des Terminals, das Ausblick auf ein Stück Rollfeld und zwei wartende Boeings gewährte. Wie groß war die Chance, dass seine Risikofreude belohnt würde? Und was war mit Frieda, der Königin aller sorgfältigen Berechnungen? Ging sie in diesem Moment in Frankfurt an Bord oder gab sie ihm einen Korb? Er könnte sie anrufen und fragen, aber er hatte sich mit der Buchung ihres Tickets schon weit genug aus dem Fenster gelehnt. Ein Mann musste seinen Stolz wahren.

Er setzte sich wieder hin und checkte seine Mails. Nichts, nicht einmal Werbung, und auch kein Anruf. Vielleicht kam sie ja wirklich. Eine Frau Professor Frieda Telling, die nackt mit ihm durch den Halensee schwamm und ihn im Gewitterregen wie eine Verhungernde küsste, hätte er noch vor Kurzem schließlich auch nur für eine mehr als abwegige Fantasie gehalten.

Sein Flug wurde aufgerufen und tatsächlich durfte er mitfliegen und sich nach der Landung in Wien unbehelligt seinen Weg durch die Restaurants und die unter ihrer Last aus Mozartkugeln und Sachertorten schier zusammenbrechenden Verkaufsstände des Transferbereichs zum Gate seines Anschlussflugs bahnen.

Sibiu/Hermannstadt. Der Flug war schon angezeigt, im Wartebereich gab es kaum noch Sitzplätze. Arno scannte die Gesichter seiner Mitreisenden. Nichts zu sehen von Frieda Telling. Dabei war die Maschine aus Frankfurt schon eine halbe Stunde früher als seine in Wien gelandet.

Sie kommt, sie kommt nicht. Er hatte kein Gänseblümchen zur Hand, das er als Orakel hätte verwenden können. Sein Handy blieb stumm. Er war nervös wie ein Schulbubi, kam sich unglaublich dumm vor.

Sie kam. Sie kam tatsächlich. Drückte sich mit eingezogenem Kopf dicht an der Wand entlang und drehte sich ständig um, als ob sie verfolgt würde. Arno trat ihr in den Weg. Sie zuckte zusammen, erkannte ihn, schien sich ein winziges bisschen zu entspannen.

»Du bist da.«

»Ja.«

»Ich kann es nicht glauben.«

»Ich auch nicht.«

Sie lachten. Beide. Wurden wieder ernst und blieben auf Distanz wie zwei Magnete mit gleichnamigen Polen, jeder in seinem Kraftfeld gefangen.

Eine Reise nach Siebenbürgen wäre der sicherste Weg, das Rätsel um das halbe Kopftuch zu lösen, hatte er gestern Abend am Telefon behauptet. Doch nun, da es ernst wurde, verpuffte diese Überzeugung. Tatsächlich hatte er keinen blassen Schimmer, wie sie vor Ort die Identität dieses geheimen Liebhabers ihrer Mutter lüften oder einen Beweis dafür finden sollten, dass entgegen aller Wahrscheinlichkeiten doch sein eigener Alter Henny Wagners Herz erobert hatte. Ein Himmelfahrtskommando war diese Tour, sie konnte nur scheitern. Aber vielleicht hatte seine Schwester ja doch eine Idee. Oder ein irrer Zufall kam ihnen zu Hilfe.

»Lass uns da drüben warten. Bitte.« Frieda nahm Kurs auf eine Nische.

»Hast du Mozartkugeln geklaut? Wirst du verfolgt? Vor wem versuchst du dich zu verstecken?«

Frieda zog die Schultern hoch. »Paul.«

»Dein Mann? Ich denke, der ist in Amerika.«

»Nicht mehr. Er ist heute früh in Frankfurt gelandet.« Erneut flackerte ihr Blick in die Richtung, aus der sie gekommen war. »Ich weiß, das ist absurd. Paul kann unmöglich hier sein. Aber wir hätten uns theoretisch vorhin am Flughafen begegnen können, er hätte mich sehen können, mir folgen …«

»Bis nach Wien, ohne Flugticket? Oder hast du ihm gesagt, wo du hinfliegst?«

»Bist du verrückt? Ich verlasse ihn gerade.«

»Du verlässt deinen Mann?«

»Nicht deinetwegen, keine Sorge.« Sie winkte ab. »Das ist jetzt zu kompliziert. Aber bitte entspann dich. Ich will dich nicht heiraten.«

»Na, da bin ich aber froh.«

»Das dachte ich mir.«

Er lächelte, fühlte aber einen völlig irrationalen Anflug von Bedauern. Frieda Telling musterte ihn, als wüsste sie, was in ihm vorging. Er musste aufpassen. Höllisch aufpassen. Hinter der Leichtigkeit ihres Geplänkels lauerte noch etwas anderes.

Ihr Flug wurde aufgerufen und sie trotteten Seite an Seite wie ein eingespieltes Reiseteam zum Schalter und präsentierten ihre Bordkarten. Frieda saß vorn, bestimmt war sie beim Check-in unter den Allerersten gewesen. Er hatte zu lange gehadert, ob er tatsächlich losfliegen und seinen Alten mitnehmen sollte, und war ganz hinten in der Holzklasse gelandet. Nieselregen perlte über die Fenster. Acht Uhr am Morgen, er konnte sich nicht erinnern, wann er in den letzten 48 Stunden geschlafen hatte, hinter seiner Stirn war ein weißes Rauschen, das alles zu dämpfen und von ihm wegzurücken schien, als sähe er einen Film, der nichts mit ihm zu tun hatte.

Das Flugzeug begann zu rollen, hob ab und stieß ins Blaue. Nach einer Weile servierten zwei blonde Stewardessen Getränke, Mannerwaffeln und Papiertüten mit Äpfeln. Ein Liebespaar zierte diese Verpackung: Sie leicht bekleidet in Rot, seine Hände auf ihrem Popo, beide bissen mit geschlossenen Augen in denselben rotbackigen Apfel. Arno knüllte die Tüte zusammen und trank seinen Kaffee. Liebe. Verliebtheit. Begehren. Überall, immer wieder, als ob die Menschen einfach nichts dazulernten. Und er selbst spielte auch wieder mit, spielte mit dem Feuer. Er musste verrückt sein, geistig umnachtet. Der Schlafentzug war schuld, der ganze Stress mit der Wohnung. Aber natürlich waren das alles nur faule Ausreden. Etwas zog ihn zurück nach Siebenbürgen, zog ihn auch zu Frieda Telling. Etwas, das er nicht verstand und sich nicht gewünscht hatte. Und zugleich kam ihm das so folgerichtig vor, als sei es die einzig plausible Wendung, die sein Leben hätte nehmen können. Als sei er jahrzehntelang einem verborgenen Plan gefolgt, der sich nun vollendete, ohne dass er von der Existenz dieses Plans auch nur etwas geahnt hatte.

Neben ihm saßen zwei rumänische Matronen, vermutlich Mutter und Tochter. Die Ältere, Weißhaarige kaute Sonnenblumenkerne und spuckte die Schalen dezent in eine H&M-Plastiktüte. Die Jüngere polierte ihren Apfel mit einer Serviette, ohne Anstalten zu machen, ihn zu verzehren, und ließ ihn schließlich in ihre Handtasche gleiten. Die beiden unterhielten sich leise auf Rumänisch über eine bevorstehende Taufe. Arno streckte die Beine aus, schloss die Augen und lauschte dem Singsang ihrer Stimmen, den weichen, melodiösen Worten und Lauten, die er seit Jahren nicht mehr gehört hatte, die ihm dennoch vertraut waren, der Soundtrack seiner Kindheit.

Arno öffnete die Augen wieder. War er eingenickt? Offenbar. Unten in der Tiefe schimmerten die letzten Schneefelder des Winters an den Nordflanken der Karpaten, das Flugzeug begann schon in die Ebene Siebenbürgens zu sinken und drehte kurz darauf eine Ehrenrunde über Hermannstadt. Erst seit 2007 besaß die einstige Hauptstadt der Siebenbürger Sachsen überhaupt einen eigenen Flughafen, und auch das wohl nur, weil sie in diesem Jahr zur Europäischen Kulturhauptstadt gekürt worden war. Und es war noch mehr passiert, selbst aus der Luft konnte er das erkennen. Viele der Dächer schienen neu eingedeckt worden zu sein, die Stadttürme trugen glänzende Kupferhauben und die bunten Ziegel der evangelischen Kirche leuchteten in der Mittagssonne, als wollten sie beweisen, dass die Jahrzehnte im Dreck nicht mehr relevant waren.

Die Stadt blieb zurück, das Flugzeug sank tiefer und landete auf der Betonpiste, die vor den Toren der Stadt in die Äcker geklatscht worden war, und kam schließlich vor der Blechbaracke des Terminals zum Halten. Arno stand auf und schob sich im Pulk seiner Mitreisenden ins Freie. Frieda Telling wartete auf ihn, in einer grünen Tunika und weiten Baumwollhosen, die im Wind flatterten.

»Guter Flug?«

»Ja.«

Der Himmel war knochenweiß, völlig konturlos, die Hitze umfing ihn wie der Luftstrom aus einem altersschwachen Föhn. Ab und an schienen sich die Kerosindämpfe des Flugzeugs für Sekundenbruchteile mit Heuduft zu vermischen, aber das konnte auch eine Halluzination sein, ein Trick aus den Tiefen des Unbewussten.

Sie trabten ins klimatisierte Innere der Flughafenbaracke und direkt zum Gepäckband, das nach einer gefühlten Ewigkeit tatsächlich auch Frieda Tellings Tasche und seinen Rucksack ausspuckte, ohne dass irgendjemand daran etwas beanstandete.

Doch eine illegal eingeführte Urne war auch im EU-Zeitalter ganz sicher nicht das, was die rumänischen Zöllner augenzwinkernd durchwinken würden, und folglich funkte sein Hirn Szenarien, die allesamt nicht amüsant waren, während sie auf die Passkontrollhäuschen zuliefen. Einatmen, Mann. Und ausatmen. Die Räder von Frieda Tellings Reisetasche quietschten. Die Polizistin, die seinen Pass inspizierte, hatte blau lackierte Fingernägel und winkte ihn weiter. Arno ballte die Faust, als die Glastür der Zollschleuse hinter ihm zuschnappte. *Bingo, geschafft. So weit hast du dich durchgesetzt, Daddy, doch der Rest dieser Tour wird nicht ganz so verlaufen, wie du dir das gewünscht hast.*

»Und jetzt?«, fragte Frieda Telling.

»Da drüben ist der Schalter der Autovermietung, bei der ich einen Wagen gebucht habe. Ich hab auch ein Hotelzimmer reserviert, hier in Hermannstadt. Ich kann dir zeigen, wo dieses Foto gemacht wurde und wo deine Mutter mit ihren Leuten bis 1944 gewohnt hat. Und das Gymnasium. Und das Stadtarchiv.«

Sie schwieg und sah an ihm vorbei auf den Parkplatz.

Arno betrachtete sie. »Was ist? Hast du einen anderen Vorschlag?«

»Das Archiv gibt nichts her, mit denen habe ich bereits mehrfach telefoniert.«

»Ja, na gut, wir besuchen ja auch noch meine Schwester und …«

»Er hat mich hintergangen. Und verleumdet.« Sie sah ihm direkt in die Augen.

»Dein Mann, meinst du?«

»Ja.«

»Das ist unschön.«

»Ja.«

»Lass uns jetzt trotzdem losfahren. So schön ist es hier auch nicht.«

Sie zögerte, nickte dann aber und folgte ihm zur Autovermietung und danach auf den Parkplatz. Das Auto war beinahe neu, ein silberner Peugeot. Arno ließ die Fenster herunter, dachte für Sekundenbruchteile an sein Alter Ego, das vor zwei Wochen die schlafenden Zwillinge vom Wannsee zurück nach Berlin kutschiert hatte. Ein anderer, sehr viel jüngerer Mann schien er damals gewesen zu sein, einer, der Nick Cave hörte, sich über die Absage eines profitgeilen Verlegers aufregte und auf ein kühles Bier freute, und der nicht begriffen hatte, dass diese Stunde im Stau eine glückliche war. Die letzte, bevor das, was er für sein Leben hielt, unaufhaltsam kollabierte.

Die Straße nach Hermannstadt war vermutlich zusammen mit dem Flughafen auf dem Reißbrett geplant worden. Schnurgerade führte sie auf die Stadt zu und die Blechlawine, in die er sich einreihte, konnte locker jedem deutschen Stau Konkurrenz machen. Nur die Roma und Bäuerchen mit ihren Pferdewagen waren eine rumänische Spezialität, genauso wie die mehr als baufälligen Gehöfte und Plattenbauwohnsilos neben der Fahrbahn, die sich in einer Flut bunter Reklametafeln und gigantischer Baumärkte und Supermärkte behaupteten.

Er fühlte Friedas Blick auf sich, deutete auf eine Shampoowerbung mit einer äußerst leicht bekleideten Lady.

»Wenn Ceauşescu das alles sehen könnte, würde er weinen.«

»Die Auswüchse des Kapitalismus, meinst du?«

»Ja.«

»Auch nicht immer gut, oder?«

»Nein.«

»Hat deine Familie sehr unter Ceauşescu gelitten?«

»Wir haben uns ruhig verhalten, versorgten uns selbst. Am schlimmsten war die Marmelade bei der Schulspeisung. Die und ein bisschen Brot waren oft das Einzige, was es in den Läden zu kaufen gab. Ein künstlicher süßer Schleim. Da waren die Chips und die lauwarme Cola in Deutschland viel besser.« Er grinste. »Und natürlich der Stehblues.«

Frieda Telling verdrehte die Augen und sah wieder aus dem Fenster. Ihr Mundwinkel zuckte. Die Pension, in der er nach einigem Hin und Her noch ein letztes Doppelzimmer ergattert hatte, lag in einer offenbar erst vor Kurzem gepflasterten Gasse im Stadtzentrum. Den Innenhof zierten rumänische Folkloredevotionalien und Heiligenbildchen und hölzerne Melkschemel und ein Spalier überbordender Kletterrosen. Die Pensionswirtin wuselte herbei, eine kleine, drahtige Rumänin in fliederfarbener Hose, die ihn auf Rumänisch und Frieda auf Deutsch begrüßte. Das Zimmer war klein und über eine steile Stiege zu erreichen. Die Holzdecke und ein winziges rundes Fenster verliehen ihm die Anmutung einer Schiffskoje. Das Doppelbett hatte hingegen sehr stattliche Ausmaße und die zwei Sessel an seinem Fußende waren so ausgerichtet, als würde nachts jemand darauf Platz nehmen, um zuzuschauen, was die Hotelgäste auf dieser Lustwiese so alles anfingen.

Die Pensionswirtin ließ sie allein. Frieda manövrierte ihre Reisetasche in eine Ecke und bedachte ihn mit einem ihrer Professorinnenblicke.

Arno hob die Hände. »Es gab nur noch ein Zimmer. Wenn du willst, kann ich auf dem Bettvorleger schlafen.«

»Ein verlockendes Angebot.« Ihr Blick glitt durch das Zimmer und heftete sich auf den Läufer aus geflochtenem Plastik.

Er machte einen Schritt vorwärts, auf sie zu. Er wollte sie. Er wollte sie immer noch. Er verstand nicht, warum gerade sie mehr als alle anderen Frauen, mit denen er in den letzten Jahren zu tun gehabt hatte, wollte es vielleicht auch gar nicht wirklich wissen, aber es war so.

Frieda Telling löste sich aus ihrer Ecke und lief an ihm vorbei zur Tür. »Also los – zeig mir die Stadt. Oder brauchst du erst ein Mittagsschläfchen auf deiner Fußmatte?«

Er fasste sie an der Hand, was sie akzeptierte, dennoch zog sie ihn unbarmherzig aus dem Zimmer. Draußen war der Himmel noch immer weiß und die Sonne kaum mehr als ein

Schemen. Aus der Küche der Pensionswirtin stank es nach Auberginen, die ohne Öl im Ofen gebacken wurden, bis ihre Haut verkohlt war und abgelöst werden konnte, sodass sich das erweichte Innere ohne Anstrengung pürieren und zu einer Sakuska verarbeiten ließ. Er fasste Friedas Hand fester und lief nach Gefühl, wie es sein innerer Kompass diktierte. Die Gassen wirkten wie ausgestorben, einige waren noch immer nicht befestigt und würden sich, wenn erst der Herbstregen fiel, in glitschige Schlammpfade verwandeln. Sie kletterten durch eine verwaiste Baustelle, in der Kanalisationsrohre klafften, und erreichten die Treppe, die hinauf zum Hauptplatz führte. Sanierte, in Pastelltönen getünchte Häuser wechselten sich links und rechts der Stufen mit Ruinen ab, in deren löchrigen Dachrinnen Unkraut wucherte. Die Treppe selbst war aus deutscher Sicht ein einziges Sicherheitsrisiko: uneben, aus blank getretenen Steinquadern. Früher hatten sie hier manchmal Murmeln oder einen Fußball herunterhüpfen lassen, bis die genervten Anwohner sie verscheuchten.

Der Kuss im Regen fiel ihm wieder ein, eine Erinnerung, die von Minute zu Minute ferner schien, unwirklicher. Und die Stadt war genauso irreal. Eine Spukkulisse, die ihn mit geleckten Fassaden, Cafés und Touristennepp foppte, sobald sie den Hauptplatz erreicht hatten.

»Hier ist wirklich alles zweisprachig, Rumänisch und Deutsch«, konstatierte Frieda Telling nach einem Blick auf die Straßenschilder.

»Was hast du erwartet? Das hier ist Siebenbürgen.«

»Ich dachte wohl doch, mit dem Krieg wäre das Deutsche gestorben.«

Er lotste Frieda über den Platz in die Gasse zur Stadtkirche. Wie oft war er hier schon langgelaufen? Drei Jahre lang beinahe täglich. Und ebenso oft hatte er auf dem Vorplatz des Brukenthal-Lyzeums hinter der Kirche mit seinen Schulkumpels am Bischof-Teutsch-Denkmal rumgelungert, ohne zu ahnen, dass sein Alter hier einmal mit einer strahlenden jungen Frau namens Henny Wagner fotografiert worden war, deren Tochter er selbst in diesem Moment, über sieben Jahrzehnte später, an ebendieser Stelle an der Hand hielt.

»Hier also.« Frieda löste sich von ihm und strich mit dem Zeigefinger über den steinernen Sockel.

»Hier also.« Arno nickte. »Deine Mutter und mein Alter, Seite an Seite.«

Sie drehte sich wieder zu ihm herum und musterte ihn, ihre Grasaugen schimmerten unergründlich.

»Du hasst deinen Vater, oder? Du hasst ihn aus tiefstem Herzen.«

»Hassen, na ja.« So ausgesprochen klang das falsch. Warum? Weil es ein Tabu war, ein Verstoß gegen biblische Gebote? Er dachte an den jungen Mann, der hier einmal gelacht hatte, den Tänzer. An die Momente, wenn in Alzen trotz allem einmal alles gut gewesen war. Wenn die Mutter nicht blutete. Wenn sie alle zusammen im Garten saßen, mit Egon und Marianne und deren Söhnen und nach den Mücken schlugen und zuschauten, wie sich der Sommerhimmel über den Karpaten allmählich verfärbte.

»Es gab auch die helleren Tage.«

Hatte er das gerade wirklich gesagt? Entsprach das der Wahrheit? Vielleicht. Ja. Es tat weh, sich das einzugestehen. Ein Ziehen an undefinierbarer Stelle. Wie ein Phantomschmerz, der sich Jahre nach einer erfolgreichen Amputation wieder meldete.

Er wollte sie. Jetzt. Er begehrte sie. Er wollte sie fühlen, sich in ihr verlieren. Und er musste sehr dringend herausfinden, ob sie noch immer so gut schmeckte wie im Regen. Er zog Frieda an sich und fühlte, wie sie sich einen Moment lang versteifte. Dann sog sie hörbar die Luft ein und gab so abrupt nach, dass er beinahe das Gleichgewicht verlor, und er roch ihre Haut, Limone und Gras und etwas anderes, das er nicht näher beschreiben konnte. *Lass uns zurück zur Pension gehen. Lass uns ins Bett gehen und vögeln und alles vergessen, das Foto, das Kopftuch, die Zeit.* Das sagte er nicht, das dachte er nur, und im nächsten Moment wich sie schon wieder zurück und aus irgendeinem idiotischen Grund ließ er das geschehen, als ob er sich diese Zurückweisung sogar gewünscht hatte.

Sie liefen weiter, liefen auf Wegen, die seine Füße im Schlaf fanden, die tief in ihm abgespeichert waren, unauslöschlich. Das Schulinternat mit dem von zwei steinernen Jugendstilfrauen getragenen Portal, da war es. Der Schlafsaal, in dem er genächtigt hatte, lag oben rechts. Auch sein Vater hatte als Schüler hier übernachtet, um das Gymnasium besuchen zu können. Und am Ende dieser Straße, schräg gegenüber der neuen protzigen katholischen Kirche, lag das Mietshaus, in dem Friedas Leute bis 1944 gelebt hatten. Sie waren also quasi Nachbarn gewesen, die fesche blonde Henny und sein lachender Vater. Ihre Wege mussten sich gekreuzt haben, nicht nur bei Tanzfesten. Hieß das irgendetwas, war das von Bedeutung?

Das Haus war grün, über den Hinterhof spannte sich ein Dach aus Weinreben. Ein Mann in Jeans und Feinrippunterhemd hockte vor einer Kellertür auf einem umgekehrten Plastikeimer und reparierte ein Kinderfahrrad. Arno fragte ihn nach den Wagners. Gab es hier noch jemand, der sich an sie erinnerte? Der Mann hob die Schultern. Er selbst sei zu jung und es gäbe auch sonst niemanden, der so etwas noch wisse. Keiner mehr da, nur das Haus hatte die Zeitwenden überdauert.

Arno wandte sich zu Frieda um. Sie stand sehr still, den Blick auf das holprige Feldsteinpflaster geheftet, über das ihre Mutter vielleicht einmal gerannt oder gehüpft war – mit fliegenden Haaren und fliegendem Herzen, wohlig geborgen in der Unschuld des Noch-nicht-Wissens-was-werden-wird, überzeugt davon, die ganze Welt und die Liebe stünden ihr offen.

»Sie ist hier nicht mehr. Das hat keinen Sinn.« Unter Friedas Augen lagen bläuliche Schatten und in ihren Augenwinkeln spann sich ein Netz feiner Fältchen. Erschöpfung war das wohl. Übermüdung. Ihre Tochter war beinahe gestorben, die Mutter dement, ihre Ehe zerbrochen. Und nun war sie hier, weil er sie zu dieser Reise verführt hatte, aber das würde auch keine Rettung bedeuten. Man konnte mit 50 nicht einfach neu anfangen. Man trug sein Gepäck mit sich herum, ob man wollte oder nicht, konnte es nicht mehr loswerden. All die Schrammen und Bruchlandungen und gescheiterten Hoffnungen, die man schon überlebt hatte.

»Ich werde das halbe Halstuch hier in Siebenbürgen nicht finden.« Ihre Stimme klang so sachlich, als referiere sie eine sattsam belegte Tatsache.

»Und jetzt?«

»Ich weiß es nicht. Das Leben geht weiter. Ich fliege zurück und Aline muss sich damit abfinden.«

»Wir sind gerade erst angekommen.«

Sie zögerte wieder auf diese friedatypische Weise, entschloss sich schließlich zu der Andeutung eines Nickens. »Lass uns also zu deiner Schwester fahren. Vielleicht bin ich ja zu pessimistisch und sie kann mir helfen, so wie du das gesagt hast.«

»Wir sollten erst mal was essen. Uns ausruhen.«

»Es ist gerade mal 14 Uhr. Du hast doch gesagt, bis Alzen fährt man nur eine Stunde.«

Er hatte Katharina nicht angerufen, sie wusste nichts von seinem Kommen, sie hoffte nur, dass er endlich die Urne heranschaffte. Vielleicht war es am besten so: ein Überraschungsbesuch und ein Ende mit Schrecken. Er würde seinen Alten in Alzen abliefern und gut war's, und Katharina konnte damit tun, was sie wollte. Mit etwas Glück musste Frieda Telling das nicht mal bemerken.

Sie liefen zurück zur Pension, kauften unterwegs eine Flasche Wasser, zwei Styroporbecher mit Kaffee und Quarktaschen, die sie im Hof der Pension aßen, und tatsächlich gelang es ihm zwischendurch, die Urne aus seinem Rucksack in eine Plastiktüte zu stecken und in diesem zugegebenermaßen nicht hundertprozentig pietätvollen Behältnis im Kofferraum zu verstauen, ohne dass Frieda das bemerkte. Er knallte den Deckel zu und sah schon vor sich, wie seine Schwester das Gesicht verziehen würde, wenn sie diese Transportmethode bemerkte.

Und Frieda Telling? Ihr Mann habe sie hintergangen, hatte sie gesagt, ganz sicher war sie nicht erpicht auf weitere unliebsame Überraschungen. Arno schob den Gedanken beiseite, schwang sich auf den Fahrersitz und programmierte das Navi. Die Straße ins Harbachtal war asphaltiert worden, bestimmt mit EU-Fördermitteln. Nichts erinnerte mehr an die Lehmpiste, über die sie 1975 auf einem Pferdehänger ins Ungewisse gezockelt waren. Wie lange hatte die Fahrt nach Hermannstadt damals gedauert? Stunden im Dämmerlicht des herannahenden Tages, der jedenfalls in seiner Erinnerung nie richtig an Kraft gewonnen hatte. Ein Familienleben in Einzelteilen. Skelettiert und gefleddert, verpackt in vier Kisten. Sie hatten es Aufbruch genannt, doch genau genommen war keiner von ihnen seitdem je irgendwo angekommen oder glücklich geworden, bis heute.

Arno fasste das Lenkrad fester und gab Gas. Frieda Telling wandte den Blick vom Fenster und musterte ihn. Er versuchte sich an einem zuversichtlichen Grinsen, das nicht recht gelingen wollte. Verwahrloste Fabriken flirrten vorbei, weitere Plattenbausünden, dann lag die Stadt hinter ihnen und das Land wurde weiter, lieblicher. Maisfelder und sanft geschwungene Hügel und Wäldchen. Die dunkel gezackte Kette der Karpaten. Buschwerk. Heuballen. Kühe. Scheunen.

Er schaltete das Radio an. Synthesizerpop aus Amerika. Werbespots für Seife und Schnaps. Die Welt war ein Einheitsbrei geworden, selbst Siebenbürgen steckte nicht mehr unter einer Käseglocke. Alles beschleunigte sich und wirbelte durcheinander – die Welt und sein Leben, außer Kontrolle.

Ein Irrsinn war diese Rückkehr, zum Scheitern verurteilt. Je näher er dem Dorf seiner Kindheit kam, desto weniger verstand er, was ihn geritten hatte, als er diesen Flug buchte, was er hier eigentlich wollte. Ein oder zwei Nächte mit Frieda Telling, vielleicht war es das. Ein endgültiger Abschied von seinem Alten. Und da war diese Romanidee, die an ihm nagte. Aber nichts davon erschien hier vor Ort noch wirklich überzeugend. Er war ein Untoter, der ins Reich der Untoten zurückkehrte, obwohl er das niemals gewollt hatte.

Friedas Hand legte sich auf sein Knie. Klein und warm mit akkurat kurz geschnittenen Nägeln, was dazu führte, dass er inmitten des Radiogedudels nun auch noch das Abschiedsgeschniefe seiner Schwester zu hören glaubte. Sogar ihre Puppenstube sah er wieder vor sich, so wie Katharina sie damals zurücklassen musste: das Puppenvölkchen im Sonntagsstaat, glücklich um seinen Miniaturesstisch versammelt, den Katharina ob dieses traurigen Anlasses mit den fingernagelkleinen Porzellantellern und einem Spitzentischtuch gedeckt hatte. Er sah starr geradeaus, fühlte die Leere in seiner Hosentasche. Er hatte das Taschenmesser für den Flug in den Rucksack gesteckt und dann nicht wieder herausgenommen. Nun lag es in Hermannstadt in der Pension, und das war ja nun wirklich kein Grund, sich zu grämen. Wie ungläubig die Zigeuner ihn angestarrt hatten, als er ihnen seine Gitarre geschenkt hatte. Wahrscheinlich hießen sie heute auch hier in Rumänien nicht mehr Zigeuner, sondern Roma und Sinti – ohne dass diese der politischen Korrektheit geschuldeten neuen Namen etwas an der Tatsache änderten, dass man sie weiterhin mied und fürchtete und am liebsten weit weg wünschte.

Leschkirch kam in Sicht, das Nachbardorf Alzens. Der Platz in der Ortsmitte, wo früher die Blaskapellen aufmarschiert waren, wirkte verwahrlost, genau wie der Konsum-Supermarkt. Das Eingangsportal der Kirche war mit Brettern vernagelt. Ein Geisterdorf war das, aber es gab wohl dennoch ein paar Seelen, die hier weiter ausharrten. Und einige der Häuser waren tatsächlich tipptopp renoviert und in den Einfahrten protzten gewienerte SUVs, genau wie Katharina ihm das erzählt hatte. Die Sommersachsen waren also im Land, die Ausgewanderten, die nur noch in den Ferien zurückkamen, um in Nostalgie zu schwelgen, zumindest solange die Kinder noch klein waren.

Der Ort blieb zurück, der Geruch von frisch gemähtem Gras wehte durch die Fenster, wirklich diesmal, nicht nur in seiner Einbildung, eine weitere Sinnesattacke aus seiner Kindheit. Den Kirchturm von Alzen sah man schon von

Weitem, weiß leuchtend mit einem silbernen Blechdach – perfekter in Schuss als jemals. Arno bremste ab, weil eine Schar Ziegen die Straße überquerte. Abgesehen von der Kirchenburg unterschied sich Alzen nicht wesentlich von seinen Nachbarortschaften. Die Häuser der Hauptstraße duckten sich in zwei langen Reihen entlang der Straße. Auch hier waren etliche saniert und mit Satellitenantennen bestückt worden. Und auch hier gab es Gardinen und Jalousien vor den Fenstern, hinter denen sich womöglich Augen verbargen. Als sie damals fortfuhren, hatte niemand gewagt, auf die Straße zu treten, aber sie waren doch sicher gewesen, dass man ihnen nachsah – auch jetzt regte sich nichts, nur ein paar Alte hockten auf Bänken zwischen Stockrosen vor ihren Häusern und stierten ins Leere, als hätten sie längst aufgehört, etwas zu erwarten oder sich über irgendetwas zu wundern.

Der Versammlungsraum und die Gaststätte standen leer, der Dorfladen daneben war wohl geöffnet, jedenfalls hielt eine Kiste Tomaten die Tür auf und in den Fenstern hing eine verblichene Eisreklame. Ein paar Häuser weiter baumelte eine schmutzstarre Glühbirnenkette über vier rostigen Klappstühlen – das war dann also wohl die Außengastronomie der Dorfkneipe. Arno bog nach links ab und drosselte das Tempo. Die Dorfwege waren nicht befestigt. Links lag die Volksschule, grau und unrenoviert, aber die bunten Papiertiere und Krepppapierblumen an den Fenstern kündeten davon, dass die Ära seines Alten vorbei war, ebenso wie die Jahre, in denen hier SS-Soldaten mit dem Schulrektor posiert hatten, und dass seine Schwester hier tatsächlich unterrichtete.

Arno navigierte über eine Bodenwelle und auf die Anhöhe in Richtung der Kirchenburg. Der Weg zur Kirche, zur

Schule, zur Feldarbeit, zu den Zigeunern – nie zuvor war er den in einem Auto gefahren. Hühner stoben auseinander. Hunde begannen zu bellen, wollten gar nicht mehr aufhören. Jetzt noch eine Kurve und dann – Arno bremste scharf. Das Haus war nicht wiederzuerkennen: hellblau getüncht mit neuen, größeren Holzfenstern und einer luftigen Toreinfahrt.

»Hier ist es?«

Friedas Hand lag nicht mehr auf seinem Bein, plötzlich nahm er das wahr. Seit wann eigentlich nicht mehr? Und wie ging es jetzt weiter? Frieda sah ihn an und erwartete wohl seine Antwort auf ihre eigentlich simple Frage. Hinter seiner Stirn summte etwas und übertönte sogar die immer noch kläffenden Köter, doch vielleicht war das nur eine Täuschung. Er schaltete den Motor ab und zwang sich zu einem Nicken, sah Frieda in die Augen.

»Warte kurz hier, ja? Ich bin gleich zurück.«

»Okay. Von mir aus.«

Er stieg aus und lief aufs Haus zu. Die Hunde verstummten, das Summen wurde lauter. Bienen waren das. Fliegen auf dem Misthaufen. Der Hühnerstall war jetzt hellrot gestrichen. Die Scheune war entkernt und in eine überdachte Veranda verwandelt worden, mit Blick über das Tal. Es gab auch Korbsessel darin und einen gemauerten Kamin, Tonkübel mit Lavendel, und auf einem Bauernschrank kauerte eine schneeweiße Katze und musterte ihn mit skeptischen gelben Augen.

»Das glaub ich jetzt nicht, das kann ja wohl nicht wahr sein.« Wie aus dem Nichts trat seine Schwester vor ihn und verschränkte die Arme. Sie zitterte, bemerkte Arno. In ihren Augen schimmerten Tränen. Aber sie mühte sich, das zu verbergen.

»Tut mir leid, dass ich dich nicht vorgewarnt habe, aber diese Reise ist reichlich spontan und die letzten Tage in Berlin waren völlig chaotisch und …«

»Spontan? Papa ist seit fast zwei Monaten tot und es ist Wochen her, dass Egon dir die Urne gebracht hat.«

»Meine Wohnung ist abgesoffen, ein gigantischer Wasserschaden …«

»Und deshalb kannst du nicht anrufen?«

»Tut mir leid. Wirklich. «

»Wo ist er?«

»Wer?«

»Herrgott noch mal, Arno. Papa! Wo ist die Urne?«

»Im Auto.«

»Hol sie her.«

»Ja, mach ich, gleich, aber erst …«

Seine Schwester schüttelte den Kopf, ein unwirsches Rucken, und lief an ihm vorbei Richtung Auto.

»Kathy, verdammt, jetzt warte doch mal!«

Keine Chance – und nun stieg auch schon Frieda aus dem Auto. Wie viel dieses Wortwechsels hatte sie verstanden? Alles natürlich, die trainierte Grundschullehrerinnenstimme seiner Schwester trug problemlos auch über Distanzen.

»Kathy, das hier ist Frieda Telling. Ich habe dir von ihr erzählt.«

Seine Schwester wirbelte zu ihm herum. »Du warst doch bei Egon. Mehr weiß ich auch nicht.«

»Aber du lebst hier.«

»Es ist zu spät, Arno. Papa hätte natürlich noch mehr gewusst. Aber Papa ist …«

Papa. So wie seine Schwester die zwei Silben aussprach, klangen sie, als hätte es all das Gebrüll und die brütende Missgunst nie gegeben. Sie maßen sich mit Blicken, stur, ohne mit der Wimper zu zucken, genau wie als Kinder. Katharinas Augen hatten genau dieselbe Farbe wie seine. Auch die Haarfarbe stimmte. Sogar die ersten grauen Strähnen wuchsen bei ihnen beiden exakt an den gleichen Stellen, die Genetik war offenbar stärker als alle Distanzen.

»Also, wo ist er?«

Arno deutete auf den Kofferraum und sah zu, wie seine Schwester das grüne Gefäß mit den letzten Resten Martin Rethers aus der Alditüte zog und in die Arme schloss wie ein verloren geglaubtes Baby.

»Ich mache dann mal einen Spaziergang«, sagte Frieda Telling. Ihre Stimme klang eisig, ganz Professorin.

Katharina nickte, als sei diese Botschaft für sie bestimmt gewesen, und vielleicht war sie das ja sogar, denn wie auf ein stummes Kommando wandten sich beide Frauen von ihm ab und liefen mit schnellen, entschiedenen Schritten in entgegengesetzte Richtungen.

»Frieda, warte!«

Sie winkte ab und beschleunigte noch mehr. Seine Schwester nahm ebenfalls Tempo auf und verschwand in der Hofeinfahrt. Arno riss den Autoschlüssel aus dem Zündschloss und setzte ihr hinterher. Sie trug ein Kleid und Pumps, deren Absätze sich bei jedem Schritt viel zu tief in den Kies bohrten, plötzlich fiel ihm das auf. Und wo waren eigentlich ihr Göttergatte und der Nachwuchs?

Katharina rannte die Stufen hinauf und verschwand im Haus, drinnen hämmerten ihre Absätze ein wildes Stakkato. Der Hausflur hatte seine Düsterkeit verloren, wohl wegen der größeren Fenster, aber die Wohnküche befand sich noch an derselben Stelle wie früher, auch das Wohnzimmer, aber Katharina hastete bis ans Ende des Flurs zu einer Tür, die verschlossen war, erst dort hielt sie inne.

Das Arbeitszimmer seines Vaters. Nein, natürlich nicht mehr. Oder lebte seine Schwester hier etwa in einem Museum? Sie verschwand in dem Raum und zog die Tür hinter sich zu, ohne sich weiter um Arno zu kümmern. Arno trat über die Schwelle ins Haus. Von einem Moment auf den anderen schienen die Wände ein Eigenleben zu entwickeln und alle Geräusche zu ersticken, nur nicht dieses Summen, das wieder anschwoll. War das nun in seinem Kopf oder nicht? Nein, wohl nicht, es kam aus der Küche. Der neue Tisch stand an derselben Stelle wie der früher. Eine Schreinerarbeit aus Eichenholz. Eine Schale mit Äpfeln darauf. Auf den Stühlen und der Eckbank bunte Kissen. Ein neuer Herd, ein Kühlschrank, ein Holzofen. Zöpfe aus Knoblauch, Zwiebeln und getrockneten Chilischoten hingen vor dem Küchenfenster, und von dort kam auch dieses Sirren. Eine Fliege knallte von Zeit zu Zeit an die Glasscheibe. Eine Gefangene mehr, die hinauswollte und einfach nicht aufgab.

»Himmel, Arno, was denkst du dir eigentlich?« Seine Schwester kam zurück, mit leeren Händen und ein klein wenig gefasster. Sie holte Luft. »Ich warte seit Tagen auf deinen Anruf, auf dich, auf die Urne – dass wir endlich die Beisetzung organisieren –, aber jetzt habe ich keine Zeit, ich muss nach Schässburg zu einer Freundin, die ihren Geburtstag feiert. Das lässt sich nicht aufschieben. Und Olaf und die Kinder sind ein paar Tage in Bukarest, es sind ja jetzt Ferien.«

»Es tut mir leid, Kathy. Wirklich.«

»Das sagst du immer.«

»Du hast ja recht, ich hätte dich vorwarnen sollen, aber bis zu dem Augenblick, als ich im Flugzeug saß, wusste ich nicht, ob ich tatsächlich herkommen würde.«

»Also gut, wie auch immer. Wir klären das später, denn ich

muss jetzt los. Die Gästebetten oben sind frisch bezogen. Der Kühlschrank ist voll. Wein gibt es auch. Ihr müsst bis morgen Mittag einfach alleine zurechtkommen.«

»Wir wollen eigentlich überhaupt nicht …«

»Ach nein? Ihr seid in Zeitnot? Ich dachte, du seist nach Papas Tod endlich aufgewacht und die Sache sei wichtig. Warst du nicht deshalb sogar endlich mal wieder bei Onkel Egon?«

»Es ging um dieses Foto. Um unseren Vater und Henny Wagner.«

»Eine Liebesgeschichte, ja? Die kannst du haben.« Sie zeigte auf die Tür am Ende des Flurs. »Dahinten im Arbeitszimmer, den wir derzeit als Trauerraum nutzen. Auf dem Sekretär liegen Briefe, die Papa und Mama sich hin und wieder zugesteckt haben. Die will ich den beiden ins Grab legen – aber ich denke, du solltest sie vorher lesen. Und morgen können wir dann reden.«

»Was denn für Briefe?«

Sie schüttelte den Kopf, umarmte ihn und verschwand in den Hof. Kurz darauf hörte er einen Automotor, der sich entfernte.

Die Fliege noch immer, dieses nervtötende Summen. Hühnergackern von weit her und seine eigenen Schritte auf den Dielen, die überlaut hallten. Er öffnete die Tür am Ende des Gangs und trat in den Raum, der einmal das Studierzimmer seines Alten gewesen war. Diffuses Licht, das ihn einhüllte, blendete, alles dämpfte. Weiße Tücher über Tür, Fenster und Schränken. Auf dem Tisch ein Porträtfoto seines Vaters auf weißem Tischtuch, eine Altarkerze, die nicht brannte, die Urne und weiße Dahlien.

Arno ging zum Sekretär und setzte sich. Die etwa 20 Briefe waren in eine rote Schleife gebunden. Er erkannte die Handschrift seiner Mutter auf dem, der zuoberst lag. Das Papier war vergilbt und sehr dünn, die Ränder bereits brüchig.

Wirst du die Wahrheit auch ertragen, hatte Egon ihn gefragt, und er war seinem Onkel diese Antwort schuldig geblieben und wohl mehr noch sich selbst. Doch es hatte gar keiner Erwiderung bedurft, begriff er auf einmal, weil das gar keine Frage gewesen war, sondern eine Warnung, und nun war es zu spät, sie zu beherzigen. Vorsichtig löste Arno die Schleife und faltete den Bogen auseinander. Der Raum um ihn herum schien zu verschwimmen und verlor sich im Weiß. *Geliebter Martin …*

Frieda

Die Hunde bellten und bellten und zerrten an ihren Ketten. Ein rumänischer Junge kam Frieda entgegen und gaffte sie an wie eine Erscheinung, drei struppige Ziegen folgten ihm in akkurater Reihe. Frieda lief weiter, blicklos, im Zickzackkurs, erreichte nach einer Weile die Ringmauer, aus der sich die Kirche erhob. *In Zeiten der Belagerung zogen sich die Siebenbürger Sachsen im Mittelalter in ihre Kirchenburgen zurück, im Inneren des Schutzwalls besaß jede Familie eine Kammer, in der sie selbst in Friedenszeiten alle Vorräte aufbewahrte.* Hatte Arno ihr das erzählt oder wusste sie das aus dem Internet? Sie erinnerte sich nicht und es spielte auch keine Rolle. *In der Urne ist Schuhcreme* – ja, von wegen. Sie hatte Arno das geglaubt, genau wie sie ihm geglaubt hatte, seine Schwester würde ihr helfen.

Der kleine Ziegenhirte war auf einmal wieder da – oder war das ein anderer Junge? Jedenfalls stand da ein barfüßiger

Knirps mit drei Ziegen in sicherer Entfernung von ihr und glotzte. Frieda hastete weiter an der Mauer entlang und stieß auf eine tunnelartige Treppe, die geradewegs in die Mauer und hinauf zur Kirche führte. Sie folgte den Stufen ins Halbdunkle und gelangte auf eine Wiese. Sogar Buschwerk und Bäume wuchsen hier. Und die Kirche stand frei in der Mitte. Verschlossen natürlich. Aber auf der vom Dorf abgewandten Seite ihres Schutzwalls gab es ein Tor und der Grasweg dahinter führte durch einen verwilderten Obsthain zum Friedhof.

Wenn ein Siebenbürger Sachse in Deutschland stirbt und beigesetzt wird, läuten die Totenglocken für ihn auch in Rumänien. Das hatte sie definitiv aus dem Internet, und Arno hatte das bestätigt, ohne allerdings seinen Vater und die Urne zu erwähnen. Sie sollte zurückgehen, ihm den Autoschlüssel abnehmen, nach Hermannstadt fahren und sich dort ein Hotel suchen. Warum tat sie das nicht? Sie verstand sich selbst nicht.

Der Friedhof lag an einem Hang. Betonsockel umfassten die Grabstätten, selbst einige Grabsteine und Obelisken waren aus Beton gefertigt worden, vielleicht hatte Ceauşescu seinem Volk nicht einmal Granit gelassen. Frieda sah sich um. Das Land war weit und grün und sehr leer. Über den Zacken der Karpaten wirkte der Himmel auf einmal durchlässiger, als könnte die Sonne sich doch noch behaupten, nun, da der Tag sich dem Ende zuneigte.

Behrens. Dengel. Schmitt. Müller. Ein deutscher Friedhof war dies, der doch fremder nicht sein konnte. Ein Ort, an dem niemand mehr trauerte, der beinahe vergessen war, genau wie dieses Land, das sein Volk verloren hatte. Einige der Grabsteine drohten umzustürzen oder waren bereits von ihren Sockeln gebrochen. Unkraut wucherte aus allen Ritzen und eroberte die einstmals liebevoll angelegten Beete. Selbst die Betonplatten, die viele Gräber verschlossen, waren verwittert, von Flechten und Moosen verkrustet.

Frieda bahnte sich einen Weg durch die Reihen und entdeckte am Rand unter einer windschiefen Kiefer tatsächlich das Grab der Familie Rether. Arnos Mutter war 1978 gestorben, was das anging, hatte Arno nicht gelogen. Auch der Name seines Vaters war bereits in den Stein gemeißelt worden, in denselben goldenen Sütterlinlettern wie der seiner Mutter, nur das Todesdatum musste noch ergänzt werden. Hatte Martin Rether das noch selbst veranlasst? War das seine Hoffnung gewesen, das letzte Ziel – oder ein rein formaler Beschluss seiner Kinder? Sein Vater habe seine Mutter nicht geliebt, hatte Arno gesagt. War Henny womöglich doch seine große Liebe gewesen, entgegen aller Wahrscheinlichkeiten? Wenn überhaupt, wäre das allenfalls noch theoretisch zu ermitteln – ein Konstrukt, dessen Richtigkeit niemals bewiesen werden konnte, genauso wenig wie die Geschichte des Kosmos.

Frieda setzte sich auf die Umfriedung des Nachbargrabs. Familie Müller, schon wieder. Auch in Siebenbürgen war das offenbar einer der häufigsten Nachnamen. Und was folgte daraus? Nichts. Gar nichts. Der Mann, den Henny vielleicht einmal so sehr geliebt hatte, dass sie ihr Kopftuch mit ihm geteilt und ihn niemals vergessen hatte, konnte überall sein: auf jedem Friedhof in Siebenbürgen. In jedem Dorf. Oder doch in Deutschland. Tot oder Lebendig. Sie könnte jetzt, hier in diesem Moment direkt vor ihm stehen – oder an seinem Grab –, ohne das auch nur zu merken.

Die Stille war vollkommen, unwirklich, ein großes Lauschen. Von irgendwoher frischte Wind auf, sanft wie ein Streicheln.

Frieda schloss die Augen, glaubte sich für Sekunden eins mit dieser Landschaft, als sei sie hier festgewachsen, unfähig, sich von der Stelle zu rühren, für immer den Launen der Jahreszeiten unterworfen. Sie öffnete die Augen wieder und sprang auf. Jetzt werd nicht verrückt, Frieda Telling, gebrauch deinen Verstand. Halte dich an die Fakten, stell dir vor, diese Suche wäre eine wissenschaftliche Aufgabe.

Ein halbes Kopftuch. Eine mit Schmetterlingen verzierte Schachtel. Weihnachten 1948. Ein bestickter Wandbehang. Ein Reiseführer aus dem Jahr 1966. Das Lager Sachsenhausen. Die Baracken. Frauen und Männer waren strikt getrennt worden. Einzig die Aufseher hatten Zugang zu beiden Welten gehabt. Davon abgesehen trafen die beiden Geschlechter nur im Häftlingstheater zusammen. Frieda zerrte die Ensembleliste aus ihrer Handtasche und strich sie glatt. Müller – auch hier. Es gab eine Tänzerin, Alwine Müller, und einen Emil Müller, der Trompete gespielt hatte. Ein Blasinstrument – möglicherweise war das also ein Hinweis, denn Blasmusik war wichtig in Siebenbürgen. Doch wie viele Männer aus Hennys Jahrgängen hatten wohl Emil Müller geheißen?

Vielleicht war es ja einen Versuch wert. Vermutlich waren die Erfolgsaussichten sogar deutlich höher als die, in den Tiefen des Weltalls eine zweite Erde aufzuspüren, vor allem, wenn man einmal annahm, dass auch der Wandbehang, den Henny bestickt hatte, von Bedeutung war und somit der Ort Birthälm.

Frieda rief die Telefonnummer an, die ihr der Kurator des Lagermuseums bei ihrem letzten Besuch gegeben hatte. Er würde doch wissen oder für sie herausfinden können, ob es im Ensemble des Lagertheaters Männer aus Siebenbürgen gegeben hatte. Oder war der Herkunftsort der Gefangenen überhaupt nicht registriert worden? Die Leitung tutete ins

Leere, nach einer Weile meldete sich ein Anrufbeantworter. Feierabend in Deutschland, auch hier färbte sich die Wolkenschicht über den Karpaten bereits rosa. Sie hinterließ eine Nachricht, bat dringend um Rückruf, starrte auf ihr Handy. Nun, da sie es in der Hand hielt und benutzte, begann es erneut zu vibrieren. Paul. Graham. Die Personalabteilung des Max-Planck-Instituts. Hennys Pflegeheim. Sogar Aline. Alle hatten Nachrichten auf ihrer Mobilbox hinterlassen. Frieda hörte sie ab, einfach nur, damit ihr Handy wieder Ruhe gab. Worte, die an ihr vorüberdrifteten. Aline hatte gar nicht selbst angerufen, sondern Jan. Seine Stimme klang hell. Aline schlafe, sie sei immer noch wütend. Aber er wollte Frieda doch mitteilen, dass die Ärzte heute zum ersten Mal selbst davon gesprochen hätten, dass Aline wieder laufen können würde, vielleicht sogar tanzen.

Aline würde wieder gesund werden. Vielleicht. Wahrscheinlich. Das war eine gute Nachricht, die einzige, auf die es tatsächlich ankam, das Glück, das ihr genügen musste, auch wenn sie das im Moment noch nicht fühlte, weil sich der Rest ihres Lebens in Chaos auflöste. Aline gesund, doch, das war Glück. Überwältigend, strahlend! Frieda warf das Mobiltelefon in ihre Handtasche und machte sich auf den Rückweg zu dem hellblauen Haus. Sie musste handeln, sie brauchte ihren Laptop und der lag noch in Hermannstadt. Sie musste dorthin zurückfahren, musste Jan zurückrufen und zumindest einige der anderen Nachrichten beantworten, durfte sich nicht länger tot stellen.

Der Mietwagen stand noch an der Stelle, an der Arno ihn geparkt hatte, unberührt offenbar, mit heruntergelassenen Fenstern, aber Arno hatte wohl den Zündschlüssel abgezogen. Oder jemand anderes? Im Hof scharrten Hühner, der rote Pick-up, der vorhin neben dem Stall geparkt hatte, war verschwunden. Gehörte der Arnos Schwester? Waren die beiden zusammen fortgefahren? Aber warum stand dann die Haustür offen?

»Arno?«

Ihre Stimme trug nicht, als würde sie augenblicklich verschluckt werden, nur der Kies knirschte überlaut unter ihren Schritten. Sie trat über die steinernen Eingangsstufen in den Hausflur. Die Küche war leer, der nächste Raum – offenbar das Wohnzimmer – ebenfalls. Kein Laut außer ihren eigenen Schritten war zu hören, die letzte Tür am Ende des Flurs war verschlossen.

»Arno? Hallo?« Die Tür schwang auf, als Frieda klopfte, also war sie wohl nur angelehnt gewesen. Das Bild, das sich ihr dahinter offenbarte, lag im Nebel, als habe ein Maler zu viel Weichzeichner verwendet. Weiße Tücher in milchweißem Licht. Die Urne, die Arno in Berlin neben seinen Turnschuhen gelagert hatte, als dunkler Kontrastpunkt auf weißer Spitze neben einer weißen Vase mit weißen Blumen. Und Arno, zusammengesunken an einem Sekretär, mit dem Rücken zur Tür, den Kopf in den Händen. Er saß vollkommen still und gab keinen Laut von sich, dennoch war Frieda sicher, dass er weinte.

Ein weiteres Drama, dem sie sich nicht gewachsen fühlte, mit dem sie genau genommen nichts zu tun hatte. Ein Drama um seinen toten Vater? Seine Mutter? Die Schwester?

»Arno?«

Er zuckte zusammen, wandte sich so langsam zu ihr herum, als wäre jeder Millimeter ein Kraftakt. Er hatte tatsächlich geweint, fuhr sich im Zeitlupentempo über die Augen.

»Wie spät ist es?« Seine Stimme klang heiser.

»Schon gleich acht.«

»Acht. So spät.«

»Ja.«

Das Haus war zu still, dieser Raum viel zu weiß. Sie wollte hier raus, zurück nach Hermannstadt, und dann nach Deutschland, um ihr eigenes Leben zu kitten. Sie wollte zu ihrer Tochter, sie umarmen, bejubeln, obwohl Aline selbst nicht einmal mit ihr telefonieren wollte. Sie wollte hierbleiben und Arno in den Arm nehmen, obwohl sie genau diese Vorstellung lähmte. All diese Schmerzen, die man sich im Namen der Liebe zufügte. Von Generation zu Generation. Ein Fluch, der nicht aufhörte. Sie war es so leid.

»Du hast deiner Schwester nicht mal angekündigt, dass wir kommen.«

»Ich hätte dir das sagen müssen. Und auch das mit der Urne. Ich wollte das auch. Aber es gab einfach nie den richtigen Zeitpunkt.«

»Und jetzt?«

»Wir können über Nacht hierbleiben. Mein Schwager ist mit den Kindern in Bukarest, Katharina bis morgen bei einer Freundin.« Er lachte so tonlos, wie er sprach. »Hier ist auch mehr Platz als in der Pension. Hier hast du ein eigenes Schlafzimmer.«

»Du hast meinen Flug gebucht. Und dann lügst du mich an. Zum zweiten Mal schon. Warum?«

Die Stille verdichtete sich. Die einzigen Geräusche, die Frieda noch hörte, waren ihr eigener Atem und das gelegentliche Brummen ihres Handys, weil offenbar schon wieder neue Nachrichten eingingen. Ein Strudel, das alles. Ihr Leben in Scherben. Arnos Leben wohl auch. Es war eine Schnapsidee gewesen, hierherzufliegen, das konnte nichts bringen, nur weitere Wunden reißen.

Arno faltete einen Papierbogen zusammen, steckte ihn behutsam in ein Kuvert und legte dieses auf einen Stapel, schnürte ein rotes Band darum, erhob sich mit einer beinahe taumelnden Bewegung.

»Mein Vater hat meine Mutter geliebt«, sagte er, mit dem Rücken zu Frieda. »Sie war diejenige, die immer noch mal versuchen wollte, ein Kind zu zeugen, die einfach nicht aufgeben wollte.«

»Und du hast das immer falsch verstanden.«

Arno legte das Briefbündel neben die Urne, rückte es dann etwas näher an die Kerze. Selbst der Docht war noch weiß, niemand hatte ihn entzündet.

Arno räusperte sich, doch als er weitersprach, klang seine Stimme noch genauso rau wie zuvor. »Immerhin in einer Sache hatte ich recht. Meine Mutter wollte tatsächlich nicht auswandern – aber nicht, weil sie fürchtete, sie selbst könnte es in der Fremde nicht aushalten –, sondern er.«

»Aber diesmal hatte dein Vater sich durchgesetzt.«

Arno nickte und wandte sich zu Frieda um, sah ihr, zum ersten Mal seitdem sie diesen Raum betreten hatte, in die Augen. »Er wollte sie retten. Er hat sie geliebt. Er wollte sie immer nur glücklich machen, und das hat sie getötet.«

Arno

»Ihr Kinderwunsch hat sie getötet. Die Entscheidungen, die sie selbst getroffen hat. Der Krebs«, sagte Frieda.

Sie hatte recht. Er wusste, dass sie recht hatte. Aber es folgte nichts daraus, keine Erleichterung, nur Leere. Und natürlich war das Drama seiner Familie und seiner eigenen Lebenslügen keine Antwort auf die Frage, warum er Frieda angelogen hatte.

»Du musst raus aus diesem Zimmer.« Frieda trat auf ihn zu und fasste nach seiner Hand.

»Ich kann jetzt nicht zurück nach Hermannstadt fahren.«

Sie musterte ihn. Nickte. Lotste ihn in die Küche.

»Du brauchst was zu essen. Und zu trinken. Und ich übrigens auch.«

»Die Speisekammer ist da hinter der Tür neben dem Kühlschrank. Katharina sagt, wir können alles benutzen.«

Frieda nickte erneut und begann Schränke und Schubladen zu öffnen, mit schnellen, präzisen Bewegungen. Der Kühlschrank war neu, der Elektroherd ebenso. Die wuchtige gusseiserne Feuerstatt, mit der sich seine Mutter früher geplagt hatte, existierte nur noch in seiner Erinnerung, genauso wie seine Mutter selbst und sein Vater und all die Stunden, in denen sie um diesen Holztisch gesessen hatten. Nur die Geister waren geblieben und leisteten ihm und Frieda Telling Gesellschaft. Doch vielleicht würden sie sich ja noch befrieden lassen, nun, da er in ihr Reich zurückgekehrt war. Selbst die Fliege, die bei seiner Ankunft am Nachmittag noch blindwütig gegen die Fensterscheibe angestürmt war, hatte ihre Fluchtversuche offenbar aufgegeben.

Durch die Dämmerung vor den Fenstern huschte ein gebücktes Mütterchen mit Kopftuch und scheuchte Katharinas Hühner in den Stall, ohne das Haus auch nur eines Blickes zu würdigen. Ein weiterer Abkömmling einer versunkenen Welt oder auch ein Gespenst, wer wusste das schon?

Frieda setzte einen Topf mit Wasser auf, legte Pasta bereit, zerschnitt Knoblauch, Tomaten, Zwiebeln und Basilikum, zerrieb eine Chilischote, hieß ihn sitzen zu bleiben. Der Duft gebratenen Knoblauchs überlagerte den der Äpfel in der Obstschale, und wie auf Befehl knurrte plötzlich sein Magen, als ob er seit sehr langer Zeit keine Nahrung mehr zu sich genommen hätte. Arno stand auf, ging ins Bad und wusch sich Gesicht und Hände. Fand im Wohnzimmer eine Steckdose für seinen Laptop und bat die Pensionswirtin in Hermannstadt per Mail, das gebuchte Zimmer zu halten, auch wenn sie dort in dieser Nacht nicht mehr auftauchen würden.

Als er zurück in die Küche kam, hatte Frieda den Tisch gedeckt und Kerzen entzündet und sogar eine Flasche Rotwein gefunden. Arno entkorkte sie und schenkte ein, während Frieda die Teller füllte und sich ihm gegenübersetzte. Sie waren aus der Zeit gefallen, geborgen in ihrer Unauffindbarkeit. Ein absurder Gedanke, der sich dennoch nicht wieder vertreiben ließ, nein, kein Gedanke, eher ein Gefühl. Weit entfernt auf dem Flur kündete Friedas Handy von Botschaften aus fremden Welten, die sie jedoch nicht zu hören schien oder ignorierte.

Sie begannen zu essen und die Aromen der Gewürze und der überreifen Tomaten explodierten förmlich an seinem Gaumen. Italienische Pasta – ein gegenwärtiger Genuss, keiner aus der Vergangenheit. Arno hob sein Glas, nachdem sein erster Hunger gestillt war, stieß es gegen Friedas.

»Du kochst gut. Sehr gut.«

»Ach was, überhaupt nicht. Das hat mich noch nie interessiert. Paul kocht bei uns – kochte, meine ich. Ich beschränke mich auf ein paar Standards.«

»Und dies hier ist so ein Standard?«

»Das Trostessen aus Alines Jugend. Jan hat angerufen und sagt, es geht ihr besser. Aber sie will mich nicht sehen, will mich nicht einmal anrufen.«

»Sie kann dich nicht hassen.«

»Weil ich ihr Nudeln mit Tomatensoße gekocht habe?«

»Weil du sie liebst und ihretwegen sogar einen Mann vor

dem Hungertod rettest, der dich mit falschen Versprechungen in ein rumänisches Kaff gelockt hat.«

Sie hob die Augenbrauen und musterte ihn. Ihr Mundwinkel zuckte.

»Wirst du deinen Paul tatsächlich verlassen? Nur wegen einer einzigen Lüge?«

»Ich weiß es nicht. Ich weiß momentan nicht einmal, ob ich ihn jemals wirklich geliebt habe. Vielleicht war ich immer zu feige, mir das einzugestehen. Und Aline hat das gespürt und dagegen rebelliert.«

Sie stand auf und häufte eine zweite Portion Pasta auf seinen Teller. Setzte sich wieder, trank ihren Wein in geistesabwesenden Schlucken und starrte an ihm vorbei in die Schwärze des Fensters.

Zu viel, was er ihr sagen wollte, musste, konnte. Zu viel und zu wenig. Und er war nicht in der Position, irgendetwas zu garantieren. Er suchte nach Worten, fand keine, die taugten. Im Kerzenlicht wirkten Friedas Augen so dunkel wie das Fenster. Schatten zuckten über ihr Gesicht, ließen es in einem Moment beinahe kindlich erscheinen und im nächsten gealtert, als wäre sie in eine Zeitmaschine geraten. Er wandte den Blick zu den Kerzen, die in einem Lufthauch flackerten, den er nicht fühlte. Die Zigeuner vielleicht. Die Geister, die mit ihnen tanzten. Arno schloss die Augen und streckte die Beine aus. Die Müdigkeit kam zurück. Eine Leere, die womöglich noch größer war als diese namenlose Trauer, von deren Existenz er bis vor ein paar Stunden nichts gewusst hatte.

Ein Geräusch, das eigentlich gar keines war und dennoch den ganzen Raum zu erfüllen schien, zwang ihn, die Augen wieder zu öffnen. Frieda zerschnitt einen Apfel, so bedächtig wie seine Mutter. Arno blinzelte und konzentrierte sich auf das glitzernde Fruchtfleisch. Er wollte jetzt um Himmels willen nicht schon wieder die Beherrschung verlieren und heulen.

»Willst du auch?«

Er brachte ein Nicken zustande, langte nach einem Apfelschnitz, schob ihn in den Mund und kaute. Und noch mal. Und wieder. Mäuseeckchen, die sich auf einem leer gegessenen Teller anhäuften. Ein Tribut für die Ärmsten. Aber das war vergangen, allenfalls noch ein Echo. Es zählte nicht mehr, und es war auch völlig egal, was sein Vater und Friedas Mutter einmal füreinander empfunden und ob sie ein rotes Kopftuch geteilt hatten, dies hier allein war, was zählte, nur dieser Moment, er selbst und diese Frau. Er und Frieda Telling.

»Bitte.« Seine Stimme klang rau, als hätte er Jahre, Jahrzehnte nicht mehr gesprochen.

Frieda schien zu erschrecken, ein beinahe unmerkliches Zucken verriet das. Er stemmte sich hoch und streckte die Hand aus. Sie ignorierte die Geste und erhob sich dennoch, langsam, quälend langsam, aber nicht, weil sie Angst hatte, erkannte er, als sie endlich vor ihm stand und ihn ansah, jedenfalls fürchtete sie sich nicht vor dem, was er von ihr wollte. Vielmehr schien sie sich um ihn zu sorgen und näherte sich ihm so behutsam, als wäre er ein verletztes Tier, das ihre Hilfe zugleich dringend brauchte und fürchtete. Sie atmete aus und legte ihre Hände an seine Wangen. Fiel er gegen sie oder sie gegen ihn? Unmöglich, das zu entscheiden, aber plötzlich hielt er sie in den Armen, ein Taumel, und fühlte ihre Lippen auf seinen.

Sie schmeckte nach Apfel und Rotwein. Er flüsterte ihren Namen, ohne die Lippen von ihren zu lösen, hielt sie noch fester. Irgendwann nach einer nicht zu bemessenen Zeitspanne befand er sich zum ersten Mal seit Jahrzehnten wieder im Obergeschoss seines Elternhauses, nackt und erwachsen in einem Doppelbett in dem Zimmer, das schon einmal ihm gehört hatte, nur dass er das damals nie so empfunden hatte.

Ihre Hände auf seinem Rücken, seiner Taille, seiner Brust, seinem Bauch. Ihre Hände, die ihm durchs Haar streichen. Ihr Atem. Ihr Geruch. Ihr leises Wimmern bei jeder seiner Berührungen. Ihr Hunger.

»Warte. Langsam.«

Ihr Atem flog. Nun, da sie sich erneut dazu durchgerungen hatte, gab sie sich ihm mit derselben Entschlossenheit hin, die ihn schon im Berliner Gewitterregen erstaunt hatte. Er lachte leise. Warum lagen Glück und tiefste Erschütterung so dicht beieinander? Warum gab es das eine nicht ohne das andere?

Ihre Haut war so weich. Er schickte seine Zunge auf die Reise, die Hände, sich selbst. Weltlosigkeit. Zeitlosigkeit. Ein großes Pochen, das anschwillt, anhält, sich weitet. Frieda sah ihn unverwandt an, als er in sie glitt, und es war nicht fremd mit ihr, eher wie der Besuch in einem Land, das er sonst nur im Traum erreichte oder in einer nie vollständig abrufbaren Erinnerung, aber nicht wirklich.

10.

Frieda

Sie konnte nicht sagen, was sie geweckt hatte – vielleicht der Ruf eines Nachtvogels, der durch das weit geöffnete Fenster hereindrang. Arnos Hand lag auf ihrer Hüfte, ihr Kopf in seiner Armbeuge, ihre Linke auf seiner Brust. Arno seufzte, als sie sich von ihm löste, schlief aber weiter. Wie spät war es wohl? Am Himmel kündete noch nichts vom herannahenden Tag, doch es war offenbar aufgeklart, Sterne ergossen sich auf die Felder und Hügel wie glitzernde Diamanten. Sie konnte die Milchstraße sehen, ein leuchtendes Band, und die Kassiopeia. Sie konnte sogar das Scheinwerferlicht der Autos auf dem Transfagaras erkennen, jener Passstraße, die Ceaușescu in den 70er-Jahren in die Karpaten hatte sprengen lassen, um Bukarest mit Transsilvanien zu verbinden, obwohl niemand den strategischen Nutzen dieses größenwahnsinnigen Projekts verstanden hatte und Hunderte Straßenarbeiter dabei starben. Doch im Gegensatz zu den meisten anderen baulichen Hinterlassenschaften des Diktators wurde der Transfagaras noch heute benutzt, und aus der Distanz sahen die Scheinwerfer der Autos wie Sterne aus, die einer nach dem anderen auf die Kugelbahn eines Kindes gerieten und im gemächlichen Zickzackkurs zu Boden trudelten, ohne dass sich ihre Anzahl am Himmel je verringerte.

Frieda stand auf und geriet ins Stolpern, weil sich etwas um ihren Fußknöchel schlang. Arnos Jeans, sie schob sie beiseite, lächelte. Die Spur ihrer Kleidungsstücke zog sich vermutlich bis ins Erdgeschoss. Wie zwei Verhungernde waren sie übereinander hergefallen, als seien ihre ganzen Leben auf diesen einen Moment ausgerichtet gewesen, als seien sie immer schon blind aufeinander zugetrieben, um einander nun, da sie längst aufgehört hatten, an ein Zusammentreffen zu glauben, doch noch zu finden.

Sie tastete sich weiter vorwärts, vorsichtiger jetzt. Aus dem Bett hinter ihr kam keine Regung. Ihre Knie fühlten sich weich an, ihr ganzer Körper schien sich in den letzten Stunden in eine träge, wohlige Masse verwandelt zu haben, die ihre Befehle nur mit großer Verzögerung ausführte. Sie benutzte die Toilette, tappte dann in ein Handtuch gehüllt hinunter in die Küche. Irgendwann, als sie schon jegliches Zeitgefühl verloren hatten, war Arno dorthin gesprintet, um mit einer Beute aus Wein, Oliven, Käse und Crackern zurückzukommen, und sie hatten kichernd im Bett gepicknickt wie zwei Kinder, die eine verbotene Mitternachtsparty zelebrierten und sich unter der Bettdecke Geheimnisse zuraunten, bevor sie die Krümel beiseitefegten, um ein weiteres Mal ineinander zu versinken.

Sie setzte sich an den Küchentisch, goss Mineralwasser in ein Glas und trank in langen, durstigen Schlucken. Von dieser Seite des Hauses aus betrachtet, wirkte die Schwärze draußen doch nicht mehr absolut. Vielleicht, weil sich ihre Augen daran gewöhnt hatten oder weil die Küche nach Osten lag und der Morgen herandämmerte. Frieda füllte ihr Glas erneut. Sie musste müde sein, zu Tode erschöpft, aber sie fühlte sich überwach, wie berauscht, jede einzelne ihrer Körperzellen schien zu vibrieren.

Sie zog die Knie hoch und umschlang sie mit den Armen. Irgendwo in ihrem Hinterkopf lauerten die Gedanken an Paul. Morgen würde sie ihn zurückrufen. Oder Übermorgen. Um was zu sagen? 5-Sterne-Sex war etwas anderes als Liebe, Leidenschaft noch längst keine Voraussetzung für eine gute Ehe oder einen auch nur halbwegs funktionierenden gemeinsamen Alltag. Aber was war die Alternative? Das geordnete, unaufgeregte Leben in einem Glashaus mit selbst gekochten Abendmahlzeiten und Fachsimpeleien? Mit Arno sprach sie anders, als sie das mit Paul je gekonnt hatte. Offener. Freier. Paul würde das nicht verstehen. Sie verstand es ja selbst nicht. Aber es stimmte, sie würde ihm eine SMS schicken, ein Lebenszeichen zumindest, ihm von Alines guten Nachrichten berichten. Und Aline würde sie auch eine SMS schicken, wie sehr sie sich freue.Und dann würde sie zurück zu Arno ins Bett zu kriechen. Ein Mal, ein einziges Mal in ihrem Leben würde sie nicht vernünftig sein, sondern verwegen.

Sie machte sich auf die Suche nach ihrer Handtasche, fand sie in dem gespenstisch farblosen Trauerzimmer, in dem Arno geweint hatte. Sein Vater war nicht Hennys große Liebe gewesen und Henny nicht die seine. Und doch war dieses Foto, das die beiden Seite an Seite zeigte, zu einem Katalysator geworden, der alles beschleunigt hatte.

Ihr Mobiltelefon brummte, sobald sie es in die Hand nahm. Die Flut der unbeantworteten Anrufe, Mails und Textnachrichten war noch weiter angeschwollen. Aber Paul hatte seine Versuche, mit ihr zu sprechen, offenbar aufgegeben, die letzten zwölf unbeantworteten Anrufe waren allesamt aus Hennys Pflegeheim gekommen. Quasi im Stundentakt hatten zunächst die Stationsleiterin und dann eine Nachtschwester und ein Arzt Nachrichten auf Friedas Mobilbox hinterlassen. Eine Chronik des Verfalls, ein sich zuspitzendes Drama. Henny verweigerte nun auch flüssige Nahrung. Henny schrie und schlug um sich. Henny bekam Fieber. Henny halluzinierte und flüsterte immer wieder das Wort »Mörder«. Das Fieber stieg, trotz der Medikamente. Henny verlor das Bewusstsein. *Die Kraft geht zu Ende, Frau*

Dr. Telling, es kann jetzt sehr schnell gehen, melden Sie sich bitte dringend, versuchen Sie zu kommen.

Friedas Herz raste, ihre Hände fühlten sich eiskalt an, obwohl sie schwitzte. Ihre Mutter lag im Sterben, war vielleicht schon tot. Ihre Mutter rang sterbend mit einem Mörder. Wer sollte das sein, jemand aus dem Gefangenenlager? Ihr Ehemann, Friedas Vater? Das konnte nicht sein. Das durfte nicht wahr sein. Oswald Telling mochte Aufseher in Sachsenhausen gewesen sein, aber deshalb war er noch kein Mörder.

Oder doch? Was wusste sie schon? Was wussten selbst erwachsene Kinder jemals vom Vorleben ihrer Eltern? *Man darf sich nicht täuschen lassen von seinen Erwartungen.* Ihr Vater behielt recht. Auch hier in Siebenbürgen war sie den Geheimnissen ihrer Mutter kein bisschen nähergekommen, im Gegenteil. Ihre Reise nach Siebenbürgen glich dem Blick durch ein neues, lichtstärkeres Teleskop. Im ersten Augenblick war man überwältigt von der Brillanz und dem nie zuvor erblickten Detailreichtum, der sich nun offenbarte, doch sogleich erwuchsen daraus weitere Fragen, an die man ohne dieses Teleskop nicht einmal hatte denken können. Und schon hoffte man auf ein noch lichtstärkeres Teleskop und noch leistungsstärkere Computer. Doch auch die boten keine Erlösung.

Wir sind wir. Jetzt ist jetzt. Arnos Worte in Berlin. Seine Zuversicht, die in der Gegenwart lag. Vielleicht hatte er recht, das war alles, was sie hatten. Frieda sprang auf. Sie musste nach Deutschland zurückfliegen und sich von ihrer Mutter verabschieden. Heute noch, gleich. Sie musste einen Flug buchen. Quälend langsam baute sich die Reisebörse auf dem Display des Handys auf und fraß sich dann fest. Der Empfang war zu schwach. Aber Arno hatte vorhin Mails verschickt. Sein Laptop stand immer noch aufgeklappt auf dem Couchtisch, und sobald Frieda das Mousepad berührte, erwachte er rauschend zum Leben. Sie kniete sich auf den Boden. Kein Passwortschutz – das war leichtsinnig und andererseits gut, so musste sie Arno nicht wecken.

Als Hintergrundbild hatte er hellgraue Kieselsteine gewählt. Sie schloss das Mailprogramm, schob den Cursor zum Internetbrowser, stutzte. Der geöffnete Dateiordner LUNA WILDE ließ keinerlei Zweifel daran, dass Arno der Urheber dieser Schmonzetten war, nicht ihr Übersetzer. Aber das hatte sie bereits geahnt, das war ein Witz im Vergleich zu dem Textdokument, das danebenlag. DAS ROTE KOPFTUCH. Sobald sie die ersten Zeilen gelesen hatte, wünschte sie sich sehnlichst, sie könnte sie wieder vergessen. Aber das war unmöglich, die Zeit ließ sich weder anhalten noch zurückdrehen, eine einmal verlorene Unschuld nie wiederherstellen.

Etwas Warmes, Nasses rann ihr über Wangen, ihre Kehle brannte, der Brustkorb, ihr ganzer Körper. Handeln, Frieda, du musst handeln. Du musst weg hier, nach Deutschland. Du musst dieses Textdokument wieder schließen und stattdessen den Internetbrowser öffnen. Du musst die Flugbörse aufrufen, die Abflugzeiten anschauen, die Fluggesellschaft anrufen und buchen, den Browser wieder schließen und aufstehen. Du musst deine Kleidung zusammensuchen und dich anziehen. Den Autoschlüssel aus Arnos Hosentasche nesteln und den der Pension. Und dann musst du wieder die Treppe hinunter und du darfst keinen Blick zurückwerfen, weil du dann zusammenbrichst, weil du das nicht aushältst.

Ein Ende mit Schrecken, der Schmerz würde irgendwann nachlassen, so wie damals, als sie aus Amerika geflohen war.

Sie sagte sich das vor, klammerte sich an ihre stummen Anweisungen, trieb sich damit vorwärts, aus dem Haus und über den Hof und ins Auto.

Sie zitterte, nahm sie wie aus weiter Ferne wahr. Sie zitterte so stark, dass sie kaum die Füße auf den Pedalen halten konnte. Sie zwang sich zur Konzentration, manövrierte den Schlüssel ins Zündschloss, gab Gas. Es würde nicht gut gehen mit Arno, nicht auf Dauer, das war ihr von Anfang an klar gewesen, noch bevor sie ihn küsste. Sie stammten aus verschiedenen Welten, waren darin verhaftet, mussten dorthin auch wieder zurückkehren. Ein Ausflug hatte das werden sollen. Ein Ausflug auf eine sonnige Insel. Und so hatte es sich in den letzten Stunden auch angefühlt, selbstverständlich und leicht, und irgendein unbelehrbarer Teil von ihr hungerte selbst jetzt noch danach, trotz dieser Zeilen, die sie gerade gelesen hatte.

Sie wendete und schaltete in den zweiten Gang. Der Motor heulte auf, das Auto machte einen Satz vorwärts und krachte in eine Bodenwelle, die Wucht des Aufpralls schleuderte sie beinahe aus dem Sitz.

»Frieda!« Der Schrei flog durch die Nacht. Arno hetzte nackt über den Hof, wollte sie unbedingt einholen.

Sie hielt das Lenkrad fester und gab noch mehr Gas. Sah im Rückspiegel, dass Arno zurückfiel. Sein bleiches Gesicht, sein Mund, die weit aufgerissenen Augen. Er schrie immer noch, fuchtelte mit den Armen und rannte, als ob er sie tatsächlich liebte und zurückhalten wollte, und ihr Schmerz nahm noch zu, ein Messer, das in ihrem Zwerchfell wütete, nein, viel tiefer, und das Messer glühte.

Bergab ging es jetzt, immer noch auf unbefestigten Wegen durchs Dorf, vorbei an der Kirchenburg und der Schule und schlafenden Häusern und Gärten. Ihr Fuß rutschte vom

Gaspedal. Sie zwang ihn zurück, schleuderte in eine Kurve. Sie war eine Närrin. Sie war erbärmlich. Sie hatte von sonnigen Inseln fantasiert, von Liebe, dabei war sie nur ein Kick für Arno gewesen, ein Spielzeug. Ein Skalp mehr an seinem Gürtel. Eine nicht mehr ganz frische Nuss, die er hatte knacken wollen, um danach darüber schreiben zu können. Er hatte sie benutzt, um sie in eine Romanfigur zu verwandeln, sie und ihre Mutter und wohl auch seinen eigenen Vater.

Die Schweinwerfer erfassten die Landstraße, endlich, ein bleigraues Band, rechts ging es nach Hermannstadt. Tränen, immer neue Tränen strömten Frieda aus den Augen. Warum war Arno eben wie verzweifelt hinter ihr hergerannt, wenn er sie doch nur benutzt hatte? Wer war dieser Mörder, von dem Henny fantasierte? Ihr Ehemann, Oswald? Frieda fuhr sich mit dem Ärmel übers Gesicht und zog die Nase hoch, es half nicht.

Der Himmel hing tief, eine Schwärze zum Greifen. Eine kalte, stoische Schönheit, die niemals enttäuschte, doch vielleicht stimmte selbst das nicht. Ein Pferdefuhrwerk kam vor ihr in Sicht, materialisierte sich wie aus dem Nichts im Lichtkegel der Scheinwerfer. Frieda drosselte das Tempo und überholte. Ein Schimmel mit roten Bändern in der Mähne zog einen offenen Wagen. Auf dem Kutschbock saß ein Mann mit schwarzem Hut und Anzug, eine Frau in bauschigem roten Kleid schmiegte sich an seine Schulter und hielt ein Tamburin in den Händen.

Frieda scherte wieder ein, das Gefährt verwischte im Rückspiegel zu einer hellen Schliere und verschwand. Ein Märchenbild war das vielleicht nur gewesen, ein Fiebertraum, eine von Chagall inspirierte Sinnestäuschung, die sich in diesem leeren, vergessenen Land als Wirklichkeit präsentierte.

Im Kokeltal wächst alles im Überfluss. Wie im Schlaraffenland. Die süßesten Trauben, hatte Henny der kleinen Aline einst ins Ohr geflüstert, wenn sie die Burg auf dem gestickten Wandbehang gemeinsam betrachteten. Vielleicht hatte sie dabei an ihren geheimen Geliebten gedacht. Vielleicht tröstete sie diese Erinnerung sogar jetzt noch, im Sterben.

Hatte sie sich dieses Pferdefuhrwerk gerade eingebildet oder tatsächlich überholt? Frieda hielt an und stieg aus, hörte hinter sich Huftrappeln, das sich entfernte, und das Murmeln eines Bachlaufs. Sie stapfte durch taugeschwängertes Gras ans Ufer, schöpfte kühles Wasser auf ihre brennenden Augen. Sie konnte nicht zu Paul zurück, genauso wenig, wie sie je ernsthaft zurück zu Graham gekonnt oder auch nur gewollt hatte. Die Erkenntnis war von irgendwoher gekommen, ohne dass sie überhaupt an Paul gedacht hatte, ließ sich nicht mehr vertreiben.

War das also der Sinn dieser Reise gewesen und dieser Nacht in Arnos Armen? Zu begreifen, dass sie ihren Mann zwar geheiratet, aber nie aus tiefstem Herzen geliebt hatte? Dass etwas tief in ihr – oder möglicherweise sogar nur ihr Körper – das immer gespürt hatte?

Scherben. Trümmer. Verlorene Welten. Immer wieder. Henny war in jener Nacht vor Jahrzehnten, als sie um das rote Kopftuch geweint hatte, wirklich verzweifelt gewesen, untröstlich. Sie war ein paar Tage fort gewesen vor dieser Nacht, ein Ereignis, über das nicht gesprochen werden durfte, niemals, genau wie über dieses nächtliche Drama. Kurz darauf hatte ihr Ehemann ihr rote Rosen geschenkt, über die Henny sich nicht freute. Hatte sie Mann und Tochter verlassen wollen und war dann doch zu ihnen zurückgekehrt? Hatte sie ausbrechen wollen und war gescheitert?

Frieda stieg wieder ins Auto. Etwa sechs Stunden blieben ihr noch bis zum Boarding. Eine winzige Chance, Hennys Geheimnis doch noch zu lüften. Sie wendete und gab wieder Gas. Schnell, damit sie sich das nicht wieder anders überlegte. Die Sterne verblassten bereits, als sie sich Alzen erneut näherte. Sie sah stur geradeaus und hielt ihr Tempo, ohne die Hauptstraße zu verlassen. Hinter Alzen wurde die Teerdecke rissiger. Grasduft wehte durch die Fenster. Feuchte Erde. Ein Hauch Dung. Hagere Rindviecher streunten über neblige Wiesen.

Die Straße wurde noch schlechter und schließlich zu einer Kiespiste. Für die knapp 40 Kilometer nach Birthälm benötigte Frieda über eine Stunde. Dann, endlich, blickte sie auf Hennys Burg: ein Koloss in einem Mauerring, der das Dorf überragte. Sogar die Details stimmten mit dem Wandbehang überein: die Zinnen und Tore. Die Türme, die alle unterschiedlich aussahen. Einer stand frei. Ein anderer, runder klebte direkt an einem größeren, eckigen wie ein Schutz suchendes Kälbchen. Zwei trugen Kragen aus rauchschwarzen Holzlatten. Auch die Weinhänge gab es, nur dass sie inzwischen vergrast waren, schon lange nicht mehr bewirtschaftet, aber die einstmals mühselig angelegten Terrassen waren noch erkennbar.

Ein verlassenes Paradies ohne Milch, ohne Honig. Frieda parkte auf dem menschenleeren Marktplatz. Kurz nach sechs Uhr erst. Sie fror und musste schon wieder pinkeln. Eine Blasenentzündung kündigte sich an, die Flitterwochenkrankheit, auch das noch. Sie biss die Zähne zusammen und stieg aus. Keine öffentliche Toilette. Kein Café. Niemand. Nicht einmal eine Jacke hatte sie dabei, oder rumänische Lei. Der Eingang der Kirchenburg war verschlossen ebenso wie die Verkaufsstände auf seinem Vorplatz. Und jetzt, Frieda Telling, war es das wert, war es das, was du dir hier erhofft hast?

Arno. Entgegen aller Vernunft sehnte sie sich nach Arno. Er würde lachen und einen scharfzüngigen Witz reißen und haargenau verstehen, wie sie sich hier fühlte. Aber dann würde er darüber schreiben und sie der Lächerlichkeit preisgeben. Dabei hatte gestern Nacht nichts dieses doppelte Spiel, das er mit ihr spielte, verraten. Seine Erschütterung schien so echt. Genau wie sein Begehren.

Irgendwo krähte ein Hahn. Hühner gackerten eine Antwort. Frieda lief ziellos im Zickzack durch sandige Gassen, entlang pastellfarben gestrichener Häuser, die sich zwischen riesigen Scheunentoren duckten. In welchem Jahr hatte Henny mit dem roten Tuch vor dem Spiegel gesessen und geweint? 1967? Stand dieses Ereignis überhaupt in Zusammenhang mit dem Reiseführer und dem Wandbehang, den sie ein paar Monate später bestickte?

Der Friedhof wirkte genauso verlassen wie der von Alzen. Unkraut und windschiefe Grabmale. Ein paar wenige frische Gräber waren mit Girlanden und Gestecken aus Plastik geschmückt worden, vielleicht weil schon bei der Beisetzung feststand, dass niemand das Grab würde pflegen können. Sie würde Stunden dafür brauchen, alle Namen mit denen des Lagertheaterensembles abzugleichen, Stunden, die sie nicht erübrigen konnte. Frieda machte kehrt und lief zurück Richtung Marktplatz. Das Dorf begann offenbar zu erwachen. Vieh blökte, irgendwo tuckerte ein asthmatischer Traktor. Ein Romajunge, der Schafe vor sich hertrieb, bog auf den Weg ein. Er begann zu rennen, als Frieda ihn ansprach. Sie folgte ihm langsam, sah staunend, wie Hoftore aufschwangen und weitere Schafe, Ziegen und Rinder entließen, die dem barfüßigen Hirten im geordneten Gänsemarsch hinterherliefen, als ob er sie verhext hätte.

Das nächste Tor öffnete sich und eine Alte in Kittelschürze

und Kopftuch scheuchte zwei magere Kühe in die Karawane, die beim Lostraben mit ihren Hinterhufen schlenkerten, als tanzten sie Charleston.

»Entschuldigen Sie, verstehen Sie Deutsch?« Frieda hastete zu der Alten hinüber, die innehielt und sie musterte.

»Ich suche jemanden.« Frieda zwang sich zu einem Lächeln. »Ich brauche eine Auskunft. Ich suche einen Mann, der im Jahr 1948 in Deutschland gewesen ist, vermutlich in einem Gefangenenlager.«

»Das ist lange her.«

»Ja, ich weiß.«

»Und der Name?«

»Den kenne ich leider nicht.« Frieda nestelte die Ensembleliste aus ihrer Tasche und hielt sie der Frau vor die Nase. »Schauen Sie bitte, hier. Stammt einer dieser Männer aus Birthälm?«

Die alte Frau blinzelte unschlüssig, vielleicht konnte sie gar nicht lesen oder war hoffnungslos kurz- oder weitsichtig?

»Emil Müller vielleicht«, sagte Frieda. Ein Schuss ins Blaue, genährt aus Verzweiflung.

Wieder ein langer, prüfender Blick. Doch dann, gerade als Frieda aufgeben wollte, hob die Alte den Arm.

»Fragen Sie die Theresia. Theresia Müller. Da entlang und dann links. Das gelbe Haus. Die Nummer 25.«

Theresia. War das Emil Müllers Frau? Oder seine Tochter? War er überhaupt der Mann, den sie suchte? Sand knirschte unter Friedas Füßen, sie zitterte noch immer, obwohl ihr Körper brannte. Das Herz. Die Augen. Die Blase. Die vielleicht am meisten. Aline bekam auch immer eine Blasenentzündung, wenn sie völlig erschöpft war. Oder wenn sie mit dem falschen Mann schlief? Irrsinnsgedanken, sie musste damit aufhören. Und sie brauchte jetzt wirklich sehr dringend eine Toilette. Frieda lief schneller. Das gelbe Haus war leicht zu finden, alt und schon lange nicht mehr gestrichen, Putz bröckelte von der Fassade, aber um den Sockel zog sich ein Kranz aus Ringelblumen und Tagetes und auf den Fensterbänken reihten sich Schalen und Blechbüchsen mit Kräutern.

Frieda klopfte und wartete. Die Frau, die ihr schließlich öffnete, war bestimmt über 80 und reichte ihr kaum bis zur Schulter. Ihr Blick war eisblau und sinnend. Stumm hörte sie zu, wie Frieda erklärte, was sie hierherführte.

Stille danach. Und ein Schatten, der über Theresia Müllers Gesicht flog. Sie war bestimmt einmal schön gewesen, war es noch heute. Eine Frau, die auf sich hielt. Selbst jetzt, in hohem Alter und zu dieser frühen Stunde, war ihr weißes Haar zu einem akkuraten Kranz gesteckt und ihre Bluse hatte dieselbe Farbe wie ihre Augen.

»Sie sehen Henny nicht ähnlich.«

»Sie kennen meine Mutter?«

»Sie war einmal hier. Vor sehr langer Zeit.«

»1967.« Friedas Mund war plötzlich sehr trocken.

»Ja, im Oktober. Ein goldener Herbst. Und dann so viele Tränen.«

Tränen, wieso Tränen? Hatte Hennys Geliebter sie verschmäht? War er Theresias Mann geworden? Oder war er schon tot, als Henny hierherkam? Bis 1959 hatte Henny vermutlich in Heidelberg auf ihn gewartet, dann hatte sie einen anderen geheiratet, einen einstigen Lageraufseher, und fünf Jahre später mit ihm eine Tochter bekommen. Und plötzlich, im Oktober 1967, war sie nach Birthälm gereist. Warum genau dann? Ein weiteres Rätsel.

Theresia Müller führte Frieda ins Haus, mitten hinein in

einen Duft aus ihrer Kindheit. Bohnenkaffee und geröstetes Brot. Möbelpolitur und Kernseife. Die Wände der Wohnstube zierten silbern gerahmte Tuschezeichnungen: blass kolorierte Blumen und Landschaften. Schmetterlinge. Drei Kohlweißlinge auf zartgrünem Blattwerk. Das Motiv von der Spanschachtel. Der Dielenboden schien auf einmal zu schwanken. Frieda tastete nach dem Türrahmen.

»Bitte – dürfte ich Ihre Toilette benutzen?«

»Die ist draußen.« Theresia Müller lotste sie durch eine Hintertür in den Garten und zu einer Holzhütte. Ein Plumpsklo. Aber unter einem Dachvorstand der Scheune warteten eine Emailschale und ein Wasserkrug, Seife und ein sauberes Handtuch.

Frieda wusch sich Gesicht und Hände und versuchte nach einem Blick in den handtellergroßen Wandspiegel, zumindest ihr Haar einigermaßen zu bändigen und die zerlaufenen Schminkreste zu entfernen. Es half nicht viel, sie sah immer noch schrecklich aus. Übernächtigt. Geschlagen. Entblößt. Sie konnte es nicht ändern.

Der Frühstückstisch, den Theresia Müller inzwischen gedeckt hatte, quoll förmlich über. Schalen mit Erdbeeren, Kirschen und Aprikosen. Dickmilch. Kaffee und Milch in Porzellankannen. Brot, Butter und selbst eingekochte Gelees und Marmeladen. Tomaten und Käse.

»Hätten Sie wohl auch etwas Wasser oder Tee für mich? Meine Blase – ich fürchte, ich habe mich etwas verkühlt …«

»Aber natürlich.« Theresia Müller verschwand und kehrte nach ein paar Minuten mit einem gläsernen Krug wieder, in dem ein Gemisch frischer Kräuter schwamm: Minze, Kornblumen, Schafsgarbe, Salbei und diverse Unbekannte.

»Den Krug trinken Sie leer, dann geht es Ihnen besser.«

Frieda nickte, bedankte sich, lächelte. Wie schön wäre das.

Ein Zaubertrank und ein Wunder. Sie könnte das Rezept mit nach Deutschland nehmen und alles würde gut werden.

»Greifen Sie zu. Stärken Sie sich. Bitte.«

»Das sieht alles köstlich aus.« Sie war tatsächlich hungrig. Und durstig. Und müde. Die Früchte schmeckten so intensiv, dass ihr beinahe schon wieder die Tränen kamen. Schnell aß sie ein Stück geröstetes Brot mit Käse.

Die Wanduhr in der Ecke tickte, plötzlich nahm Frieda das wahr. Auch ihr Handy brummte und brummte. Zeit, die verging, unerbittlich, im stets gleichen Tempo, selbst wenn es sich so anfühlte, als würde sie anhalten oder beschleunigen. In knapp einer Stunde musste sie hier aufbrechen, wenn sie ihren Flug erreichen und vorher noch ihre Sachen aus der Pension holen wollte. Hatten die Pflegerinnen Henny ausgerichtet, dass sie zu ihr unterwegs war? Wollte Henny das überhaupt? Würde sie noch bis zum Abend durchhalten?

Frieda fühlte Theresia Müllers Blick auf sich und wünschte, ihr bliebe mehr Zeit, mit ihr zu sprechen. Dieses Haus war ein Heim. Ein Familienhaus seit Generationen. Ein Ort des Friedens. Auch Emil hatte hier an diesem Tisch gesessen. Der Mann, den ihre Mutter geliebt hatte. Er musste tot sein, begriff Frieda. Wenn er noch lebte, hätte Theresia ihr das doch längst gesagt.

»War Emil Ihr Mann?«

»Oh nein. Ich war nie verheiratet. Er war mein Bruder.«

»Wann ist er gestorben?«

»1949. Im Gefangenenlager Sachsenhausen. Er ruht in einem der Massengräber dort. Anonym. Wie so viele andere. Ihre Mutter war sehr geschockt, als ich ihr das damals sagte.«

»Sie hatte geglaubt, dass Emil noch lebte? All diese Jahre?«

»Gehofft.«

»Aber …«

»Das waren diese schrecklichen Zeiten. Man wusste so wenig, hörte allenfalls Gerüchte. So viele Menschen gingen im Krieg verloren, waren auf der Flucht oder wurden verschleppt. So viele warteten jahrelang auf Nachricht von ihren Liebsten.«

1949 war das Jahr nach dem Weihnachtsfest, zu dem Emil die Schmetterlingsschachtel bemalt hatte. Und es war das Jahr, in dem Henny schwer krank aus dem Lager entlassen wurde. Aber Emil nicht. Er musste bleiben und starb. Friedas Gedanken jagten sich. Puzzlesteinchen fügten sich in ein Bild, in dem immer noch zu viele Lücken klafften.

»Meine Mutter hat sich damals nach Heidelberg durchgeschlagen«, sagte sie langsam.

Theresia Müller nickte. »So hatten sie das verabredet. Mein Bruder träumte davon, dort eines Tages Botanik zu studieren.«

»Aber warum hat meine Mutter denn nichts von seinem Tod erfahren? Sie wusste doch, dass er in Sachsenhausen inhaftiert war?«

»Sie hat natürlich versucht, Kontakt zu halten, aber man gab ihr keine Auskunft und keiner ihrer Briefe wurde je beantwortet, vermutlich hat Emil sie nie erhalten. Und Sachsenhausen befand sich ja im Ostsektor Deutschlands. Henny hat es nicht gewagt, sich in der Nähe des Lagers aufzuhalten. Sie fürchtete, die Russen würden sie wieder einsperren.«

Und also hatte sie in Heidelberg gewartet. Und gehofft. Aber 1950, als die sowjetischen Gefangenenlager aufgelöst wurden, kam nicht Emil zu ihr, sondern Oswald Telling.

Friedas Herz krampfte sich zusammen. Ihr Vater war Aufseher gewesen. Er musste um Emils Schicksal gewusst haben und hatte es doch verschwiegen. Und nun, im Sterben, schlug Henny um sich und schrie *Mörder*.

»Sie sind schon wieder ganz blass.« Theresia Müller schenkte ihr Kräutertee nach und hielt ihr den Brotkorb hin. Frieda nahm sich ein Stück, aus purer Höflichkeit, doch sie würde das jetzt nicht herunterbringen. Sie legte die Hände um ihre Tasse. Das Porzellan war warm, doch ihre Finger konnten die Wärme nicht annehmen.

»Hat Ihre Mutter denn nie mit Ihnen über all das gesprochen?«

»Nein. Nie.« Aber ich habe es gefühlt, verstand Frieda plötzlich, und darum wohl doch mehr gewusst, als ich mir je eingestanden habe. Alles habe ich gefühlt: die Erschütterung. Die Veränderung. Das Unvermögen, noch zu lieben oder unbeschwert zu lachen. Lange Jahre nicht mehr, bis Aline zur Welt gekommen war und etwas in meiner Mutter doch noch zu heilen begann.

Sie zog die Fotografie des Wandbehangs, die sie im Pflegeheim aufgenommen hatte, aus ihrer Handtasche, stieß mit den Fingerspitzen an Hennys Schmetterlingsschachtel. Warum holte sie die nicht auch raus? Sorgte sie sich etwa, diese freundliche alte Dame könnte ihr die wegnehmen?

Sie verschloss ihre Handtasche wieder, reichte Theresia Müller das Foto. »Diese Stickerei hat meine Mutter nach ihrer Reise zu Ihnen angefertigt.«

Ihre Gastgeberin erhob sich und trug das Bild zum Fenster.

»Ja, das ist unsere Kirchenburg«, bestätigte sie. »Eine sehr eigenwillige Darstellung. Der Eheturm ist im Zentrum.«

»Der Eheturm?«

»Dieser helle, eckige Turm. Früher hat man bei uns in Birthälm Ehepaare, die sich scheiden lassen wollten, in diesem Turm eingeschlossen. In seinem Inneren gibt es nur einen einzigen Raum. Darin befanden sich ein schmales Bett, ein Tisch, ein Stuhl, ein Teller, ein Becher, ein Löffel, ein Handtuch … Die beiden Streithähne mussten sich alles teilen – so lange, bis sie sich wieder vertrugen. Das soll meist funktioniert haben.«

Ein Gefängnis, aus dem es kein Entrinnen gab. War dies für Henny das Sinnbild ihrer Ehe gewesen? Vielleicht hatte sie ja auch gar nicht um die Funktion dieses Turms gewusst, sondern stickte ihn aus rein ästhetischen Gründen in die Mitte des Bildes. Und also symbolisierte der Heimatort ihres Emil für sie jenes Paradies, von dem sie Aline erzählt hatte.

Theresia Müller öffnete einen Schrank und kam kurz darauf mit einem Schwarz-Weiß-Foto an den Tisch.

»Ihre Mutter wollte das damals nicht mitnehmen, aber ich finde, Sie sollten das haben.«

Emil mit 17. In seinen hellen Augen blitzte der Schalk, im Kinn hatte er ein Grübchen. Sein Haar war zwar zu einem Seitenscheitel gestriegelt worden – doch man konnte erahnen, dass diese Akkuratesse nicht lange vorhalten würde.

»Mein Bruder war ein sehr fröhlicher Mensch. Mit vielen Talenten.«

»Und er malte.«

»Ja, diese Begabung hatte er von unserem Vater.«

»Konnte Emil auch tanzen?«

Theresia Müller lächelte. »Er tanzte jedenfalls mit großem Enthusiasmus und hielt durchaus den Takt. Nur die Schrittfolgen konnte er sich nie richtig merken und war deshalb bei den Mädchen im Dorf berüchtigt. Aber das hat ihn nie bekümmert, er lachte einfach und tanzte auf seine Weise weiter.«

»Und die Mädchen?«

»Die haben natürlich mitgemacht. Die fanden das aufregend.«

Die Schmetterlinge auf der Spanschachtel. Einer, der fortfliegt, höher hinauf als die anderen. Eine Larve, die sich entpuppte. Phönix aus der Asche. Vielleicht hatte Emil Henny zum Lachen gebracht. Vielleicht war er so ihr Rettungsanker geworden. Ihr Lichtblick. Und sie hatte auf der Bühne ihr rotes Tuch um den Hals gebunden, wie auf dem Foto mit Arnos Vater. Etwas Leuchtendes, Schönes inmitten der Tristesse. Und Emil hatte ihr von seinem Orchesterplatz zugesehen und sich an ihrem Anblick erfreut, ihrem Schweben, und das war alles, worauf es wirklich ankam. Die einzige Hoffnung.

»Emil hat sich 1943 freiwillig zur SS gemeldet, einen Tag nach seinem 18. Geburtstag. In aller Naivität, wie so viele andere unserer jungen Männer. Darum ist er nach Deutschland gekommen und von den Russen eingesperrt worden. Zur Entnazifizierung.«

Ein Freigeist, der Schmetterlinge malte und bei der SS diente. Ein weiterer Abgrund tat sich auf. Konnte denn nichts einfach einmal schlichtweg schön sein?

»Ich bin sicher, mein Bruder hat seinen tragischen Fehler schnell erkannt«, sagte Theresia Müller leise.

»Hat er das gesagt?«

»Das war ja nicht möglich. Es gab ja keine Kontaktmöglichkeit mehr, nachdem Rumänien den Pakt mit Hitler gelöst hatte. Und als wir dann nach dem Krieg nie wieder etwas hörten, dachten wir, Emil sei in Russland gefallen. Erst 1960 brachte uns ein Gefährte Kunde von seinem Schicksal.«

Die Wanduhr begann zu schlagen. Neun zittrige, dunkle Schläge, die aus einem anderen Zeitalter zu stammen schienen und unwirklich lange in der Luft verharrten. Als wieder nur noch das Ticken des Uhrwerks zu hören war, sprach Theresia Müller weiter.

»Robert – also dieser Freund – stammte ebenfalls aus Siebenbürgen, aus Kronstadt. Die beiden hatten sich bei der Armee kennengelernt und beschlossen, sich gemeinsam in die Heimat durchzuschlagen, nachdem alles zusammengebrochen war. Doch weit sind sie nicht gekommen, bis die Russen sie verhafteten. Als Emil dann im Lager erkrankte und immer schwächer wurde, nahm er Robert das Versprechen ab, Henny über seinen Tod zu informieren und ihr auch die Hälfte ihres Kopftuchs zurückzubringen, damit sie wieder frei sein könnte.«

»Das Kopftuch – davon wissen Sie auch!«

»Henny hielt ihre Hälfte in den Händen, als sie vor meiner Tür stand.«

»Ich habe sie dabei.«

»Das denke ich mir.« Ein winziges Lächeln.

Frieda stellte die Schachtel auf den Tisch. Auch die kannte Theresia Müller offenbar schon, denn sie zuckte nicht mit der Wimper. Frieda hob den Deckel ab und ließ den fein gewebten roten Stoff durch ihre Finger gleiten. Erneut fühlte sie diese völlig irrationale Angst, Hennys Schatz zu verlieren.

Sie zwang sich zur Konzentration, strich die hauchdünnen Fransen glatt.

»Robert also hat Emils Hälfte an sich genommen. Aber er ist damit nicht zu Henny gekommen, sondern zu Ihnen.«

»Als das Lager Sachsenhausen geschlossen wurde, schickten die Russen ihn weiter nach Sibirien. Erst 1960 kam er zurück nach Rumänien. Todkrank bereits. Da hatte er gerade noch zwei Jahre lang zu leben.«

»Und das Kopftuch?«

»Er hat es im Gulag nicht bewahren können. Das war ihm ganz furchtbar.«

Kein Happy End also, nicht einmal ein zusammengefügtes Tuch. Jetzt erst, da ihre Ahnung, dass es genau so hatte kommen müssen, zur Gewissheit geworden war, erkannte Frieda, wie sehr sie wider alle Vernunft gehofft hatte, sie könnte Alines Wunsch erfüllen und das Kopftuch wieder zusammenfügen. Für ihre Tochter und für ihre Mutter. Vielleicht sogar am allermeisten für sich. Als ob ein Stück Stoff die Macht hätte, irgendetwas zu verändern. Ein Stück Stoff, das zwei Liebende miteinander geteilt hatten. Nicht, weil es ein Brauch war, sondern weil es das Einzige war, was sie besaßen.

Frieda faltete das Tuch zusammen, legte es zurück in die Schachtel. Das Ticken der Wanduhr schien anzuschwellen. Theresia Müller saß vollkommen still, als ob sie auf etwas wartete.

Sie hatte recht, gestand Frieda sich ein. Es gab noch ein Thema, das unausgesprochen und doch übergroß im Raum stand. Oswald Telling. Ihr Vater. Die Rolle, die er in diesem Drama gespielt hatte. Sein Schweigen.

Ich habe mich sofort in deine Mutter verliebt, gleich im ersten Moment, als ich sie auf dieser Pritsche im hintersten Winkel der Krankenbaracke entdeckte … Seine Stimme war ein kaum hörbares Echo. Wenn sie sich nicht zusammenriss, würde sie gleich wieder weinen. Er konnte kein Mörder sein, ganz unmöglich. Er hatte sich so sehr gewünscht und bemüht, Hennys Herz zu erobern. Aber ihr Herz hatte immer nur Emil gehört. Zehn lange Jahre hatte sie auf ihn gewartet, bis sie Oswald Tellings Werben endlich nachgab, und das wohl auch nur, weil sie die Einsamkeit nicht mehr ertragen hatte, diese endlose Abfolge von Tagen, die doch nur Enttäuschungen bargen.

War es so gewesen? Frieda schluckte und zwang sich zu sprechen. »Warum ist meine Mutter erst 1967 nach Birthälm gereist?«

»Es ging vorher nicht. 1967 war das erste Jahr, in dem Rumänien auf Betreiben Ceauşescus wieder diplomatische Beziehungen zur BRD aufnahm.«

»Und Sie? Hatten Sie denn zuvor nicht zumindest versucht, meine Mutter zu kontaktieren?«

»Doch, natürlich. Aber bevor Robert gekommen war, wusste ich ja überhaupt nichts von ihr. Und als ich es dann versuchte, hatte sie schon geheiratet.«

Und hieß nicht mehr Wagner, sondern Telling. So einfach war das. So banal. Wäre Robert auch nur ein Jahr früher nach Birthälm gekommen, hätte Henny von Emils Schicksal erfahren, bevor sie dem Werben eines anderen Mannes nachgab. Sie hätte trauern können, sich befreien, womöglich sich noch einmal richtig verlieben.

»Wenn ich auch nur geahnt hätte, dass sie Oswald Telling geheiratet hat«, sagte Theresia Müller leise.

»Sie kannten ihn?« Frieda starrte sie an.

»Robert hat von ihm erzählt. Dass er sein Leben riskiert hatte, um Ihre Mutter zu retten.«

»Mein Vater war Aufseher in Sachsenhausen.«

»Ich weiß, ja. Sonst wäre ihm das wohl nicht gelungen.«

»Wusste meine Mutter das?«

»Ich habe ihr das gesagt, ja. Und auch, dass Emil sehr glücklich über ihre Rettung war. Er wollte so gern, dass sie lebte. Aber ich fürchte, Ihre Mutter hat mir das nicht geglaubt. Sie war entsetzt, weil sie ihren Mann bis dahin wohl für einen Pfleger gehalten hatte. In ihrem Fieberdelirium damals hatte sie nicht einmal begriffen, dass er es war, dem sie die Entlassung zu verdanken hatte. Sie selbst hatte nämlich im Lager bleiben wollen, bei Emil. Sogar mit ihm sterben.«

»Und dann hat mein Vater ihr sogar verschwiegen, dass Emil gestorben ist.«

»Es ist schwer, einem Menschen die Hoffnung zu nehmen.«

»Immer noch besser, als ihn zu belügen.«

Theresia Müller schien zu überlegen, tupfte dann mit dem Zeigefinger sehr sachte auf den Deckel der Schmetterlingsdose. »Kohlweißlinge«, sagte sie sehr leise. »Die mochte Emil besonders. Weil sie unscheinbar sind und als Schädlinge gelten, hat er einmal erklärt. Aber wenn man näher hinschaut, sieht man ihre Schönheit.«

»Wollen Sie diese Schachtel behalten?«

»Oh nein, ich habe ja seine Bilder. Nehmen Sie die wieder mit. Die ist doch Ihr Erbe.«

Henny

Der Ruf scheint aus weiter Ferne zu kommen, aus einer Zeit, die vorüber ist, lange vergangen, oder doch nicht? Da – jetzt hört sie ihn noch einmal, näher sogar und lauter.

»Mama?«

Frieda, das ist Frieda, die nach ihr ruft, ihr kleines Mädchen, das neben ihr auf dem Bett sitzt.

Ich bin hier.

Es ist mühevoll, das zu sagen, die Lippen wollen ihr nicht recht gehorchen. Sie wartet auf eine Antwort, aber das Kind mit den Zöpfen, das sie eben ganz deutlich vor sich gesehen hat, ist schon wieder entwischt. Andere Stimmen driften dafür herbei. Stimmen, die sie quälen, weil sie zu laut sind und sie mit schnellen Sätzen traktieren, die sie nicht verstehen kann.

»… Telefon für Sie, Frau Doktor Telling … ja, ungünstig jetzt … aber Sie sollten trotzdem … Ihre Tochter aus Berlin … Krankenhaus …«

Die Stimmen entfernen sich, Schritte verhallen, und eine Weile liegt sie wieder allein in ihrer Stille, die nicht mehr bedrohlich wie früher ist, sondern hell, als ob darin ein Lied schwingt.

Sie verharrt reglos und lauscht. Sie kennt dieses Lied. Die Eltern haben es sie gelehrt, bei allen Festen haben sie das gesungen. Emil hat es auf der Trompete gespielt. Nur für sie und immer so gut in den anderen Melodien versteckt, dass nur sie es gehört hat.

»Ich habe Aline für dich am Telefon, Mama.«

Frieda ist wieder da. Die Tochter. Aber sie ist gar kein Kind mehr, sie ist erwachsen und legt etwas an Hennys Wange. Ein Apparat, aus dem Worte fließen, lindernder Balsam.

So lieb ist das, so lieb. Henny schlägt die Augen auf und versucht zu erkennen, wer da zu ihr spricht. Ein Schatten sitzt auf ihrer Bettkante, eine Frau. Ist das ihre Tochter?

»Sie hat dich verstanden, Aline, ganz bestimmt. Ich glaube, sie lächelt.«

Der Apparat schwebt wieder fort. Stille folgt. Ein großes Warten. Eine Hand streichelt Hennys Gesicht, ganz sacht. Eine Hand, die in ihrer liegt und sie festhält. Dann ein Schluchzen.

Aline, ist das Aline? Nein, Aline ist glücklich. Aline wird heiraten. Aline liebt sie.

Finger, die sich miteinander verflechten. Finger, die über die ihren tasten und sie liebkosen. Frieda, das ist Friedas Hand, und das ist Frieda, die weint. Ganz leise, kaum hörbar, genau wie damals.

Das Land, in dem alles im Überfluss wächst. Einmal nur hatte sie das mit eigenen Augen sehen wollen. Und Birthälm, Emils Geburtsort, von dem er so geschwärmt hatte. Nein, das ist falsch. Auch Emil wollte sie finden. Erfahren, was aus ihm geworden war. Einmal noch in seine Augen blicken. Und dann stürzte dort alles in sich zusammen. Ihr ganzes Leben. Wie betäubt war sie, als sie wieder in Heidelberg ankam, um ihre Sachen zu packen. Nur Friedas wegen ist sie letztendlich doch bei Oswald geblieben. Nur ihretwegen hat sie seine Sünden verschwiegen.

Vielleicht ist das ein Fehler gewesen. Vielleicht war das sogar eine Lüge, die ebenso schwer wog wie seine. Und gedankt hat Frieda ihr das auch nicht, immer hieß es nur Papa, Papa. Aber sie war ja auch noch ein Kind. Wie sollte sie das besser wissen?

Etwas legt sich in ihre Hand. Es ist weich, sehr, sehr weich. Henny greift zu, fühlt die Stickerei und die seidigen Fransen. Ihr rotes Kopftuch. Es ist heil und Aline wird nun darauf aufpassen. Es wird ihr Glück bringen. Frieda muss es ihr geben.

Wird sie das tun? Ja, das wird sie. Sie flüstert ihr ins Ohr, dass nun alles gut wird. Ihr kleines Mädchen. Es war so schwierig mit ihr nach der Rückkehr aus Birthälm. Ihr eigen Fleisch und Blut, das ihr fortan so fremd schien.

Hat Frieda das gespürt? Klug war sie ja immer. Und auch schrecklich hart. Aber jetzt ist wieder ganz sanft, und sie ist ihr sehr nah, als ob all die Schwierigkeiten und Verletzungen der Vergangenheit gar nichts zählten.

»Ich habe dir noch etwas mitgebracht, Mama«, flüstert sie ihr ins Ohr. »Ich habe Emil für dich gefunden. Schau mal.«

Emil. Geliebter. Ist er gar nicht tot? Mit unendlicher Anstrengung hebt Henny einen Augenblick lang die Lider. Und Frieda hat recht, sie sieht tatsächlich Emils Gesicht. Er ist jung und lebendig und fasst nach ihrer Hand. *Lass uns gehen, Liebste*, sagt er, und es stimmt, sie kann tatsächlich aufstehen und laufen und sie hat keine Schmerzen und keine Angst und es gibt keine Mauern mehr, niemanden, der sie aufhält.

Arno

Warum gerade sie? Warum Frieda Telling? Er wusste es nicht, er wusste nur, dass er ihren wortlosen Abschied nicht hinnehmen wollte. Dass er zwar ohne sie leben konnte, aber nicht wollte. Vielleicht lag es an der Art, wie sie ihn ansah, wie ihr Mundwinkel zuckte. Wie sie Äpfel schnitt. An den kleinen Geheimnissen, die sie ihm flüsternd anvertraut hatte. Oder es war ihr Lachen, das so unvermittelt aus ihr herausplatzen konnte und doch etwas Dunkles in sich barg, etwas, in dem er sich zu erkennen geglaubt hatte.

Kurz nach 23 Uhr. Das Wohngebiet, durch das er lief, wirkte ausgestorben. Das letzte Licht dieses Tages war von einem schmuddeligen Schwarz geschluckt worden. Er blieb stehen, um sich zu orientieren, erkannte sein Ziel am Ende der Straße. Etwas Süßliches, Schweres stieg ihm in die Nase, der Duft eines Nachtgewächses wohl, das aufblühte, ohne dass das von den Gartenbesitzern, die es gepflanzt hatten, bemerkt wurde. Irgendwo spielte jemand Gitarre im Stil

Werner Lämmerhirts, so wie er selbst das eine Weile getan hatte, sogar hier in Heidelberg – am Bahnhof, am Schloss, in der Fußgängerzone. Vor sehr langer Zeit, in einem anderen Leben.

Er lief weiter, zwang seine Müdigkeit beiseite, und die Zweifel. Das Pflegeheim, in dem Friedas Mutter untergebracht war, wie man ihm nach einigem Hin und Her telefonisch bestätigt hatte, war ein dreiflügeliger Bau mit Fenstern und Balkonen, die eine Parkanlage umrahmten. Auf dem Besucherparkplatz stand zu dieser vorgerückten Stunde nur noch ein einziges Auto. Ein Passat Kombi mit Heidelberger Kennzeichen. Arno beleuchtete das Wageninnere mit seinem Handy, erspähte eine Mineralwasserflasche auf der Rückbank und Zeitschriften: ›Science‹. ›Spektrum der Wissenschaft‹. ›Sterne und Weltraum‹. Er atmete aus. Frieda war also hier. Sie würde das Pflegeheim irgendwann wieder verlassen und ihr Auto abholen. Er musste nur auf sie warten.

Er setzte sich auf eine Bank und legte den Kopf in den Nacken. Kein Mond am Himmel, auch keine Sterne. Irgendwo zirpte eine Grille. Aus dem Gras kroch Feuchtigkeit in seine Schuhe. Er hörte seinen Herzschlag, ein dumpfes Pochen.

Zeit verging. Eine halbe Stunde. Eine ganze. Anderthalb. Warum war Frieda verschwunden, ohne Abschied, ohne Erklärung? Er spielte die Möglichkeiten durch, um sich wach zu halten, ließ seine Gedanken nach einer Weile zu den Entscheidungen driften, die er treffen musste oder schon getroffen hatte. Valerie grünes Licht für den Wohnungsverkauf geben. Eine neue Bleibe finden. Nach Siebenbürgen zurückkehren und seinen Vater beerdigen. Den Roman schreiben.

Im Eingangsbereich des Pflegeheims flackerte Licht an. Eine Silhouette materialisierte sich hinter der Glastür, verschwommen erst, deutlicher schließlich, die Tür schwang auf und entließ Frieda Telling ins Freie. Sie war allein und lief ein paar seltsam tapsige Schritte, blieb abrupt wieder stehen und sah sich um, als ob sie etwas gehört oder wahrgenommen hätte, das sie nicht recht orten konnte, warf sogar einen prüfenden Blick in den Himmel. Langsam, fast schlafwandlerisch, als ob sie jeder Schritt Kraft kostete, setzte sie sich dann wieder in Bewegung. Sie kam direkt auf ihn zu, ohne ihn zu bemerken.

Er verließ seine Bank und trat in den schummrigen Schein der Parkplatzlaterne. Frieda schrie auf und wich zurück.

»Ich bin's, Arno.« Er hatte nicht laut gesprochen, aber der leere Parkplatz schien jedes Geräusch zu verstärken. Er hörte Friedas fliegenden Atem, sogar ihren Herzschlag – oder war das noch immer sein eigener?

»Warum haust du einfach ab, ohne jede Erklärung?«

»Ich ... du ...« Ihre Stimme klang heiser, schien zu versagen. Weil sie schockiert war? Überwältigt? Überwältigt wovon? Von seinem Einsatz?

Sie fuhr sich mit der Hand durchs Haar, eine klassische Übersprungshandlung, völlig unbewusst, nicht etwa, weil sie sich plötzlich um ihre Frisur sorgte, wie er beinahe zu schwören bereit war.

»Wie kommst du hierher?«, fragte sie tonlos.

»Mit dem Flugzeug. Dann mit dem Zug. Und vom Bahnhof zu Fuß.«

»Aber es gibt doch von Hermannstadt nur einen Flug pro Tag und du warst nicht an Bord ...«

»Ich bin ab Bukarest geflogen. Auf die paar Stunden Autofahrt mehr kam es letztendlich auch nicht mehr an.«

»Aber …«

»Das ist ja jetzt wohl auch egal. Ich will wissen, warum du einfach abhaust, ohne jede Erklärung.«

»Ich …«

»Eine Nacht mit mir ist genug, der Mohr hat seine Schuldigkeit getan, ist es das? Dann sag's halt zumindest! Sag's mir ins Gesicht. Sag, dass du wieder zu deinem Mann willst.«

»Arno, ich …« Sie schüttelte den Kopf, langsam, wie in Trance. »Meine Mutter – das Pflegeheim hatte angerufen, sie ist …«

»Erkrankt, ja. Ein Notfall. Das hat mir die Pensionswirtin in Hermannstadt schließlich doch noch verraten. Leider erst, als es schon zu spät war, deine Maschine noch zu erreichen.«

»Meine Mutter ist gestorben. Ich musste doch schnell … ich bin gerade noch rechtzeitig gekommen, um mich zu verabschieden.«

»Das tut mir leid.«

»Ja.«

»Also, dass sie tot ist, natürlich.«

Friedas Gesicht lag im Schatten, selbst die Lichtkegel, die die Parkplatzlaternen auf den Asphalt warfen, waren viel zu schwach, dennoch glaubte er zu erkennen, dass sie weinte.

Auch um ihn oder nur um ihre Mutter? Sie zog die Nase hoch und schielte zu ihrem Auto, vermutlich um abzuschätzen, wie sie an ihm vorbeikommen könnte, was seinen Impuls, sie in den Arm zu nehmen, gleich wieder erstickte.

»Das war doch gut mit uns, Frieda«, sagte er trotzdem. »Ein Anfang zumindest. Ich hatte gehofft …«

»Ja, aber du hast …«

Er hatte was? Arno verschränkte die Arme. Er war wie ein Berserker brüllend, splitterfasernackt hinter ihr her durch das Dorf seiner Kindheit gesprintet. Er war in der rostigen Schrottschüssel eines rumänischen Bäuerleins, deren profillose Reifen selbst hartgesottenen TÜV-Prüfern im null Komma nichts das Wasser in die Augen getrieben hätten, hinter ihr her nach Hermannstadt gebrettert. Er hatte sogar in Birthälm nach ihr gesucht. Er war ihr bis hierher gefolgt, hatte ihr regelrecht aufgelauert und in den letzten Stunden gefühlte einhundert Nachrichten auf ihrem Handy hinterlassen. Nie, nicht mal vor Valerie, hatte er je so den Affen gegeben. Aber Frau Professor Doktor Telling fragte nicht, warum er das alles tat, sondern nur, wie er so schnell hierherkam. Wie ein Komet zog sie stur ihre Bahn, ungerührt von den Erschütterungen, die ihr Erscheinen und ebenso plötzliches Verschwinden bei einfachen Erdenbürgern verursachte.

»... du hast mich nur benutzt. Du willst mich zu einer Romanfigur machen«, flüsterte Frieda so leise, dass er sie beinahe nicht verstanden hätte.

Arno starrte sie an. »Wie bitte? Was? Bist du verrückt?«

Sie schüttelte den Kopf, nicht mehr in Zeitlupe jetzt, sondern beinahe so ungeduldig wie an jenem ersten Abend, an dem sie in seine Wohnung gestürmt war. Frau Professor auf Speed, eine wutsprühende Amazone. Wie lange war das jetzt her? Tage, nein, zwei Wochen, die ihm vorkamen wie Äonen.

»Das rote Kopftuch«, sagte Frieda tonlos, aber jedes Wort überdeutlich betonend. »Das ist meine Geschichte. Unsere. Hennys, Alines und meine. Du hast kein Recht, die in einer deiner Erotikschmonzetten zu verhunzen.«

Sie war an seinem Laptop gewesen, also doch. Er hatte das bereits befürchtet, aber keinen Beweis dafür gefunden. Natürlich nicht, sie war ja Physikerin. Wusste der Himmel, was sie noch alles gehackt hatte. Zumindest diese verquälten 53 Seiten hatte er vor der Siebenbürgentour gründlich eliminiert. Oder schlummerten die doch noch irgendwo in den Tiefen der Festplatte?

»Ich kann auch anders schreiben, Frieda. Ich will das schon lange.«

»Das glaube ich dir sogar.«

»Wo liegt dann das Problem?«

»Das Kopftuch meiner Mutter geht dich nichts an.«

»Ach, jetzt auf einmal? Das klang aber bis vor Kurzem noch ganz anders. Und was ist mit diesem Foto – dein Vater und meine Mutter?«

»Sie haben sich nicht geliebt. Sie haben nur getanzt.«

»Woher willst du das wissen?«

»Weil ich … weil Henny …«

»Und es ist außerdem völlig egal. Die Gedanken sind frei. Siebenbürgen ist auch mein Land, Frieda, nicht nur das deiner Mutter.«

»Das Land, ja. Aber es gibt in diesem Land keinen Brauch mit geteilten Kopftüchern, auch nicht in Birthälm.«

»Ich schreibe ja auch keine Siebenbürgen-Chronik, sondern einen Roman.«

»Und das soll mich beruhigen?«

»Du darfst ihn als Erste lesen. Vor allen anderen. Versprochen.«

»Und dann?«

Arno rückte ein paar Zentimeter vor, fühlte, wie Frieda sich augenblicklich versteifte. Er hätte ihr sagen sollen, dass Luna Wilde sein Pseudonym war, warum hatte er das nicht getan? Nicht mehr nachzuvollziehen und nicht mehr zu ändern. Doch er würde deshalb nicht auf dem Boden herumrutschen. Er würde auch keine Selbstzensur üben, bevor er überhaupt zu schreiben begonnen hatte. Es gab Grenzen für alles.

Er räusperte sich. »Wenn du findest, mein Roman taugt nichts oder diskreditiert dich, treten wir ihn in die Tonne und keiner wird jemals davon erfahren. Versprochen.«

War das ein Lächeln? Ein winziges Zucken in ihrem Mundwinkel? Zu dunkel, um das zu ergründen, und Frieda stand immer noch wie gefroren, schien nicht einmal mehr zu atmen.

»Vielleicht werde ich in ihr Haus ziehen«, sagte sie so leise, dass er sie um ein Haar nicht gehört hätte.

Das Haus ihrer Mutter meinte sie wohl. Und was hieß *vielleicht,* sollte er darauf hoffen?

Sie sah ihn an und dann gleich wieder weg. »Du bist wirklich hier, das ist …«

»Das ist was?«

Sie schien nach Worten zu suchen und keine zu finden, die passten, hob die Schultern.

»Warum bist du abgehauen, Frieda? Doch nicht im Ernst wegen meines Romanentwurfs, doch nicht wegen dieser dreieinhalb unausgegorenen Zeilen.«

»Vierzehneinhalb.«

»Ja, von mir aus. Auch fünfzehn.«

Sie schwieg. Schien auf etwas zu warten. Fixierte hartnäckig diesen Punkt jenseits seiner Schulter.

»Du hast Schiss, Frieda. Du hast Schiss, dass es schiefgeht. Nicht mit dem Roman, sondern wirklich. Mit uns.«

»Ich nenne das Lebenserfahrung.«

»Das klingt eleganter, ist aber dasselbe.«

Sie wandte den Kopf, sah ihn endlich an. Ihre Augen zwei unergründlich schwarze Spiegel.

»Du hast mich belogen. Mehrmals. Warum sollte ich dir also nochmals vertrauen?«

»Weil alles, was mit uns geschehen ist und was wir zusammen erlebt haben, echt war. Weil ich glaube, dass du das auch spürst. Weil wir schon zu weit miteinander gegangen sind, um jetzt zu kneifen.«

Sie stand mucksmäuschenstill, forschte in seinem Gesicht.

Ich liebe dich, Frieda. Ich will mit dir leben, sogar mit dir alt werden. Würde es etwas ändern, wenn er das laut aussprach? Nach nur einer Nacht? Es klang so banal. So furchtbar klischeehaft wie Teenagerträume. Lauter abgedroschene Phrasen. Und meinte er das wirklich ernst, jetzt plötzlich, mit über 50? War er für ein Leben zu zweit überhaupt geschaffen?

Frieda schwieg immer noch, und gerade als er überzeugt war, dass sie ihm nicht antworten würde, sondern sich einfach umdrehen und gehen, hörte er, wie sie ausatmete, und fühlte ihre Hände auf seinen Wangen.

»Ein glückliches Ende ist nicht sehr wahrscheinlich«, sagte sie nach einer sehr langen Pause. Aber sie ließ sich umarmen und sie küsste ihn, und also hielt sie das wohl doch nicht für vollkommen ausgeschlossen, ja sogar für möglich, und vielleicht war das alles, worauf es wirklich ankam, die beste Chance, die sie jemals bekommen würden. Vielleicht würde das reichen.

Schlusswort

Ein rotes Kopftuch, das als Treueschwur im Sowjetischen Speziallager Sachsenhausen geteilt wurde, gibt es wirklich. Wer will, kann es im Museum der Gedenkstätte Sachsenhausen besichtigen. Die beiden Liebenden, denen es einst gehörte, sind sich im Theaterensemble des Gefangenenlagers Sachsenhausen begegnet. Aber anders, als in diesem Roman beschrieben, haben sie überlebt. Sie kamen frei, haben sich wiedergefunden und das Kopftuch zusammengenäht und geheiratet, so wie sie es sich versprochen hatten. Sie sind sogar glücklich geworden. Weil ich ihre Nichte bin und als Kind viele Ferien bei ihnen verbrachte, kann ich das beurteilen. Das Leben schreibt eben manchmal doch die tollsten Geschichten.

Was wäre, wenn? Diese Frage stand für mich am Anfang. Die Handlung und die Figuren dieses Romans habe ich frei erfunden.

Bedanken möchte ich mich aber trotzdem:

Bei Tilman und Dietlinde Timm, deren Kopftuch mich inspirierte.

Bei Lukas Timm, für sein autobiografisches Werk »Russenzeit« über gestohlene Jugendjahre in Sachsenhausen.

Bei meinem Cousin Tilman Timm, der mich von der ersten Idee an unterstützte und mir Siebenbürgen zu Füßen legte. Bei ihm, Martin und Barbara Timm und bei meinem Mann Michael für unsere Tour durch dieses Land jenseits der Karpaten. Außerdem bei Barbara dafür, wie sie Äpfel aufschneidet.

Geholfen haben mir auch Rosemarie Müller in Alzen, die mich über siebenbürgische Trachten und Bräuche aufklärte, sowie der Neurochirurg Dr. Uwe Dott, der sich Alines Verletzungen annahm. Im Max-Planck-Institut für Astronomie in Heidelberg widmeten mir Dr. Wolfgang Brandner und Maria Lenius sehr viel Zeit, um die Grundzüge der Suche nach Exoplaneten zu erläutern. Dank gebührt auch André Puchta und Ballettmeisterin Alexandra Georgieva, die mich im Berliner Friedrichstadt-Palast hinter die Kulissen blicken ließen. Ebenso Arne und Simone Labenda, die mir das »Siebenbürgische Kochbuch« von Martha Liess schenkten, und Christina Horst für das Philosophieren über die Liebe.

Und dann sind da noch Katrin Busch, Astrid Windfuhr und Anja Thöne. Meine liebevollen, konstruktiven und doch wunderbar ehrlichen Testleserinnen. Und meine Lektorin, Julia Eisele. Und mein Agent, Joachim Jessen. Und mein Mann, Michael … Und meine geduldigen Freundinnen, die mich während des Schreibens entbehrten. Ohne euch und eure Unterstützung hätte ich diesen Roman nicht schreiben können. Danke!

Köln, im Juli 2014
Gisa Klönne

Kristina Mahlos erster Fall

Hier reinlesen!

Sabine Kornbichler

Das Verstummen der Krähe

Kriminalroman

Piper Taschenbuch, 432 Seiten
€ 9,99 [D], € 10,30 [A]*
ISBN 978-3-492-30597-6

Kristina Mahlos Auftrag als Nachlassverwalterin hat es in sich. Eine Verstorbene vererbt ihr beträchtliches Vermögen ihren fünf besten Freunden, jedoch unter der Bedingung, dass es gelingt, den Mord aufzuklären, für den ihr Mann einst verurteilt worden war. Kris will den Fall ablehnen, doch dann entdeckt sie in der Wohnung der Toten einen Hinweis auf ihren eigenen Bruder Ben, der vor Jahren spurlos verschwand …